KNAUR

Im Knaur Taschenbuch Verlag sind bereits folgende Bücher der Autorin erschienen:

Die Wanderhure
Die Kastellanin
Das Vermächtnis der Wanderhure
Die Tochter der Wanderhure
Töchter der Sünde
Die List der Wanderhure
Die Rache der Wanderhure

Die Goldhändlerin
Die Kastratin
Die Tatarin
Die Löwin
Die Pilgerin
Die Feuerbraut
Die Rose von Asturien
Die Ketzerbraut
Feuertochter
Die Fürstin
Die Rebellinnen

Die Flammen des Himmels
Die steinerne Schlange

Dezembersturm
Aprilgewitter
Julregen

Das goldene Ufer
Der weiße Stern
Das wilde Land
Der rote Himmel

Die Wanderapothekerin
Die Liebe der Wanderapothekerin

Tage des Sturms
Licht in den Wolken
Glanz der Ferne

Im Knaur HC ist erschienen:
Das Mädchen aus Apulien
Die Widerspenstige

Über die Autorin:
Hinter dem Namen Iny Lorentz verbirgt sich ein Münchner Autorenpaar, das mit «Die Wanderhure« seinen Durchbruch feierte. Seither folgt Bestseller auf Bestseller, die auch in zahlreiche Länder verkauft wurden. »Die Wanderhure« und fünf weitere Romane sind verfilmt worden. Dazu wurde »Die Wanderhure« für das Theater adaptiert und auf vielen Bühnen in Deutschland, Österreich und der Schweiz aufgeführt. Für die Verdienste um den historischen Roman wurde Iny Lorentz 2017 mit dem »Wandernden Heilkräuterpreis« der Stadt Königssee geehrt und in die »Signs of Frame« des Fernwehparks Oberkotzau aufgenommen.

Besuchen Sie auch die Homepage der Autoren:
www.inys-und-elmars-romane.de

INY LORENTZ

Die Wanderhure und die Nonne

Roman

KNAUR

Besuchen Sie uns im Internet:
www.knaur.de

Aus Verantwortung für die Umwelt hat sich die
Verlagsgruppe Droemer Knaur zu einer nachhaltigen Buchproduktion
verpflichtet. Der bewusste Umgang mit unseren Ressourcen,
der Schutz unseres Klimas und der Natur gehören zu
unseren obersten Unternehmenszielen.
Gemeinsam mit unseren Partnern und Lieferanten setzen
wir uns für eine klimaneutrale Buchproduktion ein,
die den Erwerb von Klimazertifikaten zur
Kompensation des CO_2-Ausstoßes einschließt.
Weitere Informationen finden Sie unter: www.klimaneutralerverlag.de

FSC www.fsc.org
MIX
Papier aus verantwortungsvollen Quellen
FSC® C083411

Vollständige Taschenbuchausgabe Dezember 2020
Knaur Taschenbuch

Ein Imprint der Verlagsgruppe
Droemer Knaur GmbH & Co. KG, München

Redaktion: Regine Weisbrod
Covergestaltung: ZERO Werbeagentur, München
Coverabbildung: FinePic / Shutterstock (Frau),
Bridgeman Art Library (Landschaft)
Satz: Adobe InDesign im Verlag
Druck und Bindung: CPI books GmbH, Leck
ISBN 978-3-426-51552-5

2 4 5 3 1

Erster Teil

Abschied

1.

Zu anderen Zeiten hatten Marie und Michel die Zeit vor dem Schlafengehen genutzt, um über ihre Kinder zu sprechen und über das, was in den nächsten Tagen auf Kibitzstein wichtig war. An diesem Abend aber schlug Marie die Tür heftig zu und setzte sich noch im Kleid aufs Bett.

»Was hast du in Ungarn zu suchen?«, fuhr sie ihren Mann an. »Dein Platz ist hier! Du kannst nicht einfach gehen, während sich hier Entscheidungen anbahnen, die unsere Zukunft betreffen.«

»Mit den Ränken und Fehden der hohen Familien in Thüringen will ich nichts zu tun haben, mag Graf Ernst uns auch noch so viele Versprechungen machen«, antwortete Michel und schnaubte verärgert.

»Bitte, sprich zuerst mit Graf Ernst von Herrenroda und entscheide dich dann, ob du für irgendeinen Fremden in den Krieg ziehen willst!«

»Friedrich ist kein Fremder, sondern der kürzlich gewählte König des Reiches und damit mein Lehensherr. Ich bin ihm zu Treue und Gefolgschaft verpflichtet. Warum willst du das nicht einsehen?«

»Du bist schon einmal für einen König und Kaiser in den Krieg gezogen«, antwortete Marie heftig, »und das war beinahe dein Tod! Hast du das vergessen?«

Für einige Augenblicke wanderten ihre und Michels Gedanken in die Vergangenheit. Damals war er mit Kaiser Sigismund nach Böhmen geritten, um die aufständischen Hussiten zu bekämpfen. Nur mit viel Glück und Gottes Gnade hatte er diesen Feldzug überlebt, dabei aber für einige Zeit sein Gedächtnis verloren. Marie hatte die Nachricht von seinem Tod nicht glauben wollen und nach ihm gesucht. Es war eine harte und gefahrvolle Zeit gewesen, und die wollte sie niemals wieder erleben.

Auch Michel schauderte es bei dem Gedanken an das, was sich damals zugetragen hatte. Diesmal aber, das schwor er sich, würde es anders sein. Er fasste nach Maries Hand und zog seine Frau an sich. »Hab keine Sorge! Ich komme zurück. Diesmal ist es kein langer Kriegszug in Feindesland. Vermutlich wird es nicht einmal zu einer Schlacht kommen. König Friedrich will dem Polenkönig Ladislaus, der seinem Mündel die Krone Ungarns geraubt hat, nur beweisen, dass er Hilfe gegen ihn aus dem Reich erhält.«

»Es heißt, Friedrich will einige Burgen und Städte zurückerobern, die ihm der Pole weggenommen hat«, wandte Marie ein.

»Das ist richtig. Wenn Ladislaus klug ist, räumt er sie freiwillig. Kommen Friedrich nämlich genug Ritter zu Hilfe, wird er die Burgen belagern und mit Gottes Hilfe zurückgewinnen.«

Marie schüttelte erregt den Kopf. »Das bedeutet aber doch Kampf!«

»Es bedeutet nur Belagerung! Ob es dabei zu Gefechten kommt, muss sich erst zeigen. Auf jeden Fall endet meine Verpflichtung im Herbst, und dann kehre ich zurück. Du wirst sehen, wir werden beide auch heuer gemeinsam unseren Wein lesen.« Michel legte die Arme um Marie und lächelte sie an. »Ich liebe dich so sehr!«

»Ich liebe dich auch.« Der Streit, der kurz zwischen ihnen aufgeflackert war, war sofort wieder vergessen. Dennoch konnte Marie das, was sie bewegte, nicht zurückhalten.

»Mir wäre trotzdem lieber, du würdest hierbleiben und mit Graf Ernst von Herrenroda verhandeln. Sein Angebot, unsere Trudi mit seinem Sohn Robert zu verheiraten, ist eine Ehre für uns. Immerhin zählen die Grafen auf Herrenroda zu den ältesten Adelsgeschlechtern im Reich. Wir würden in ihnen mächtige Verbündete gewinnen, und diese Verwandtschaft wäre auch für unsere anderen Kinder von Vorteil. Denke nur an Falko! Mit Ernst von Herrenroda an seiner Seite könnte er sich gegen jeden Fürstbischof von Würzburg behaupten. Du weißt doch, wie Gottfried Schenk zu Limpurg zu den Verträgen steht, die sein Vorgänger Johann von Brunn mit uns geschlossen hat.«

Michel nickte mit verbissener Miene. »Er würde sie am liebsten für ungültig erklären! Aber auch das spricht dafür, dass ich König Friedrichs Ruf folge. Bin ich bei ihm gut angeschrieben, wird Gottfried Schenk zu Limpurg es sich zweimal überlegen, uns Steine in den Weg zu rollen.«

Diesem Argument konnte Marie sich nicht entziehen, und so nickte sie. »Es sieht wohl so aus, als wäre es für uns beide wichtig, dass du mit König Friedrich ziehst. Aber was schreibe ich Ernst von Herrenroda, wenn er unbedingt den Heiratsvertrag zwischen seinem Sohn und Trudi schließen will?«

Das Angebot war in Maries Augen ebenso ehrenvoll wie vorteilhaft für sie. Michel hing immer noch der Ruf an, der Sohn eines Bierschenks zu sein, der nur deshalb in den Adelsstand erhoben worden war, weil er Kaiser Sigismund in einer Schlacht das Leben gerettet hatte. Auch gegen sie wurde gehetzt, denn es hieß, sie wäre eine Hure gewesen, die Kaiser Sigismund beim Konzil in Konstanz erfreut habe. Als er ihrer müde wurde, habe er sie mit Michel Adler auf Kibitzstein vermählt.

Marie schüttelte die quälenden Erinnerungen ab und wiederholte die Frage: »Was soll ich Ernst von Herrenroda antworten, wenn er schreibt?«

»Weise ihn darauf hin, dass Trudi noch zu jung zum Heiraten ist. In drei oder vier Jahren können wir darüber reden.«

Michel ließ keinen Zweifel daran, dass ihm das Angebot des Grafen nicht passte. Kein Herr von Stand warb für seinen Sohn um ein Mädchen von so niederer Herkunft wie Trudi, es sei denn, er habe einen ganz bestimmten Grund. Bei Ernst von Herrenroda waren dies wahrscheinlich jene zehntausend Gulden, die als Trudis Mitgift so rasch wie möglich in seine Truhe wandern sollten.

»Denk doch einmal nach, Marie!«, erklärte Michel. »Graf Ernst verlangt Trudis Mitgift bereits weit vor der Hochzeit. Was ist, wenn er es sich in der Zwischenzeit anders überlegt und eine andere Braut für seinen Sohn sucht?«

»Das kann er nicht!«, rief Marie aus.

»Wer will ihn daran hindern? Wir sind nicht in der Lage dazu. Selbst wenn wir ihn bei König Friedrich oder dem Reichskammergericht anklagen, würden wir die zehntausend Gulden nicht wiedersehen.«

Dieser Punkt bereitete auch Marie Sorgen. Trotzdem war sie nicht bereit, ihre Hoffnungen fahren zu lassen. »Ich vertraue auf geschriebene Verträge, gegen die zu verstoßen auch einen Ernst von Herrenroda Ansehen und Vertrauen kosten würde!«

»Mich stört, dass er darauf drängt, das Geld sofort zu erhalten. Es würde doch reichen, wenn er es bei der Hochzeit bekommt«, antwortete Michel. »Daher traue ich ihm nicht, und du solltest es auch nicht tun. Erinnere dich daran: Auch dir ist einmal eine hochwohlgeborene Ehe angetragen worden. Dabei ging es dem Keilburger nur darum, sich auf verbrecherische Weise in den Besitz deines Vaters zu setzen!«

Marie fröstelte bei dieser Erinnerung, denn auf diese Verlobung war die schlimmste Zeit ihres Lebens gefolgt. Trotzdem war sie nicht bereit, Graf Ernsts Angebot so einfach auszuschlagen.

»Vielleicht braucht er die Summe dringend und kann sie sich von niemand anderem leihen«, erwiderte sie deshalb.

»Wofür braucht er das Geld, wenn nicht für die Fehde mit Graf Joachim von Herrenstein? Beide Sippen entstammen demselben Geschlecht, und bereits zu Kaiser Sigismunds Zeiten kam es zu erbitterten Kämpfen zwischen ihnen.«

Marie nickte. »Du meinst die blutigen Kämpfe zwischen den neuen Landgrafen aus dem Geschlecht der Wettiner und den einheimischen Adelsgeschlechtern. Damals ging es um die Macht in ganz Thüringen, und die Grafenfamilien auf Herrenroda und Herrenstein standen auf verschiedenen Seiten. Aber die Fehde ist bereits vor mehr als einem Dutzend Jahren beendet worden. Außerdem haben die Herrensteiner nach ihrer Niederlage Urfehde schwören müssen.«

»Dies mag alles stimmen, trotzdem frage ich mich, weshalb Ernst von Herrenroda ausgerechnet uns dieses Angebot gemacht hat. Zehntausend Gulden sind viel Geld. Wofür braucht er es?«

Auf diese Frage wusste auch Marie keine Antwort. Sie sprachen noch eine ganze Weile über Ernst von Herrenrodas Angebot, kamen aber zu keinem befriedigenden Schluss.

Schließlich fasste Michel nach Maries Händen und lächelte sie an. »Sollte er einen Boten schicken oder schreiben, so teile ihm mit, dass wir ihm erst Antwort geben können, wenn ich aus Ungarn zurück bin.«

»Das mache ich.« Marie lächelte nun auch und ließ es gerne zu, dass Michels Hände immer fordernder über ihren Körper glitten. Schließlich bat sie ihn, ihr aus dem Kleid zu helfen, und streifte dann ihr Hemd ab. Obwohl sie nicht mehr jung war, hatte sie eine glatte Haut, einen gut geformten Hintern und feste Brüste. Wohl war sie mit der Zeit ein wenig stämmig geworden, doch das machte sie nicht weniger reizvoll.

»Ich bin ein glücklicher Mann«, sagte Michel, »denn ich habe ein ebenso schönes wie kluges Weib.«

»Und ich einen wunderbaren Mann, mit dem es sich auch mal wunderbar streiten lässt.« Marie umarmte ihn und rieb ihren Oberschenkel an dem seinen.

»Du weißt die Lust eines Mannes zu entflammen«, meinte er lachend und zog sich ebenfalls aus. Dann hob er Marie auf und trug sie zum Bett. Es war, als wollten beide ihr Zerwürfnis vergessen machen, denn sie gaben sich voll ihrer Liebe hin, bis sie beide erschöpft nebeneinander einschliefen.

2.

Am nächsten Morgen stieg die Frühlingssonne strahlend über dem Horizont auf und vertrieb die letzten Schatten, die Michels Entscheidung, König Friedrichs Ruf zu folgen, herbeigerufen hatte. Marie wurde vor ihm wach, wusch sich und zog ihre Kleider an. Als sie die Schlafkammer verließ, herrschte in der Burg bereits reges Treiben. Ihr Blick nahm alles wahr, doch sie entdeckte weder Nachlässigkeiten noch Fehler. Die Leute arbeiteten gut, und das stellte sie zufrieden.

Als Erstes suchte Marie die Küche auf und besprach mit der Köchin die Mahlzeiten für die nächsten Tage. »Du wirst einiges an haltbaren Vorräten einpacken, damit mein Gemahl und seine Begleiter auf ihrem Weg zum König nicht hungern müssen«, setzte sie hinzu.

»Hannes hat mir gestern Abend gesagt, dass der Herr auf Reisen gehen wird, und so habe ich schon einiges herausgesucht. Neben getrockneten Erbsen, Bohnen und Pilzen werden sie einen oder zwei Säcke Mehl brauchen, dazu geräucherte Würste und Schinken, ein oder zwei Fässchen Wein und eines mit Bier. Den Hafer für die Pferde muss der Stallmeister bereitstellen.« Das Gesicht der Köchin glänzte zufrieden, weil sie der Herrin damit gezeigt hatte, dass diese sich auf sie verlassen konnte.

»Das hast du gut gemacht!«, lobte Marie sie. »Sprich bitte auch mit der Ziegenbäuerin. Sie soll dir ein paar Laib von jenem Käse geben, den mein Mann am liebsten isst.«

»Das habe ich schon getan. Frau Hiltrud ist vorhin gekommen, um zu fragen, ob wir etwas brauchen. Auch sie hat bereits gehört, dass Herr Michel zum König gerufen worden ist.«

Marie lachte leise auf. »Hier bleibt wohl nichts geheim.«

»Fremden sagen wir schon nichts«, rief die Köchin rasch, »aber die Ziegenbäuerin ist keine Fremde.«

»Nein, das ist sie wahrlich nicht.« Marie dachte an die Zeit, in der sie in Konstanz zu Unrecht der Hurerei beschuldigt und nach einer scharfen Auspeitschung aus der Stadt gewiesen worden war. Ohne Hiltrud, die damals als Wanderhure durch die Lande gezogen war, hätte sie nicht überlebt.

Sie wechselte noch ein paar Worte mit der Köchin und überlegte, ob sie gleich nach Hiltrud sehen oder vorher noch mit den Knechten sprechen sollte, die auch einiges für Michels Reise vorbereiten sollten. Die Pflicht ging vor. Daher begab sie sich zum Stall und befahl dem Stallmeister, die besten Reitpferde und genug Hafer bereitzustellen. Hannes, den treuesten und zuverlässigsten Knecht auf Kibitzstein, wies sie an, die Waffen und Rüstungen für Michel und seine Schar zu überprüfen und, wenn nötig, reparieren zu lassen.

»Putzt und fettet das Leder ein und reibt die Metallteile mit feinem Sand ab, so dass sie glänzen«, erklärte sie Hannes zuletzt.

»Das tun wir, Herrin.« Hannes grinste, denn er wusste, dass er Michel zum König begleiten würde. Zwar arbeitete er gerne auf Kibitzstein, freute sich aber darauf, Friedrich III. sehen zu dürfen.

Nachdem auch das geklärt war, ging Marie in die große Halle und sah dort ihre Töchter Trudi und Hildegard mit der Ziegenbäuerin am Tisch sitzen. Dieser war noch nicht gedeckt, da erst aufgetischt wurde, wenn Michel oder sie selbst erschienen.

»Guten Morgen, ihr drei! Wie geht es dir, Hiltrud?« Marie klang ein wenig besorgt, da ihre Freundin erst vor wenigen Wochen ihren Mann verloren hatte.

»Das Leben geht weiter«, antwortete Hiltrud mit einem Achselzucken. »Thomas und ich haben brave Kinder, die, nachdem ihnen der Vater genommen wurde, ihre Mutter umso mehr brauchen. Stimmt es, dass Michel wieder in den Krieg ziehen will?«

Diese Frage verriet Marie, dass die Freundin trotz ihrer Trauer auch an ihrem Schicksal teilnahm, und nickte seufzend. »König Friedrich hat etliche Ritter aufgerufen, ihm gegen Ladislaus von Polen beizustehen. Als Reichsritter und damit nur dem König verpflichtet, kann Michel sich diesem Ruf nicht entziehen.«

»Das tun genug andere«, murmelte Hiltrud.

Sie kannte Michels geraden Sinn und wusste, dass er leicht gegen wendigere Männer ins Hintertreffen geriet. In der Hinsicht war es gut, dass er mit Marie eine Frau hatte, die sich nicht so leicht die Butter vom Brot nehmen ließ.

»Hat Papa etwas über Graf Ernst von Herrenrodas Vorschlag gesagt?«, fragte Trudi, die aufgeregt auf ihrem Stuhl hin- und herrutschte.

Sie war vierzehn Jahre alt und versprach ein hübsches Mädchen zu werden. Obwohl sie sich alles andere wünschte, als Kibitzstein in absehbarer Zeit verlassen zu müssen, fühlte sie sich geschmeichelt, weil ein reicher, mächtiger Graf sie als Braut für einen seiner Söhne in Betracht zog.

»Papa hat gestern gemeint, dass ihm die Forderung des Herrenroda nicht passt!«, rief Hildegard, die um drei Jahre jünger war als Trudi. Im Allgemeinen war sie ein stilles Kind, das sich meist den Launen der älteren Schwester beugte und nur gelegentlich etwas sagte, was dieser nicht gefiel.

»Aber es ist doch ein sehr ehrendes Angebot«, wandte Trudi ein.

»Das ist es«, antwortete Marie, die sich trotz aller Bedanken von der Verbindung mit der mächtigen Sippe einen Vorteil erhoffte.

Inzwischen war auch Michel erschienen und hatte Trudis Ausruf gehört. »Wärst du drei oder vier Jahre älter, mein Kind, so würde ich über eine Heirat mit einem Sohn des Grafen Ernst von Herrenroda nachdenken. So aber drängt mir der Herr zu sehr. Ich werde mich daher erst nach meiner Rückkehr mit diesem Antrag befassen.«

»Aber das wird Monate dauern!«, rief Trudi enttäuscht.

»Was sind schon ein paar Monate, wenn ich dich erst in einigen Jahren vor den Traualtar treten lassen will?«, erwiderte Michel mit einer abwehrenden Geste und griff zum Krug, um den ersten Schluck seines Morgenbiers zu trinken.

Trudi schwankte zwischen Trotz und Nachgeben. Allerdings wusste sie, dass ihre Mutter, selbst wenn sie mit ihr einer Meinung war, keine Kritik am Vater dulden würde.

»Aber was ist, wenn Graf Ernst sich anders besinnt und seinen Sohn einer anderen Familie als Eidam anträgt?«, fragte sie besorgt.

»Dann war seine Anfrage nicht viel wert.« Michel fand, dass die Eierspeise, die eben aufgetragen wurde, im Augenblick mehr Beachtung verdiente als Graf Ernst von Herrenroda, und ignorierte die bittenden Blicke seiner Tochter.

Dafür legte Hiltrud die Hand auf den Arm ihres Patenkinds. »Dein Vater hat recht«, flüsterte sie Trudi zu. »Wenn Graf von Herrenroda so handelt, liegt ihm nichts an deinen Eltern und dir, sondern nur daran, möglichst rasch die Mitgift einstreichen zu können. So einem Mann würde ich mein eigenes Kind nicht zur Schwiegertochter geben wollen.«

»Und wenn er nach Papas Rückkehr immer noch die Heirat wünscht?«, bohrte Trudi weiter.

»Dann werden deine Eltern die richtige Antwort finden. Auf jeden Fall bist du zu jung, um bereits einem Mann gegeben zu werden. Also bezähme dich! Sollte aus dieser Heirat nichts werden, so werden deine Eltern gewiss einen anderen Ehemann für dich finden.«

»So sehe ich es auch«, stimmte Michel der Ziegenbäuerin zu.

Sein Blick warnte Trudi davor, weiter auf diesem Thema zu beharren. Für ihn gab es genug anderes zu bedenken. Der Weg nach Wiener Neustadt oder nach Graz, der Stadt, bei der König Friedrich seine Truppen sammeln wollte, war weit und führte durch Landschaften, die Herren gehörten, die Friedrich nicht wohlgesinnt waren. Wie es hieß, sollte sich sogar sein jüngerer Bruder Albrecht mit dem Polenkönig verbunden haben, um die Krone Karls des Großen und den Titel Kaiser, den Friedrich anstrebte, an sich reißen zu können.

3.

Es war, als hätten Marie und Michel ein stillschweigendes Übereinkommen getroffen, Graf Herrenrodas Anfrage nicht mehr zu erwähnen. Es gab auch so genug zu tun, denn außer Michel hatten auch andere Herrschaften aus diesem Landstrich Friedrichs III. Ruf vernommen, und einige wollten ihre Männer dem König zuführen. Die frommen Damen des Klosters Hilgertshausen stellten Kriegsknechte und baten Michel, diese in seine Schar einzugliedern. Ebenso hielt es ihre nächste Nachbarin Hertha von Steinsfeld. Zwei Tage bevor Michel aufbrach, erschien Ludolf von Fuchsheim und brachte einige Reisige mit. Seine Tochter Bona begleitete ihn. Sie war in Trudis Alter und deren beste Freundin. Die beiden Mädchen verschwanden auch gleich in der Burg, ohne Hildegard mitzunehmen. Diese wanderte zum Ziegenhof, um mit Hiltruds Tochter Mechthild zu spielen.

Michel begrüßte den Fuchsheimer freundlich und lud ihn in die Halle ein. »Einem Schluck Wein und einem Stück Rauchfleisch werdet Ihr gewiss nicht abgeneigt sein«, meinte er.

»Dagegen habe ich gewiss nichts«, antwortete der Fuchsheimer mit einem schiefen Grinsen.

Nachdem sie miteinander angestoßen hatten, legte Ludolf von Fuchsheim das Gesicht in kummervolle Falten. »Ihr seid noch im besten Alter, Kibitzstein, doch ich spüre immer mehr die Jahre, die auf mir lasten. Als ich gestern meine Rüstung anlegen wollte, drückte sie mich an allen möglichen Stellen und wurde mir zu schwer.«

Diese Einleitung verhieß nichts Gutes, fand Michel, erwiderte aber nichts.

»Ich habe nur diese eine Tochter, da mein Weib mir keinen Sohn geschenkt hat. Wer soll also mein Aufgebot anführen, da ich es nicht mehr kann? Ich kann doch nicht Bona in eine Rüstung stecken und zum König schicken!«

Michel begriff nun, worauf der Fuchsheimer hinauswollte, und da ihm an einer guten Nachbarschaft gelegen war, klopfte er ihm freundschaftlich auf die Schulter. »Äbtissin Margarete von Hilgertshausen und Hertha von Steinsfeld haben mir bereits ihre Männer anvertraut. Da kann ich auch die Euren mitnehmen und Euch beim König entschuldigen.«

»Das würdet Ihr für mich tun?« Die Augen des Fuchsheimers leuchteten zufrieden auf, denn genau das war seine Absicht gewesen. Er umarmte Michel und ließ sich einen zweiten Becher Wein schmecken, bevor er weitersprach.

»Es soll, wie es heißt, kein großer Kriegszug werden. König Friedrich will dem Polenkönig nur zeigen, dass er jederzeit Unterstützung aus dem Reich herbeirufen kann. Selbst wenn nur wir Ritter aus Franken kommen, reicht das aus, um Ladislaus in seine Schranken zu weisen. Sollte es dennoch zu einer Schlacht kommen, weiß ich, dass Ihr meine Männer gut führen werdet.«

»Ich werde sie genauso gut behandeln wie meine eigenen«, versprach Michel.

Unterdessen hatte auch Marie sich hinzugesellt und betrachtete den Nachbarn mit einer Mischung aus Ärger und Spott. Sie hatte die Männer, die er mitgebracht hatte, gemustert und festgestellt, dass ihre Bewaffnung und die Ausrüstung um einiges schlechter waren als die der eigenen Leute. Auch haperte es an Vorräten für den Marsch. Hertha von Steinsfeld hatte ebenfalls daran gespart, und selbst das Kloster hatte seinen Männern weniger mitgegeben, als diese benötigen würden. Wie es aussah, erwarteten alle, dass Michel ihre Leute ernährte. Auch wenn Marie nichts dagegen hatte, dass er sie anführte, so ärgerte sie sich doch, dass seine Gutmütigkeit von den Nachbarn auf eine solche Weise ausgenutzt wurde.

»Ihr solltet morgen noch zwei Saumpferde mit Vorräten schicken, Herr Ludolf. So haben Eure Leute zu wenig zu beißen«, stichelte sie.

»Herr Friedrich hat versprochen, für die Männer zu sorgen«, antwortete der Nachbar dickfellig.

Michel, dem an einer guten Nachbarschaft mit Fuchsheim lag, bedeutete Marie, es dabei zu belassen. Ähnlich wie sie von einer Hochzeit Trudis mit dem Sohn Ernst von Herrenrodas träumte, überlegte er sich, ob nicht eine Heirat seines Sohnes Falko mit Ludolfs Tochter und Erbin Bona wünschenswert wäre. Kibitzstein und Fuchsheim stießen aneinander und würden zusammengefasst mehr Gewicht in diesem Teil Frankens erlangen, als wenn sie für sich blieben. Zwar war Bona gut zwei Jahre älter als sein Sohn, aber das war kein Unterschied, der eine Heirat unmöglich machte. Zurzeit befand Falko sich jedoch mit seiner Ziehschwester Lisa bei deren Verwandten Heinrich von Hettenheim, um sich dort als Page und später als Knappe zu bewähren. Wenn er in einigen Jahren nach Kibitzstein zurückkehrte, war immer noch Zeit, mit Ludolf von Fuchsheim zu sprechen. Jetzt galt es, an anderes zu denken.

»Ich werde übermorgen aufbrechen«, erklärte Michel. »Habt Ihr etwas von Moritz von Mertelsbach gehört? An ihn erging der Ruf des Königs ebenfalls.«

Der Fuchsheimer schüttelte den Kopf. »Ich habe Herrn Moritz letzte Woche in Dettelbach getroffen. Aber er hat mit keinem Wort erwähnt, ob und wann er aufbrechen will. Eigentlich hatte ich angenommen, er würde seine Männer ebenfalls Euch anvertrauen. Immerhin zählt er noch ein paar

Jahre mehr als ich. Vermutlich wird er seinen ältesten Sohn losschicken, auf dass dieser sich beim König einen guten Ruf erwirbt.«

»So wird es wohl sein.« Auch wenn er Moritz von Mertelsbach nicht mochte, ärgerte Michel sich, weil dieser ihn einfach überging. Dabei war er der noch von Kaiser Sigismund bestellte Hauptmann der in ihrem Gau ausgehobenen Truppen. Auch Maximilian von Albach hatte keine Nachricht gesandt. Dessen Herrschaft war kleiner als Kibitzstein, und dieser Umstand wurmte den Mann, weil er auf eine stattliche Ahnenreihe zurückblicken konnte.

»Nun denn! Er muss wissen, was er tut. Auf jeden Fall halten Fuchsheim, Steinsfeld, Hilgertshausen und wir zusammen«, sagte er und ließ sich einen weiteren Becher einschenken.

Marie bat Ludolf von Fuchsheim noch, Grüße an seine Gemahlin auszurichten, und ging wieder ihren Pflichten nach. Michel leerte noch den einen oder anderen Becher Wein mit seinem Gast und half ihm am späten Nachmittag in den Sattel.

Es dauerte ein wenig, bis der Trupp aufbrechen konnte, denn im Gespräch mit Trudi hatte Bona von Fuchsheim die Zeit vergessen und musste erst in der Burg gesucht werden. Schließlich aber konnte Michel das Mädchen aufs Pferd heben. Kaum hatten die Fuchsheimer das Burgtor passiert, trat Marie an Michels Seite. »Ich finde es nicht richtig, dass du dich von unseren Nachbarn so ausnützen lässt, Liebster.«

»Warum ausnützen?«, fragte Michel verblüfft.

»Sowohl die frommen Damen wie auch Hertha von Steinsfeld und Ludolf von Fuchsheim haben ihren Männern zu wenig Vorräte mitgegeben. Auch sind die Waffen der Fuchsheimer und Steinsfelder Waffenknechte alt und teilweise sogar unbrauchbar. Wir werden sie aus unseren eigenem Zeughaus ausrüsten müssen.«

»Auch wenn es uns gewisse Kosten bereitet, sollten wir

nicht alles auf Heller und Pfennig aufrechnen. Immerhin geht es um eine gute Nachbarschaft«, antwortete Michel.

»Die darf aber nicht zu einseitig ausfallen!« Im Gegensatz zu ihrem Ehemann nahm Marie es den Nachbarn übel, dass sie ihm neben der Verantwortung für ihre Leute auch die Pflicht aufhalsten, für sie zu sorgen.

»Wir werden von den paar Gulden gewiss nicht arm! Immerhin hast du genug Geld, um Ernst von Herrenroda zehntausend Gulden als Trudis Mitgift auszahlen zu können.« Nach Michels Ansicht war seine Frau in dieser Beziehung zu engherzig. »Im Gegensatz zur Steinsfelderin und dem Fuchsheimer sind wir reich, und so kann ich es mir leisten, ihre Männer in den Krieg zu führen«, erklärte er. »Allerdings darf Großzügigkeit nicht in Dummheit ausarten.«

»Ich sagte nicht, dass du dumm bist«, antwortete Marie gekränkt.

Michel sah sie lächelnd an. »Ich habe dir doch eben recht gegeben. In einem gewissen Rahmen bin ich bereit, für die Männer unserer Nachbarn zu sorgen. Sollten die Kosten jedoch zu hoch werden, werde ich die Summe den Herrschaften in Rechnung stellen.«

»Als wenn du das je tun würdest!« Marie lachte leise, ihre Verstimmung war bereits wieder verflogen. »Du solltest allerdings bedenken, dass auch für uns härtere Zeiten kommen können. Immerhin zweifelt der neue Fürstbischof von Würzburg die Rechte an, die wir von seinem Vorgänger Johann von Brunn gekauft haben. Die meisten von ihnen haben noch lange nicht die Summe eingebracht, die wir dem Fürstbischof dafür gegeben haben. Wenn Gottfried Schenk zu Limpurg die Zahlung verweigert, werden wir etliches an Geld verlieren.« Sie legte ihm die Hand auf den Arm. »Deswegen bin ich ja auch dafür, das Angebot Ernst von Herrenrodas anzunehmen. Steht er auf unserer Seite, wird der Fürstbischof es sich gut überlegen, gegen uns vorzugehen.«

»Unsere Rechte stehen geschrieben. Das muss auch Gottfried Schenk zu Limpurg anerkennen«, erklärte Michel voller Zuversicht.

»Er hat noch andere Möglichkeiten, uns zu schaden. Immerhin besitzt er das Vorschlagsrecht für die Äbtissinnen von Hilgertshausen. Die ehrwürdige Mutter Margarete ist alt und war im Winter sehr krank. Stirbt sie, könnte der Fürstbischof sie durch eine Frau ersetzen, die sich gegen uns stellt.«

»Auch diese muss sich an die geltenden Verträge halten, Marie«, antwortete Michel mit einem nachsichtigen Lächeln.

Seiner Ansicht nach machte sie sich zu viele Sorgen. Sowohl die Vogteirechte und die Verpfändung mehrerer Würzburger Dörfer durch Johann von Brunn wie auch der Hilgertshausener Weinberge, die die Äbtissin ihnen als Pfand für eine gewisse Summe überlassen hatte, waren vertraglich geregelt. Die Abschriften der Verträge wurden hier in der Burg an einer sicheren Stelle verwahrt.

Marie wünschte sich, die Zuversicht ihres Mannes teilen zu können. Doch bereits die Art, mit der Gottfried Schenk zu Limpurg erklärt hatte, alle Verpflichtungen des Hochstifts nachzuprüfen und jene als erloschen zu erklären, die er als nicht gültig erachtete, bewies, von welchem Schlag dieser Mann war.

4.

Marie und Michel waren zu oft und zu lange getrennt gewesen, als dass ihr Abschied frei von Schmerz hätte sein können. Am Morgen hatten sie sich lange umarmt, und Marie hatte sogar geweint, doch als sie vor ihre Leute traten, beherrschten sich beide. Michel war sogar ein wenig stolz, als er die Schar musterte, die er anführen sollte. Durch die ihm übertragenen Krieger der Nachbarn würde er nicht wie ein kleiner Reichsritter zum Aufgebot des Königs stoßen, sondern wie jemand, der über mehr Land gebot als die paar Dörfer, die zu Kibitzstein gehörten. Vielleicht, so dachte er, würde Friedrich ihn sogar in den Freiherrenstand erheben, wenn er sich an seiner Seite bewährte.

Im Gegensatz zu ihm war Marie eine Rangerhöhung gleichgültig. Ihr wäre es weitaus lieber gewesen, ihr Mann hätte bei ihr bleiben und es anderen überlassen können, für König Friedrich zu streiten. Ein Stallknecht brachte ihm eben sein Pferd, und er schwang sich geschmeidig in den Sattel.

»Auf Wiedersehen!«, rief er ihr, Trudi und Hildegard zu, winkte noch einmal und ritt als Erster zur Burg hinaus. Die Gewappneten des Kibitzsteiner Aufgebots folgten ihm zu Pferd, während die aus Hilgertshausen, Fuchsheim und Steinsfeld den langen Weg nach Ungarn zu Fuß bewältigen mussten. Wenn sie Glück hatten, konnten sie ein Stück auf der Donau fahren, vorausgesetzt, sie fanden ein Schiff, das sie mitnahm. Doch auch dann würde der Weg mehrere Wochen in Anspruch nehmen. Marie bezweifelte daher, dass Michel wie versprochen zur Weinlese zurück sein würde. Wenn es sehr lange dauerte, lag bei seiner Rückkehr unter Umständen bereits der erste Schnee auf den Höhen.

Marie verdrängte diesen Gedanken, weil er ihr den Abschied erschwerte, und folgte der Schar ein Stück. Mehrmals drehte Michel sich um und winkte, dann aber richtete er seinen Blick nach vorne. Ihr erstes Ziel würde Schwarzach sein und die erste Nachtrast bei Bibart erfolgen.

Nach einer Weile blieb Marie stehen und bemerkte jetzt erst, dass Trudi ihr gefolgt war. In den Augen des Mädchens glänzten Tränen. Marie trat zu ihr und legte ihr den Arm um die Schulter. »Kopf hoch, Kind! Dein Vater wird gewiss wieder zurückkommen.«

Sie selbst aber fror trotz des warmen Frühlingstags so stark, als kündete sich nahendes Unheil an. Mehrmals versuchte sie, das Gefühl abzuschütteln, doch es blieb.

Was konnte nicht alles geschehen! Michel musste nicht einmal auf Feinde treffen. Krankheiten kosteten auf einem Feldzug oft mehr Männer das Leben als eine Schlacht, und dann war auch noch der lange Weg nach Graz, der teilweise durch Länder führte, deren Herren Friedrich nicht wohlgesinnt waren.

In dem Augenblick bedauerte Marie, dass ihre Ziehtochter Lisa auf Einladung ihres Oheims Heinrich auf Hettenheim weilte und sie ihr Alika als Begleitung mitgegeben hatte. Mit ihrer Freundin hätte sie über ihre Sorgen reden können. Das war bei Anni, ihrer Wirtschafterin, unmöglich. Zwar nannte sie auch diese ihre Freundin, doch Anni zeigte wenig Verständnis für die Empfindungen anderer und hätte sie höchstens gefragt, ob sie Michels Kleider bereits jetzt oder erst später waschen lassen sollte.

Doch es gab jemanden, dem sie ihr Herz ausschütten

konnte, dachte Marie und lenkte ihre Schritte zum Ziegenhof. Sie hörte, dass Trudi hinter ihr herlief, wartete, bis diese zu ihr aufgeschlossen hatte, und drückte sie tröstend an sich.

Sie trafen Hiltrud dabei an, wie diese den Rahm von der Milch abschöpfte. Als die Ziegenbäuerin Marie entdeckte, reichte sie ihrer Tochter Mechthild den Löffel.

»Mach hier weiter! Gib aber acht, dass du nicht zu viel Rahm auf der Milch lässt. Ich will Magerkäse daraus machen.«

»Ja, Mama«, antwortete das Mädchen und tauchte den Löffel in die Milch.

Hiltrud trat auf Marie und Trudi zu. »Ihr beide habt gewiss Hunger. Ich werde euch ein Butterbrot zurechtmachen.«

Hunger war zwar das Letzte, was Marie empfand, doch für Hiltrud war es wie ein Ritual, ihr etwas aufzutischen, bevor sie miteinander redeten. Sie und Trudi folgten ihr in die Küche, setzten sich auf die Bank und sahen zu, wie Hiltrud zwei große Scheiben Brot abschnitt und sie dick mit Butter beschmierte.

»Was mögt ihr trinken? Ich könnte euch einen Kamille-Pfefferminz-Aufguss machen. Oder seid ihr mit Milch zufrieden? Saft von Früchten gibt es um die frühe Jahreszeit leider noch nicht.«

»Bitte Milch«, antwortete Marie, die nicht wollte, dass Hiltrud auch noch Wasser für einen Kräuteraufguss erhitzen musste.

Hiltrud begriff, dass es ihre Freundin drängte, mit ihr zu reden, und holte rasch zwei Becher Milch. Nachdem sie alles vor Marie und Trudi hingestellt hatte, setzte sie sich zu ihnen. »Du siehst aus, als hättest du etwas auf dem Herzen.«

»Wie soll es mich freuen, wenn Michel für den König in den Krieg zieht? Beim letzten Mal hätte es ihn beinahe das Leben gekostet!« Maries Stimme schwankte, und durch ihren Kopf zogen Bilder des Schreckens, den die Hussiten verbreitet hatten. Eine leichte Ohrfeige rief sie in die Gegenwart zurück.

»Du solltest dir davon nicht das Leben verbittern lassen! Es ist ein anderer Krieg als damals, ein anderer König, der Michel zu sich ruft, und der Feind soll bei weitem nicht so grausam sein, wie es Jan Zyskas Scharen gewesen sind. Du solltest diese Grille fangen und wie eine Laus knacken«, erklärte Hiltrud. »Es kommt, wie es kommt! Wir Menschen können es nicht ändern, sondern müssen nur das Beste aus den Möglichkeiten machen, die uns das Leben bietet. Und da haben wir beide es wirklich nicht übel getroffen. Hätten du und ich damals verzagt, wäre unser Schicksal ein anderes gewesen.«

Mehr Worte wollte Hiltrud nicht über jene Jahre verlieren, weil Trudi dabeisaß und nicht erfahren sollte, dass ihre Mutter ihr Brot als wandernde Hure hatte verdienen müssen.

»Damals hatte ich ein Ziel«, antwortete Marie leise und meinte damit die Rache an ihren Verleumdern, die sie als Hure denunziert und aus Konstanz hatten vertreiben lassen.

»Du hast auch jetzt noch ein Ziel, nämlich die Burg so zu verwalten, dass Michel sich deiner nicht schämen muss, wenn er zurückkehrt«, erklärte Hiltrud streng.

»Das könnte ich auch Anni überlassen. Sie ist sehr tüchtig.«

»Fast zu tüchtig, würde ich sagen! Du hast ihr damals das Leben gerettet, und nun glaubt sie, sie sei verpflichtet, dir so viele Aufgaben abzunehmen, wie es nur geht.«

Eigentlich mochte Hiltrud Anni, doch ihr war die junge Frau viel zu versessen darauf, Marie ihre Dankbarkeit zu beweisen.

»Wenn sie wenigstens besser mit Alika zurechtkäme!«, rief Marie aus.

»Hättest du Alika genauso das Leben gerettet wie ihr, wäre

sie wohl freundlich zu ihr. Da du jedoch Alika dein Leben verdankst, und nicht umgekehrt, ist Anni eifersüchtig, weil sie glaubt, du könntest Alika lieber haben als sie.«

»Dir gegenüber ist sie doch auch freundlich und freut sich, wenn du ihr einen Rat geben kannst«, wandte Marie ein.

Hiltrud schenkte ihr Milch nach und lächelte. »Du bist eine kluge Frau, Marie, aber das begreifst du doch nicht. Ich war vor Anni da und konnte ihr daher deine Freundschaft nicht wegnehmen. Sie war im Gegenteil glücklich, weil du ihr trotzdem deine Liebe geschenkt hast. Alika kam erst nach ihr, und so lebt sie in dem Wahn, dir weniger zu gelten als diese. Das kannst du nicht ändern. Menschen sind nun einmal so. Dazu kommen Alikas Herkunft und ihre dunkle Haut. Es gibt immer Leute, die sich gegen Fremde sträuben, vor allem wenn sie glauben, dass diese ihnen überlegen sind.«

»Lass uns von etwas anderem reden!«, sagte Marie in komischer Verzweiflung. Seit Jahren versuchte sie zwischen Anni und Alika auszugleichen, doch es war nur dem gutmütigen Wesen der schwarzhäutigen Frau zu verdanken, dass der Streit zwischen ihr und Anni nicht höher kochte.

»Wie geht es Falko und Lisa? Sind die beiden gut auf Hettenheim angekommen?«, fragte Hiltrud, die gerne auf Maries Wunsch nach einem Themenwechsel einging.

»Heinrich von Hettenheim hat einen Boten mit der Nachricht geschickt, dass die beiden und Alika gut angekommen sind. Seine Frau will Lisa den Sommer über auf Hettenheim behalten und sie ihren Verwandten und Freunden vorstellen und er selbst Falko zu einem jungen Edelmann erziehen.«

»Du willst mit diesem Besuch wohl die Bande mit Hettenheim und dessen Freunden und Verbündeten stärken«, schloss Hiltrud aus diesen Worten.

»Man kann heutzutage nicht genug Verbündete und Freunde haben«, erwiderte Marie und dachte an Ernst von Herrenroda, dessen Herrschaft nördlich des Henneberger

Landes lag und der ein mächtiger Verbündeter für sie werden könnte.

Das Gespräch wandte sich nun weniger gewichtigen Themen zu. So hatte Hiltrud eine neue Salbe angerührt, die den Falten im Gesicht Einhalt gebieten sollte. Marie musste sie gleich ausprobieren und lobte ihre Freundin dafür.

»Die Salbe fühlt sich gut an. Du könntest mir ein Töpfchen davon verkaufen.«

»Als wenn ich von dir dafür Geld nehmen würde!«, spottete Hiltrud und sah, wie Trudi ebenfalls nach der Salbe greifen wollte.

»Dafür bist du noch ein wenig arg jung. Wenn du einmal in unser Alter kommen solltest, kannst du solche Salben nehmen«, sagte sie, strich aber, als Trudi eine enttäuschte Miene zog, doch ein wenig Salbe auf deren Gesicht.

5.

In den folgenden Wochen war es ruhig auf Kibitzstein. Marie überwachte die Knechte und Mägde und bemühte sich dabei, nicht in Annis Pflichten einzugreifen. Der jungen Frau entging buchstäblich nichts. Jeden Abend erstattete sie Marie Bericht und besprach mit ihr, welche Arbeiten am nächsten Tag anstanden. Die Felder mussten für die Sommersaat vorbereitet und die Weinberge vom ersten Unkraut befreit werden. Dazu galt es, Fässer zu reparieren und neu auszupichen. Vor allem aber musste die Burg jetzt im Frühjahr gründlich gereinigt und Kleidung, Leinenzeug und Decken gelüftet oder gewaschen werden.

Ein Wanderhändler, der in dieser Zeit zur Burg kam, verdiente gut, weil er berichten konnte, er habe Michel und dessen Männer in Regensburg beim Einsteigen in mehrere Ulmer Schachteln gesehen.

Marie war froh, dass ihr Mann nicht den gesamten Weg zum König auf Straßen zurücklegen musste, die oft ihren Namen nicht verdienten. So konnte er wenigstens bis Passau oder sogar bis Linz oder Wels auf den Ulmer Flussschiffen reisen.

Gelegentlich erschienen Nachbarn zu Besuch, sei es Bona von Fuchsheim, die zu Trudi wollte, oder Hertha von Steinsfeld. An Ansprache mangelte es Marie daher nicht. Auf den Gast, der an einem sonnigen Nachmittag auf Kibitzstein erschien, hätte sie jedoch gerne verzichtet, denn es handelte sich um ein Mitglied des Domkapitels von Würzburg.

Der Kleriker erschien mit einem halben Dutzend Begleiter und musterte die Burg in Maries Augen viel zu eingehend. Auch wenn Kibitzstein zurzeit nicht gut mit dem Fürstbistum stand, gebot es die Höflichkeit, dem Besucher und seinen Männern Unterkunft zu bieten und sie zu verköstigen.

Der Kleriker ließ sich zu Marie führen und sah hochmütig auf sie herab. »Mein Name ist Guntram von Ebrach! Du wirst gewiss bereits von mir gehört haben.«

Auch wenn er Geistlicher war, hätte er ihr als Gast mehr Höflichkeit geschuldet, fand Marie und schüttelte den Kopf. »Ich bedauere, das habe ich nicht.«

»Ich gehöre zu jenen Herren, die Seine hochwürdigste Exzellenz Gottfried Schenk zu Limpurg zu seinen Beratern ernannt hat«, fuhr Guntram von Ebrach fort.

Die Arroganz des Domherrn ärgerte Marie zunehmend, und sie stellte die Stacheln auf. »Da es dem neuen Fürstbischof von Würzburg noch nicht gefallen hat, meinen Gemahl und mich einzuladen, können wir seine Berater nicht kennen.«

»Es wird eine Einladung geben, spätestens dann, wenn Seine Eminenz über die Rechte entschieden hat, die dein Mann und du angeblich von seinem Vorgänger Johann von Brunn erhalten haben wollt.«

Marie ahnte, dass der Fürstbischof den Mann geschickt hatte, weil Michel fort war und er annahm, sie einschüchtern zu können. Doch da sollte Gottfried Schenk zu Limpurg sich täuschen.

»Was heißt hier angeblich?«, fragte sie von oben herab. »Jede unserer Forderungen ist mit Verträgen abgesichert, von denen jeweils eine Ausfertigung im Archiv des Fürstbischofs liegt.«

»Verträge mag es geben, doch ist die Frage, ob sie zu Recht geschlossen wurden«, antwortete der Domherr voller Überheblichkeit.

»Die Verträge sind mit den Siegeln und Unterschriften von Herrn Johann von Brunn und mehreren Zeugen versehen, von denen einige wie Herr Viktor von Grasheim noch dem Domkapitel von Würzburg angehören. Diese Herren werden Euch und Eurem Fürstbischof bestätigen, dass die Verträge gültig sind.«

Marie lächelte verbindlich, doch ihre Augen blickten kalt. Vielleicht hätte Michel sich auf einen Handel mit dem neuen Fürstbischof eingelassen. Da dieser sie aber ausgerechnet zu einer Zeit bedrängte, in der ihr Mann in der Ferne weilte, war sie nicht bereit, auch nur einen Fingerbreit zurückzustecken.

Der Besucher war es ebenso wenig. »Johann von Brunn hat von deinem Mann und dir eine gewisse Summe geliehen und euch dafür den zehnten Teil des Mainzolls überlassen. Das Geld kam jedoch nicht dem Fürstbistum zugute, denn Johann von Brunn kaufte dafür die Stelle eines Bamberger Domherrn für einen seiner Neffen. Ihr habt daher das Geld von diesem Neffen oder dem Domkapitel von Bamberg zu verlangen, aber nicht vom Fürstbistum Würzburg!«

»Wir haben dieses Geld Herrn Johann von Brunn in seiner Eigenschaft als Fürstbischof von Würzburg geliehen, und nicht seinem Neffen. Auch war es nicht an uns, Herrn Johann von Brunn Vorschriften zu machen, wie er diese Summe verwenden solle. Jedes Gericht wird dies Eurem Herrn bestätigen.«

Die Miene des Domherrn verriet Marie, dass ihre Bemerkung getroffen hatte. Als freier Reichsritter unterlag Michel nicht dem Gericht des Fürstbischofs, sondern dem des Königs, und es hieß von Herrn Friedrich, er wäre, was Verträge betraf, ein sehr pedantischer Herr. Wenn Gottfried Schenk zu Limpurg jene, die seinem Vorgänger Geld gegen Pfänder geliehen hatte, zum Einlenken bewegen wollte, war das Gericht des Königs der falsche Weg.

»Soll ich diese Antwort Seiner hochwürdigsten Exzellenz,

dem Fürstbischof, überbringen? Er wird nicht erfreut sein«, versuchte Ebrach Marie zu verunsichern.

»Ihr könnt ihm ausrichten, dass mein Gemahl und ich auch nicht erfreut darüber sind, dass er gültige Verträge anzweifelt«, gab Marie bissig zurück. »Außerdem könnt Ihr ihm noch etwas hinzufügen: Es spricht nicht gerade von christlicher Gesinnung, dass Herr Gottfried Schenk zu Limpurg seine Forderungen ausgerechnet zu einem Zeitpunkt stellt, in dem mein Gemahl in Diensten des Königs in der Ferne weilt. Ich werde ihm eine Nachricht senden müssen, damit er Seine Majestät um Unterstützung gegen diese ungerechten Ansprüche bittet.«

Es war eine Kampfansage, und der Domherr verstand sie auch als solche. Dabei hatte er es sich recht einfach vorgestellt, die Ehefrau des Kibitzsteiners mit ein paar strengen Worten zum Gehorsam zu zwingen. Bei anderen, die dem früheren Fürstbischof Geld geliehen hatten, war ihm dies bereits gelungen. Fast alle hatten auf einen Teil der Forderungen verzichtet, auf die sie Anspruch hatten, um sich mit dem neuen Fürstbischof gut zu stellen. Dieser Frau aber, die, soweit er wusste, nur die Tochter eines Konstanzer Wollhändlers war, ging solch vornehme Gesinnung völlig ab.

»Ich werde morgen wieder abreisen. Merke dir aber, dass du dir mit deinem Starrsinn in Würzburg keine Freunde machst!« Mit dieser schwächlichen Drohung bat er Marie, sich zurückziehen zu dürfen.

Sie nickte, sah ihm nach und zog die Schultern hoch. Es war eine unangenehme Situation, die ihr ihre Machtlosigkeit vor Augen führte, doch der Ärger über den Fürstbischof überwog ihre Furcht vor dem, was daraus entstehen mochte. Sie wünschte sich allerdings, auf Freunde und Verbündete zurückgreifen zu können, und bedauerte daher, dass eine Vereinbarung mit Ernst von Herrenroda warten musste, bis Michel wieder nach Hause kam.

6.

Etliche Meilen von Kibitzstein entfernt saß Ernst von Herrenroda im Turmerker seiner Stammburg, die sich auf einer der Höhen des Thüringer Waldes erhob, und musterte die drei Männer, die sich um ihn versammelt hatten. Der älteste von ihnen war Hugo, der Kastellan der Burg. Der zweite war ein Mönch im Habitus der Benediktiner, aber mit nachlässiger Tonsur, und der letzte ein Jüngling in der Tracht eines einfachen Edelmanns. Sein Gesicht wies eine gewisse Ähnlichkeit mit den scharf geschnittenen Adlerzügen Graf Ernsts auf, und er hatte die gleichen eisgrauen Augen. Allerdings waren die Haare von gewöhnlichem Braun und nicht hellblond wie die des Grafen.

Graf Ernst trank einen Schluck aus einem silbernen Pokal, während die anderen sich mit Zinnbechern begnügen mussten. Als er das Gefäß abstellte, lachte er leise. »Wenn mein Herrensteiner Verwandter Joachim glaubt, uns überlisten zu können, wird er erkennen müssen, dass ich noch gerissener bin als er.«

»Ihr glaubt, Joachim von Herrenstein will die Fehde wieder aufnehmen, obwohl sein Vater Urfehde geschworen hat?«, fragte der Kastellan entgeistert.

»Er hat es oft und laut genug hinausposaunt«, antwortete der Mönch angewidert.

»Es war das Geschwätz eines Knaben! Sein Vater hat ihn deswegen immer wieder gerügt«, gab Hugo zu bedenken.

Graf Ernst winkte ab. »Bruder Friedmundus hat recht! Die Leute werden sich an Joachims Worte erinnern, wenn es so weit ist, und sich sagen, dass wir ihm nur zuvorgekommen sind. Um diesen Schlag vorzubereiten, werde ich alle Verwandten und Verbündeten auf die Waldburg einladen.«

»Weshalb auf die Waldburg?«, fragte der Kastellan befremdet. »Herrenroda wäre dafür weitaus besser geeignet. Die Waldburg wird für all die Gäste zu klein sein.«

»Deren Begleitung kann im Dorf unterkommen. Ich will die Zusammenkunft nicht zuletzt dort abhalten, um mich der Treue meines Vetters Ludwig zu versichern. Sein Vater hat in der großen Fehde zunächst zu den Herrensteinern gehalten und ist erst später auf unsere Seite umgeschwenkt. Bei seinem Sohn will ich erst gar nicht zulassen, dass er sich gegen mich stellt«, erklärte Graf Ernst selbstzufrieden.

»Um die Waldburg einzunehmen, braucht Ihr ein kleines Heer. Deshalb hat Euer Vater sie auch nicht angegriffen, sondern Euren Oheim in Gnaden wieder aufgenommen«, erklärte Hugo.

»Wenn ich mit einem Heer vor der Waldburg erschiene, würde Ludwig mir die Tore verschließen und Joachim von Herrenstein um Hilfe bitten. Daher ist es besser, wenn jeder meiner Brüder und Vettern zehn bis zwanzig Bewaffnete mitbringt. Als mein Lehnsmann kann Ludwig sich nicht weigern, uns einzulassen. Sind wir erst einmal in der Burg, bleibt sie auch unser«, erklärte Graf Ernst lachend.

Der junge Bursche hatte sich bis jetzt zurückgehalten. Nun aber beugte er sich nach vorne. »Wenn Ihr die Fehde mit den Herrensteinern wieder aufleben lassen wollt, braucht Ihr mehr Söldner, als Ihr jetzt aufbieten könnt, Herr Vater!«

»Das ist richtig«, gab Graf Ernst zu. »Hier kommt mein zweiter Plan zum Tragen, Robert, und in dem nimmst du eine wichtige Rolle ein. Würde ich mir von den Lombarden oder einem der Juden Geld leihen, erführe dies mein Verwandter Joachim rasch und könnte sich auf meinen Angriff vorbereiten. So aber greifen ich und all meine Verbündeten in ihre Truhen und kratzen zusammen, was herauszuholen ist.«

»Das wird immer noch nicht reichen«, wandte Kastellan Hugo ein. »Ihr werdet eine Eurer Burgen oder wenigstens einige Dörfer verpfänden müssen, um die nötige Summe zu erhalten!«

»Auch das würde Joachim von Herrenstein erfahren«, wandte Bruder Friedmundus ein.

Ernst von Herrenroda grinste breit. »Ich habe mich nach einer anderen Möglichkeit umgesehen, um an Geld zu kommen. Es gibt im Fränkischen einen Reichsritter, der mir, ohne sich selbst zu verschulden, zehntausend Gulden auf den Tisch legen kann. Das hat natürlich seinen Preis, und der ist eine eheliche Verbindung mit meinem Haus. Da ich dies keinem meiner edel geborenen Söhnen antun will, habe ich Robert holen lassen. Er wird die Tochter des Kibitzsteiners heiraten. Dafür werde ich das Paar mit einer der Burgen ausstatten, die wir Joachim von Herrenstein abnehmen.«

»Sagtet Ihr Kibitzstein, Herr Vater? Eine Tochter dieses Ritters will ich nicht! Es heißt, ihre Mutter sei eine Hure gewesen«, rief Robert empört.

»Was war deine Mutter anderes?«, fragte Graf Ernst spöttisch. »Die hat auch für jeden, der es wollte, die Beine breitgemacht. Bei dir kann ich meiner Vaterschaft jedoch sicher sein, denn es hat keiner gewagt, sich ihr zu nähern, während sie mein Bett wärmte.«

Er lachte laut und hallend, während der Knabe eine beleidigte Miene zog. Etwas darauf zu antworten, wagte er jedoch nicht.

Nun hob der Mönch die Hand. »Verzeiht, Vetter Ernst, doch gerade hier türmen sich neue Schwierigkeiten auf. Ritter Michel von Kibitzstein ist nach Österreich aufgebrochen, um König Friedrich beizustehen. Seine Ehefrau ließ mich wissen, dass über eine mögliche Verlobung ihrer Tochter mit Eurem Bastard erst nach dessen Rückkehr entschieden werden kann.«

»Wenn das so ist, brauche ich das Mädchen nicht zu heiraten!«, rief Robert, der lange genug darunter gelitten hatte, der Sohn einer Magd zu sein, die Graf Ernst einige Monate lang angenehme Stunden beschert hatte. Um diesen Makel zu tilgen, wünschte er sich die Heirat mit einer Jungfrau von Stand und nicht mit der Tochter eines Mannes, der als Vater anstelle eines Edelmanns nur einen Bierschenk aufweisen konnte.

Graf Ernst sah seinen Bastard grimmig an. »Ich habe mit dem Geld der Kibitzsteiner gerechnet und bereits Söldner angeworben. Wenn ich sie nicht bezahlen kann, laufen sie womöglich zu Joachim von Herrenstein über.« Er schwieg einen Augenblick und überlegte. Dann suchte sein Blick erneut den Mönch. »Du wirst so rasch wie möglich Kibitzstein aufsuchen und die Frau dazu bringen, meinem Vorschlag zuzustimmen.«

»Wenn man sie zu sehr drängt, wird sie fragen, weshalb Ihr das Geld so dringend braucht«, wandte der Mönch ein.

»Das ist allerdings wahr.« Graf Ernst verzog das Gesicht erneut, dachte aber nicht daran, so einfach aufzugeben. »Du wirst trotzdem nach Kibitzstein reisen. Überbringe der Frau meine Einladung auf die Waldburg. Sie soll dort unsere Verwandten und Freunde sehen und wird dann gewiss der Verlobung zustimmen. Notfalls müssen wir eben ein wenig nachhelfen.«

»Wir werden sie schon dazu überreden«, meinte Bruder Friedmundus lächelnd, während Robert eine Grimasse schnitt. »Ich will nicht die Tochter einer Hure heiraten!«

Sein Vater drehte sich mit eisiger Miene zu ihm um. »Ich kann auch einen anderen Verwandten nehmen, vielleicht sogar einen legitim geborenen Neffen, der sich darüber freuen wird, durch diese Heirat eine eigene Burg zu erhalten. Dann aber wirst du von mir keine einzige Hufe Land bekommen und wärst nach meinem Ableben ganz von der Gnade meiner ehelich geborenen Söhne abhängig. Dass die dir eine Burg als Erbe überlassen würden, bezweifle ich. Sie würden dich nicht einmal als Kastellan einer Burg einsetzen, aus Angst, du könntest versuchen, sie in deinen Besitz zu bringen. Nach meinem Tod wärst du nicht mehr als ein Knecht, und das wäre die gerechte Strafe für deinen Ungehorsam.«

Diesen harten Worten hatte Robert nichts entgegenzusetzen. Erst jetzt begriff er, dass sein Vater ihn nicht aus Liebe und Zuneigung aus dem Dorf hatte holen lassen, in dem er bisher gelebt hatte, sondern nur, um ihn wie einen Stein in einem Spiel zu seinem eigenen Vorteil zu verwenden.

7.

Auf Kibitzstein ärgerte Marie sich mehrere Tage lang über den Besuch des Würzburger Domherrn. Guntram von Ebrachs unverschämtes Auftreten und die unverfrorene Art, mit der der neue Fürstbischof sich gesiegelter Verpflichtungen entledigen wollte, bereiteten ihr Sorgen. Wie es aussah, würde sich das Verhältnis mit Würzburg weitaus schwieriger gestalten als früher. Nicht zuletzt deshalb bedauerte sie Michels Abreise von Tag zu Tag mehr. Er hätte gewiss die richtige Antwort für diese Herren gefunden. So aber musste sie damit rechnen, dass Gottfried Schenk zu Limpurg seine Abwesenheit ausnützen und die Zahlung der ihnen zustehenden Gelder verweigern würde.

Eine Woche nach dem Auftauchen des Domherrn erschien erneut Besuch auf Kibitzstein. Es handelte sich um Hertha, die verwitwete Burgherrin auf Steinsfeld. Sie war eine mittelgroße, vollschlanke Person mit einem breitflächigen Gesicht und einer mürrischen Miene, die nur selten einmal einem zufriedeneren Ausdruck Platz machte. Ihr Sohn Hardwin begleitete sie. In den sechzehn Jahren seines Lebens hatte der Junge gelernt, dass seine Mutter direkt nach Gott kam und danach lange nichts mehr.

Marie war klar, dass Hertha von Steinsfeld hoffte, ihr Sohn könne einmal Ludolf von Fuchsheims Tochter Bona heiraten und sich deren Erbe sichern. Da es jedoch sein konnte, dass der Fuchsheimer eine andere Braut für seinen Sohn wählen wollte, behielt Frau Hertha auch Trudi im Auge. Immerhin hieß es, diese würde einmal eine Mitgift erhalten, die den Wert mancher Herrschaft in diesem Teil Frankens überstieg.

»Seid mir willkommen, Frau Hertha«, begrüßte Marie den Gast.

Hertha von Steinsfeld nickte herablassend und ließ sich von ihr in die Halle führen. Eine andere Edeldame hätte Marie in ein kleineres, aber bequemer ausgestattetes Zimmer geführt. Sie kannte jedoch Herthas Stolz, der nicht zuließ, dass sie schlechter empfangen wurde als andere Nachbarn, denen hier in der Halle Wein und Braten gereicht wurde.

Auch diesmal wurde reichlich aufgetischt, und Frau Hertha und ihr Sohn aßen mit gutem Appetit.

»Das hat geschmeckt!«, rief Hardwin, als er mit seiner Portion fertig war.

Er hätte auch sagen können, dass auf Kibitzstein weitaus besser gekocht und gebraten wurde als zu Hause. Damit aber hätte er seine Mutter verärgert.

»Es war so in Ordnung«, erklärte nun seine Mutter, die um nichts in der Welt etwas als besser bezeichnet hätte als das, was es bei ihr zu Hause gab.

»Was liegt Euch auf dem Herzen?«, fragte Marie, die sich nicht denken konnte, dass Hertha von Steinsfeld nur für ein Plauderstündchen gekommen war.

Frau Herthas Gesicht wurde womöglich noch mürrischer als sonst. »Zu Euch ist doch auch dieser Domherr aus Würzburg gekommen, um Rechte zurückzufordern, die frühere Fürstbischöfe von Würzburg erteilt haben?«

Marie nickte. »Ja, er war hier.«

»Bei mir war er auch!«, schnaubte Frau Hertha. »Aber dem habe ich heimgeleuchtet. Wo kämen wir denn hin, wenn ein Mann der Kirche einer armen Witwe ihre einzigen Einnahmen wegnehmen wollte?«

Marie verkniff sich ein Lächeln, denn so arm, wie Hertha

von Steinsfeld tat, war sie nicht. Ihre Ländereien brachten genug ein, um gut davon leben zu können. Dazu erhielt sie Anteile an den Einnahmen mehrerer Vogteien, die einer von Johann von Brunns Vorgängern ihrem Schwiegervater zugesprochen hatte, und das waren immerhin zweihundert Gulden im Jahr.

»Ich weiß auch nicht, was der neue Fürstbischof will, außer sich bei sämtlichen Nachbarn und vielen Herren des Hochstifts unbeliebt zu machen«, sagte Marie.

»Es ist eine Schande!«, brach es aus Hertha heraus. »Seine Vorgänger haben sich Geld geliehen und Pfänder dafür gegeben. Jetzt behauptet Gottfried Schenk zu Limpurg, die Pfandsumme sei durch die Vogteirechte bereits zurückgezahlt worden und er sähe nicht ein, weshalb er mir weiter Geld zukommen lassen solle. Dabei wurde die Laufzeit dieser Rechte niemals eingeschränkt!«

Wie Frau Hertha sich anhörte, wollte sie ihren Anspruch auf die Vogteieinnahmen bis zum Tag des Jüngsten Gerichts erheben. Marie fragte sich, wie die früheren Fürstbischöfe dazu gekommen waren, unbefristete Rechte für geliehenes Geld zu erteilen. Sie hätte dies niemals getan, sondern genau darauf geachtet, wann diese wieder eingezogen werden konnten. Doch da es nun einmal geschehen war, durfte ihrer Ansicht nach auch der neue Fürstbischof nichts daran ändern.

»Ich jedenfalls werde meine Rechte verteidigen«, erklärte Marie mit Nachdruck.

»Deshalb bin ich auch zu Euch gekommen, denn ich will Euch bitten, Euch nicht dem Willen des Fürstbischofs zu beugen, so wie Ludolf von Fuchsheim es wohl tun wird. Er erhält vierzig Gulden im Jahr aus alten Verträgen, doch scheint er darauf verzichten zu wollen. Wenigstens behauptete dieser Domherr so etwas. Vielleicht war das auch eine Lüge.«

Hertha von Steinsfeld schien diesbezüglich im Zweifel zu sein, doch Marie kannte Ritter Ludolf gut genug, um zu glauben, dass dieser auf Geld verzichten würde, wenn er sich im Gegenzug mit dem neuen Fürstbischof gut stellen konnte. Wenn der Fuchsheimer jedoch nachgab, würde er Gottfried Schenk zu Limpurg darin bestärken, auch anderen Leuten ihre Rechte abzupressen.

»Ich werde mit Ritter Ludolf reden und ihn davon abbringen. Wir müssen alle mit einer Stimme sprechen, sonst hebelt der Fürstbischof uns einen nach dem anderen aus«, versprach Marie.

Sie hatte jedoch wenig Hoffnung auf Erfolg, denn außer Frau Hertha und ihr würde sich vielleicht noch Moritz von Mertelsbach den Forderungen des Fürstbischofs widersetzen. Die anderen Nachbarn hingegen würden alles tun, um sich Gottfried Schenk zu Limpurg anzudienen.

Mit dem Gefühl, mehr Lasten aufgebürdet zu bekommen, als sie zu tragen vermochte, verabschiedete sie Hertha von Steinsfeld und deren Sohn und sah ihnen nach, als sie die Burg verließen.

Ihre Wirtschafterin Anni trat an ihre Seite und schüttelte den Kopf. »Frisst die Steinsfelderin immer so viel Rauchfleisch? Mit ihrer Portion hätte ich drei erwachsene Männer satt bekommen!«

»Es zeigt, dass es ihr geschmeckt hat, und das ist bei einem Gast doch immer das Beste«, antwortete Marie lächelnd.

Allerdings hatten Frau Hertha und ihr Sohn kräftig genug zugelangt, um sie sich nicht jeden Tag als Gäste zu wünschen.

8.

Bereits der nächste Tag brachte einen weiteren Gast nach Kibitzstein. Diesmal war es Ludolf von Fuchsheim, und er hatte erneut Bona mitgebracht. Diese winkte bereits von weitem Trudi zu. Als die beiden Mädchen in der Burg verschwinden wollten, hielt Marie sie jedoch auf.

»Nehmt Hildegard mit! Sonst hat sie überhaupt nichts von diesem Besuch.«

Bona und Trudi zogen Schnuten, denn sie fühlten sich weit über Hildegard erhaben. Doch seit Lisa zu ihren Verwandten nach Hettenheim gereist war, sah Marie es als Trudis Pflicht an, sich um ihre jüngste Schwester zu kümmern. Ihr Tonfall warnte das Mädchen davor, Hildegard allein zu lassen. Daher fasste Trudi Hildegards Arm und zog sie mit sich.

»Komm, aber störe uns nicht!«

»Trudi!« Marie sagte nur dieses eine Wort, doch ihre Älteste begriff, dass sie es nicht übertreiben durfte.

»Also gut, wir spielen mit dir«, sagte sie zu Hildegard und wunderte sich wenig später ebenso wie Bona, wie sehr es ihnen gefiel, sich mit Hildegards Puppen zu beschäftigen.

Marie führte unterdessen den Fuchsheimer in die Halle und ließ ihm Wein und ein Mahl vorsetzen. »Nun, Herr Nachbar, wo drückt der Schuh?«, fragte sie, als Herr Ludolf sein fettiges Messer an einem Tuch abwischte und es wieder in die Scheide steckte.

»Nun, es ist … nun …« Der Beginn fiel dem Fuchsheimer schwer, und so beschloss er, mit der Tür ins Haus zu fallen. »Herr Guntram vom Ebrach, seines Zeichens Domkapitular zu Würzburg, war bei mir und hat erklärt, dass der neue Fürstbischof alle Rechte überprüfen lassen und jene streichen will, die bereits verfallen sind.«

»Unsere Rechte sind noch lange nicht verfallen«, antwortete Marie herb.

»Euer Mann und Ihr habt sehr viele Rechte erworben«, sagte Ludolf von Fuchsheim mit kaum verhohlenem Neid in der Stimme.

Kibitzstein war mit seinen Dörfern eine der ertragreichsten Herrschaften in diesem Landstrich. Zusätzlich erzielten seine Besitzer noch größere Einnahmen durch die Privilegien, die ihnen Johann von Brunn für gewisse Darlehen gewährt hatte. Guntram von Ebrach hatte ihm jedoch angedeutet, dass der neue Fürstbischof sich erkenntlich zeigen würde, wenn es ihm gelang, Marie zum Nachgeben zu bringen.

»Ihr seid doch wirklich reich genug, um auf ein paar dieser Anrechte verzichten zu können«, setzte er nach einer kurzen Pause hinzu.

»Nimmt der Fürstbischof uns erst einmal ein Recht, wird er auch vor den anderen nicht haltmachen.«

Marie hatte es aufgegeben, Ludolf von Fuchsheim als Verbündeten gewinnen zu wollen. Wie es aussah, hatte der Nachbar sich auf die Seite von Gottfried Schenk zu Limpurg geschlagen und hoffte, belohnt zu werden, wenn er seinen Einfluss zu dessen Gunsten nutzte.

»Ihr seht das zu extrem, Frau Marie! Dem Fürstbischof geht es nur um einige wenige Verträge, die seine Vorgänger abgeschlossen haben und die nicht im Sinne des Hochstifts waren.«

»Jeder Fürstbischof hat sich bisher Geld geliehen, um

seine Verwandten zu versorgen, und es mit Anrechten auf Zölle, Vogteien oder verpfändete Dörfer bezahlt«, begann Marie, wurde aber vom Fuchsheimer unterbrochen.

»Euer Mann und Ihr habt mehrere Dörfer von Johann von Brunn erhalten. Gottfried Schenk zu Limpurg will euch diese nicht wegnehmen, sondern nur, dass ihr sie als Würzburger Lehen betrachtet und ihm dafür Steuern zahlt.«

»Wir haben diese Dörfer gekauft und nicht als Pfänder erhalten«, antwortete Marie harsch. »Nun gehören sie zu Kibitzstein! Der Fürstbischof hat kein Anrecht mehr darauf.«

»Mein Gott, mit Euch ist nicht zu reden!«, schnaubte Ludolf von Fuchsheim. »Was wäre so schlimm daran, diese Dörfer als Würzburger Lehen zu behalten und nicht als Eigenbesitz?«

»Ein Lehen kann einem weggenommen werden, Eigenbesitz nicht.«

»Ihr malt stets den Teufel an die Wand, auch wenn nur eine Fliege summt. Ich habe Euch gewarnt! Der Fürstbischof wird nicht lange zaudern, um seine Rechte einzufordern«, rief Herr Ludolf hitzig.

»Ich werde auch nicht zaudern, unsere Rechte zu verteidigen!« Marie lächelte, doch ihre Augen schleuderten Blitze. In ihren Augen war Ritter Ludolf ein Narr, der sich von der Kreatur des Fürstbischofs hatte einseifen lassen. Um der Nachbarschaft willen hielt sie jedoch die Worte zurück, die über ihre Zunge kommen wollten, und verabschiedete ihn freundlicher, als er es ihrer Ansicht nach verdiente.

Es war, als hätte die ganze Nachbarschaft beschlossen, sie aufzusuchen, denn zur Mittagsstunde des nächsten Tages erschien Ritter Ingobert von Dieboldsheim und versuchte ebenfalls, sie davon zu überzeugen, sich den Ansprüchen des Fürstbischofs zu beugen. Auch er war von dem Domherrn Guntram von Ebrach aufgesucht und eingeschüchtert worden.

»Ihr wisst, ich will Euch und Eurem Ehemann nichts Schlechtes«, sagte er. »Aber wenn Ihr Herrn Gottfried Schenk zu Limpurg erzürnt, werdet Ihr einen schweren Stand haben. Er ist durchaus in der Lage, seine Ansprüche mit Waffengewalt durchzusetzen. Ihr werdet die Ringburg nicht kennen, denn sie liegt am anderen Ende des Fürstbistums. Ein früherer Fürstbischof hat die Burg und das dazu gehörende Land vor gut sechzig Jahren verpfändet. Die Pfandleihe war auf zwanzig Jahre beschränkt, doch der Besitz wurde aus welchem Grund auch immer nicht zurückgefordert. Herr Schenk zu Limpurg hat dies jetzt getan, doch der Enkel des Mannes, der die Burg einst erhielt, weigert sich, sie zurückzugeben, und beruft sich auf das Gewohnheitsrecht. Nun sammelt der Fürstbischof Truppen, um gegen ihn vorzugehen. Es ist dies auch eine Warnung an alle anderen Nachbarn und an die Herren im Würzburger Land, es nicht auf die Spitze zu treiben.«

Obwohl Maries Schultern sich verspannten, schüttelte sie den Kopf. »Auf die Spitze treibt es eher Herr Gottfried Schenk zu Limpurg!«

Trotz ihrer kämpferischen Worte verspürte sie Angst, denn wenn der Fürstbischof das ihnen zustehende Geld für sich forderte, würde kein Vogt es wagen, sich gegen ihn zu stellen. Ihr selbst bliebe dann nur, Beschwerde einzureichen und zu hoffen, dass das Gericht des Königs Michel und ihr recht gab. Doch auch dann musste dieser Urteilsspruch erst einmal durchgesetzt werden, und dafür war Kibitzstein auf sich allein gestellt zu schwach.

Wir brauchen dringend Verbündete, dachte sie, und wieder kam ihr Graf Ernst von Herrenroda in den Sinn.

9.

Während Marie sich mit drückenden Sorgen herumschlug, erreichte Michel mit seiner Schar unbeschadet Österreich. Dort stellte er rasch fest, wie stark das Land geteilt war. Während die einen zu Friedrich als dem erwählten König hielten, traten andere ungeniert für dessen Bruder Albrecht ein, der zwar jünger war, aber genug Ehrgeiz hatte, selbst nach der Kaiserkrone zu greifen.

Michel musste daher Sorge tragen, Albrechts Herrschaftsgebiete zu umgehen, da dessen Ritter und Kastellane sie gewiss an der Weiterreise hindern würden. Aus diesem Grund zog er mit seinen Mannen zunächst durch bairisches Gebiet bis nach Salzburg, denn er hoffte, dort jemanden zu finden, der ihm weiterhelfen konnte.

Als sie die Stadt im Schatten der mächtigen Burg erreichten, wirkte sie seltsam fremd auf ihn, denn nirgends war das gewohnte Fachwerk zu sehen. Straßen und Plätze waren von langen Häuserreihen mit Arkaden gesäumt, und auf den Märkten bot man sowohl einheimische wie auch fremdländische Waren an. Als Michel zwischen den Ständen hindurchritt, wünschte er sich Marie an seiner Seite. Sie hatte viele Länder gesehen und hätte ihm das eine oder andere erklären können. Während er noch nachdachte, löste sich ein Edelmann aus der Schar der Marktbesucher, trat auf ihn zu und sprach ihn an.

»Gott zum Gruß! Eurem Wappen nach kommt Ihr aus dem fränkischen Land.«

»Das stimmt. Ich bin Michel Adler auf Kibitzstein, wenn es genehm ist.«

»Es ist sogar sehr genehm! Hermann von Urbanseck zu Euren Diensten. Seine Majestät hat mich ausgesandt, die hier in Salzburg eintreffenden Ritter und ihre Aufgebote zu empfangen und nach Graz zu geleiten.«

»Wenn Ihr das tun könntet, würde es mich sehr freuen«, antwortete Michel aufatmend. »Bisher waren wir nur auf Gerüchte angewiesen und haben die Fahrt auf der Donau deshalb bereits in Passau beendet. Dort hieß es nämlich, weiter stromabwärts würde Herr Albrecht herrschen, und der sei seinem Bruder wenig gewogen.«

»Bedauerlicherweise hat sich Herzog Albrecht auf die Seite der Feinde Seiner Majestät geschlagen. Es steht sogar zu befürchten, dass er mit Waffengewalt gegen den gewählten König vorgeht«, berichtete Urbanseck.

»Ich bin mit vierzig Waffen- und einigen Trossknechten erschienen, um Seiner Majestät beizustehen. Wenn genug andere Ritter kommen, wird Herr Friedrich sich sowohl gegen Ladislaus von Polen wie auch gegen seinen Bruder behaupten können.«

Michel berührte bei diesen Worten lächelnd sein Schwert. Auch wenn er kein wüster Schlagetot war, sah er es doch als seine Pflicht an, für den König zu streiten.

Urbanseck antwortete mit einem bedauernden Seufzer. »Schön wäre es, doch die meisten hohen Herren im Reich scheren sich nicht um die Belange des Königs, sondern hecken ihre eigenen Pläne aus.«

»Wenn schon der eigene Bruder gegen den König steht, kann man nicht erwarten, dass sich alle im Reich für Herrn Friedrich schlagen wollen«, meldete sich Hannes zu Wort.

»Trotzdem sollten sich alle im Klaren darüber sein, dass nur der König und Kaiser Recht und Gesetz im Reich bewahren kann. Geschieht das nicht, wird der Mächtige den weniger Mächtigen fressen, und es kommt der Tag, an dem das Reich weniger wert ist als das Pergament, auf dem seine Gründungsurkunde geschrieben steht«, antwortete Michel mit Nachdruck.

Urbanseck reichte ihm die Hand und drückte sie. »Wollte Gott, dass andere auch so dächten wie Ihr! Lasst mich Euch nun zu dem Gasthof führen, in dem ich die Aufgebote sammle. Ihr seid das dritte, das hier erschienen ist. Zwanzig Mann hat die Stadt Nürnberg geschickt, und etwa dieselbe Zahl kam aus Schwaben. Sobald die Hundert voll sind, werden wir aufbrechen.«

»Nur einhundert Waffenträger und Knechte aus dem ganzen Reich? Das ist erbärmlich!«, rief Michel aus.

»Es gibt mehrere Sammelpunkte, doch glaube ich nicht, dass dem König am Ende mehr als tausend Ritter und Reisige aus dem Reich beistehen werden. Doch diese könnten den Ausschlag geben!« Urbanseck hörte sich so zuversichtlich an, dass Michel ihm gerne glauben wollte. Aber erst einmal war er froh, auf jemanden gestoßen zu sein, der ihn zum König bringen konnte, und lud daher Ritter Hermann zu einem kleinen Umtrunk ein.

10.

Es dauerte noch zwei Wochen, bis die Zahl, die Hermann von Urbanseck für den Weitermarsch genannt hatte, erreicht war. Die Männer aus Michels Aufgebot störte die Wartezeit nicht. Sie genossen die Ruhe und den Wein, und da sie zu Beginn des Feldzugs noch etwas Geld besaßen, gaben sie den Salzburger Huren auch den einen oder anderen Groschen zu verdienen.

Michel nutzte die Zeit, um sich umzusehen. So suchte er die Fürstpropstei Berchtesgaden auf und auch einige andere Orte in der Umgebung von Salzburg. An seinem letzten Tag in der Stadt schrieb er einen langen Brief an Marie. Ein Händler, der in den nächsten Tagen nach Regensburg aufbrechen wollte, versprach ihm, den Brief einem Freund zu geben, der in Nürnberg beheimatet war. Sollte dieser in nächster Zeit nach Würzburg reisen, konnte er unterwegs Kibitzstein aufsuchen und den Brief übergeben.

Obwohl es eine gewisse Zeit dauern würde, bis Marie seine Botschaft erhielt, erschien Michel dieser Weg sicherer, als sein Schreiben einem Kurier anzuvertrauen, der nach Würzburg unterwegs war. Dieser konnte im Sold des Fürstbischofs Gottfried Schenk zu Limpurg stehen, und der brauchte wahrlich nicht zu wissen, was er seiner Frau mitteilen wollte.

Am nächsten Morgen sammelte sich die Schar vor der Herberge, in der sie zuletzt in quälender Enge hatten schlafen müssen. Hannes kam auf Michel zu und wies auf das Gebäude. »Ich bin froh, dass wir diese Lausburg verlassen können. Die Flöhe haben mich zuletzt fast aufgefressen.«

»Eher ausgesaugt«, spottete einer der Nürnberger, erklärte dann aber, auch er habe nichts dagegen, dass es weiterging.

»Wir müssen über die Berge«, erklärte Hermann von Urbanseck, der sich zu ihnen gesellt hatte. »Zwar ist das Frühjahr eingezogen, doch weiter oben dürfte es noch Schnee geben.«

»Dann können wir eine Schneeballschlacht machen!«, rief Hannes lachend.

Wie die meisten anderen hatte er noch nie die Strapazen eines Alpenübergangs miterlebt und hielt den Weg für eine normale Marschstrecke. Auch Michel war noch nie in diesen Bergen gewesen, entnahm aber Ritter Hermanns Miene, dass er die Sache nicht auf die leichte Schulter nehmen sollte.

»Wollen wir abwarten, wie es wird«, meinte er daher und klopfte Hannes auf die Schulter. »Ist alles zum Abmarsch bereit?«

Hannes nickte. »Die unseren sind bereit! Nur die Albacher sind noch nicht fertig.«

Maximilian von Albach war am Vortag mit seinem Neffen Georg von Gressingen und einem Dutzend Männer angekommen. Daher wunderte es Michel nicht, dass die beiden und ihre Leute noch erschöpft vom Herweg waren. Da Hermann von Urbanseck jedoch an diesem Tag noch aufbrechen wollte, blieb für die Albacher keine Zeit, sich von den Strapazen des Marsches zu erholen.

Als Albachs Männer nach einer Weile noch immer nicht erschienen waren, stapfte Urbanseck in die Herberge. Kurz darauf hörte Michel seine Stimme. »Ich bitte Euch, Herr Maximilian, macht Euch mit Euren Männern zum Abmarsch bereit. Wir haben heute ein langes Stück Weges vor uns.«

»So viel Zeit, um mein Frühstück zu vollenden, wird wohl noch bleiben«, antwortete Maximilian von Albach barsch.

Michel fragte sich, wie viel der Mann noch essen wollte, denn er war nur kurz nach ihm in die Wirtsstube gekommen und hatte neben der Morgensuppe auch noch zwei große Scheiben Brot und ein Stück Käse gegessen. Er selbst befand sich bereits seit einer halben Stunde im Freien, und der Albacher frühstückte immer noch.

»Was ist, Herr Michel?«, fragte Hannes. »Sollen wir uns hier auf der Straße die Beine in den Leib stehen, bis es Herrn Maximilian und seinen Mannen beliebt, ihre Ärsche von der Wirtsbank zu erheben?«

»Wenn ich wüsste, wie wir ziehen müssen, würde ich mich auf den Weg machen«, antwortete Michel mit wachsendem Ärger.

Da kehrte Hermann von Urbanseck aus dem Gasthaus zurück und trat zu ihm. »Ich will Euch nicht länger warten lassen! Mein Knappe Erhard soll mit Euch aufbrechen, denn er kennt den Weg so gut wie ich. Ich bleibe derweil hier und komme, so schnell es geht, mit Ritter Maximilians Schar und meinen eigenen Männern nach.«

Erleichtert nickte Michel. »So machen wir es.«

Urbanseck winkte seinen Knappen zu sich, einen baumlangen Burschen von hagerer Gestalt und mit einer gewaltigen Hakennase, und erteilte ihm Anweisungen. Danach wandte er sich wieder Michel zu. »Da Ihr die meisten Männer anführt, ernenne ich Euch zum Hauptmann dieser Truppe!«

Er überging dabei die Ansprüche des von Nürnberg besoldeten Ritters Veit von Puschendorf, Maximilian von Albach und des schwäbischen Anführers Jörg von Mindelheim, obwohl jeder von ihnen mehr Gefolgsleute mitgebracht hatte, als Michel ohne die Männer seiner Nachbarn besaß. Durch das Kommando über die Hilgertshausener, Fuchsheimer und Steinsfelder Kriegsknechte hatte sein Trupp jedoch das Übergewicht. Daher akzeptierten Puschendorf und Mindelheim Urbansecks Spruch und ließen Michel den Vortritt. Der Albacher saß noch beim Frühstück und wurde nicht gefragt.

Um nicht noch mehr Zeit zu verlieren, schwang Michel sich auf sein Pferd und lenkte es neben das des Knappen. »Wir sind bereit!«

Erhard nickte nur und ritt los. Michel hielt sich an seiner Seite, blickte aber mehrmals zurück, um zu schauen, ob das Aufgebot in passender Ordnung marschierte. Da dies der Fall war, wandte er sich an den Knappen und fragte, wie die Sache des Königs stünde.

»Könnte besser sein«, antwortete Erhard in seiner guttural klingenden Mundart. »Werden wir aber schon hinkriegen!«, setzte er hinzu, um nicht den Verdacht zu erwecken, er würde Friedrich von Habsburgs Aussichten von vornherein als verloren ansehen.

»Ich hoffe nur, dass dem König mehr Männer zu Hilfe kommen als die, die mit uns ziehen«, meinte Michel mit einem gewissen Ärger über jene Reichsstände, die Friedrich im Stich gelassen hatten.

»Wir werden uns schon halten. Was uns der Polenkönig und die Ungarn jetzt wegnehmen, holen wir uns wieder!«, erklärte Erhard.

Michel verspürte Zweifel, schob diesen Gedanken aber weg und musterte die Landschaft, die vor ihnen lag. Noch hatten sie die Berge nicht erreicht, und doch wurden die Anstiege bereits länger und steiler, und das Gebirge stand wie eine gigantische Mauer aus grauem Gestein vor ihnen, die mit weißen Kronen bedeckt war. Der Anblick nötigte Michel Achtung ab, und er fragte sich, wie sie einen Weg durch dieses Land finden sollten.

11.

Die Mittagsrast hielten sie bei einem Bauernhof in einem kleinen Dorf, das von einer Burg geschützt wurde. Hermann von Urbanseck hatte einen seiner Männer vorausgeschickt, so dass große Kessel mit Graupensuppe gekocht worden waren. Ein paar Knechte teilten sie aus, während die Frauen sich abseits hielten. Dem Anschein nach war ihnen eine Schar von mehr als achtzig bewaffneten Männern nicht geheuer.

Es gab jedoch nicht den geringsten Zwischenfall. Als der Trupp schließlich weiterzog, war von Urbanseck und den Albachern noch immer nichts zu sehen. Die Männer kamen gut voran, und gelegentlich sangen sie sogar. Es war ein fröhliches Bild, doch Michel dachte daran, wie rasch sich dies bei einer Schlacht oder Belagerung ändern konnte.

Von Zeit zu Zeit stieg er von seinem Braunen und führte diesen am Zügel, um ihn nicht zu sehr anzustrengen. Außerdem tat es ganz gut, sich die Füße zu vertreten. Als sie erneut einen Anstieg bewältigt hatten, schaute Michel sich um. In der Ferne glaubte er eine Schar von etwa zwanzig Leuten zu erkennen und sagte sich, dass es wohl Ritter Hermann mit seinen eigenen und Maximilian von Albachs Leuten waren.

»Wo rasten wir für die Nacht?«, fragte er Erhard.

Der Knappe zeigte nach vorne, wo sich in der Ferne ein Kirchturm erhob. »Dort in Puch! Wir werden jedoch im Freien schlafen müssen, da es nicht genug Unterkünfte gibt.

In die Zehntscheune will uns der Vogt des Fürstbischofs nicht hineinlassen. Er hat Angst, wir würden Proviant für unseren weiteren Weg mitnehmen und er müsse seinem Herrn gegenüber den Verlust tragen.«

»Viel an Vorräten haben wir nicht bei uns«, gab Michel zu. »Daher hoffen wir, dass Seine Majestät uns bald Korn und Wein zukommen lässt.«

»In Graz wird alles für Euren Empfang vorbereitet sein«, versprach der Knappe. »Ritter Hermann hat einen Boten losgeschickt, um Seiner Majestät unsere Ankunft zu melden. Wir müssen nur bis in die Steiermark gelangen.«

Michel sah ihn erstaunt an. »Das hört sich an, als warteten Schwierigkeiten auf uns.«

»Möglich! Aber vielleicht auch nicht. Es ist nur so, dass etwas weiter im Norden mehrere von Herzog Albrechts Vasallen hausen. Diese könnten sich bemüßigt fühlen, auf Salzburger Land vorzudringen, um uns den Weg zu verlegen.«

»Wie viele Krieger können diese Ritter aufbieten?«, fragte Michel.

Der Knappe wiegte unschlüssig den Kopf. »Allein zu wenige, doch wenn Herr Albrecht ihnen Unterstützung geschickt hat, wären sie in der Lage, uns aufzuhalten.«

»Gibt es noch andere Wege, um zum König zu gelangen?«

»Die gibt es, aber sie erfordern einen großen Umweg und sind weitaus beschwerlicher als der, den Ritter Hermann gewählt hat.«

Michel fand, dass der König etwas mehr hätte tun können, damit die Aufgebote aus dem Reich sein Herrschaftsgebiet erreichten. Befand er sich bereits in einer so üblen Lage, dass er dazu nicht mehr in der Lage war? Was würde sein, wenn Friedrich von seinen Feinden besiegt und gezwungen wurde, auf die Krone des Reiches zu verzichten? Würde in dem Fall sein Bruder Albrecht die Reichsfürsten auffordern, ihn zum neuen König der Römer zu wählen? Oder griff dann gar der

Polenkönig Ladislaus nach der Krone, um nach seinem ererbten Reich und Ungarn auch das Heilige Römische Reich zu beherrschen?

Diese Frage beschäftigte Michel während der nächsten Tage. Längst hatten Ritter Hermann und Maximilian von Albach zu ihnen aufgeschlossen, doch auch die größere Zahl an Kriegern vermochte seine Bedenken nicht zu beseitigen.

Am fünften Tag unterbrach ein Ausruf von Hannes sein Grübeln.

»Herr Michel, ich meine, ich hätte weiter vorne etwas im Sonnenlicht blitzen sehen!«

»Wo?«, fragte Michel, und sein Blick folgte der ausgestreckten Hand seines Getreuen. Jetzt bemerkte auch er den Widerschein der Sonne auf poliertem Eisen. Es musste sich um Helme und Speerspitzen handeln, und es waren nicht wenige.

»Was sagt Ihr dazu?«, fragte er Ritter Hermann.

Dieser schaute nach vorne und zog eine besorgte Miene. »Es könnten Krieger sein.«

Michel nickte. »Ich schätze die Zahl auf mehr als hundert! Um wen könnte es sich handeln?«

»Entweder ist es ein Aufgebot aus dem Reich, das zum König will …«

»Von einer solchen Schar hättet Ihr erfahren!«, unterbrach Michel ihn.

»Das stimmt wohl«, gab Hermann von Urbanseck zu. »Doch wenn es Söldner wären, die Herzog Albrecht die Rechte des Fürstbischofs missachtend auf Salzburger Gebiet geschickt hat, könnte es übel für uns ausgehen.«

»Warum aber ziehen sie dann in die gleiche Richtung wie wir, wenn sie uns aufhalten wollen?«

Ritter Hermann stellte sich im Sattel auf, um besser sehen zu können, und wiegte unentschlossen den Kopf. »Entweder planen sie, uns in der Nacht überfallen …«

»... was ihnen, da wir sie entdeckt haben, schwerfallen dürfte«, wandte Michel ein.

»... oder sie blockieren den Weg kurz vor der Grenze. Dort gibt es eine Engstelle, die sich gut dafür eignet«, fuhr Hermann von Urbanseck fort, ohne auf Michels Bemerkung einzugehen.

»Warum hat der König diese Stelle nicht mit eigenen Kriegern gesichert?«, fragte Michel verärgert.

»Damit hätte er die Souveränität des Salzburger Fürstbischofs Johannes von Reichenberg verletzt.« Hermann von Urbanseck klang so erstaunt, als wundere er sich, dass Michel eine solche Handlung überhaupt für möglich hielt.

»Morgen oder spätestens übermorgen werden wir es wissen«, antwortete dieser bissig und ritt weiter.

Eine Stunde vor Sonnenuntergang erreichten sie die Stelle, an der für die Nacht gerastet werden sollte. Michel hatte noch mehrmals nach der fremden Schar Ausschau gehalten, doch diese war weitergezogen und würde ihren Schlaf in dieser Nacht wohl nicht stören.

Zum Abendessen gab es erneut Brot und Graupensuppe, und zum Trinken wurde Wasser aus dem Brunnen gereicht. Die Männer waren an Wein oder leichtes Bier gewöhnt und an etwas gesottenes oder gebratenes Fleisch in ihrem Getreidebrei. Als sie über die karge Kost murrten, brachte Michels mahnender Blick sie zwar zum Verstummen. Auf Dauer aber, das war ihm klar, würden sie sich mit einer solchen Versorgung nicht zufriedengeben.

»Hoffentlich kriegen wir beim König besseres Essen«, stöhnte auch Hannes, nachdem er seinen Napf geleert hatte.

»Wenn er zu sehr von seinen Feinden bedrängt wird, kann es sein, dass wir uns noch nach dieser Graupensuppe sehnen werden«, warf einer der Kibitzsteiner Waffenknechte ein.

»Mit Wasser im Bauch kann ich nicht kämpfen!« Veit von Puschendorf, der Anführer des Nürnberger Aufgebots, war zu Michel getreten und blickte voller Abscheu in seinen mit Wasser gefüllten Becher.

»Wenn es sein muss, kann man auch das«, meinte Michel mit sanftem Spott.

Er hatte mehrere Feldzüge im Dienste Kaiser Sigismunds mitgemacht und wusste, dass der Hunger eine schlimmere Plage sein konnte als der Feind.

Maximilian von Albach verzog ebenfalls angewidert das Gesicht. »Wenn der König seine Getreuen nur mit Gerstengraupen speist und mit Wasser tränkt, wird ihm schon bald keiner mehr zu Hilfe kommen.«

»Wenn wir Ladislaus und seine Ungarn schlagen, werden wir etliche Fässer ihres Weines erbeuten. Der geht ins Blut, sage ich euch!«, erklärte Hermann von Urbanseck und berichtete, dass in Ungarn viele Rinder gezüchtet würden. »Bei König Ladislaus' Heer wird es etliche davon geben. Sie sind grau und haben riesige Hörner. Aber ihr Fleisch schmeckt ausgezeichnet!«, fuhr er fort und leckte sich in der Erinnerung an den einen oder anderen Braten die Lippen.

»Dann sollten wir bald nach Ungarn vorstoßen!«, rief einer der Krieger.

»Zuerst müssen wir mit den Kerlen fertigwerden, die vor uns den Pass hochgezogen sind«, wandte Michel ein. Ihm griffen die Gedanken der Männer zu weit voraus, so dass sie das Naheliegende übersahen.

12.

Auch der nächste Tag verlief ruhig, und daher hofften die meisten Männer des Aufgebots bereits, König Friedrichs Machtbereich unbehelligt erreichen zu können. Michel aber blieb misstrauisch. In einem der Dörfer, das an ihrem Weg lag, erfuhr er, dass ihnen sechs Ritter mit etwa achtzig Bewaffneten voraus waren.

»Einen der Herren kenne ich«, fuhr der Wirt fort, bei dem ihre Schar versorgt wurde. »Es handelt sich um Ritter Meinrad. Ihm gehört eine Burg in jenem Tal, welches über den Steig zu erreichen ist, an dem ihr gestern vorbeigekommen sein müsst.«

»Gehört der Ritter noch zu den Lehensleuten des Fürstbischofs von Salzburg?«, fragte Michel.

Der Wirt schüttelte den Kopf. »Nein, Herr, er ist ein Vasall von Herzog Albrecht.«

Diese Auskunft reichte Michel. Er fragte sich jedoch, was Ritter Meinrad mit einer Schar, die der ihren an Zahl unterlegen war, gegen sie zu erreichen hoffte.

Da sprach der Wirt weiter. »Mein Sepp hat heute Vormittag gesehen, dass aus einem Seitental weitere Krieger gekommen sind und sich dieser Schar angeschlossen haben. Es sollen um die hundert Mann gewesen sein!«

Damit sah die Sache schon anders aus. Fast zweihundert Mann waren ein zu harter Brocken, um den Durchzug gegen sie zu erzwingen.

»Was sollen wir tun?«, fragte Michel Hermann von Urbanseck.

Dieser kratzte sich unschlüssig am Kinn, doch ehe er antworten konnte, mischte Maximilian von Albach sich ein.

»Hätten sie uns aufhalten wollen, wären sie uns längst entgegengetreten! Ich sage euch, diese Ritter haben sich mit Herzog Albrecht entzweit und wollen sich König Friedrich anschließen.«

»Dafür haben wir keinen Beweis«, wandte Michel ein.

»Habt Ihr etwa Angst, weiterzuziehen?«, fragte Maximilian von Albach höhnisch. Es wurmte ihn, dass Hermann von Urbanseck Michel zum Anführer ihrer Schar ernannt hatte und nicht ihn, und so plusterte er sich bei jeder Gelegenheit auf.

Michel schüttelte den Kopf. »Wenn wir umkehren, haben wir diese Kerle im Rücken, und sie könnten uns jederzeit angreifen. Außerdem müssten wir einen anderen Weg finden, um zum König zu gelangen. Vertrauen wir also auf unser Glück.«

Hermann von Urbanseck nickte. »Das sollten wir! Kehren wir nämlich um, und die Ritter sind tatsächlich zum König unterwegs, wäre uns der Spott aller gewiss. Sind es jedoch Feinde, und es gelingt uns, uns durchzuschlagen, werden wir Ehre und Ruhm erringen.«

Für diesen Ruhm würden viele gute Männer sterben, dachte Michel bitter. Er sah jedoch keinen anderen Weg. Umkehren war gleichbedeutend mit Feigheit und würde ihn sämtliches Ansehen beim König kosten.

»Dann gilt es!«, rief er und befahl Hannes und den anderen Unteranführern seiner Franken, sich darauf einzurichten, dass sie am nächsten Tag die Schwerter würden ziehen müssen.

Die Männer schliefen in der Nacht trotzdem gut und marschierten am Morgen mit grimmigen Mienen weiter. Michel und Hermann von Urbansecks Knappe Erhard ritten als Späher voraus, um rechtzeitig vor einer Falle der Feinde warnen zu können. Da er nicht als Michels Untergebener gelten wollte, schickte ihnen Maximilian von Albach seinen Neffen Georg von Gressingen nach. Der junge Franke war ein hübscher Bursche mit angenehmen Gesichtszügen, blonden Locken und strahlend blauen Augen. Allerdings hatte Michel unterwegs bemerkt, dass der junge Mann sehr von sich eingenommen war und selbst einem Ritter über den Mund fuhr.

»Wie weit ist es noch bis zur Grenze?«, fragte Michel Erhard.

»Eine Stunde zu Pferd oder zwei zu Fuß«, antwortete dieser.

»Wir müssen zu Fuß rechnen, da die meisten unserer Mannen nicht beritten sind!«, erklärte Michel. Er kniff die Augen zusammen und spähte nach vorne. Dort glitzerte etwas im Sonnenlicht, und er hätte eines seiner Kibitzsteiner Dörfer darauf verwettet, dass es der Helm oder die Lanzenspitze eines ihrer Feinde war.

»Der Anstieg scheint mir recht steil zu sein«, meinte er zu Erhard.

Der Knappe nickte. »Das stimmt. Kurz vorher aber kommt die schmalste Stelle des Weges. Zwanzig Krieger würden ausreichen, um ihn zu sperren. Dort ist die Straße noch halbwegs eben. Gleich dahinter beginnt die Anhöhe, und wenn wir diese bezwungen haben, sind wir auf König Friedrichs Land.«

»Das heißt, der Feind wird uns entweder an dieser schmalen Stelle oder ein Stück weiter oben am Hang erwarten, wo er uns gegenüber den Vorteil der Höhe besitzt.«

»Was Ihr schon wieder denkt!«, warf Georg von Gressingen spöttisch ein. »Wollten diese Krieger uns wirklich aufhalten, hätten sie das längst getan und nicht gewartet, bis wir die Grenze zur Steiermark erreicht haben. Mein Oheim sagt, sie wollen sich König Friedrich anschließen. Dasselbe nehme ich auch an.«

»Dann hoffe ich, dass dein Oheim und du recht behaltet«, antwortete Michel grimmig.

Georg von Gressingens Augen flammten kurz auf. »Sprecht mich so an, wie es sich gebührt. Ich bin von edlem Geblüt!«

»Im Augenblick bist du noch ein Knappe und ich ein Ritter. Also spreche ich dich an, wie es sich für einen Knappen gehört.«

Michels Stimme enthielt einen scharfen Tadel, denn für sein Gefühl nahm Maximilian von Albachs Neffe sich zu viel heraus. Er wagte es sogar, Kriegsknechten anderer Aufgebote Befehle zu erteilen. Dieses Recht aber musste er sich erst verdienen.

»Was machen wir? Reiten wir weiter oder warten wir, bis unsere Männer zu uns aufgeschlossen haben?«, wollte Erhard wissen.

Michel überlegte kurz. »Ich weiß immer gerne, was vor mir liegt«, erklärte er und trieb seinen braven Braunen an. Erhard folgte ihm, während Georg von Gressingen sein Pferd wendete und zurückritt, um seinem Onkel mitzuteilen, dass Michel Adler auf Kibitzstein Feinde sah, wo gar keine waren.

13.

Michel ritt langsamer, als er den Engpass vor sich sah, und war bereit, sein Pferd sofort zu wenden und zurückzureiten, wenn er Feinde bemerkte. Obwohl diese Stellung gut gehalten werden konnte, war dort kein einziger Bewaffneter zu sehen. Erst als Erhard und er weiterritten, entdeckten sie ihre Gegner. Wie erwartet handelte es sich um mehrere Ritter und etwa zweihundert Kriegsknechte. Sie hatten sich ein Stück weiter oben am Abhang aufgestellt und versperrten den Weg.

Einen Augenblick dachte Michel, dass es vielleicht feige, aber trotzdem klüger gewesen wäre, umzukehren und einen anderen Weg nach Graz zu suchen. Doch nun waren sie hier und würden sich dem Feind stellen müssen.

Da Herzog Albrechts Männer keine Anstalten machten, den Weg herabzukommen, um ihn und Erhard anzugreifen, hielt Michel seinen Brauen an, um auf seine Leute zu warten. Neben ihm fluchte Erhard leise auf die Ritter, die ihnen unter Missachtung der Grenzen des Fürstbistums Salzburg aufgelauert hatten.

»Schimpfen hilft nicht viel«, sagte Michel zu ihm und spähte den Hang hoch. Herzog Albrechts Vasallen rührten sich noch immer nicht, sondern schauten zu ihnen herab.

»Anscheinend ist es unter ihrer Würde, einen Ritter und einen Knappen anzugreifen«, murmelte Erhard, der die Zügel seines Pferdes so hielt, dass er es jederzeit herumreißen und fliehen konnte.

»Ich würde es an ihrer Stelle auch nicht tun. Da sie von ihrer Stellung aus nur den letzten Teil der Straße überblicken können, wissen sie nicht, wie weit unsere Schar hinter uns zurückgeblieben ist. Wenn sie jetzt ihre Formation aufgeben und uns angreifen, könnte ein entschlossener Stoß unserer Männer ihren Sperrriegel durchbrechen.«

Erhard war nicht so zuversichtlich wie Michel, blieb aber bei ihm und sah abwechselnd nach vorne auf den Feind und nach hinten, wann endlich die eigenen Leute kamen.

Es dauerte eine Weile, bis Michel Hufschlag und Stimmen und kurz darauf auch den Marschtritt ihrer Waffenknechte hörte. Gerade als er sich umwenden wollte, sah er auf der Passhöhe weit über den Feinden etwas aufblitzen. Für ein paar Augenblicke war ein Ritter zu erkennen und dann mehrere leicht gerüstete Reiter auf kleineren Pferden. Es war, als würde der Ritter feststellen, dass Michel zu ihm hochblickte, denn er winkte kurz und war danach samt den anderen Reitern wieder hinter der Kuppe verschwunden. Michel fiel ein gewaltiger Stein vom Herzen.

Als Hermann von Urbanseck mit besorgter Miene herankam, zeigte Michel mit frischem Mut auf die feindliche Schar. »Es ist, wie ich es mir gedacht habe. Diese Kerle haben sich dort oben aufgestellt und wollen uns den Zutritt zur Steiermark verwehren!«

»Das gefällt mir gar nicht«, knurrte Ritter Hermann. »Ich hätte vielleicht doch einen anderen Weg wählen sollen.«

»Dann hätten sie uns dort erwartet«, antwortete Michel. »Jetzt heißt es, die Schwerter zu ziehen und auf Gott zu vertrauen!«

»Der Feind ist uns doppelt überlegen und hat die bessere Position«, wandte Maximilian von Albach besorgt ein.

»Aha, jetzt haltet Ihr diese Leute also auch für Feinde und nicht für jemanden, der sich dem König anschließen will«, erwiderte Michel verächtlich. Er hatte sich über Albach und dessen Neffen zu sehr geärgert, um verbindlich bleiben zu können.

»Wie konnte ich wissen, dass Herzog Albrechts Vasallen die Kühnheit besitzen, uns hier eine Stunde vor der Grenze zur Steiermark abzufangen?«, antwortete Maximilian von Albach und sah dann Hermann von Urbanseck an. »Angesichts der Situation frage ich mich, ob es nicht klüger ist, umzukehren.«

»Mit zweihundert Kriegsknechten hinter uns, die uns jederzeit in den Rücken fallen könnten?« Michels Spott ließ Maximilian von Albach erbleichen, und er griff zum Schwert.

»Lasst es stecken!«, riet Michel ihm und deutete auf die feindliche Schar. »Oder besser gesagt, zieht es gegen diese Männer.«

»Wir können unmöglich durchbrechen«, rief Albachs Neffe angsterfüllt.

»Das vielleicht nicht, aber wir verteidigen wenigstens unsere Ehre.«

Da Maximilian von Albach so auf seine Ritterehre gepocht hatte, rieb Michel ihm die eigenen Ansprüche unter die Nase. Um den Männern Mut zu machen, wies er zur Passhöhe hoch. »Wie es aussieht, sind wir nicht ganz allein. Ich habe dort oben Reiter gesehen, die keine Freunde unserer Feinde sein dürften.«

»Warum zeigen sie sich uns dann nicht?«, fuhr Maximilian von Albach auf. »Ich kann Euch sagen, warum: Weil es sie nämlich nicht gibt! Ihr habt Euch von der Sonne täuschen lassen.«

»Dann werde ich eben auch von der Sonne getäuscht.« Hermann von Urbanseck war anzuhören, dass ihm ein Stein von der Größe des Felsblocks vom Herzen gefallen war.

Michel blickte hoch und sah, wie drei Ritter und etwa vierzig Reiter die Höhe überschritten und im Schritt die Anhöhe herabkamen. »Wir sollten Herrn Albrechts Vasallen etwas zum Schauen geben, damit sie diese Reiter nicht zu früh bemerken. Wir sperren diese Engstelle. Alle Reiter sollen absteigen und sich unter die Fußknechte einreihen. Wir stellen dem Feind einen Wall aus Lanzen und Spießen entgegen. Mag er da hineinlaufen, wenn er angreifen will!«

Die meisten Ritter und Reisigen befolgten seine Anweisungen, nur Albach und sein Neffe blieben auf ihren Pferden sitzen. »Ich werde mich nicht zum gemeinen Fußvolk gesellen!«, rief der Onkel grimmig, und der Neffe stimmte ihm eifrig zu. »Ich auch nicht!«

»Dann bleibt entweder vor uns oder dahinter, aber behindert uns nicht«, antwortete Michel und stellte die Männer auf.

Die in der ersten Reihe sollten sich hinknien, die Schilde auf die Erde stellen und ihre Lanzen und Spieße nach vorne recken. Michel selbst, Hermann von Urbanseck und die anderen Ritter bis auf Albach gliederten sich in die zweite Reihe ein, da ihre Lanzen länger waren als die Spieße der Waffenknechte. Hinter ihnen formierte sich das restliche Fußvolk, während die Trossknechte mit Knüppeln, Äxten und Messern bewaffnet die Reserve bildeten.

Michels Aufstellung widersprach allen Regeln der Kriegskunst, so dass die Anführer der Feinde verständnislos die Köpfe schüttelten.

»Kann mir einer sagen, was die vorhaben?«, fragte ein Ritter.

»Könnte sein, dass sie genug Vorräte bei sich haben und meinen, uns aushungern zu können«, mutmaßte ein zweiter.

»Wir hätten die Straße doch dort an der Engstelle absperren sollen!« Zuerst ärgerte sich Ritter Meinrad, der das Aufgebot anführte, dies versäumt zu haben, winkte dann aber ab. »Ist doch gleich, ob wir hier kämpfen oder ein kleines Stückerl weiter unten. Wir sind doppelt so viele wie die!«

»Wir werden aber mehr Verluste erleiden, wenn wir selbst

angreifen müssen, als wenn die fränkische Schar versucht hätte, hier durchzubrechen«, meinte ein anderer Ritter besorgt.

»Solange wir diese Schar daran hindern können, zu Friedrich zu gelangen, kommt es auf ein, zwei verlorene Männer mehr nicht an.« Der Sprecher wollte sein Schwert ziehen, doch da klang der Schreckensruf eines der Fußknechte auf.

»Dort oben sind auch welche!«

»Was soll das heißen?« Noch während er es sagte, hörte Ritter Meinrad über sich Hufschlag und blickte hoch. »Friedrichs Kroaten! Das Gesindel hat uns gerade noch gefehlt!«

»Wir müssen sofort angreifen und uns durchschlagen, sonst geraten wir zwischen Hammer und Amboss!«, rief einer seiner Gefährten besorgt.

Ritter Meinrad schüttelte den Kopf. »Das Aufgebot aus dem Reich steht gut, und bei der Engstelle tun wir uns trotz unserer zahlenmäßigen Überlegenheit schwer. Bevor wir da durchgebrochen sind, sitzen uns die Kroaten im Genick.«

»Was sollen wir dann machen?«, fragte einer seiner Begleiter wütend.

»Mit den anderen reden. Ein Kampf an der Stelle nutzt uns nichts und ihnen auch nichts. Da müssten wir doch zu einem Spruch kommen, mit dem beide leben können.«

»Ihr wollt die Feinde zu Friedrich durchkommen lassen?«, fragte der andere angewidert.

»Kommt's zum Kampf, verlieren wir mehr als die! Daher haben wir den größeren Vorteil, wenn wir uns darauf einigen, nicht zu kämpfen.«

»Ein Vorteil ist's also, feig zu sein.«

Das Wortgefecht dauerte noch eine Weile an, dann aber hatte sich Ritter Meinrad durchgesetzt und ging auf Michels Schar zu.

»Wir wollen mit euch reden!«, rief er.

Michel sah Hermann von Urbanseck fragend an. »Sollen wir uns darauf einlassen?«

»Ich bin dafür«, meldete sich Maximilian von Albach zu Wort. Er war mittlerweile samt seinem Neffen abgestiegen und hatte sich in die hintere Linie eingereiht.

»Also gut, dann reden wir mit ihnen. Wer soll das übernehmen?« Michel streifte Urbanseck mit einem auffordernden Blick.

»Ihr solltet mitkommen«, antwortete dieser und trat nach vorne. Michel folgte ihm, ebenso Maximilian von Albach, der sich nicht ausschließen lassen wollte.

Gut zehn Schritte vor dem fremden Ritter blieben sie stehen. »Was wollt Ihr von uns?«, fragte Urbanseck.

Ritter Meinrad wies auf seine Schar, dann auf die Michels und zuletzt auf die Kroaten, die gut hundert Schritt über seinen eigenen Leuten angehalten hatten.

»Wenn wir uns jetzt schlagen, werden viele ins Gras beißen, ohne dass ihr oder wir einen Vorteil davon haben. Darum sollten wir uns überlegen, ob wir nicht friedlich auseinandergehen können.«

»Ich bin nicht der Ansicht, dass es uns einen Schaden bringt, gegen Euch und Eure Männer zu kämpfen«, antwortete Michel, der den Vorteil der eigenen guten Position und durch die verbündeten Reiter nicht aus der Hand geben wollte.

»Ich bin für einen Ausgleich mit Herzog Albrechts Rittern.« Maximilian von Albach lag viel daran, mit ungeschmälerter Schar vor den König treten zu können. Auch Urbanseck zog es vor, die Steiermark ohne Kampf zu erreichen. So leicht aber wollte er es den feindlichen Rittern nicht machen.

»Ich bin bereit, die Waffen ruhen zu lassen. Ihr müsst aber schwören, dass Ihr und Eure Freunde keine weiteren Krieger aus dem Reich behelligen werdet, wenn diese zu König Friedrich wollen!«

Diese Bedingung war für Michel akzeptabel, doch Albrecht von Habsburgs Gefolgsmann schüttelte energisch den Kopf. »Darauf kann ich nicht eingehen!«

Michel zog in aller Ruhe sein Schwert und stellte es auf den Boden. »Dann fechten wir es eben aus!«

»Nicht so voreilig!«, fiel ihm Maximilian von Albach ins Wort. »Wir müssen diese Situation so lösen, dass jeder von uns seine Ehre wahren kann!«

»Fürchtet Ihr Euch etwa vor dem Kampf?«, stichelte Michel in Erinnerung an den Vorwurf der Feigheit, den Albach ihm gemacht hatte.

»Ich und Angst?«, schäumte Ritter Maximilian auf. »Für diese Unterstellung müsste ich Euch vor meine Klinge fordern!«

»Das würde Albrechts Knechte gewiss freuen. Aber wenn Ihr es unbedingt so haben wollt …« Den Rest ließ Michel unausgesprochen.

»Haltet Frieden!«, beschwor Hermann von Urbanseck sie. »Ihr, Ritter Maximilian, habt Ritter Michel der Feigheit geziehen, als Ihr voller Mut wart und er Bedenken zeigte, also schweigt, wenn er Euch nun dasselbe vorhält, da Ihr zu Vorsicht ratet und er für den Kampf ist.«

»Ich wäre dafür, die Sache mit dem Schwert zu klären. Doch lasst uns die Ritter fragen, die uns zu Hilfe gekommen sind«, erklärte Michel.

Maximilian von Albach wedelte abwehrend mit der Rechten. »Dafür müssten diese die Reihen der Krieger Albrechts durchschreiten, und das halte ich nicht für gut!«

»Ich verbürge mich bei meiner Ehre, dass die Herren unbeschadet hierherkommen und wieder zurückkehren können«, bot Ritter Meinrad an.

»Es reicht, wenn einer kommt.« Michel traute Herzog Albrechts Gefolgsleuten nicht, denn er ahnte anhand ihrer Gesten, dass nicht alle einen Verhandlungsfrieden anstrebten.

Ritter Meinrad kehrte zu seinen Gefährten zurück und redete eifrig auf sie ein. Diese erteilten daraufhin ihren Männern den Befehl, eine Gasse zu bilden. Er selbst stieg anschließend ein paar Schritte den steilen Weg hoch und winkte den Anführern der Kroaten zu.

»Herr von Urbanseck schlägt Verhandlungen vor und bittet Euren Befehlshaber, daran teilzunehmen. Wir garantieren für seine Sicherheit.«

Die drei Ritter sahen einander kurz an, dann stieg einer ab und kam mit klirrender Rüstung auf Herzog Albrechts Gefolgsleute zu. Einige von diesen knirschten mit den Zähnen, denn sie hatten erwartet, einen unterlegenen Gegner mit Leichtigkeit niederzumachen und dessen Pferde, Geld und Gepäck als Beute zu erringen. Die jetzige Situation versprach ihnen nichts Gutes, dennoch wurmte es die meisten, um Frieden bitten zu müssen. Es hob sich jedoch keine Hand, als der Ritter des Königs zwischen ihnen hindurchschritt und sich zu Urbanseck, Michel und Albach gesellte.

»Ich heiße euch im Namen Seiner Majestät, König Friedrich, willkommen«, begrüßte er die beiden Letzteren.

Michel begriff, dass er es tat, um den Gefolgsleuten Albrechts vor Augen zu führen, dass ihr Herr nur der Herzog eines Teils von Österreich war, dessen Bruder aber der erwählte König der Deutschen.

»Ich bin Maximilian von Albach, und das dort ist meine Schar!« Albachs Handbewegung war so unbestimmt, dass die Hälfte der Franken und Schwaben zu ihm hätte gehören können.

»Mein Name ist Michel Adler auf Kibitzstein, und ich führe neben meinen eigenen Waffenknechten auch jene aus der Abtei Hilgertshausen und den Herrschaften Steinsfeld und Fuchsheim an«, erklärte Michel, der sich von Albach nicht übertrumpfen lassen wollte.

»Ihr seid der tapfere Ritter, der Kaiser Sigismund in Böhmen das Leben gerettet hat! Es freut mich sehr, Euch kennenzulernen. Hubert von Straßberg ist mein Name.« Straßberg reichte Michel die Hand und drückte dessen Rechte mit festem Griff.

Maximilian von Albach verzog das Gesicht, weil Michel so freundlich begrüßt wurde, während Straßberg ihm nur ein kurzes Nicken gönnte. Bevor er jedoch etwas sagen konnte, kam Urbanseck auf die jetzige Situation zu sprechen.

»Es geht darum, ob Ritter Meinrads Aufgebot und das unsere sich friedlich trennen oder kämpfen sollen!«

Straßberg musterte Michels Schar, dann die Feinde und zuletzt seine kroatischen Reiter. »Wir sollten einen Kampf vermeiden«, erklärte er.

»Ich schlage vor, dass Ritter Meinrad und seine Freunde mit ihren Leuten abziehen und schwören, keinem weiteren Aufgebot aus dem Reich den Weg zu verlegen, wenn sie zum König wollen«, erklärte Michel.

»Das wäre wünschenswert, aber nach Lage der Dinge nicht zu erreichen. Hätten wir im Kampf gegen sie gesiegt, könnten wir dies fordern. Seine Majestät wünscht jedoch keinen Streit mit seinem Bruder. Daher schlage ich vor, dass Ritter Meinrad und die Seinen sich auf eigenes Gebiet zurückziehen.«

»Dazu sind wir bereit«, rief Ritter Meinrad.

»Dann sei es so!« Straßberg reichte ihm die Hand und bat Urbanseck, dafür zu sorgen, dass den Mannen Albrechts der Weg freigemacht wurde.

Urbanseck wandte sich an Michel. »Es sind Eure Leute! Wollt Ihr es in die Wege leiten?«

Obwohl die Feinde für sein Gefühl zu leicht davonkamen, nickte Michel. »Wir rücken einhundert Schritte vor und stellen uns zur linken Seite des Weges entlang der Felswand auf. Damit haben wir den Rücken frei!«

Hannes drehte sich zu den eigenen Männern um und wies sie an, ihm zu folgen. Bis auf Albachs Männer kamen die anderen nach, so dass der Trupp kurze Zeit später neben der Straße Aufstellung genommen hatte. Maximilian von Albach blieb schließlich nichts anderes übrig, als diesem Beispiel zu folgen.

Ritter Meinrad kehrte zu seinen Kriegern zurück, sprach kurz mit seinen Gefährten und schwang sich auf sein Pferd. Mit einer gewissen Anspannung ritt er los und passierte Michels Schar. Seine Männer folgten ihm und mussten sich einige höhnische Kommentare der Franken und Schwaben anhören, die nun ungehindert weiterziehen konnten.

14.

Auf dem restlichen Weg nach Graz gab es keine Probleme mehr. Hermann von Urbanseck und Hubert von Straßberg führten Michels Schar den Burgberg hinauf und wiesen sie an, auf dem Anger zu lagern. Michel selbst, Albach, dessen Neffe Gressingen sowie Jörg von Mindelheim, Veit von Puschendorf und ein paar andere Ritter wurden in die Burg gebeten, um Friedrich ihre Aufwartung zu machen.

Michel hatte Kaiser Sigismund gekannt und war gespannt auf den neuen König, dem Gerüchten zufolge alles zu fehlen schien, was Sigismund und dessen Schwiegersohn und Nachfolger Albrecht von Habsburg ausgezeichnet hatte. Zunächst aber wurden sie in einen Raum geführt, durch dessen offenes Fenster die zu Füßen des Burgbergs liegende Stadt zu sehen war. Graz war der bedeutendste Ort in Innerösterreich, das im Süden bis ans Meer reichte und dessen Herr Friedrich war. Michel fand Graz imponierend und hörte von einem anderen Mann, der ebenfalls auf eine Audienz beim König wartete, dass sogar Händler aus Venedig und anderen norditalienischen Städten ihre Stände hier aufschlugen.

»Man erhält in Graz viele Waren billiger als anderswo«, fuhr der Mann fort. »Meine Gemahlin nennt mir immer etliche Dinge, die ich für sie kaufen soll. Das überlasse ich jedoch meinem Leibdiener. Wer bin ich denn, dass ich mit einem Welschen feilschen soll? Wäre die Zeit friedlicher, würde ich mein Weib mit hierherbringen, damit es selbst einkaufen kann. Aber solange der Pole Ungarn besetzt hält und den König bedroht, ist es mir zu unsicher. Man weiß auch nicht, wie Friedrichs Bruder Albrecht sich verhalten wird. Es heißt, seine Ritter hätten schon mehrmals Reisende festgehalten und erst gegen Zahlung eines Lösegelds freigelassen.«

Michel hörte längst nur noch mit halbem Ohr zu und blickte auf die Stadt hinab. Wie in Würzburg drängten sich auch hier die Gebäude dicht an dicht, und von oben sah es so aus, als sei jedes Fitzelchen Land für ein Haus genützt worden. Die Mauern wirkten wehrhaft und schienen einer längeren Belagerung standhalten zu können.

»Herr Michel Adler zu Kibitzstein und Gefolge!« Ein Herold war eingetreten und forderte Michel und die anderen Herren auf, ihm zu folgen. Albach und dessen Neffe schnaubten, weil sie als Michels Gefolge bezeichnet wurden. Es war ihnen jedoch zu wichtig, vor dem König zu erscheinen, um aus Trotz zurückzubleiben. Da ihm dieses widerspenstige Verhalten gegen den Strich ging, hoffte Michel, sich bald von diesen beiden Männern trennen zu können.

Friedrich empfing sie mit der Krone auf dem Haupt und in einem goldgeschmückten Gewand im Thronsaal. Sein längliches Gesicht wies eine imposante Adlernase auf, doch sein Blick wirkte alles andere als kriegerisch. Obwohl er noch jung war, bewegte er sich langsam und gemessen und schien am höfischen Zeremoniell Gefallen zu finden, denn Michel und die anderen wurden vom Haushofmeister mit lauter Stimme angekündigt, und dieser gestattete ihnen erst danach, vor den König treten. Auf ein Zeichen des Mannes verbeugten sich alle und durften sich erst wieder aufrichten, als er es ihnen erlaubte.

Friedrich III. musterte zunächst jeden Einzelnen von ihnen, ohne etwas zu sagen, und wandte sich dann an seine Vasallen Hermann von Urbanseck und Hubert von Straßberg. »Es freut mich, dass ihr diese wackeren Recken unbeschadet zu Uns gebracht habt.«

»Beinahe wäre es zum Kampf gekommen«, berichtete Urbanseck. »Ritter Meinrad und einige von Herzog Albrechts Vasallen wollten uns den Weg verlegen. Erst als Ritter Hubert mit seinen Kroaten erschien, waren sie bereit, sich zurückzuziehen.«

»Wir sind erfreut, dass es nicht zum Kampf gekommen ist, und werden Unserem Bruder Nachricht senden, dass er dem Haus Habsburg nicht weiter Schaden zufügen soll. Wenn er sich gegen Uns stellt, unterstützt er nur Ladislaus von Polen und den selbsternannten Statthalter von Böhmen in ihrem Bestreben, den Besitz des Hauses Habsburg zu schmälern.«

Friedrich sprach so getragen, als wäre kein Funken Zorn in ihm, sondern nur der Wunsch nach Frieden oder – wie Michel bissig dachte – von seinen Nachbarn in Ruhe gelassen zu werden. Doch weder Ladislaus von Polen und Ungarn noch Georg Podiebrad in Böhmen waren bereit, ihm diesen Frieden zu gönnen. Deshalb hatte Friedrich Ritter wie Albach und ihn nach Graz gerufen.

»Ritter Michel, man berichtet, Ihr hättet einhundert Mann unter Eurem Kommando. Daher werdet Ihr mit Euren Waffenknechten eine Unserer Grenzburgen besetzen und verteidigen, sollte sie angegriffen werden.«

Diesmal seufzten zwei. Michel, weil ihm Albach erhalten blieb, und dieser, weil er Michel nun offiziell unterstellt worden war. Verärgert trat Albach einen Schritt vor und sah, wie vier bewaffnete Männer näher an den König heranrückten, um ihn im Falle eines Angriffs schützen zu können.

»Ich bin Maximilian von Albach, Ritter in den Würzburger Landen und mit meinen Kriegern erschienen, Euch zu dienen, Euer Majestät!«

Michel hoffte, Friedrich würde Albach mit einem eigenen Kommando betrauen, doch der König sah Ritter Maximilian mit ausdrucksloser Miene an. »Ihr dient Uns am besten, wenn Ihr unter Ritter Michels Leitung die Burg verteidigt, die Wir noch bestimmen werden.«

Eine Geste des Haushofmeisters zeigte an, dass die Audienz beendet war. Michel verbeugte sich noch einmal vor dem König und zog sich zurück. Ein Untergebener des Haushofmeisters führte sie zu ihrem Quartier. Dort sah Michel sich mit Albach und dessen Neffen als Zimmergenossen geschlagen.

15.

Mehr als hundert lange Meilen von Graz entfernt ritt ein junger Edelmann auf eine Jagdhütte zu, die auf einer kleinen Lichtung in einem ausgedehnten Waldgebiet lag. Er hatte auf die Begleitung von Waffenknechten verzichtet und schien sich daher nicht wohlzufühlen. Immer wieder blickte er sich um, so als erwarte er jeden Augenblick, aus dem Wald heraus angegriffen zu werden. Während er mit der Linken sein Pferd lenkte, hielt er die Rechte nahe am Schwertgriff und versicherte sich mehrfach, dass er es rasch zu ziehen vermochte.

Er erreichte die Jagdhütte jedoch ohne jeden Zwischenfall und sah dort ein einzelnes Pferd an einen Balken des Gebäudes gebunden. Die Satteldecke trug weder ein Wappen noch sonst ein Zeichen, als wolle sein Reiter nicht auf Anhieb erkannt werden. Auch der junge Mann hatte auf ein Wappen verzichtet und sein Haupt mit der Kapuze seines Mantels bedeckt.

Er trat auf die Jagdhütte zu und fand die Tür offen. Misstrauisch äugte er hinein, entdeckte aber nur einen einzelnen Mann, der an der gegenüberliegenden Wand lehnte.

»Willkommen, Herr Ludwig«, grüßte dieser mit einer gewissen Anspannung.

»Gott zum Gruß, Graf Joachim«, antwortete Ludwig von Waldburg.

Er war erleichtert, Joachim von Herrenstein allein anzutreffen. Dennoch hätte er geschworen, dass es in der Umgebung von Bewaffneten nur so wimmelte. Dies würde Graf Joachim jedoch nichts nützen, wenn er jetzt sein Schwert zog …

Seine Gedanken wurden jäh unterbrochen, als ein anderer Mann in die Jagdhütte trat. Er zuckte zusammen und griff zum Schwert.

Doch da hob Joachim von Herrenstein beschwichtigend die Hand. »Habt keine Sorge! Ritter Leutprand ist nur hier, um mein Leben zu schützen, so es gefährdet sein sollte.«

Graf Joachim verhehlte sein Misstrauen nicht, sein Besucher könnte die Unterredung mit ihm nur gesucht haben, um ihn zu töten. Er entspannte sich jedoch und wies auf einen Tisch, auf dem zwei Becher Wein standen.

»Nehmt Euch einen, Herr Ludwig. Der Wein ist gewiss nicht vergiftet.«

Ludwig von Waldburg trat an den Tisch und griff durstig zu. »Ich glaube auch nicht, dass Ihr mich vergiften wollt, Graf Joachim. Wäre Vetter Ernst von Herrenroda an meiner Stelle, sähe die Sache wohl anders aus.«

»Ich würde ihm lieber die Klinge in den Leib rennen, als ihn durch Gift zu töten«, erklärte Graf Joachim trocken. »Doch sagt, weshalb habt Ihr mir Euren Boten gesandt und mich gebeten, Euch zu treffen?«

»Ist das so schwer zu verstehen? Der Vater von Graf Ernst hat meinen Vater gezwungen, den Namen Herrenroda abzulegen und sich Waldburg zu nennen. Ich wäre gerne wieder ein Graf Herrenroda!«

»Wohl auch auf Burg Herrenroda?«, fragte Joachim von Herrenstein lachend, um sofort wieder ernst zu werden. »Wenn es mir dienen könnte, Euren Vetter zu vernichten, würde ich Euch sogar dazu verhelfen!«

Ludwig von Waldburg lächelte zufrieden. »Es wäre mir sehr lieb, wenn Ihr mir den Gefallen tun würdet. Im Gegenzug würde ich Euch zu Eurer Rache an meinem Vetter verhelfen und Euch die drei Burgen zurückgeben, die Euer Vater seinerseits an Ernsts Vater verloren hat.«

»Nur die drei Burgen? Das wäre mir zu wenig!«, antwortete Graf Joachim. Seiner Miene nach war er jedoch bereit, jede Möglichkeit auszunutzen, um sich gegen Ernst von Herrenroda durchsetzen zu können.

»Ihr könnt die Waldburg dazu haben«, antwortete Ludwig spöttisch. »Sie spielt in dem Plan, den ich habe, eine große Rolle.«

»Es ist ja auch Eure Burg!«

»Noch«, schränkte Ludwig ein. »Ich habe erfahren, dass Vetter Ernst sie besetzen will. Einer meiner anderen Vettern war so dumm, mir dies zu verraten. Graf Ernst glaubt wohl, ich würde mich von ihm wie ein braver Hund an die Kette legen lassen. Doch da hat er sich getäuscht!«

Joachim spürte die Wut seines Gegenübers, aber auch dessen Angst, die Waldburg an Ernst von Herrenroda zu verlieren. Er nahm den zweiten Becher, trank einen Schluck und sah Ludwig durchdringend an.

»Sprecht! Was ist im Gange?«

»Vetter Ernst will all unsere Verwandten und Verbündeten auf meiner Waldburg versammeln. Würde ich mich weigern, sie einzulassen, hätte er genügend Krieger zusammen, um mich belagern zu können. Da ich nicht auf Hilfe hoffen kann, wäre ich verloren. Wenn ich Ernst jedoch meine Burg öffne, wird er sie mit seinen Männern besetzen.« Ludwig ballte die Faust und setzte hinzu, dass er dies niemals hinnehmen werde.

»Ihr sagt selbst, Ihr könnt nichts dagegen tun«, meinte Graf Joachim mit einem spöttischen Auflachen.

»Aber Ihr! Mein Vater war der Verbündete Eures Vaters, bis Ernsts Vater ihn zwang, auf seine Seite zu wechseln. Warum kann ich nicht Euer Verbündeter sein?« Ludwig von

Waldburg trat so nahe an ihn heran, dass Leutprand das Schwert halb aus der Scheide zog.

»Lass es stecken!«, forderte Graf Joachim ihn auf und legte die Hand auf Ludwigs Schulter. »Eure Worte erregen meine Neugier. Ernst von Herrenroda will also seine Brüder, Vettern und Verbündeten auf die Waldburg rufen, zu welchem Zweck?«

»Um die Fehde mit Euch wieder aufzunehmen!«

»Dachte ich es mir doch.« Graf Joachim lächelte grimmig. Er ließ sich von dem Waldburger alles erzählen, was dieser wusste, und nickte dann Ritter Leutprand zu.

»Ich sagte es dir bereits, dass Herr Ludwig ein Freund ist. Mit seiner Hilfe werden wir über unseren Erzfeind triumphieren!«

Zweiter Teil

Verrat

1.

Es reibt einen innerlich auf, einen Schlag zu erwarten und nicht zu wissen, wann und woher er kommt, dachte Marie, während sie den Burghof überquerte. Seit dem Besuch des Würzburger Domherrn Guntram von Ebrach waren einige Wochen vergangen, doch es tat sich nichts. Weder hatte der Fürstbischof ihr die von seinem Vorgänger verpfändeten Dörfer weggenommen noch ihr mitteilen lassen, er werde die Zahlungen einstellen, auf die ihr Mann und sie ein Anrecht besaßen. Beruhigen konnte sie dies jedoch nicht.

Es gab auch niemanden, mit dem sie über die Situation reden konnte. Hiltrud war eine liebe Freundin, nahm aber Glück und Unglück als gegeben hin, ohne darüber zu klagen. Außerdem hatte sie schwer am Verlust ihres Ehemanns zu tragen. Anni war tüchtig, aber sie interessierte sich mehr dafür, wie das Sommergetreide auf den Feldern aufging, als für das, was in Würzburg beschlossen wurde, und Michel, mit dem sie alle großen und kleinen Sorgen teilen konnte, weilte in der Ferne.

Dazu kam, dass die sonst so häufigen Besuche der Nachbarn ausblieben. Von Ludolf von Fuchsheim hatte Marie seit seinem gescheiterten Versuch, sie zum Einlenken zu bewegen, nichts mehr gehört. Dessen Tochter Bona, die sonst jede Woche mindestens einmal geritten kam, ließ sich auch nicht mehr blicken. Trudi ärgerte sich darüber, denn sie sah Bona als ihre beste Freundin an.

Selbst von Hertha von Steinsfeld kam keine Nachricht mehr. Als Marie dies bei einem Besuch auf dem Ziegenhof erwähnte, hob Hiltrud erstaunt den Kopf.

»Das ist seltsam! Ich dachte, sie hätte dir mitgeteilt, dass sie zusammen mit ihrem Sohn nach Würzburg reist, um mit einem ihrer Verwandten zu reden, der einen gewissen Einfluss beim Domkapitel besitzt.«

»Woher weißt du das?«, fragte Marie.

»Ich habe gestern auf dem Markt in Volkach einen ihrer Bauern getroffen, der ein paar Ferkel verkaufen wollte. Dieser erzählte es mir. Eigentlich dachte ich, Frau Hertha hätte ihren Aufenthalt in Würzburg mit dir abgesprochen, da ihr beide die gleichen Schwierigkeiten mit dem neuen Fürstbischof habt.«

»Nein, das hat sie nicht.«

Warum hat Hertha das getan?, fragte Marie sich. Weshalb ist sie nach Würzburg, ohne mich davon zu unterrichten? Wieso …

Hiltrud sah, wie die Miene ihrer Freundin sich verschloss, und wünschte sich, ihr helfen zu können. Es war aber auch zu ärgerlich, dass Michel ausgerechnet in dieser Zeit hatte in die Ferne ziehen müssen.

Marie bedauerte dies noch weitaus stärker als Hiltrud, und sie ärgerte sich über die Art und Weise, wie Hertha von Steinsfeld sie von einer möglichen Lösung des Problems ausgeschlossen hatte. Dieser Frau ging es wie so vielen anderen Menschen in erster Linie um sich selbst. Wenn ihr Verwandter einen für sie brauchbaren Ausgleich mit dem Fürstbischof erreichen konnte, würde auch sie sich auf dessen Seite schlagen und ihr genau wie der Fuchsheimer zureden, auf große Teile ihrer Anrechte zu verzichten.

Erhielt Hertha von Steinsfeld fünfzig oder hundert Gulden im Jahr weniger, so war dies zu verkraften, zumal sie die Summe, die ihr Schwiegervater dem damaligen Fürstbischof geliehen hatte, längst zurückerhalten hatte. Bei ihr selbst und Michel hingegen waren die meisten Kredite bislang nur zu einem Bruchteil zurückgezahlt worden. Darauf zu verzichten hieß, sehr viel zu verlieren. Zudem fragte sie sich, wie weit der Fürstbischof gehen wollte. Würde er sie schließlich zwingen, ihm den Lehenseid zu schwören und damit ihre Unabhängigkeit zu verlieren? In dem Fall würden sie sich jeder Laune dieses Mannes fügen müssen.

Marie bedauerte erneut, dass sie Ernst von Herrenroda auf Michels Wunsch hin hatte vertrösten müssen, denn mit ihm als Verbündeten hätte sie sich gegen den Fürstbischof behaupten können. Allein war sie dessen Willkür jedoch hilflos ausgeliefert. Auf ihre Nachbarn konnte sie nicht zählen, und anders als die Steinsfelderin hatte sie keine Verwandten in Würzburg, die sich für sie verwenden konnten.

Um Maries Gedanken in andere Bahnen zu lenken, sprach Hiltrud nun über das, was sich auf ihrem Hof tat, und zuletzt über ihre Kinder. »Giso hat einen Brief geschrieben«, erklärte sie stolz. »Anni war so lieb, ihn mir vorzulesen. Meinem Jungen geht es gut, und er lernt sehr viel. Wer hätte gedacht, dass ein Sohn von mir einmal Priester werden könnte!«

Hiltrud war ein Bauernmädchen gewesen, das der Vater aus Not an einen Hurenwirt verkauft hatte. Seitdem waren mehr als drei Jahrzehnte vergangen, und sie dachte nur noch in trüben Stunden an jene Zeit, in der sie für jeden Kerl, der die paar Pfennige Hurenlohn hatte zahlen können, die Beine breitmachen musste.

Marie war ebenfalls mehrere Jahre als wandernde Hure durchs Land gezogen und kämpfte immer noch mit dem Makel, der ihr anhaftete. Auch wenn es ihr niemand ins Gesicht zu sagen wagte, hechelten nicht nur missgünstige Leute ihre Vergangenheit durch. Sie hielt es auch nicht für ausgeschlossen, dass der neue Fürstbischof gerade deshalb so hohe Forderungen an sie stellte.

»Umso wichtiger ist es, mit Graf Ernst zu einem Übereinkommen zu gelangen«, murmelte sie und schob die Bedenken, die sie dabei hatte, hintan.

»Was sagst du?« Hiltruds Gedanken weilten noch bei ihrem jüngsten Sohn, der durch Maries und Michels Vermittlung die Lateinschule besuchte und in Bälde Theologie studieren würde.

»Mir ging nur gerade ein Gedanke durch den Kopf. Du sagtest, Giso hätte geschrieben. Das freut mich!« Marie drückte Hiltrud an sich und dachte, dass diese an Hertha von Steinsfelds Stelle sich nicht ohne eine Abmachung mit ihr nach Würzburg begeben hätte.

»Er lernt leicht, schreibt er, und auch, dass seine Lehrer ihn sehr loben!« Hiltrud war der Stolz auf ihren Jüngsten anzusehen. Doch auch ihre anderen Kinder gerieten gut, und so gab es etliches zu berichten.

2.

An diesem Tag kam Marie erst spät in die Burg zurück. Trudi und Hildegard warteten bereits auf sie, um zu Abend essen zu können. Ihre Älteste hielt einen gesiegelten Brief in der Hand und steckte ihn ihr mit leuchtenden Augen zu.

»Dies hat vorhin ein Bote gebracht. Er kam von Graf Ernst.«

»Ernst von Herrenroda hat uns geschrieben?« Marie nahm das Schreiben und erbrach das Siegel. Die Anrede war überaus höflich und hätte auch das Eheweib eines Freiherrn erfreut. Marie empfand einen gewissen Stolz, als sie es las. Mehr interessierte sie jedoch der Inhalt des Schreibens. Mit einer leichten Enttäuschung bemerkte sie, dass Ernst von Herrenroda nicht mehr auf eine mögliche Heirat eines seiner Söhne mit Trudi zurückgekommen war.

Stattdessen lud er sie zu einem Fest auf der Waldburg ein, die seinen Worten zufolge einem Vetter von ihm gehörte. Marie hatte noch nie von dieser Burg gehört und kniff ärgerlich die Augenbrauen zusammen.

»Wie soll ich dorthin kommen, wenn ich nicht weiß, wo es liegt«, murmelte sie und vergaß dabei ganz Michels Warnung, vorsichtig zu sein und dem Grafen nicht zu trauen. Dann las sie den letzten Absatz des Briefes und atmete auf. Graf Ernst versprach darin, seinen Vetter Friedmundus, einen Mönch des Benediktinerordens, sowie etliche Knechte zu schicken, die sie zur Waldburg geleiten sollten.

Nachdenklich legte sie das Schreiben aus der Hand. Brachte Ernst von Herrenrodas Botschaft die ersehnte Hilfe gegen Gottfried Schenk zu Limpurg, den so unverschämt auftretenden neuen Würzburger Fürstbischof?, fragte sie sich. Dabei nahm sie kaum wahr, dass Trudi den Brief zu sich herzog und ihn ebenfalls las.

»Mama, hier steht, dass ich mitkommen soll!«, rief ihre Tochter erfreut aus.

Marie schreckte aus ihren Überlegungen hoch und sah ihre Tochter tadelnd an. »Du weißt, dass du nicht neugierig sein und Briefe lesen sollst, die an deinen Vater oder mich gerichtet sind.«

»Aber Graf Ernst erwähnt mich wirklich!«, rief das Mädchen und wies auf die entsprechende Stelle im Brief.

»Das mag sein, doch es gibt dir nicht das Recht, meine Briefe zu lesen.«

Marie meinte es durchaus ernst, weil Trudi in letzter Zeit immer wieder gegen ihre Anweisungen verstieß. Es liegt an Michel, dachte sie, denn er gibt ihr einfach zu viel nach. Nun aber, da Michel in der Ferne weilte, wollte sie die Zügel bei Trudi stärker anziehen.

»Zur Strafe wirst du den Mägden helfen, das Leinen auf dem Anger zu bleichen!«, erklärte sie.

Trudi schüttelte empört den Kopf. »Das ist keine Arbeit für die Tochter eines freien Reichsritters des Heiligen Römischen Reiches. Ich …«

Zu mehr kam sie nicht, denn Marie versetzte ihr eine Ohrfeige. Da diese nicht zu hart gewesen war, tat mehr der Schreck als der Schlag dem Mädchen weh.

»Das werde ich Papa sagen!«, rief Trudi unter Tränen.

»Das kannst du ruhig tun, sobald er zurück ist. Aber wenn du bis dorthin nicht besser gehorchst, wird diese Maulschelle noch einige Schwestern bekommen.«

Trudi begriff, dass ihre Mutter ihr ernsthaft zürnte, und

rückte ein Stück von ihr ab. Unterdessen überlegte Marie, was sie Ernst von Herrenroda antworten sollte. Auch wenn er eine mögliche Heirat nicht extra erwähnt hatte, so zeigte seine Einladung, dass er sie noch immer ins Auge fasste.

Konnte sie es sich leisten, abzulehnen?, fragte sie sich und gab sich auch gleich die Antwort. Allein konnte sie gegen den Fürstbischof nicht bestehen. Sie brauchte dringend Verbündete, und da war keiner besser geeignet als Ernst von Herrenroda. Auch wenn dessen Besitz im Thüringischen lag, grenzte er teilweise an Würzburger Enklaven. Wenn er Druck auf diese ausübte, um sie und Michel zu unterstützen, musste dies Gottfried Schenk zu Limpurg zum Nachgeben bewegen.

»Ich muss zu Graf Ernst reisen, um zu sehen, wie ehrlich er es meint«, sagte sie mehr für sich als für ihre Töchter gedacht.

Trudi wagte nicht zu fragen, ob die Mutter sie mitnehmen würde, hoffte es aber. In ihren Gesprächen mit Bona hatten sie beide sich vorgestellt, wie es wäre, mit einem hohen Herrn verheiratet zu werden, und der Sohn eines Grafen war ein hoher Herr. Der Gedanke, selbst Gräfin werden zu können, gefiel ihr, und so haderte sie seit geraumer Zeit mit ihren Eltern, weil diese bislang nicht auf Ernst von Herrenrodas Angebot eingegangen waren.

Nun aber sah es so aus, als könnte doch etwas daraus werden. Mit einer gewissen Schadenfreude stellte sie sich Bonas Gesicht vor, wenn diese erfuhr, welch ein Freier um sie warb. Bona würde wahrscheinlich einen kleinen Edelmann heiraten müssen, vielleicht sogar Hardwin von Steinsfeld, den im Grunde niemand ernst nehmen konnte, da er völlig unter der Fuchtel seiner Mutter stand.

Unterdessen betrachtete Marie ihre Tochter und überlegte, ob sie Trudi wie von Graf Ernst gewünscht auf die Reise mitnehmen sollte. Ließ sie Trudi zurück, wie Michel es gewiss entscheiden würde, konnte dies ihren Gastgeber verärgern. Im anderen Fall sah es jedoch so aus, als würde sie mit aller Kraft nach dieser Heirat streben.

Wie man es macht, macht man es verkehrt, dachte sie und nahm den Brief noch einmal zur Hand. Steckte Graf Ernst etwa in Geldproblemen, die er mit einem Kredit nicht lösen konnte? Möglich schien es ihr, da die hohen Herren oft etwas begannen, ohne sich Gedanken über die Kosten zu machen. Der Bau einer neuen Burg, die Mitgift der Tochter oder auch der Wunsch, dem Lieblingssohn einen hohen Kirchenrang zu erkaufen, konnten selbst die Einkünfte eines Grafengeschlechts ins Wanken bringen.

»Graf Ernst schreibt, dass Bruder Friedmundus bereits nächste Woche kommen wird, um mich abzuholen«, sagte sie und beschloss, es von dem Gespräch mit diesem abhängig zu machen, ob sie mit Trudi zusammen die Reise zur Waldburg antreten würde.

»Ich würde ja nicht lange weg sein. In der Zwischenzeit kann Anni die Burg verwalten«, setzte Marie ihren Gedankengang laut fort.

Jetzt hielt Trudi es nicht mehr aus. »Und was ist mit mir?«

Marie drehte sich zu ihr um und betrachtete sie nachdenklich. »Eigentlich sollte ich dich hierlassen, weil du ungehorsam und störrisch bist. Doch wenn ich mich zu dieser Reise entschließe, wirst du mich begleiten.«

Trudis Miene hellte sich schlagartig auf, und sie fiel ihrer Mutter um den Hals. »Ich habe dich lieb!«

»Ich dich auch – wenigstens manchmal.« Ihren Worten zum Trotz drückte Marie ihre Älteste an sich und umarmte dann auch Hildegard, damit diese sich nicht zurückgesetzt fühlte.

»Wir werden in den nächsten Tagen schauen, welche Kleider wir auf die Reise mitnehmen können«, erklärte Marie anschließend.

»Ich brauche dringend ein Neues, Mama! In dem, das ich

im letzten Herbst bekommen habe, kann ich einem so hohen Herrn wie Graf Ernst nicht unter die Augen treten«, antwortete Trudi, um sofort ihre Ansprüche anzumelden.

»Tu nicht so, als würdest du in Lumpen gehen«, schalt Marie ihre Tochter.

Doch sie war ebenfalls der Ansicht, dass Trudi auf Graf Ernst den denkbar besten Eindruck machen musste, und dafür waren zwei neue Kleider unbedingt vonnöten. Auch sie selbst durfte nicht in Gewändern auf der Waldburg erscheinen, denen man ansah, dass sie schon öfter getragen worden waren.

»Darf ich auch mitkommen, Mama?«, fragte Hildegard. Da Lisa und Falko auf Hettenheim weilten und die Mutter mit Trudi auf Reisen gehen wollte, wollte sie ungern allein zu Hause bleiben.

Marie überlegte kurz, schüttelte dann aber den Kopf. »Wenn ich das nächste Mal auf Reisen gehe, nehme ich dich mit.« Insgeheim dachte sie, würde sie Hildegard auch noch mitnehmen, sähe es so aus, als wolle sie auch für diese Tochter eine Ehe in die Wege leiten, und das konnte Graf Ernst als zu aufdringlich empfinden. Sie streichelte kurz Hildegards Wange, um deren Enttäuschung zu lindern, und funkelte Trudi dann auffordernd an. »Mein Kind, wir haben noch eine Menge Arbeit vor uns. Also rühre fleißig die Hände!«

Sie beschloss, die Marketenderin Theres, die hier auf Kibitzstein ihr Gnadenbrot erhielt, ebenso einzuspannen wie die beiden Mägde, die am besten mit Nadel und Faden umgehen konnten.

Nachdem ihre erste Begeisterung über Graf Ernsts Einladung verflogen war, fragte Marie sich, ob sie, wenn sie diese annahm, auch in Michels Sinn handeln würde. Sie wusste um seine Abneigung, Mädchen bereits im Kindesalter zu verloben oder gar zu verheiraten, und begriff, dass es eine Grenze gab, die sie trotz aller Vorteile, die ihnen die Verbindung mit dem Grafen von Herrenroda brachte, nicht überschreiten durfte.

Marie erinnerte sich auch an Michels Bedenken wegen der hohen Mitgift, die Graf Ernst für eine Heirat Trudis mit seinem Sohn gefordert hatte. War das Geld erst einmal ausgezahlt, hatten sie keine Möglichkeit mehr, es zurückzufordern. Kam die Heirat dann doch nicht zustande, wären ihre Verluste höher als durch einen Verlust ihrer verbrieften Rechte beim Fürstbistum Würzburg. Wenn schon ein Mann der Kirche wie Gottfried Schenk zu Limpurg sich nicht an Recht und Gesetz hielt, so war es durchaus möglich, dass auch Graf Ernst es nicht tat.

Ich darf nicht blauäugig in mein Verderben rennen, beschwor Marie sich. Entweder übergab ihr Graf Ernst bis zum Tag der Eheschließung ein entsprechendes Pfand, oder er musste warten, bis Michel kam und die Verhandlungen übernahm. Auch wenn er für ihr Gefühl den Nachbarn gegenüber zu nachsichtig war, so würde er bei Graf Ernst darauf dringen, dass alles hieb- und stichfest gezurrt wurde.

3.

Als Pater Friedmundus eine Woche später mit acht Reisigen auf Kibitzstein erschien, wurde er zwar höflich, aber nicht überschwänglich empfangen. Marie hatte Trudi befohlen, in ihrer Kammer zu bleiben, und führte den Gast in die Halle. Dort ließ sie auftischen und schwieg, bis er seinen Zinnteller gesättigt zurückschob.

»Ich hoffe, es hat Euch geschmeckt?«, fragte sie.

Friedmundus nickte. »Das hat es! Ihr führt eine gute Küche.«

»Wohl kaum so gut wie die eines Grafen«, wandte Marie ein, um die Rede auf Graf Ernst zu bringen.

»Ihr benutzt nicht weniger Gewürze als der Koch meines Vetters, und – bei Lukullus! – Ihr verwendet sie geschickter.«

Es hätte ein Kompliment sein sollen, doch Marie ärgerte sich, weil er sie im gleichen Atemzug mit Graf Ernsts Koch nannte, als würde sie selbst am Herd stehen. Ein gewisser Hochmut, dachte sie, war dem Geschlecht derer zu Herrenroda nicht abzusprechen. Doch wenn der Mönch glaubte, auf sie herabsehen zu können, würde sie ihn eines anderen belehren.

»Ihr kommt als Bote Eures Verwandten?«, fragte sie.

»So ist es«, antwortete Friedmundus, während er seine Blicke durch die Halle schweifen ließ.

Von außen wirkte Kibitzstein wie eine beliebige Burg, doch im Innern sah man, dass hier Geld zu Hause war. Der schöne Wandteppich hinter dem Platz der Burgherrin hätte auch in der Halle seines Vetters Ernst hängen können, und dessen Gäste hätten sich nicht geschämt, von solchen Zinntellern zu essen, wie man ihm einen vorgesetzt hatte. Der Braten war gut, und der Wein floss wie von selbst die Kehle hinab.

Friedmundus erinnerte sich daran, dass es hieß, Marie wäre die Tochter eines reichen Konstanzer Tuchhändlers. Die Einrichtung der Burg wirkte tatsächlich mehr wie die eines wohlhabenden Bürgers. Daran konnten auch die an der Wand hängenden Waffen und der große, farbig bemalte Wappenschild über dem Sitz des Burgherrn nichts ändern. Auf jeden Fall war es ein Wohnsitz, um den die meisten Lehensleute seines Vetters und auch einige Verwandte Marie und deren Ehemann beneiden würden.

»Ich komme im Auftrag meines Vetters, Graf Ernst von Herrenroda«, wiederholte er, als er seine schwirrenden Gedanken wieder eingefangen hatte.

»Was wünscht Euer Verwandter von mir?«, fragte Marie, obwohl sie es aus dessen Brief bereits wusste.

»Mein Vetter lädt Euch ein, unserem diesjährigen Familientreffen auf Burg Waldburg beizuwohnen.«

»Die Einladung durch Euren Verwandten ehrt mich. Nur muss ich einwenden, dass ich, solange mein Gemahl in der Ferne weilt, Kibitzstein nicht ohne weiteres verlassen kann. Zum einen muss ich hier nach dem Rechten schauen, und zum anderen sind die meisten unserer Bewaffneten mit meinem Gemahl gezogen. Es fehlen daher die Knechte, die mich begleiten könnten«, wandte Marie ein.

»Für Begleitung ist gesorgt. Ich habe acht Reisige bei mir, die Euch und Eurer Tochter auf der Reise Schutz bieten werden«, erklärte Friedmundus und fand es schwerer, die Herrin auf Kibitzstein zu beschwatzen, als er es sich vorgestellt hatte.

»Ich kann unmöglich nur mit Euch und Euren Waffenknechten reisen! Wie sähe das aus?«, antwortete Marie.

Bevor sie sich zu dieser Reise entschloss, wollte sie mehr über Ernst von Herrenroda und dessen Familie erfahren und nach Möglichkeit auch den Grund, warum er so sehr auf Trudis Mitgift versessen war.

»Auch das haben wir bedacht. Ich werde morgen meine Schwester Ignatia im Kloster Hilgertshausen abholen. Sie wird Eure Gefährtin auf der Reise zur Waldburg und hierher zurück sein.« Friedmundus verlor allmählich die Geduld mit Marie. Diese Frau sollte sich doch glücklich schätzen, dass ein Graf Herrenroda ihre Tochter als Braut für seinen Bastardsohn in Erwägung zieht, dachte er. Aber das ist wohl das Händlerblut in ihr, das sie zögern lässt. Mit einem gewissen Schaudern dachte er daran, dass Marie sich nach der Heirat ihrer Tochter mit Ernsts Sohn Robert seine Verwandte nennen konnte. Mein Vetter muss dafür sorgen, dass der Bastard danach nicht den Namen Herrenroda trägt, fuhr es ihm durch den Kopf. Er soll ihn, wie schon beim Waldburger geschehen, nach der Burg benennen, die er einmal erhält.

Maries Gedanken schlugen derweil andere Wege ein. Sie hatte nicht vergessen, dass sie schon einmal auf ein Grafengeschlecht hereingefallen war. So etwas wollte sie nicht noch einmal erleben. Andererseits war ihre Angst stetig gewachsen, der Würzburger Fürstbischof könnte ihr und Michel ihre Rechte aberkennen oder sie sogar dazu zwingen, ihm den Lehenseid abzulegen. Damit würden sie vollständig der Willkür dieses Herrn ausgesetzt sein. Sie fühlte sich wie zwischen Hammer und Amboss und wusste nicht, welche Entscheidung richtig war.

Andererseits kannte sie Schwester Ignatia aus Hilgertshausen. Auch wenn diese ihr nicht gerade sympathisch war, erschien ihr deren Begleitung doch wie ein Garant, dass Graf Ernst es ehrlich meinte.

Sie benötigte jedoch auch eine Leibmagd, die ihr unterwegs aufwarten konnte. Auch hätte sie eigentlich ein paar eigene Knechte mitnehmen müssen. Tat sie das, würden diese hier auf Kibitzstein bei der Arbeit fehlen. Schließlich musste ihr Gesinde bereits die Männer ersetzen, die mit Michel gezogen waren.

Welche Magd sollte sie mitnehmen?, fragte sie sich. Hier auf Kibitzstein behalf sie sich immer selbst, und nur selten bat sie Anni oder eine der anderen Frauen, ihr zu helfen. Kurz überlegte sie, Uta mitzunehmen. Diese war ein flinkes und munteres Ding, aber noch sehr jung, und sie wollte nicht, dass sie von fremden Männern bedrängt wurde. Daher entschied sie sich für Emma, eine ältere Magd, die sich aufdringliche Mannsleute mit ihrer spitzen Zunge vom Leib halten konnte.

»Bevor ich Euch begleite, müsst Ihr mir bei Gott, dem Heiland, und allen Heiligen schwören, dass meine Tochter und ich, sollte aus der Verlobung nichts werden, die Waldburg ungehindert verlassen und nach Hause zurückkehren können«, forderte Marie.

Bruder Friedmundus stellte sich in Gedanken vor, wie er ihr mit Genuss den Hals zudrückte. Ohne sich jedoch etwas anmerken zu lassen, hob er die Hand. »Das schwöre ich!«

»Wann wollt Ihr aufbrechen?«, fragte Marie aufatmend.

»Übermorgen, wenn es genehm ist, da ich morgen nach Hilgertshausen reiten will.« Der Mönch lächelte erleichtert. Wie es aussah, gab die Burgherrin endlich ihren Widerstand auf.

Um sie ganz für den Vorschlag seines Vetters zu gewinnen, berichtete er ihr von der Macht und dem Reichtum der Grafen auf Herrenroda. Ohne es zu wissen, schürte er damit Maries Misstrauen erneut. Wenn die Sippe so reich war, wie der Mönch ihr weismachen wollte, so hatte das Familienoberhaupt die zehntausend Gulden nicht nötig. Warum war

Graf Ernst so hinter dem Geld her, dass er selbst die Heirat eines seiner Söhne mit Trudi in Erwägung zog? Die Antwort auf diese Frage würde sie wohl erst auf der Waldburg erhalten.

Marie fragte sich erneut, ob es richtig war, Bruder Friedmundus auf gut Glück in die Fremde zu folgen. Was war, wenn Graf Ernst sie zwingen wollte, ihm das Geld zu geben, oder auf eine sofortige Heirat drang? Zwar wurden edel geborene Mädchen oft noch jünger als Trudi ins Ehebett gelegt, aber sie wollte ebenso wenig wie Michel, dass dies mit ihrer Tochter geschah.

»Ich weiß nicht, ob ich Trudi mitnehmen soll«, überlegte sie laut.

»Es ist Eure Wahl! Graf Ernst verlangt es nicht.«

Friedmundus' Antwort beruhigte Marie. Wie es aussah, schien kein Handstreich geplant zu sein. »Vielleicht ist es besser, wenn sie die gräfliche Sippe und auch ihren Bräutigam kennenlernt«, setzte sie nachdenklich hinzu.

»Es sei, wie Ihr es wünscht.« Friedmundus war froh, die Burgherrin dazu gebracht zu haben, dass sie die Einladung annahm. Auch wenn die Waldburg keine der großen Burgen seines Sippenoberhaupts war, sondern eine der kleineren Lehensburgen, so würde die gräfliche Sippe mit all ihrer Pracht sowohl Marie Adler auf Kibitzstein wie auch deren Tochter so blenden, dass sie freudig auf die Vorschläge und Bedingungen seines Vetters einging.

4.

Nachdem Marie sich zu dieser Reise entschlossen hatte, setzte sie alles daran, Eindruck auf Graf Ernst und dessen Familie machen zu können. Theres, Uta, Trudi selbst und eine weitere Magd mussten bis in die Nacht hinein nähen, damit die Kleider fertig wurden. Als Tochter eines Tuchhändlers aufgewachsen, hatte sie sich ihr Gefühl für edle Stoffe bewahrt und beste Ware gekauft. Auch auf die Stuten, die Trudi und sie reiten würden, konnte sie stolz sein.

Am Vorabend der Reise suchte Marie noch einmal den Ziegenhof auf, um mit Hiltrud zu sprechen. Ihre Freundin musterte sie und schüttelte dann den Kopf.

»Strebst du nicht ein wenig zu hoch hinauf?«

»Wieso?«, fragte Marie.

»Indem du Trudi unbedingt mit dem Spross eines gräflichen Hauses verloben willst! Dabei hast du noch vor kurzem selbst gesagt, dass du damit warten willst, bis Michel zurückkehrt.«

»Wer sagt, dass ich Trudi verloben will?« Marie senkte den Blick, denn wenn Graf Ernst und dessen Sohn ihr und Letzterer auch Trudi gefielen, war sie trotz Michels Widerstreben bereit, darauf einzugehen.

»Würdest du sonst diese Reise machen, und das ohne eigene Begleiter? Früher warst du nicht so unvorsichtig!«, erwiderte Hiltrud besorgt.

»Du tust ja so, als würde ich auf den gräflichen Besitzungen in Gefahr geraten. Aber ich denke, ich kann mich auf den Schutz der fremden Reisigen verlassen, denn die fromme Schwester Ignatia aus Hilgertshausen begleitet uns. Sie kommt auch wieder mit mir zurück.«

Marie ärgerte sich, weil die Bemerkung ihrer Freundin ihre geheimen Ängste schürten. Ich brauche Graf Ernst als Verbündeten gegen den Würzburger Fürstbischof, rief sie sich ins Gedächtnis und wechselte das Thema.

»Du siehst während meiner Abwesenheit nach dem Rechten?«

Hiltrud nickte. »Das mache ich, obwohl Anni gewiss alles zu deiner Zufriedenheit erledigen wird. Mein Michi nannte sie letztens eine ausgezeichnete Wirtschafterin, und das ist sie trotz ihrer Jugend auch.«

»Das ist sie ganz bestimmt! Aber Michi ist auch ein fleißiger und braver Junge. Sonst hätte Michel ihm nicht aufgetragen, Lisa und Falko nach Hettenheim zu bringen. Es ist schade, dass er noch nicht zurück ist. Sonst hätte er mich und Trudi nach Thüringen begleiten können«, antwortete Marie.

»Ich bin dir und Michel dankbar, dass ihr euch meines ältesten wie auch meines jüngsten Sohnes angenommen habt. Michi kann es mit Geschick und Glück bis zum Hauptmann der Kibitzsteiner Waffenknechte bringen und Giso zum Priester.«

»Es ist uns eine Freude, etwas für die beiden zu tun!«, sagte Marie lächelnd.

»Sollte Heinrich von Hettenheim ebenfalls dem Ruf des Königs folgen, wird auch dein Falko in den Krieg ziehen müssen«, überlegte Hiltrud.

»Dafür müsste er zwei, drei Jahre älter sein. Wahrscheinlicher ist, dass Falko auf Burg Hettenheim lernt, wie man Edeldamen aufwartet und ihnen den Steigbügel hält, wenn sie aufs Pferd steigen wollen.«

»Irgendwann wird er wie sein Vater in den Krieg ziehen müssen. Ich hoffe, dass Michi ihm dann ebenso zur Seite steht, wie Hannes es bei Michel tut.«

»Das wird er gewiss!« Marie umarmte ihre Freundin und stand auf. »Es ist spät geworden. Dabei muss ich morgen früh aufstehen. Wir haben einen langen Weg vor uns.«

»Möge Gott dir eine gute Reise und eine glückliche Heimkehr schenken«, antwortete Hiltrud.

»Daran glaube ich fest.« Marie bemühte sich, zuversichtlich zu klingen, um sich die Zweifel, die in ihr wühlten, nicht anmerken zu lassen.

Wäre ihre Angst vor dem Würzburger Fürstbischof nicht gewesen, hätte sie Graf Ernsts Einladung höflich abgelehnt und darauf verwiesen, dass sie nichts ohne Erlaubnis ihres Ehemanns unternehmen könne. So aber benötigte sie dringend Unterstützung, und da die eigenen Nachbarn ihr diese verweigerten, war sie darauf angewiesen, dass Graf Ernst sie ihr zukommen ließ.

»Es ist bereits dunkel geworden«, sagte Hiltrud. »Dietmar, zünde eine Laterne an und begleite Frau Marie zur Burg. Ich will nicht, dass du unterwegs stolperst und dir den Fuß verstauchst.«

Das Letzte galt wieder Marie.

Diese war dankbar, als Hiltruds mittlerer Sohn mit der Laterne erschien und ihr auf dem Heimweg leuchtete. Im Burghof angekommen, bedankte sie sich bei dem Burschen und suchte nach Anni. Sie fand diese in der Nähkammer über ein fast fertiges Kleid gebeugt.

»Ich bin gleich so weit, Frau Marie!«, rief die junge Frau, als sie ihre Herrin kommen sah.

»Hätten nicht Uta, Theres oder eine der anderen Mägde diese Arbeit tun können?«

»Zwei der Mägde müssen die Reisetruhe packen, Theres näht noch an dem Kleid für Euch, und Uta hat sich mit der

Nadel so gestochen, dass sie das Kleid mit ihrem Blut besudeln würde«, erklärte Anni.

»War es Absicht, um sich vor der Arbeit zu drücken?«, wollte Marie wissen.

Anni schüttelte den Kopf. »Gewiss nicht! Uta ist ein fleißiges Ding. Sie hat ihr Pech im Gegenteil sehr bedauert.«

»Wo ist Trudi?«, fragte Marie weiter.

»Die habe ich zu Bett geschickt, damit sie morgen die Reise ausgeruht antreten kann. Ihr solltet Euch auch hinlegen. Es ist ein weiter Weg bis zu dieser Waldburg.«

Marie nickte. »Wir werden eine Woche unterwegs sein. Trudi hat bereits bedauert, dass wir nicht wie Vögel fliegen können, denn dann wären wir schneller dort. Die Gegend um die Waldburg ist laut Bruder Friedmundus dicht bewaldet und wird von tiefen Schluchten durchzogen. Daher muss man weite Umwege machen, um ein Ziel zu erreichen, das weniger als eine halbe Meile entfernt jenseits der Höhen liegt.«

»Wisst Ihr, Frau Marie, was mich wundert? Weshalb lädt Graf Ernst seine Verwandten auf eine so abgelegene Burg ein, wo er doch auch leichter zu erreichende Burgen in Thüringen besitzt?«

Diese Frage hatte Marie auch Bruder Friedmundus gestellt und von ihm die Antwort erhalten, dass Graf Ernst damit seinen Vetter Ludwig von Waldburg ehren wolle, der sonst immer zu anderen Burgen hatte reiten müssen. Auch wenn die Begründung stimmen mochte, blieb ein gewisses Misstrauen bestehen, und so richtete Marie sich darauf ein, die Waldburg notfalls heimlich zu verlassen.

Daher rief sie sich die Lehren aus ihrer Wanderzeit ins Gedächtnis und beschloss, danach zu handeln. Sie würde nicht nur einen Dolch unter ihrem Gewand verstecken, sondern auch so viele Münzen, wie sie unauffällig in einem Beutel unter dem Rock tragen konnte.

Mit diesem Gedanken verabschiedete sie sich von Anni. Auf dem Weg zu ihrer Kammer kam sie an dem Erker vorbei und entdeckte dort Bruder Friedmundus und dessen Schwester. Die beiden unterhielten sich, und unbewusst blieb Marie stehen, um zu lauschen.

»… kommt Vetter Ernst darauf, ausgerechnet die Kibitzsteinerin einzuladen?«, fragte die Nonne gerade.

»Er hat seine Gründe.«

»Es ist eine Schande, mit diesem Weib reisen zu müssen«, stieß Schwester Ignatia aus. »Wir entstammen edelstem Blut, aber sie ist die Tochter eines Krämers und ihr Mann ein Bierschenk! Von anderen Dingen will ich erst gar nicht reden.«

»Das würde ich dir auch raten! Sei auf der Reise höflich zu Frau Marie, sonst ziehst du dir den Zorn unseres Vetters zu. Er könnte sonst finden, dass eine seiner Töchter deinen Platz in Hilgertshausen einnehmen soll, und dich in ein Kloster im hintersten Waldland verbannen!« In Friedmundus' Stimme schwangen ein gewisser Ärger über Ignatia mit und die Warnung, es nicht zu übertreiben.

»Bei Gott, was ist in Graf Ernst gefahren, dass er dieses Weib über eine Verwandte stellt?«, rief die Nonne empört.

»Nimm dir meine Worte zu Herzen«, antwortete ihr Bruder. »Und nun geh schlafen! Wir brechen morgen früh auf.«

Marie eilte rasch weiter, um nicht beim Lauschen ertappt zu werden. Dabei fragte sie sich erneut, was es mit Graf Ernsts Angebot auf sich hatte. Es schien ihm sehr wichtig zu sein, Trudi in seine Familie aufzunehmen, wenn er dafür bereit war, eine Base, die sich dagegen aussprach, zu bestrafen.

Sie brachen am nächsten Morgen auf, als die Sonne gerade erst über dem Horizont stand. An der Spitze der Reisegruppe ritten zwei von Friedmundus' Bewaffneten und hinter ihnen Friedmundus und Ignatia jeweils auf einem Maultier. Ihnen folgten Marie und Trudi, während ihre Magd Emma auf dem Wagen mit den Reisetruhen saß, der von einem

Knecht aus dem zum Kloster gehörenden Meierhof gefahren wurde. Den Schluss bildeten die restlichen Reisigen. Das Tempo wurde von den zwei Pferden bestimmt, die den Gepäckwagen zogen, und so kam die Gruppe kaum schneller vorwärts, als wenn alle zu Fuß gegangen wären. Auf die Weise, dachte Marie, dauerte die Reise noch länger, als sie angenommen hatte.

Marie hatte sich beklommen von Hildegard, Anni und den anderen verabschiedet und winkte, als sie den Ziegenhof passierten, ihrer Freundin Hiltrud zu. Diese sah den Reisenden kopfschüttelnd nach und ging dann wieder an ihre Arbeit.

5.

Etliche Meilen von Kibitzstein entfernt sah Ludwig von Waldburg dem Eintreffen seines Vetters Ernst und der anderen Verwandten mit Sorge entgegen. Zwar hatte Joachim von Herrenstein ihm Hilfe versprochen, doch bis jetzt waren dies leere Worte geblieben.

»Es wird nicht mehr lange dauern, bis die ersten Gäste erscheinen«, meinte sein Verwalter am Nachmittag dieses Tages besorgt.

»Wir haben vielleicht noch zwei, höchstens drei Tage Ruhe«, antwortete Ludwig verärgert. »Am liebsten würde ich die Tore schließen und das ganze Gesindel draußen vor der Burg verrotten lassen!«

Es waren starke Worte, doch er wusste selbst, dass er ihnen keine Taten folgen lassen konnte. Wenn tatsächlich alle Verwandten und Verbündeten von Graf Ernst hier erschienen, war ihr Gefolge zahlreich genug, um ihn belagern zu können. Die Wälder ringsum boten genug Holz für Sturmleitern, Mauerbrecher und Belagerungstürme. Wenn es zum Sturm auf die Burg kam, würde er sie mit den zwei Dutzend Knechten, die er unter Waffen stellen konnte, niemals halten können.

Aufgebracht ballte er die Fäuste und reckte sie gen Himmel. »Warum sendet mir Graf Joachim keine Nachricht?«

»Vielleicht hat er sich anders entschieden und wagt nicht, gegen Graf Ernst vorzugehen«, wandte sein Getreuer ein.

»Nach der letzten Fehde mussten die Herrensteiner mehrere wichtige Burgen an Herrenroda abtreten. Graf Ernst kann daher mehr als dreimal so viele Krieger auf die Beine stellen wie Graf Joachim. Da überlegt man es sich, ob man den alten Streit noch einmal aufleben lassen will.«

»Graf Joachim klang so überzeugt, dass ich mir sicher war, er würde das Schwert ziehen.« Ludwig von Waldburg wollte noch mehr sagen, doch da riss ihn das Hornsignal des Türmers aus seinen Gedanken.

»Was ist denn jetzt los?«, fragte er ungehalten.

Einer der Knechte stürmte herein. »Herr, ein Reisezug nähert sich der Burg!«

»Sie kommen früher als gedacht.« Ludwig von Waldburg fluchte leise, befahl dann aber, das Tor zu schließen.

»Ihr wollt Widerstand leisten?«, fragte sein Verwalter erschrocken.

»Nein, ich will nur nicht, dass die Leute ungehindert in meine Burg gelangen, sondern sie mir vorher ansehen.«

»Als wenn das einen Unterschied machen würde!« Der Verwalter hatte Ludwigs Vater damals gegen Herrenroda unterstützt und war bei dessen Seitenwechsel kein Freund dieses Familienteils geworden.

Auch Ludwig war aufgebracht und fragte sich, welcher seiner vielen Vettern es nicht hatte erwarten können, hier zu erscheinen. Oder war es womöglich Graf Ernst selbst? Wenn dieser mit zu wenig Männern gekommen war, konnte er ihm vielleicht eine Falle stellen und ihn gefangen nehmen. Mit diesem Gedanken verließ er den Palas, stieg auf die Burgmauer und spähte zwischen den Zinnen hinaus. Mit einem Fluch gab er die vage Absicht wieder auf. Es kam nicht nur ein Reisetrupp auf die Burg zu. Es waren drei, die nur wenig mehr als zwei oder drei Steinwürfe voneinander entfernt zogen.

Ihren Wappen nach waren es nahe Verwandte von Graf Ernst, denn auf ihren Bannern und Schilden prangten die beiden roten Äxte auf goldenem Grund über einem grünen Baum. An Widerstand war nicht zu denken.

»Öffnet die Pforte, lasst die Torflügel aber erst einmal zu«, befahl Ludwig enttäuscht und ging seinen Verwandten entgegen.

Nur etwa die Hälfte der Männer waren Waffenträger, der Rest bestand aus Knechten und Dienern, die anscheinend geschickt worden waren, um den Gästen aufzuwarten. Außerdem sah Ludwig bei jeder der drei Reisegruppen mehrere Pferdesänften. Jeder der Herren hatte wohl seine gesamte weibliche Verwandtschaft mitgebracht.

Mit gezwungener Freundlichkeit begrüßte er die ersten Reiter. Zu seiner Verwunderung kannte er niemanden von ihnen, doch bevor er eine Frage stellen konnte, sah er, wie aus einer Sänfte eine Hand herausgestreckt wurde und ihm heftig winkte. Er schritt darauf zu und wollte den Vorhang heben, als er an der Brust ergriffen und mit dem Oberkörper in die Sänfte gezogen wurde. Darin saß keine Frau, sondern Graf Joachims Getreuer Leutprand.

»Nun, was sagt Ihr jetzt?«, fragte dieser grinsend.

»Ihr seid … Ihr kommt … Ihr …«, stotterte Ludwig.

Der andere lachte. »Graf Joachim meinte, auf diese Weise fallen wir am wenigsten auf. Da genügend Reisende hierher unterwegs sind, dürfte man uns ebenfalls für Graf Ernsts Verwandte halten, so dass dieser ohne Vorwarnung in unsere Falle tappen wird.«

»Ich weiß nicht, ob in der Burg genügend Vorräte sind, um eine so große Schar wie die Eure bei einer Belagerung zu verpflegen«, sagte Ludwig zweifelnd.

»Wer spricht hier von einer Belagerung? Ein Teil der Männer wird Euer Gesinde mimen und die Gäste bedienen, der Rest hält sich versteckt, bis es so weit ist. Dann geht es so!« Leutprand deutete mit den Daumen einen schnellen Schnitt am Hals an.

»Ihr wollt Ernst und die anderen überraschen und niedermachen?«

»Genau das wollen wir«, erklärte Ritter Leutprand und wies ihn an, das Burgtor öffnen zu lassen.

Wenig später befanden sich die drei angeblichen Reisezüge im Burghof. Ludwig hatte die Unterstützung Joachim von Herrensteins herbeigesehnt, aber er hätte sich eine andere Vorgehensweise gewünscht als einen Verrat in seiner Burg, der ihn bei seinen Nachbarn und den hohen Herren in Thüringen in ein sehr schlechtes Licht setzen würde.

6.

Maries Reisezug kam langsam, aber stetig voran. Bis auf die geringe Geschwindigkeit konnte sie mit dem Ritt zufrieden sein. Friedmundus erwies sich als ausgezeichneter Reisemarschall, der stets zur richtigen Zeit eine passende Unterkunft fand. Ein paarmal übernachteten sie in Klöstern, zweimal in Burgen, die für ihre Gastfreundschaft bekannt waren, und nur ein einziges Mal mussten sie eine gewöhnliche Herberge aufsuchen.

Als sie am letzten Reisetag noch vor Tau und Tag aufbrachen, wandte Marie sich an Friedmundus. »Weshalb diese Eile? Bislang blieb uns immer genug Zeit zum Frühstück.«

»Die hätte ich Euch auch heute gerne gelassen, doch wir haben eine lange Wegstrecke vor uns und werden bis zur Waldburg auf kein Dorf und keine Herberge mehr treffen. Habt jedoch keine Sorge. Ich habe befohlen, Braten und Brot mitzunehmen sowie Wein, so dass wir unterwegs nicht hungern müssen.«

»Den ganzen Tag kein Dorf? Ist die Waldburg so abgelegen?«, fragte Trudi verwundert.

»Die Burg liegt am Ende eines langen Tales, und dorthin führt nur diese eine Straße. Diese windet sich fünf Meilen durch Wälder und Schluchten«, erklärte Friedmundus. »Sonst kann man die Burg höchstens zu Fuß über die Höhen erreichen. Aber dies ist nicht ratsam, denn in den Wäldern gibt es noch Bären und Wölfe. Auch treiben dort Räuber und anderes Gesindel ihr Unwesen. Sie machen es sich zunutze, dass diese Wälder niemandem gehören. Neben Graf Ernst und Graf Joachim erheben noch die Schwarzburger Grafen und Kurfürst Friedrich II. von Sachsen als Landgraf von Thüringen Ansprüche darauf. Doch bislang blieb das Gebiet herrenlos, und so konnte sich das Räuberunwesen darin ausbreiten.«

»Können diese Räuber uns gefährlich werden?«, fragte Ignatia besorgt.

Friedmundus schüttelte den Kopf. »Auf diese Seite des Höhenzugs wagen sie sich nicht, denn sie wissen, dass Graf Ernst ein strenges Regiment führt und seine Vasallen angehalten hat, jeden Fremden, der in den Wäldern aufgegriffen wird, zur Abschreckung aufhängen zu lassen.«

»Gilt das auch für Händler und Reisende?«, fragte Marie.

»Solange sie sich auf den Straßen befinden, sind sie sicher, und auch, wenn sie ein paar Schritte in den Wald hineingehen, um sich zu erleichtern. Wer jedoch tiefer als eine Bogenschussweite in den Wald eindringt, muss damit rechnen, als Strauchdieb betrachtet und bestraft zu werden.«

Das schien Marie dann doch etwas zu harsch. In ihrer Zeit als wandernde Huren hatten Hiltrud und sie sich oft in Wäldern versteckt oder diese durchquert, wenn es auf den Straßen nicht sicher genug gewesen war. Sie behielt ihre Meinung jedoch für sich und war gespannt darauf, Graf Ernst von Herrenroda von Angesicht zu Angesicht gegenüberzustehen.

Bis dorthin lag noch eine lange Tagesstrecke vor ihr. Sie fragte sich, weshalb Ernst von Herrenroda nicht unterwegs einen Rastplatz eingerichtet hatte, mit einem Zelt, unter dem man schlafen konnte, und mit Knechten, die einem aufwarteten. Sie hätte die Anreise zu einem so entlegenen Ort besser geplant. Lag es vielleicht daran, dass sie als Frau die Bedürfnisse der Menschen besser kannte als der Graf?

Es passte auch nicht zu Bruder Friedmundus' sonst so fürsorglicher Art, Damen eine so lange Strecke ohne größere Pause zuzumuten. Sie und auch Trudi würden es durchstehen, ebenso Emma auf ihrem Wagen. Marie machte sich jedoch Sorgen um Schwester Ignatia. Deren von Natur aus blasses Gesicht wirkte beinahe grau, und sie war bereits mehrfach vor Erschöpfung auf ihrem Maultier eingeschlafen. Einmal hatte ihr Bruder gerade noch rechtzeitig zugreifen und verhindern können, dass sie aus dem Sattel rutschte.

Während sie aufbrachen, kreisten Maries Gedanken weiter um die Nonne. Trotz der Mahnung ihres Bruders benahm diese sich ihr und Trudi gegenüber nicht gerade freundlich. Ignatia sprach sie niemals von selbst an und antwortete, wenn sie selbst angesprochen wurde, knapp und am Rande der Unhöflichkeit.

Bislang war Marie ihr nur im Kloster kurz begegnet, wenn sie die Mutter Oberin Margarete aufgesucht hatte. Nun aber stellte sie fest, dass Ignatia jünger war, als sie geschätzt hatte. Da es hieß, sie sei seit zwölf Jahren in Hilgertshausen, musste sie bereits als fünf- oder sechsjähriges Mädchen dorthin gebracht worden sein. In einer anderen Kleidung als der schwarzen Nonnentracht hätte sie sogar als hübsch gelten können, aber in einem Kloster zählte Schönheit weniger als Frömmigkeit. Ignatia schien sehr fromm zu sein, denn sie betete fünfmal am Tag ausgiebig. Trudi, die sich über ihre abweisende Art ebenfalls ärgerte, spottete bereits, dass sie vor lauter Beten bereits Schwielen auf den Knien besitzen müsse.

Der Gedanke brachte Marie zum Schmunzeln. Gleichzeitig schüttelte sie den Kopf über die Familien, die bereits kleine Kinder ins Kloster gaben, ohne darauf zu achten, ob diese eine Berufung zu einem geistigen Leben in sich spürten. Meist ging es darum, sich irgendwelche Pfründe zu sichern. Sie kannte ein Wallfahrtskloster mit reichem Landbesitz und gewaltigen Einnahmen, dem außer dem Abt nur noch acht Mönche angehörten. Diese konnten es sich leisten, wie Fürsten zu leben, während das einfache Volk in den zum Kloster gehörenden Dörfern darbte.

»Wird die fromme Schwester auch heute wieder unterwegs einschlafen?«, fragte Trudi leise.

»Ich hoffe nicht«, antwortete Marie. »Wenn Schwester Ignatia aus dem Sattel fällt und sich verletzt, müssten wir anhalten und vielleicht sogar im Wald übernachten.«

Ihr selbst würde es weniger ausmachen als der Nonne, dachte sie. Sie und Hiltrud hatten oft unter freiem Himmel genächtigt, und ihnen war die verlassene Hütte eines Sauhirten bereits als großer Luxus erschienen.

»Ich hoffe es auch nicht«, meinte Trudi. »Um es ehrlich zu sagen, mir tut der Hintern von dem dauernden Sitzen im Sattel weh. Außerdem schläft mir das rechte Bein ein. Kannst du mir sagen, welcher Narr darauf bestanden hat, dass Frauen so krumm und schief auf einem Gaul sitzen müssen? Ich bin einmal mit Falkos Sattel geritten. Wenn du wie ein Mann im Sattel sitzt, ist es bequemer und vor allem sicherer.«

»So ist es eben Sitte«, antwortete Marie. »Außerdem kannst du mit einem Kleid nicht wie ein Mann im Sattel sitzen. Man sähe die Beine.«

»Nicht, wenn man darunter Hosen tragen würde.« Trudi fand, dass Frauen und Mädchen der Mode zu viel Tribut zollen mussten. Ihr Bruder war besonders in dieser Beziehung viel freier als sie.

»Es ist ja nicht für lange, heute ist der letzte Reisetag«, erwiderte Marie, um ihre Tochter zu trösten.

»Wir müssen aber den ganzen Weg wieder zurückreiten, immer brav im Schritt, ohne einmal traben oder gar galoppieren zu können.« Trudi stöhnte und veränderte erneut ihre Sitzhaltung, um das eingeschlafene Bein zu entlasten.

An anderen Tagen hatten sie alle zwei Stunden angehalten,

um sich die Beine vertreten und im Gebüsch erleichtern zu können. Diesmal aber ritt Friedmundus weiter und beachtete selbst die Einwände seiner Schwester nicht.

»Wenn wir die Waldburg noch bei Tag erreichen wollen, dürfen wir nicht trödeln«, wies er sie zurecht.

»Ich muss aber absteigen und austreten!«, gab Ignatia giftig zurück.

»Du solltest froh sein, dass die Blase dich drückt. Es hält dich wach, weil du verhindern musst, dass dein Sattel nass wird«, erklärte ihr Bruder mit spöttisch verzogenen Lippen.

Viel Liebe scheint es zwischen den Geschwistern nicht zu geben, stellte Marie nicht zum ersten Mal fest. Doch wie sollten tiefere Gefühle zwischen den beiden entstanden sein? Sie waren nicht zusammen aufgewachsen, sondern bereits als kleine Kinder getrennt worden. Sie war froh, dass Falko bis zum letzten Jahr auf Kibitzstein hatte bleiben können. Andere Edelleute gaben ihre Söhne zumeist schon in die Fremde, wenn die Knaben die ersten Hosen trugen.

»Es sind Leute vor uns!«

Der Ruf eines der an der Spitze reitenden Männer riss Marie aus ihren Gedanken.

»Wer mag das sein?«, fragte Trudi. »Doch hoffentlich keine Räuber!«

Bruder Friedmundus drehte sich im Sattel um und lächelte beruhigend. »Gewiss nicht! Es werden Mitglieder unserer Familie sein, vielleicht sogar Graf Ernst selbst.«

»Wir sollten schneller reiten, um zu den anderen aufzuschließen«, schlug Marie vor.

Der Mönch schüttelte den Kopf. »Das wäre unklug. Der Burghof der Waldburg ist klein, und wir müssten vor dem Tor warten, bis die andere Reisegesellschaft abgestiegen ist und in die Burg geführt wurde.«

»Wie kann ein so hoher Herr wie Graf Ernst seine Gäste nur in eine so abgelegene Burg einladen, in der sie solchen

Einschränkungen unterliegen?«, fragte Trudi kopfschüttelnd.

Derselbe Gedanke bewegte auch Marie, denn auf ihr lastete ein unbestimmtes Gefühl nahender Gefahr, das einfach nicht weichen wollte.

7.

Ernst von Herrenroda war hochzufrieden. Alle direkten Verwandten und die meisten seiner Verbündeten hatten zugesagt, zu dem von ihm veranstalteten Treffen zu kommen. Vier Generationen lang hatte seine Familie damit gehadert, dass ein Ahne die Hauptburg Herrenstein nicht dem ältesten Sohn hinterlassen hatte, sondern dem jüngeren, der noch dazu von der zweiten Frau geboren worden war. Eberhardt von Herrenstein hatte nicht einmal den Sippennamen führen dürfen, sondern sich nach der ihm zugesprochenen Burg Herrenroda nennen müssen.

Auch wenn seine Sippe die Verwandten auf Herrenstein mittlerweile an Besitz und Burgen übertraf, schmerzte diese Wunde noch immer. Erst dann, wenn das Banner des verstoßenen Sohnes wieder über dem Stammsitz der Sippe wehte, würde diese Schmach getilgt sein.

Mit diesem Gedanken ritt Graf Ernst auf die Waldburg zu und bemerkte zufrieden, dass deren Tor weit offen stand. Wie erwartet hatte sein Vetter Ludwig es nicht gewagt, sich gegen ihn zu stellen.

»Wir sind die Ersten«, erklärte der Hauptmann seiner Reisigen.

Ernst nickte zufrieden. So hatte er es gewollt! Er ritt an der Spitze seines Gefolges auf den Burghof ein, der leer war und fein säuberlich gefegt. Knechte eilten herbei, um sein Pferd und die seiner Gemahlin, seiner Söhne, Töchter und engsten Gefolgsleute zu halten, damit sie absteigen konnten.

»Vetter Ludwig überrascht mich. Ich hätte nicht gedacht, dass er seine Burg zu unseren Ehren so schmücken lässt«, sagte seine Frau mit einem Blick auf die Fensterbänke, von denen abwechselnd die Wappen von Herrenroda und die von Waldburg herabhingen.

»Er hofft wohl, mehr in der Sippe zu gelten, weil wir unsere Zusammenkunft bei ihm abhalten.«

Um den Zweck dieser Versammlung geheim zu halten, hatte Graf Ernst beschlossen, mit seiner gesamten Familie hier zu erscheinen. Für Außenstehende sollte es so aussehen, als würde über mögliche Ehen gesprochen und nicht darüber, wie man der verhassten Sippe auf Herrenstein endlich den Garaus machen konnte.

»Vielleicht erhofft er sich auch eine passende Heirat. Es ist schließlich an der Zeit für ihn, sich ein Weib zu nehmen«, erwiderte die Gräfin.

Graf Ernst nickte nachdenklich. »Da er mir anstandslos die Burg geöffnet hat, bin ich bereit, ihm dazu zu verhelfen.«

Er stieg ab und ging auf Ludwig von Waldburg zu, der ihm etwas zögernd entgegenkam.

»Seid mir willkommen, Graf Ernst«, sagte Ludwig und verneigte sich.

»Ich freue mich, Euch zu sehen.« Ernst schloss den anderen in die Arme und küsste ihn auf beide Wangen. »Ihr habt Eure Burg mir zu Ehren geschmückt. Habt Dank dafür! Sollte diese Zusammenkunft so enden, wie ich es mir erhoffe, werde ich Euch die Erlaubnis geben, Euch in Zukunft Ludwig von Waldburg-Herrenroda zu nennen, oder besser noch: Ludwig von Herrenroda zu Waldburg, denn unser Sippenname sollte als Erster genannt werden.«

»Ich danke Euch.« Ludwig verneigte sich erneut, aber mehr, um seine Miene zu verbergen.

Was war dieser Name schon gegen den Titel eines Grafen Herrenroda, den er nach Joachim von Herrensteins Worten bald tragen würde. Er warf einen prüfenden Blick in die Runde. Seine und Leutprands Männer hatten gute Arbeit geleistet und alles beseitigt, was auf die Anwesenheit mehrerer Dutzend feindlicher Waffenträger hindeuten konnte. Einen leichten Schatten gab es jedoch. In der Waldburg hielten sich jetzt so viele Herrensteiner auf, dass er ihnen vollkommen ausgeliefert war.

Ludwig von Waldburg haderte mit der Tatsache, dass er zu schwach war, um sein Schicksal selbst in die Hand nehmen zu können. Um nicht auf Dauer von Graf Ernst als unzuverlässiger Gefolgsmann angesehen zu werden, hatte er sich in jener Jagdhütte in den Wäldern für Herrenstein entschieden. Nun musste er hoffen, dass Graf Joachim ihn entsprechend belohnte.

Mit gespielter Unterwürfigkeit führte er Graf Ernst und dessen Gemahlin in die Halle und sah dort zu seinem Entsetzen Ritter Leutprand in der Kleidung seines Haushofmeisters stehen. Obwohl Ernst von Herrenroda dem Vertrauten seines Feindes schon mehrmals begegnet war, erkannte er ihn in der fremden Tracht jedoch nicht und ging achtlos an ihm vorüber. Leutprand verbeugte sich und wies seine Knechte an, das Mahl für das Grafenpaar und die übrigen Gäste aufzutischen.

Da Ludwig von Waldburg weder eine Frau noch eine Schwester hatte und seine Mutter bereits verstorben war, gab es auf der Burg keine Mägde, die sich der weiblichen Gäste annehmen konnten. Aus diesem Grund hatte Leutprand mehrere beherzte Frauen aus Herrenstein mitgebracht, die nun die Damen in ihre Gemächer führten.

Die Burg war zu klein, um neben den hochrangigen Gästen auch deren Gefolge aufnehmen zu können, und so hatte Ludwig von Waldburg die Reisigen, die Knechte und die meisten Mägde bei seinen Bauern unterbringen wollen. Doch auch bei dieser Entscheidung hatte Ritter Leutprand ihm das Heft aus der Hand genommen, denn auf dessen Befehl hin waren drei Scheuern für das Gefolge ausgeräumt worden.

Die Gebäude bestanden aus Fachwerkmauern und Strohdächern, und wie zufällig lehnten außen an deren Mauern mehrere Holzstöße, die in Leutprands Plänen eine gewisse Rolle spielten. Eine weitere Rolle spielten die Fässer mit Wein, die er aus Herrenstein mitgebracht hatte und aus denen seine Knechte den Ankömmlingen großzügig einschenkten. Schon bald herrschte beim Gefolge der Gäste eine fröhliche Stimmung, und die ersten Lieder erklangen.

Doch auch bei den Herrschaften wurde nicht mit Wein gegeizt, und so war Graf Ernst in bester Laune, als Bruder Friedmundus' Reisegruppe auf der Waldburg eintraf. Er begrüßte Marie lärmend, umarmte sie und Trudi und klopfte dem Mädchen dabei auf den Hintern.

»Eine hübsche Tochter habt Ihr, Frau Marie! Noch ein, zwei Jahre, dann kann sie meinem Robert ins Brautbett gelegt werden«, meinte er lachend.

Das ging Marie dann doch ein wenig zu schnell. »Noch ist die Heirat nicht beschlossen.«

»Ich bin mir sicher, dass wir zu einer Einigung kommen werden, auch über die Mitgift, die ich wirklich dringend benötige. Als Pfand, dass diese Heirat auch zustande kommt, werde ich Euch und Eurem Gemahl eine meiner Nebenburgen samt ihren Einnahmen übergeben.«

Seine Worte beruhigten Marie. Dagegen, sagte sie sich, konnte auch Michel nichts sagen. Unterdessen wandte Ernst von Herrenroda sich Leutprand zu.

»Siehst du nicht, dass neue Gäste gekommen sind? Wo bleiben die Mägde, die sie in ihre Gemächer führen?«

Der falsche Haushofmeister verbeugte sich und eilte davon. Dafür rang Ludwig von Waldburg die Hände. »Wenn ich gewusst hätte, wie viele Leute Ihr einladet, hätte ich auf dem Anger Zelte errichten lassen. So müssen sich mehr als ein Dutzend Damen zwei kleine Kammern teilen.«

»Es tut den Weibern mal ganz gut, anstatt auf Daunen auf Strohsäcken zu liegen«, erklärte Graf Ernst. »Dann wissen sie wenigstens, was wir Männer mitmachen müssen, wenn wir ins Feld ziehen.«

»Wollt Ihr etwa ins Feld ziehen?«, fragte Ludwig angespannt.

Graf Ernst rettete sich in ein Lachen. »Das wird die Zukunft bringen. Vielleicht folge ich dem Ruf des Königs und marschiere mit einer Schar nach Österreich. Oder noch besser, ich unterstelle die Leute Euch und schicke Euch mit ihnen zu Friedrich.«

Ludwig von Waldburg hielt seinen Vetter für fähig, das zu tun. Der Gedanke, seine Burg verlassen und womöglich einem Kastellan übergeben zu müssen, der in Graf Ernsts Diensten stand, löschte seine letzten Bedenken gegen Leutprands Plan aus.

8.

Wie eng es in der Burg war, nahm Marie wahr, als Trudi und sie mit Ignatia zusammen in eine Kammer geführt wurden, auf deren Boden bereits mehrere mit Stroh gefüllte Säcke und Pferdedecken lagen. Es gab auch ein Bett, das allerdings den beiden Schwestern von Graf Ernst vorbehalten war.

»Hier sollen wir schlafen?«, rief Schwester Ignatia empört. »Ist mein Vetter denn verrückt geworden?«

Ganz so drastisch wollte Marie es nicht ausdrücken, doch auch sie war verwundert. Von allen Burgen, die sie kannte, war die Waldburg am schlechtesten für die Zusammenkunft so vieler Gäste geeignet. Als sie zu dem kleinen Fenster hinausschaute, das nicht einmal Läden besaß, sah sie, dass zwei weitere Reisezüge eintrafen. Allein an Edelleuten und Damen mussten es samt den Kindern bereits mehr als fünfzig Gäste sein, die hier unterkommen sollten. Die Anzahl der Begleiter wollte sie nicht einmal schätzen.

»Wenn Graf Ernst uns auf diese Weise mit seinem Reichtum und seiner Macht beeindrucken wollte, hat er sich verschätzt«, meinte sie zu Trudi.

Diese rümpfte die Nase. »Das habe ich mir auch anders vorgestellt!«

Zwei Dienerinnen brachten einen großen Krug Wein und mehrere Becher in die Kammer. Da der Ritt Marie durstig gemacht hatte, leerte sie ihr Gefäß bis zur Neige. Sie spürte sofort, wie stark der Wein war, und hielt Trudi auf, als diese sich noch einmal nachschenken lassen wollte.

»Ein Becher reicht.« Sie wandte sich an die Mägde. »Wo gibt es hier Wasser?«

»Das zum Waschen wird morgen früh gebracht«, antwortete eine der Frauen.

»Ich meine zum Trinken.«

»Weiß nicht. Hier ist Wein.« Mit der knappen Bemerkung verschwanden die Mägde.

Marie sah ihnen verärgert nach. »Es sieht so aus, als müssten wir uns selbst darum kümmern. Komm, wir suchen die Küche. Dort wird es sauberes Wasser geben.«

Die beiden verließen die enge Kammer und atmeten auf dem Flur erleichtert auf. »Da merkt man erst, wie gut wir es auf Kibitzstein haben«, sagte Trudi, während sie die steinerne Wendeltreppe hinabstiegen. Der Geruch nach Essen wies ihnen den Weg. In der Küche hingen große Kessel über dem Feuer, während draußen vor der offenen Tür mehrere Spanferkel gebraten wurden.

»Verhungern lässt man uns jedenfalls nicht«, stellte Marie fest, während sie nach einem Eimer oder Schaff mit frischem Wasser Ausschau hielt.

Eine Küchenmagd kam auf sie zu. »Was wollt Ihr hier?«, fragte sie unfreundlich.

»Wasser zum Trinken! Der Wein ist mir für meine Tochter zu stark. Oder ist es bei Graf Ernst Sitte, kleine Mädchen so betrunken zu machen, dass sie über die eigenen Füße stolpern?« Marie machte aus ihrem Zorn keinen Hehl.

»Wenn es weiter nichts ist. Dort ist Wasser.« Die Magd zeigte auf einen Eimer, der zu Maries Erleichterung sauber aussah.

Marie suchte ein Gefäß, um Wasser schöpfen zu können, doch alles, was sie sah, wurde entweder benutzt oder war fettig. Kurz entschlossen nahm sie den Eimer mit.

»Wir trinken oben aus unseren Bechern. Dort können wir das Wasser mit ein wenig Wein vermischen, damit es uns besser bekommt.«

Auf dem Weg nach oben trafen sie auf den Haushofmeister. »Wo ist meine Leibmagd abgeblieben?«, fragte Marie.

Der Mann blieb stehen und musterte sie aus zusammengekniffenen Augen. »Sie ist wohl ins Dorf geschafft worden. Hier in der Burg ist kein Platz für Knechte und Mägde.« Der Mann klang freundlich, dennoch schwang in seiner Stimme ein Unterton mit, der Marie nicht gefiel.

»Ich bin es gewohnt, gefragt zu werden, bevor meine Magd weggeschickt wird.«

»Wer seid Ihr?«, fragte Leutprand, da er Marie weder kannte noch sie einzuschätzen vermochte.

»Ich sprach von meiner Magd, nicht von mir. Was mich betrifft, so bin ich ein Gast, den Graf Ernst eingeladen hat.«

Mit diesen Worten ließ Marie den Mann stehen und ging weiter. Während Trudi ihr folgte, stieß Leutprand einen leisen Fluch aus, denn er hätte gerne gewusst, wer diese Frau war.

»Im Augenblick seht Ihr eher aus wie eine Magd, die ihrer Herrin Wasser holt«, rief er Marie nach, um sie zum Reden zu bringen.

Marie kümmerte sich jedoch nicht um ihn, sondern suchte ihre Kammer auf. Dort hatte sich die Zahl der anwesenden Frauen um drei weitere vermehrt. Die abschätzigen Blicke, die sie jetzt trafen, verrieten ihr, dass Schwester Ignatia wohl einige unfreundliche Worte über sie verloren hatte.

»Ich weiß nicht, was meinen Bruder dazu getrieben hat, dieses Weib einzuladen«, sagte eine von Graf Ernsts Schwestern giftig.

Marie wandte sich mit einem spöttischen Lächeln zu ihr um. »Einen Grund wird er wohl gehabt haben.«

Sie nahm ihren und Trudis Becher, goss in beide zu einem

Viertel Wein und füllte den Rest mit Wasser auf. Nun endlich konnten ihre Tochter und sie genug trinken, ohne befürchten zu müssen, noch vor dem Abendessen berauscht zu sein.

Die anderen Frauen kannten weniger Hemmungen und ließen sich den schweren Wein schmecken. Einige wurden lustig, andere albern, und eine von Graf Ernsts Schwestern goss dabei ihren beißenden Spott gleichmäßig über alle aus.

Nicht nur Marie war schließlich froh, als ein Knecht erschien und die Damen bat, in die Halle zu kommen. Einige von ihnen erinnerten sich erst in diesem Augenblick daran, dass sie noch ihre Reisekleidung trugen, mit der sie nicht bei einer festlichen Tafel erscheinen wollten. Da ihre Leibmägde ins Dorf gebracht worden waren, mussten sie selbst nach ihren Sachen suchen, und so gab es ein ziemliches Durcheinander, bis jede ihre Reisetruhe fand. Leutprands Knechte hatten diese nämlich einfach in den Flur gestellt.

Marie und Trudi kleideten sich ebenfalls um und erschienen mit als Erste in der Halle. Obwohl es der größte Raum in der Burg war, vermochte er die Zahl der Gäste kaum zu fassen.

Da Marie und Trudi Plätze in Graf Ernsts Nähe zugewiesen bekamen, stieg die Neugier der meisten, und eine der Schwestern des Grafen verlangte mit scharfer Stimme zu erfahren, wer dieses fremde Weib sei.

»Gemach!«, gab Graf Ernst zur Antwort. »Es werden alle Gäste vorgestellt.«

Ein junger Bursche von etwa sechzehn Jahren saß Trudi gegenüber und starrte sie missmutig an. Gleichzeitig vernahm Marie Getuschel und sah, wie mehrere Frauen auf den Jungen sowie auf Trudi zeigten.

»Ein hübsches Ding«, meinte eine auf Trudi gemünzt. »Unser Vetter will mit ihr seinen Bastard versorgen. Man sagt, ihre Mitgift sei groß genug, um eine Burg und zwei, drei Dörfer zu kaufen.«

Marie wechselte einen kurzen Blick mit ihrer Tochter. So war das also! Sie schalt sich eine Närrin, weil sie angenommen hatte, Graf Ernst wolle Trudi mit einem seiner legitimen Söhne verheiraten. Doch selbst ein Bastard war für ein Mädchen in Trudis Stand noch ein Aufstieg – falls der Vater offen zu ihm stand. Allerdings sah der junge Bursche nicht so aus, als wäre er über eine Ehe mit ihr erfreut. Er schnaubte kurz und gab eine verächtliche Bemerkung von sich. Michel hatte recht, dachte Marie. Auch Ernst von Herrenroda trieb sein Spiel mit ihr, genauso wie einst Ruppertus Splendidus von Keilburg. Zwar war dem Grafen tatsächlich an einer Heirat gelegen, aber dem erwählten Bräutigam schien diese nicht zu passen. Ich werde ihn mir genau ansehen. Einem aufgeblasenen Wicht, der sie schlecht behandeln würde, gebe ich meine Tochter nicht.

Auch Trudi machte sich ihre Gedanken. Obwohl sie gerne einen Grafensohn geheiratet hätte, fragte sie sich, ob Robert wirklich der Richtige für sie wäre. Ihr Vater behandelte die Mutter mit Respekt, und selbst wenn die beiden sich einmal stritten, wurde er nie handgreiflich.

»Sie ist hässlich und die Tochter einer Hure«, erklärte Robert leise genug, dass sein Vater es nicht mitbekam.

Selbst wenn Trudi so schön wie eine Göttin gewesen wäre, hätte sie ihm nicht zugesagt. Seine legitimen Halbbrüder behandelten ihn schon jetzt wie einen Knecht. Wie würde es erst sein, wenn er ein Mädchen heiratete, das so weit unter dem Stand seines Vaters geboren war? Der Reichsritter Michel Adler hatte keinerlei adelige Ahnen und verfügte nicht einmal über eine Quadratmeile Land! So ein paar Dörfer, wie sie zu Kibitzstein gehörten, machten den Braten auch nicht fett. Allerdings würde er, wenn es nach seinen drei Halbbrüdern ging, nicht einmal so viel bekommen. Der Neid auf die ehelichen Söhne seines Vaters packte ihn mit voller Wucht, denn jeder von ihnen würde eine Stadt oder mehrere Marktflecken erben und so ein hoher Herr werden, der am Tisch des Königs sitzen durfte. Ihm hingegen gönnten sie, wie er ihren Worten entnehmen konnte, rein gar nichts.

»Weshalb ist Vetter Ernst auf die Kibitzsteiner verfallen? Die zählen nicht gerade zum alten Adel«, fragte Schwester Ignatia eben eine ihrer Cousinen.

»Er will meine Schwester nicht dadurch erzürnen, indem er das Erbe seiner ehelichen Söhne schmälert«, antwortete Ernsts Schwägerin mit sichtlicher Genugtuung und winkte ihren Neffen zu.

Marie und Trudi hörten es ebenfalls, und ihre Laune sank noch tiefer. Nun ärgerte Marie sich, dass sie Graf Ernsts Einladung gefolgt war. Wenn er nur seinen Bastard versorgt sehen wollte, würde er sich bei dem Streit mit dem Würzburger Fürstbischof kaum auf ihre Seite schlagen. Da war es tausendmal besser, wenn Michel und sie mit ihrem Geld Söldner anwarben, um den Begehrlichkeiten des Würzburger Fürstbischofs zu begegnen. Zwar brachte ein bewaffneter Konflikt Gefahren mit sich, und das Geld war anschließend auch verloren, doch sie konnten es wenigstens für sich selbst verwenden.

Unterdessen musterte Ernst von Herrenroda die anwesenden Herren. Es waren alle gekommen, die zu seiner näheren Verwandtschaft zählten, ein Onkel, drei Brüder, sieben Vettern und dazu fünf Lehensleute, die bei jedem Streit an seiner Seite standen. Am nächsten Tag würde er mit ihnen sprechen und die Fehde mit den Herrensteinern neu entfachen.

»Warum bis morgen warten?«, murmelte er und sagte sich, dass noch ein wenig Zeit blieb. Bis das Essen aufgetragen wurde, konnte er seine Verwandten und Lehensleute in einem anderen Raum versammeln und sich mit ihnen beraten.

Kurz entschlossen stand er auf. »Meine Herren, folgt mir! Bevor wir den Freuden des Mahls zusprechen, habe ich euch etwas mitzuteilen.«

Als auch Robert ihm folgen wollte, hob er abwehrend die Hand. »Du bleibst hier!«

»Warum darf Eckbert mit, obwohl er nicht älter ist als ich?«, rief Robert störrisch.

»Weil er ein Herrenroda ist.«

Die Antwort des Grafen traf den Jungen wie ein Schlag.

Gleichzeitig bestätigte sie Maries Meinung, dass der Junge seinem Vater wenig galt. Ihre Tochter war nur gut genug, ihn zu versorgen, und sie hegte den Verdacht, dass ein Großteil der Mitgift in Graf Ernsts Händen kleben bleiben würde. Nicht mit uns, dachte sie, während dieser mit den anderen Männern und seinen ehelichen Söhnen die Halle verließ.

»Was sind die Männer doch für ein unruhiges Volk!«, seufzte ihre Nachbarin zur Linken. »Sie können keinen Augenblick stillsitzen, sondern haben immer etwas zu besprechen oder zu tun.«

»Ich glaube nicht, dass eine Frau weniger Pflichten hat als ein Mann. Gelegentlich denke ich, es sind sogar mehr, besonders wenn ich arbeite und mein Mann im Erker sitzt, sich mit dem Nachbarn unterhält und sich dabei den Wein schmecken lässt«, antwortete Marie.

»Das mag sein, aber bei Männern geht es immer um wichtige Dinge. Auch kann man sie kaum in der Burg halten. Immer müssen sie auf die Jagd gehen oder sogar in den Krieg ziehen«, erwiderte die junge Frau.

»Vielleicht hat Graf Ernst seine Verwandten zusammengerufen, weil der König seine Vasallen um Hilfe gegen die Ungarn gebeten hat. Mein Mann ist schon vor ein paar Wochen gen Österreich geritten«, berichtete Marie.

»Davon hat mein Mann nichts erwähnt. Ich würde es auch ungern sehen, wenn er in die Ferne ziehen würde, denn ich erwarte in drei Monaten mein erstes Kind. Möge die Muttergottes und die heilige Genovefa mir beistehen!« Die junge Frau bekreuzigte sich kurz und lächelte Marie freundlich an.

»Verzeiht, dass ich mich noch nicht vorgestellt habe. Ich bin Mathilde von Hornberg. Mein Mann ist ein Vetter zweiten Grades von Graf Ernst und der Kastellan einer seiner kleineren Burgen.«

»Ich freue mich, Euch kennenzulernen.« Marie erwiderte das Lächeln und begann ein längeres Gespräch mit Frau Mathilde. Sie genoss es, mit jemandem reden zu können, der nicht im Hochmut erstickte wie Schwester Ignatia, sondern die gleichen Sorgen und Nöte fühlte wie sie selbst.

9.

Auch wenn einige Herren der Meinung waren, Graf Ernst hätte sie ruhig bei Tisch lassen können, so folgten sie ihm doch in den Erker der Burg. Da es nur zwei Stühle gab, konnten sich nur der Graf selbst und sein Onkel setzen.

»Lasst mich euch alle willkommen heißen«, sagte Ernst von Herrenroda zufrieden.

»Wäre nicht eine andere Burg besser geeignet gewesen, dieses Treffen abzuhalten?« Ernsts Oheim konnte es sich leisten, Kritik zu üben, ohne sofort den Zorn des Grafen zu erregen.

»Für diese Zusammenkunft gibt es keine bessere Burg«, antwortete sein Neffe. »Die Waldburg liegt so abgelegen, dass kaum einer damit rechnet, wir könnten uns hier treffen.«

»Das hört sich nach wichtigen Dingen an«, fand sein Onkel.

Graf Ernst nickte grinsend. »Das will ich meinen! Ich habe euch zusammengerufen, um unser weiteres Vorgehen gegen die verfluchten Herrensteiner zu beraten.«

»Ihr wollt die Fehde wieder aufnehmen?«, fragte sein Onkel erstaunt.

»Es ist an der Zeit, die Schmach, die unserem Ahnen einst von dieser Sippe angetan wurde, zu tilgen. Wir haben ein höheres Anrecht auf Herrenstein und die dazu gehörenden Länder als dieser Bastard Joachim. Unsere Aussichten sind gut, denn wir sind weitaus stärker als er. Zudem steht die Herrensteiner Sippe nur noch auf zwei Beinen, nämlich den seinen. Ist er erst einmal tot, gibt es keinen Herrensteiner mehr!«

»So ganz kann das nicht stimmen«, wandte sein Oheim ein. »Zwar sind viele Männer aus dieser Sippe im Kampf gegen uns gefallen. Joachims Vater hatte jedoch noch einen jüngeren Bruder, kaum älter oder sogar jünger als Joachim selbst. Ich kann mich daran erinnern, dass er im Streit von seinem Bruder geschieden ist, da dieser ihm wegen des Verlusts der Burgen, die sie uns überlassen mussten, ein Erbe verweigerte. Seitdem hat man nichts mehr von ihm gehört.«

»Er wird wohl irgendwo verdorben sein«, erwiderte Graf Ernst und sah die anderen auffordernd an. »Ich erwarte, dass jeder von euch in zwei Wochen mit all seinen Bewaffneten vor Herrenroda erscheint und wir mit aller Macht gegen Herrenstein ziehen können!«

»Herrenstein ist eine feste Burg und kann nicht mit einfachen Reisigen und Sturmleitern erobert werden«, gab einer zu bedenken.

Graf Ernst lachte nur darüber. »Wenn das eure einzige Sorge ist! Ich habe vier Kanonen gekauft und heimlich Söldner angeworben. Ein guter Büchsenmeister ist auch dabei. Er wird die Schildmauer von Herrenstein in weniger als drei Tagen in Schutt und Asche legen!«

»Kanonen und Söldner kosten Geld, Neffe. Selbst Eure Truhen sind nicht so gefüllt, um sie ohne einen Kredit bezahlen zu können«, sagte sein Onkel kopfschüttelnd.

»Ahnt denn keiner von euch, weshalb ich die Kibitzsteinerin und ihre Tochter hierher eingeladen habe? Das Mädchen bringt eine Mitgift von zehntausend Gulden mit. Ich werde sie mit meinem Bastard vermählen. Die beiden erhalten eine Burg und paar Dörfer aus dem Besitz, der jetzt noch zu Herrenstein gehört.«

Sein Onkel fand erneut ein Haar in der Suppe. »Ihr bräuchtet die Gulden jetzt und nicht erst in zwei, drei Jahren, wenn die Hochzeit stattfindet.«

Als Graf Ernst antworten wollte, hob Friedmundus die Hand. »Lasst es mich erklären. Frau Marie wird bezahlen, denn bevor sie sich nicht dazu bereit erklärt, lassen wir sie nicht gehen. Das Mädchen bleibt als Geisel hier, damit die Gulden auch fließen. Es wird schnell gehen, denn die Geldtruhe auf Kibitzstein ist gut gefüllt.«

»Das ist keine edle Tat«, murmelte Mathilde von Hornbergs Ehemann.

Auch andere Herren sahen nicht so aus, als würden sie Graf Ernsts Plan gutheißen. Da sie ihm jedoch zu Gefolgschaft verpflichtet waren, wagte keiner zu widersprechen.

Während Graf Ernst seine Pläne darlegte, ahnte er nicht, dass sich Leutprand im Raum darüber aufhielt und sie durch ein Astloch im Bodenbrett belauschte. Dabei streichelte er mehrfach den Griff seines Dolches.

10.

Graf Ernst hielt die Besprechung kurz, um die Frauen nicht zu lange auf das Essen warten zu lassen. Als er und die anderen Männer in die Halle zurückkehrten, schenkten ihnen die als Diener verkleideten Herrensteiner Knechte kräftig Wein ein. Die Stimmung stieg, und die ersten Witze über Joachim von Herrenstein wurden gerissen. Mehrere Vasallen wollten Ernst von Herrenroda schmeicheln und priesen ihn als großen Anführer.

Marie hätte schon taub sein müssen, um nicht zu begreifen, dass sich hier eine große Fehde anbahnte. Ihre Enttäuschung wuchs, ebenso der Ärger über sich selbst, weil sie so gutgläubig gewesen war anzunehmen, Graf Ernst ginge es nur darum, einen seiner Söhne mit einem Mädchen zu verheiraten, das ihm eine stattliche Mitgift ins Haus brachte.

Längst bedauerte sie es, auf eine eigene Begleitung verzichtet zu haben, sonst hätte sie die Waldburg am nächsten Morgen verlassen und wäre nach Hause zurückgekehrt. So aber musste sie warten, bis Bruder Friedmundus sie und Ignatia wieder nach Kibitzstein und Hilgertshausen begleitete.

»Mir gefällt es hier nicht«, flüsterte Trudi ihr ins Ohr, als die Aussprüche der Männer immer ungezügelter wurden.

Mathilde von Hornberg hatte den Ausruf des Mädchens ebenfalls gehört und seufzte. »Warum müssen die Männer nur so viel Wein in sich hineinschütten? Mein Gundolf wird morgen gewiss wieder einen schweren Kopf haben und brummen wie ein gereizter Bär.«

Unterdessen wurde das Essen aufgetragen. Obwohl die Waldburg klein war und ihre Vorräte beschränkt, wurde nicht gespart. Die Tafel bog sich unter der Last der Spanferkel, der gebratenen Gänse und der Pasteten, und die Gäste griffen ungeniert zu. Selbst die Hunde kamen nicht zu kurz, denn an den Knochen, die ihnen zugeworfen wurden, hingen meist noch etliche Fleischfetzen.

Auf Kibitzstein wurde auch gut gegessen, doch eine solche Verschwendung hätte Marie niemals zugelassen. Sie entschuldigte den Gastgeber Ludwig von Waldburg nur damit, dass er unverheiratet war und es daher keine Frau auf der Burg gab, die nach dem Rechten sah.

Marie aß ein wenig von dem Spanferkel und ein Stück Pastete. Zum Trinken gab es hier nur schweren Wein, und sie sehnte sich nach einem Schluck kühlen Wassers. Trotz der scharfen Gewürze hielt sie sich jedoch zurück und bemerkte zufrieden, dass Trudi ebenfalls nur wenig trank.

Als sie sich wieder einmal ihrer Tochter zuwandte, sah sie zu ihrem Schrecken, dass an deren Kleid eine Naht aufgegangen war. Ich habe es zu eilig nähen lassen, dachte sie und stupste Trudi an. »Komm, wir müssen in unsere Kammer! Zeige aber nicht deine linke Seite.«

»Wieso? Was ist?«, fragte das Mädchen, bemerkte die aufgetrennte Naht jetzt selbst und wurde rot. Rasch stand sie auf und folgte ihrer Mutter nach draußen. Dabei hielt sie die klaffende Stelle ihres Kleides mit der linken Hand fest, damit niemand ihr Missgeschick sah.

»Ich hoffe, wir bekommen hier Nadel und Faden«, sagte Marie, als sie den Flur erreichten, und winkte eine Magd zu sich.

»Kannst du mir Nähzeug besorgen?«, fragte sie und steckte der anderen einen Schilling zu.

Die Frau starrte auf die Münze. Für einen Augenblick sah es so aus, als wolle sie etwas sagen, wandte sich dann aber ab. Mitten in der Bewegung aber blieb sie abrupt stehen. »Ich bringe Euch Nadel und Faden in die Kammer. Wenn ich wieder gegangen bin, schiebt Ihr den Riegel vor und bleibt dort, was immer auch geschehen mag.«

So, als hätte sie schon zu viel gesagt, eilte sie davon.

Marie starrte ihr kopfschüttelnd nach. »Weiß Gott, was in die gefahren ist!«

»Vielleicht feiern Graf Ernst und seine Verwandten ihre Feste zu ausgelassen«, sagte Trudi.

»Mag sein.« Bei dem Gedanken an Mathilde von Hornberg bezweifelte Marie es jedoch. Diese Frau sah nicht so aus, als würde sie bei Festen mitmachen, bei denen Anstand und Würde verloren gingen.

Sie gingen weiter und erreichten ihre Kammer just in dem Augenblick, in dem die Magd mit dem Nähzeug erschien. Diese reichte es Marie und wies auf die Tür.

»Beherzigt meinen Rat!«

»Was soll das? Ich …« Noch während Marie es sagte, rannte die andere davon.

»Da soll doch der Gottseibeiuns dreinschlagen, wenn ich das verstehe«, rief Marie, trat aber dann in die Kammer. Trudi folgte ihr und schob den Riegel vor.

»Lass offen, sonst sperrst du die anderen aus«, tadelte ihre Mutter, winkte dann aber ab. »Die sollen klopfen, wenn sie kommen. Ich will auf jeden Fall nicht mehr in die Halle hinabgehen! Jetzt will ich erst mal meinen Durst löschen. Zum Glück ist unser Wassereimer noch halb voll.« Sie wollte schon ihren Becher eintauchen, als sie Dreckschlieren auf dem Wasser schwimmen sah.

»Eines dieser dummen Weiber hat seine schmutzigen Hände in unserem Wasser gewaschen. Der Teufel soll es holen«, schimpfte sie und forderte Trudi auf, ihr Kleid auszuziehen.

»Ich werde es dir nähen. Allerdings glaube ich nicht, dass du es hier noch einmal brauchen wirst. Ich werde darauf dringen, dass Bruder Friedmundus uns so rasch wie möglich wieder nach Hause bringt«, setzte sie hinzu, während sie einen passenden Faden nahm und in die Öse der Nadel einfädelte.

11.

Im Saal ging es mittlerweile so hoch her, dass sich außer Mathilde von Hornberg auch noch andere Frauen unwohl fühlten. Die jungen Mädchen, die mit am Tisch sitzen durften, wussten nicht mehr, ob sie über die Anzüglichkeiten etlicher Männer weiterhin lachen oder sie schamhaft ignorieren sollten. Die kleineren Kinder und die Säuglinge, die mitgebracht worden waren, befanden sich mit ihren Ammen und Kinderfrauen in einer der als Quartier für das Gesinde vorgesehenen Scheuern im Dorf, daher gab es nicht das übliche Hin und Her der Mägde, und es gab keine Ausrede, die Gesellschaft zu verlassen.

»Wir sollten uns ebenfalls zurückziehen«, raunte Mathilde von Hornberg Schwester Ignatia zu.

Diese nickte angewidert. »Man sollte den Männern den Wein verbieten. Durch ihn werden sie zu Tieren.«

Beide wollten aufstehen und sahen im nächsten Augenblick erschrocken auf die Bewaffneten, die plötzlich in die Halle drängten. Schwerter blitzten auf, und bevor irgendjemand begriff, was hier geschah, sanken die ersten Männer zu Tode getroffen nieder.

»Was macht ihr denn da?«, rief Graf Ernst verwirrt, begriff aber dann, dass Verrat im Spiel war. Er wollte den neben ihm sitzenden Ludwig von Waldburg packen, doch dieser entzog sich seinem Griff mit einer raschen Drehung und ließ sich von einem der Krieger ein Schwert reichen.

»Jetzt kannst du Graf Joachim deine Treue beweisen«, forderte Leutprand ihn auf. Er hatte die Tracht des Haushofmeisters mit der Rüstung des Kriegers vertauscht und lachte triumphierend.

Einen Augenblick lang zögerte Ludwig von Waldburg noch, dann schwang er das Schwert. Graf Ernst riss instinktiv den Arm hoch, um seinen Kopf zu schützen, doch die Klinge durchtrennte Knochen und Fleisch und drang mit großer Wucht in seinen Schädel ein. Sein letzter Gedanke war die Erkenntnis, dass sein Traum, als Sieger in Herrenstein einzuziehen, für immer ausgeträumt war.

Natürlich hatte keiner der Gäste sein Schwert in den Saal mitgenommen, und so blieben ihnen nur Dolche und Messer, um sich zur Wehr zu setzen. Der eine oder andere benützte seinen Stuhl als Schild, aber alle waren zu betrunken, um den entschlossen angreifenden Herrensteinern ernsthaften Widerstand entgegensetzen zu können.

Innerhalb kürzester Zeit lebten nur noch die beiden jüngeren Söhne von Graf Ernst und sein Bastard Robert. Die drei drängten sich voller Angst aneinander und wagten keinen Widerstand.

»Macht sie nieder!«, befahl Leutprand und erschlug Graf Ernsts mittleren Sohn. Ernsts Jüngster überlebte seinen Bruder nur um wenige Herzschläge, und zuletzt sank Robert von einem wuchtigen Schwerthieb Ludwig von Waldsteins gefällt zu Boden.

Hatten die Frauen die ersten Augenblicke entsetzensstarr zugesehen, drängten sie nun voller Panik zu den Türen. Leutprand hatte diese jedoch versperren lassen, und so saßen Graf Ernsts Ehefrau, seine Schwestern und alle anderen in der Falle.

Bisher hatte Ludwig von Waldburg seine Verwandten ohne Bedenken getötet, doch nun wandte er sich an Leutprand. »Was ist mit den Frauen? Sollen sie etwa auch sterben?«

Leutprand lachte höhnisch. »Wollt Ihr sie etwa entkommen lassen? Graf Joachim hat geschworen, die gesamte Herrenrodaer Brut auszurotten, und das wird nun geschehen!« Um zu zeigen, wie ernst er es meinte, trat er auf die Frau des Grafen zu, zerrte sie hinter dem Stuhl hervor und trennte ihr mit einem Hieb den Kopf ab.

Seine Männer zögerten, aber nicht alle aus Rücksicht auf die Frauen. »Was meint Ihr, Herr Leutprand? Es sind ein paar hübsche Vögelchen dabei. Sollen wir das nicht ein wenig ausnützen und sie die Beine spreizen lassen? Ich würde gerne mal einer Hochwohlgeborenen zwischen die Schenkel fahren«, fragte einer der Reisigen.

»Narr!«, fuhr Leutprand ihn an. »Noch ist unser Werk nicht vollendet. Schlachtet sie ab! Hier darf niemand am Leben bleiben, der zur Sippschaft auf Herrenroda gehört! Dann kommt mit ins Dorf! Dort wartet ebenfalls Arbeit auf uns.«

Ein paar seiner Männer lachten und ließen ihre Klingen auf die Frauen niedersausen. Vor Entsetzen schreiend versuchten einige davon zu entkommen, stolperten dabei über ihre toten Männer und Brüder und wurden zu einem leichten Opfer der entfesselten Schar.

Mathilde von Hornberg streckte einem der Männer flehend die Hände entgegen. »Bitte lasst mich leben! Ich trage ein Kind unter dem Herzen.«

»Ein Grund mehr, dich abzustechen! Oder denkst du, wir wollen zulassen, dass es irgendwann jemanden gibt, der auf Rache sinnt?«, höhnte Leutprand und ließ seinen Worten die Tat folgen.

Noch während Frau Mathilde mit brechenden Augen niedersank, schwang Ludwig von Waldburg sein Schwert gegen Schwester Ignatia. Diese duckte sich entsetzt hinter ihren Stuhl. Die Klinge traf die Nonne und den Stuhl und fraß sich knirschend in dessen Lehne. Mit einem matten Seufzer sank Ignatia nieder und färbte den Boden mit ihrem Blut.

Erst als die letzten Frauen und Mädchen erschlagen waren, gebot Leutprand Einhalt. »Kommt jetzt! Wir müssen die Sache im Dorf zu Ende bringen.«

»War denn nicht noch ein Weib dabei? Ich sehe sie nicht unter den Toten!«, rief Ludwig von Waldburg und trieb zwei Frauen, von denen er glaubte, es könnte noch Leben in ihnen sein, das Schwert in den Leib.

Leutprand sah sich um und nickte. »Ihr habt recht! Die Fremde ist weg und ihre Tochter ebenfalls. Sie sind wohl zum Abtritt. Zwei Männer sollen sie suchen und zwei das Burgtor bewachen, damit sie sich nicht davonstehlen können. Die anderen kommen mit mir.«

Er wollte schon den Saal verlassen, blieb aber noch einmal stehen. »Unsere Mägde sollen beim Suchen helfen!«

»Als die Sache begann, sind sie alle nach draußen gelaufen«, meldete einer seiner Männer.

»Weibern fehlt einfach die Härte, die man braucht, um sich durchzusetzen«, spottete Leutprand und befahl, die Zugänge zur Halle zu öffnen. Dann eilte er als Erster hinaus.

12.

Marie war gerade mit der Naht fertig, als es unten in der Halle laut wurde. Entsetzte Schreie klangen auf, und gleich darauf kreischten Frauen.

»Die treiben es aber arg!«, rief Trudi verwundert.

»Ich bin froh, dass wir die Halle früh genug verlassen haben«, erklärte Marie und reichte ihr das Kleid. »Es ist besser, du ziehst es noch einmal an. Ich will nicht, dass du im Hemd herumsitzt. Wenn ich gewusst hätte, was uns hier erwartet, wäre ich Graf Ernsts Einladung niemals gefolgt.«

Trudi nickte, lauschte dabei aber nach draußen. »Das hört sich seltsam an, findest du nicht auch, Mama?«

Das Schreien und Kreischen hatte sich verstärkt, und es schwang ein Unterton darin, der Marie eine Gänsehaut auf den Rücken trieb. »Das ist mehr als nur seltsam«, murmelte sie und ging zur Tür. »Bleib du hier und schieb den Riegel vor, sobald ich draußen bin. Wenn ich zurückkomme, klopfe ich dreimal, und zwar so.«

Marie führte es ihrer Tochter vor und verließ dann die Kammer. Während sie vorsichtig die Treppe hinabstieg, wurde das Schreien leiser und erlosch schließlich ganz. Marie blieb auf der Treppe stehen und spähte vorsichtig um die Ecke. Die Tür, die in die Halle führte, war geschlossen.

»Das war vorhin noch nicht, denn die Diener sollten den Wein hineinbringen«, murmelte sie und war im Zweifel, ob sie weitergehen oder in ihre Kammer zurückkehren sollte.

Da erklangen wieder Stimmen in der Halle. Es waren Männer, doch was sie sagten, verstand sie nicht. Eine der Stimmen konnte sie Ludwig von Waldburg zuordnen, die anderen waren ihr unbekannt.

Noch während Marie überlegte, wurde die Tür geöffnet, und ein Mann in kriegerischer Tracht kam heraus. In der Hand hielt er ein blutiges Schwert. Auch sein Waffenrock war über und über mit Blut bespritzt. Ihm folgten etliche Krieger, und zwischen diesen hindurch nahm Marie am Boden liegende Frauen und Männer wahr.

Es dauerte einen Augenblick, bis sie begriff, was hier geschehen war. Graf Ernst hatte seine Verwandten und Verbündeten hierhergeholt und war in eine Falle geraten.

Dann sitzen Trudi und ich aber auch tief im Dreck, durchfuhr es sie, und sie drückte sich eng an die Wand. Zu ihrer Erleichterung wandten die Krieger sich nicht der Treppe zu, sondern verließen die Burg. Nur zwei Männer blieben zurück und sahen einander an.

»Was meinst du?«, fragte der eine. »Suchen wir gemeinsam oder getrennt nach dem Weib?«

»Wir sind wohl Manns genug, um es allein mit einem Weibsbild aufnehmen zu können«, spottete der andere. »Willst du nach unten oder nach oben?«

»Was dir lieber ist.«

»Dann geh du nach unten in den Burgkeller. Ich suche oben nach ihr!« Der Mann grinste dabei, denn er hoffte, im Gepäck der Gäste Beute zu machen.

Sein Kamerad hingegen schüttelte den Kopf. »War es wirklich nötig, auch die Frauen und Kinder zu erschlagen?«

»Ritter Leutprand hat es befohlen, und der ist Graf Joachims rechte Hand. Also wird es wohl richtig sein. Und jetzt los! Sonst entkommt uns dieses Weib womöglich noch.«

»Und wie soll sie verschwinden? Das Burgtor wird schließlich bewacht«, fragte der andere bitter.

Marie sah ihm an, dass er vielleicht bereit gewesen wäre, sie entkommen zu lassen. Nur stieg er leider die Treppe in die unteren Gewölbe hinab, während der andere zu Trudi und ihr hochkommen würde. Mit einem letzten Blick auf die Toten in der Halle hastete sie nach oben und klopfte dreimal leise gegen die Tür. Trudi öffnete sofort.

»Was ist geschehen?«, fragte sie, als sie das entsetzensbleiche Gesicht ihrer Mutter sah.

Marie schob sich in die Kammer, schloss die Tür und schob den Riegel vor. »Das Ganze war eine Falle! Graf Ernst und seine gesamte Verwandtschaft wurden niedergemetzelt, und wir beide schweben in höchster Gefahr.«

»Was ist mit Emma?«, fragte Trudi nach ihrer Dienerin.

»Die ist unten im Dorf. Wir müssen zusehen, wie wir aus der Burg kommen, und sie holen.« Während sie es sagte, blickte Marie unwillkürlich durch das kleine Fenster zum Dorf hinab. Dort war alles ruhig. Nur ein einzelnes Feuer brannte vor den drei Scheuern, die als Quartiere für die Begleitung der Gäste diente.

Sie wollte sich schon abwenden, doch da traten einige Männer auf das Feuer zu und zündeten Fackeln an. Damit liefen sie zu den drei Scheuern, warfen einige davon auf die Strohdächer und steckten mit den anderen die Holzstöße an den Scheunenmauern in Brand. Diese mussten mit Pech getränkt sein, denn sie loderten sofort auf. Innerhalb weniger Augenblicke standen die drei Gebäude in hellen Flammen. Zwei, drei Augenblicke blieb es still, dann aber hörte Marie entsetzte Schreie zur Burg hochdringen.

»Warum kommen sie nicht heraus?«, rief Trudi, die neben ihre Mutter getreten war und mit schreckensweiten Augen zusah, wie die drei Scheuern brannten.

»Jemand muss die Türen verrammelt haben«, stöhnte Marie und ballte in ohnmächtiger Wut die Fäuste. Das Krachen, mit dem die Tür der Nebenkammer gegen die Wand schlug, mahnte sie jedoch, an etwas anderes zu denken als an ihre Magd und die Frauen und Männer, die dort unten den Feuertod fanden.

Ihr Blick suchte den Riegel. Wird er standhalten?, fragte sie sich. Doch selbst wenn er es tat, war es keine Rettung. Der Kriegsknecht würde seinen Kameraden rufen und mit ihm zusammen die Tür aufbrechen. Dann saßen Trudi und sie wie Mäuse in der Falle.

Es war der Entschluss eines Augenblicks, den Riegel zurückzuschieben. Als dies geschehen war, wich Marie bis an die gegenüberliegende Wand zurück und bedeutete Trudi, dasselbe zu tun.

»Warum hast du aufgemacht?«, fragte das Mädchen entsetzt.

»Still!«, flüsterte Marie und tastete nach dem Dolch unter ihrem Kleid. Mit zwei Männern würde sie nicht fertigwerden, doch gegen einen konnte es gelingen.

Schritte näherten sich, dann drückte jemand die Klinke und versetzte der Tür einen heftigen Stoß. Während diese geräuschvoll gegen die Wand krachte, trat der Kriegsknecht ein. Bei Maries und Trudis Anblick grinste er.

»Da sind ja die ausgeflogenen Vögelchen!« Er hob sein Schwert, musterte dann aber die beiden und überlegte. »In der Halle hat Leutprand uns verboten, die Weiber zu stoßen, bevor alles erledigt ist. Bei euch sehe ich jedoch keinen Grund, auf meinen Spaß zu verzichten! Zieh dich aus«, herrschte er Marie an und richtete das Schwert auf sie.

»Die Kleine soll es auch tun! Ist zwar noch nichts an ihr dran, was ein richtiges Weib ausmacht, aber ich will meinem Schwengel auch mal ein Jüngferlein gönnen.«

Marie hob scheinbar ängstlich die Hand. »Lässt du uns gehen, wenn wir dich gewähren lassen?«

»Ich werd's mir überlegen«, antwortete der Mann und griff mit der Linken zum Hosengurt, um ihn zu lösen. Er hielt zwar das Schwert noch in der Hand, schwang es aber seitwärts und bedrohte Marie nicht mehr direkt. Diese zog ihr Kleid über den Kopf und stand dann im Hemd vor ihm.

»Zieh dich auch aus!«, forderte sie Trudi auf.

Das Mädchen starrte sie entsetzt an. »Aber ich …«

»Tu, was ich dir sage!«, herrschte Marie sie an. »Und auch dein Hemd«, setzte sie hinzu, als Trudi ihr Kleid abgelegt hatte.

Trudi gehorchte weinend und stand dann nackt vor dem Mann. Mit gierigen Augen starrte dieser auf die schmale Gestalt mit der noch glatten Brust und der haarlosen Scham.

»Dich werde ich als Erste stoßen. Die Alte kommt hinterher«, rief der Kerl keuchend und trat auf das Mädchen zu.

»Nein, nicht!«, kreischte Trudi.

Marie wich einen halben Schritt zur Seite, hob kurz ihr Hemd und zog den am Oberschenkel befestigten Dolch. Bevor der Mann begriff, wie ihm geschah, war sie bei ihm und schnitt ihm die Kehle durch. Als er am Boden lag, spuckte sie ihn an.

»Du wirst keine Frau mehr gegen ihren Willen nehmen, du Schwein! Und du ziehst dich wieder an. Mach schnell!«

Das Letzte galt Trudi, die nun erst begriff, dass die Mutter ihr nur deshalb befohlen hatte, sich auszuziehen, weil sie den Schurken damit ablenken sollte.

In rasender Eile zogen sie sich an. Während sie die Kammer verließen, überlegte Marie, wie sie aus der Burg hinaus konnten. Bei den Wachen am Tor würde ihnen eine solche List wie eben nicht gelingen. Zwar war sie sicher, dass es auch noch einen zweiten Ausgang geben musste, doch kannte sie die Burg zu wenig, um den Weg dorthin finden zu können.

»Was machen wir, Mama?«, fragte Trudi.

»Wir müssen dieses Gemäuer irgendwie verlassen. Solange uns das nicht gelingt, sitzen wir immer noch wie Mäuse in der Falle.«

Trudi fasste nach dem Kleid ihrer Mutter. »Was ist mit der Küche? Dort gibt es einen Ausgang in den hinteren Hof. Wir haben doch gesehen, wie draußen die Spanferkel gebraten wurden.«

Nun erinnerte Marie sich ebenfalls daran. Doch um in die Küche zu gelangen, mussten sie die Halle durchqueren, und sie hatte Angst vor dem, was sie dort sehen mussten.

Nimm dich zusammen!, rief sie sich zur Ordnung. Es geht um Trudis Leben und um das deine. Dafür würdest du, wenn es nötig wäre, selbst durch die Hölle gehen.

»Gut, Mädchen!«, lobte sie die Tochter und wandte sich der Halle zu. Unterwegs lauschte sie, ob sie etwas von dem zweiten Waffenknecht hörte. Sie gab sich dabei keinen Illusionen hin. Auch wenn dem Mann das Gemetzel missfallen hatte, würde er bei ihr und Trudi keine Schonung kennen, denn sie hatten seinen Kameraden getötet.

Als sie die Halle erreichten, war der Anblick so schrecklich, dass Trudi die Augen zukniff, um die Toten nicht anschauen zu müssen. Marie packte ihre Hand und führte sie. In ihr selbst herrschte blankes Entsetzen. Jemand, der so etwas tat, war kein Mensch mehr, dachte sie, sondern ein Unhold, für den selbst die schlimmste Höllenstrafe zu gering war.

Ihr kamen die Tränen, als sie Mathilde von Hornberg in ihrem Blut liegen sah, die rechte Hand auf den Leib gepresst, als wolle sie noch im Tod das Kind schützen, das nun niemals geboren würde.

»Dafür werdet ihr bezahlen!«, stieß sie voller Wut hervor. »Ich weiß, wer ihr seid, und werde dafür sorgen, dass dieses Gemetzel gerächt wird!«

Einen Augenblick lang hatte Marie Angst, zu laut geworden zu sein, doch als sie nach draußen lauschte, blieb alles still. Der andere Kriegsknecht hielt sich vermutlich immer noch in den Kellergewölben auf.

»Helft mir, bitte!«

Der flehentliche Ruf ließ Marie zusammenzucken. Sie drehte sich um und sah, dass hinter einem umgestürzten Stuhl eine blutbeschmierte Hand hochgereckt wurde. Rasch eilte sie hin und erkannte Schwester Ignatia, die die andere Hand mit schmerzverzerrtem Gesicht auf eine Wunde an ihrer Seite presste.

»Helft mir!«, flehte die Nonne erneut.

Marie zögerte. Es würde Trudi und ihr schon allein schwer genug fallen, zu entkommen. Sich auch noch mit der Verletzten zu belasteten wäre Wahnsinn gewesen. Trotzdem beugte sie sich nieder und untersuchte Ignatias Wunde. Wie tief das Schwert eingedrungen war und ob wichtige Organe verletzt worden waren, konnte sie auf Anhieb nicht sagen. Wenn es wenigstens Mathilde von Hornberg wäre, dachte sie, während sie von dem Kleid einer toten Frau einen Streifen abriss und die Nonne damit verband.

»Ihr müsst aufstehen! Tragen können wir Euch nicht«, sagte sie gepresst.

Schwester Ignatia nickte mit verzerrter Miene und kämpfte sich mit Maries Hilfe auf die Beine. Es fiel ihr schwer, einen Fuß vor den anderen zu setzen, doch der Gedanke, allein zurückbleiben zu müssen und das Opfer dieser Schurken zu werden, verlieh ihr die Kraft, Marie und Trudi zu folgen.

Kurz darauf erreichten sie die Küche, die von den Knechten und Mägden verlassen worden war. Auf den Tischen standen noch die Reste des Mahls, das für Graf Ernst und seine Verwandten so grausam geendet hatte. Marie betrachtete die gebratenen Spanferkel und Fleischpasteten mit einem gewissen Ekel, sagte sich dann aber, dass sie auf der Flucht etwas zu essen benötigten, und tippte Trudi an.

»Suche dir einen Sack oder ein Tuch und wickle Brot, Braten und eine Pastete darin ein. Nimm auch den großen Zinnbecher dort mit, damit wir unterwegs Wasser aus den Quellen schöpfen können.«

Während das Mädchen ihre Anweisungen befolgte, musterte Marie den Beutel mit Kräuterarzneien, den Hiltrud ihr auf die Reise mitgegeben hatte. Da sie nicht wusste, ob diese ausreichen würden, um Ignatias Verletzung zu versorgen, suchte sie nach weiteren Heilkräutern und Salben. In einem kleinen Nebenraum der Küche wurde sie fündig und nahm auch einen dünnen Ballen Leinwand mit. Wieder in der Küche sah sie, dass Trudi einen Umhang als Beutel verwendet und so viel eingepackt hatte, dass sie es kaum zu schleppen vermochte.

»Nimm du das Verbandszeug! Ich trage das Essen«, sagte sie. Danach musterte sie Ignatia und Trudi und schüttelte den Kopf. »Wir brauchen andere Kleidung und vor allem Schuhe. Mit den dünnen Sohlen kommen wir nicht weit.«

»Dort stehen Holzschuhe, und im Raum daneben habe ich dicke Wollsocken und Gesindekleidung gesehen«, berichtete Trudi.

Obwohl die Zeit drängte, betrat Marie die Kammer und suchte rasch ein paar Kleidungsstücke zusammen, die zum Anziehen und notfalls auch als Decken zum Schlafen benutzt werden konnten. Sie zog nun die dünnen Festschuhe aus, streifte die dicken Socken über und schlüpfte in ein Paar Holzschuhe. Trudi suchte für Ignatia ebenfalls ein Paar aus und half ihr, die Socken über die dünnen schwarzen Lederschuhe zu ziehen, die die Nonne nicht abstreifen wollte. Für sich selbst wählte sie die kleinsten Socken und Holzschuhe, die sie fand.

Nachdem Marie noch ein Fleischerbeil und zwei Messer eingepackt hatte, verließen sie die Küche. Auf dem hinteren Hof blickte sie sich vorsichtig um. Die Scheuern im Dorf brannten noch immer und warfen zuckende Schatten. Dem Geschrei der Leute zufolge schien der Wind die Funken auf die Hütten im Dorf zuzutreiben. Ein Gebäude brannte bereits. Marie war froh darüber, denn so wurde die Aufmerksamkeit von der Burg abgelenkt. Dennoch blieb die Frage, wie sie diesen Mauern entkommen konnten, ohne von den Wachen aufgehalten zu werden.

»Vielleicht haben sie wegen des Feuers ihren Posten verlassen und sind ins Dorf gelaufen«, sagte sie und schlich bis zu dem Torbogen, der den vorderen vom hinteren Hof trennte. Das Tor stand offen, doch das Feuer im Dorf brannte hell genug, um die Schatten von zwei Männern in den Hof zu werfen, welche mit gezogenen Schwertern davorstanden.

»Dort kommen wir nicht durch«, flüsterte Trudi ihr zu.

Marie überlegte fieberhaft, was sie tun sollte, doch erst ein langes Seil, das an einem Holzzapfen vor dem Pferdestall hing, brachte sie auf eine Idee.

»Kommt mit! Wir steigen weiter hinten auf die Mauern und klettern mit Hilfe des Seiles hinab!«

»Das schaffe ich nicht«, stöhnte Ignatia. »Ich kann meinen rechten Arm kaum bewegen. Wie soll ich mich da festhalten?«

»Uns wird schon etwas einfallen.« Marie nahm das Seil an sich und stapfte schwer beladen in den hinteren Teil der Burg. Während Trudi ihr folgte, blieb Ignatia noch einen Augenblick stehen. Ihre Verletzung tat mittlerweile so weh, dass sie ihre Schmerzen am liebsten laut hinausgeschrien hätte. Doch wenn sie das tat, würde es ihr Ende sein.

»Mein Gott, warum lässt du zu, dass ich so gequält werde?«, wimmerte sie, als sie hinter Marie herwankte.

Diese hatte unterdessen die Mauerkrone erreicht und versuchte zu erkennen, wie tief die Mauer an dieser Stelle anfiel. Da der Schein der brennenden Hütten nicht bis hierher reichte, ließ sie ein Steinchen fallen und lauschte, wie lange es brauchte, um unten aufzuschlagen.

»Es sieht aus, als wäre die Mauer an dieser Stelle nicht besonders hoch!«, meldete sie Trudi und Ignatia. Ihre Tochter fasste sie am Ärmel.

»Das muss die Stelle sein, an der der Fels noch einmal zwei Klafter weit schräg abfällt. Dort können wir auf dem Hintern hinunterrutschen.«

»In die Finsternis hinein?«, fragte Marie besorgt.

Trudi nickte eifrig, obwohl es in der Dunkelheit mehr zu erahnen als zu sehen war. »Ich habe mir die Mauer bei unserer Ankunft angesehen, weil ich diesen Teil für eine Schwachstelle hielt. Es geht ganz bestimmt!«

»Wollen wir hoffen, dass du dich nicht irrst. Aber kann man auf dem Felsen überhaupt stehen?«

»Dort ist zwar nicht viel Platz, aber er dürfte reichen.«

»Dann wollen wir es versuchen.« Marie schlang ein Ende des Seiles um eine Zinne und befestigte es. Sie wandte sich Ignatia zu. »Da Ihr nicht klettern könnt, werden Trudi und ich Euch hinunterlassen. Versucht, auf dem Felsen einen festen Halt zu finden, und löst dort das Seil, damit ich Trudi hinablassen kann.«

»Das ist nicht nötig, ich kann klettern«, wandte das Mädchen ein.

»Du vielleicht, aber der Sack mit den Vorräten gewiss nicht. Wir brauchen ihn dringend, denn ringsum ist nichts als Wald! Oder willst du von den Bucheckern und Eicheln des letzten Jahres leben?«

Während Marie ihre Tochter zurechtwies, schlang sie das andere Ende des Seiles um Ignatias Brust, wobei sie darauf achtete, deren Wunde nicht zu berühren.

»Sobald Ihr unten seid, soll Trudi hinabklettern und Euch helfen, das Seil zu lösen. Ich lasse dann den Beutel mit den Vorräten hinab.«

»Möge Gott uns helfen!«, flüsterte Schwester Ignatia und kletterte mühsam auf die Mauer. Als ihre Beine jedoch im Freien hingen und Marie sie aufforderte, sich von der Mauer zu lösen, begann sie zu jammern. »Ich kann nicht!«

»Ihr könnt! Und seid gefälligst leise, sonst macht Ihr die

Schlächter auf uns aufmerksam«, zischte Marie sie an und schob sie nach draußen.

Ignatia fiel ein kleines Stück, dann wurde sie von dem Seil gehalten. Der Ruck ließ ihre Wunde wie Feuer brennen, und sie öffnete bereits den Mund zum Schrei. Aus Angst, entdeckt zu werden, biss sie jedoch die Zähne zusammen. Langsam ließen Marie und Trudi sie hinab. Irgendwann trafen ihre Füße das Felsband, und sie versuchte verzweifelt, darauf Halt zu finden.

Ein Schatten tauchte neben ihr auf und erschreckte sie. Bevor sie jedoch einen Ton von sich geben konnte, vernahm sie Trudis Stimme. »Ich bin es! Jetzt werde ich Euch losbinden.«

»Dann stürze ich hinab«, wimmerte Ignatia.

Trudi fasste nach ihr und zog sie auf die Mauer zu. »So müsste es gehen«, sagte sie und zupfte kurz am Seil, um ihrer Mutter zu zeigen, dass diese es nachlassen konnte. Wenig später kam der große Beutel mit den Vorräten herab. Für ihn fand Trudi keinen Platz und ließ ihn daher die Felswand hinabrutschen.

»Das müssen wir dann auch tun«, raunte sie Ignatia zu.

»Ich kann nicht mehr! Es tut so weh, aaah …« Bevor sie lauter werden konnte, presste ihr das Mädchen eine Hand auf den Mund.

»Bitte nicht! Wartet, ich gebe Euch ein Stück Tuch, auf das Ihr beißen könnt. Vielleicht hilft es.«

Unterdessen hatte auch Marie sich heruntergehangelt und tastete nach den beiden. »Viel Platz ist hier nicht. Außerdem müssen wir weiter, bevor wir entdeckt werden. Trudi, mach du den Anfang!«

Das Mädchen atmete einmal tief durch und rutschte den glatten Felsen hinab. Unten tastete sie nach dem Proviantsack und atmete auf, als sie diesen rasch fand. Sie zog ihn ein wenig beiseite und blickte nach oben.

»Ich habe es geschafft. Es ist nicht so tief, wie ich dachte«, sagte sie so laut, wie sie glaubte, es verantworten zu können.

»Sehr gut«, flüsterte Marie und nötigte Ignatia, sich auf den Felsen zu setzen. Sie nahm hinter ihr Platz, schlang den rechten Arm um sie und schob sich mit der Linken nach vorne. Auf einmal ging es blitzschnell. Sie verloren den Halt und rutschten nach unten. Der Aufprall war härter als erwartet, doch obwohl der Schmerz schier unerträglich wurde, unterdrückte die Nonne mit eiserner Disziplin den Schrei, der sich in ihrer Kehle ballte.

»Wir haben es geschafft!«, sagte Marie erleichtert. »Allerdings dürfen wir hier nicht verweilen, denn diese Mordbrenner werden unsere Flucht bald entdecken. Bis dorthin müssen wir tief in den Wäldern versteckt sein.«

Ignatia nickte, obwohl dies hieß, einen steilen Hang hochklettern zu müssen. »Ihr seid eine beherzte Frau. Einer anderen wäre dies nicht gelungen!«

In ihren Worten schwang eine gewisse Anerkennung mit und die Dankbarkeit, dass die Kibitzsteinerin und ihre Tochter sie nicht zum Sterben zurückgelassen hatten.

13.

Die Flucht durch den nächtlichen Wald war mit das Schlimmste, was Marie bislang erlebt hatte. Bei Tag und im Vollbesitz ihrer Kräfte wäre es möglich gewesen, den Hang in gerader Linie hochzusteigen. Jetzt in der Dunkelheit und mit der verletzten Ignatia belastet, wären sie keine fünfzig Schritt weit gekommen. Daher blieb ihnen nichts anders übrig, als sich vorsichtig und in schräger Linie den Hang hoch zu tasten. Als sie nach einer Weile Rast machten, um zu verschnaufen, zupfte Trudi Marie am Ärmel.

»Mama, weshalb steigst du weiter in die Wildnis hinein? Wenn wir aus dem Tal herauswollen, müssen wir in die andere Richtung gehen.«

»Das werden, so hoffe ich, auch Leutprand und seine Schurken annehmen und uns in dieser Richtung suchen. Selbst wenn die fromme Schwester unverletzt wäre, würde ich es nicht wagen, in diese Richtung zu fliehen, sondern so schnell wie möglich die Höhen überwinden wollen in der Hoffnung, auf der anderen Seite der Hügelkämme Menschen zu finden, die uns weiterhelfen können.«

»Wir könnten es trotzdem versuchen«, meinte Trudi.

Marie schüttelte seufzend den Kopf. »Schwester Ignatia würde es nicht überstehen. Ich bete, dass sie so lange durchhält, bis wir ein Versteck gefunden haben, in dem ich sie bei Tageslicht neu verbinden kann. Wie es aussieht, werden wir etliche Tage in der Gegend bleiben müssen, bis sie sich so weit erholt hat, dass wir uns zu einem längeren Marsch aufmachen können.«

»Aber wir haben doch die Verfolger im Nacken!«, rief Trudi, der allein bei dem Gedanken an die heimtückischen Mörder übel wurde.

Ignatia war vor Schmerz und Erschöpfung halb betäubt, begriff aber, dass von ihr geredet wurde. »Lasst mich zurück! Ich werde ohnehin sterben«, flüsterte sie mit schwacher Stimme.

Marie schüttelte energisch den Kopf. »Nicht, nachdem wir Euch aus der Burg gebracht und bis hierher geschleppt haben. Wir sollten jetzt weitergehen und uns eine Stelle im Unterholz suchen, wo wir ein wenig schlafen können. Bei Tageslicht sehe ich mir Eure Wunde an, und danach dringen wir tiefer in den Wald hinein. Dort werden uns Leutprands Schergen hoffentlich nicht finden.«

»Und was ist mit den Wölfen und Bären, die es hier geben soll?«, fragte Trudi besorgt.

»Gegen die hilft uns Schwester Ignatias Gebet.«

Marie zog bei diesen Worten eine zweifelnde Miene, denn die Erfahrung hatte sie gelehrt, welch unsichere Waffe ein Gebet sein konnte. Ein Knüppel war da schon wirksamer. Gegen ein Rudel Wölfe oder gar einen Bären würde solch eine Waffe aber auch nicht helfen.

Als sie wieder aufbrachen, war Ignatia zu schwach, um allein gehen zu können. Um die überlebenswichtigen Vorräte nicht zurücklassen zu müssen, lastete Marie ihrer Tochter so viel auf, wie diese gerade noch tragen konnte, wickelte den Rest in eines der mitgenommenen Kleider und nahm das Bündel in die linke Hand. Mit der rechten fasste sie Ignatia unter den Armen und schleppte sie mit.

Die Nonne taumelte mehr, als dass sie ging, und wurde oft nur durch Maries Griff vor einem Sturz bewahrt. Der Schmerz in ihrer Seite hatte sich in ein dumpfes Pochen gewandelt, das sich so anfühlte, als würde ihr jemand im gleichmäßigen Abstand mit einem Stock gegen die verwundete Stelle schlagen. Ihre Lippen wurden trocken, und in ihr breitete sich eine Hitze aus, in der sie zu verbrennen drohte.

»Ich kann nicht mehr!«, wimmerte sie, als ihre Beine erneut nachzugeben drohten.

»Ihr könnt und Ihr müsst!«, herrschte Marie sie an. »Noch sind wir zu nahe an der Waldburg, um uns ausruhen zu können.«

»Was machen wir, wenn diese Mörder uns mit Hunden verfolgen?«, fragte Trudi.

Das war auch Maries Sorge. Sie hatte etliche Hunde in der Burg gesehen und konnte nur hoffen, dass diese sich bei dem Festmahl so vollgefressen hatten, dass sie kein Interesse an einer Hetzjagd zeigten. Für den nächsten Tag musste sie sich jedoch eine Lösung einfallen lassen.

Das Rauschen eines Bachs ließ sie innehalten. »Hier ist irgendwo Wasser«, sagte sie.

Bei diesen Worten richtete Ignatia sich ein wenig auf. »Ich habe Durst!«

»Ich auch«, bekannte Trudi.

Marie ging auf das Rauschen zu. Im letzten Augenblick bemerkte sie, dass der Bach tief in den Felsen eingeschnitten war, und hielt Ignatia auf, die nun vorwärtsdrängte.

»Halt! Oder wollt Ihr in die Tiefe stürzen? Wenn Ihr Euch ein Bein brecht, kann auch ich Euch nicht mehr helfen.«

»Ich habe solch einen Durst.« Ignatia kamen die Tränen, weil sie das Wasser hörte, aber nicht hinkommen konnte.

»Wenn wir nur mehr sehen könnten«, stöhnte Marie und setzte Ignatia ab. »Ihr beide wartet hier! Ich suche unterdessen einen Weg, wie wir an den Bach gelangen können«, sagte sie zu ihrer Tochter.

»Aber was ist, wenn du uns nicht mehr findest?« Trudi hatte Angst, mit der Verletzten allein zu bleiben, doch Marie konnte ihr dies nicht ersparen.

»Ich werde mich nicht weit entfernen. Sobald ich einen Weg ans Wasser gefunden habe, komme ich zurück. Ich werde rufen, und du musst mir Antwort geben. Dann finden wir uns schon wieder.«

»Aber wenn das die bösen Männer hören?«

Maria strich ihrer Tochter sanft über den Schopf. »Wir dürfen nicht so laut schreien, dass man es auf der Burg oder im Dorf hört.«

Sie legte ihre Last ab und tastete sich den Bacheinschnitt entlang. Ein paarmal musste sie sich um Bäume herumwinden, doch nach etwa hundert Schritten erreichte sie eine Stelle, an der sie hinabklettern konnte. Am Ufer angekommen, steckte sie die Hände ins Wasser und rieb sie so stark, als würde all das Blut, das in dieser Nacht vergossen worden war, daran kleben. Anschließend trank sie ein wenig, sagte sich aber, dass Ignatia und Trudi gewiss größeren Durst hatten, und machte sich auf den Rückweg.

Nach einer Weile hielt sie inne. Ihr Gefühl gaukelte ihr vor, bereits weiter gegangen zu sein als vorhin. Hatte sie etwa die falsche Richtung eingeschlagen?

»Trudi«, sagte sie halblaut, und dann noch einmal: »Trudi!«

»Da bin ich, Mama.«

Die Antwort kam so nahe, dass Marie nach zwei weiteren Schritten über ihre Tochter oder über Ignatia gestolpert wäre.

»Bin ich froh, euch gefunden zu haben«, sagte sie erleichtert und tastete nach ihrem Beutel. »Kommt, fromme Schwester! Es ist nicht weit«, forderte sie Ignatia auf und zerrte sie hoch.

»Wasser!«, flüsterte die Nonne und wandte das letzte Quentchen Kraft auf, um nicht wie ein schlaffer Sack an Marie zu hängen.

Als sie das Bachufer erreichten, schöpfte Marie mit dem Becher Wasser für Schwester Ignatia und ließ sie trinken.

»Wie geht es Euch?«, fragte sie danach.

»Meine ganze Seite tut weh, und mir ist heiß.«

»Das ist das Wundfieber! Es wird Euch noch tagelang in den Klauen halten. Trinkt ausgiebig! Ich suche inzwischen eine Stelle, an der wir für den Rest der Nacht ruhen können.« Marie atmete tief durch und sagte sich, dass das Schicksal etwas gnädiger mit Trudi und ihr hätte umgehen können.

Sie hatte jedoch Glück, denn sie fand nach weniger als zwanzig Schritten eine trockene Mulde, die, wie sie durch Tasten feststellen konnte, von außen wohl nicht einsehbar war. Erleichtert kehrte sie zu Trudi und Ignatia zurück und führte sie zu der Stelle. Nun machte sich auch die Kleidung bezahlt, die sie aus der Burg hatten mitgehen lassen, denn sie konnten einiges davon verwenden, um darauf zu liegen und sich zuzudecken. Da sie sich eng aneinanderkuschelten, froren Marie und Trudi auch nicht. Allerdings bemerkten sie voller Sorge, wie heiß Ignatias Körper mittlerweile geworden war.

14.

Im Dorf beobachtete Leutprand mit grimmiger Zufriedenheit, wie die drei Scheuern niederbrannten. Längst war das Schreien der Eingeschlossenen verstummt, keiner war mit dem Leben davongekommen. Ludwig von Waldburg grauste es vor dem Ausmaß des Gemetzels, doch er hatte Leutprand nicht aufhalten können.

»War das wirklich nötig?«, fragte er.

»Ihr habt einen zu empfindlichen Magen!«, spottete Leutprand. »Doch um Euch zu beruhigen: Es war nötig! Nicht nur die Sippe aus Herrenroda musste sterben, sondern auch deren Gefolge. Wäre auch nur einer entkommen, hätte er die Nachricht vom Tod ihrer Herrschaft in die Welt hinausgetragen! So wird keiner je erfahren, wie Ernst von Herrenroda und seine Verwandten zugrunde gingen.«

»Aber was ist mit meinen Bauern und meinen Bediensteten? Wollt Ihr die auch umbringen?«

»Wenn es nötig ist, tue ich es«, antwortete Leutprand lachend. »Doch Eure Bauern sind Leibeigene, deren Wort nichts gilt. Außerdem dürfen sie Euren Besitz nicht verlassen.«

»Dieses Gemetzel kann nicht verborgen bleiben«, rief Ludwig von Waldburg voller Angst. »Da Ihr nicht dazu stehen wollt, wem wollt Ihr es dann in die Schuhe schieben?«

»Jenseits der Höhen treibt sich doch die Räuberbande herum, deren Anführer sich ›Waldgraf‹ nennt! Wenn jemand fragt, so hat er das Dorf und die Burg überfallen, um Eure Gäste auszurauben.«

»Und ich bin der einzige Überlebende der ganzen Sippe und damit der neue Graf Herrenroda!«

Für dieses Erbe war Ludwig von Waldburg bereit, auch seine Knechte und Mägde und seine Bauern zu opfern. Was kümmerte es ihn, wenn die Waldburg verlassen wurde und zur Ruine zerfiel? Er würde auf der stattlichen Burg Herrenroda residieren!

»Es wäre eigenartig, wenn all Eure Verwandten ums Leben gekommen sind, während Ihr nicht einmal einen Kratzer aufzuweisen habt.« Noch bevor Ludwig begriff, was Leutprand damit sagen wollte, zog dieser sein Schwert und schlug zu.

»Verfluchter Hund!«, stöhnte Ludwig, dann sank er zu Boden.

Sein Verwalter griff zur Waffe, um ihn zu rächen, doch da traf ihn die Klinge eines Herrensteiner Waffenknechts, und er fiel neben seinen Herrn und regte sich nicht mehr.

Leutprand blickte höhnisch auf die beiden Toten hinab. »Damit ist auch der Letzte aus diesem verfluchten Geschlecht dahingegangen, und Graf Joachim kann als nächster Verwandter das Erbe von Herrenroda antreten.«

»Ich schätze, Graf Ernst hätte seinen Besitz lieber dem Kurfürsten von Sachsen vermacht, als einen Kastellan von Graf Joachim auf seiner Burg zu sehen«, meinte Paul, einer seiner Unterführer.

»Vor allem einen Kastellan, der ihm selbst das Lebenslicht ausgeblasen hat!« Leutprand lachte erneut, denn diese Stellung würde sein Lohn für diese Tat sein.

Gleichzeitig sagte er sich, dass das Geheimnis um den Untergang der Herrenrodaer Sippe unter allen Umständen gewahrt bleiben musste. Er hatte für diese Tat nur Männer ausgesucht, auf die er sich verlassen konnte, trotzdem war es möglich, dass der eine oder andere im betrunkenen Zustand damit prahlte. Er beschloss, die Männer, aber auch die paar Mägde, die ihn begleitet hatten, im Auge zu behalten und jenen, die zu Verrätern werden konnten, einen raschen Eintritt ins Himmelreich zu verschaffen.

»Ach ja!«, sagte er zu Paul, seinem Unteranführer. »Zündet die restlichen Hütten des Dorfes an und erschlagt so viel von dem Bauerngesindel, wie es nur geht. Lasst auch die Bediensteten des Waldburgers über die Klinge springen. Es wäre verwunderlich, wenn der Waldgraf zwar die hohen Herrschaften ermordet, aber die Knechte und Mägde verschont hätte!«

Auf diesen Befehl hin stürzten sich seine Kriegsknechte auf die Bewohner des Dorfes. Hatten sie in der Burg noch die Frauen in Ruhe lassen müssen, trieben sie, nachdem sie die Männer niedergemacht hatten, die Mädchen und Frauen vor den brennenden Hütten zusammen und rissen ihnen die Kleider vom Leib. Durch das Blutbad völlig enthemmt, nahm keiner auch nur die geringste Rücksicht, und so gellte das Schreien der Geschändeten als grässliche Begleitmusik zum Untergang der gräflichen Sippe auf Herrenroda durchs Tal.

Leutprand sah seinen Männern selbstzufrieden zu. Die feindliche Sippe war vernichtet, und die Schuld würde der Räuberbande zugeschrieben werden, die seinem Herrn schon seit etlichen Jahren Probleme bereitete. Wenn es gut ging, würden die Schwarzburger Grafen und die Amtmänner des Kurfürsten von Sachsen, welche die nächsten Nachbarn waren, den Überfall auf die Waldburg als Grund ansehen, dieses Gesindel endlich zu vernichten. Wenn es Graf Joachim dann noch gelang, den größten Teil des strittigen Waldgebiets an sich zu bringen, würde ihr Triumph vollkommen sein und er der neue Kastellan auf Herrenroda werden.

Noch während Leutprand seinen Zukunftsvisionen nachhing, rannte einer der Männer, die er in der Burg zurückgelassen hatte, keuchend auf ihn zu.

»Herr!«, rief der Mann nach Luft schnappend. »Kunz ist tot! Ihm wurde die Kehle durchgeschnitten! Und das vermisste Weib ist nicht aufzufinden!«

Leutprand fuhr wie von einem Peitschenhieb getroffen herum. »Was sagst du da?«

»Das Weib ist weg! Kunz hatte mich in die Keller geschickt, um dort nach der Frau zu schauen. Als ich sie nicht finden konnte und nach oben gestiegen bin, habe ich nach Kunz gerufen, aber keine Antwort erhalten. Daher habe ich nach ihm gesucht und ihn tot in einer Kammer gefunden. Er hatte den Hosenriemen gelöst, und die Hose hing ihm auf den Knien!«

»Dieser verfluchte Narr!«, schrie Leutprand unbeherrscht. »Anscheinend wollte er das Weibsstück stoßen und war dabei so blöde, sich von ihr niederstechen zu lassen!«

Der andere nickte mit verkniffener Miene. »Das glaube ich auch.«

»Was ist mit den Wachen am Tor? Haben die etwas gesehen?«, fragte Leutprand.

»Nein, Herr! Aber die lassen keinen heraus und passen noch schärfer auf, nachdem das Weib Kunz umgebracht hat.«

»Wir müssen sie unbedingt finden!« Leutprand ballte vor Wut die Fäuste. Wenn die Frau entkommen konnte und von dem Gemetzel berichtete, würde man ihr Glauben schenken. Sie konnte sogar die Schuldigen nennen, denn er und seine Männer hatten nach dem Abschlachten derer von Herrenroda laut genug geprahlt, die alte Fehde zu Graf Joachims Gunsten beendet zu haben. Einen Sieg in einer offenen Fehde würden die Nachbarn hinnehmen, nicht jedoch eine List – und vor allem nicht das Massaker an Frauen und Kindern.

Leutprand hatte das Gefühl, als würde ihm der Boden unter den Füßen weggezogen. Sie dürfen nicht entkommen, sonst war alles umsonst!, hämmerte es in seinem Kopf.

»Los, ihr Hunde! Zur Burg!«, schrie er seine Männer an.

Diese dachten jedoch nicht daran, von den Bauernweibern abzulassen. Selbst als Leutprand einige Fußtritte verteilte, half es wenig. Einer der Kerle brüllte ihn sogar an, zu warten, bis er mit dem Weibsstück fertig wäre.

Mit Müh und Not gelang es ihm, ein halbes Dutzend Männer um sich zu sammeln, die sich einen Rest Beherrschung bewahrt hatten. »Eine der Frauen in der Burg ist entkommen. Wir müssen sie unbedingt haben«, erklärte er ihnen.

»Sie muss noch drinnen sein, denn durch das Tor ist sie mit Gewissheit nicht gekommen«, meinte der Mann, der ihm die Nachricht vom Tod seines Kameraden überbracht hatte.

»Durchsucht die gesamte Burg und lasst nicht den kleinsten Raum aus. Öffnet alle Schränke und schaut in den Kaminen nach. Vielleicht hält die Frau sich dort versteckt«, befahl er den Männern.

»Das Mädchen haben wir ebenfalls noch nicht gefunden!«, warf der andere ein.

»Sucht beide, und wenn ihr sie gefunden habt, könnt ihr mit ihnen machen, was ihr wollt!« Leutprand zog sein Schwert und schritt wie ein Racheengel auf die Waldburg zu.

Obwohl diese zu den kleineren Burgen in Thüringen zählte, dauerte es etliche Zeit, bis sie alles durchsucht hatten. Zuletzt klopften sie sogar noch die Wände nach Hohlräumen und Geheimschränken ab, doch als sie sich beim ersten Schein der Morgendämmerung auf dem Burghof versammelten, hatte keiner von ihnen auch nur die geringste Spur der Geflohenen gefunden.

»Entweder ist ihr Versteck so gut, oder es ist ihnen doch

gelungen, aus der Burg zu entkommen«, berichtete Leutprands Stellvertreter Paul.

Leutprand stieß einen Fluch aus und drohte mit der Faust gen Himmel. »Sie müssen gefunden werden, und wenn wir die gesamte Gegend durchsuchen.«

»Herr Leutprand!«, rief da einer der Männer von der hinteren Mauer. »Dort hängt ein Seil nach außen!«

»Wo?« Leutprand stieg auf die Mauer und eilte zu ihm hin. »Tatsächlich! Sie müssen mit Hilfe des Seils die Burg verlassen haben.«

»Seht Ihr die Blutspuren an der Mauer und auf dem Felsen? Mindestens eine von ihnen muss verletzt sein!« Mittlerweile war es hell geworden.

»Wie es aussieht, hat Kunz sich gewehrt, bevor er starb«, schloss Leutprand daraus. Dann wandte er sich seinen Männern zu. »In der Burg sind Hunde. Setzt sie auf die Spur der Weiber an!«

Zwei Waffenknechte eilten los, kamen aber bald zurück. Einer von ihnen blutete am Handgelenk. »Eines dieser Biester hat mich gebissen«, berichtete er seinem Anführer.

»Die Hunde gehorchen uns nicht. Wir bräuchten Ludwig von Waldburg oder dessen Hundewärter«, setzte sein Kamerad hinzu.

Leutprand kannte keinen Fluch und kein Schimpfwort, das dieser Situation angemessen gewesen wäre. Wie es aussah, hatte er Ludwig von Waldburg und dessen Männer zu voreilig niedermachen lassen.

»Durchsucht den Wald, und zwar Klafter für Klafter. Die Frau und das Mädchen dürfen nicht entkommen!«, befahl er den Männern.

Diese sahen sich entgeistert an. Keiner von ihnen hatte in der Nacht ein Auge zugetan, sich dafür aber beim Niedermetzeln der Herrenrodaer und der Bauern und bei der Vergewaltigung der Dörflerinnen bis zur Erschöpfung verausgabt. Sie kannten ihren Anführer jedoch gut genug, um zu wissen, dass er keine Widerrede gelten lassen würde.

»Also dann, kommt mit in den Wald!«, rief Paul und hoffte, die Geflohenen rasch in die Hand zu bekommen, um bald schlafen gehen zu können.

Dritter Teil

Der Geisterwald

1.

Marie wachte im ersten Licht des Tages auf und sah sich erschrocken um. Nur langsam begriff sie, dass sie eben einen wilden Albtraum erlebt hatte und keine Wölfe und Bären an ihr zerrten. Auch Trudi lag unversehrt an sie geschmiegt und wurde nicht von Leutprands Mörderbande vergewaltigt. Erleichtert ließ sie das Mädchen schlafen und berührte Ignatia mit der Hand. Ihre Angst, diese könnte in der Nacht verstorben sein, wich, als die Nonne sich leicht bewegte.

»O Gott, ist das alles wirklich geschehen?«, fragte Ignatia mit schwacher Stimme.

»Bedauerlicherweise ist es so.« Marie setzte sich halb auf und weckte damit ihre Tochter.

»Leben wir noch?«, fragte Trudi.

»Jetzt noch, aber nicht mehr lange, wenn wir nicht rasch weitergehen. Die Herrensteiner Mordknechte werden gewiss schon nach uns suchen.«

Trudi richtete sich auf und griff nach dem Proviantbeutel. »Ich habe Hunger.«

»Ich auch, aber ich will mir zuerst Schwester Ignatias Verletzung ansehen. Dreht Euch bitte um!«

Der letzte Satz galt Ignatia, die sich gehorsam auf die Seite legte.

Marie löste den Verband und schnitt das Kleid der Nonne weiter auf, um die Verletzung freizulegen. Zum Glück blutete diese nicht mehr, war aber angeschwollen. Als sie die Wundränder ein wenig auseinanderzog, sah sie, dass zwar die Rippen in Mitleidenschaft gezogen waren, es aber kein Organ getroffen hatte. Nun war Marie froh, dass sie trotz der Eile, in der sie hatten fliehen müssen, das kleine Päckchen mit den Hausmitteln der Ziegenbäuerin mitgenommen hatte, mit denen sie die Nonne nun versorgen konnte. Allerdings war es mit einem normalen Verband nicht getan. Dafür klaffte die Wunde zu sehr auseinander. Das Nähzeug, das ihr die Magd am Abend gegeben hatte, brachte sie auf einen Gedanken. Aber hier konnte sie ihn nicht ausführen. Daher verband sie die Verletzung, packte ihren Beutel und sah Trudi und Ignatia auffordernd an.

»Wir müssen weiter! Essen können wir unterwegs.«

Während Trudi ihren Packen aufnahm, quälte Ignatia sich hoch und taumelte ein paar Schritte.

»Lasst Euch helfen!« Marie fasste sie unter und führte sie weiter den Hang hinauf. Nachdem sie ein Stück gegangen war, kamen sie an eine kahle Stelle im Wald und konnten in das Tal unter sich hinabschauen. Marie erschrak, als sie sah, wie nahe sie noch der Waldburg waren, und beim Anblick des niedergebrannten Dorfes verspürte sie ein schmerzhaftes Ziehen im Magen.

»Das waren keine Menschen mehr, sondern Ungeheuer«, murmelte sie. Neben ihr begann Trudi still zu weinen, während Ignatia mit leiser Stimme den Rosenkranz betete.

»Weiter!«, forderte Marie die beiden auf und zog die Nonne mit sich.

Sie wusste nicht, wie weit sie gehen mussten, um vor Verfolgern in Sicherheit zu sein. Als sie sich besorgt umdrehte, sah sie ihre Befürchtungen bestätigt, denn etliche Männer kamen auf den Waldrand zu. In dem Augenblick war sie froh über das schroffe und zerklüftete Gelände. Wenn sie sich an einer geeigneten Stelle versteckten, konnte einer der Kerle drei Schritte entfernt an ihnen vorbeigehen, ohne sie zu entdecken.

Während sie weiter den Hang hochstiegen, schob Marie sich kleine Stückchen Brot in den Mund und kaute lange darauf herum. Sie war nicht das erste Mal auf der Flucht, doch noch nie war das Grauen ihr so nahe erschienen wie an diesem Ort.

Trudi aß ebenfalls eine Kleinigkeit im Gehen, während Ignatia abwehrend den Kopf schüttelte. »Ich glaube, ich kann nie mehr etwas essen.«

»Ihr müsst!«, sagte Marie und steckte ihr ein Bröcklein Brot in den Mund. »Wagt ja nicht, es auszuspucken!«, schalt sie Ignatia, als diese das Brot nur zwischen den Lippen hielt.

Schließlich kaute die Nonne darauf herum. Ihr Speichelfluss versagte jedoch, und so sah sie Marie hilflos an. »Ich kann es ohne Wasser nicht schlucken.«

»Es ist bedauerlich, dass wir keine Flasche haben, in der wir Wasser mitnehmen könnten. Bleibt hier! Ich sehe zu, ob ich den Bach wiederfinde.«

»Der liegt bereits ein ganzes Stück unter uns, Mama! Du kannst nicht die ganze Strecke hinab- und wieder hochsteigen«, wandte Trudi ein.

»Wenn es sein muss, tue ich es!« Marie lauschte trotzdem, ob sie fließendes Wasser hörte, doch es war nur der Wind zu vernehmen, der mit den Zweigen spielte, und tiefer drinnen auch Vogelgezwitscher.

Ich muss doch zum Bach hinab, dachte sie.

Da legte Trudi ihren Beutel ab, nahm den Becher und eilte leichtfüßig nach unten. Marie überlegte, sie zurückzurufen, spürte aber, dass auch sie froh war über eine Rast, und half Ignatia, sich zu setzen.

»Trudi bringt Wasser«, sagte sie, um der Nonne Mut zu machen.

»Ihr seid so gut zu mir«, flüsterte Schwester Ignatia unter

Tränen. »Aber all diese Mühe ist vergebens! Lasst mich zurück und rettet Euer Leben und das Eurer Tochter. Gott wird es mir im Paradies vergelten.«

Ignatia war eine schwere Last, und Marie sehnte sich nicht gerade danach, sie durch die Wälder zu schleppen. Aber die Nonne war neben ihr und Trudi die einzige Überlebende des Massakers, und sie wollte den Mördern nicht den Triumph gönnen, auch Ignatia umgebracht zu haben. Zudem hatte die Nonne die Mörder gesehen und gehört, was sie gerufen hatten.

»Wir schaffen es!«, sagte Marie mit einem gequälten Lächeln. »Jetzt warten wir ab, bis Trudi Wasser bringt. Dann trinkt Ihr und schöpft daraus neue Kraft!«

Ignatia schloss die Augen. Der Schmerz in ihrer Wunde war schier unerträglich, und ihre Beine zitterten bereits bei dem Gedanken, weitergehen zu müssen. Noch nie hatte sie sich gewünscht zu sterben, doch nun schien ihr ein Eingehen in die Ewigkeit das leichtere Los zu sein.

Es dauerte eine Weile, bis Trudi wieder erschien. Ihre Miene wirkte schuldbewusst, und sie kämpfte mit den Tränen. »Ich bin auf dem Weg nach oben gestolpert und habe die Hälfte des Wassers verschüttet. Ich konnte aber nicht mehr nach unten klettern«, berichtete sie.

»Es ist nicht so schlimm«, versuchte Marie sie zu trösten und reichte Ignatia den Becher. Diese trank durstig und starrte, als er leer war, sehnsüchtig hinein.

»Jetzt hast du gar nichts, Mama. Ich konnte mich wenigstens unten satt trinken«, klagte Trudi.

Marie zuckte mit den Achseln. »Wir finden gewiss weitere Quellen und Bäche. Bis dorthin werde ich es schon aushalten. Wenn du dich ein wenig ausgeruht hast, werden wir weitergehen!«

2.

Sie kamen nur langsam voran, und es schüttelte sie jedes Mal vor Grauen, wenn sie die Rufe vernahmen, mit denen sich ihre Verfolger verständigten. Ein guter Schweißhund hätte sie in kurzer Zeit aufspüren können, doch zu ihrer Verwunderung hörten sie keine Hunde bellen. Trotzdem begriffen sie, dass sie Leutprands Mordbrennern auf Dauer nicht würden entkommen können.

»Wir brauchen ein gutes Versteck! Sieh dich mit um, ob wir etwas finden«, sagte Marie leise zu Trudi.

»Es sollte nahe an einem Wasser sein, damit die fromme Schwester trinken kann«, antwortete das Mädchen.

»Ich hoffe, dass sie nicht im Fieber redet oder schreit, sonst müssen wir sie knebeln.«

»Tut dies!«, forderte Ignatia sie auf. »Ich will nicht mit der Schuld beladen vor meinen himmlischen Richter treten, dass diese Mörder Euch und Eure Tochter meinetwegen haben gefangen nehmen können.«

»Vorerst werdet Ihr vor niemanden treten«, antwortete Marie barsch.

Da tippte Trudi sie an. »Dort vorne ist wieder ein Bach, und der scheint sich noch tiefer in den Fels geschnitten zu haben als der vorherige. Vielleicht finden wir dort ein Versteck.«

Marie ging auf die Stelle zu und stellte fest, dass es bis zum Wasser gut drei Klafter steil in die Tiefe ging. Zuerst wollte sie den Kopf schütteln, sagte sich dann aber, dass ihre Verfolger wohl kaum auf den Gedanken kommen würden, dort nachzusehen.

»Es wird nicht leicht werden, an den Bach zu gelangen, und noch schwerer, wieder aus der Klamm herauszukommen. Doch wenn wir nicht endlich ein Versteck finden, werden die Verfolger uns bald eingeholt haben. Steig du als Erste hinab«, forderte sie Trudi auf.

Das Mädchen gehorchte und winkte dann von unten hoch. »Zu linker Hand sind ein paar Wurzeln, an denen ihr euch festhalten könnt!«

Tief durchatmend wandte Marie sich an die Nonne. »Ihr müsst jetzt noch einmal Eure ganze Kraft zusammennehmen, Schwester Ignatia. Ich kann Euch nicht hinuntertragen, sondern Euch nur beim Abstieg helfen.«

Ignatia nickte und wankte auf den Abhang zu, und Marie hielt sie fest, so gut es ging. Zweimal hing die Nonne mit ihrem ganzen Gewicht an ihrem Arm, während sie selbst nur mit den Zehenspitzen Halt fand und sich mit der anderen Hand an eine aus der Erde ragende Baumwurzel krallte. Zuletzt griff auch Trudi zu und half der Nonne auf festen Boden. Einen Augenblick später stand Marie unten am Bach und war erleichtert, weil ihr Versteck noch besser war, als sie gehofft hatte. Das Hochwasser des Baches hatte eine kleine Höhlung ausgespült, die ihnen nun Schutz gegen die Sicht von oben, aber auch gegen den Regen bot, der gerade zu fallen begann.

»Wie es aussieht, ist Gott mit uns«, erklärte Marie. »Der Regen wird die Spuren fortspülen, die wir hinterlassen haben, und die Lust unserer Verfolger dämpfen, in jedes Loch und jeden Spalt zu schauen. Doch zuerst sollten wir trinken. Wenn wir das tun, während einer der Kerle oben Ausschau hält, wäre dies nicht so gut.«

Trotz des Schreckens, den sie erlitten hatten, kicherte

Trudi leise, füllte aber schnell den Becher am Bach und reichte ihn Ignatia. Diese trank, als würde sie innerlich verbrennen. Nachdem sie das Gefäß viermal geleert hatte, lehnte sie sich zurück und schloss die Augen. Marie deckte sie zu und löschte dann auch ihren Durst. Dabei lauschte sie den Geräuschen ringsum und zuckte schon nach kurzer Zeit zusammen.

»Wir müssen jetzt alle mucksmäuschenstill sein«, raunte sie Trudi und Ignatia zu.

»Es sind zwei Männer, und sie sind nicht gerade guter Laune«, erklärte Trudi, deren Ohren schärfer waren als die der Mutter.

Jetzt vernahm Marie ebenfalls deren Geschimpfe.

»Der Teufel soll die geflohenen Weiber holen!«

»Und Ritter Leutprand mit dazu!«, antwortete der Zweite. »Mir wird übel, wenn ich daran denke, was wir gestern getan haben. Dafür werden wir schnurstracks in die Hölle fahren!«

»Wenn welche zur Hölle fahren, dann sind es Ritter Leutprand und Graf Joachim. Wir haben nur deren Befehle ausgeführt«, gab der erste Sprecher zurück, konnte aber seinen Kameraden nicht beruhigen.

»Wir haben Frauen und Kinder umgebracht. Schlimmer als wir war auch Herodes nicht!«

»Wenn wir vor dem himmlischen Richter stehen, können wir sagen, wir haben nur unseren Befehlen gehorcht. Du wirst sehen, die Sache ist mit ein paar Jahren Fegefeuer abgegolten. Länger werden auch Graf Joachim und Herr Leutprand nicht darin schmoren müssen. Das sind Edelleute, und die werden vor Gott und der Welt weitaus besser behandelt als unsereins. Achte lieber darauf, dass wir die geflohenen Weiber finden.«

»Weit können die nicht gekommen sein! Immerhin war eine der beiden verletzt«, meinte sein Kamerad.

Ihr wisst gar nicht, wie nahe wir sind, dachte Marie und begriff, dass Leutprand und dessen Männer zwar ihre und Trudis Flucht bemerkt hatten, aber nicht wussten, dass auch Ignatia entkommen war. Da diese mehrfach Blutspuren hinterlassen hatte, glaubten ihre Verfolger anscheinend, sie selbst oder ihre Tochter wären bei dem Gemetzel verwundet worden.

»Hier ist nichts zu sehen«, brummte ein Waffenknecht.

»Umkehren können wir nicht. Sonst wird Leutprand fuchsteufelswild. Warte mal! Dort hat sich der Bach in den Grund eingeschnitten. Ich schaue da mal nach.«

Hoffentlich steigt er nicht zu uns herab, schoss es Marie durch den Kopf, und sie presste sich gegen die Rückwand der Höhlung. Trudi kauerte sich neben sie, und selbst Ignatia zog die Beine an. Einige Augenblicke herrschte eine kaum zu ertragende Spannung, dann klang die Stimme des Waffenknechts wieder auf.

»Da unten ist nichts. Gehen wir weiter!«

Den Geräuschen nach, die in die kleine Höhlung drangen, entfernten sich die beiden Männer. Marie wagte jedoch erst nach einer Weile wieder, normal zu atmen, und dankte ihrer liebsten Heiligen, Maria Magdalena, in einem kurzen, stummen Gebet.

»Sind sie weg?«, fragte Ignatia mit schwacher Stimme.

»Es sieht so aus.«

»Da diese Mordbuben jetzt über uns sind, können wir nicht weiter«, wandte Trudi ein.

»Im Augenblick nicht. Dafür sind wir auch zu erschöpft. Ich will nur hoffen, dass der Regen den Bach nicht anschwellen lässt. Sonst kann es hier ganz schön nass werden.« Marie warf dem leise rauschenden Gewässer einen besorgten Blick zu, denn sie wusste, dass sie und Trudi mit Ignatia belastet keine hundert Schritte weit kommen würden. Eine weitere Sorge betraf Ignatias Wunde. Um sie richtig versorgen zu können, brauchte sie ein kleines Feuer und heißes Wasser. Doch wie sie sich das mit ihren primitiven Mitteln beschaffen sollte, wusste sie selbst nicht.

3.

Am Nachmittag ließ zu Maries Erleichterung der Regen nach. Sie hatte ein wenig gegessen und ein paar Stunden geschlafen und fühlte sich wieder frisch. Auch Trudi ging es besser, während Ignatia vom Wundfieber gequält wurde und kaum ansprechbar war.

»Wenn wir nicht rasch etwas tun, wird sie wie eine Kerze erlöschen«, sagte Marie besorgt.

»Aber was können wir tun?«, fragte Trudi.

»Wir brauchen ein wenig trockenes Holz. Wenn wir nur einen kleinen Kessel hätten, in dem wir Wasser erhitzen könnten.« Marie starrte auf den Zinnbecher, mit dem Trudi eben wieder Wasser schöpfte, um es Schwester Ignatia einzuflößen. Notfalls musste es damit gehen, dachte sie und stand auf.

Da hielt Trudi sie auf. »Sollte nicht besser ich Holz suchen? Ich bin kleiner als du und kann mich besser verstecken.«

»Also gut. Sei aber bitte vorsichtig«, erwiderte Marie, strich ihrer Tochter übers Haar und sah zu, wie diese aus der Höhlung schlüpfte. Dann überlegte sie, was sie zu der Wundversorgung benötigte und wie sie vorgehen sollte. Wenn sie falsch handelte, starb ihr Ignatia unter den Händen.

»Wenn ich nichts tue, stirbt sie auf jeden Fall«, sagte sie zu sich selbst, um sich Mut zu machen, und war froh, als Trudi kurz darauf mit mehreren Stücken trockenen Holzes erschien.

»Weiter vorne hat der Bach eine weitere Höhlung geschaffen und etwas Holz angeschwemmt. Im Gegensatz zu dem, was oben zu finden wäre, ist es trocken«, berichtete das Mädchen.

»Das hast du gut gemacht!« Marie nahm eines der Holzstücke und schnitt mit ihrem Messer hauchdünne Späne ab. Mit ein paar Steinen errichtete sie ein Gestell, auf das sie den Becher stellen konnte, legte die Späne zwischen die Steine und holte ihr Feuerzeug hervor. Zum Glück hatte sie außer Stahl und Feuerstein auch ein wenig leicht entzündlichen Baumschwamm eingepackt, der bereits beim ersten Funken Feuer fing.

Wenig später brannten die Späne, und sie konnte etwas größere Holzstücke ins Feuer legen. Danach füllte sie den Zinnbecher mit Wasser und stellte ihn über das Feuer. Die Klinge ihres Messers steckte sie in die Glut.

»Es wird ein wenig dauern, da es nur kleine Flammen sind«, meinte sie zu Trudi.

»Ein größeres Feuer dürfen wir auch nicht anzünden, denn es sind immer noch Männer im Wald, die nach uns suchen, und die könnten den Rauch riechen«, antwortete ihre Tochter mit einem angespannten Lächeln.

Nun wandte Marie sich an Ignatia. »Ich werde Euch knebeln müssen, denn gleichgültig, was jetzt auch geschieht: Ihr dürft nicht schreien.«

Die Nonne nickte, doch auf ihrem Gesicht stand Todesangst. »Wird es schlimm sein?«, fragte sie.

»Ich will Euch nichts vormachen«, antwortete Marie. »Im Vergleich dazu würdet Ihr die Folter wie ein sanftes Streicheln empfinden.«

»So schlimm?« Ignatia seufzte und öffnete den Mund, damit Marie ihr ein Stoffknäuel zwischen die Zähne schieben konnte. Ein Band um den Mund vervollständigte den Knebel. Danach löste Marie den Verband und sah ihre Tochter auffordernd an.

»Du wirst mir helfen müssen, sie festzuhalten.«

Das Mädchen nickte mit bleicher Miene und fasste nach Ignatias Schultern. Unterdessen zog Marie ihr Messer aus dem Feuer, blies die Asche von der Klinge und fuhr damit über die klaffende Wunde. Im ersten Augenblick bäumte Ignatia sich auf und stieß ein gurgelndes Keuchen aus, dann sank sie haltlos zurück.

»Ist sie tot?«, fragte Trudi erschrocken.

Marie überprüfte den Pulsschlag der Nonne und schüttelte den Kopf. »Nein, sie ist ohnmächtig geworden. Das ist gut, denn nun kann ich weitermachen, ohne dass sie die Schmerzen spürt.«

Sie brannte die Wunde aus, steckte die Nadel und den Faden in das heiße Wasser im Zinnbecher und wartete einen Augenblick. Dann schützte sie ihre Hand mit einem Stück Tuch, packte den Becher und goss das heiße Wasser vorsichtig aus. Als die Nadel ein wenig abgekühlt war, presste sie die klaffenden Wundränder zusammen und nähte sie mit einigen Stichen aneinander.

»Jetzt muss Gott ihr helfen«, sagte sie schließlich und bestrich die Verletzung mit Hiltruds heilender Salbe. Nachdem sie die Stelle mit einem sauberen Stück Leinen abgedeckt und verbunden hatte, atmete sie auf. »Mehr kann ich nicht für Schwester Ignatia tun.«

Trudi musterte die bewusstlose Nonne voller Mitgefühl. »Wird sie wieder gesund werden?«

»Sie wird eine lange Narbe zurückbehalten. Doch wenn sie überlebt, ist dies ein geringer Preis. Wir beide sollten jetzt essen. Lange dürfen wir nicht an diesem Ort bleiben, und wir brauchen unsere ganze Kraft für den weiteren Weg«, erklärte Marie.

»Wird die Kranke gehen können?«, fragte Trudi.

»Ich hoffe es. Wenn nicht, werden wir sie tragen müssen. Wir müssen über die Höhe steigen und in das Nachbartal hinein. Dort, so hoffe ich, werden wir vor Graf Joachims Häschern sicher sein.«

»Tragen?« Trudi grauste es davor, doch auch sie begriff, dass sie Ignatia nicht zurücklassen konnten.

»Was machen wir, wenn wir den Mördern endlich entkommen sind?«, fragte das Mädchen weiter.

»Wir werden uns ein gutes Versteck suchen und dort warten, bis Ignatia sich ein wenig erholt hat, dass wir einen Ort aufsuchen können, an dem man uns weiterhelfen kann.«

»Das wird aber dauern«, fand Trudi.

»Es ist das Einzige, was wir derzeit tun können – außer beten! Einfach auf gut Glück loszulaufen, halte ich für sinnlos, denn wir kennen die Grenzen von Graf Joachims Land nicht. Die Gefahr, auf seine Leute zu stoßen und doch noch umgebracht zu werden, wäre zu groß. Daher halte ich es für besser, zu warten, bis Ignatia wieder bei Kräften ist und uns mit ihrem Wissen über diese Gegend nützen kann.

4.

Ignatia wachte erst spät in der Nacht auf und war so benommen, dass sie kaum einen klaren Gedanken fassen konnte. Zwar trank sie durstig mehrere Becher Wasser, vermochte aber nichts zu essen. Um ihre Schmerzen zu lindern, flößte Marie ihr ein wenig von Hiltruds Mohnsaft ein und war froh, dass sie daraufhin wieder einschlief.

»Sollten wir in der Nacht wegen der wilden Tiere nicht besser Wache halten?«, fragte Trudi mit bereits schlafschwerer Stimme.

Marie überlegte kurz und schüttelte dann den Kopf. »Ignatia kann es nicht, du ebenso wenig, und auch ich werde diese Nacht nicht wach durchstehen. Vertrauen wir daher auf Gott, auf dass er die wilden Tiere und auch unsere Feinde von uns fernhält!«

Kaum hatte Marie dies gesagt, dämmerte Trudi weg und schien den jammernden Tönen nach, die sie von sich gab, übel zu träumen. Im Gegensatz zu ihr und Ignatia war Marie dann doch zu aufgewühlt, um an Schlaf denken zu können. Sie saß mit dem Rücken an die Wand der Höhlung gelehnt und lauschte den Geräuschen des nächtlichen Waldes. Aus der Ferne klang Wolfsgeheul zu ihnen herüber. Andere hätte es wahrscheinlich erschreckt, doch Marie schätzte, dass das Rudel etliche Meilen von hier entfernt war.

Von ihren Verfolgern hingegen hörte sie nichts mehr. Entweder hatten sie aufgegeben oder durchsuchten einen anderen

Teil des Waldes. Da ihr jetziges Versteck noch zu nahe an der Waldburg lag, beschloss sie, am nächsten Tag weiterzuziehen, falls es mit der Nonne möglich war. Sie musste in eine Gegend gelangen, in der sie Schlingen legen konnte, um Kleinwild zu fangen, ohne dabei entdeckt zu werden. Auch benötigte sie Heilkräuter für Ignatia, und die wuchsen hier nicht.

Kaum war der nächste Morgen angebrochen, verließ Marie vorsichtig ihr Versteck und kehrte nach einiger Zeit mit zwei übermannslangen Stangen zurück, die sie mühsam mit dem Messer abgeschnitten hatte. Das Beil zu nehmen, hatte sie nicht gewagt, da Gefahr bestand, dass Leutprands Leute die Axthiebe hören würden. Mit Hilfe der mitgenommenen Kleider und einiger Schnüre fertigte sie eine Trage für Ignatia.

»Wir müssen ein Stück den Bach hoch waten, bis wir eine Stelle finden, an der wir ihn verlassen können«, erklärte sie Trudi. »Da es bergan geht, wirst du die Trage vorne nehmen. Dies ist leichter für dich, da ich das größere Gewicht tragen muss.«

»Was machen wir mit unseren Vorräten?«, wollte das Mädchen wissen.

»Aus denen machen wir ein Bündel und binden es mir auf den Rücken.«

»Ich kann auch etwas tragen«, bot Trudi an, doch Marie schüttelte den Kopf.

»Deine Last ist bereits schwer genug. Hilf mir jetzt, Schwester Ignatia auf die Trage zu legen. Wir dürfen hier nicht länger verweilen.«

Gemeinsam mit Trudi bettete sie die Nonne auf das primitive Traggestell und wies ihre Tochter an, die vorderen Holme anzuheben.

Es wurde für sie und auch für Trudi eine entsetzliche Schinderei, Ignatia gegen die Strömung des Wassers den Bach hochzuschleppen. Immer wieder rutschten sie mit ihren plumpen Holzschuhen auf den glitschigen Steinen aus. Zudem wurden ihre Kleider nass und klebten kalt an den Beinen.

Erst nach einer geraumen Weile erreichten sie eine Stelle, an der sie den Bach hangaufwärts verlassen konnten. Doch es wurde kaum leichter, denn das Unterholz stand sehr dicht, und die Dornenranken zogen blutige Spuren auf Schienbeinen und Waden. Immer wieder mussten sie anhalten, um durchzuatmen, und mehr als ein Mal war Marie kurz davor, die Trage mit Ignatia einfach abzustellen und die Nonne zurückzulassen. Ihr tat Trudi leid, die mit zusammengebissenen Zähnen voranging, denn sie hatte in ihrem bisherigen Leben noch keine solch schwere Last schleppen müssen.

Das Grün um sie war so dicht, dass sie keine zwanzig Schritt weit sehen konnten. Marie fühlte sich unsicher, tröstete sich aber damit, dass ihre Verfolger ebenfalls nicht durch die Büsche spähen konnten. Noch immer strebte sie hangaufwärts, um so weit wie möglich von der Waldburg fortzukommen.

»Geht es noch, Trudi?«, fragte sie.

Ihre Tochter nickte. »Ein wenig halte ich noch durch. Aber wir werden bald eine längere Rast halten und etwas essen müssen.«

»Dazu brauchen wir Wasser«, antwortete Marie. Das Wasser floss hier jedoch unter der Erde, und sie würden erst jenseits des Hangs wieder auf eine Quelle oder einen Bach stoßen. Als sie die Trage abstellten und sich erschöpft danebensetzten, fieberte Ignatia noch immer und flehte nach einem Schluck Wasser.

»Wir haben keines«, antwortete Marie traurig. »Uns fehlt auch die Kraft, eine Quelle zu suchen.«

Ignatia kamen die Tränen. »Wenn ich nur gehen könnte! Aber ich fühle mich so schwach, dass ich kaum die Hand zu heben vermag.«

»Es wird bald besser werden«, sagte Marie, mehr um sich selbst zu trösten als die Nonne.

Ohne etwas trinken zu können, brachten Marie und Trudi nur einen Bissen Brot hinunter. Am liebsten hätten beide sich hingelegt, um auszuruhen. Doch Marie zwang sich energisch wieder auf die Beine.

»Wir müssen weiter! Solange wir uns auf dieser Seite des Höhenzugs befinden, sind wir in großer Gefahr.«

Ihre Tochter nickte seufzend und stand auf. Wenig später waren sie wieder unterwegs. Trotz ihres Fiebers und ihrer Schwäche betete Ignatia und flehte Jesus Christus und die Jungfrau Maria an, ihnen beizustehen und Marie und Trudi die Kraft zu verleihen, um ihren Feinden zu entkommen.

Es wurde ein Kampf um jeden Schritt. Mit einem Mal stolperte Trudi und fiel hin. Tränen schossen ihr aus den Augen, als sie sich zu ihrer Mutter umwandte. »Mir ist die Trage zu schwer geworden. Ich konnte sie nicht mehr halten!«

»Schon gut«, antwortete Marie und beugte sich über Ignatia. »Wie geht es Euch? Kann die Wunde durch den Stoß aufgeplatzt sein?«

Die Nonne schüttelte den Kopf. »Nein, es tut nur weh.«

»Ich würde mir die Verletzung gerne ansehen, aber wir brauchen ein Versteck für die Nacht.« Marie sah sich um und stellte nun erst fest, dass sie die Hügelkuppe überschritten hatten und schon seit einiger Zeit abwärtsgegangen waren.

»Da ist es kein Wunder, dass dir die Trage zu schwer geworden ist«, sagte sie zu Trudi und streichelte deren Schopf. »Jetzt werde ich vorne tragen. Wir gehen so lange, bis wir Wasser finden. Danach richten wir uns zur Nacht ein.«

»Wenn es nur nicht wieder regnet«, antwortete Trudi mit einem ängstlichen Blick nach oben. Zwar stand das Blätterdach des Waldes dicht, dennoch war durch die wenigen Lücken ein wolkengrauer Himmel zu erkennen.

»Wenn es nicht anders geht, werden wir eine kleine Hütte

errichten«, erklärte Marie, obwohl sie nicht wusste, woher sie die Kraft dazu hernehmen sollte.

Als es weiterging, übernahm sie den vorderen Teil der Trage. Auf dieser Seite wirkte der Hang schroffer als drüben, und sie kamen immer wieder an Stellen vorbei, an denen die Felswand etliche Klafter steil abfiel. Mehrmals mussten sie die Trage absetzen und wie einen Schlitten eine steile Stelle hinunterlassen. So schwer der Weg für sie auch war, so hoffte Marie doch, dass das unwegsame Gelände ihre Feinde daran hindern würde, sie weiter zu verfolgen.

Der Himmel verdunkelte sich bereits, als sie das Plätschern einer Quelle hörten. Unweit davon entdeckte Marie eine Stelle, an der ein Stück Fels von der Wand abgebrochen war und eine Art schräge Höhlung bildete. Viel Platz bot der Ort nicht, aber für sie drei reichte es.

Marie nickte zufrieden. »Die Quelle ist nur zwanzig Schritte entfernt, und der Fels bietet uns Schutz vor dem Regen. Besser können wir es hier nicht treffen. Wir müssen nur zusehen, dass wir diesen Ort wohnlich einrichten.«

»Wohnlich einrichten?«, fragte Trudi verdattert. »Aber wir haben doch gar nichts, was sich dafür eignet.«

Marie lachte leise auf. »Hier gibt es Moos für den Fußboden, Zweige, um daraus Betten zu machen, Steine für unsere Feuerstelle und viele Dinge mehr, die uns zugutekommen werden.« In früheren Zeiten hatte sie auf ihren Wanderungen mit Hiltrud und anderen Huren zumeist nicht besser gehaust, und diese Erfahrung war jetzt wertvoll für sie. Zunächst trugen sie Ignatia zu dem schützenden Felsdach, brachten ihr etwas Wasser und tranken auch selbst. Als sie sich ein wenig erholt hatten, sammelten sie Moos und Zweige für das Nachtlager.

Bevor es ganz dunkel wurde, entzündete Marie ein kleines Feuer, in dessen Licht sie Ignatias Wunde begutachtete. Sie bemerkte mit Erleichterung, dass dieser der schwere Marsch durch den Wald nicht geschadet hatte. Die Verletzung wirkte weniger angeschwollen und verfärbt als am Morgen.

»So gefällt es mir«, sagte Marie erleichtert.

Ignatia warf einen kurzen Blick auf ihre Seite und schauderte. »O Gott! Ihr habt mich zusammengenäht wie einen Riss im Kleid.«

»So kann die Wunde am besten heilen«, erklärte Marie. »Wir wollen nur hoffen, dass sie nicht eitert. Doch wenn ich im Wald die richtigen Kräuter finde, werden wir auch damit fertig.«

»Du meinst wirklich, die fromme Schwester könnte diese Verletzung überleben?«, fragte Trudi.

Als ihre Mutter nickte, atmete das Mädchen auf. »Das freut mich! Nachdem wir sie so weit durch diesen Wald geschleppt haben, wäre ich gekränkt, wenn sie jetzt noch sterben würde.«

»Dann sollten wir alles daransetzen, damit du nicht gekränkt wirst«, antwortete Marie und dachte darüber nach, was sie am nächsten Tag alles tun mussten, um hier überleben zu können.

5.

Weit von den Wäldern Thüringens entfernt drehte Michel sein Pferd und musterte die angetretene Schar. Jörg von Mindelheim und Veit von Puschendorf hatten sich bereitwillig mit ihren Männern unter sein Kommando gestellt. Anders als sie zog Maximilian von Albach ein missmutiges Gesicht, denn noch immer haderte er mit König Friedrichs Anweisung. Michel hätte gerne auf ihn, seinen Neffen Georg von Gressingen und das Dutzend Männer verzichtet, das Albach anführte. Doch so, wie Ritter Maximilian gezwungen worden war, ihm zu gehorchen, musste er den Befehl des Königs befolgen.

»Wohin, sagte der König, sollen wir ziehen?«, fragte Albach, obwohl Michel es ihm bereits am Morgen erklärt hatte.

»Zu einer Burg am Rand des Gebirges, die wir für den König halten sollen. Wenn sie den Ungarn in die Hände fällt, steht ihnen der Weg nach Graz offen. Hermann von Urbanseck wird uns dorthin führen.«

»Ich bin nicht nach Österreich gekommen, um für den Herzog von Innerösterreich Burgen zu verteidigen«, schimpfte Albach giftig.

»Friedrich ist der gewählte König des Reiches und nicht nur Herzog in Österreich«, tadelte Michel ihn. »Auch greift ihn mit Ladislaus von Polen und Ungarn ein Feind des Reiches an. Es ist unsere Pflicht, dort zu kämpfen, wohin Friedrich uns schickt!«

»Kämpfen? Ja, das ist das Wort! Ich bin gekommen, um Ruhm und Ehre zu erlangen, vielleicht sogar den Ritterschlag für meinen Neffen, und nicht, um in einer Burg herumzulungern und auf einen Feind zu warten, der vielleicht niemals erscheint.«

Michel nahm Albachs Ausbruch nicht ernst. Hätte der König diesen mit dem Kommando über die Burg betraut, wäre er freudig dorthin gezogen, und es hätte ihn nicht gestört, wenn sich kein Feind sehen lassen würde. Da Albach jedoch ihm unterstellt worden war, wäre seine Laune auch durch die Aussicht auf eine ruhmreiche Schlacht nicht besser geworden.

»Wie lange brauchen wir bis zu dieser Burg?«, fragte Albach weiter.

»Bis wir dort sind!« Michel wurde das Gemecker langsam zu viel. Er stellte sich Albach als Ziegenbock mit gedrehten Hörnern vor, wie er gestern einen auf der Weide gesehen hatte, und musste unwillkürlich grinsen.

Albach hingegen wetterte weiter. »Wenn ich gewusst hätte, dass Friedrich von Habsburg uns nur braucht, um seine Burgen zu bemannen, wäre ich zu Hause geblieben und hätte dem neuen Fürstbischof meine Aufwartung gemacht. Immerhin hat meine Familie einen Teil ihrer Besitzungen von einem seiner Vorgänger zum Lehen erhalten. Die Burg meines Schwagers auf Gressingen ist sogar ein Würzburger Lehen. Daher hätte es meinem Neffen Georg besser angestanden, sich vor Seiner Exzellenz Gottfried Schenk zu Limpurg zu verneigen als vor einem König, von dem nichts zu bekommen sein wird!«

In Michels Phantasie wurden Albachs Ziegenbockhörner noch länger, denn der Mann war mit gar nichts zufrieden. Dabei war es wichtig, die Stellung des Königs im Reich zu festigen. Sonst würden die einzelnen Fürsten darangehen, ihre kleineren Nachbarn zu unterwerfen. Um seine Position in Franken zu verbessern, hatte Gottfried Schenk zu Limpurg bereits damit gedroht, sich nicht an Recht und Gesetz halten zu wollen. Wenn der Fürstbischof es zu arg trieb, blieb für einen kleinen Reichsritter wie ihn nur, sich entweder dem Fürstbischof von Bamberg oder dem Markgrafen von Brandenburg-Ansbach anzuschließen. Damit aber würde er über kurz oder lang dessen Lehensmann werden müssen.

Michel atmete erleichtert auf, als Hermann von Urbanseck ihm winkte, zu ihm aufzuschließen. »Lutscht Euch Albach noch immer die Ohren aus?«, fragte der österreichische Ritter grinsend.

»Ich wollte, er wäre hundert Meilen von hier entfernt«, gab Michel ehrlich zu.

»Er ärgert sich, dass Herr Friedrich Euch zu seinem Anführer gemacht hat. Aber sagt, wolltet Ihr unter seinem Kommando stehen? Ich nicht!«

Urbanseck lachte und klopfte Michel vom Sattel aus auf die Schulter. »Nehmt es Euch nicht zu Herzen. Irgendwann wird er schon verstummen.«

»Ja, wenn er schläft! Aber vermutlich wird er auch noch im Traum über den König und mich schimpfen.«

»Lasst ihm eine andere Kammer zuweisen, dann seid Ihr ihn wenigstens in der Nacht los«, riet Urbanseck, wurde dann aber ernst und deutete nach vorne. »Wir sind nicht weit von unserem Ziel entfernt. Doch wenn mich nicht alles täuscht, treiben sich dort Ungarn herum!«

»Wird die Burg bereits belagert?«, fragte Michel.

Urbanseck zuckte unschlüssig mit den Achseln. »Ich kann es nicht sagen. Die Männer sollten sich jedoch kampfbereit machen. Nicht, dass wir überrascht werden.«

»Das mag Gott verhüten«, antwortete Michel und rief Hannes zu sich.

»Ja, Herr, was gibt es?«, fragte dieser, als er sein Pferd neben ihn gelenkt hatte.

»Die Männer sollen die Waffen zur Hand nehmen! Und sorge dafür, dass unser Tross aufschließt. Es könnte sein, dass wir durchbrechen müssen.«

Hannes warf einen spöttischen Seitenblick auf Albach und dessen Neffen. »Dann bekommen die beiden Herren den Kampf, nach dem sie sich so sehnen! Ich bin gespannt, ob sie wirklich so tapfer sind, wie sie uns weismachen wollen.«

»Ich gönne ihnen den Ruhm, wenn sie gut kämpfen.« Michel griff zum Schwert und lockerte es, um es rasch ziehen zu können.

Da kam Albach wieder an seine Seite. »Warum sollen wir uns zum Kampf rüsten? Ich sehe hier meilenweit keinen Feind!«

»Das habt Ihr beim letzten Mal auch nicht, doch dann war er auf einmal da und verlegte uns den Weg«, rief Jörg von Mindelheim lachend.

Albach warf ihm einen vernichtenden Blick zu und ließ sich zurückfallen, bis er an der Seite seines Neffen ritt. »So ein Unsinn!«, knurrte er. »Wir sehen bereits die Burg vor uns, und da faselt dieser Kibitzstein etwas von Feinden!«

»Ihr habt recht, Oheim«, stimmte ihm Georg von Gressingen zu, kniff dann aber die Augen zusammen. »Da sind Reiter, und zwar ziemlich viele!«

Jetzt sah Albach sie auch. »Bei Sankt Michael, wenn das Feinde sind, sitzen wir gewaltig im Dreck!«

»Nicht, wenn wir uns klug verhalten«, wies ihn Michel zurecht. »Vorwärts, Männer! Wir müssen jene Anhöhe dort erreichen. Wenn wir oben stehen, helfen den anderen ihre Pferde wenig. Bleibt dicht zusammen, sonst macht ihr es ihnen leicht, uns abzuschlachten. Ihr, Puschendorf, übernehmt die Nachhut. Seht zu, dass sie Anschluss hält.«

»Was machen wir mit den Wagen? Die können wir niemals auf die Anhöhe schaffen!«, fragte Veit von Puschendorf.

»Die lasst unten an der Straße stehen. Schirrt die Pferde

aus, damit die Ungarn sie nicht mitnehmen können. Und nun heißt es, auf Gott vertrauen!«, rief Michel.

Er winkte kurz und schlug ein Tempo an, das die Männer im Laufschritt mithalten konnten. Noch war es nicht abzusehen, wer diesen Wettlauf gewinnen würde. Er atmete jedoch auf, als er sah, dass die fremden Reiter nur langsam antrabten. Wie es schien, nahmen sie die Männer, die nur halb so viele zählten wie sie, nicht ernst.

»Wir werden es euch zeigen!«, murmelte er, als er auf der Anhöhe aus dem Sattel stieg. Die anderen folgten ihm, bis zuletzt auch die Knechte, welche die Zugpferde ausgespannt hatten, sich in den Kreis mit nach außen gerichteten Spießen und Speeren einreihten.

»So, jetzt kommt, ihr Ungarlein!«, spottete Jörg von Mindelheim und stellte sich zwischen seinen Männern auf. Auch Michel und die anderen Ritter standen diesmal in der vordersten Reihe, um Pferde niederzustechen, falls die Ungarn so verwegen sein sollten, hier hinaufzureiten.

»Es sind König Ladislaus' Husaren, leichte Reiter, wie man sie im Reich nicht kennt. Im Kampf ist ihr Wert gering, dafür sind sie für ihre Beutegier berüchtigt«, erklärte Hermann von Urbanseck.

»Glaubt Ihr, dass sie angreifen werden?«, fragte Michel.

»Es sieht nicht so aus.« Urbanseck wies nach unten, wo sich die Ungarn um die zurückgelassenen Wagen scharten. Ein paar stiegen darauf und begannen, sie zu durchsuchen.

»Die sind wirklich nur auf Beute aus«, meinte Michel und überlegte, was sie tun sollten. »Wenn wir hierbleiben, nehmen uns die Ungarn den Proviant weg. Ohne Verpflegung können wir jedoch die Burg nicht halten! Also müssen wir ihn uns zurückholen. Achtung, wir greifen an! Bleibt eng zusammen und haltet die Spieße bereit!«

»Angreifen? Seid Ihr verrückt geworden?«, fuhr Albach auf.

»Ihr könnt ja zurückbleiben!«, antwortete Michel und hoffte es sogar, auch wenn er damit auf Albachs Männer verzichten musste. Albach fand jedoch, dass er, wenn er mit seinen eigenen Waffenknechten allein blieb, ein leichtes Opfer für die Husaren sein würde, und folgte Michel und den anderen grummelnd nach unten. Zunächst gingen sie noch langsam, wurden aber auf halber Höhe immer schneller und rannten schließlich schreiend gegen die Reiter an.

Die Ungarn hatten geglaubt, Michels Schar hätte ihre Wagen im Stich gelassen und sich aus Angst auf den Hügel zurückgezogen. Vor lauter Gier, die Wagen zu plündern, hatten sie nicht mehr auf die Fußknechte geachtet und wurden von deren Angriff überrascht. Ein Teil wurde von Michels Leuten gegen die Wagen gedrängt und mit den Spießen niedergemacht. Den anderen gelang es zwar, sich zu lösen. Als sie sich jedoch zum Gegenangriff formierten, starrten sie auf die Spitzen der Spieße, die ihnen entgegengereckt wurden. Im Rücken von den Wagen gedeckt, bildete Michels Schar einen Igel mit eisernen Stacheln.

»Kommt doch!«, rief Ritter Jörg den Husaren entgegen.

Einige Ungarn wollten angreifen, um die sicher geglaubte Beute nicht zu verlieren, andere hingegen sahen auf ihre Kameraden, die bereits niedergemacht worden waren, und zügelten ihre Pferde. Was sie sagten, verstand Michel nicht, doch ihre Gesten waren aufschlussreich.

»Die wollen anscheinend nicht angreifen«, meinte er zu Hermann von Urbanseck.

Dieser nickte mit verkniffener Miene. »Ihr Anführer sagt, dass es genügend Dörfer in der Gegend gibt, in der sie leichter Beute machen können. Uns solle man besser Ladislaus' Heer überlassen.«

»Das hört sich nicht gut an!«, rief Maximilian von Albach aus. »Wenn König Ladislaus diese Burg angreift, können wir sie niemals halten.«

»Dann habt Ihr endlich Gelegenheit, Euren Heldenmut zu beweisen. Bis jetzt redet Ihr immer nur davon«, rief Jörg von Mindelheim ungeduldig aus.

»Ihr wagt es, meinen Mut anzuzweifeln?«, fuhr Albach auf.

»Seht meine Lanze an und dann die Eure. Die meine ist voll Blut, die Eure blankgeputzt. Wer von uns hat also den einen oder anderen Ungarn aufgespießt?«

Ritter Jörg wollte anscheinend den Streit bis zum Ende durchziehen, doch da griff Michel ein.

»Haltet Frieden, und zwar beide! Jeder von uns wird noch genug Gelegenheit finden, seinen Mut zu zeigen. Jetzt müssen wir erst einmal die Ungarn zum Teufel jagen. Schließt euch zusammen und dann vorwärts! Sonst holen sie uns noch die Pferde weg, die wir auf dem Hügel gelassen haben. Oder habt ihr Lust, die Wagen selbst zu ziehen?«

Lachen antwortete ihm, und die Schar rückte an. Die Ungarn hatten bereits begehrliche Blicke nach oben geworfen, doch war der Weg steil, und nicht jeder Reiter würde beim Ritt nach oben auf seinem Pferd bleiben können. Zu Fuß aber waren sie Michels Kriegsknechten unterlegen. Ihr Anführer stieß einen leisen Fluch aus und wies mit seiner Reitpeitsche in die Ferne. Seine Männer trabten an und waren in kürzester Zeit verschwunden.

»Das muss uns erst einmal einer nachmachen!«, rief Hermann von Urbanseck erleichtert. »Ich sah uns schon zusammengeschlagen.«

»Man kann über Kibitzstein sagen, was man will, aber er ist ein guter Anführer!«

Albachs Lob überraschte alle und Michel am meisten. Doch er hatte die Truppe zweimal mit kühlem Kopf aus einer schwierigen Situation gerettet, und dafür war Maximilian von Albach ihm dankbar. Außerdem sagte dieser sich, dass der Ruhm, den sie gerade errungen hatten, auch auf ihn abfärben würde, vor allem, wenn sein Neffe und er verbreiteten, dass der Sieg eigentlich ihm zu verdanken war.

Michel stieg unterdessen auf den Hügel, um seinen Braunen zu holen. Die anderen Reiter und die Fuhrleute folgten ihm. Als Maximilian von Albach auf sein Pferd stieg, fand er bereits wieder ein Haar in der Suppe.

»Ihr hattet Glück, Kibitzstein, dass die Ungarn uns die Gäule nicht weggeholt haben. Wir hätten beim Angriff doch aufsitzen sollen!«

»Und wären unten gegen die Ungarn und gegen die Wagen geprallt, weil wir bei dem Schwung die Pferde nicht mehr rechtzeitig hätten zügeln können«, erklärte ihm Veit von Puschendorf.

»So, wie Kibitzstein es gemacht hat, war es richtig!«, warf Jörg von Mindelheim ein. »Außerdem hätte ich lieber auf mein Pferd verzichtet als auf unseren Proviant.«

Albach knurrte eine bissige Antwort und lenkte seinen Hengst nach unten, während Michel und der Rest ihre Reittiere führten. Schon bald war zu erkennen, weshalb die Ungarn nicht hinaufgeritten waren. Albachs Hengst tat sich schwer, mit dem Reiter im Sattel den steilen Hang zu bewältigen. Im Sattel hin und her schwankend geriet Albach mehrmals in Gefahr, über den Hals des Tieres zu stürzen. Schließlich konnte er den Hengst nicht mehr zurückhalten. Dieser wurde immer schneller, und es sah aus, als würde er gegen eines der toten Ungarnpferde und dann gegen einen der Wagen prallen. Im letzten Augenblick lenkte Albach ihn seitwärts an den Wagen vorbei über die Straße und brachte ihn nach gut zwanzig Schritten zum Stehen.

»Jetzt hat er begriffen, weshalb wir unsere Rösser führen«, meinte Hermann von Urbanseck grinsend.

Jörg von Mindelheim spie verächtlich aus. »Ich würde mich schämen, mich so aufzuführen, wie er es tut. Wir stehen in den Diensten des Königs, und was dieser befiehlt, das tun wir.«

Als Georg von Gressingen dies hörte, sagte er sich, dass es nicht angeraten war, weiter gegen Michel von Kibitzstein zu hetzen. Dies musste auch sein Verwandter einsehen. Zwar befanden sie sich weit von der Heimat entfernt, doch ein schlechter Ruf konnte ihnen bis dorthin folgen. Daher wandte er sich mit einem verkrampften Lächeln an Michel.

»Mein Oheim hat recht! Ihr seid wahrlich ein guter Anführer.«

»Ich tue das, was ich für richtig halte«, antwortete Michel kurz angebunden.

»Ihr müsst Ritter Maximilian verzeihen«, fuhr Georg fort. »Er ist nun mal ein bisschen eigenartig. Wenn er auf meinen Vater trifft, da kracht es nur so. Dabei ist er eigentlich eine Seele von Mensch.«

»Ihm passt es nicht, dass er hier einem anderen gehorchen muss als nur dem König«, spottete Veit von Puschendorf. »Deshalb wäre er lieber Feldhauptmann des Fürstbischofs von Würzburg.«

»Dass er da viel Ehre erlangen könnte, bezweifle ich, denn der fromme Herr wird gewiss nicht Krieg führen«, rief Hermann von Urbanseck aus.

»Es heißt, Gottfried Schenk zu Limpurg sei dazu bereit, um jene Burgen und Dörfer zurückzuholen, die seine Vorgänger verkauft oder verpfändet haben«, erklärte Puschendorf. »Selbst in Nürnberg spricht man davon, haben doch auch einige der hohen Herren im Rat dem früheren Fürstbischof Johann von Brunn Kredite gewährt und dafür Pfänder erhalten. Sollte Schenk zu Limpurg seine Hände danach ausstrecken, wird er eher einen Juristen als einen Kriegsmann brauchen, denn die Nürnberger werden ihre Rechte vor Gericht verteidigen.«

Michel hatte zunächst nur mit halbem Ohr zugehört, wurde jetzt aber aufmerksam. Wenn es Marie und ihm gelang, die Nürnberger als Verbündete zu gewinnen, sah die Sache gleich anders aus. Er beschloss, mit Veit von Puschendorf zu sprechen. Vielleicht konnte dieser ihm sogar die Männer nennen, an die er sich wenden musste. Nun aber galt es erst einmal, mit allen Männern und dem Tross ihr Ziel zu erreichen.

6.

Die Burg lag auf dem letzten Höhenzug vor der Ebene und sicherte die Straße, die von Ungarn her in Richtung Graz führte. Es handelte sich um einen reinen Wehrbau ohne ein Dorf oder gar eine Stadt in unmittelbarer Nähe. Die nächste Ansiedlung lag, wie Hermann von Urbanseck erklärte, bereits in Ungarn.

»Dort solltet Ihr Euch besser nicht blicken lassen. Die Burg ist König Ladislaus und dessen Statthalter in Ödenburg ein Dorn im Auge, und sie würden sie gerne in Besitz nehmen. Da König Friedrich sie auf keinen Fall verlieren darf, hat er Euch und Eure Schar hierher befohlen.«

»Freiwillig geben wir die Burg nicht her«, antwortete Michel und lenkte sein Pferd den Weg zum Burgtor hoch. Sein Trupp folgte ihm, während Hermann von Urbanseck vorausritt, um sie anzukündigen. Als sie vor dem Burgtor ankamen, wurde dieses weit geöffnet, und ein älterer Ritter mit verwittertem Gesicht kam ihnen entgegen.

»Seid mir willkommen!«, grüßte er. »Ich dachte schon, Seine Majestät hätten mich ganz vergessen, und ich müsste mich mit den Magyaren allein herumschlagen. Aber es geschehen noch Zeichen und Wunder!«

»Das ist Erlwin von Taun, der bisherige Burghauptmann. Er wird Euer Stellvertreter sein, Ritter Michel.«

»Dann hoffe ich, dass wir gut miteinander auskommen«, erwiderte Michel und stieg ab.

Hinter ihm verzog Maximilian von Albach das Gesicht, denn er hatte gehofft, selbst der stellvertretende Burghauptmann zu werden. Aber klüger geworden durch die letzten Erfahrungen, hielt er den Mund.

»Ihr habt etwa hundert Leute bei Euch. Das wird wohl reichen! Bisher musste ich mit zwanzig Mann auskommen. Wenn die Ungarn ernsthaft angegriffen hätten, wäre die Burg nicht zu halten gewesen. Fürst Ernö, ihr Heerführer, zögert glücklicherweise mit dem Angriff. Wahrscheinlich wusste er nicht, wie wenige wir waren«, berichtete Taun, während er Michel durch die Burg führte und zuletzt mit ihm auf den Wehrgang stieg.

»Außerdem fürchtet Fürst Ernö das hier«, fuhr Erlwin von Taun fort und klopfte auf eine der fünf Kanonen, die mit ihren offenen Mäulern auf die Straße zeigten. »Auch wenn die Burg nur schwach bemannt war, hätte es die Ungarn einiges gekostet, sie einzunehmen. Von hier aus haben wir das ganze Vorland im Visier. Allerdings sind die Kanonen gegen die leichten Reiter, mit denen ihr euch vorhin herumschlagen musstet, nutzlos, weil diese das Schussfeld umgehen können. Ein Heer mit Fußtruppen, Tross und Wagen muss jedoch die Straße benutzen und gerät unweigerlich in unseren Feuerbereich.«

Taun hörte sich an wie ein Mann mit viel Erfahrung, und so beschloss Michel, ihn in alle Entscheidungen einzubeziehen.

»Ihr glaubt also, König Ladislaus wird die Burg angreifen?«, fragte er.

»Wenn er einen entscheidenden Sieg erringen will, bleibt ihm nichts anderes übrig, als Graz und die Steiermark zu erobern, stellen diese doch Herrn Friedrichs Hausmacht dar. Ich nehme allerdings an, dass er diesen Kriegszug Fürst Ernö überlassen und selbst gegen Wien und die Lande an der Donau ziehen wird. Das wäre mir so am liebsten, denn Fürst

Ernö wird mit geringerer Truppenmacht hier erscheinen als Ladislaus selbst.«

Michel nickte nachdenklich und blickte auf die schier endlose Ebene zu seinen Füßen hinaus. Auf dem flachen Land konnte sich ein Heer ausbreiten, doch wenn es auf die Burg zuging, musste es der zwischen den Hügeln hindurchführenden Straße folgen, und die lag im Schussfeld der Kanonen.

»Wir haben viel zu tun«, sagte er zu Erlwin von Taun. »Seine Majestät hat uns einige Fässer Schießpulver mitgegeben und genug Vorräte für mehrere Wochen.«

»Ein paar Vorräte haben wir noch hier – wenn Ihr nichts gegen Salzfleisch habt, heißt das«, antwortete Taun. »Wir sollten in den nächsten Tagen einige Männer zu den Märkten im Hinterland schicken. Vielleicht gibt es bereits frisches Gemüse. Wir könnten auch noch etliche Säcke Korn brauchen. Und Wein! Der geht nämlich aus. Wasser können wir aus unserem eigenen Brunnen schöpfen.«

Michel nickte zunächst, brachte dann aber einen Einwand. »Hoffentlich sind die Latrinen weit genug davon entfernt. Sonst haben wir Seuchen am Hals.«

»Wie das?«, fragte Taun verständnislos. »Seuchen schickt doch Gott als Strafe für unsere Sünden.«

»Dann frage ich mich, warum vor allem jene sterben, die am wenigsten gesündigt haben.«

Michel begriff, dass einiges an Arbeit hier auf ihn wartete und ihm nicht viel Zeit bleiben würde, sie zu tun. Seine Gedanken flogen zu Marie, die daheim auf Kibitzstein war und gewiss große Ängste um ihn ausstand. Sobald er Zeit dazu fand, würde er ihr einen weiteren Brief schreiben und sie darin auch auf die Nürnberger Kaufleute aufmerksam machen, die ebenfalls Pfandbesitz im Würzburgischen besaßen. Ihm fehlte in dieser Ecke des Reiches jegliche Möglichkeit, sich mit diesen Männern in Verbindung zu setzen. Marie hingegen konnte es tun, und sie war auch in der Lage, nach Nürnberg zu reisen, um mit den Kaufleuten zu reden.

Vorher muss dein Brief sie erreichen, dachte er. Dies hieß, er musste ihr schreiben, bevor Hermann von Urbanseck zum König zurückkehrte, und darauf hoffen, dass dieser dort eine Möglichkeit fand, die Botschaft nach Kibitzstein zu schicken, ohne dass sie den Würzburgern in die Hände fiel.

7.

Tief in den Thüringer Wäldern und fast einen Tagesmarsch von der nächsten Ansiedlung entfernt kämpfte Marie um Ignatias Leben. Hatte es zunächst so ausgesehen, als wäre die Nonne auf dem Weg der Besserung, stieg ihr Fieber nun erneut und ließ das Schlimmste befürchten.

Am Abend des dritten Tages war Marie mit ihrem Latein am Ende. »Ich weiß nicht mehr, was ich tun soll«, sagte sie verzweifelt zu Trudi. »Selbst die Wadenwickel schlagen nicht mehr an. Ignatia glüht so, dass man an ihr eine Kerze anzünden könnte.«

»Das halte ich doch für ein wenig übertrieben«, erwiderte ihre Tochter.

»Das ist es wohl«, gab Marie zu. »Aber ihr Fieber ist so hoch, dass ich befürchte, sie wird diese Nacht nicht überstehen.«

In dem Augenblick krallten sich die Finger der Verletzten schmerzhaft in ihren Oberschenkel.

»Durst! Bitte …« Ignatius' Stimme war nur noch ein verwehender Hauch.

»Kannst du Wasser holen und es ihr vorsichtig einflößen? Ich sehe zu, ob ich Sträucher finde, an denen noch Holunderbeeren oder Hagebutten vom letzten Jahr hängen. Sie könnten helfen, ebenso Lindenblüten oder schwarzer Senf, auch wenn das Jahr dafür noch sehr früh ist. Wenn ich nur mehr von Hiltruds Kräuteressenzen mitgenommen hätte!

Doch wer hätte gedacht, dass wir auf dieser Reise so viel Arznei brauchen würden.«

»Soll ich dir suchen helfen?«, fragte Trudi.

Marie schüttelte den Kopf. »Du bleibst bei der frommen Schwester und gibst ihr Wasser, wenn sie danach verlangt. Außerdem solltest du ihre Wadenwickel wechseln. Sie sind schon wieder ganz warm.«

Während Trudi mit dem Zinnbecher zur Quelle eilte, um Wasser zu holen, machte Marie sich auf den Weg. Zu weit durfte sie sich nicht von ihrem Versteck entfernen, um sich nicht zu verirren. Wenn sie nicht mehr zu ihrem Lager zurückfand und laut rufen musste, bestand die Gefahr, dass es von den Falschen gehört wurde.

Um nicht die Orientierung zu verlieren, hielt Marie sich in der Nähe des Baches, der der Quelle entströmte, und fand dort auch einige Kräuter. Insgesamt aber war ihre Ausbeute gering, und sie konnte nur hoffen, dass die Pflanzen etwas bewirkten. Noch schlimmer war jedoch das Fehlen eines Gefäßes, in dem sie mehr Wasser erhitzen konnte als in ihrem Zinnbecher. Sie hätte sich gewünscht, die verlassene Hütte eines Schweinehirten zu finden, mit einer richtigen Kochstelle und einem Kessel. Doch selbst dafür war diese Gegend zu abgelegen.

Auf dem Rückweg fragte Marie sich, wie es Trudi und ihr gelingen sollte, jemals wieder aus diesem Urwald herauszufinden. Den Weg, den sie gekommen waren, wagte sie nicht zu nehmen, da er direkt zur Waldburg und damit zu ihren Feinden führte. Sie hoffte daher, dass Ignatia, die aus der Umgebung stammte, ihr würde raten können. Dafür aber musste die Nonne am Leben bleiben.

Als sie zu ihrem Versteck zurückkam, hatte Trudi Ignatias Kleid bis zu den Hüften aufgerollt und nicht nur um die Waden, sondern auch um Knie und Oberschenkel kalte Tücher gelegt.

»Ich hatte Angst, dass das Fieber sonst noch mehr steigt. Es mag unziemlich sein, eine fromme Frau so zu entblößen, aber außer uns sieht es ja keiner«, erklärte das Mädchen.

»Schon gut! Das hast du richtig gemacht. Ich brauche jetzt den Becher, um meine Medizin anzumischen. Mögen die heilige Maria Magdalena und alle himmlischen Mächte uns beistehen. Immerhin ist Ignatia eine Braut Christi und sollte als solche unter dem besonderen Schutz des Heilands stehen.«

»Hast du Arzneikräuter gefunden?«, fragte Trudi.

»Genug für ein oder zwei Anwendungen, aber leider nicht mehr.«

Marie überlegte, ob sie die Heilpflanzen auf mehrere Portionen aufteilen sollte, sagte sich dann aber, dass es besser war, alles auf einmal aufzukochen. Wenn sie zu wenig nahm, half es nicht, und wenn es half, konnte sie am nächsten Tag noch einmal auf die Suche gehen.

Erneut mussten ein kleines Feuer und der Zinnbecher für die Zubereitung der Arznei genügen. Marie gab noch getrocknete Kräuter aus Hiltruds Vorrat hinzu und wartete, bis der Sud so weit abgekühlt war, dass die Kranke ihn trinken konnte.

»Du musst mir helfen und sie ein wenig aufrichten, damit sie sich nicht verschluckt«, forderte sie Trudi auf.

Das Mädchen setzte sich hinter Ignatia und schob sich unter deren Rücken. »Geht es so?«, fragte sie, während sie die Nonne festhielt.

»Sehr gut«, lobte Marie sie und sprach dann Ignatia an. »Ich muss Euch jetzt diesen Trunk einflößen. Könnt Ihr schlucken?«

Als Antwort hörte sie das leise Wort »Durst!«.

Sie war erleichtert, dass Ignatia so weit bei Sinnen war, um trinken zu können, und hielt ihr den Becher an den Mund. Die Nonne trank einen Schluck, wollte das bittere Zeug aber wieder ausspucken.

»Das dürft Ihr nicht!«, herrschte Marie sie an. »Wenn Ihr es nicht trinkt, werdet Ihr sterben!«

Gehorsam würgte Ignatia das Gebräu hinunter. Als sie danach zu Marie aufsah, wirkte ihr Blick klarer als in den letzten Stunden.

»Möge der Himmel Euch vergelten, was Ihr alles für mich getan habt und noch tun werdet. Ich wage es nicht, Euch zu bitten, mich nach meinem Tod an einen Ort zu bringen, in dem ich in geweihter Erde ruhend dem himmlischen Gericht entgegensehen kann. Doch wenn Ihr mich begrabt, sorgt dafür, dass die wilden Tiere meinen Leib nicht ausgraben und schänden können, und sprecht ein Gebet für mich, auf dass meine Seele zum Himmel steigt.«

»Ihr werdet nicht sterben!«, erklärte Marie resolut. »Schlaft jetzt! Wenn Ihr wieder aufwacht, werdet Ihr Euch um einiges besser fühlen.«

Obwohl sie nicht von Maries Worten überzeugt war, nickte Ignatia und bat Trudi, sie wieder hinzulegen. Das Mädchen tat es und kramte dann in ihrem Vorratssack. »Viel zu essen haben wir nicht mehr«, sagte sie, als sie ein kleines Stück geräucherter Wurst und einen harten Brocken Brot zum Vorschein brachte.

»Die Sorge um Schwester Ignatia hat dazu geführt, dass ich noch keine Schlingen gelegt habe. Aber das werde ich jetzt nachholen«, sagte Marie und nahm ihr Messer zur Hand.

Wie lange ist das her, dass Hiltrud und ich uns auf diese Weise ernähren mussten?, überlegte sie. Fünfundzwanzig Jahre mochten nicht reichen. Dennoch waren ihre Finger noch immer geschickt genug, aus einem Stück Schnur und ein paar Zweigen eine Falle zu basteln, in der sich ein Hase oder ein ähnliches Tier fangen konnte.

8.

Am nächsten Tag hatte sich Ignatias Zustand tatsächlich etwas gebessert. Auch wenn Marie noch nicht auf eine vollständige Genesung zu hoffen wagte, war sie froh, als die Nonne bekannte, ein wenig Hunger zu verspüren. Der salzige Schinken und die fette Wurst, die von ihren Vorräten übrig geblieben waren, stellten jedoch keine Kost dar, die sie der Kranken zumuten konnte. Marie suchte daher im Wald nach Kräutern und schaute dabei nach ihrer Falle. In diese war ein Eichhörnchen hineingeraten und hing tot in der Schlinge. Das possierliche Tierchen tat Marie leid. Gleichzeitig ärgerte sie sich, weil sie nichts Größeres gefangen hatte. Sie stellte die Falle an einer anderen Stelle wieder auf und kehrte mit ihrer Beute zum Versteck zurück.

Als sie den Balg des Eichhörnchens abzog, betrachtete sie missmutig das wenige Fleisch, das an dem Tierchen dran war. Es würde gerade mal für Ignatia reichen. Trudi und sie würden sich mit den Resten begnügen müssen, die sich noch im Vorratsbeutel befanden, und darauf hoffen, dass sie am nächsten Tag mit ihrer Falle größere Beute machte.

Es dauerte eine Weile, bis Marie mit Hilfe des Zinnbechers ein wenig mit Kräutern gewürzte Brühe zubereitet hatte und sie Ignatia einflößen konnte. Diese trank den Absud ohne Widerworte und kaute danach auf den Fleischstückchen herum, die sich darin befanden.

»Was war das für ein Tier?«, fragte sie schließlich.

Trudi zeigte ihr den abgezogenen Balg. »Das da! Ich hoffe, es gibt genug davon in den Wäldern, sonst müssen wir bald Baumrinde kochen.«

»Mal den Teufel nicht an die Wand!«, schalt Marie ihre Tochter.

Trudi lachte bitter auf. »Das würde mir hier auch schwerfallen, oder würdest du diesen Felsen als Wand bezeichnen?«

Der Hunger und auch ein wenig der Neid auf Ignatia, die das ganze Fleisch des Eichhörnchens bekommen hatte, ließen sie harscher antworten, als sie eigentlich beabsichtigt hatte. Dann aber senkte Trudi den Kopf. »Es tut mir leid, Mama! Ich wollte nicht schnippisch sein.«

»Schon gut«, sagte Marie. »Das, was uns zugestoßen ist und was noch geschehen kann, ist für uns alle nicht leicht zu ertragen. Wenn der Himmel uns zürnt, finden wir hier unser Grab.«

»Bei Gott, sagt das nicht!«, rief Ignatia entsetzt. »Ich werde zur himmlischen Jungfrau beten, damit sie das nicht zulässt.«

»Tut das!«, meinte Marie. »Trudi und ich werden unterdessen aus einem Messer, einem Stock und etwas Bast einen Speer anfertigen. Der wäre hilfreich, wenn ein größeres Tier in die Falle gerät und noch lebt. Auch sollten wir aus Zweigen ein paar Körbchen flechten. Die braucht man immer wieder.«

Ignatia starrte Marie entgeistert an. »Ihr tut so, als müssten wir endlose Zeit hier verbringen!«

»Das gewiss nicht, aber einige Tage werden es schon sein. Daher sollten wir uns die Arbeit leichter machen. Ein Korb ist nützlich, um Kräuter oder andere Dinge, die ich im Wald finde, zu tragen, und ein einfacher Speer verleiht eine gewisse Sicherheit gegen wilde Tiere.«

»Einen Bären oder Wolf wirst du damit aber nicht erlegen können«, wandte Trudi ein.

»Täusche dich da nicht! Auch eine primitive Waffe kann wirksam sein«, antwortete Marie und machte sich ans Werk. Das Beil, das sie aus der Küche der Waldburg mitgenommen hatte, erwies sich nun als Glücksgriff, denn sie konnte damit weitaus schneller Holz zerkleinern oder Zweige abhacken, als wenn sie ein Messer hätte benützen müssen. Da Trudi ihr half, besaßen sie schon bald den Speer und dazu noch zwei einfache Körbe sowie mehrere Knüppel, die zwar nur bedingt als Waffen gegen aufdringliches Raubzeug taugten, ihnen aber doch ein Gefühl von Sicherheit gaben.

Am späten Nachmittag legte Marie zwei weitere Schlingen und kontrollierte ihre erste Falle. Zu ihrer Enttäuschung hatte sich nichts darin gefangen. Daher erhielt Ignatia als Abendessen nur ein paar Becher Kräutertee, während Marie und Trudi sich die letzten Krümel aus dem Proviantbeutel teilten.

In der Nacht fieberte Ignatia wieder stärker, brauchte aber keine Wadenwickel. Trotzdem kam Marie kaum zum Schlafen und fühlte sich am nächsten Morgen wie zerschlagen. Sie kämpfte sich mühsam auf die Beine, wechselte die Windel aus Moos, die sie Ignatia angelegt hatte, und wusch sich am Ausfluss der Quelle. Es erfrischte ihre Lebensgeister so weit, dass sie einen Korb und ihren primitiven Speer nehmen und auf Nahrungssuche gehen konnte. Die Pflege der Verletzten überließ sie Trudi, die allerdings kaum mehr tun konnte, als für Ignatia Becher um Becher frisches Wasser zu holen.

Die erste Falle war leer. In die zweite war zwar etwas geraten, hatte sich aber wieder befreit, und in der dritten fand Marie einen Iltis. Obwohl das Tier übel stank, zog sie ihm den Balg ab und nahm es aus. Ignatia brauchte eine kräftigende Brühe, und da konnte sie nicht wählerisch sein.

Marie stellte die Falle ein Stück weiter wieder auf und befestigte die Schlinge an einem kleinen Baum. Auf dem Heimweg pflückte sie noch ein paar Kräuter und bedauerte sehr, dass es noch zu früh im Jahr für Beeren und Pilze war. An einer Stelle war die Erde ein wenig aufgewühlt. Aufmerksam geworden, kniete sie nieder und begann mit ihrem Messer zu graben. Sie entdeckte den Haselnussvorrat eines Eichhörnchens, das diese Stelle wohl erst vor kurzem aufgesucht hatte, um zu fressen. Marie holte die restlichen Nüsse heraus, steckte sie in ihren Korb und kehrte mit ihrer bescheidenen Beute zum Versteck zurück.

9.

Obwohl Marie alles daransetzte, um Nahrung zu finden, blieb auch in den nächsten Tagen Schmalhans Küchenmeister. Sie fing ein weiteres Eichhörnchen und einmal einen mageren Hasen, doch meist blieben ihre Fallen leer, oder die Tiere, die hineingeraten waren, wussten sich zu befreien.

»Ich habe Hunger«, maulte Trudi eines Abends, als Marie das wenige Fleisch, das sie noch besaßen, klein schnitt, um damit eine Brühe für Ignatia zu bereiten.

»Gebt es dem Kind«, flüsterte die Nonne.

Marie schüttelte den Kopf. »Trudi hat etwas zum Zusetzen, Ihr aber nicht. Wenn Ihr sehen würdet, wie spitz Euer Gesicht geworden ist!«

Sie selbst sah nicht viel besser aus, das fühlte sie, und ihr tat auch ihre Tochter leid. Für Ignatia war das bisschen Brühe jedoch überlebenswichtig. Trudi und sie konnten das Mehl gerösteter und danach zerstampfter Eicheln sowie Blätter und Kräuter essen. Es war zwar nicht viel und machte Bauchgrimmen, war aber besser als nichts.

»Weißt du, was ich mir wünsche?«, rief Trudi sehnsüchtig.

»Was denn?«

»Dass sich ein großes, fettes Reh in einer deiner Fallen fangen würde, mit genug Fleisch, dass wir uns eine ganze Woche daran satt essen könnten.«

Marie hatte bereits versucht, ein Reh mit ihrem Speer zu erlegen, doch die Tiere waren zu scheu. Trotzdem überlegte sie, ob sie es am nächsten Tag nicht noch einmal versuchen sollte. Mit einem Mal hörte sie ein Geräusch, und sie zuckte zusammen.

»Was ist das?«, fragte Trudi.

»Nimm deinen Knüppel! Es könnte ein einzelgängerischer Wolf sein, der uns gewittert hat«, flüsterte Marie ihr zu und nahm ihren Speer an sich.

Da vernahm sie wieder etwas. Es war, als würde jemand in der Nähe durchs Unterholz schleichen. Kurz entschlossen ergriff Marie mit der Linken ein Scheit ihres Lagerfeuers, verwendete es als Fackel und drang vorsichtig in den Wald ein. Noch einmal vernahm sie ein Geräusch, aber diesmal klang es, als sei es weiter weg. Was auch immer in der Nähe gewesen war, hatte sich verzogen.

Trotzdem suchte Marie nach Spuren, doch in der zunehmenden Dunkelheit und nur mit einem brennenden Holzscheit als Licht war es unmöglich. Angespannt, aber auch erleichtert, weil die unmittelbare Gefahr vorbei war, kehrte sie zu den anderen zurück.

»Ich weiß nicht, was sich hier herumgetrieben hat. Wir müssen in Zukunft vorsichtiger sein. Daher werden wir morgen einen Zaun um unser Lager errichten, damit wir gewarnt werden, falls ein Tier durchbrechen will.«

»Aber dann kannst du nichts zu essen suchen«, sagte Trudi verzweifelt. Sie kaute bereits auf Rindenstücken herum, um gegen das nagende Gefühl anzukämpfen.

»Wir werden nur den halben Tag dazu brauchen. Danach mache ich mich auf den Weg«, versprach Marie. Dies hieß für alle drei, am Vormittag hungern zu müssen, doch ihre Sicherheit ging vor. Mit diesem Gedanken legte Marie sich auf ihr einfaches Lager aus Zweigen und Moos.

Obwohl Ignatia ruhig schlief und ihr Fieber gesunken war, blieb Marie auch in dieser Nacht fast die ganze Zeit wach. Sie überlegte verzweifelt, was sie tun konnte. Doch alle Gedanken, die ihr durch den Kopf schossen, krankten daran, dass Ignatia nicht in der Lage war, ihr und Trudi aus eigener Kraft zu folgen. Um sie so weit zu tragen, wie es nötig gewesen wäre, waren ihre Tochter und sie mittlerweile zu erschöpft.

Wie schwach sie waren, merkte Marie am nächsten Morgen, als sie damit begannen, einen Schutzzaun zu errichten. Sie hackte ein paar armlange, daumendicke Zweige ab, spitzte sie an beiden Enden an und steckte sie auf der Vorderseite ihres Verstecks schräg in den Waldboden. Um das Gleiche auch hinter dem Felsendach tun zu können, fehlte ihnen jedoch die Kraft. Marie begnügte sich damit, drei Querstangen dort zu befestigen, und wies Trudi an, während ihrer Abwesenheit dünne Zweige abzuschneiden, sie in die Erde zu stecken und oben um die Stangen zu winden.

»Wenn da etwas durchbrechen will, hören wir es«, erklärte sie und verließ das Versteck, um auf Nahrungssuche zu gehen.

10.

Die ersten beiden Fallen waren leer, und Marie weinte vor Enttäuschung, als sie es entdeckte. Ihr Hunger war zu einem bohrenden Nagen geworden, und sie wusste, dass es Trudi nicht anders erging. Vor allem aber brauchte Ignatia eine bessere Kost, als sie ihr bieten konnte.

»Warum konnte dieses verfluchte Treffen auf der Waldburg nicht im Herbst stattfinden!«, rief sie anklagend. »Dann hätte es genug Beeren und Pilze gegeben und frische Bucheckern, von Heilpflanzen für Ignatia ganz zu schweigen.«

Jammern half jedoch nicht, die knurrenden Bäuche zu füllen. Wenn Marie nicht mit leeren Händen zu ihrem Versteck zurückkehren wollte, musste sich entweder ein Tier in der letzten Falle verfangen haben, das groß genug war, um sie alle drei satt zu machen, oder sie musste ein Reh erlegen. Es gab zwar auch Hirsche im Wald, doch die waren zu groß. Wenn sie ihr Ziel nicht richtig mit dem Speer traf, konnte das Tier noch Meilen laufen, und sie hatte dann nicht nur die Beute, sondern auch ihre Waffe verloren.

Sie bedauerte nun, dass sie nie Gefallen an der Jagd gefunden hatte und sich daher auch nicht für die Gewohnheiten der Beutetiere interessiert hatte. Eine Hertha von Steinsfeld hätte gewusst, wie sie sich an ein Rudel Rehe heranschleichen musste, um eines erlegen zu können.

Der Gedanke an die eigene Unzulänglichkeit bedrückte sie immer noch, als sie sich ihrer letzten Falle näherte. Dort aber war das Unwahrscheinliche geschehen. Ein großes Tier schien sich in der Falle gefangen zu haben. Ungläubig starrte Marie darauf und beschleunigte ihren Schritt. Als sie ihr Messer ziehen wollte, um das Tier ausweiden zu können, blieb sie wie von einem Schlag getroffen stehen. Ihre Schlinge wäre viel zu schwach gewesen, um ein Reh fangen und festhalten zu können. Zudem liefen Rehe nicht ohne Brustkorb und Kopf herum.

Marie rieb sich über die Augen, doch der hintere Teil des in der Mitte geteilten Rehes lag immer noch da. Es war bereits ausgenommen, Nieren, Lunge und Leber lagen dabei. Erschrocken blickte Marie sich um. Zu sehen war niemand, dabei konnte das Reh nicht länger als eine halbe Stunde hier liegen.

Wer hat das getan?, fragte sie sich. Jemand musste sie entdeckt und ihre Not erkannt haben. War es einer von Graf Joachims Männern, der Mitleid mit ihnen hatte, oder ein Fremder? Diese Frage wusste Marie nicht zu beantworten, und ihr wäre es lieber gewesen, wenn derjenige sich offen gezeigt hätte. Ihr fielen die Geräusche zu Beginn der Nacht ein und Trudis lauten Ruf nach einem Reh, mit dessen Fleisch sie sich satt essen könnten.

Es war zwar kein ganzes Reh, sondern nur ein halbes, doch es würde für einige Tage reichen. »Wenn ich jetzt noch einen Kessel hätte, könnte ich für Ignatia genug Brühe kochen und müsste mich nicht mit einem kleinen Zinnbecher herumschlagen«, sagte sie vor sich hin.

Da Wünsche jedoch nur selten etwas halfen, legte sie die Innereien des Rehs in ihren Korb, schulterte das Tier und machte sich auf den Heimweg. Von Zeit zu Zeit sah sie sich aufmerksam um und lauschte. Doch im Wald um sie herum rührte sich nichts außer Vögeln und kleineren Tieren.

»Vorsicht, Mama!«, hörte sie auf einmal Trudis Stimme und blieb stehen. In ihren Gedanken versunken, hätte sie beinahe die angespitzten Stäbe vor ihrem Versteck übersehen. Eine Verletzung an den Beinen konnte sie wirklich nicht brauchen, dachte sie und stieg darüber.

»Was ist das denn, Mama? Du hast ja ein Reh erlegt!« Trudi klang erleichtert, aber auch ein wenig verwundert, weil ihre Mutter sich bisher nicht gerade als Jägerin ausgezeichnet hatte.

»Erlegt? Nein!«, antwortete Marie. »Es lag in der Falle, aber die hätte ein solches Tier niemals halten können. Außerdem fehlt der vordere Teil. Es muss uns jemand entdeckt und das Tier dorthin gelegt haben.«

»Aber wie …?« Trudi blickte sich erschrocken um, sah jedoch nur die Felswand und den dichten Wald, der sich daran anschloss.

»Wir müssen abwarten, bis der Spender bereit ist, sich uns zu zeigen. Jetzt hilf mir, das Tier zu zerlegen«, erklärte Marie und wandte sich Ignatia zu. »Ich werde Brühe für Euch kochen. Glaubt Ihr, Ihr könntet auch ein wenig Fleisch essen, wenn ich es Euch klein schneide?«

Ignatia war fast fieberfrei und fühlte sich besser als die Tage zuvor. Da sie sehr hungrig war, nickte sie. »Ich bitte darum!«

So schnell sie konnte, schälte Marie das Reh aus seinem Fell und schnitt das Fleisch einer Hinterkeule in schmale Streifen. Trudi legte Holz auf das Feuer, damit es höher brannte. Danach wickelten sie die Fleischstreifen um dünne Zweige und steckten sie so neben das Feuer, dass sie braten konnten.

Als das Fleisch gar war, schnitt Marie es in kleine Stücke und reichte es Ignatia. Zu ihrer Erleichterung war die Nonne in der Lage, allein zu essen, so dass sie auch ein wenig Fleisch verzehren konnte. Obwohl Salz und Gewürze fehlten, verschlang sie es heißhungrig und nahm wahr, dass Trudi ihren Teil ebenfalls gierig in sich hineinstopfte.

Anschließend kochte sie auf einem kleinen Feuer einen Becher Brühe für Ignatia und wünschte sich erneut einen Kessel, da auch sie Appetit auf eine heiße Suppe hatte. Doch für alle Brühe zu kochen wäre zu mühsam gewesen. Marie beschränkte sich daher auf das Fleisch und ein paar Kräuter. Während sie aß, blickte sie immer wieder in den Wald hinein. War es möglich, dass ihr unbekannter Gönner sich in der Nähe aufhielt? Warum zeigte er sich ihnen nicht? Am liebsten hätte sie nach ihm gerufen, sagte sich aber, dass es wohl vergebene Liebesmühe sein würde. Sie beschloss, in Zukunft noch aufmerksamer zu sein und vor allem ihre Schutzvorrichtung zu verbessern. Auch wenn der Unbekannte ihnen geholfen hatte, wollte sie nicht von ihm überrascht werden.

11.

In der Nacht blieb alles ruhig. Marie schlief zwar besser als in den letzten Nächten, wachte aber immer wieder auf und lauschte. Doch außer den üblichen Geräuschen, die den Wald erfüllten, war nichts zu vernehmen. Am nächsten Morgen wusch sie sich etwas ausgiebiger und wünschte sich dabei etwas Seife, weil der Schmutz mit kaltem Wasser nicht abgehen wollte. Sie musste nur Trudi ansehen, um sich vorzustellen, wie sie selbst aussah. Das Gesicht ihrer Tochter war schmal geworden, Gesicht und Hände waren trotz allen Waschens von einer dünnen Dreckschicht bedeckt und die Haare verfilzt. Ignatia war nicht ganz so schmutzig wie sie beide, aber noch magerer und roch nicht besonders gut.

»Wie schön wäre es jetzt in der Badestube von Kibitzstein. Ich würde sogar Tante Hiltruds scharfe Seife nehmen«, stöhnte Trudi, die ebenfalls zum Bach gekommen war, um Gesicht und Hände zu säubern.

»Gibt es zum Frühstück wieder Reh?«, fragte sie.

»Wir haben nichts anderes«, antwortete Marie, die natürlich wusste, dass die Kost zu einseitig war. Sie hätten zu dem Fleisch auch Brot benötigt – oder wenigstens Getreidebrei. Stattdessen mussten sie sich erneut mit frischen Kräutern begnügen. Doch diese galt es erst einmal zu sammeln.

Diesmal blieb Marie in der Nähe des Verstecks und kehrte so rasch wie möglich wieder zurück. Gesehen hatte sie nichts, doch das Gefühl, beobachtet zu werden, ließ sie auch dann nicht los, als sie das Feuer anschürte, um Fleisch zu braten. Während sie aßen, beobachteten Trudi und sie den Wald.

»Beinahe wäre es mir lieber, ein Wolf würde sich hier herumtreiben als dieser Fremde«, meinte Marie nach einer Weile.

»Falls es ein Mensch ist«, wandte Ignatia ein.

Marie sah sie erstaunt an. »Wer sollte es sonst sein?«

»Nun, ein Geist – oder ein Wichtel! Wer weiß, was hier in den Wäldern alles haust«, antwortete die Nonne.

»Da Ihr aus dieser Gegend stammt, müsstet Ihr es besser wissen.«

»Wie kommt Ihr darauf, ich würde hier gelebt haben?«,

»Ihr entstammt doch der Grafenfamilie auf Herrenroda, und diese ist hier begütert.«

»Meine Familie besitzt Burgen und Güter weit über diese Gegend hinaus. Ich weiß von welchen, die nahe bei Meißen liegen, andere befinden sich bei Braunschweig. Ich selbst wurde in der Nähe von Erfurt geboren.« Ignatia seufzte, denn dies alles schien ihr so weit entfernt, als wäre es in einem anderen Leben geschehen.

»Wie seid Ihr von Erfurt nach Hilgertshausen geraten?«, wollte Marie wissen.

»Meine Mutter besaß von ihrer Familie her ein Anrecht auf einen Platz im Kloster, und mein Oheim Ernst drängte darauf, dass dieser wahrgenommen wurde. Es hieß, dies würde helfen, Verbindungen zu anderen edlen Familien zu knüpfen und neue Verbündete zu gewinnen. Deshalb wurde ich hingeschickt.«

»Wie alt seid Ihr damals gewesen?«, fragte Marie weiter.

»Fünf.«

Diese Auskunft war fatal. Nicht nur, dass Ignatia in einem anderen Teil Thüringens geboren worden war, sondern sie war auch nicht lange genug in der Heimat geblieben. So hatte sie praktisch nichts über die Landschaften erfahren, in denen die Ländereien ihrer Sippe lagen.

Marie seufzte, wagte aber trotzdem eine Frage. »Was wisst Ihr von diesen Wäldern?«

»Nur das, was mir mein Bruder …« Ignatia brach bei dem Gedanken an Friedmundus in Tränen aus und brauchte einige Augenblicke, bis sie weitersprechen konnte.

»Nur das, was mir mein Bruder auf der Reise hierher erzählt hat. Er sagte, der Wald hinter der Waldburg sei so abgelegen, dass weder Herrenroda noch Herrenstein die Herrschaft über dieses Gebiet erringen konnten. Auch sollen sich hier Räuber und anderes Gesindel herumtreiben. Deren Anführer wird laut Friedmundus der Waldgraf genannt. Obwohl deren Versteck in der Nähe der Waldburg liegen muss, würden diese weitaus öfter Graf Joachim von Herrensteins Dörfer heimsuchen, soweit sie in Richtung des Waldes liegen, und den Leuten dort abpressen, was sie zum Leben brauchen. Der Herrensteiner soll schon versucht haben, sie zu bekämpfen, doch in diesem unwegsamen Gelände sind Ritter zu Pferde den flinken Räubern unterlegen. So beschränkt er sich darauf, seine Besitzungen vor dem Gesindel zu schützen.«

»Wenn das stimmt, sitzen wir ziemlich in … unangenehmen Dingen«, verbesserte Marie sich im letzten Augenblick.

»Wenn er ein Feind der Herrensteiner ist, wird der Waldgraf uns vielleicht helfen«, meinte Trudi.

»Ich würde mich ungern darauf verlassen!« Marie hatte auf ihren frühen Wanderungen Räuber und ihre Hauptleute zur Genüge kennengelernt und zog es daher vor, diese zu meiden.

»Solche Leute tun selten etwas ohne Lohn, und den können wir nicht bezahlen«, setzte sie nachdenklich hinzu.

»Was ist mit dem Reh, das du gestern gefunden hast?«, fragte Trudi.

»Das ist ein Rätsel, welches ich gerne lösen würde. Doch komm jetzt, Trudi! Wir haben zu arbeiten.« Marie nahm das Beil und machte sich daran, die aus drei Stangen und ein paar von Trudi eingeflochtenen Zweigen bestehende Rückwand ihres Verstecks zu verstärken. Anschließend zog sie vor dem Eingang einen Zaun, den zu überwinden Lärm machen würde. Trotzdem war sie am Abend noch nicht zufrieden.

»Es missfällt mir, jemanden um uns zu wissen, den wir nicht kennen und daher nicht einzuschätzen vermögen«, erklärte sie, während sie zu Abend aßen.

Sie hatten zwar noch Fleisch, doch nachdem der nagende Hunger gestillt war, schmeckte es ihnen nicht mehr besonders.

»Wir bräuchten Brot! Sonst besteht die Gefahr, dass uns das Fleisch nicht bekommt und wir an der Lagerkrankheit leiden«, meinte Marie.

»Was ist die Lagerkrankheit?«, fragte Trudi.

»Ein schwerer Durchfall, der zum Tod führen kann. Soldaten auf Feldzügen sterben oft daran. Das habe ich bei unserer Reise nach Böhmen selbst erlebt. Du warst damals noch zu klein, um es mitzubekommen.«

Maries Gedanken flogen in die Vergangenheit, und sie sah sich und Trudi auf einem Marketenderwagen zwischen uralten Bäumen hindurchfahren. Uralte Bäume gab es auch hier, aber keinen Pfad, der hindurchführte. Die Hänge waren steil, und das Tal endete vor einer Felswand, so dass Reisende es mieden. Doch auch auf den Höhen gab es keinen gangbaren Weg. Dazu hausten hier Räuber, die das abgelegene Gebiet unsicher machten.

»Wollen wir hoffen, dass wir nicht krank werden!«

Trudis Ausspruch rief Marie in die Gegenwart zurück. »Wir sollten aber auch das Unsere dazu tun und jene Kräuter essen, die gegen Durchfall helfen«, antwortete sie und beendete ihr Mahl.

12.

Am nächsten Tag regnete es.

»Auch das noch!«, murmelte Marie, als sie ihren Korb nahm. »Ich muss heute die Fallen überprüfen. Trudi, du solltest den Becher füllen, damit Schwester Ignatia ihren Durst stillen kann. Danach bleibst du in unserem Versteck, hast du verstanden?« Ihre Tochter nickte gehorsam.

Die Suche nach passenden Kräutern war mühselig, denn sie hatte die besten Stellen bereits abgeerntet. Als Marie die erste Falle erreichte, war gerade mal der Boden ihres Korbes bedeckt. Noch mehr ärgerte sie sich jedoch angesichts des Hasen, der sich hier gefangen hatte. Da sie ihn am Vortag nicht geholt hatte, hatte ein Raubtier ihn so angefressen, dass sie ihn nicht mehr verwenden konnte. Zudem war die Schnur der Schlinge zerrissen, und sie würde Zeit brauchen, aus ausgefranstem Stoff eine neue herzustellen.

Enttäuscht ging sie zur nächsten Falle weiter und fand diese leer. Zum Glück war diese Schlinge noch zu gebrauchen. Marie stellte die Falle erneut auf und machte sich auf den Weg zur letzten Falle.

Bei deren Anblick traf sie fast der Schlag. Fein säuberlich in der Schlinge stand ein irdener Topf, wie er zum Kochen verwendet wurde, und darin befand sich ein Leinenbeutel mit einem halben Brot. Gab es wirklich Geister und Wichte, wie Ignatia es glaubte? Marie ging ein paar Schritte zurück und sah sich angespannt um. Es war nichts zu sehen, und doch konnten Topf und Brot erst vor kurzem hierher gebracht worden sein, sonst hätten wilde Tiere das Brot herausgezerrt und gefressen.

»Heilige Maria Mutter Gottes und heilige Maria Magdalena, helft mir!«, flüsterte sie mit zitternden Lippen. Danach fasste sie sich ein Herz.

»Ist da jemand?«, fragte sie und wiederholte es dann etwas lauter. »Ist da jemand?«

Der Wald gab ihr keine Antwort.

Marie sah immer wieder zu dem Topf hin. Mit ihm würde sie genug Fleischbrühe kochen können, damit auch für Trudi und sie etwas übrig blieb, und bei dem Gedanken an das Brot lief ihr das Wasser im Mund zusammen.

»Wer auch immer diese Dinge hierher gelegt hat, kann kein böser Mensch sein!«, sagte sie, um sich Mut zu machen, und kehrte zu dem Topf zurück. Nach einem letzten Blick in die Runde hob sie ihn auf und machte sich auf den Rückweg. Da das Brot lockte, brach sie ein Stück ab und steckte es in den Mund. Es schmeckte himmlisch. Rasch brach sie ein weiteres Stück ab. Das nächste folgte, und als sie nach einer Weile auf das Brot sah, hatte sie fast die Hälfte davon verzehrt.

»Was bin ich für ein selbstsüchtiges Ding!«, schalt sie sich. »Ich hätte mehr für Trudi und Ignatia übrig lassen müssen, anstatt es selbst zu verschlingen.« Die Enttäuschung über ihre mangelnde Selbstbeherrschung trieb ihr die Tränen in die Augen.

Von Schuldgefühlen gepeinigt, erreichte sie ihr Versteck und sah erleichtert, dass noch alles beim Alten war. Trudi starrte den Topf mit großen Augen an und sah dann zu ihrer Mutter auf. »Hast du den auch gefangen?«

»So kann man es sagen. Er hing jedenfalls in der Schlinge. Wer ihn auch immer dorthin gelegt hat, scheint ein Freund seltsamer Scherze zu sein, aber er zeigt sich nicht.«

»Vielleicht ist es doch ein Waldgeist, so wie die fromme Schwester es meint«, erklärte Trudi.

Marie zuckte mit den Schultern. »Da ich ihn nicht gesehen habe, kann ich es nicht sagen. Hier ist etwas Brot. Lass ein Drittel davon für Schwester Ignatia übrig. Ich werde mit den Knochen des Rehs und einem Rest Fleisch eine Brühe für sie kochen und das Brot darin einbrocken. So kann sie es leichter essen.«

Trudi nahm das Brot entgegen und brach es in zwei Stücke, von denen das, das sie für Ignatia vorgesehen hatte, kaum kleiner war als ihr eigenes. Angesichts der Selbstbeherrschung ihrer Tochter schämte Marie sich noch mehr. Froh um die Ablenkung, wusch sie den Topf aus, füllte ihn mit Wasser und stellte ihn ans Feuer.

Während ihre Mutter das Essen zubereitete, trat Trudi an den Zaun, der ihr Versteck abschloss. »Waldgeist, wo du auch immer bist, wir danken dir«, rief sie so laut, dass Marie zusammenzuckte.

»Bist du übergeschnappt?«, fragte sie scharf.

Trudi drehte sich lächelnd zu ihr um. »Ich dachte, wir sollten uns bei dem freundlichen Waldgeist bedanken. Er könnte sonst zornig werden und uns nichts mehr geben.«

»Es tut mir leid, dass ich dich gescholten habe.« Marie kam zu ihr hin und legte den Arm um sie. »Du hast ja recht! Wer auch immer uns diese Gaben schenkte, hat unseren Dank verdient.«

Sie kehrte zum Topf zurück und schnitt ein wenig Rehfleisch hinein. Einige Kräuter folgten, und als die Brühe fertig war und sie davon aßen, hatten alle drei das Gefühl, nie besser gespeist zu haben.

13.

Mittlerweile hatte Ritter Leutprand den größten Teil seiner Männer und die Mägde von der Waldburg weggeschickt. Nur seine Vertrauten Paul und Peter und vier weitere Reisige hatte er bei sich behalten. Die Jagd nach den geflohenen Frauen war erfolglos abgebrochen worden, denn der Wald war einfach zu groß, um jemanden, der sich dort versteckt hielt, finden zu können. Auch begann keine halbe Meile hinter der Waldburg das Gebiet des Waldgrafen, und mit dessen Bande war nicht gut Kirschen essen.

Leutprand wusste inzwischen, dass außer Marie von Kibitzstein und deren Tochter noch die Nonne Ignatia verschwunden war. Von den Männern um Ernst von Herrenroda hatte keiner fliehen können, und er bezweifelte, dass es mehr Leuten als den beiden Frauen und dem Kind gelungen war. Zudem hatte er mit eigenen Augen gesehen, wie schwer Ignatia verwundet worden war. Gewiss war sie bereits tot. Auch die Kibitzsteinerin und deren Tochter würden die Gefahren der Wildnis da draußen nicht überleben.

Er beaufsichtigte seine Leute, die in der Waldburg und im Dorf alles beseitigten, was einen Hinweis auf die wahren Verursacher hätte geben können, und ließ falsche Beweise auslegen, die auf die Bande des Waldgrafen als die Schuldigen hinwiesen.

Am fünften Tag nach der Tat ging er noch einmal durch die gesamte Burg und nickte zufrieden. Seine Männer hatten die Toten in den kühlen Keller geschafft, wo sie als Zeugen dieser Schandtat darauf warteten, ehrenvoll bestattet zu werden. In der Halle sah es jedoch noch immer so aus wie nach der Mordnacht. Die Stühle lagen durcheinander, Blut klebte an Tischen, Stühlen, Fußboden und Wänden, und auf den Boden gelegte Schilde zeigten an, wo Graf Ernst und dessen Verwandte und Verbündete den Tod gefunden hatten. Die toten Bauern und ihre Weiber und Kinder waren bereits verscharrt worden und ebenso der Mann, den Marie auf ihrer Flucht getötet hatte.

Als er zu seinen Gefährten zurückkehrte, sahen diese ihm neugierig entgegen. »Ihr glaubt, Herr Leutprand, dass Graf Joachim heute erscheinen wird?«, fragte Paul, der als seine rechte Hand galt.

Leutprand nickte. »So war es abgemacht. Einer von euch muss auf den Turm und es melden, wenn er unseren Herrn sieht. Er wird einige hochrangige Edelleute als Begleiter mitbringen. Zeigt also Trauer und Mitgefühl für die Toten. Auch wenn Ernst von Herrenroda unser Feind war, so hätte keiner von uns ihm und seiner Sippe einen solchen Tod gewünscht.«

Ein paar Männer lachten darüber, wurden aber unter Leutprands zornigem Blick rasch wieder ernst. »War wirklich ein elender Tod«, meinte einer.

»Wenn Graf Ernst und seine Gefolgsleute nicht so viel gesoffen hätten, wäre es uns schwerer gefallen, sie niederzumachen. Es waren doch verdammt viele. Auf einen offenen Kampf hätten wir uns nicht einlassen können.«

»Das war das Letzte, was ich in dieser Weise hören will! Hämmert es euch in eure Köpfe: Graf Joachim hat erfahren, dass Graf Ernst hier eine große Zusammenkunft geplant hat, und uns als Friedensboten hierhergeschickt. Als wir ankamen, waren Ernst von Herrenroda und seine Gäste bereits tot, die Dörfler massakriert und alles geplündert. Wir konnten nicht mehr tun, als die Leichname der Edelleute in den

Keller zu bringen und die Bauern zu begraben. Habt ihr das verstanden?«

»Aber ja doch, Herr Leutprand«, antwortete Paul grinsend.

»Wir sind ja keine Dummköpfe«, setzte dessen Freund Peter hinzu.

»Dann ist es gut!« Leutprand atmete tief durch und wählte einen Mann aus, der ihm die Ankunft seines Herrn melden sollte. Er selbst setzte sich in jenes Erkerzimmer, in dem Graf Ernst seinen männlichen Gästen die Wiederaufnahme der Fehde gegen die Herrensteiner verkündet hatte, und wartete mit einem Becher Wein in der Hand auf Graf Joachims Erscheinen.

Am späten Nachmittag kam die ersehnte Nachricht. Leutprand verließ die Burg und ging dem Reitertrupp entgegen. Graf Joachim führte nicht nur drei Dutzend Waffenknechte zu Pferd mit sich, sondern hatte als Begleitung mehrere Herren aus der Nachbarschaft gewonnen, darunter einen der beiden Schwarzburger Grafen und Johann von Wettin, einen Verwandten von Friedrich II. von Sachsen. Dieser fühlte sich als Landgraf von Thüringen und tat alles, um diesen Anspruch gegen die kleineren Herrschaften durchzusetzen.

Mit betrübter Miene begrüßte Ritter Leutprand seinen Herrn und verneigte sich, als dieser sein Pferd vor ihm verhielt. »Ihr kommt zu keiner guten Zeit, Euer Erlaucht! Üble Schurken haben Graf Ernst und sein Gefolge erschlagen und alles hier verwüstet. Selbst aus dem Dorf ist niemand den Mordbrennern entkommen.«

Joachim von Herrenstein ballte die Rechte zur Faust, als wolle er den Mördern drohen. »Das ist eine üble Nachricht, denn ich hoffte, den alten Streit mit meinem Verwandten Graf Ernst gütlich beilegen zu können. Nicht zuletzt deshalb habe ich dich als Friedensboten hierhergeschickt. Jetzt zu erfahren, dass die Sippe auf Herrenroda, die dem gleichen Blut entstammt wie ich, durch frevlerische Hände ausgerottet worden ist, erfüllt mein Herz mit Trauer.«

Es gelang Graf Joachim sogar, ein paar Tränen herauszupressen, und als er vom Pferd stieg, bot er den Anblick eines Menschen, dem das Liebste entrissen worden ist.

Friedrich von Schwarzburg stieß einen Fluch aus, während Johann von Wettin entsetzt das Kreuz schlug.

»Als Ihr die Nachricht erhieltet, die Waldburg sei überfallen worden, schien es, als wäre nur ihr Besitzer Ludwig dem Mordgesindel zum Opfer gefallen, doch Ihr sprecht nun von der ganzen Sippe derer zu Herrenroda.«

Joachim von Herrenstein begriff, dass er beinahe einen fatalen Fehler begangen hätte, und bemühte sich, ihn auszubessern. »Ich wusste, dass Graf Ernst alle erwachsenen Verwandten im Mannesstamm hier versammeln wollte. Von denen dürfte niemand dem Mordgesindel entkommen sein. Es ist nur zu hoffen, dass die Damen auf ihren Burgen geblieben sind, so dass dort noch ein kindliches Reis dieses edlen Geschlechts wachsen kann.«

»Diese Hoffnung muss ich Euch nehmen, Euer Erlaucht«, erklärte Leutprand mit düsterer Stimme. »Wir haben unter den Toten die Gemahlinnen aller Herren gefunden – und auch deren Kinder. Es steht zu befürchten, dass die Sippe derer von Herrenroda vollständig ausgerottet worden ist.«

»Alle sind tot?«, rief Graf Joachim scheinbar erschüttert aus.

Leutprand senkte den Kopf. »Es fehlt nur eine Person, die Nonne Ignatia aus einer Nebenlinie derer von Herrenroda.«

Die Augen Graf Joachims flammten ärgerlich auf, doch er hatte sich rasch wieder in der Gewalt. »Hast du versucht, die fromme Jungfrau zu finden?«, fragte er drängend.

»Das haben wir, Euer Erlaucht, doch es gab keine Spur von ihr.«

»Wir müssen sie unbedingt finden. Sollte sie noch am Leben sein, ist sie die Erbin aller zu Herrenroda zählenden Besitzungen und wird den Schleier ablegen müssen, um dieses Geschlecht fortsetzen zu können!«, rief Friedrich von Schwarzburg aus und wirkte ganz so, als hätte er nichts dagegen, Ignatia dabei als Ehemann zu unterstützen.

Als Johann von Sachsen dies hörte, verzog er das Gesicht. Wenn der Besitz Herrenrodas an die Schwarzburger fiel, würde es deren Macht in diesem Teil Thüringens so vermehren, dass selbst sein Vetter, der Kurfürst und Landgraf, politisch zurückstecken musste. Das musste er im Namen seines Verwandten zu verhindern suchen.

»Ich biete der Erbin von Herrenroda selbstverständlich den Schutz des Hauses Wettin an«, erklärte er und verärgerte damit sowohl den jungen Schwarzburger wie auch Graf Joachim. Letzterer sah Leutprand durchdringend an.

»Soviel ich erfahren habe, hat die fromme Schwester Ignatia, die einst als Jutta von Herrenroda geboren wurde, ihren Bruder Friedmund, bekannt als der Mönch Friedmundus, zur Waldburg begleitet!«

»Ihr sagtet doch eben, Ihr wüsstet nicht, ob sie hier gewesen sei oder nicht?«, fragte Johann von Sachsen verwundert.

Joachim von Herrenstein begriff, dass er sich beinahe erneut verraten hätte, und hob mit einer entschuldigenden Geste die Hand. »Verzeiht, aber mir wurde zugetragen, dass Bruder Friedmundus sie mitbringen wollte. Ob er es dann auch getan hat, weiß ich natürlich nicht.«

»Wollen wir hoffen, dass es nicht der Fall war!« Der Schwarzburger stieg nun ebenfalls ab und stemmte die Hände in die Seiten. »Mit mir als Gemahl würde Fräulein Jutta gewiss zufriedener sein als mit einem Untergebenen Friedrichs von Sachsen.«

Er erntete einen zornigen Blick von Herrn Johann, der

von einem nachrangigen Mitglied der kurfürstlich-wettinischen Familie gerne zum Besitzer von Herrenroda aufgestiegen wäre.

Für Graf Joachim war es ein Glück, dass sich die beiden Herren als Konkurrenten ansahen und damit weniger auf das achteten, was er sagte.

Er winkte Leutprand zu sich. »Sorg dafür, dass meine Gäste gut untergebracht werden, und komm dann mit mir.«

Leutprand nickte und wies Paul an, sich um den Sachsen und den Schwarzburger und deren Gefolge zu kümmern. »Wir können sogar ein wenig auftischen, denn wir haben einen Vorratskeller unversehrt gefunden. Die Weinvorräte sind allerdings weitgehend erschöpft«, setzte er hinzu.

»Wir werden nicht lange bleiben«, erklärte Graf Joachim mehr an seine Begleiter als an ihn gewandt. »Morgen werden wir den unglücklichen Ernst von Herrenroda und seine Sippe zur ewigen Ruhe betten und am Tag darauf in aller Frühe aufbrechen. Ihr, Ritter Leutprand, werdet vorerst als Kastellan hierbleiben!«

Für Leutprand war es die Strafe dafür, dass Ignatia entkommen war. Doch er hatte seinem Herrn noch nicht alles berichtet. Während sein Gefolgsmann Paul die anderen Herren in die Burg führte, wies Joachim ihn an mitzukommen und schritt auf das zerstörte Dorf zu.

»Wie konnte Jutta von Herrenroda entkommen?«, fragte er, als sie außer Hörweite waren.

»Es wäre mir wohler zumute, wenn ich das wüsste«, antwortete Leutprand. »Sie lag wie die anderen von einem Schwerthieb gefällt in der Halle. Als wir die Toten jedoch in den Keller schafften, fehlte sie.«

»Wenn sie verletzt war, ist sie nicht weit gekommen. Warum habt ihr sie nicht verfolgt?«

»Und ob wir das haben!«, brach es aus Leutprand heraus. »Ich habe meine Leute zwei Tage lang durch den Wald gehetzt. Es war jedoch vergebens. Ich nehme an, dass das andere Weib ihr geholfen hat.«

Graf Joachim prallte wie von einem Hieb getroffen herum. »Welches andere Weib?«

»Sie und ihre Tochter kamen mit Friedmundus und seiner Schwester. Als wir die anderen niedermachten, befanden sie sich nicht in der Halle. Ich ließ zwei Mann in der Burg zurück, um sie zu suchen und zu erledigen, und zwei Mann als Wache am Tor. Das Weib hat Kunz getötet und ist vermutlich mit ihrer Tochter und Jutta von Herrenroda geflohen.«

Diese Beichte fiel Leutprand nicht leicht, doch nahm sein Herr sie gelassener auf als erwartet.

»Wie konnten die drei aus der Burg gelangen?«

»Sie stiegen im hinteren Teil mit einem Seil von der Mauer und sind in den Wald geflohen.«

Graf Joachim überlegte angestrengt. »Vielleicht haben sie euch getäuscht und die Straße genommen?«

»Ich habe sofort jemanden in diese Richtung geschickt«, log Leutprand, denn er hatte es erst getan, als die Flüchtlinge im Wald unauffindbar geblieben waren. Er konnte sich jedoch nicht vorstellen, wie es Marie und ihrer Tochter gelungen sein sollte, mit der Verletzten belastet bis zum Ausgang des Waldburger Tales zu gelangen.

»Sie müssen noch in den Wäldern sein«, erklärte er mit Nachdruck und wies in die Richtung, in der er die Geflohenen vermutete.

»Dahinter liegt das Gebiet des Schurken, der sich der Waldgraf nennt«, rief Graf Joachim erbittert. »Bete zu Gott, dass sie nicht zu ihm gelangen. Du weißt, was man sich von diesem Hund erzählt?«

Leutprand nickte mit verkniffener Miene. »Einige behaupten, es handle sich um Euren Oheim Christoph!«

»Oheim!« Der Graf schnaubte verächtlich. »Der Kerl ist jünger als ich! Mein Vater konnte nicht begreifen, weshalb sein Vater sich noch einmal ein junges Weib genommen hat. Zum Glück starb es bei der Geburt des Kindes, daher konnte mein Vater, als er sein Erbe antrat, mit dem Balg so verfahren, wie er das wollte. Wir Herrensteiner hatten durch die Fehde mit Herrenroda zu viel Land verloren, um es noch einmal teilen zu können.«

»Wir haben dem Waldgrafen den Mord an Ernst von Herrenroda in die Schuhe geschoben«, erklärte Leutprand. »Es liegen genug Beweisstücke herum, um ihn deswegen anklagen zu können.«

»Und wer soll ihn aus seinen Wäldern herausholen?«, fragte Graf Joachim bissig. »Weder die Schwarzburger noch die Wettiner werden es tun, und unsere Misserfolge hast du selbst erlebt!«

Es kränkte sowohl ihn wie auch seinen Gefolgsmann, dass es ihnen bislang nicht gelungen war, den Waldgrafen und seine Bande zu vernichten. Um jedoch in den Wald vorzudringen, hätte es eines Heeres bedurft und etliches an Zeit.

»Bisher waren wir zu schwach, um uns gegen diesen Schurken durchzusetzen«, sagte Leutprand. »Aber wenn Ihr das Erbe Herrenrodas übernehmt, habt Ihr die Macht dazu!«

»Läge Jutta von Herrenrodas Leichnam mit im Burgkeller, könnte ich das Erbe antreten. So aber werden die Schwarzburger, die Wettiner und wie sie alle heißen behaupten, sie könnte noch am Leben sein, und es mir verwehren, Herrenroda zu übernehmen.« Graf Joachim schwieg einen Augenblick und fasste dann seinen Getreuen bei der Schulter. »Gräfin Juttas Leichnam muss gefunden werden!«

»Wir müssten den ganzen Wald durchsuchen und dabei bis in das Gebiet des Waldgrafen vordringen«, wandte Leutprand ein.

Sein Herr musterte ihn mit einem nachsichtigen Blick. »Sagen wir besser, es muss ein Leichnam gefunden werden, der als Jutta von Herrenrodas sterbliche Hülle ausgegeben werden kann.«

Das war der Mordbefehl für eine noch unbekannte Frau. Dieser belastete Leutprand jedoch weniger als die Probleme, die sich daraus ergaben. »Das wird nicht leicht werden, mein Herr. Ein Bauernmädchen mit Schwielen an den Händen von der Arbeit und vom Barfußgehen an den Sohlen können wir nicht nehmen, und ein Edelfräulein zu entführen ist zu gefährlich. Sollte sie als die Tote erkannt werden, habt Ihr eine Fehde am Hals, die erst mit Eurem Tod beendet sein wird.«

Das war Graf Joachim bewusst. Er war jedoch nicht bereit, auf den reichen Besitz von Herrenroda zu verzichten. »Dann reite in eine ferne Stadt und suche dort ein Bürgermädchen, das Jutta von Herrenroda ähnlich sieht. Damit werden wir die Schwarzburger und Wettiner täuschen können.«

»Ich müsste weit reiten und soll doch als Kastellan hierbleiben«, wandte Leutprand ein.

»Dies kann ein anderer übernehmen. Ich brauche dich, um an mein Erbe zu kommen. Versage aber diesmal nicht wieder!« Es lag eine Drohung in Graf Joachims Worten, die nicht ohne Wirkung blieb.

Leutprand senkte den Kopf und ging die Städte durch, die er kannte. Hier in Thüringen war es unmöglich, ein Mädchen zu entführen, ohne dass ihr Verschwinden bekannt wurde. Auch in Sachsen wagte er es nicht, dafür besaßen die Wettiner dort zu viel Land. Als einzige Möglichkeit erschien ihm Franken. Bei den vielen kleinen Reichsrittern mit ihren Marktorten würde er wohl das passende Mädchen finden.

»Wenn Ihr erlaubt, werde ich morgen aufbrechen«, bot er Graf Joachim an.

»Je eher, desto besser«, beschied ihn dieser und wollte zur Burg zurückkehren. Nach ein paar Schritten blieb er stehen und drehte sich zu Leutprand um. »Was weißt du von dem Weib, mit dem Jutta von Herrenroda entkommen ist?«

»Nur, dass sie in Friedmundus' Begleitung gekommen ist.«

»Du hättest es herausbringen müssen«, schalt Graf Joachim. »Mein Plan war kühn, doch um zu gewinnen, hätte er mit aller Sorgfalt ausgeführt werden müssen.«

»Ich habe alles getan, was dazu notwendig war«, verteidigte Leutprand sich. »Wer konnte schon ahnen, dass dieses Weib einen erfahrenen Krieger überlisten und töten würde?«

»Du hättest mehr Männer als nur zwei nach ihr suchen lassen müssen!« Graf Joachim trat noch einmal auf Leutprand zu und legte ihm die Rechte auf die Schulter. »Du weißt, was du zu tun hast! Besorg mir Gräfin Juttas Leichnam. Dann wirst du mein Kastellan auf Herrenroda werden. Gelingt es nicht, ist selbst die Waldburg zu schade für dich.«

Auf Leutprands Gesicht zuckte es. Er hatte alles gewagt, um seinem Herrn zu dienen, und war dabei zum Mörder von Frauen und Kindern geworden. Dafür so verächtlich behandelt zu werden kränkte ihn. Da er jedoch auf Graf Joachim angewiesen war, verbeugte er sich. »Es geschieht so, wie Ihr es wünscht!« Als er sich umwandte, um zur Burg zu gehen, kamen ihm jedoch weitere Schwierigkeiten in den Sinn. Wie sollte er ein Mädchen, das er vielleicht in ein oder zwei Wochen tötete, als Jutta von Herrenroda ausgeben können? Bis dorthin hätte diese längst verwest sein müssen, und er hatte nicht den geringsten Gegenstand, durch den sie unzweifelhaft hätte identifiziert werden können.

14.

Weitaus näher an der Waldburg, als Ritter Leutprand annahm, untersuchte Marie zur gleichen Stunde Ignatias Verletzung. Die Stelle war noch immer angeschwollen und rot, eiterte aber zu ihrer Erleichterung nicht. Allerdings hätte Marie sich bessere Medizin gewünscht als das, was ihr zur Verfügung stand. Auch mangelte es ihnen wieder an Nahrung. Zwar besaßen sie noch ein wenig Rehfleisch, das sie in weiser Voraussicht über dem Feuer geräuchert hatte, damit es nicht verdarb, doch nur mit Kräutern gekocht war es eine fade, einseitige Kost.

»Ich werde nach den Fallen sehen. Vielleicht hat sich doch etwas in ihnen gefangen«, sagte Marie.

Trudi und Ignatia begriffen, dass sie dabei nicht an ein Stück Kleinwild dachte, sondern an Brot oder wenigstens etwas Getreide, die von unbekannter Hand dort abgelegt worden waren.

»Tu das«, antwortete Trudi. Sie spitzte einen Holzstecken an einer Seite an und härtete diese Spitze über dem Feuer. »Das hat mir Falko gezeigt. Er sagt, Bauern würden damit heimlich jagen. Wenn man einen Speer oder Pfeil und Bogen bei ihnen zu Hause findet, würde ihr Herr sie wegen Jagdfrevel bestrafen. So aber gehen sie in den Wald, schneiden sich einen Stab ab, spitzen diesen an und verwenden ihn als Speer«, erklärte das Mädchen, als es die verwunderten Blicke der Mutter auf sich gerichtet sah.

Marie konnte sich zwar nicht vorstellen, wie man mit so einer primitiven Waffe ein Tier töten konnte, sagte aber nichts, sondern verschwand im Wald. Diesmal musste sie sich direkt zwingen, nach Kräutern zu suchen, so sehr drängte es sie, ihre Fallen aufzusuchen. Sie sagte sich jedoch, dass sie sich nicht in Hirngespinste flüchten durfte, und pflückte immer wieder Pflanzen, die sie als Medizin oder Gewürz verwenden konnten.

Als sie schließlich die erste Falle erreichte, war diese leer. Sie stellte sie an anderer Stelle erneut auf und ging weiter. In der zweiten Falle hatte sich ein Hase verfangen. Damit haben wir wenigstens etwas frisches Fleisch, dachte sie und nahm ihn mit. Ihrer dritten Falle, in der sie sowohl das halbe Reh wie auch den Topf mit dem Brot gefunden hatte, näherte sie sich mit angespannter Hoffnung – und wurde enttäuscht. Die Falle war leer.

Marie sah sich mit verkniffener Miene um, doch es war weder jemand zu sehen, noch war eine Gabe zurückgelassen worden. Entweder hatte der Waldgeist, wie Trudi und Ignatia ihn nannten, das Interesse verloren, ihnen zu helfen, oder es handelte sich um einen Menschen, der weitergezogen war. Wenigstens habe ich den Hasen, tröstete Marie sich und kehrte zu den anderen zurück.

Trudis und Ignatias Blicke verrieten ihr, dass auch diese auf weitere Gaben des Unbekannten gehofft hatten.

»Jetzt zieht keine solchen Gesichter!«, sagte sie seufzend. »Wir können nicht damit rechnen, dass ausgerechnet für uns Manna vom Himmel fällt. Wir haben Fleisch und frische Kräuter. Damit halten wir ein bis zwei weitere Tage durch.«

»Wie lange müssen wir noch hierbleiben?«, fragte Trudi, die das Gefühl hatte, schon ewig in diesem Wald zu hausen.

»Bis Schwester Ignatia uns begleiten kann. Zum Glück wurde nur ihre Seite verwundet und kein Bein.« Marie rang sich ein Lächeln ab und zerzauste kurz den Schopf ihrer Tochter. »Hab Mut! Es gibt immer einen Ausweg.«

Trudi nickte, schien den Worten ihrer Mutter aber nicht so recht Glauben zu schenken. Dennoch half sie ihr, den Hasen abzuziehen, und spannte das Fell auf, damit es trocknen konnte. Anschließend kochten die beiden, und als sie schließlich aßen, war die Enttäuschung bei Trudi und Ignatia wieder verflogen.

Am nächsten Morgen wusch Marie den Stoffstreifen, mit dem sie Ignatias Wunde verbunden hatte, am Bach aus. Da er noch immer schmutzig war, erhitzte sie Wasser, um den Dreck herauszubekommen. Zur Vorsicht legte sie zuerst ein Kräuterpaket auf die Verletzung, bevor sie die Binde wieder um den Körper wand.

»Wir könnten frische Leinwand brauchen, aber die kann uns der Waldgeist wohl kaum besorgen«, sagte sie und überlegte, womit sie den Tuchstreifen ersetzen konnte. Die Kleider waren alle schmutzig und das, was sie selbst trug, durch Dornen und Zweige mehrfach zerrissen. Dabei war es bereits ein für eine Magd gedachtes Gewand, das sie aus der Küche der Waldburg mitgenommen hatte. Auch Trudi hatte ihr schönes Festkleid mit dem Kleid aus der Küche vertauscht. Da es zu lang für sie war, hatte sie den Saum abgeschnitten. Nur war dieser so schmierig, dass er sich nicht als Verband eignete.

»Ich werde Rinde von einem Baum schneiden und den Bast als Verband nehmen müssen«, sagte Marie mehr für sich und blickte nach oben. Auch wenn das dichte Blätterdach die Sonne verbarg, konnte sie in etwa deren Stand ermessen.

»Es ist Mittag vorbei! Ich gehe zu den Fallen.«

»Hoffentlich ist diesmal etwas darin«, murmelte Trudi und erhielt dafür eine leichte Ohrfeige von ihrer Mutter.

»Wenn ich einen Hasen oder ein ähnliches Tier gefangen

habe, sollten wir zufrieden sein. Auf mehr zu hoffen ist Frevel!«

Marie gefiel es nicht, dass ihre Tochter, aber auch Ignatia so sehr auf die Hilfe durch den Unbekannten hofften.

»Halte Augen und Ohren auf!«, befahl sie ihrer Tochter und nahm Korb und Speer zur Hand.

Die ersten beiden Fallen waren erneut leer. Dafür entdeckte sie eine neue Stelle, an der Heilkräuter wuchsen, sowie ein weiteres Eichhörnchenversteck mit Haselnüssen. Zufrieden, den einseitigen Speiseplan damit ergänzen zu können, ging sie zur letzten Falle weiter und erstarrte. In der Schlinge lag ein Bündel, das in ein altes, aber sauberes Kleid gehüllt war. Als sie es vorsichtig öffnete, fand sie darin ein Stück sauberer Leinwand sowie ein kleines Fläschchen mit einer scharfen Tinktur, das der Wundpflege diente. Dazu gab es erneut einen halben Laib Brot.

Diesmal aß Marie nichts davon, sondern nahm alles mit. Auf dem Heimweg war auch sie kurz davor, an Geister zu glauben, und schlug mehrfach das Kreuz.

15.

Maries Fund war hochwillkommen. Trudis Augen leuchteten beim Anblick des Brotes, als hätte man ihr das schönste Geschenk gemacht, und Ignatia richtete sich von ihrem Lager auf.

»Ich würde gerne ein Stück so essen und nicht nur in der Brühe eingebrockt«, bat sie Marie.

Marie teilte den beiden je eine Scheibe zu und schnitt sich dann selbst eine ab. Während sie aß, rätselte sie über den heimlichen Spender. »Wer ist er, und warum zeigt er sich nicht?«, sagte sie leise.

»Er ist eben ein Geist, der sich nicht zeigen will«, antwortete Trudi.

»Wir sollten ihm nicht nachspüren«, riet Ignatia. »Geister mögen das nicht und bleiben dann aus.«

Obwohl ihnen die Gaben halfen und vielleicht sogar ihr Leben retteten, ertappte Marie sich bei dem Wunsch, es hätte sie nie gegeben. Trudi und Ignatia richteten ihre gesamte Hoffnung auf den Spender und vergaßen dabei ganz, in welch schlimmer Lage sie sich befanden. Das Land um sie herum gehörte entweder Joachim von Herrenstein oder wurde von diesem kontrolliert. Wenn sie von dessen Männern entdeckt wurden, war es ihr Tod. Marie schätzte, dass sie zwei Tage stramm würden gehen müssen, um seinen Machtbereich zu verlassen. Sich auf der Straße zu zeigen war jedoch unmöglich, und so blieb ihnen nur der Weg durch den Wald. Der aber würde die doppelte, vielleicht sogar dreifache Zeit kosten. Ohne Vorräte war das nicht zu schaffen.

Und selbst wenn es ihnen gelang, waren sie noch nicht gerettet. Wer würde drei Frauen, die in Lumpen gingen, glauben, dass sie von Adel waren? Ignatia würde man für eine davongelaufene Nonne halten und sie und Trudi für Bettlerinnen. Die kleine Summe, die sie in dem Beutel unter ihrem Kleid trug, reichte für den Heimweg zu Fuß nicht aus, da sie öfter essen und übernachten mussten, als wenn sie hätten reiten können. Sie würden unterwegs wohl betteln müssen.

Marie musste sich eingestehen, dass sie ebenfalls auf den heimlichen Spender hoffte. Er konnte ihnen vielleicht helfen, aus diesem Wald herauszukommen.

»Heilige Maria Magdalena, gebe es, dass es so kommt!«, betete sie und fragte sich, was sein würde, wenn sich dieser Wunsch nicht erfüllte.

Der Gedanke quälte sie bis in die Nacht hinein und ließ sie kaum schlafen. Als sie sich am nächsten Morgen erhob, wusste sie, dass sie die Ungewissheit nicht länger ertragen konnte. Sie trug Trudi auf, Ignatia zu versorgen, aß selbst nur einen Bissen Brot und machte sich auf den Weg.

Diesmal ließ sie ihre anderen Fallen außer Acht und ging sofort zu der, in der sie die Geschenke gefunden hatte. Dort angekommen, entdeckte sie zunächst nichts. Als sie jedoch ein wenig herumging, fand sie in der Nähe eine sumpfige Stelle mit einem Schuhabdruck. Er stammte von einem größeren Fuß als dem ihren und von einem Schuh aus Leder.

Irgendwie erleichterte sie dieser Fund, denn es waren keine Geister gewesen, die ihnen Geschenke gemacht hatten, sondern ein Mensch. Nun ging es darum, herauszufinden, wer es war. Daher suchte Marie sich ein Gebüsch, in dem sie sich verstecken konnte, und legte sich auf die Lauer.

Ihr Gefühl sagte ihr, dass sie etwa zwei Stunden gewartet

hatte, als sie Geräusche hörte. Vorsichtig bog sie die Zweige des Busches ein wenig auseinander, um mehr sehen zu können. Ein junger Mann kam heran, blickte sich kurz um und beugte sich über die Schlinge. Er steckte etwas hinein und wollte dann weitergehen.

Da trat ihm Marie in den Weg. »Wer bist du, und warum hilfst du uns im Geheimen?«

Er blieb stehen, musterte sie und lächelte. »Ich bin Armin, der Spielmann, wenn es erlaubt ist, und ich helfe Euch, weil Ihr in Not seid.«

»Und warum heimlich?«, fragte Marie und betrachtete ihn ihrerseits.

Er konnte nicht viel älter als zwanzig sein, war schlank wie eine Gerte und hatte ein angenehmes Gesicht mit warmen, braunen Augen, die in einem seltsamen Gegensatz zu seinem hellblonden Haar standen.

»Ich wollte mir nur einen Spaß erlauben. Ich hoffe, Ihr seid mir deshalb nicht böse«, antwortete Armin mit einem jungenhaften Lächeln.

»Du hättest offen zu uns kommen können!« Der Charme des jungen Mannes blieb nicht ohne Wirkung auf Marie, und so lächelte sie ebenfalls.

»Ihr seid so bedrückt gewesen und so voller Angst, dass ich Euch nicht erschrecken wollte. Aber ich hätte mich in dem Augenblick zu erkennen gegeben, in dem Ihr mir Euer Vertrauen schenktet.«

»Können wir dir vertrauen?«, fragte Marie.

Armin sah sie fröhlich an. »Sehe ich wie ein Schurke aus?«

»Mancher hat ein glattes Gesicht und ein Herz aus Stein, aber das will ich von dir nicht glauben. Immerhin hast du uns geholfen, als unsere Not am größten war. Doch wie hast du uns gefunden?«

»Durch Zufall! Ich war unterwegs und sah vor einigen Nächten den Widerschein eines Feuers. Neugierig geworden, stieg ich auf den Berg und sah das Dorf bei der Waldburg brennen. Da ich wissen wollte, wer den Ort überfallen hat, habe ich mich näher herangeschlichen und wäre dabei fast auf Eure Verfolger gestoßen. Ich entging ihnen nur, weil ich eine Höhle kannte, in der ich mich vor ihnen verbergen konnte.«

Armin grinste übermütig, weil es ihm gelungen war, Leutprands Männer zu überlisten, wurde aber rasch wieder ernst. »Da diese Männer nach jemandem gesucht haben, musste ihnen eine Person entkommen sein. Ich wollte wissen, wer es war, und habe Augen und Ohren offen gehalten. Auf diese Weise habe ich diese Schlinge entdeckt. Zuerst nahm ich an, es wäre ein Mann, der mit Weib und Kind geflohen ist, doch als ich Euch bemerkte und Euch heimlich zu Eurem Versteck folgte, erkannte ich die Wahrheit.«

»Und dabei nahm dein Mitleid mit uns überhand«, spottete Marie.

Armin schüttelte lachend den Kopf. »Wäre es nur Mitleid gewesen, hätte ich Euch das halbe Reh in der Nähe Eures Verstecks an einen Baum gehängt und mich am nächsten Tag zu erkennen gegeben. So aber wollte ich mehr über Euch erfahren. Ich kenne die Männer, vor denen Ihr geflohen seid, und kann nicht sagen, dass es meine Freunde sind.«

»Aber du hättest trotzdem offen auf uns zutreten können«, erwiderte Marie, ohne ihm wegen seines Vorgehens böse zu sein.

»Ich sagte, ich wollte mehr über Euch und Eure Begleiterinnen erfahren. Also habe ich mich an Euer Versteck herangeschlichen und mich hinter einem Felsen verborgen.« Armin grinste erneut und wies dann auf das Päckchen bei der Schlinge. »Darin befinden sich eine Honigwabe, drei Würste, getrocknete Linsen und noch ein paar Sachen, die Ihr gewiss brauchen könnt. Sobald Eure Begleiterin wieder auf den Beinen ist, bringe ich Euch zu meinem Anführer.«

»Mir wäre es lieber, du würdest uns aus diesem Wald hinausführen.« Marie gefiel diese Wendung nicht, da sie unerwartete Probleme bereiten konnte.

Armin hob in einer entschuldigenden Geste die Hände. »Verzeiht, aber das kann ich nicht. Ich habe all die Sachen, die ich Euch gegeben habe, aus unserem Lager geholt. Mein Anführer würde mir zürnen, brächte ich Euch nicht zu ihm. Habt keine Angst, es wird Euch nichts geschehen. Lasst mich Euch nur einen Rat geben. Sagt nicht, dass Ihr von Adel seid, denn viele im Lager hassen Edelleute, da sie von diesen wenig edel behandelt worden sind. Vor allem aber verschweigt um Gottes willen, dass die fromme Schwester eine Herrenroda ist. Mein Anführer mag weder diese Sippe noch die Herrensteiner. Er würde sich gewiss nicht an einem Weib vergreifen, könnte aber versucht sein, Jutta von Herrenroda als Geisel zu verwenden.«

»Jutta von Herrenroda?«, rief Marie verwundert.

»So lautet Schwester Ignatias Geburtsname. Sowohl ihr Bruder Friedmund wie auch sie wurden in jungen Jahren der Kirche gegeben. Aber ich schwatze zu viel und muss auch wieder gehen. Ich werde ein paar Tage nicht kommen können. Sollen wir uns dann wieder hier treffen, oder erlaubt Ihr mir, zu Eurem Lager zu kommen?«

Marie überlegte kurz und zeigte dann in die Richtung ihres Verstecks. »Du kannst dorthin kommen. Doch singe oder pfeife, wenn du dich näherst, damit wir wissen, dass du es bist. Ich will nicht überrascht werden.«

»Das soll nicht geschehen«, versprach Armin und verabschiedete sich mit einer galanten Verbeugung.

Marie sah ihm nach, bis der Wald ihn verschluckte, und nahm dann kopfschüttelnd das Päckchen an sich. Wie von Armin angekündigt, enthielt es neben der Honigwabe auch Würste, Linsen, etwas Brot, ein kleines Töpfchen Schmalz und vor allem Salz, das sie am meisten vermisst hatte.

»Ich hätte wissen müssen, dass diese Dinge hier im Wald nicht vom Himmel fallen«, sagte sie zu sich selbst.

Dennoch war sie froh, dass sie dieses Geheimnis aufgeklärt hatte, und kehrte erleichtert zu ihrem Lager zurück. Unterwegs dachte sie an Armins Anführer. Er konnte nur ein Räuber sein, doch erschien ihr dieser Wald zu abgelegen, um Reisenden auflauern zu können. Auch hatte Armin ihn einen Feind derer von Herrenroda und Herrenstein genannt, denen das Land ringsum gehörte. Das war ein neues Rätsel, und sie hoffte, es ebenfalls bald lösen zu können.

Vierter Teil

Der Waldgraf

1.

Als Marie Trudi und Ignatia von ihrer Begegnung mit ihrem heimlichen Helfer berichtete, spürte sie die Enttäuschung der beiden. Ihnen wäre es lieber gewesen, wenn ihnen übernatürliche Mächte beigestanden hätten. Dennoch waren ihnen Armins Geschenke willkommen. Beide kauten sofort ihren Anteil an der Honigwabe aus, bis nur noch das Wachs zwischen den Zähnen klebte. Einen Teil des Honigs behielt Marie zurück, um Ignatias Wunde damit zu bestreichen. Mit der frischen Leinwand konnte sie diese nun richtig verbinden, und sie gönnte sich danach ein Stück Wurst.

Als Trudi das sah, spuckte sie das Wachs aus. »Bekomme ich auch etwas?«

Marie schnitt ihr ein Stück ab und reichte ihr Brot dazu. Während das Mädchen zufrieden kaute, meldete sich Ignatia.

»Ich könnte auch ein wenig Wurst vertragen. Andauernd Brühe essen zu müssen ist nicht gerade das, was mir zusagt.«

Auch sie erhielt ihren Teil und aß ihn heißhungrig.

»Ich sehe, es geht Euch deutlich besser als in den letzten Tagen. Trotzdem werdet Ihr heute Abend noch einmal Suppe bekommen. Diesmal allerdings mit Linsen«, erklärte Marie.

»Ich habe nichts gegen Linsen«, beteuerte Ignatia, obwohl im Hilgertshausener Kloster darauf verzichtet worden war, um die Andacht nicht durch unerwünschte Geräusche und Gerüche zu stören.

»Du sagst, Armin wäre ein Spielmann?«, fragte Trudi, nachdem sie gesättigt war.

Marie nickte. »Das hat er behauptet! Er kann aber auch ein Räuber sein.«

»Ein Räuber? Hier in dieser abgelegenen Gegend, in der sich nicht einmal mehr Fuchs und Hase gute Nacht sagen?«, rief Ignatia verwundert.

»Er sagte, sein Anführer sei sowohl mit Herrenstein wie auch mit Herrenroda verfeindet«, berichtete Marie weiter.

»Ich kann Euch hier leider nicht helfen, denn ich bin mit fünf Jahren ins Kloster gegeben worden und habe bei den Besuchen, die ich von meiner Familie erhielt, nie von einem solchen Feind gehört.«

Marie wiegte nachdenklich den Kopf. »Dies mag sein, trotzdem solltet Ihr Euch diesem geheimnisvollen Anführer nicht zu erkennen geben. Armin warnte davor, und ich glaube ihm.«

»Und was machen wir?«, fragte Trudi, die trotz des Schreckens, den sie erlitten hatte, einen gewissen Gefallen an diesem Abenteuer gefunden hatte.

»Wir warten ab, was kommt«, antwortete Marie und begann, die Linsen zu waschen. Im Augenblick war ihr das Abendessen wichtiger als ein Mann, über den sie bislang nur ein paar Sätze gehört hatte.

Trudi und Ignatia hingegen unterhielten sich eifrig darüber, was es mit Armins Anführer auf sich haben mochte. Mit einem nachsichtigen Lächeln ließ Marie sie reden, lenkte es die beiden doch von dem ab, was geschehen war. Bei dem Gedanken kam die Erinnerung wieder hoch, und Marie lief es kalt den Rücken hinab.

Eine gräfliche Sippe war vollständig ausgerottet worden, und zwar vom Säugling bis zum Greis. Wer von den Herrenrodas noch lebte, war entweder zu alt oder zu krank gewesen, um zur Waldburg zu kommen. Die Kraft, sich gegen

Joachim von Herrenstein zu behaupten, würde keiner von ihnen aufbringen. Da fiel Marie ein, dass ja auch Ignatia zu der Familie auf Herrenroda zählte. Die Nonne besaß jedoch ebenfalls keine Macht und würde froh sein, wenn sie ins Hilgertshausener Frauenkloster zurückkehren konnte.

Vorher aber mussten sie diesen schier endlosen Wäldern in Thüringen entkommen, und das war nur mit Armins Hilfe möglich – und der seines noch unbekannten Anführers. Marie erinnerte sich an die Warnung des Spielmanns, sich nicht als Dame von Adel zu erkennen zu geben. Es widerstrebte ihr, Armins Anführer belügen zu müssen, denn jede Lüge zog weitere Lügen nach sich, und man wusste zuletzt selbst nicht mehr, was man gesagt hatte und was nicht.

Daher machte sie Ignatia und Trudi eindringlich klar, auf welch gefährlichem Pfad sie wandeln mussten, und dachte sich eine möglichst einfache Geschichte aus, um ihre Herkunft zu erklären. Alle drei wiederholten diese immer wieder, um sich ja nicht zu verplappern. Während Trudi dies als ein aufregendes Abenteuer betrachtete, machte Marie sich Sorgen. Ein solches Massaker wie das auf der Waldburg konnte nicht verborgen bleiben, und damit bestand die Gefahr, dass man sie als Überlebende dieser schrecklichen Tat ansehen könnte. Der größte Beweis dafür war Ignatias schwere Verletzung, die auch die beste Medizin nicht verbergen konnte. Daher hoffte sie, Armin würde diesmal einige Tage ausbleiben, so dass Ignatia kräftiger wurde und notfalls mit ihr und Trudi fliehen konnte.

2.

Ein paar Tage blieb alles ruhig, doch als Marie wieder einmal nach Kräutern suchte, vernahm sie in der Ferne Gesang. Es handelte sich um eine klare, helle, aber doch männlich klingende Stimme.

»Das wird Armin sein«, dachte sie und machte sich auf den Weg zu jener Falle, an der sie den Spielmann getroffen hatte.

Unterwegs nahm sie einen Hasen mit, der sich in einer der anderen Fallen gefangen hatte, und traf auf dem Heimweg auf Armin. Der Spielmann war nicht allein. Ein kräftiger, schief gewachsener Mann begleitete ihn ebenso wie eine ältere Frau mit mürrischer Miene. Beide blieben etwas zurück, als Armin auf Marie zutrat.

»Gott zum Gruß!«, rief er ihr zu. »Da bin ich, wie ich es versprochen habe. Darf ich dir meine Begleiter vorstellen? Der Mann hier heißt Mark und hat dieses ebenso in den Knochen wie im Kopf, denn er ist der Haushofmeister des Waldgrafen. Und das hier ist Petronilla, seine Leibärztin.«

»Du redest zu viel«, schnaubte Mark, der etwas kleiner war als Marie, mit einer erstaunlich tiefen Bassstimme. Auch wenn man ihn nicht gerade gutaussehend nennen konnte, verrieten seine Augen Intelligenz sowie eine kräftige Portion Misstrauen. Auch Petronilla sah nicht so aus, als würde sie die Fremde sofort in die Arme schließen.

»Armin hat berichtet, es soll eine Verletzte bei dir sein«, sagte sie. »Ich will sehen, ob sie noch zu retten ist!«

»Sie befindet sich in unserem Lager. Bis dorthin ist etwa eine halbe Stunde zu gehen«, antwortete Marie.

»Dann sollten wir uns hier nicht aufhalten. Geh voran!«, forderte Mark Marie auf.

Diese zögerte, denn ihr passte es nicht, so rüde angesprochen zu werden. Doch da zwinkerte Armin ihr zu und schritt voraus.

»Ich kenne den Weg ebenfalls. Falls Petronilla mehr über die Verletzung erfahren will, kann sie dich ja fragen«, erklärte er und sprach Marie erneut wie eine einfache Frau aus dem Volk an.

Marie gesellte sich zu der Heilerin und sah sich deren Fragen ausgesetzt. »Der Lautenspieler behauptet, deine Begleiterin wäre durch einen Hieb mit einem Beil oder einem Schwert verletzt worden.«

»Das stimmt. Uns haben jenseits des Höhenzugs Räuber aufgelauert. Wir konnten ihnen entkommen und uns im Unterholz verstecken. Die fromme Schwester trug jedoch eine böse Wunde davon. Wäre nicht die Nacht hereingebrochen, hätten die Schurken uns anhand der Blutspur verfolgen können. Meine Tochter und ich mussten die Nonne auf einer primitiven Trage mit uns schleppen. Zu unserer Erleichterung wagten es die Räuber nicht, uns auf diese Seite des Berges zu folgen.«

»Die wussten, dass hier der Waldgraf herrscht, und mit dem legt sich keiner gerne an«, erklärte Mark mit einem gewissen Stolz.

»Wer ist der Waldgraf?«, fragte Marie in der Hoffnung, ihre Begleiter zum Sprechen zu bringen.

»Niemand, der dich im Augenblick etwas angeht!«, herrschte Mark sie an und streichelte das lange Messer an seinem Gürtel.

Marie ahnte, dass der Mann sie umbringen würde, ohne mit der Wimper zu zucken. Nun fragte sie sich, wie es kam, dass dieser Waldgraf solch unterschiedliche Gefolgsleute hatte wie den fröhlichen Armin und den missmutigen Mark. Auch Petronilla unterschied sich sehr von dem Spielmann. In Marie stieg Ärger auf, dass dieser sie an seine Gefährten verraten hatte. Er hätte sie doch weiterhin mit Nahrung und Arznei versorgen und ihnen dann helfen können, eine der benachbarten Herrschaften zu erreichen.

Hätte er nicht, sagte ihr Verstand. Es musste jetzt schon aufgefallen sein, dass er Vorräte in den Wald gebracht hatte. Da war es nur natürlich, dass sein Anführer wissen wollte, an wen diese Gaben gingen.

Marie stand daher Petronilla Rede und Antwort, so gut es ging, und war froh um das Wissen über Heilkräuter, das Hiltrud ihr beigebracht hatte. Nach einer Weile musterte Petronilla sie mit verkniffener Miene.

»Du weißt sehr viel über die Kunst des Heilens. Warst wohl in deinem Dorf die Kräuterfrau!« Es klang nicht gerade freundlich, und Marie begriff, dass Petronilla sie als mögliche Konkurrentin ansah.

Da Petronillas Eifersucht das Letzte war, was sie sich leisten konnte, schüttelte sie den Kopf. »So gut kenne ich mich da nicht aus. Meine Nachbarin, die Ziegenbäuerin, hat mir einiges beigebracht. Aber für eine richtige Heilerin reicht das noch lange nicht.«

»Hast dich aber gut beholfen«, sagte Petronilla mürrisch.

Da Mark ihrem Gespräch lauschte und ein paarmal so aussah, als wolle er etwas sagen, war Marie schließlich froh, als sie ihr Versteck erreichten. Um Trudi und Ignatia nicht zu erschrecken, begann sie ein ganzes Stück vorher zu rufen.

»He, ihr beiden! Ich bin es, und ich bringe Leute mit. Es handelt sich um den Spielmann Armin, Mark und um die Heilerin Petronilla. Ich bin froh um diese, da Schwester Ignatia endlich von kundigen Händen behandelt werden kann.«

Sie hatten sich entschlossen, Ignatias Klosternamen zu lassen und nur eine andere Herkunft zu nennen. Die kundigen Hände erwähnte Marie, um Petronilla zu schmeicheln. Außerdem hoffte sie, dass ihre Tochter und Ignatia klug genug waren, ihre Worte als Warnung zu begreifen.

Wenig später erreichten sie den Schutzzaun, den Marie errichtet hatte. Trudi wartete dort auf sie. Ihre Miene wirkte trotz eines Lächelns angespannt.

»Das sind hoffentlich keine bösen Räuber«, sagte sie mit kindlicher Stimme.

Mark lachte kurz, während Armin das Gesicht wegdrehte, damit das Mädchen seine betroffene Miene nicht sah. Auch wenn es im Reich des Waldgrafen weder Weg noch Steg gab, auf denen Reisende zogen, die man überfallen konnte, so nahmen sie sich das, was sie brauchten, von Graf Joachims Bauern, und wer sich dagegen wehrte, hatte Glück, wenn er mit dem Leben davonkam.

»Nein, nein, das sind keine Räuber.«

Marie tat so, als wollte sie ihre Tochter beruhigen. Dabei wusste sie selbst, was sie von Männern wie dem Waldgrafen zu halten hatte. Da sie sich außerhalb des Gesetzes gestellt hatten, war ihr Schicksal vorgezeichnet, bis sie irgendwann einmal an einem Strick oder durch das Beil endeten.

Im Augenblick aber galt es für Trudi, Ignatia und sie, sich diese Leute zu Freunden zu machen. Sie öffnete daher den Zaun und führte sie zu dem Felsdach, unter dem sich ihr Lager befand. Ignatia lag mit geschlossenen Augen auf ihrem primitiven Bett und stöhnte leise.

»Wo hat es sie erwischt?«, fragte Petronilla.

Marie zeigte auf Ignatias Seite, wandte sich dann aber an die beiden Männer. »Könnt ihr euch bitte ein wenig entfernen. Die fromme Schwester wird ihren Leib nicht in eurer Anwesenheit entblößen.«

Zwar brummte Mark, doch nach kurzem Zögern wandte

er sich ab und ging bis zum Zaun. Armin hingegen ließ Ignatia nicht aus den Augen. Schließlich fauchte Petronilla ihn an.

»Verschwinde, du Ungut! Du kannst in unserem Lager genug Weiberfleisch sehen.«

Nun drehte sich auch Armin herum und trat beiseite. Marie merkte ihm jedoch an, dass er von den harschen Worten der Heilerin gekränkt war.

Was war das für ein Umgangston bei dieser Bande?, fragte sie sich, während sie Ignatia half, das Ordenskleid so weit abzulegen, dass die Heilerin die Verletzung betrachten konnte. Beim Anblick der genähten Narbe sah Petronilla Marie nachdenklich an, sagte aber nichts, sondern betastete die Wunde mit ihren Fingern.

»Du solltest die Hände vorher waschen«, mahnte Marie sie. »Meine Freundin, die Ziegenbäuerin, sagt immer, dass schmutzige Hände Entzündungen hervorrufen können.«

»Dummes Zeug!«, antwortete Petronilla und verzog das Gesicht zu einer verärgerten Grimasse. »Das warst wohl du?«, fragte sie und wies auf die Naht. »Denkst wohl, man könnte Fleisch wie ein Stück Tuch nähen?«

»Ich habe es bei meiner Freundin gesehen und nach diesem Vorbild gehandelt!«, rief Marie nicht weniger verärgert als die Heilerin.

»Alles dummes Zeug!«, fauchte Petronilla und quetschte die Verletzung so stark zusammen, dass Ignatia vor Schmerz aufschrie.

Sofort klang Armins besorgte Stimme auf. »Ist etwas geschehen?«

»Halt's Maul!«, schnaubte die Heilerin und drückte weiter auf der Verletzung herum. Nach einer Weile gab sie auf und schüttelte verwundert den Kopf.

»Entweder sitzt der Eiter zu tief, oder die Betschwester hat mehr Glück als Verstand und es gibt keinen. Wie es aussieht, heilt die Wunde. Also können wir die Braut Christi bald in unser Lager bringen.«

»Du glaubst doch nicht, dass wir das Weibsstück tragen. Die soll gefälligst laufen«, rief Mark.

»Das wird noch ein paar Tage dauern«, wandte Marie ein.

»Wir lassen euch Zeit bis morgen, dann kann Armin mit euch kommen. Denkt aber nicht, dass ihr vorher verschwinden könnt. Es würde euch nicht gut bekommen. Wir halten das ganze Gebiet unter Beobachtung.« Marks Stimme klang hart.

»Aber was ist, wenn die fromme Schwester noch nicht gehen kann?«, fragte Armin besorgt.

»Da du sie gefunden hast, kannst du sie auch schleppen!«, antwortete Mark ungerührt.

Er wartete, bis Marie und Trudi Ignatia das Kleid übergestreift hatten, dann kam er zu dem Felsendach und durchsuchte alles, was Marie gesammelt hatte. Als er nur die Kräuter, das bisschen Fleisch und die Linsen entdeckte, schnaubte er enttäuscht. Anscheinend hatte er erwartet, Geld oder vielleicht sogar ein Schmuckstück zu finden. Ihren Beutel trug Marie jedoch gut verborgen unter ihrem Kleid. Da sie erwartet hatte, auf der Waldburg gastfreundlich aufgenommen zu werden, hatte sie nur ein paar Münzen bei sich und wollte das Wenige nicht verlieren.

Marie hoffte, dass nicht alle Menschen im Lager des Waldgrafen so wie Mark und Petronilla waren. Eines aber hatte sie begriffen: Besonders hoch im Ansehen dieser Leute stand Armin nicht. Vielleicht konnte sie ihn deshalb dazu bringen, ihnen zu helfen, diese Gegend zu verlassen.

3.

Zu Maries Erleichterung machten Petronilla und Mark sich schon nach kurzer Zeit auf den Heimweg, ließen aber Armin zurück. Bevor sie gingen, befahlen sie ihm, seine drei Findlinge am nächsten Tag ins Lager zu führen.

»Also gut! Ich übernehme das«, antwortete der Spielmann und sah den beiden nach, bis sie im dichten Wald verschwunden waren. Danach wandte er sich mit einer hilflosen Geste zu Marie um. »Ihr fragt Euch wohl, bei welch üblen Leuten ich mich befinde. Die meisten sind brave Männer und Frauen, denen nichts anderes übrig geblieben ist, als sich dem Waldgrafen anzuschließen.«

»So wie du?« Ignatias Worte klangen wie eine Frage.

Armin drehte sich zu ihr um und nickte. »Was soll man tun, wenn der Vogt einem androht, seine Finger brechen zu lassen, damit man nicht mehr Laute spielen kann? Da habe ich die erste Gelegenheit ergriffen, Reißaus zu nehmen, und bin in den Wald geflohen. Bevor ich wieder herauskam, hatten die Männer des Waldgrafen mich gefunden, und jetzt spiele ich für sie.«

»Das ist auf jeden Fall besser, als verkrüppelte Finger zu haben«, erwiderte Ignatia und bat Armin, ein Lied für sie zu spielen. Dieser nahm seine Laute aus ihrer Umhüllung und schlug die ersten Akkorde an.

Marie blieb einige Augenblicke bei ihnen, sagte sich dann aber, dass es wichtiger war, das Essen zuzubereiten. Nebenbei lauschte sie dem Gesang. Armins Lautenspiel war gut, und er hatte eine angenehme Stimme.

»Warum bist du nicht durch die Lande gezogen? Als fahrender Sänger hättest du dir Essen und Unterkunft leicht verdienen können«, fragte sie, als Armin Pause machte.

Der Spielmann zuckte mit den Achseln. »Ich war ein Höriger und kannte von der Welt kaum mehr als unser Dorf. Da unserem früheren Priester meine Stimme gefiel, lehrte er mich zu singen und die Laute zu schlagen. Er war ein fröhlicher Mann und einem Becher Wein und einer kleinen Tändelei mit einer Frau nicht abgeneigt. Doch als er starb, kam ein strengerer Pfarrer, und dem war Musik ein Greuel. Er gab beim Vogt an, ich hätte an einem Fasttag gesungen und gespielt, und das, obwohl er als geistlicher Herr nicht lügen sollte. Ich kam in die Schandgeige, und bei Wiederholung wurde mir angedroht, mir die Finger zu brechen, auf dass ich mich auf ewig an die Fasttage des Herrn erinnern sollte.«

»Es gibt überall Narren!«, antwortete Marie. »Doch warum bist du in den Wald gegangen? Die einzelnen Herrschaften in dieser Gegend sind nicht so groß, als dass man nicht in einem oder zwei Tagen die Grenze erreichen könnte.«

»Das wollte ich ja auch«, gab Armin mit kläglicher Miene zu. »Aber ich habe mich im Wald verirrt und war schließlich froh, als die Männer des Waldgrafen mich fanden. Jetzt spiele ich für sie und wandere in der Umgebung herum, um zu erfahren, was sich in diesen Landen tut.«

»Das heißt, du könntest jederzeit fort von hier. Warum tust du es dann nicht?«, fragte Marie verwundert.

Armin senkte den Kopf. »Hier habe ich Freunde, ein Feuer, das mich wärmt, und genug zu essen. Würde ich den Waldgrafen verlassen, wäre ich ganz auf mich allein gestellt.«

»Da du von Essen sprichst: Ihr hättet ruhig etwas mitbringen können. So wirst du dich ebenso wie wir mit dem begnügen müssen, was wir noch haben.« Marie ärgerte sich darüber, denn sie hatten nicht viel und mussten es jetzt auch noch mit Armin teilen.

»Hoffen wir, dass sich heute etwas in meinen Schlingen fängt. Sonst ist morgen Schmalhans Küchenmeister«, setzte sie bissig hinzu und rührte die Suppe in ihrem Topf um.

»Du bringst uns übermorgen zu deinem Waldgrafen?«, fragte Trudi Armin neugierig.

»Wenn ich es nicht tue, steht Mark mit einigen Kameraden am Tag darauf am Zaun, und das will ich euch ersparen.« Armin war anzumerken, dass er Mark nicht gerade als Freund betrachtete.

Mit einer resignierenden Geste wandte er sich an Marie. »Mark ist ein eigenartiger Kerl. Da er verwachsen ist, spotten die anderen über ihn, aber nur heimlich, denn er ist sehr nachtragend. Bezähmt also eure Zunge.«

»Das werden wir«, versprach Marie und warf Trudi und Ignatia warnende Blicke zu.

»Mark kann sehr gemein sein!«, fuhr Armin fort. »Am meisten hat der arme Nepomuk darunter zu leiden. Der ist ein ganz kleines Kerlchen, aber ein fröhlicher Mensch. Auch ist er ein richtiger Gaukler, müsst ihr wissen, und hat viele Länder gesehen. Graf Joachims Leute haben ihm seinen Wagen und sein Pferd weggenommen, weil er den Wegzoll nicht bezahlen konnte, und ihn in den Wald gejagt, weil er zu solchem Gesindel wie uns passen würde.«

»Ich kannte einen Nepomuk. Er war ein Zwerg und reichte mir gerade mal bis zur Brust«, antwortete Marie nachdenklich. Sollte es wirklich der alte Gaukler sein, von dem sie seit Jahren nichts mehr gehört hatte?, fragte sie sich. Wenn ja, bestand Hoffnung, dass er ihnen helfen würde.

»Von der Größe her stimmt es!« Armin deutete lachend an, wie weit Nepomuk ihm reichte, und berichtete, während Marie kochte, von dessen Scherzen und Kunststücken.

»Die Leute mögen ihn! Das ärgert Mark, denn den mag

keiner. Auch neidet er Nepomuk dessen Fingerfertigkeit und seinen Witz. Obwohl der Gaukler noch verwachsener ist als er selbst, steht dieser seinen Mann. Mark hingegen könnte nicht einmal genug erbetteln, um nicht zu verhungern.« Armin spie verächtlich aus und entschuldigte sich dann dafür. »Es tut mir leid, ich …«

»Ich habe Herren erlebt, die bei Tisch rotzen und spucken, und das nur, um zu zeigen, dass sie wer sind und sie sich so etwas erlauben können. Das hier ist jedoch Waldboden, und Mark ist es wert, dass man seinetwegen ausspuckt«, unterbrach Marie ihn lachend.

»Ihr solltet es nicht vor seinen Augen tun. Wie ich bereits sagte, ist er nachtragend und gemein«, warnte Armin sie und fragte dann Ignatia, ob sie noch eines seiner Lieder hören wolle.

»Sehr gern!«, antwortete sie freundlich und lauschte mit entspannter Miene seinem Gesang.

4.

Marie hatte endlich Glück mit ihren Fallen, und sie fing zwei Hasen, so dass sie genug zu essen hatten. Auf ihrem letzten Gang sammelte sie die Schlingen wieder ein, damit kein weiteres Tier hineingeriet und sinnlos sterben musste. Den Abend nutzte sie, um ihre Sachen zu sortieren und das wegzuwerfen, was sie nicht mehr benötigten. Armin fertigte unterdessen eine Trage an, mit deren Hilfe sie Ignatia zum Lager des Waldgrafen schaffen wollten.

Als sie am späten Vormittag aufbrachen, lud Marie ihrer Tochter das auf, was sie mitnehmen konnten. Unterdessen half Armin Ignatia, auf der Trage Platz zu nehmen.

»Wir werden Euch so gut schleppen, wie es möglich ist«, erklärte er ihr. »Allerdings gibt es auf unserem Weg einige Stellen, die Ihr selbst bewältigen müsst. Ich werde Euch dabei helfen, so gut ich es vermag.«

»Hab Dank!«, antwortete Ignatia lächelnd.

Auch wenn sie Angst vor dem hatte, was sie erwarten mochte, war sie doch froh, wieder unter Leute zu kommen. Vielleicht halfen ihr neue Eindrücke, das zu vergessen, was geschehen war, und sie würde in den Nächten nicht mehr von Männern mit Schwertern träumen, die ihr den Garaus machen wollten.

»Du bist kräftiger als ich, also kannst du das schwerere Ende der Trage nehmen«, sagte Marie zu Armin und bückte sich, um die Griffe auf ihrer Seite zu fassen.

Armin nahm die anderen, und auf Maries Kommando hoben sie die Verletzte an. Da nur Armin den Weg kannte, musste er an der Spitze gehen. Trudi folgte ihnen mit dem Packen, der zwar groß aussah, aber nicht zu viel wog.

Trotzdem wurde es für sie alle ein harter Marsch. Nur mit Trudi als Helferin hätte Marie ihn niemals bewältigen können. Selbst Armin tat sich schwer, weil ihm immer wieder Zweige ins Gesicht schlugen, denn er hatte keine Hand frei, um sie beiseitebiegen zu können. Marie hatte sich ein Tuch um den Kopf gebunden und litt daher nicht so sehr unter den Zweigen wie er. Mit der Zeit wurden ihr die Arme schwer, und sie wünschte sich, anhalten und ausruhen zu können.

»Wie weit ist es noch?«, fragte sie stöhnend.

»Wir müssen noch ein ordentliches Stück gehen und dann in das Tal hinabsteigen, in dem unser Lager liegt«, antwortete Armin und atmete keuchend durch. »Wenn es Euch genehm ist, würde ich gerne eine kurze Rast halten. Die fromme Schwester ist zwar leicht wie eine Feder, aber die Stangen haben ihr Gewicht.«

»Du bist ein Schmeichler«, sagte Ignatia lächelnd.

»Dann sollten wir stehen bleiben.« Marie war erleichtert, die Trage absetzen und ausruhen zu können.

Nachdem Armin Ignatia geholfen hatte, sich gegen einen Baum zu lehnen, teilten sie sich die Reste der Hasen. Marie kaute das zähe Fleisch mit Widerwillen und war froh, der eintönigen Kost bald entkommen zu können. Selbst der einfache, nur mit Gartenkräutern gewürzte Getreidebrei, der armen Leuten jahraus, jahrein als Hauptmahlzeit diente, war ihr im Augenblick willkommener als Wildbret.

Nach viel zu kurzer Zeit ging es weiter. Marie verließ langsam die Kraft, und als sie stolperte und beinahe die Trage fallen ließ, begann Ignatia zu jammern.

»Wie konnte Gott nur zulassen, dass ich euch solche Mühe bereite. Ich kann gewiss selbst gehen.«

»Dafür seid Ihr zu schwach«, antwortete Marie und wünschte sich die Kraft eines Riesen, um nicht nur Ignatia tragen, sondern auch alle Widerstände aus der Welt räumen zu können.

»Frau Marie hat recht!«, stimmte Armin ihr zu. »Ihr würdet zu Fuß nicht weit kommen. Schont Eure Kräfte für jene Stellen, an denen es nötig sein wird. Doch nun sollten wir die Höflichkeit ablegen und uns so ansprechen, wie das gemeine Volk es tut. Wir haben einige Späher im Wald, und ich will nicht, dass sie euch für edle Damen halten. Viele von ihnen haben Schlechtes durch ihre Herrschaft erfahren und würden es euch entgelten lassen.«

»Trudi und mich kannst du wie eine Bäuerin und ihre Tochter ansprechen. Bei Schwester Ignatia wäre jedoch die Achtung vor ihrem geistlichen Stand angemessen«, antwortete Marie.

»Nicht alle im Lager mögen Pfaffen und Betschwestern. Darum ist es besser, die fromme Frau als einfache Nonne auszugeben, die im Kloster – verzeiht mir den derben Ausdruck – den dortigen Damen von Adel den Hintern abputzen musste«, erklärte Armin.

Ignatia gluckste amüsiert, und Marie war froh, dass die Nonne darüber das Jammern vergaß.

Es ging weiter, und nun begriff Marie, weshalb man sich in diesen Wäldern so verirren konnte, dass man nicht mehr herauskam und elend verschmachten musste. Das dichte Blätterdach verdeckte die Sonne, und es war unmöglich, sich nach ihr zu orientieren. Ebenso wenig konnte man einem Wasserlauf folgen, um sich von ihm zu einem Fluss und zu Dörfern und Städten an dessen Ufer leiten zu lassen. Die Bäche hatten sich meist tief in den Fels eingeschnitten oder verschwanden unter der Erde, um an einer anderen Stelle wieder zutage zu treten. Es war ein wildes Land, das sich der Besiedlung durch Menschen trotzig widersetzte und nur

Ausgestoßenen wie den Leuten des Waldgrafen Obdach bot.

Während sie Ignatias Trage schleppte, wanderten Maries Gedanken nach Kibitzstein. Gewiss würde bald die Nachricht von dem Gemetzel auf der Waldburg dort eintreffen und ihre Lieben erschrecken. Sie nahm an, dass Anni daraufhin eine Botschaft an Michel schicken würde. In dem Augenblick wünschte sie sich die Macht, sie könnte ihre Gedanken ebenso in die Ferne senden wie Briefe, um Michel und die anderen zu beruhigen. So aber würden sie warten müssen, bis es ihr gelang, in die Heimat zurückzukehren.

»Wir kommen jetzt an eine der schlimmsten Stellen unseres Weges!«

Armins Ruf riss Marie aus ihren Überlegungen. »Was meinst du?«, fragte sie.

»Wir müssen einen steilen, arg verschlungenen Weg bewältigen, auf dem wir Schwester Ignatia unmöglich tragen können. Sie muss zu Fuß gehen, aber ich werde sie dabei stützen. Ihr – äh, ich meine du! – du musst die Trage schleppen.«

Armin blieb stehen und streckte Ignatia die Hand hin. Diese ergriff sie und stand mit verzerrter Miene auf. Es tat zwar nicht mehr so weh wie bei ihren ersten Gehversuchen vor ein paar Tagen, doch sie fühlte sich so schwach, dass sie nicht glaubte, einen Fuß vor den anderen setzen, geschweige denn einen schwierigen Steig bewältigen zu können.

»Erlaubt!« Armin fasste sie unter den Armen und stützte sie.

Sie kamen langsamer voran als eine Schnecke, doch die Disziplin, die Ignatia im Kloster anerzogen worden war, ließ sie gegen ihre Schwäche ankämpfen. Auch wenn sie schon bald schwer an Armin hing, gab sie nicht auf.

Armin hob sie über die unwegsamsten Stellen hinweg und machte ihr immer wieder Mut. Obwohl sie durch ihre Verletzung an Gewicht verloren hatte und ihr Gesicht schmal geworden war, konnte das dunkle Ordenskleid mit seiner

Haube, die nur das Gesicht frei ließ, nicht verbergen, dass es sich bei Ignatia um eine schöne Frau handelte. Armin fühlte durch den Stoff hindurch ihren festen Körper unter den Händen und bewunderte ihre langen, leicht gebogenen Wimpern und die großen, blauen Augen, von denen sich eine dünne Tränenspur die Wangen herabzog. Sein Mitleid mit ihr wuchs, aber auch seine Bewunderung. Vor wenigen Tagen hatte dieses holde Wesen noch an der Schwelle des Todes gestanden. Nun aber stieg es an seiner Seite den schmalen Weg hoch.

Marie folgte ihnen und schleifte die Trage hinter sich her. Nun begriff sie, wieso sich der Waldgraf in dieser Gegend hatte festsetzen können. Kein Heer vermochte diesen undurchdringlichen Urwald zu durchqueren, um ihn anzugreifen. Wenn eine kleinere Schar dies wagte, konnte sie an dieser Stelle durch ein paar gut aufgestellte Bewaffnete abgewiesen werden.

Bald trafen sie auf Männer, die den Pfad bewachten. »Na, Armin, wen bringst du denn mit? Brauchst wohl den Beistand einer frommen Frau!«, rief ein mit einem Bogen bewaffneter Mann ihnen zu.

»Von dieser Betschwester würde ich mich auch gerne ins Himmelreich einweisen lassen«, meinte ein anderer.

»Mir wäre sie auch lieber als ein Pfaffe«, erklärte der Bogenschütze. »Die Bäuerin scheint auch nicht zu verachten. Ist nicht mehr die Jüngste, hat sich aber gut gehalten!«

Sein Kumpan musterte Marie und nickte anerkennend. »Soviel ich gehört habe, soll sie eine Heilerin sein. Petronilla spuckt deswegen Feuer und hat den Herrn schon aufgefordert, die Weiber nicht ins Lager zu lassen. Denkt wohl, alle würden zu der Neuen laufen, um ihre Schmarren versorgen zu lassen.«

»Redet kein so dummes Zeug! Was sollen die drei bloß von euch denken!«, schalt Armin die beiden Wächter.

Der Bogenschütze deutete lachend eine Verbeugung an. »Aber sehr wohl doch, hochedler Ritter Armin auf Arminstein. Die Bäuerin wird wohl ein offenes Wort gewohnt sein, und die Betschwester muss sich daran gewöhnen!«

»Ochse!«, antwortete Armin schnappig.

»Na siehst du! Du bist auch nicht anders als wir.«

Der zweite Wächter trat zu ihm und klopfte ihm so heftig auf die Schulter, dass Armin ins Straucheln geriet und Ignatia nicht mehr festhalten konnte. Nur mit Mühe blieb diese auf den Beinen und sah sich ängstlich um.

Da Armin so aussah, als wolle er auf den wuchtig gebauten Wächter losgehen, griff Marie ein.

»Ihr beide könntet uns helfen, anstatt euch über euren Kameraden lustig zu machen.«

Die zwei Männer sahen einander an und grinsten wie auf Kommando. »Könnten wir!«, meinte der Bogenschütze und legte seine Waffen ab. Danach trat er auf Ignatia zu und nahm sie auf die Arme.

»So geht das«, meinte er zu Armin und trug die Nonne bis zum Scheitelpunkt des Weges. Dort setzte er sie ab und wies auf ein enges Tal, von dem nur ein undurchdringliches Blätterdach zu sehen war.

»Der Weg hinab wird dir leichter fallen. Würde dich ja gerne hinabtragen, aber unser Herr mag es gar nicht, wenn wir unsere Posten verlassen.« Er kniff Ignatia noch leicht in den Busen, wich ihrem schwächlich geführten Hieb aus und kehrte pfeifend zu seinem Kameraden zurück.

Der musterte unterdessen Marie mit einem anerkennenden Blick. »Soll ich dich hinauftragen?«, fragte er.

»Nein, das ist nicht nötig! Ich komme alleine hoch«, antwortete sie und drückte ihm die Trage in die Hand.

Der Mann sah ihr kopfschüttelnd nach. »Die hat Haare auf den Zähnen! Da wird sich Petronilla warm anziehen müssen, um nicht den Kürzeren zu ziehen.«

Er legte Armin die Hand auf die Schulter und grinste. »Hat dir wohl gefallen, eine Nacht allein bei den Weibern zu bleiben.«

»Ochse!«, wiederholte Armin und hielt einen Augenblick später die Trage in den Händen.

»Die Bäuerin sagt, du sollst sie hochschleppen.«

»Sie meinte, du sollst sie nehmen«, giftete Armin, machte sich aber mit der Trage auf den Weg.

Trudi stapfte hinter ihm her, ohne die beiden Wächter anzusehen. Doch sie entkam deren Kommentaren nicht.

»Ein hübsches Ding! Es müsste bloß ein paar Jahre älter sein, dann würde es mich schon jucken, mit ihr allein in den Wald zu gehen!«

Der Bogenschütze nickte eifrig. »Man möchte gar nicht glauben, dass es ein Bauernkind ist. Es sieht so fein aus wie ein Mädchen aus einer höheren Familie.«

»Vielleicht war der Grundherr bei seiner äh … hm, Erzeugung beteiligt und hat dafür gesorgt, dass es nicht schwer arbeiten musste.«

Trudi machte, dass sie hochkam, und blieb auf der Höhe neben ihrer Mutter stehen. »Sie sind wie Hunde, die zwar bellen, aber nicht beißen.«

»Im Augenblick mögen sie harmlos sein, doch ich würde mich nicht darauf verlassen, dass dies so bleibt«, antwortete Marie. »Zu lange will ich in diesem Lager nicht bleiben. Männer wie Mark machen mir Angst!«

»Mir auch«, gestand Ignatia und sah Armin dabei Hilfe suchend an.

»Keine Sorge, ich bin bei euch«, antwortete dieser.

Marie hätte jedoch keinen schimmligen Pfennig darauf verwettet, dass der Spielmann sich gegen Mark oder auch nur gegen die beiden Wächter durchsetzen konnte. Es gab nur eine einzige Person, auf die sie sich verlassen konnte, und das war sie selbst.

5.

Wie Armin vorhergesagt hatte, wurde der Weg nach unten leichter. Schon bald konnte Ignatia wieder getragen werden, und so kamen sie schneller voran. Trudi hingegen maulte, weil ihr das Bündel allmählich zu schwer wurde.

»Es ist nicht mehr weit«, versuchte Marie sie zu trösten.

»Woher willst du das wissen? Du warst doch noch nie im Lager des Waldgrafen«, erwiderte Trudi schnappig. »Außerdem habe ich Hunger!«

»Dann sollten wir eine Pause einlegen und etwas essen.« Maries Nerven waren ebenfalls dünn, doch es brachte nichts, wenn sie jetzt gereizt reagierte.

»Haben wir überhaupt noch etwas?«, fragte ihre Tochter.

»Ein Viertelchen Hase für uns alle dürfte noch da sein. Allerdings müssen wir uns Brot und Wein dazudenken«, antwortete Marie.

Trudi begann zu kichern. »Dann werde ich an einen besonders köstlichen Wein denken, so wie Papa ihn letztens getrunken hat.«

Dies lag schon einige Wochen zurück, und es versetzte Marie einen Stich, an Michel erinnert zu werden. Hoffentlich geht es ihm gut, dachte sie. Sie würde alles dafür tun, um in Kibitzstein zu sein, bevor er die Nachricht von ihrem angeblichen Tod erhielt.

Wenig später erreichten sie eine Stelle, die Armin für eine Rast geeignet erschien. Sie stellten ihre Lasten ab und setzten sich. Während Marie die Reste ihrer Vorräte verteilte, bogen sich die Zweige eines Busches, und zwei junge Männer kamen heran.

»Da ist ja Armin mit seinen drei Weibern«, spottete einer von ihnen.

»Auf jeden Fall ist er höflicher als ihr«, gab Marie ihnen Kontra.

»Die hat Haare auf den Zähnen!«

»Das haben eure Kameraden am Steig auch schon festgestellt.« Marie begriff, dass sie bei diesen Kerlen mit Nachgiebigkeit nichts erreichen konnte. Das würde sie nur noch unverschämter werden lassen.

»Habt ihr Wein? Der Hase ist sonst zu trocken«, fragte sie.

»Im Lager gibt's welchen«, meinte der eine brummend.

Sein Kumpan warf ihr grinsend eine Lederflasche zu. »Hier nimm! Hoffentlich ist er dir nicht zu sauer. Doch wir erhalten unseren Wein nun einmal nicht von den Winzern, die Kaiser und Könige beliefern.«

Marie öffnete die Schnur, mit der der Beutel verschlossen war, und setzte das Mundstück an. Der Wein war besser als erwartet, und sie trank einen guten Teil davon, bevor sie ihn an Ignatia weiterreichte.

»An deiner Stelle würde ich vorsichtig sein. Der Wein ist stark und steigt einem schnell zu Kopf.«

Ignatia war sehr durstig, vertraute aber auf Maries Erfahrung und ließ nur ein paar Schluck über die Lippen rinnen. Doch auch das reichte bereits aus, um ein seltsames Gefühl im Kopf zu erzeugen.

»Zwei Schluck und nicht mehr, Trudi!«, befahl Marie ihrer Tochter, als diese die Lederflasche an sich nahm.

Obwohl das Mädchen Durst hatte, beherrschte es sich und trank nur wenig. Danach reichte es die Flasche an den Mann zurück.

Der hängte sie sich wieder grinsend an den Gürtel. »Die

Alte ist richtig! Selbst saufen wie ein durstiger Gaul, aber den anderen nichts gönnen.«

Bislang hatte Marie sich nicht mehr direkt jung, aber auch nicht wirklich alt gefühlt. Als sie jetzt über ihr Gesicht fuhr und dessen Konturen mit den Fingerkuppen nachzeichnete, begriff sie, dass die Anstrengungen der letzten Zeit ihre Spuren hinterlassen hatten. Wie werde ich aussehen, wenn Michel zurückkommt?, fragte sie sich besorgt, schob diesen Gedanken jedoch resolut beiseite und wandte sich den beiden Männern zu.

»Ihr tätet ein gutes Werk, wenn ihr die fromme Schwester zu eurem Lager tragen könntet. Mir wird sie mittlerweile zu schwer.«

»Hättest sie von Armin huckepack tragen lassen müssen, dann würdest du jetzt nicht jammern«, meinte der eine grinsend. »Aber wir wollen nicht so sein. Komm, Frieder, pack mit an!«

Die beiden Männer übernahmen die Trage und gingen voraus. Wie es aussah, stellte Marks rüdes Verhalten doch eine Ausnahme bei den Räubern des Waldgrafen dar, dachte Marie und ließ sich von Trudi deren Packen reichen.

»Ich bin froh, dass ich diese Last los bin. Sie ist mir zuletzt doch arg schwer geworden«, sagte ihre Tochter aufatmend.

Marie drückte sie mit der Linken kurz an sich. »Es tut mir leid, dass du dies alles erleben musst.«

Gleichzeitig fragte sie sich, was noch alles vor ihnen liegen mochte. Als sie Armin ansah, schien er nicht recht zu wissen, ob er sich freuen sollte, weil er Ignatia nicht mehr tragen musste, oder es bedauern. Obwohl er ein fröhlicher Bursche war und nicht um einen Witz verlegen, hatte Marie erneut den Eindruck, dass er keinen besonders hohen Rang unter den Anhängern des Waldgrafen einnahm. Daher konnte sie ihn vielleicht doch dazu überreden, mit Trudi, Ignatia und ihr zu fliehen.

Wie wichtig es war, jemanden bei sich zu haben, der den Weg kannte, begriff sie in der nächsten Stunde. Während die beiden Männer Ignatia trugen, ohne auch nur ein Anzeichen von Erschöpfung zu zeigen, durchquerten sie ein vor Dornen nur so strotzendes Waldstück auf einem schmalen, sich schlangenhaft windenden Pfad. Immer wieder führten Abzweigungen weg, so dass sie schon bald nicht mehr wusste, wie sie aus diesem undurchdringlichen Labyrinth herausfinden konnte. Dazu warnte Armin sie immer wieder vor Fallen, die das Eindringen in diese Wälder für jeden Fremden zu einem Spiel mit dem Tod werden ließen.

Kurz vor der Abenddämmerung erreichten sie eine Stelle, an der es zuerst noch einmal steil hoch und danach ebenso steil wieder in die Tiefe ging. Hier bereitete es selbst Frieder und seinem Kameraden Mühe, Ignatia heil nach unten zu bringen. Ein paarmal sah es sogar so aus, als würde die Nonne von ihrer Trage fallen.

Dann war es endlich geschafft, und ein paar hundert Schritte weiter erreichten sie eine Lichtung, auf der mehr als ein Dutzend primitiver Hütten stand. Diese waren aus dünnem Stangenholz errichtet und mit Moos gedämmt worden. In der Mitte brannten mehrere Feuer, über denen Kessel hingen. Obwohl der Geruch, den sie verströmten, nur einfachen Getreidebrei versprach, schnupperte Marie begehrlich.

»Da seid ihr ja! Hast dir aber Zeit gelassen«, schnaubte Mark Armin an, ohne Marie, Ignatia und Trudi zu beachten.

Marie ließ ihre Blicke über das Lager schweifen. Sie hatte mehr Menschen erwartet. So aber zählte sie nur eine Handvoll Männer, etwa fünfzehn Frauen verschiedensten Alters und mehrere Kinder.

Eben kam ein klein gewachsener Mann aus einer Hütte heraus. Maries Augen leuchteten zufrieden, als sie ihn erkannte. Es war wirklich der Gauklerzwerg Nepomuk. Er wirkte älter als in ihrer Erinnerung und humpelte stärker als früher. Allerdings sah er sie nur kurz an und wandte sich dann an eine der Frauen. »Wann gibt es endlich was zu essen? Ich habe Hunger!«

»Jetzt drängle nicht! Du wirst schon was kriegen. Weiß gar nicht, wieso du bei deiner Größe so viel fressen kannst«, antwortete Petronilla anstelle der Frau und kam dann auf die Neuankömmlinge zu.

»Damit ihr es gleich wisst! Ihr seid hier nichts oder, besser gesagt, noch weniger als nichts«, fauchte sie Marie an.

Diese wandte den Kopf ab, da ihr Speicheltröpfchen ins Gesicht sprühten. Allerdings wusste sie, dass sie sich jetzt behaupten musste, wenn sie verhindern wollte, dass ihre Tochter und sie als die niedrigsten Mägde im Lager behandelt wurden.

»Wer bestimmt das? Du? Oder nicht eher der Herr dieser Wälder?«, fragte sie scharf. Sie hatte schon »der Waldgraf« sagen wollen, sich aber für die ehrerbietigere Bezeichnung entschieden.

»Im Augenblick bestimme ich!«, knurrte Mark sie an.

»Und was machst du, wenn deinem Herrn deine Entscheidung nicht gefällt?«, fragte Marie ihn.

Während Mark schluckte, grinsten Frieder und einige andere sich an. Beliebt schien Mark nicht zu sein, dachte Marie. Gleichzeitig sah sie, wie Nepomuk hinter den Rücken der anderen kurz die Hand hob, als wolle er sie grüßen. Er hatte sie also doch erkannt. Es erleichterte sie, denn seiner Miene nach sah er nicht so aus, als wäre er gerne hier.

»Ihr habt sicher Hunger«, meinte eine der kochenden Frauen. »Gleich gibt es was.«

»Die sollen sich ihr Essen erst verdienen«, warf Petronilla giftig ein.

»Die Nonne kann höchstens ein Gebet sprechen. Zu mehr ist sie derzeit nicht nütze, doch die beiden anderen könnten uns helfen.« Da die Sprecherin einen gewissen Einfluss im Lager zu besitzen schien, nickte Marie.

»Das können wir! Ich habe noch ein paar Kräuter, die wir in den Brei geben können. Meine Nachbarin, die Ziegenbäuerin, sagt, sie würden den Geschmack verbessern.«

»Vielleicht sind sie auch giftig«, zischte Petronilla.

»Da meine Tochter und ich mitessen wollen, werden sie das wohl kaum sein«, antwortete Marie freundlich und wandte sich dem ersten Kessel zu. Sie zog den Kochlöffel heraus, probierte und schüttelte den Kopf. »Ein wenig wilden Kümmel und Petersilie hättet ihr schon hineintun können.«

»Wir können nur in das Essen tun, was Petronilla sammelt. Aber viel ist das nicht«, erklärte die Frau.

Petronilla zischte erneut. »Hab genug zu tun, Heilkräuter zu sammeln und Arzneien daraus zu bereiten.«

»Trotzdem hättest du ein oder zwei Frauen anlernen können, Küchenkräuter zu sammeln. Hier im Wald gibt es genug.«

So hatte bis jetzt noch niemand mit der Heilerin gesprochen. Petronilla lief rot an, und für Augenblicke sah es so aus, als wolle sie Marie schlagen. Da diese jedoch mehr als ein Jahrzehnt jünger und ein Stück größer war als sie, ließ sie es sein, wandte sich aber mit kaum verhohlener Verärgerung an Mark. »Warum weist du dieses unverschämte Weibsstück nicht zurecht?«

»Es arbeitet für sein Essen, so wie du es gewollt hast. Die Nonne soll ein Ave-Maria für die Mahlzeit beten, die sie bekommt.«

Marks Antwort verwunderte Marie. Vielleicht war er doch kein so übler Schuft, wie sie gedacht hatte. Oder handelte er nur aus Eifersucht auf Petronilla? Es war ein Rätsel, das sie nicht auf der Stelle lösen konnte. Daher zog sie ihre Kräuter aus dem Packen, zeigte sie den Köchinnen und erklärte ihnen, wie sie verwendet wurden. Petronilla stand daneben und bedachte sie mit Blicken, wie sie giftiger kaum hätten sein können.

Unterdessen sah Armin sich im Lager um. »Wieso sind nur so wenige hier?«, fragte er.

»Der Herr ist mit den meisten Männern aufgebrochen, um ein paar Pfeffersäcke, die auf Herrensteiner Straßen ziehen, um ihre Güter zu erleichtern«, erklärte Frieder fröhlich. »Graf Joachim hat seine Leute nämlich an einen anderen Ort geschickt und kann daher seine Wege nicht beschützen. Das nützen wir aus.«

»Müsst ihr alles auf diese üble Weise heranschaffen?«, fragte Marie verwundert.

»Das geht dich nichts an!«, schnaubte Mark und bewies ihr damit, dass er zu seiner schlechten Laune zurückgefunden hatte.

6.

Während Marie sich im Lager des Waldgrafen behaupten musste, erreichte Leutprand ein kleines Städtchen am Main und hielt auf das Stadttor zu. Er hatte mit Paul und Peter seine zuverlässigsten Männer bei sich und trug schlichte Kleidung, damit nicht einzuschätzen war, ob er nun ein verarmter Adelsmann war oder ein Städter, der sich Pferde und zwei Knechte als Begleitung leisten konnte.

Alle drei wirkten abgerissen, denn sie hatten unterwegs die großen Ortschaften und Städte gemieden und die Nächte im Wald verbracht, damit sich niemand an sie erinnern konnte.

Ein bürgerliches Mädchen zu rauben und auf den Rücken zu legen war eine Sache, die mit einem Griff in den Beutel abgegolten werden konnte. Etwas anderes war es jedoch, ein Mädchen zu entführen und umzubringen. Wer dabei ertappt wurde, dem drohte der Foltermeister und oft genug der Strick oder gar der Tod durch das Rad. Dazu durften weder er noch sein Herr mit der Entführung und dem Mord in Verbindung gebracht werden. Der Kurfürst von Sachsen und die Grafen von Schwarzburg lauerten nur darauf, Graf Joachim das Recht auf das Herrenrodaer Erbe abzusprechen.

»Das darf nicht geschehen«, murmelte Leutprand vor sich hin.

Wenn sein Herr dieses Erbe verlor, würde er die versprochene Belohnung nicht erhalten. Im Augenblick war er trotz seines adeligen Namens ein Nichts, doch als Graf Joachims Kastellan auf Herrenroda hatte er Anspruch darauf, von allen hohen Herren in Thüringen und darüber hinaus ehrerbietig angesprochen zu werden. Mit diesem Gedanken lenkte Leutprand sein Pferd auf die vor ihnen liegende Stadt zu.

»Wollt Ihr diesmal in die Stadt, Herr?«, fragte ihn Paul verwundert.

Leutprand drehte sich kurz im Sattel um. »Irgendwo müssen wir mit unserer Suche beginnen! Wir sind inzwischen weit genug von zu Hause entfernt.«

»Glaubt Ihr, dass wir hier die Richtige finden?«, fragte Paul weiter.

»Möge es so sein! Ich habe wenig Gefallen daran, Ortschaft um Ortschaft zu durchsuchen. Das würde irgendwann auffallen.« Leutprand wandte seine Aufmerksamkeit wieder der Stadt zu und zügelte kurz darauf vor den Torwachen sein Pferd.

»Woher und wohin?«, fragte deren Anführer.

»Wir kommen aus Fulda und wollen weiter nach Ansbach. Rainer ist mein Name, wenn es beliebt, und das sind meine Knechte Peter und Paul!« Leutprand reichte den Wachen je eine Münze. Diese schien nach deren Geschmack zu sein, denn sie traten beiseite und ließen ihn und seine Begleiter in die Stadt.

»Ihr hättet nach einer Herberge oder Schenke fragen sollen«, sagte Paul mürrisch. »Meine Gurgel ist schon ganz ausgedörrt.«

»Die meine auch«, meldete sich sein Kamerad Peter.

»Einen Becher Wein könnt ihr haben, aber nicht mehr. Wir müssen eine schwierige Aufgabe erfüllen, und da will ich nicht, dass ihr euch betrinkt.«

Die beiden Kerle warfen einander beredte Blicke zu. Nach dem Gewaltritt, zu dem Leutprand sie gezwungen hatte, hatten sie sich gerade darauf gefreut. Ihr Anführer spürte jedoch, dass ihm die Zeit wie Sand zwischen den Fingern zerrann. Wenn er Jutta von Herrenrodas angebliche Leiche vorzeigte, durfte nicht zu viel Zeit zwischen deren angeblichem Tod und dem der entführten Frau liegen.

»Einen Becher Wein! Nicht mehr!«, wiederholte Leutprand und hielt nach einem Wirtshausschild Ausschau. Schon bald entdeckte er einen sanft im Wind schwingenden Holzkrug über einer Tür und ritt darauf zu. Es gab sogar einen Hof, in dem sie ihre Pferde abstellen konnten. Ein alter Knecht, der auf einem Strohhalm herumkaute, schlurfte herbei und grüßte.

»Willkommen in unserem Krug, meine Herren! Hier findet ihr Wein, aber auch gutes Bier, und wem der Magen knurrt, dem kann ebenfalls geholfen werden.«

»Das will ich hoffen«, antwortete Leutprand, während er sich aus dem Sattel schwang. »Hast du einen Platz, an dem wir schlafen können? Es kann auch der Stall sein, wenn es nicht anders geht.«

»Und ob es geht!«, antwortete der Knecht fröhlich. »Wir haben Kammern mit weichen Betten. Da würde sich selbst der Kaiser nicht schämen, darin zu schlafen.«

»Wenn es darin auch nur eine Wanze gibt, verdresche ich dich«, drohte Paul ihm an.

»Wanzen sucht ihr bei uns vergebens. Die Wirtin hält auf Sauberkeit. Aber wenn ihr nicht allein im Bett schlafen wollt, dem kann abgeholfen werden. Unsere beiden Mägde und die der Nachbarin sind willig und billig.«

»Was meint Ihr, Herr Leu… ich meine Rainer?«, fragte Peter und duckte sich unter dem vernichtenden Blick seines Anführers.

»Ihr verfluchten Kerle denkt wohl nur noch ans Saufen und Huren und vergesst dabei, dass wir dringende Botschaft nach Augsburg zu bringen haben!«

»Sagtet Ihr vorhin nicht Ansbach?«, fragte einer der Kerle.

Leutprand wünschte sich, er hätte seine Begleiter mehr nach ihrem Verstand und weniger nach ihre Treue zu ihm aussuchen können.

»Wir müssen durch Ansbach, aber unser Ziel ist Augsburg«, erklärte er mit leiser, aber scharf klingender Stimme und wandte sich dann dem Wirtsknecht zu.

»Die Pferde müssen geputzt und gestriegelt werden. Auch sollst du mit dem Hafer nicht sparen. Es ist noch ein weiter Weg bis Augsburg, und wir müssen uns sputen.«

»Sehr wohl, der Herr, aber …« Der Knecht brach ab, doch seine Geste war eindeutig.

Leutprand drückte ihm einen Groschen in die Hand und ging auf die Eingangstür der Herberge zu. Seine Männer folgten ihm, während der Knecht die Münze mit zufriedener Miene wegsteckte und die Pferde in den Stall führte.

Die Wirtsmägde mochten willig sein und ihre Zärtlichkeiten nicht viel kosten, doch sie waren nicht nach Leutprands Geschmack. Die eine war klein und dick, die andere zwar größer, aber noch dicker. Wenigstens schmeckte der Wein, den sie ihm in den Becher füllten, und als er nach Essen verlangte, brachte ihm die Kleinere ein Brett mit fetttriefenden Schweinerippen und Brot.

Die drei Männer hatten auf ihrer Reise bisher allein vom Proviant gelebt und freuten sich jetzt am reichhaltigen Mahl. Leutprand gönnte seinen Begleitern noch einen zweiten Becher Wein und starrte selbst durch das offene Fenster ins Freie.

Er hatte Jutta von Herrenroda auf der Waldburg gesehen, doch keine der jungen Frauen, die draußen vorbeigingen, ähnelte ihr auch nur im Entferntesten. Seine Anspannung stieg, und er verfluchte die Frau, die Jutta auf ihrer Flucht mitgenommen hatte. Es war ihm bislang nicht gelungen herauszufinden, wer sie war. Auf jeden Fall musste sie ein durchtriebenes Weib sein, sonst hätte sie seinen Männern nicht entkommen können. Einen Augenblick lang dachte er an den

Waffenknecht, dem sie fein säuberlich die Kehle durchschnitten hatte. Dazu brauchte es Mut und eiserne Nerven. Was war, wenn es ihr gelang, Jutta von Herrenroda am Leben zu erhalten und mit dieser zur Schwarzburg oder nach Saalfeld zu gelangen?

Auf einmal packte ihn das Gefühl, auf schlammigem Grund zu stehen, der unter ihm nachgab. Er tröstete sich damit, dass der Waldgraf, in dessen Gebiet die Frauen geflohen waren, Graf Ernst von Herrenroda und dessen Sippe ebenso hasste wie Graf Joachim. Sollte er tatsächlich dessen Oheim sein? Fragen über Fragen türmten sich vor ihm auf und verunsicherten ihn. Verärgert bestellte er sich einen weiteren Becher Wein.

»Was meint Ihr, Herr? Wo werden wir ein passendes Mädchen finden?«, fragte Paul leise, nachdem die Wirtsmägde den Schankraum verlassen hatten.

»Hier im Wirtshaus gewiss nicht. Oder glaubt ihr, wir könnten eines der beiden Dickerchen als die Vermisste ausgeben?«, antwortete Leutprand ätzend.

Seine beiden Männer lachten darüber wie über einen guten Scherz. »Und wo glaubt Ihr, findet wir sie?«, fragte Peter.

»In der Kirche!«

Als die zwei das hörten, prusteten sie noch mehr los.

Leutprand schlug mit der Faust auf die Tischplatte. »Seid jetzt ruhig! Kümmert euch um eure Kleidung und sorgt dafür, dass ihr zur Abendmesse manierlich ausseht. Sonst putze ich den Boden mit euch!«

Die beiden lachten noch stärker. »Da wollten wir doch zuschauen, wie Ihr den Boden putzt!«

Bevor Leutprand sie erneut zurechtweisen konnte, sah er zwei Mädchen im passenden Alter am Fenster vorbeigehen. Eines davon war zu klein und zu mager, um in Frage zu kommen, das andere hingegen wies eine verblüffende Ähnlichkeit mit Jutta von Herrenroda auf.

»Wie es scheint, ist uns das Glück hold«, stieß Leutprand leise hervor, schwieg dann aber, um den beiden Mädchen zuzuhören.

»Kommst du heute mit in die Abendmesse?«, fragte die Kleine ihre Freundin.

Diese schüttelte den Kopf. »Nein, heute Abend muss ich das Haus hüten. Dafür gehe ich morgen in die erste Messe.«

»In die erste gleich? Das ist aber sehr früh!«

»Ich muss zur Muhme gehen, um für sie zu nähen! Es gibt gewiss viel zu tun, und da will ich nicht säumen.«

Mehr verstand Leutprand nicht, da die beiden weitergingen. Am liebsten hätte er nach den Wirtsmägden gerufen, um sie zu fragen, wer die junge Frau wäre. Da er aber kein Aufsehen erregen durfte, unterließ er es. Stattdessen verfolgte er die beiden Freundinnen mit seinen Blicken und sah, wie die, die in Frage kam, in einem stattlichen Haus verschwand.

Als eine Wirtsmagd zurückkam, winkte er sie zu sich her. »Ihr habt schöne Häuser hier. Da wohnen wohl reiche Leute darin?«

»Wohl, wohl. Die haben schon mehr Geld als ich. Vor allem der Bärtlein da drüben! Der kann sich genug Mägde leisten, damit sich die Tochter nicht die Hände schmutzig machen muss. Wenn die Mina wirklich einmal etwas tut, dann stickt oder näht sie wie die feinen Damen.«

Da Leutprand den Blicken der Frau folgte, bemerkte er, dass sie jenes Haus meinte, in das die junge Frau, die Jutta von Herrenroda so ähnlich sah, verschwunden war. Er reichte der Magd ein paar Pfennige als Trinkgeld und forderte seine Begleiter auf, mit ihm zu kommen.

»Was wollt Ihr tun, Herr?«, fragte Paul, dem es nicht behagte, die Schankstube so rasch verlassen zu müssen.

»Ihr putzt eure Wämser und Hosen, damit ihr manierlich ausseht, wenn wir in die Messe gehen. Es gilt Gott und dem heiligen Christophorus zu danken, dass wir heil bis hierhergekommen sind.«

»Eure Kleidung können auch die Imme und ich machen«, bot die Magd an. »Ihr braucht sie uns nur zu geben. Wir stopfen sie sogar, wenn ein Loch darin sein sollte.«

Leutprand überlegte kurz und nickte. »Dann machen wir es so.«

»Wir sollten einen Krug Wein mitnehmen. Ohne Hosen können wir ja schlecht im Schankraum sitzen bleiben«, meinte einer seiner Begleiter.

»Ja, aber nur einen kleinen«, antwortete Leutprand und wies die Magd an, sie in ihre Kammer zu führen.

Paul und Peter zogen sich dort aus und zeigten der neugierigen Magd ungeniert, was sie aufzuweisen hatten. Leutprand war sicher, dass die beiden sich in der Nacht nicht davon abhalten lassen würden, die Dienste der beiden Mägde in Anspruch zu nehmen. Er selbst fühlte sich zu angespannt, um einer Frau beiwohnen zu können. Vielleicht sollte er es doch tun, schoss es ihm durch den Kopf. Es würde seine Gedanken auf angenehmere Dinge lenken als daran, ein Mädchen, das ihm völlig unbekannt war, umbringen zu müssen.

7.

Als der Klang der Glocke die Gläubigen zum Gebet rief, verließ Leutprand die Herberge und schlenderte auf das Haus zu, in dem das Mädchen wohnte. Bevor er es erreichte, traten mehrere Leute heraus, die von einem älteren Mann angeführt wurden. Diesem sah man an, dass er nicht zu den Ärmsten der Stadt gehörte. Eine etwas jüngere Frau, die ebenso fett war wie der Mann mager, schob sich neben ihn. Sollten das etwa Minas Eltern sein?, fragte Leutprand sich amüsiert. Oder hatte da ein schmucker junger Bursche mitgeholfen? Er verscheuchte den Gedanken rasch wieder und folgte der Gruppe. Nachbarn kamen heran und wandten sich ebenfalls der Kirche zu.

»Na, wo habt Ihr denn Eure Mina heute gelassen, Meister Bärtlein?«, fragte eine Frau.

»Die muss heute zu Hause bleiben und das Herdfeuer hüten. Morgen übernimmt das der Schorsch. Mina wird die Morgenmesse besuchen und dann zur Muhme weitergehen und für sie nähen«, antwortete der Mann.

»Ist ein braves Ding, die Mina, dass sie der alten Frau so zur Hand geht«, meinte die Nachbarin. »Sollte aber bald heiraten, das Mädla. Alt genug dafür ist sie.«

»Vielleicht deinen Hans?« Der Mann klang ablehnend. Anscheinend war ihm der Sohn der Frau für seine Tochter nicht gut genug.

Leutprand verzog spöttisch die Lippen. Wenn es nach ihm

ging, würde Mina niemanden heiraten, es sei denn Gevatter Tod. Noch während er überlegte, wie er das Mädchen am besten in seine Gewalt bringen konnte, blieb deren Vater stehen und bückte sich.

»Ei der Daus, da hat doch glatt einer einen Pfennig verloren und liegen gelassen.« Er griff in den Straßenschmutz und hob triumphierend die Münze hoch.

»Wegen so eines lumpigen Pfennigs machst du dir die Hände dreckig!«, tadelte ihn seine Frau kopfschüttelnd.

Bärtlein drehte sich mit belehrender Miene zu ihr um. »Wer den Pfennig nicht ehrt, ist des Groschens nicht wert, geschweige denn eines Guldens. Das war schon der Spruch meines Großvaters. Ohne Sparsamkeit wären wir nicht das, was wir heute sind. Das lass dir gesagt sein.«

Während der Mann seine Frau zurechtwies, formte sich in Leutprands Gedanken ein Plan, der ihm zunächst verrückt erschien, bei genauerem Nachdenken aber gelingen mochte. Er konnte das Mädchen schließlich nicht aus seinem Elternhaus entführen, zudem brauchte er einen gewissen Vorsprung, um aus der Stadt herauszukommen.

Er musterte die Umgebung der Kirche. Sie stand auf einem freien Platz und wies mehrere größere Nischen in den wuchtigen Mauern auf, in denen ein Mann im Dämmerlicht des beginnenden Morgens nicht gleich auffallen würde. Vor allem aber führte von hier aus eine Gasse direkt zum nächstgelegenen Tor.

Mit dem Bewusstsein, dass er für seinen Erfolg etwas wagen musste, betrat Leutprand die Kirche und blieb hinten stehen, während Minas Eltern und deren Bruder auf den ihnen zustehenden Bänken Platz nahmen.

Im Innern der Kirche gab es ebenfalls Nischen, und die wurden von den wenigen Kerzen beim Altar kaum erhellt, wie Leutprand feststellte, und so kehrte er nach der Messe zufrieden in seine Unterkunft zurück.

Während er sich einen Becher Wein geben ließ, verschwanden Paul und Peter schleunigst nach oben. Kurz darauf war auch von den beiden Wirtsmägden nichts mehr zu sehen. Mit einem spöttischen Grinsen stieg nun auch Leutprand die Treppe hoch.

Als er die ihnen zugewiesene Kammer erreichte, drang eindeutiges Keuchen und Stöhnen heraus. Er öffnete die Tür und sah, wie seine Männer sich mit den Wirtsmägden vergnügten. Eben wurde Peter fertig und stand auf. Im gleichen Augenblick entdeckte die Magd Leutprand und spreizte auffordernd die Beine.

»Was ist, mein Herr, wollt Ihr nicht auch?«, fragte sie.

»Nicht, nachdem sich mein Knecht schon an dir zu schaffen gemacht hat«, antwortete Leutprand barsch.

»Na, dann eben nicht«, fauchte sie und streckte Peter die Hand hin. »Alles hat seinen Lohn! Also her mit dem Groschen, den du mir versprochen hast.«

Der Bursche sah nicht so aus, als wolle er zahlen, doch da fiel ihm Leutprands Hand schwer auf die Schulter. »Da du ihr zwischen die Schenkel steigen durftest, wirst du ihr auch den geforderten Lohn geben!«

Brummend gehorchte Peter. Paul erhob sich jetzt ebenfalls und kramte einen Groschen aus seinem Beutel. »Da! Ich weiß zwar nicht, ob es das wert war, aber …«

»Du, sag ja nichts gegen mein Goldstück! Da hineinzufahren hat schon ganz anderen Männern gefallen als dir. Auch ist nicht jeder so eingebildet wie dein Herr. Wir hätten es schon noch ein zweites Mal ausgehalten, nicht wahr, Suse?«

»Freilich«, antwortete ihre Gefährtin. »Aber wenn der feine Herr nicht will, bleibt sein Zumpf halt trocken.«

»Verschwindet!«, fuhr Leutprand die beiden an und schloss, als sie die Kammer verlassen hatten, die Tür hinter ihnen zu.

»Ihr legt euch zum Schlafen nieder. Wir müssen morgen vor der Frühmesse zum Aufbruch fertig sein.«

»Ja, Herr«, riefen Peter und Paul fast gleichzeitig.

Sie hatten sich einen leichten Rausch angetrunken und eine angenehme Zeit mit den beiden Mägden verbracht. Nun fühlten sie sich satt und zufrieden.

8.

Leutprand wachte noch in der Dunkelheit auf und öffnete die Fensterläden, um frische Luft in die Kammer zu lassen. Draußen war alles still, und so ließ er seine Gedanken wandern. Vor der großen Fehde, die Graf Joachims Vater mit dem Geschlecht auf Herrenroda begonnen hatte, war er der Kastellan einer von dessen Burgen gewesen. Diese war jedoch nach der Niederlage an Herrenroda gefallen, und er hatte sie verlassen müssen. Nun war er der Anführer von Graf Joachims Reisigen, sehnte sich aber danach, Rüstung und Schwert abzulegen und wieder eine Burg zu verwalten.

Einen Augenblick fragte er sich, ob dies die Taten wert war, die er im Auftrag Graf Joachims begangen hatte und noch begehen würde. Dann aber zuckte er mit den Achseln. Er war der Dienstmann seines Herrn und hatte dessen Befehlen zu gehorchen. Wenn dereinst einer dafür in der Hölle schmoren würde, so war es Graf Joachim. Er hingegen würde mit ein paar Jahren Fegefeuer davonkommen. Dies war auf jeden Fall leichter zu ertragen, als sich irgendwo als Söldner verdingen oder gar als Bettler durch die Lande ziehen zu müssen.

Das Schnarchen eines seiner Männer störte ihn. Er stand auf und versetzte Paul einen Stoß. Dieser brummte im Schlaf, wachte aber nicht auf. Da hörte Leutprand jemanden im Erdgeschoss der Herberge rumoren. Es wurde Zeit, Vorbereitungen zu treffen. Er tastete sich zur Tür, öffnete diese und holte die Laterne herein, die der Wirt in den Flur gehängt hatte, damit seine Gäste den Weg zum Abtritt beleuchten konnten.

»Aufstehen!«, rief er und rüttelte beide Männer wach.

»Was ist?«, fragte Paul noch halb im Schlaf. »Habe gerade geträumt, wie ich die dicke Wirtsmagd gestoßen habe. War fast noch schöner als in Wirklichkeit!«

»Hätte nichts dagegen, es noch einmal zu tun«, meinte Peter und kämpfte sich hoch.

Leutprand sah die beiden streng an. »Wir haben eine Aufgabe zu erfüllen, ihr verdammten Kerle. Also beeilt euch! Ich will euch beim ersten Morgenlicht gestiefelt und gespornt bei den gesattelten Pferden sehen. Du, Peter, kommst mit mir, während Paul die Pferde zur Kirche führt und dort den großen Sack bereithält.«

»Ihr wollt es auf diese Weise wagen? Aber ist das nicht zu gefährlich?«, fragte Paul erschrocken.

»Nicht, wenn ihr keinen Fehler macht!«, herrschte Leutprand ihn ab. Dann zog er sich vollständig an, nahm das Schwert und sein Gepäck an sich und stieg die Treppe hinab.

In der Küche war die Größere der beiden Mägde bereits dabei, den Morgenbrei zu kochen. Leutprand steckte kurz den Kopf hinein.

»Vergiss nicht, Fleisch hineinzutun!«, mahnte er die Frau und winkte den Wirt zu sich. »Wir werden bald losreiten. Daher will ich meine Zeche jetzt bezahlen!«

»Ist mir auch lieber, als wenn ihr losreiten würdet, ohne sie zu bezahlen«, witzelte der Wirt und nannte die Summe, die er haben wollte.

Leutprand zählte sie ihm hin und legte noch einen Groschen als Trinkgeld hinzu. Anschließend setzte er sich in die Schankstube und erhielt einen Krug leichten Bieres als Morgentrunk. Seine Gefolgsleute nahmen neben ihm Platz. Angesichts der Tat, die ihr Anführer plante, war ihnen nicht zum Reden zumute. Auch Leutprand hätte sich die Sache anders gewünscht, doch ihm brannte die Zeit unter den Nägeln.

Nachdem Schüsseln und Krüge geleert waren, verließen die drei den Schankraum und gingen in den Stall. Dort war der Wirtsknecht gerade dabei, den Pferden noch ein wenig Hafer hinzustreuen.

»Muss der Wirt ja nicht wissen«, meinte er augenzwinkernd und verriet damit, dass er ein gutes Trinkgeld erwartete.

Leutprand reichte ihm eine Münze, ohne darauf zu achten, wie viel es war, und befahl seinen Männern, die Tiere zu satteln. Als Paul den Mantelsack mit ihrem Gepäck brachte, winkte Leutprand ihn zu sich.

»Gib Peter den Ledersack, aber so, dass der Wirtsknecht es nicht sieht«, raunte er ihm zu. Sein Gefolgsmann grinste und holte den Sack heraus. Er war fein säuberlich gefaltet, aber groß genug, um eine erwachsene Frau hineinzustecken.

Peter verbarg ihn unter seinem Mantel. Auch Leutprand und Paul nahmen ihre Mäntel an sich und machten sich auf den Weg. Während Paul die Pferde führte und Leutprand auf die Kirche zuging, folgte Peter seinem Anführer mit dem Ledersack mit einem gewissen Abstand.

Diesmal trat Leutprand vor Minas Familie in die Kirche und verbarg sich in einer der Nischen. So früh am Tag kamen nur wenige Bürger zur Messe, und der Platz hinter den Bänken, wo sonst das Gesinde stand, blieb leer. Der Pfarrer schien noch nicht richtig ausgeschlafen zu sein, denn er reihte einige lateinische Begriffe aneinander, die kaum einen Sinn ergaben.

Leutprand ließ Mina nicht aus den Augen. Sie saß neben ihrer Mutter und betete innig. Aus den Gesprächsfetzen, die er aufgefangen hatte, wusste er, dass sie gleich von der Kirche aus zu ihrer Verwandten gehen würde. Es galt nun, die anderen abzulenken und dann den kühnen Streich zu vollenden.

Kurz vor dem Ende der Messe legte Leutprand mehrere Goldmünzen so in den Gang, dass das erste Licht des erwachenden Tages darauf fiel, und trat in die Dunkelheit der Nische zurück.

Kaum war das letzte Amen gesprochen, standen die Kirchgänger auf und drängten aus den Bänken. Plötzlich stutzte einer und wies nach unten. »Das ist doch ein ganzer Gulden!« Er bückte sich, um die Münze aufzuheben, wurde aber von einem anderen Mann beiseitegestoßen, der selbst den Gulden haben wollte.

»Da ist noch einer!«, rief ein Mann. »Der gehört mir!«

»Nein!«, dröhnte die Stimme des Pfarrers auf. »Dies ist Gottes Haus, und alles, was hier gefunden wird, gehört Gott!«

Ungeachtet seines geistlichen Amtes packte er den Mann, der den Gulden aufgehoben hatte, und wollte ihm diesen aus der Hand winden.

Innerhalb kürzester Zeit herrschte ein solcher Tumult, dass niemand auf Leutprand achtete. Dieser trat auf Mina zu und berührte sie am Arm.

»Ihr solltet die Kirche verlassen, Jungfer. Nicht, dass Ihr noch Schaden nehmt!«

Mina nickte und wich dem Knäuel raufender Männer und Frauen aus. Mit raschen Schritten folgte Leutprand ihr, zog seinen Dolch und hämmerte dessen Griff auf ihren Hinterkopf. Er packte das zusammensinkende Mädchen und zerrte es in die Dunkelheit der Nische. Dort hielt Peter den Ledersack bereit und stülpte ihn über die Bewusstlose.

Nach einem kurzen Blick auf die Kirchgänger, die sich noch immer um die paar Gulden balgten, verließ Leutprand die Kirche. Peter folgte ihm mit der Bewusstlosen auf dem Rücken zu der Stelle, an der Paul mit den Pferden wartete. Augenblicke später hing der Ledersack hinter Pauls Sattel und wurde mit zwei Schnüren festgebunden.

Leutprand schwang sich aufs Pferd, winkte seinen Gefolgsleuten, ihm zu folgen, und ritt die Gasse entlang auf das Stadttor zu. Angst, dass Mina aufwachen und schreien könnte, hatte er keine. Dafür war sein Hieb zu fest gewesen. Vielleicht war sie auch schon tot, dachte er. Wenn nicht, war sie es spätestens an diesem Abend.

Die Torwächter sahen sie kommen, achteten aber mehr auf die Bauern, die ihre Erzeugnisse zum Markt brachten, und stritten sich mit einem wegen der Abgaben, die für zwei Schweine zu leisten waren.

Diese Gelegenheit nutzte Leutprand aus, um das Tor zu passieren, und seine Helfer folgten ihm wie Schatten. Als sie die Stadt hinter sich gelassen hatten, atmete Paul auf.

»Hätt' nicht gedacht, dass es so leicht gehen würde«, bekannte er ehrlich.

»Nur der kühne Mann gewinnt, während der Zaghafte verliert«, antwortete Leutprand grinsend. Die ganze Sache hatte ihn nur ein paar Gulden gekostet, würde ihm aber ein Vielfaches davon einbringen.

»Wie reiten wir jetzt?«, fragte Paul, da sie die Stadt durch das südliche Tor verlassen hatten, sich aber nordwärts halten mussten, um nach Herrenstein zu gelangen.

»Sobald die Stadt außer Sicht ist, schlagen wir einen Bogen«, antwortete sein Anführer. »Sollte uns doch jemand in Verdacht haben, soll er ruhig in die falsche Richtung reiten.«

Seine Gefolgsmänner lachten. »Und was machen wir mit ihr?«, wollte Peter wissen.

»Sobald wir ein Waldstück erreichen, dessen Gebüsch dicht genug ist, um uns vor fremden Blicken zu verbergen, knebeln und fesseln wir sie. Heute Abend bringen wir sie dann um!«

Leutprand hatte kurz überlegt, Mina bei der kurzen Rast zu erwürgen, doch sie war ein hübsches Ding, und er hatte sich in der Herberge zurückgehalten, während seine Begleiter die Wirtsmägde bestiegen hatten.

An diesem Tag schonten sie ihre Pferde nicht, und ihnen wurde bald klar, dass sie ein Packpferd brauchten, wenn sie weiterhin rasch vorwärtskommen wollten. Zu nahe an dem Ort, an dem sie Mina entführt hatten, wollte Leutprand keines kaufen. Daher befahl er Paul und Peter, das Mädchen abwechselnd auf ihre Pferde zu schnallen, um nicht eines davon zu sehr zu erschöpfen.

Rast machten sie nur, um die Tiere verschnaufen zu lassen. Ihre Gefangene bereitete ihnen keine Schwierigkeiten. Sie lebte noch, denn Leutprand sah, dass sich der Sack immer wieder bewegte. Inzwischen war Mina jedoch gut verschnürt, und ein Knebel verhinderte, dass sie um Hilfe rufen konnte.

Kurz vor der Abenddämmerung bog Leutprand von dem Weg ab, dem sie bisher gefolgt waren, und hielt im Schutz mehrerer hoher Büsche an. »Hier werden wir übernachten«, erklärte er seinen Männern.

»Hier ist nicht einmal ein Bach, an dem wir die Gäule tränken können«, beschwerte sich Paul.

»Die haben bei der letzten Rast genug gesoffen«, antwortete Leutprand.

»Und was ist mit uns? Ich habe Durst!«, sprang Peter seinem Gefährten bei.

Leutprand nestelte eine Lederflasche vom Sattel los und warf sie ihm zu. »Hier ist Wein! Ich habe mir die Flasche gestern von einer der Wirtsmägde füllen lassen.«

»Ihr hättet Euch auch etwas zu essen geben lassen sollen«, fand Paul.

»Damit hätte ich verraten, dass wir nirgends einkehren wollen, und das wollte ich nicht. Wir dürfen keinen Verdacht erregen, denkt daran!« Leutprands Stimme klang scharf, denn ihm gefiel es gar nicht, von seinen eigenen Männern kritisiert zu werden.

»Aber wo bekommen wir etwas zu essen her?«, wollte Peter wissen.

»Morgen im Lauf des Tages werde ich ein Packpferd und Vorräte besorgen. Doch nun sollten wir uns um unseren Fang kümmern.«

Auf Leutprands Anweisung hin schnallte Paul den Ledersack los und warf ihn zu Boden. Ein schmerzhaftes Stöhnen erklang.

9.

Das Erwachen war entsetzlich. Als Erstes spürte Mina einen stechenden Schmerz im Kopf, der sich anfühlte, als würde dieser mit einem glühenden Draht durchstoßen. Gleichzeitig war ihr zum Erbrechen übel. Es dauerte eine gewisse Zeit, bis sie bemerkte, dass es an dem Lappen lag, der ihr in den Mund gesteckt worden war.

Wer hat das getan?, fragte sie sich. Und wo befand sie sich eigentlich? Sie hatte doch zur Muhme gehen wollen. Stattdessen lag sie mit den Beinen und dem Kopf nach unten auf schwankendem Boden. Der Boden wäre gerade, korrigierte sie sich. Es fühlte sich eher an, als würde sie über einem Pferd liegen. Es war ein Rätsel, das für ihren schmerzenden Kopf zu schwer war, und sie dämmerte erneut weg.

Als sie wieder erwachte, vernahm sie Männerstimmen. Es ging um ein Packpferd und Vorräte. Noch während sie darüber nachsann, was das sollte, wurde sie hochgehoben und zu Boden geworfen. Es tat weh, und sie wollte schreien, brachte aber wegen des Knebels nur einen gurgelnden Laut heraus.

Es war fast dunkel, und die Männer hatten kein Feuer entzündet. Sie sah daher nur schattenhafte Umrisse, glaubte aber, den Mann zu erkennen, der sie in der Kirche angesprochen hatte. Wortwahl und Stimme waren die eines Edelmanns gewesen. Es konnte doch nicht sein, dass er sie geraubt hatte. Oder doch? Was hatten die drei mit ihr vor?, fragte Mina sich bang.

Der Anführer musterte sie nachdenklich. »Wir sollten doch Feuer machen«, sagte er.

»Das fällt Euch aber früh ein. Wie sollen wir jetzt noch trockenes Holz finden?«, warf einer der anderen Männer ärgerlich ein.

»Notfalls nehmen wir deinen Kopf«, antwortete der Anführer spöttisch. »Außen ist er aus Holz und innen mit Stroh gefüllt.«

Der Mann verschwand mit einem missmutigen Laut und kehrte nach einer Weile mit einem Armvoll Holz zurück. »Hab auch ein wenig trockenes Moos und dürres Reisig dabei«, brummte er.

»Ich nehme den Holzkopf zurück. Du bist doch zu etwas nütze«, erklärte der Anführer, während der Dritte Stahl und Feuerstein hervorholte und das Moos mit ein paar kräftigen Funken entzündete.

Wenig später brannte das Feuer, die Lederflasche mit dem Wein machte die Runde. Mina hatte seit dem Vortag nichts mehr getrunken, verspürte aber keinen Durst. Die Männer boten ihr auch nichts an, sondern benahmen sich ganz so, als wäre sie nicht vorhanden.

Erst als in den Lücken im Blätterdach des Waldes die ersten Sterne aufblinkten, wandte der Anführer der drei sich ihr zu. »Wir sollten uns jetzt um sie kümmern«, sagte er mit einer Stimme, die wie eine Raspel über Minas Nerven fuhr. Die beiden anderen Männer musterten sie ebenfalls, und einer hob die Hand.

»Verzeiht, Herr, aber sollten wir uns nicht vorher ein wenig an ihr erfreuen? Sie muss doch nicht als Jungfrau in den Himmel fahren.«

Zuerst begriff Mina nicht, was der Anführer wollte, doch als er sie packte, hochhob und ihr Kleid und ihr Hemd so weit hochzog, dass nicht nur ihr Unterleib, sondern auch ihre Brüste freilagen, bäumte sie sich entsetzt auf. Leutprand drückte sie mit einer Hand nieder und zog mit der anderen sein Messer. Die Klinge blitzte auf und durchtrennte ihre Fußfesseln. Bevor sie nach ihm treten konnte, zwängte er sich zwischen ihre Beine, löste seinen Hosengurt und zog seine Hosen so weit nach unten, wie es nötig war. Danach schob er sich ganz auf sie und drang mit einem heftigen Stoß in sie ein.

Die Scham war noch größer als der Schmerz. Tränen schossen Mina aus den Augen, und in Gedanken flehte sie die Jungfrau Marie an, sie zu erlösen. Minas gefesselte Hände drückten in ihren Rücken und wurden taub. Sie fühlte sich beschmutzt und ekelte sich vor sich selbst. Als sie hoffte, dass es endlich vorbei wäre, stand der nächste Mann auf und stieg ebenfalls zwischen ihre Beine.

Mina hatte bald keine Tränen mehr. Als der dritte Mann in sie fuhr, fragte sie sich, warum Menschen nur so böse sein konnten, und wünschte sich nach Hause zu Menschen, die sie umarmen und trösten würden. Um den Kerl nicht zu sehen, der auf ihr lag und seine Hände in ihre Schultern verkrallt hatte, schloss sie die Augen. Sie öffnete sie auch nicht, als der Mann von ihr abließ und der Anführer erneut auf sie zukam.

Er schlug das Kleid zurück und durchtrennte ihre Kehle mit einem raschen Schnitt. Mina verspürte noch einen letzten Schmerz und begriff, dass ihr Leben lange vor der Zeit, die es hätte währen können, ein schreckliches Ende nahm.

»Das war noch einmal gut!«, sagte Paul grinsend und verstaute sein Glied in der Hose.

Leutprand betrachtete die Tote, durchtrennte deren letzte Fesseln und nahm ihr den Knebel aus dem Mund. Er war rot von Blut, denn das Mädchen hatte sich zuletzt in die Zunge gebissen. Angeekelt warf er den Fetzen ins Lagerfeuer und drehte sich seinen Männern zu. »Entkleidet sie und streift ihr das mitgebrachte Gewand über!«

Die beiden Kerle machten sich ans Werk. »Es ist jammerschade, dass Ihr sie umbringen musstet. Sie hätte uns auf dem Heimweg gute Dienste leisten können«, meinte Paul bedauernd.

»Weiber, die ihr stoßen könnt, gibt es genug, aber nur wenige, die wir als Jutta von Herrenroda ausgeben können«, antwortete Leutprand barsch.

»Ihr habt ja recht, Herr, aber man darf es doch sagen!«, erwiderte Paul.

Er zerrte Mina das Hemd vom Leib und half seinem Kumpan, ihr die dunkle Tracht einer Nonne überzuziehen. Eine Haube hatten sie nicht, und so betrachtete er zweifelnd die Tote, die mit schreckgeweiteten Augen und dem verzerrten Gesicht gar nicht nach einer Braut Christi aussah.

»Was machen wir mit ihren Haaren? Einige der Betschwestern schneiden sie doch ab«, fragte er seinen Anführer.

Leutprand schloss die Augen und rief sich Schwester Ignatias Bild ins Gedächtnis. Hatte da nicht eine blonde Locke unter ihrer Haube herausgespitzt?

»Die Haare lassen wir so, wie sie sind«, beschied er seinen Männern. »Packt sie jetzt in den Ledersack und schnürt ihn gut zu, damit der Verwesungsgeruch nicht nach außen dringt. Sollten wir unterwegs auf andere Reisende stoßen, wäre dies fatal.«

»Ihr wollt sie also wirklich verfaulen lassen?«, fragte Paul.

Leutprand sah ihn kopfschüttelnd. »Ich hoffe, dass sie verfault! Wir können, wenn wir nach Herrenstein kommen, schwerlich eine frische Leiche abliefern, da die echte Jutta von Herrenroda nun schon seit einer guten Woche tot sein soll.«

Damit hatte er zwar recht, doch seine Knechte begriffen jetzt erst richtig, dass sie den Heimweg mit einer Toten als

Gepäck zurücklegen mussten, und bekreuzigten sich. Leutprand hingegen war zufrieden. Er hatte seinen Auftrag erfüllt. Damit konnte Graf Joachim das Erbe der vernichteten Sippe einfordern, und er würde dafür Sorge tragen, dass er dabei nicht zu kurz kam.

10.

Obwohl Marie bereits seit mehreren Tagen im Lager des Waldgrafen weilte, war es ihr bisher nicht gelungen, mit Nepomuk zu reden. Es hatte den Anschein, als würde der kleinwüchsige Gaukler ihre Nähe meiden. Zuerst wunderte sie sich, merkte aber dann, dass sie bei allem, was sie tat, entweder von Petronilla oder Mark beobachtet wurde. Da war es wohl auch besser, wenn die beiden nicht begriffen, dass Nepomuk und sie einander kannten.

Genau wie sie musste auch Trudi kräftig zupacken und sich nebenbei noch um Ignatia kümmern. Obwohl sie die Heilerin des Lagers war, rührte Petronilla die Verletzte nicht an. Stattdessen äußerte sie sich giftig darüber, wie Marie deren Wunde versorgt hatte. Vor allem aber ging es über ihr Verständnis, dass man Fleisch ebenso zusammennähen konnte wie Tuch.

Marie war, als sie es getan hatte, auch nicht wohl dabei gewesen. Nun beobachtete sie, dass die Verletzung gerade deswegen besser heilte, als es zu erwarten gewesen war. Die Wundränder hatten sich geschlossen, und als der Faden leicht zu eitern begann, schnitt sie ihn vorsichtig auf und zog ihn aus der Wunde.

»Du musst nun sehr achtsam sein«, erklärte sie Ignatia. »Ein Stoß oder ein Sturz könnte die Verletzung wieder aufplatzen lassen. Ob ich dir dann noch helfen kann, weiß ich nicht.«

Ignatia betrachtete die Wunde und sah Marie dann mit großen Augen an. »Ihr habt wahrlich heilende Hände! Ich hatte es mir viel schlimmer vorgestellt.«

»Hebe mich nicht zu sehr in den Himmel«, wehrte Marie ab. »Was ich kann, habe ich von meiner Freundin, der Ziegenbäuerin, gelernt. Diese weiß über die Kunst des Heilens viel mehr als ich. Selbst die Apotheker in Volkach und Dettelbach verschmähen ihren Rat nicht, und ebenso wenig Mutter Margarete!«

Mit einem Seufzen dachte Ignatia an ihre Äbtissin, die mittlerweile vermutlich die Nachricht von ihrem angeblichen Tod erhalten hatte. Mit einem Seitenblick auf Marie dachte sie, dass es dieser noch schlimmer erging als ihr. Immerhin hatte die Herrin auf Kibitzstein einen Mann und Kinder, die um sie trauern würden.

»Ich wünschte, ich wäre keine solche Last für Euch«, flüsterte sie unter Tränen.

»Für dich!«, korrigierte Marie sie. »Wir müssen beide besser achtgeben, was wir sagen, sonst verraten wir uns noch.«

Ignatia nickte und sah sich dann um. »Ich habe Armin schon den ganzen Tag nicht gesehen. Wo kann er nur sein?«

»Mark hat ihn in eines der benachbarten Dörfer geschickt, um Neuigkeiten auszukundschaften«, erklärte Trudi, die sich zu ihnen gesellte.

»Aber das ist doch sehr gefährlich!«, rief Ignatia erschrocken. »Wenn ihn jemand als Mitglied der Bande des Waldgrafen erkennt, kann es ihn das Leben kosten.«

»Ich glaube nicht, dass Mark deswegen trauern würde! Er hasst Armin, weil dieser ein schmucker Kerl ist und er ein verkrüppelter Gnom«, erwiderte Trudi bissig.

»Du solltest vorsichtig sein mit dem, was du sagst«, mahnte Marie ihre Tochter. »Wenn jemand Mark deine Worte zuträgt, könnte er es dir einträнken.«

Trudi nickte beklommen. Sie hatte auch davon reden hören, mit welcher Hinterlist Mark jene verfolgte, die er nicht mochte.

»Wie lange müssen wir noch hierbleiben?«, fragte sie leise.

Marie stieß einen leisen Seufzer aus, bevor sie Antwort gab. »Schwester Ignatias Wunde braucht noch mindestens zwei Wochen, um so zu verheilen, dass wir ihr einen längeren Marsch zumuten können. Drei Wochen wären noch besser. Doch solange wir den Weg nicht kennen, der aus diesem Tal hinausführt, ist es ohnehin sinnlos, zu fliehen.«

»Dann sollten wir alles daransetzen, um diesen Weg zu finden«, schlug Trudi vor.

»Wie soll das gehen?«, fragte Marie. »Mark lässt uns nicht aus dem Lager. Wir können nur hoffen, dass Nepomuk uns hilft.«

»Mit seinen kurzen Beinen ist der Zwerg bei einer Flucht eher ein Hemmnis als eine Hilfe«, sagte Ignatia mit einem Seitenblick auf den klein gewachsenen Mann, der eben fröhlich pfeifend an Mark vorbeiging.

Nepomuks kurze Beine bereiteten Marie ebenfalls Sorgen. Zudem war er nicht mehr der Jüngste. Daher mochte es sein, dass er den Rest seines Lebens hier unter Leuten verbringen wollte, die wie er Ausgestoßene waren. Sie konnte nur hoffen, dass seine Freundschaft zu ihr stark genug war, um ihnen zu helfen.

»Wann kommt eigentlich der Herr wieder?«, fragte Trudi eine der Frauen, die an dem fadenscheinigen Zelt vorübergingen, das Mark für sie hatte aufschlagen lassen.

»Das weiß wohl nur er selbst«, antwortete sie freundlich. »Manchmal bleibt er mehrere Wochen weg, ein andermal nur ein, zwei Tage. Wer kann es sagen!«

»Danke!« Auch wenn Marie nicht wusste, was die Rückkehr des Waldgrafen bringen würde, so hoffte sie, dass er nicht zu lange ausblieb. Sonst fanden Mark und Petronilla doch noch eine Gelegenheit, sie und ihre Schutzbefohlenen in Schwierigkeiten zu bringen.

Um sich nicht in Grübeleien zu verlieren, wandte Marie sich wieder Ignatias Wunde zu und wusch diese mit Kamillenabsud aus. Danach legte sie einen Umschlag aus zerstoßenen Beinwellwurzeln, rotem Fingerhut und getrockneten Hagebutten vom Vorjahr darauf und wollte sie eben verbinden, als Trudi kurz darauf fasste.

Sofort klopfte Marie ihr auf die Finger. »Lass das! Der Fingerhut ist giftig!«

Trudi rieb die Finger an ihrem Kleid ab und zwinkerte ihrer Mutter zu. »Dann sollten wir darauf achten, dass wir unser Essen und unser Trinkwasser immer aus denselben Gefäßen bekommen wie die anderen. Ich traue es Petronilla zu, die letzte Speise für uns kochen zu wollen.«

»Wir sollten diese Warnung im Gedächtnis behalten«, antwortete Marie und ließ den Blick über das Lager schweifen.

Die Heilerin hockte vor ihrer Hütte, die sie im Gegensatz zu den anderen allein bewohnen durfte, und mischte Kräuter. »Ich muss zum Abtritt«, sagte Marie und schritt in Richtung der Grube, in der neben menschlichen Exkrementen auch andere Abfälle Platz fanden. Es stank fürchterlich, als Marie sich der Stelle näherte, und sie wollte es schnell hinter sich bringen.

Da sah sie von der anderen Seite Nepomuk kommen. Dieser trat auf den entrindeten Balken zu, der als Sitz für das große Geschäft diente. Während er sich unter Ächzen und Stöhnen erleichterte, wandte er sich Marie zu.

»Endlich finden wir die Gelegenheit, ungestört miteinander reden zu können!«

»Eine äußerst übel riechende Gelegenheit«, antwortete Marie mit gerümpfter Nase.

Nepomuk grinste sie fröhlich an. »Das ist immer noch besser als keine Gelegenheit!«

»Damit hast du auch wieder recht. Trotzdem sollten wir schnell machen. Lange will ich bei dem Gestank hier nicht bleiben.«

»Daran gewöhnt Ihr Euch«, meinte Nepomuk lachend. »Doch sagt, wie kommt Ihr von Kibitzstein hierher?«

»Ein andermal, wenn wir mehr Zeit haben. Jetzt will ich nur wissen, ob du uns helfen kannst, aus diesem Urwald hinauszukommen?«

»Ich kann mir denken, dass es Euch hier wenig gefällt. Ohne Mark und Petronilla wäre es ein angenehmerer Ort, doch gerade auf die beiden hält der Waldgraf große Stücke.«

»Das ist ein Grund mehr für uns, diese gastliche Stätte so bald wie möglich zu verlassen«, antwortete Marie drängend.

»Ich werde darüber nachdenken. Irgendwann finden wir gewiss die Gelegenheit, unser Gespräch fortzusetzen. So rasch könnt Ihr ohnehin noch nicht weg, denn da steht die Verletzung der Betschwester vor.« Nepomuk wischte sich den Hintern mit etwas trockenem Moos ab und wanderte davon.

Marie raffte nun rasch die Röcke, um den Gestank der Grube nicht noch länger ertragen zu müssen.

11.

Drei Tage später kehrte der Waldgraf zurück. Er führte etwa zwei Dutzend Männer an, die alle gut bewaffnet waren, und brachte reichlich Beute mit. Marie schaute zu, wie sich die im Lager zurückgebliebenen Leute um ihren Herrn scharten und bewundernd die glänzenden Stoffe, die großen Fässer und all die anderen Waren betrachteten.

»Ich hatte ihn mir anders vorgestellt«, sagte Trudi verblüfft.

»Ich auch.« Ignatia stand auf und trat neben Marie, die den Anführer der Ausgestoßenen nachdenklich musterte.

Wie ein Räuber sah der Mann nicht aus, denn er hatte sich wie ein Edelmann gekleidet und wirkte auch wie einer. Statt Hosen trug er verschiedenfarbige, hautenge Strümpfe, ein hüftlanges, violettes Wams mit Zattelärmeln und auf dem Kopf eine turbanartige Mütze in Rot. Seine Schuhe waren von derselben Farbe wie seine Strümpfe, und an dem mit Silberplättchen beschlagenen Gürtel hing ein kurzer Zierdolch.

Marie hatte angenommen, er träte kriegerischer auf. Auch seine Begleiter entsprachen nicht dem Bild, das sie sich von ihnen gemacht hatte. Ihre Waffenröcke waren von gleichem Schnitt und gleicher Farbe und trugen als Wappen einen Baum, ihre Hosen waren aus Leder gefertigt, und ihre Stiefel reichten bis über die Waden hoch. Kein Edelmann bis hoch zum Freiherrn oder gar Grafen hätte sich eines solchen Gefolges geschämt. Und doch waren es Räuber und der stutzerhaft gekleidete Mann ihr Hauptmann.

Mark drängte nun die anderen beiseite, um zu seinem Anführer zu gelangen. Als er es geschafft hatte, redete er heftig auf diesen ein und zeigte mehrfach zu Marie hin. Auch Petronilla erschien und sagte etwas.

Der Waldgraf hob die Hand. »Seid still, alle beide! Ich werde mir die Fremden ansehen und selbst entscheiden, ob sie bleiben dürfen oder nicht.«

Es hörte sich nicht gerade freundlich an. Daher bedauerte Marie es, auf Ignatia Rücksicht nehmen zu müssen. Nur mit Trudi als Begleiterin hätte sie es gewagt, so rasch wie möglich zu fliehen. Sie schalt sich jedoch für diesen selbstsüchtigen Gedanken. Hätte Hiltrud damals vor gut dreißig Jahren ähnlich gedacht und sie schwer verletzt im Straßengraben liegen gelassen, wäre sie jetzt schon ebenso lange tot.

»Bringt die Sachen in das Gemeinschaftshaus. Die Pfeffersäcke haben uns reichlich beschenkt. Wir haben Tuche, Leder für Schuhe, Messer, wie die hohen Herrschaften sie benutzen, und noch etliche Dinge mehr. Doch für heute Abend gibt es eine besondere Labe, nämlich ein Fass von dem ainpöckischen Bier, das für den Baiernherzog in Landshut gedacht war.«

Jubel klang auf. Auch wenn der Wald die Gruppe ernährte, so kamen sie nur selten an berauschende Getränke. Marie hingegen sagte sich, dass der Waldgraf log. Den Herzögen in Baiern wurde nicht einfach nur ein Fass Bier geschickt, sondern ein ganzer Wagenzug. Wahrscheinlich war dieses Fass für einen der umliegenden Edelleute bestimmt gewesen.

»Was soll an diesem ainpöckischen Bier so Besonderes sein?«, fragte Trudi.

Marie zuckte mit den Schultern. »Ich habe es noch nie getrunken. Wie ich gehört habe, soll es sehr stark sein und sich lange halten. Sonst könnte man es auch nicht so weit transportieren.«

»Ich hätte nichts gegen einen Krug Bier einzuwenden«, warf Ignatia sehnsüchtig ein. Gewohnt, dass es im Hilgertshausener Kloster am Morgen Bier und den Rest des Tages Wein zu trinken gab, war sie des Wassers längst überdrüssig.

»Ich kann dir einen Krug bringen.« Armin war zu den dreien getreten. Jetzt holte er einen Krug und eilte zu dem Fass.

»Bist wohl arg durstig, was?«, fragte Mark bissig.

Der Waldgraf drehte sich um und sah Armin verwundert an, denn so gierig kannte er ihn nicht. Der Spielmann deutete auf das Zelt, vor dem Marie, Trudi und Ignatia standen.

»Es ist nicht für mich, sondern für die fromme Schwester. Sie ist verletzt und hat einen stärkenden Trunk dringend nötig.«

»Die soll Wasser saufen! Das Bier ist für uns«, bellte Mark.

Da fiel ihm die Hand des Waldgrafen schwer auf die Schulter. »Wer hier was bekommt, entscheide immer noch ich! Zapf das Fass an und gib mir einen Krug.«

Sofort reichte Armin ihm den, den er in der Hand hielt. Der Waldgraf nahm ihn, wartete, bis das Spundloch aufgeschlagen war, und ließ den Krug volllaufen. Anschließend trank er ihn leer, schnalzte mit der Zunge und füllte den Krug erneut.

»Hier!«, sagte er lachend zu Armin. »Du kannst den Trunk der Betschwester reichen. Der hilft ihr rascher auf die Beine als all ihr Gesäusel zu Gott.«

»Was für ein unmöglicher Mensch«, flüsterte Ignatia empört.

Sie nahm aber den Krug von Armin entgegen und trank gierig das starke Bier. Als sie absetzte, blieb für Marie nur noch ein Rest im Krug, doch auch der hatte es in sich.

Marie fand das Bier ungewohnt süß und spürte bereits im nächsten Moment, wie es ihr zu Kopf stieg. Sie rieb sich übers Gesicht und beobachtete Ignatia, die sich auf Trudi stützte.

»Was ist das für ein seltsames Getränk?«, fragte sie nuschelnd. »Ich fühle mich auf einmal so leicht.«

Sie wollte ein paar Schritte gehen, brauchte aber Trudis Hilfe, da sie zu sehr schwankte.

»Die fromme Frau ist betrunken«, spottete das Mädchen.

»Das bin ich nicht!«, protestierte Ignatia. »Ich bin vollkommen nüchtern.«

»Das wüsste ich«, murmelte Marie und half ihrer Tochter, Ignatia ins Bett zu schaffen. Zu ihrer Erleichterung überwältigte der starke Trunk die Nonne rasch, und sie schlief leise schnarchend ein.

Als Marie aufschaute, sah sie den Waldgrafen am Zelteingang stehen. »Du bist also die fremde Heilerin«, sagte er und musterte dann Ignatia mit einem durchdringenden Blick. »Ich will ihre Verletzung sehen!«

Marie schüttelte den Kopf. »Ich glaube nicht, dass die fromme Schwester will, dass ein Mann ihren entblößten Leib betrachtet.«

»Wenn du lange genug im Lager bleibst, wirst du begreifen, dass mein Wort allein zählt«, antwortete der Waldgraf kühl. »Aber um deine Gefühle und die der frommen Schwester nicht zu verletzen, werde ich vor dem Zelt warten, bis deine Tochter und du die Verletzung der Nonne freigelegt und den Rest ihres Körpers mit einer Decke verhüllt habt.«

Marie begriff, dass ihr nichts anderes übrigblieb, als zu gehorchen, und war im Augenblick um den Rausch froh, der Ignatia einen so tiefen Schlaf beschert hatte. Mit Trudis Hilfe zog sie das Kleid und das Hemd der Nonne so weit hoch, dass sie den Verband abnehmen konnten. Während sie Ignatias Unterleib und die Beine mit einer Decke zudeckte, sah sie kurz deren nackten linken Fuß, der ihr schon im Wald aufgefallen war. Er hatte sechs Zehen. Marie fand es seltsam, dass es so etwas gab, das genau wie Nepomuks Zwergenwuchs nicht so ganz in die Lehren von Gottes Schöpfung passte. Der Herr im Himmel sollte die Menschen doch nach seinem Ebenbild gestaltet haben. Sie verscheuchte diesen Gedanken und trat aus dem Zelt.

»Ihr könnt jetzt hereinkommen, Herr«, forderte sie den Waldgrafen auf.

Dieser musterte sie kurz, trat in das Zelt und starrte auf die schmale, gut handspannenlange Naht an Ignatias Seite, die auf beiden Seiten von kleinen weißen Punkten gesäumt wurde. Er streckte die Hand aus und berührte die Wunde.

»Sie ist weder heiß noch brandig. Frau, du bist eine weitaus bessere Heilerin als Petronilla«, sagte er bewundernd.

»Ich bin keine Heilerin«, wehrte Marie ab. »Ich habe nur meiner Nachbarin, der Ziegenbäuerin, ein wenig abgeschaut.«

»Trotzdem bist du besser als Petronilla!«

Marie sah Probleme auf sich zukommen, wenn der Waldgraf dies offen verkündete. So, wie sie Petronilla einschätzte, würde diese sich das nicht gefallen lassen. Damit aber schwebten Trudi, Ignatia und sie in höchster Gefahr, irgendwann einmal etwas vorgesetzt zu bekommen, das mit dem Saft des roten Fingerhuts oder einer anderen giftigen Pflanze versetzt war. Es wurde daher umso dringender, von hier zu entfliehen, auch wenn Ignatia noch durch ihre Verletzung behindert wurde.

12.

Obwohl ihr Heimritt problemlos vonstatten gegangen war, war Leutprand froh, als die auf einem Höhenzug gelegene Burg Herrenstein vor ihnen auftauchte. Einst war sie das Zentrum einer der mächtigen Herrschaften im Thüringer Land gewesen, aber nun musste ihr Herr voller Neid zu den Schwarzburgern, den Hennebergern und den Reußen aufschauen. Noch mächtiger als diese war der Kurfürst von Sachsen als thüringischer Landgraf. Nur in dem Fall, dass das gesamte Herrenrodaer Erbe an Graf Joachim fiel, würde dieser in der Lage sein, sich gegen all diese Herren zu behaupten.

Der Schlüssel dazu lag in dem Ledersack auf dem derben Packpferd, das Paul am langen Zügel hinter sich führte. Nach Leutprands Ansicht war dies Unsinn, weil der Gestank des Leichnams kaum aus dem Sack herausdrang. Gegen die Vorstellung seines Gefolgsmanns halfen Verstandesgründe jedoch wenig. Paul ekelte sich vor der Toten und kämpfte wohl auch mit Schuldgefühlen. Selbst Leutprand war nicht dagegen gefeit, daher haderte er mit sich, weil er bei dem Überfall auf Graf Ernst und dessen Gäste den Fehler begangen hatte, jene fremde Frau nicht ernst genug zu nehmen.

»Gleich sind wir zu Hause!«, rief Peter. »Dann gibt es wieder Wein und Braten.«

Um Aufsehen zu vermeiden, hatten sie unterwegs an abgelegenen Stellen übernachtet. Leutprand selbst hatte nur zweimal einen kleinen Marktort aufgesucht, um Vorräte zu besorgen.

»Einen letzten Trab, Männer«, rief er und trieb seinen Hengst an.

Während er vorauseilte, folgten ihm Paul und Peter etwas gemächlicher. Es drängte sie zwar an die Weinbecher, aber Paul wollte mit der Toten auf dem Packpferd keinen Galopp wagen und Peter seinen Kameraden nicht zurücklassen.

Leutprand erreichte die Burg und befahl den Wachen, das Tor zu öffnen. Dies geschah so rasch, als hätten die Männer auf ihn gewartet. Noch während er auf den Burghof einritt, eilte Graf Joachim aus dem Palas.

»Und? Hast du sie?«

Leutprand schwang sich aus dem Sattel und verneigte sich vor seinem Herrn. »Ich bringe die traurige Nachricht, dass wir auf unserer Suche in den Wäldern rund um die Waldburg auf Jutta von Herrenrodas sterbliche Überreste gestoßen sind. Die Frau, die als Schwester Ignatia bekannt war, ist nicht mehr.«

Die Worte waren gewählt, um jene Leute in der Burg, die nicht in den Mordplan eingeweiht gewesen waren, zu täuschen. Graf Joachim zog eine betrübte Miene und schlug das Kreuz. »Der Herr im Himmel sei ihrer Seele gnädig! Doch sosehr mich ihr Tod auch schmerzt: Du hast sie doch hoffentlich nicht im Wald begraben, wo nur Raben und Wölfe sie betrauern können?«

»Nein, Herr!«, antwortete Leutprand. »Wir haben die traurige Pflicht auf uns genommen und sie hierhergebracht, damit sie in geweihter Erde ruhen kann.«

»Jutta von Herrenroda wird den Tag der Auferstehung und das Jüngste Gericht in der Gruft derer von Herrenroda erwarten, war sie doch nach Graf Ernsts Tod und dem aller anderen Erbanwärter die Gräfin von Herrenroda, wenn auch nur für kurze Zeit.«

Graf Joachim musste abbrechen, weil das Gefühl, endlich am Ziel zu sein, seine Stimme zu triumphierend klingen ließ. Er zwang sich zur Ruhe und sah Paul und Peter entgegen, die eben den Burghof erreichten.

Beim Anblick des Ledersacks, der auf dem Rücken des Packpferds lag, leuchteten seine Augen auf. »Das ist also von der ehrwürdigen Schwester und Gräfin von Herrenroda geblieben! Bevor wir sie nach Herrenroda schaffen und dort zur ewigen Ruhe betten können, gilt es, den hohen Herren ringsum Nachricht von ihrem Schicksal zu bringen. Sende daher Boten an die Grafen von Schwarzburg, die von Reuß und vor allem an Johann von Wettin. Als Vertreter seines Verwandten, des Kurfürsten und Landgrafen Friedrich II., muss er Gräfin Juttas Tod beurkunden.«

Leutprand nickte und erteilte mehreren Männern in der Burg die entsprechenden Befehle. Danach wandte er sich an Paul. »Schaff die Tote in den tiefsten Kerker der Burg!«

»Habt Ihr etwa Angst, sie könnte aufwachen und entfliehen?«, fragte sein Gefolgsmann mit verzogener Miene.

Auch Graf Joachim wirkte verwundert. »Weshalb soll sie in den Kerker gebracht werden? Das ist einer Gräfin Herrenroda unwürdig.«

»Es ist mit der kälteste Platz in der Burg«, antwortete Leutprand ungerührt. »Oder wollt Ihr den Leichnam in den Vorratskeller bringen lassen? Die Frau ist schon seit einigen Tagen tot und stinkt, mit Verlaub gesagt, wie die Pest. Ohne den Ledersack könnte man es hier auf dem Burghof nicht mehr aushalten.«

Einige Männer der Burgbesetzung wichen zurück, darunter auch ein paar, die an dem Massaker teilgenommen hatten. Doch selbst von diesen konnte sich keiner vorstellen, dass nicht Jutta von Herrenroda in dem Sack steckte, sondern ein Mädchen aus Franken, dem das Schicksal einen üblen Streich gespielt hatte.

13.

Graf Joachim sah sich am Ziel. Nach dem angeblichen Tod der letzten Erbin von Herrenroda war er der nächste Verwandte dieser Sippe und damit der erste Anwärter auf deren Besitz.

Als er an diesem Abend mit Leutprand zusammen in einer kleinen, abgelegenen Turmkammer saß, blickte er durch das Fenster auf den von der untergehenden Sonne rot erleuchteten Horizont und hob seinen Becher.

»Der erste Teil unseres Planes ist gelungen. Nun können wir darangehen, uns dieses Gesindels in den Wäldern zu entledigen!«

»Wie ich vorhin hörte, hat Euch dieser Waldgraf erneut Ärger bereitet?«, fragte Leutprand neugierig.

Sein Herr nickte mit verkniffener Miene. »Dieser Hund hat die Abwesenheit unserer Bewaffneten genutzt, um einen Handelszug, der auf unseren Straßen unterwegs war, zu überfallen.«

»Vielleicht hätten wir Herrenstein nicht bis auf ein paar wenige Männer entblößen dürfen«, meinte Leutprand.

»Es war wichtiger, Graf Ernst und seine Sippe auszurotten, als den Besitz irgendwelcher Pfeffersäcke zu beschützen!« Joachim von Herrenstein schlug mit der Faust auf die Lehne seines Stuhls und fluchte. »Ernst von Herrenroda soll in der Hölle schmoren! Sein Vater hat uns den größten Teil unseres Besitzes und unserer Burgen geraubt, und nun wollte er mir auch noch den Rest wegnehmen. Ihn und seine Sippe hat das gerechte Schicksal ereilt.«

Leutprand wusste, dass sein Herr bereits vor Ludwig von Waldburgs Verrat nach Möglichkeiten gesucht hatte, an Herrenroda Rache zu üben, und Graf Ernst eigentlich nur seinem Angriff hatte zuvorkommen wollen, doch er hielt den Mund.

»Glaubt Ihr, dass der Waldgraf tatsächlich Euer Oheim Christoph sein könnte?«, fragte er.

»Ist er es, werde ich ihn am höchsten Baum des Waldes aufhängen lassen, ist er es nicht, tue ich es ebenfalls!« Graf Joachim lachte kurz auf und blickte erneut auf das Waldgebiet hinaus, das der Bande des Waldgrafen Unterschlupf bot. »Mit der Waldburg und zwei weiteren Burgen aus dem Besitz von Herrenroda haben wir diesen Wald fast ganz umschlossen. Ich werde Schneisen schlagen und Straßen bauen lassen. Auf jenem Hügel dort wird eine Burg errichtet.«

Leutprands Meinung nach griff sein Herr zu weit in die Zukunft. »Zuerst müssen wir mit dem Gesindel des Waldgrafen fertigwerden. Leicht wird es uns nicht fallen. Immerhin war er in der Lage, mit seinen Leuten die Begleitmannschaft eines Handelszugs niederzukämpfen.«

»Ich sagte nicht, dass es ein Honigschlecken wird! Doch als Graf von Herrenstein und Herrenroda habe ich endlich die Macht, ihn zu vernichten.« Graf Joachim bleckte die Zähne und ergriff seinen Becher. »Lass uns darauf trinken, dass uns alles gelingt.«

Wohl oder übel nahm auch Leutprand seinen Becher zur Hand und stieß mit seinem Herrn an. »Habt Ihr Nachricht erhalten, wann Johann von Wettin und die anderen Herren kommen, um den Tod Jutta von Herrenrodas zu bezeugen?«

»Schon morgen, mein Guter, schon morgen! Der nächste Sonnenuntergang wird mich bereits als Herr beider Grafschaften sehen. Dann kann ich mich auch mit den Schwarzburgern anlegen. Eine ihrer Besitzungen ragt nämlich in Herrenrodaer Gebiet hinein. Dies will ich ändern.«

Erneut griff Graf Joachim mit seinen Plänen für Leutprands Gefühl zu weit voraus. Er verstand ihn jedoch. Zu lange hatte sein Herr im Schatten der Verwandten auf Herrenroda gestanden, um jetzt nicht das Gefühl seiner Rache auszukosten. Trotzdem galt es, vorsichtig zu sein. Als er ihm dies sagte, nickte Graf Joachim nachdenklich.

»Damit hast du wohl recht! Ich werde mich daher bescheiden und zwei Herrenrodaer Enklaven, die inmitten landgräflichen Besitzes liegen, Friedrich II. zum Kauf oder Tausch anbieten. So erweise ich ihm meine Achtung und gewinne ihn womöglich als Bundesgenossen gegen die Schwarzburger.«

»Wenn Ihr mit seiner Hilfe gegen die Schwarzburger vorgeht, wird der Landgraf sich den größten Teil des Happens holen, und Euch bleibt ein Bettel«, gab Leutprand zu bedenken.

Sein Herr zuckte bei diesen Worten zusammen. »Du hast wieder recht! Einen Landtausch ja, aber ein Bündnis nein. Es reicht, wenn der Landgraf und ich Frieden zwischen unseren Ländern beschwören. Mit den Schwarzburgern werde ich auch allein fertig!« Damit leerte Graf Joachim seinen Becher und stand auf. »Gleich wird das Mahl aufgetragen. Lassen wir es uns munden!«

14.

Die erwarteten Zeugen kamen am Nachmittag des folgenden Tages. Sowohl Johann von Wettin als Vertreter des Kurfürsten von Sachsen und Landgrafen von Thüringen wie auch die beiden Schwarzburger Grafen wurden von mehr als dreißig Bewaffneten begleitet, so als befürchteten sie, überfallen zu werden. Doch auch die anderen Zeugen, darunter Hugo, der Kastellan der Burg Herrenroda, erschien mit etlichen Reisigen, so dass die fremden Krieger Graf Joachims Leute an Zahl übertrafen.

So musste sich Ludwig von Waldburg gefühlt haben, als Graf Ernst mit seinen Verbündeten zu seiner Burg gekommen war, schoss es Leutprand durch den Kopf, während er an der Seite seines Herrn den Gästen entgegentrat.

Graf Joachim war ebenfalls verunsichert. Wenn die Nachbarn Verdacht geschöpft hatten, wer hinter dem Überfall auf die Waldburg steckte, hatten sie jetzt die beste Gelegenheit, Vergeltung zu üben. Mit verkniffener Miene schritt er auf Johann von Wettin zu und verbeugte sich.

»Seid mir willkommen!«

»Es ist ein trauriger Anlass, der uns hierhergeführt hat. Bis zuletzt erfüllte uns die Hoffnung, Jutta von Herrenroda könnte noch am Leben sein«, antwortete der Sachse.

»Bedauerlicherweise ist sie es nicht«, erwiderte Graf Joachim und unterdrückte einen Seufzer der Erleichterung.

Wie es aussah, waren seine Gäste wirklich nur gekommen,

um sich zu überzeugen, dass die verschollene Jutta von Herrenroda tatsächlich tot war. Johann von Wettin war anzumerken, dass ihm an einer lebenden Jutta gelegen gewesen wäre. Diese hätte er heiraten können, um mehr zu werden als nur ein Vasall seines Verwandten.

Auch Friedrich von Schwarzburg und sein Vetter Waldemar zeigten Trauer. Durch Erbteilung geschwächt und vom Kurfürsten von Sachsen bedrängt, hätte es jeder Linie gefallen, sich in den Besitz von Herrenroda setzen zu können.

»Wenn die Herren mir folgen wollen! Ich habe befohlen aufzutischen. Ihr werdet gewiss hungrig sein.«

Johann von Wettin nickte. »Ich habe seit heute Morgen nichts mehr zu mir genommen. Daher ist mir ein Stück Braten oder eine Pastete willkommen.«

»Und auch ein Schluck Wein«, rief Friedrich von Schwarzburg dazwischen, um anzuzeigen, dass auch er anwesend war.

Graf Joachim führte seine Gäste in die Halle und sah zufrieden, wie deren Begleitung es sich im Burgzwinger gemütlich machte.

»Bringt den Begleitern der hohen Herren Brot, Wein, Schinken und Würste«, befahl er.

Zwar würde die Verköstigung dieser Kerle ein Loch in die Vorräte der Burg reißen, doch konnte er dies aus den Burgen Herrenrodas leicht ersetzen.

Während Johann von Wettin den Ehrenplatz einnahm, setzte Graf Joachim sich an dessen Seite. Es war wichtig, den Mann bei Laune zu halten, dachte er, während er Ernst von Herrenrodas Schicksal und das seiner Verwandten wortreich beklagte. Erst zuletzt kam er auf die Gesetzlosen des Waldgrafen zu sprechen, die er als Mörderbande bezeichnete.

»Wäre es mir möglich gewesen, hätte ich dieses Gesindel schon längst zu Paaren getrieben«, erklärte er. »Der Wald, in dem sie leben, ist jedoch undurchdringlich, und wenn ich sie wirklich einmal vor mir hatte, sind sie auf Schwarzburger Gebiet ausgewichen. Ihnen dorthin zu folgen wurde mir jedoch untersagt.«

Friedrich von Schwarzburg ruckte unruhig auf seinem Stuhl hin und her. »So dürft Ihr das nicht behaupten, Nachbar. Hättet Ihr uns um Unterstützung gegen dieses Gesindel gebeten, hätten wir sie Euch gewiss nicht versagt!«

»Soweit mir bekannt ist, gehört das besagte Waldstück weder zu Herrenstein, Herrenroda oder einem der beiden Schwarzburg, sondern ist seit alters im Besitz des Landgrafen von Thüringen. Also gehört es im Augenblick meinem Vetter Friedrich II., der nicht nur den Titel eines Kurfürsten von Sachsen, sondern auch den des Thüringer Landgrafen führt! Ihr hättet, um der Räuberplage Herr zu werden, Euch an meinen erlauchten Verwandten wenden müssen«, erklärte Johann von Wettin.

Und mich ihm gleich als Vasall zu unterwerfen, dachte Graf Joachim mit verbissener Miene. Dazu war er weniger denn je bereit.

»Das Waldstück ist im Grunde wertlos«, erklärte er. »Weder führt eine Straße hindurch, noch sind dort Blei oder Silber zu finden. Selbst die Bäume sind zu nichts nütze, da man sie nicht von dort wegschaffen kann. Deshalb hat bisher auch keiner den Wald für sich gefordert. Nun aber tue ich es, denn das Gesindel, das sich dort verborgen hält, hat meine engsten Verwandten umgebracht. Dies erfordert Vergeltung!«

»Dann nehmt die Schurken gefangen, aber nicht die Bäume«, antwortete der Sachse ärgerlich. Auch wenn er das Waldstück für seinen Verwandten, den Kurfürsten, forderte, besaß dieser keine Möglichkeit, diesem Anspruch Gewicht zu verleihen, es sei denn durch einen Krieg mit Herrenstein. Damit aber würden sich alle Grafen Thüringens gegen ihn zusammenschließen, und so weit durfte er es nicht kommen lassen.

»Was mit diesem Wald geschieht, werden Verhandlungen erbringen«, sagte er daher und widmete sich seiner wohlschmeckenden Wildpastete.

Waldemar von Schwarzburg, der Joachim gegenübersaß, wies mit einem abgenagten Hasenschenkel auf diesen. »Was diesen Wald betrifft, so könnten wir Schwarzburger auf unser Anrecht zu Euren Gunsten verzichten, wenn Ihr uns im Tausch die Ehrenburg und die Dörfer darum herum überlasst!«

Dieses Angebot war eine Frechheit, doch Graf Joachim war trotzdem nicht zornig. Die Ehrenburg gehörte zu den Herrenroda-Besitzungen, und dass der Schwarzburger sie von ihm haben wollte, hieß, dass er von dessen Sippe als Graf Ernsts Erbe und Nachfolger anerkannt wurde.

»Wir werden zu gegebener Zeit darüber sprechen«, antwortete er lächelnd. »Jetzt bitte ich die Herren, mit dem Mahl fortzufahren. Danach steht uns die traurige Aufgabe bevor, Gräfin Juttas Tod zu bekunden.«

Bisher hatte Kastellan Hugo geschwiegen. Jetzt beugte er sich vor und sah Graf Joachim durchdringend an. »Ihr seid Euch also gewiss, dass Ihr den Leichnam Gräfin Juttas gefunden habt.«

»Mein Gefolgsmann Leutprand hat sich in die Wälder der Gesetzlosen gewagt und sie dort entdeckt«, antwortete Joachim und gab Leutprand das Zeichen zu sprechen. Dieser stand auf und neigte scheinbar betrübt das Haupt.

»Ich fand ihren Leib keine Meile von der Waldburg entfernt. Die Schurken des Waldgrafen hatten sie verschleppt und bedauerlicherweise noch ein paar Tage am Leben gelassen.«

»Bedauerlicherweise?«, fragte Hugo empört.

»Zu meinem Leidwesen muss ich es so sagen«, erklärte Leutprand. »Ein schneller Tod wäre für Gräfin Jutta eine Gnade gewesen. So aber wurde sie von dem Gesindel wüst geschändet, und man hat ihr zuletzt die Kehle durchgeschnitten.«

Entsetztes Schweigen machte sich nach diesen Worten breit, dann schlug Johann von Wettin mit dem Griff seines Messers auf den Tisch.

»Wenn Ihr mit diesem Gesindel aufräumt, Graf Joachim, sei Euch dieses Waldstück vergönnt.«

»Ich werde damit aufräumen!«, erklärte Joachim von Herrenstein mit einer Stimme, die nichts Gutes für den Waldgrafen und seine Bande versprach.

Nun habe ich sie alle so weit, wie ich es brauche, dachte er befriedigt. Wenn sie jetzt noch den Leichnam sehen, wird mir keiner mehr die Besitztümer von Herrenroda streitig machen, und auch nicht den Wald der Gesetzlosen, den ich dringend brauche, um von dort aus gegen die Schwarzburger vorgehen zu können.

Es war, als hätte Leutprands Bericht seinen Gästen den Appetit verschlagen. Einer nach dem anderen schob seinen Teller zurück, und alle Blicke richteten sich auf Graf Joachim.

»Wenn es genehm ist, will ich jetzt meine arme Herrin sehen«, bat Kastellan Hugo.

Joachim von Herrenstein nickte zustimmend. »Dann kommt mit! Verzeiht, dass ich den Leichnam im tiefsten Kerker aufbahren ließ, doch der einzig andere kühle Raum in der Burg wäre die Vorratskammer gewesen. Da Jutta von Herrenroda bereits mehrere Tage tot ist, riecht sie, mit Verlaub gesagt, erbärmlich schlecht.«

Zu einer anderen Zeit hätte eine solche Bemerkung Gelächter hervorgerufen. Nun aber folgten ihm alle mit beklommenen Mienen. Als sie den Kerker betraten, lag Mina auf der Pritsche. Der Ledersack war so weit aufgeschnitten, dass ihr Kopf und in ein Nonnenkleid gehüllter Oberkörper zu sehen waren. Die Fäulnis war durch den geschlossenen Ledersack weiter fortgeschritten, als es sonst der Fall gewesen war, dennoch konnten die Männer die Umrisse ihres Gesichts noch halbwegs erkennen.

»Sie ist es wirklich!«, rief Friedrich von Schwarzburg, der Schwester Ignatia anlässlich ihres Besuchs auf ihrer elterlichen Burg begegnet war.

Wie der Schwarzburger hatte auch Kastellan Hugo Ignatia nur noch sehr selten gesehen, seit diese ins Kloster gegeben worden war. Aus diesem Grund hielten Graf Joachim und Leutprand die Gefahr, er könne sehen, dass ihm ein falscher Leichnam untergeschoben wurde, für gering. Als Zeuge war er jedoch umso wertvoller, da er in den Diensten von Graf Ernst gestanden hatte. Wie von ihnen erwartet, nickte er. »Sie könnte es tatsächlich sein.« Für Augenblicke traten ihm die Tränen in die Augen, und er musste sie mit den Händen wegreiben. Dann schüttelte er sich kurz. »Ich will trotzdem Gewissheit haben.«

»Wie denn?«, fragte Graf Joachim erregt. »Mein Gefolgsmann hat sie im Wald der Gesetzlosen gefunden, sie trägt das Nonnenkleid, und Herr Friedrich hat sie erkannt. Was wollt Ihr denn noch?«

»Das frage ich mich auch«, brummte Leutprand, während die übrigen Herren den Kastellan verwundert anstarrten. Dieser atmete tief durch und deutete auf Paul, der vorhin den Sack aufgeschnitten hatte und nun neben dem kleinen Fensterloch stand, da ihn der Geruch der Leiche zum Erbrechen reizte.

»Schneide den Sack ganz auf!«

»Tu es!«, befahl Graf Joachim, da der Knecht zögerte.

Paul füllte seine Lungen mit so viel frischer Luft wie möglich und hielt dann den Atem an, als er sich der Toten näherte. Mit einer gewissen Verzweiflung schnitt er mit seinem Messer durch das zähe, stinkende Leder. Schließlich war es geschafft, und er stürzte wieder zum Fensterloch, um Luft zu schnappen. Doch noch war Kastellan Hugo nicht fertig.

Dieser betrachtete die schlichten, aber gut genähten Schuhe der Frau und deutete auf den linken.

»Zieh ihn herunter!«

»Was?«, fragte Paul verwirrt und sah aus, als wolle er am liebsten davonlaufen.

»Zieh ihr den linken Schuh aus!«, wiederholte Hugo seinen Befehl.

»Was soll das?«, fragte Leutprand angespannt.

»Wenn er es nicht macht, dann tut Ihr es!«, rief Hugo mit gepresster Stimme.

Leutprand blieb jedoch wie vom Schlag gerührt stehen. Seine Schläfen hämmerten, und er fragte sich verzweifelt, ob er etwas übersehen hatte. Auch Graf Joachim konnte seinen Schrecken nicht verbergen.

»Was soll das?«, fragte er scharf. »Dies ist Jutta von Herrenroda. Wer will das bezweifeln?«

Da niemand anderes es tat, ergriff Kastellan Hugo ein Tuch, trat auf die Tote zu und zog ihr den Schuh vom Fuß. Obwohl der Gestank ihn beinahe zum Erbrechen zwang, blieb er bei ihr stehen und musterte die Zehen. Danach wandte er sich mit erleichterter Miene zu den anderen um.

»Das ist nicht die Gräfin! Jutta von Herrenroda wurde mit sechs Zehen am linken Fuß geboren. Deswegen hat man sie auch dem Dienst an Gott geweiht. Diese Frau hier hat eindeutig nur fünf Zehen!«

Es war, als hätte eine Kanonenkugel zwischen ihnen eingeschlagen. Zunächst standen alle wie erstarrt, dann schrie Graf Joachim wütend auf. »Das kann nicht sein!«

»Es ist aber so«, antwortete Hugo ungerührt. »Ich habe Jutta von Herrenroda als Neugeborene gesehen, und es gibt noch weitere Menschen, die ihre sechs linken Zehen bezeugen können. Wie ich schon sagte, wurde sie wegen dieses Makels der heiligen Kirche geweiht.«

»Wenn sie mir die Grafschaft Herrenroda in die Ehe mit

einbringt, würde ich sie heiraten, und wenn sie an jedem Fuß zehn Zehen hätte«, stieß Friedrich von Schwarzburg aus.

»Damit kann Gräfin Jutta noch am Leben sein! Ich selbst werde alles tun, auf dass sie gerettet wird, und stelle ihre Besitzungen vorerst unter den Schutz meines Vetters, des Kurfürsten und Landgrafen Friedrich.« Johann von Wettin atmete auf, denn weder seinem Verwandten noch ihm lag etwas daran, Graf Joachims Macht zu stärken.

Dieser überlegte verzweifelt, wie er sich aus dieser Situation herauswinden konnte, ohne in Verdacht zu geraten, den Herren eine falsche Leiche unterschieben zu wollen. Mit äußerster Selbstbeherrschung trat er vor. »Ihr habt recht, Ritter Hugo. Die Tote hat fünf Zehen. Es erleichtert mich, dass Gräfin Jutta vielleicht doch noch am Leben sein kann. Gewiss hält der Waldgraf sie gefangen und hat, um uns zu täuschen, eine junge Frau, die ihr ähnlich sah, töten und ihren Leichnam so legen lassen, dass er gefunden werden musste.«

»Nur so kann es gewesen sein«, rief Leutprand, um seinen Herrn zu unterstützen. »Der Mord an diesem unschuldigen Wesen ist ein Grund mehr, diesen Schurken seiner gerechten Strafe zuzuführen!«

»Jeder von uns wird das Seine dazu tun«, erklärte Johann von Wettin entschlossen. Die meisten der Anwesenden begriffen, dass damit das Wettrennen um Jutta von Herrenrodas Rettung eröffnet war. Der Edelmann, der sie befreite, würde dafür ihre Hand und ihr Erbe für sich fordern können.

»Meine Herren, wir sollten nicht vergessen, dass Jutta von Herrenroda ihr Gelübde abgelegt und sich dem Dienst an Gott geweiht hat. Es mag sein, dass sie die Ruhe des Klosterlebens dem Ehestand vorzieht«, wandte Graf Joachim ein.

Doch selbst ihm kam diese Bemerkung schwächlich vor. Dafür war der Unterschied zwischen einer, wenn auch adeligen, Klosterschwester und der Besitzerin einer der größten Herrschaften Thüringens doch zu groß.

Fünfter Teil

Hinterlist

1.

Die Nachricht von dem schrecklichen Geschehen auf der Waldburg erreichte Würzburg weitaus eher als Kibitzstein. Als der Bote dem Fürstbischof und dessen engsten Vertrauten davon berichtete, senkte Gottfried Schenk zu Limpurg den Kopf und sprach ein stilles Gebet für die Ermordeten. Sein Gefolgsmann Guntram von Ebrach hingegen rieb sich über die Stirn.

»Graf Ernst von Herrenroda wurde mitsamt all seinen Gästen ermordet, sagst du?«, fragte er den Boten.

Dieser nickte eifrig. »Jawohl, Euer Ehrwürden! Es wurden alle umgebracht, vom Greis bis zum Kind. Kein Mann und keine Frau blieben verschont.«

»Dann lebt auch diese renitente Kibitzsteinerin nicht mehr! Ich habe verlässliche Nachricht, dass sie die Hilgertshausener Nonne Ignatia, eine Verwandte der Herrenrodas, zu dieser Zusammenkunft begleitet hat.«

»Wir wollen für sie, ihren Gemahl und ihre Kinder beten«, erklärte der Fürstbischof.

»Das werden wir!«, rief Guntram von Ebrach. »Vor allem aber sollten wir uns überlegen, wie wir diesen Umstand nutzen können, um die berechtigten Forderungen des Hochstifts einzutreiben. Die Kibitzsteiner haben Johann von Brunn etliche Dörfer und Anrechte abgeluchst, was nun Eurer hochehrwürdigen Exzellenz zum Schaden gereicht. Jetzt ist die Gelegenheit gekommen, alles zurückzuholen! Marie

Adler ist tot, und ihr Gemahl befindet sich irgendwo in Österreich oder Ungarn. Wer wollte uns jetzt noch hindern?«

Einer der Herren sprang erregt auf. »Es wäre eine Schande, so etwas zu tun! Herr Michel kämpft für den König, und dieser würde sofort auf seiner Seite eingreifen.«

»Gemach, meine Herren!« Gottfried Schenk zu Limpurg hob beschwichtigend die Hand.

»Verzeiht, Eurer Exzellenz, doch ich muss es aussprechen!«, rief Viktor von Grasheim, der für Kibitzstein eingetreten war. »Die Ansprüche Ritter Michels und Frau Maries bestehen zu Recht. Sie ihnen jetzt mit Gewalt wegzunehmen – und dies in einer Stunde, da Frau Marie tot ist und ihr Gemahl in der Ferne weilt –, würde dem Ansehen Eurer Exzellenz schweren Schaden zufügen. Man würde Euch des Faustrechts beschuldigen! Auch mag es sogar sein, dass Euch Kredite, die Ihr benötigt, verweigert werden, da jene, die sie Euch gewähren sollen, befürchten müssten, Ihr würdet ihnen gegenüber genauso verfahren wie mit Kibitzstein.«

Dieser Einwand wog schwer. Auch der neue Fürstbischof wusste, dass er irgendwann Geld brauchen würde und es sich dann leihen musste.

»Beruhigt Euch, Herr von Grasheim! Wir werden Kibitzstein nichts wegnehmen, was uns nicht nach Recht und Gesetz gehört. Wir bestehen jedoch darauf, dass er für die Dörfer, die er Johann von Brunn abgekauft hat, die Oberhoheit Würzburgs anerkennt. Es ist Land des Fürstbistums und nicht der Reichsherrschaft Kibitzstein!«

Dem Fürstbischof passte es wenig, zurückstecken zu müssen. Es war für ihn jedoch unmöglich, seine Herrschaft gegen den Widerstand des Domkapitels auszuüben. Dessen Vertreter waren bereits zu Johann von Brunns Zeiten bestellt gewesen und hatten sich an dessen lasche Regentschaft gewöhnt. Es würde noch einige Zeit verstreichen, bis auch die Letzten von ihnen begriffen, dass nun ein schärferer Wind durch die Würzburger Lande wehte. Außerdem durfte er nicht offen gegen geltendes Reichsgesetz verstoßen, sondern musste stichhaltige Gründe vorweisen, die es ihm erlaubten, gegen jene vorzugehen, die er verdächtigte, dem Fürstbistum geschadet zu haben.

Mit einer resignierenden Geste hob er die Hand. »Wir werden darüber nachdenken! Doch nun lasst Uns allein, denn ich will für die Seele der unglücklichen Kibitzsteinerin und für eine glückliche Rückkehr ihres Gemahls beten.«

Sofort standen die Herren auf, verbeugten sich und eilten hinaus. Guntram von Ebrach jedoch hielt an der Tür inne und kehrte zum Fürstbischof zurück.

»Verzeiht mir, wenn ich Eure hochwürdigste Exzellenz doch noch störe. Diese Angelegenheit brennt mit zu sehr auf der Seele, um schweigen zu können.«

»Dann sprecht!«, forderte Gottfried Schenk zu Limpurg ihn auf.

»So bedauerlich der Tod der Kibitzsteinerin auch sein mag, darf er uns nicht verleiten, aus übertriebener Anteilnahme die Interessen des Fürstbistums außer Acht zu lassen«, erklärte Guntram von Ebrach dozierend.

»Das werden Wir auch nicht«, gab der Fürstbischof kühl zurück.

»Versteht mich recht, Euer Exzellenz! Michel Adler befindet sich im Krieg. Es mag sein, dass er daraus nicht zurückkehrt, doch was wird dann sein?«

»Es gibt einen Erben sowie Töchter.«

Guntram von Ebrach nickte. »Die gibt es. Falko Adler ist jedoch noch zu jung, um das Erbe seines Vaters antreten zu können, und es müsste ein Vormund bestellt werden. Und selbst wenn Herr Michel aus Ungarn zurückkehrt, wäre es von Vorteil, ein Faustpfand in der Hand zu halten, um ihn dazu zu bringen, Eure Bedingungen zu akzeptieren.«

Der Fürstbischof schüttelte ärgerlich den Kopf. »Jetzt gegen Kibitzstein vorzugehen würde meinen Ruf beschädigen!«

»Natürlich darf kein Blut fließen, Euer Exzellenz. Doch es gilt, die Hand auf Kibitzstein zu legen. Andere Nachbarn würden nicht zögern, dies zu tun!«

»Ihr meint den Markgrafen Albrecht von Brandenburg-Ansbach?«, fragte Gottfried Schenk zu Limpurg.

»Sowohl diesen wie auch Fürstbischof Anton von Rotenhan in Bamberg! Beide neiden Eurer Exzellenz den Titel Herzog von Franken und würden alles daransetzen, Euch in die Schranken zu weisen.«

Guntram von Ebrachs Stimme klang so eindringlich, dass der Fürstbischof sich ihr nicht entziehen konnte. »Wir dürften Kibitzstein nur verwalten, bis Ritter Michel zurückkehrt. Kein einziger Pfennig darf zu Unrecht in Unsere Taschen gelangen!«

Das war eine Bedingung, über die Guntram von Ebrach nur lächelte. Kibitzstein zählte zu den reichsten Herrschaften im Würzburger Umland, und niemand würde nachprüfen können, ob da der eine oder andere Gulden seine eigene Truhe füllte. Doch dazu musste er die Burg erst haben, und da der Fürstbischof einen Kriegszug ausgeschlossen hatte, musste es auf einem anderen Weg geschehen.

»Erlaubt Eure Exzellenz mir eine Frage?«, sagte er.

Der Fürstbischof nickte. »Nur zu!«

»Ihr hattet einmal davon gesprochen, meine Base Klara von Monheim zur Nachfolgerin der ehrwürdigen Mutter Margarete als Äbtissin von Hilgertshausen zu ernennen. Gilt dies noch?«

»Dazu stehe ich«, antwortete Gottfried Schenk zu Limpurg.

»Wäre es nicht am besten, wenn meine Base sich bereits jetzt nach Hilgertshausen begibt, um das Kloster und seine Bewohner kennenzulernen?«

»Nun, wenn Ihr es so wollt.« Gottfried Schenk zu Limpurg ahnte, dass sein Vertrauter einen Hintergedanken verfolgte, bohrte aber nicht nach, denn er wollte nicht zu viel erfahren. Wenn Ebrachs Vorhaben erfolgreich endete, war es zu seinem Vorteil, misslang es jedoch, konnte er ehrlichen Herzens behaupten, er hätte nichts davon gewusst.

2.

Auf Burg Herrenstein starrte Graf Joachim durch das Turmfenster hinaus in den Wald und ballte wuterfüllt die Faust. »Jutta von Herrenroda befindet sich gewiss in der Gewalt des Waldgrafen. Es ist nur gut, dass wir den Tod des Mädchens, das Ihr mitgebracht habt, ihm und seiner Bande anlasten konnten. Sonst würden Johann von Wettin und die Schwarzburger bereits Truppen sammeln, um Herrenstein zu belagern.«

Leutprand schleuderte seinen noch fast vollen Weinbecher gegen die Wand. »Wer hätte ahnen können, dass diese elende Nonne sechs Zehen hat! Hätte sie fünf, wie es sich für einen Christenmenschen gehört, wärt Ihr heute Graf Ernsts Nachfolger auf Herrenroda, und die Nachbarn würden zu Euch kommen, um sich Eurer Freundschaft zu versichern.«

»Ich muss Herrenroda in die Hand bekommen, koste es, was es wolle!«, rief Graf Joachim erbittert.

»Das wollen Johann von Sachsen und Friedrich von Schwarzburg auch. Beide gieren danach, Jutta von Herrenroda zu retten und zum Altar zu führen.«

Graf Joachim nickte. »O ja, das wollen sie! Wir haben aber einen Vorteil ihnen gegenüber. Zum einen kennen wir den Waldgrafen und das Gebiet, in dem er sich versteckt, besser als sie, und zum anderen benötigen sie etliche Tage, um so viele Krieger zu sammeln, dass sie es wagen können, dort einzudringen.«

»Sie werden sich blutige Köpfe holen. Der Waldgraf kann sein Gebiet mit einem Dutzend Männern gegen eine mehr als zehnfach überlegene Schar verteidigen.«

»Das ist der Vorteil, den wir nützen müssen. Während sich alle Blicke des Waldgrafen auf den Wettiner und die Schwarzburger richten, gilt es, einen kühnen Griff zu wagen!«

Leutprand schüttelte entsetzt den Kopf. »Wir können nicht angreifen! Der Waldgraf hat mehr als drei Dutzend Männer in seiner Bande und wir nicht die zehnfache Zahl davon. Es war schon schwer genug, Männer zusammenzuholen, um Graf Ernst und seiner Sippe den Garaus zu machen. Von denen folgt uns jedoch keiner in den Wald.«

»Wer sagt, dass ich das Versteck des Waldgrafen angreifen will?«, fragte Graf Joachim spöttisch. »So ein Narr bin ich nicht. Wenn dies geschieht, dann nur mit aller Macht Herrensteins und Herrenrodas zusammen. Mir geht es darum, das kostbare Wild aus seinem Versteck zu locken.«

»Wie wollt Ihr das anfangen?«, fragte Leutprand bissig.

»Ich werde gar nichts tun. Das, was nötig ist, wirst du unternehmen. Schließlich willst du Kastellan auf Herrenroda werden. Dafür solltest du wenigstens einmal einen Auftrag so zu Ende bringen, wie es sich gehört. Es war dein Fehler, dass Jutta von Herrenroda aus der Waldburg entkommen konnte, und du hast die falsche Leiche gebracht.«

In dem Augenblick hasste Leutprand seinen Herrn aus tiefster Seele. Um seine Verwandten auf Herrenroda aus dem Weg zu räumen, hatte dieser ihn zu Dingen getrieben, die eines Ritters unwürdig waren. Als Dank dafür behandelte er ihn, den langjährigen Gefolgsmann seines Vaters, auch noch wie einen einfachen Dienstknecht. Er wusste jedoch, dass ihm keine andere Wahl blieb, als den Kopf zu neigen und alles zu tun, um die gestellte Aufgabe zu erfüllen.

»Ich werde Jutta von Herrenroda finden und töten«, sagte er.

»Genau das wirst du nicht!«, antwortete Graf Joachim lächelnd. »Oder besser gesagt, du wirst sie finden, aber nicht töten. Dafür ist sie mittlerweile zu wertvoll geworden.«

Leutprand sah ihn verwirrt an. »Das verstehe ich nicht.«

»Du wirst es gleich verstehen. Johann von Wettin, Friedrich von Schwarzburg und noch einige Herren würden Gräfin Jutta liebend gerne in ihr Ehebett zerren, um über sie Herrenroda zu erringen. Würde sie jetzt sterben, besteht die Gefahr, dass man mir ihren Tod zuschreibt, und sei es nur, um mich von dem Erbe auszuschließen und den Herrenrodaer Besitz unter sich aufteilen zu können. Daher bleibt mir nichts anderes übrig, als sie selbst zu heiraten.«

»Sie ist eine Nonne«, wandte Leutprand ein.

»Bis du mit ihr zurückkommst, halte ich den Dispens in Händen. Doch nun geh, sonst gewinnt ein anderer die Braut. Noch etwas: Die Frau und deren Tochter, die Jutta zur Flucht verholfen haben, müssen sterben, denn sie könnten uns verraten. Sobald Jutta mein Weib und die Ehe von einem Priester gesegnet ist, muss sie bei ihrer ewigen Seligkeit zu mir stehen und darf es nicht wagen, mich zu beschuldigen.«

Graf Joachim klang so selbstzufrieden, dass es Leutprand in den Fingern juckte, ihm ein paar derbe Ohrfeigen zu versetzen. Stattdessen senkte er den Kopf. Ihm war eben ein Gedanken gekommen, der ihm allerliebst erschien. Was war, wenn er Jutta von Herrenroda zwar fand, sie aber nicht Graf Joachim auslieferte? Johann von Wettin würde gewiss sehr viel für sie zahlen. Doch schon dachte er weiter. Weshalb sollte er die reiche Erbin einem anderen Mann überlassen? Schließlich war er selbst von adligem Stand und damit berechtigt, sie als sein Weib heimzuführen. Den Gedanken, dass er ihre gesamte Verwandtschaft ausgerottet hatte, schob er rasch beiseite. Wenn ihr ihr Leben lieb war, würde sie ihm gehorchen, und wenn er ihr versprach, ihren Bruder und die anderen zu rächen, konnte es vielleicht sogar eine gute Ehe werden.

Ohne sich das Geringste von seinen Überlegungen anmerken zu lassen, verließ Leutprand noch am selben Tag die Burg und ritt zu einem Dorf, das in unmittelbarer Nähe zum Wald der Gesetzlosen lag. Die Bewohner gehörten zu Graf Joachims Leibeigenen und taten nach außen hin alles, um sich dessen Gunst und die seines Vogtes zu erhalten. Leutprand verdächtigte sie jedoch, es heimlich mit dem Gesindel in den Wäldern zu halten, denn einige hatten Verwandte dort.

Nach einer Weile erreichte er das Dorf und betrachtete die verfallenen Hütten. Das war die Strafe, die Graf Joachim den Bewohnern wegen ihrer Nähe zu dem Gesindel in den Wäldern auferlegt hatte. Diese Leute besaßen gerade genug, um nicht zu verhungern. Schmutzig und in Lumpen gekleidet, glichen sie nicht einmal richtigen Menschen. Daher wäre Leutprand nie auf den Gedanken gekommen, eine ihrer Frauen oder ein Mädchen aufzufordern, sich für ihn hinzulegen, wie er es gelegentlich in anderen Dörfern seines Herrn tat.

Eine Frau mittleren Alters näherte sich im Gestank ihrer seit ewigen Zeiten nicht mehr gewaschenen Kleidung und sah ihn verwundert an. Er spie angeekelt vor ihr aus und bemerkte einen Herzschlag lang ein triumphierendes Aufblitzen in ihren Augen.

Suhlten sich diese Weiber etwa im Schmutz, um vor ihm und anderen Gefolgsleuten des Grafen sicher zu sein?, fragte er sich, lachte dann aber über diesen Gedanken. Solange es in anderen Dörfern genug willige Frauen gab, war er nicht auf die Weiber hier angewiesen. Mit einer herrischen Geste bedeutete er ihr, stehen zu bleiben. Sie tat es und senkte den Kopf.

»Bist du nicht die Schwester der Heilerin, die hier im Dorf nichts mehr verloren hat?«, herrschte Leutprand sie an.

»Verzeiht, Herr, ich bin die Agnes von jener Hütte dort.

Ihr meint gewiss die Innozentia, die Schwester der Petronilla, aber die bin ich nicht.«

Das wusste auch Leutprand, aber er wollte von ihr erfahren, wo er Innozentia finden konnte. Als er nach dieser fragte, schüttelte die Frau den Kopf.

»Verzeiht, Herr, ich weiß weder, wo Innozentia, noch, wo deren Schwester sich aufhält.«

Um ihre Verwandten und Bekannten nicht zu verraten, stellten die Leute sich dumm, das war Leutprand klar. Da selbst die Peitsche sie nicht zum Sprechen bringen würde, schlug er einen anderen Weg ein und zeigte Agnes einen blanken Gulden.

»Weißt du, was das ist?«, fragte er.

»Ein Goldstück«, antwortete diese abwehrend.

»Es gehört dir, wenn du mir sagst, wo ich Innozentia finden kann.«

Erneut schüttelte Agnes den Kopf. »Ich weiß es wirklich nicht, Herr, obwohl ich mir den Gulden liebend gerne verdienen würde.«

»Aber du kennst gewiss jemanden, der weiß, wo Innozentia zu finden ist. Er soll ihr ausrichten, dass ich mit ihr sprechen will. Sie soll morgen Mittag bei der großen Eiche am Waldrand sein. Kommt sie nicht, werde ich dich und alle anderen Weiber aus eurem Dorf von meinen Männern nackt ausziehen und auspeitschen lassen. Sag ihr das, aber auch, dass ich ihr freies Geleit gewähre und auch ihrer Schwester Petronilla. Mit dieser will ich sprechen.«

»Petronilla wird gewiss nicht kommen.«

»Dann ist sie schuld, wenn dich die Peitsche trifft. Doch zum Zeichen, dass ich es ehrlich meine, sollst du diesen Gulden haben!« Leutprand ließ die Münze auf den Boden fallen und wendete sein Pferd, um nach Herrenstein zurückzureiten.

3.

Als Leutprand am nächsten Tag zu der genannten Eiche kam, wartete Innozentia bereits auf ihn. Seines Wissens war sie zehn Jahre älter als Agnes, sah aber weitaus sauberer aus als diese. Einen Augenblick reizte es ihn, ihr zu befehlen, sich für ihn hinzulegen. Ein Geräusch in der Nähe vertrieb diesen Gedanken rasch wieder. Hatte sie Leute des Waldgrafen bei sich? Wenn ja, konnte es ihm ans Leder gehen. Er blieb daher auf seinem Hengst sitzen und sah hochmütig auf die Frau hinab.

»Du scheinst gut zu leben, Innozentia. Ich sollte besser den Steuereintreiber zu dir schicken!«

»Dafür müsste er meine Hütte erst einmal finden«, antwortete die Frau ungerührt. »Aber Ihr habt mich gewiss nicht rufen lassen, um mir mit solchen Drohungen zu kommen.«

»Und wenn doch?«

»Würde Euer Büttel nichts finden. Das Wenige, was ich brauche, gibt mir der Wald.«

»Wildfrevel wird hart bestraft, das weißt du«, drohte Leutprand ihr an, machte dann aber eine wegwerfende Handbewegung. »In einem hast du recht! Ich bin nicht wegen ein paar Eicheln als Steuern oder einem gewilderten Hasen gekommen, sondern, um mit deiner Schwester zu sprechen.«

»Mit welcher Schwester?«, fragte Innozentia angespannt.

»Ich wüsste nicht, dass du mehr Schwestern hast als Petronilla.«

»Was wollt Ihr von ihr?«

»Eine Auskunft und vielleicht sogar Hilfe. Keine Sorge, es wird nicht umsonst sein.« Leutprand zog mehrere Münzen aus seinem Gürtel und warf sie vor Innozentia auf den Waldboden.

Die Frau bückte sich und raffte das Geld an sich. Dabei beobachtete sie aus den Augenwinkeln heraus den Mann, so als hätte sie Angst, er könnte sie schlagen. Da er ruhig auf seinem Pferd sitzen blieb, fasste sie Mut und hob auch noch die letzte Münze auf, die knapp vor dem rechten Vorderbein seines Pferdes lag.

»Ich kann Euch zu einem Zusammentreffen mit meiner Schwester verhelfen. Aber es wird nicht umsonst sein!«, sagte sie dann.

Gegen seinen Willen bewunderte Leutprand die Frechheit dieser Frau. »Es wird auch nicht umsonst sein«, versprach er. »Ihr werdet genug Geld bekommen, um davon leben zu können.«

Dies bedeutete, etliche Gulden für dieses Gesindel zu opfern, aber wenn er im Gegenzug dafür Jutta von Herrenroda erhielt, war es diesen Preis wert. Aber lebte die Nonne überhaupt noch? Diese Frage musste er als Erstes klären.

»Wann kann ich deine Schwester treffen? Es muss bald geschehen, denn ich kann mir keine weiteren Verzögerungen leisten.«

»Ich bin hier!« Petronilla trat aus dem Gebüsch, in dem sie sich verborgen hatte, und musterte Leutprand misstrauisch. Als Graf Joachims rechte Hand zählte er zu den erbittertsten Feinden ihres Anführers und hatte ihre Bande bis jetzt erbarmungslos bekämpft.

Sowohl Innozentia wie auch Petronilla waren bereit, im Gebüsch zu verschwinden, wenn Leutprand zur Waffe greifen würde. Zu ihrer Verwunderung war er jedoch allein gekommen, obwohl er wissen musste, dass nicht wenige Anhänger des Waldgrafen ihm mit Vergnügen einen Spieß durch den Leib rammen würden. Daher war Petronilla noch weitaus neugieriger auf das, was er von ihr wollte, als ihre Schwester.

Leutprand starrte die Heilerin mit einem schiefen Grinsen an. »Hab keine Angst«, sagte er und hob die Rechte zum Friedensgruß.

»Warum soll ich Angst haben, wo ich doch mehrere meiner Freunde in der Nähe weiß«, antwortete Petronilla, obwohl auch sie allein gekommen war.

Sofort sah Leutprand sich um, beherrschte sich aber und richtete seine Blicke wieder auf die Heilerin. »Ich habe eine Frage an dich. Wenn du sie beantwortest, wird es dein Schade nicht sein.«

Petronilla zog die Augenbrauen hoch. »Wenn du mich dazu bringen willst, meinen Anführer zu verraten, hättest du dir den Weg sparen können!«

»Der Waldgraf kümmert mich nicht«, antwortete Leutprand mit einer gewissen Schärfe. »Ich will wissen, ob ihr in den letzten zwei Wochen im Wald eine Nonne aufgegriffen habt?«

»Wie kommst du darauf?«, fragte Petronilla angespannt. Alle im Lager wussten, dass bei der Waldburg etwas Schreckliches geschehen sein musste, ohne sich einen Reim darauf machen zu können. Wie es aussah, wusste Leutprand mehr als sie.

»Habt ihr eine gefunden oder nicht?« Leutprand wurde ungeduldig. Da er jedoch auf Petronilla angewiesen war, um die erhoffte Auskunft zu erhalten, nestelte er seinen Beutel vom Gürtel und nahm nacheinander fünf Gulden heraus.

»Das Geld erhältst du, wenn du mir Antwort gibst!«

»Du hast schon Agnes Geld gegeben und auch meiner Schwester! Und jetzt bietest du auch mir welches an. Es muss dir ja viel an dieser Betschwester liegen.«

Sie sprach ihn wie ihresgleichen an, um ihm zu zeigen, dass sie ihn nicht fürchtete. Jeder anderen Frau auf Graf Joachims Besitztümern hätte Leutprand dafür die Reitpeitsche übergezogen. Hier aber beugte er sich nur interessiert vor.

»Ihr habt sie also entdeckt!«

Petronilla nickte. »So ist es! Sie befindet sich derzeit in unserem Lager. Glaube aber nicht, dass du es findest, selbst wenn du danach suchen solltest.«

»Ich könnte dich zwingen, mich hinzuführen!«, antwortete Leutprand, schüttelte dann lachend den Kopf. »Aber ich bin nicht lebensmüde! Der Waldgraf und sein verkrüppelter Unteranführer würden mir mit Vergnügen das Lebenslicht ausblasen.«

»Mark hat angedroht, dich persönlich am höchsten Ast aufzuhängen, wenn er dich in die Hand bekommt.« Petronilla gluckste bei der Vorstellung und streckte die Hand aus. »Was ist mit den fünf Gulden? Bekomme ich sie jetzt?«

Leutprand streckte den Arm aus und reichte ihr das Geld in die Hand.

Petronilla musterte die Münzen, biss in eine und steckte sie zufrieden weg. Danach schaute sie wieder zu Leutprand auf. »Du bist gewiss nicht nur wegen dieser einen Frage gekommen?«

»Das stimmt! Ich will die Nonne haben, und zwar lebend! Ach ja, hatte sie nicht Begleitung?«

»Ja, ein elendes Weib und deren Tochter«, antwortete Petronilla zischend.

Damit war Leutprand sicher, dass es sich bei der Nonne um Jutta von Herrenroda handelte. Er beugte sich noch weiter aus dem Sattel und sah die Heilerin grinsend an. »Wenn du mir hilfst, die Nonne in die Hand zu bekommen und die beiden anderen zu töten, gebe ich dir genug Geld, so dass du dich in einer Stadt deiner Wahl ansiedeln und dort angenehm leben kannst.«

4.

Die Bande des Waldgrafen war größer, als Marie zunächst angenommen hatte. Zu den gut vierzig Menschen, die dauerhaft in seinem Lager lebten, kamen noch einmal zwei Dutzend, die als Gaukler, Kiepenhändler oder Bettler durch die Lande zogen und dabei Nachrichten einholten. Auch ein paar Huren waren dabei, ordinäre Dinger, welche Hiltrud und sie niemals als Wandergefährtinnen geduldet hätten.

An diesem Tag war wieder eine solche Gruppe ins Lager gekommen. Die Leute wirkten angespannt und sahen sich immer wieder um. Ihr Verhalten war so auffällig, dass Marie ihnen bis zu dem Haus folgte, in dem der Waldgraf wohnte. Es war größer als die anderen Hütten, und er musste es mit niemandem außer seiner Beischläferin teilen.

Derzeit war dies ein Bauernmädchen, das die Zahl seiner Bastarde bald um einen weiteren vergrößern würde. Vier davon gab es bereits im Lager. Die Mütter hatte der Waldgraf mittlerweile seinen engsten Gefährten überlassen. Auch Mark zählte dazu, doch gab es zwischen der Frau und ihm immer wieder Streit. Um ihn zu ärgern, ließ sie sich mit anderen Männern ein. Vor ein paar Tagen hatte Marie sie auch mit Nepomuk im Wald verschwinden sehen.

Sie gönnte Mark die Niederlage als Mann und fragte sich, wieso der Waldgraf einen solchen Menschen als Stellvertreter duldete. Im Augenblick aber interessierte sie sich mehr für das, was die Neuankömmlinge berichteten.

Der Anführer der Gruppe, ein grauhaariger Alter, der den leichten Brandnarben um seinen Mund zufolge auf Jahrmärkten als Feuerschlucker auftrat, kratzte sich gerade am Kopf, als der Waldgraf herauskam. Dessen Bettmagd blickte zur Tür heraus und schien nicht weniger neugierig zu sein als Marie.

»Was gibt es?«, fragte der Waldgraf.

»Nun, ich weiß nicht, wie ich es sagen soll, Herr. Es ist alles so verwirrend.«

»Was ist verwirrend?«

»Nun, es ist so, dass viele Gerüchte im Land umgehen!«, begann der Alte vorsichtig.

»Das tun sie doch immer«, antwortete der Waldgraf lachend.

»Nun, diesmal betreffen sie Euch!«

Das Lachen des Waldgrafen verstärkte sich. »Das tun sie sehr oft!«

»Nun, die Gerüchte besagen, Ihr hättet die Waldburg überfallen und alle, die sich dort befanden, abschlachten lassen.«

Als der Waldgraf das hörte, verstummte sein Lachen jäh. »Was sagst du da?«, fragte er fassungslos.

»Nun, so heißt es.«

Wie es aussieht, fängt der alte Feuerspeier jeden Satz mit nun an, dachte Marie spöttisch, spitzte aber die Ohren, damit ihr ja keine Silbe entging.

»Nun, es muss ein entsetzliches Gemetzel gewesen sein«, erklärte der Alte. »Graf Ernst von Herrenroda soll in der Waldburg sämtliche Verwandte und Verbündete zusammengerufen haben. Allein seine Sippe zählte mehr als zwei Dutzend Männer, Frauen und Kinder. Dazu kamen um die einhundert Knechte und Mägde. Auch sie wurden alle umgebracht!«

Der Waldgraf schüttelte verwirrt den Kopf. »Und das alles

soll ich mit meinen Leuten getan haben? Bei Gott, selbst in meinem größten Hass hätte ich höchstens Graf Ernst und einige seiner engsten Vertrauten getötet, aber niemals Frauen und Kinder!«

»Man erzählt es aber so.« Der Alte schien unsicher, ob die Sache der Wahrheit entsprach.

»Berichte mehr!«, forderte der Waldgraf ihn auf.

Der alte Feuerschlucker erklärte alles, was er gehört hatte. Bis auf die Tatsache, dass nicht die Leute des Waldgrafen, sondern jene von Graf Joachim für das Blutbad verantwortlich waren, stimmte das, was er sagte, in etwa mit dem überein, was Marie erlebt hatte. Ein paar Einzelheiten hätte sie noch hinzusetzen können, hielt aber wohlweislich den Mund.

Um sie herum sammelten sich die Anhänger des Waldgrafen. Keiner schien glauben zu wollen, was er hörte.

»Das ist unmöglich!«, rief Armin. »Keiner kann die Waldburg auf diese Weise einnehmen, ohne sich den Weg hinein erkämpfen zu müssen. Mit den Leuten, die Graf Ernst bei sich gehabt haben soll, hätte er sich gegen ein Heer von tausend Mann halten können.«

»Gegen tausend vielleicht nicht«, schränkte der Waldgraf ein. »Ein paar hundert Ritter und Reisige hätte es jedoch gebraucht, und diese wären nicht unbemerkt durchs Land gekommen.«

»Nun, es war von Verrat die Rede«, fuhr der alte Feuerschlucker fort.

»Anders wäre es kaum möglich gewesen«, stimmte ihm Armin zu.

Auch der Waldgraf nickte und wechselte dann einen kurzen Blick mit Mark. »Es kann nur Verrat im Spiel gewesen sein. Hat man etwas von Ritter Ludwig von Waldburg gehört? Hat er das Gemetzel überlebt?«

»Nein«, erklärte der Alte. »Man fand seinen Leichnam außerhalb der Burg beim Dorf. Er trug festliche Kleidung, war aber mit dem Schwert gegürtet und muss es auch gebraucht haben, denn die Klinge war voller Blut.«

»Das verstehe ich nicht!«, rief Armin. »Wie kann er außerhalb der Burg gekämpft haben, wenn seine Gäste in deren Innern überfallen worden sind?«

Marie wunderte sich auch, aber mehr, weil Ludwig von Waldburg tot sein sollte. Immerhin hatte er Graf Joachims Handlanger Leutprand geholfen, Graf Ernst die Falle zu stellen.

Ein Zupfen an ihrem Kleid brachte sie dazu, sich umzusehen. Trudi war zu ihr getreten, und hinter ihrer Tochter stand Ignatia.

Unterdessen setzte der alte Mann seinen Bericht fort. Die Reaktion des Waldgrafen hatte ihm gezeigt, dass dieser an dem Massenmord unschuldig war, und so wagte er auch das zu erzählen, was er und seine Leute sonst noch in der Umgebung aufgeschnappt hatten.

»Es ist seltsam, Herr«, sagte er nach einer Weile. »Es gab ein Blutbad, von dem es heißt, ihm habe niemand entkommen können. Dennoch hat meine Rosa Herrn Johann von Wettin und ein paar seiner Gefolgsleute bei einer Rast belauscht und von ihnen gehört, dass Jutta von Herrenroda als Einzige ihrer Sippe den Mordbuben entkommen sein soll. Zwar habe man angeblich ihren Leichnam gefunden. Es hätte sich jedoch herausgestellt, dass es sich um eine andere Frau gehandelt hat, die üble Burschen umgebracht und in ein Klostergewand gesteckt haben. Herr Hugo, der Kastellan von Herrenroda, hat den versuchten Betrug aufgedeckt. Die junge Dame hat ein untrügliches Zeichen, an dem man sie erkennen kann: Am linken Fuß hat sie sechs Zehen!«

Marie warf einen kurzen Blick auf Ignatia, die den linken Fuß unwillkürlich hinter ihrem rechten versteckte, obwohl er vom Holzschuh und den Lumpen bedeckt wurde.

»Jutta von Herrenroda soll also entkommen sein?«, sagte der Waldgraf nachdenklich.

»So ist es, Herr«, rief der Alte eifrig.

»Aber wieso wurde ihre angebliche Leiche im Kittel einer Betschwester gefunden?«, fragte Mark.

»Jutta von Herrenroda wurde der Kirche geweiht und ist eine Nonne«, erklärte ihm der Waldgraf.

Der alte Feuerschlucker nickte. »So ist es, Herr! Johann von Wettin ist sich jedoch sicher, dass die heilige Kirche ihr als Letzte ihrer Sippe Dispens erteilen wird, denn er will sie heiraten, um über sie an die reiche Grafschaft Herrenroda zu gelangen.«

Der Waldgraf lachte. »Er will sie heiraten! Dafür müsste er sie erst einmal haben.«

»Herr Johann von Wettin ist willens, in unseren Wald einzudringen und sie Euch abzufordern.«

Bei diesen Worten des Alten zuckte Marie zusammen. Damit konnte selbst ein Narr eins und eins zusammenzählen, und der Waldgraf war alles andere als ein Narr. Trudi und Ignatia drängen sich an sie, und sie musste sie zwicken, damit sie sich beherrschten.

»Herr Johann von Wettin will also in unseren Wald eindringen?«, fragte der Waldgraf gedehnt.

»Ja, Herr! Und andere wie Graf Friedrich von Schwarzburg wollen es auch.«

Mark drängte sich jetzt bis zu seinem Anführer durch. »Gegen so viele haben wir einen schlechten Stand. Daher sollten wir uns überlegen, wie wir diesen Angriff verhindern können.«

»Und wie willst du das tun?«, fragte der Waldgraf mit einem Unterton in der Stimme, der Marie an Marks Stelle hätte sehr vorsichtig werden lassen. Der Verwachsene aber schien den Unmut seines Herrn nicht zu bemerken.

»Sie haben einen falschen Leichnam gefunden. Lassen wir

sie jetzt den richtigen finden!« Der Blick, mit dem Mark Ignatia maß, war so giftig, dass Marie unwillkürlich zum Dolch griff, um das Leben ihrer Begleiterin, aber auch das ihre und das Trudis mit aller Kraft zu verteidigen.

Auf einmal begann der Waldgraf zu lachen. »Du bist ein Narr, Mark! Jutta von Herrenroda ist die Einzige, die bezeugen kann, dass wir an dem Gemetzel unschuldig sind, und wird zudem wissen, wer die wahren Mörder sind. Zudem seid Ihr«, dabei deutete er eine Verbeugung vor Ignatia an, »als Letzte der Herrenroda-Sippe Euer Gewicht in Gold wert. Herr Johann von Wettin würde mir eine Burg, einen Marktort und mehrere Dörfer geben, würde ich Euch ihm ausliefern.«

»Aber Ihr hasst doch die Herrenroda-Sippe wie die Pest«, rief Mark voller Wut.

»Ich hasse Joachim von Herrenstein weitaus mehr! Mit ihrer Hilfe«, der Finger des Waldgrafen stach auf Ignatia zu, »werde ich ihn vernichten.«

»Ihr wollt Euch mit dieser Betschwester verbünden, obwohl sie zur Sippe Eurer Feinde zählt?«

Mark gab nicht auf. Sein Gesicht war zu einer Grimasse verzogen, und er packte seinen Anführer bei der Brust. Mit einer heftigen Bewegung befreite sich der Waldgraf aus seinem Griff.

»Hier bestimme ich! Das solltest du nie vergessen. Was du hier bist, bist du durch mich. Ohne meine Gunst wärst du der Letzte in diesem Lager. Selbst der Zwerg wäre mehr als du. Also reize mich nicht.«

Für Mark war es wie ein Schlag ins Gesicht. Marie sah, wie seine Hand zum Dolch wanderte. Der Mann begriff jedoch selbst, dass ein Angriff auf seinen Anführer sein Ende wäre. Daher zog er die Hand zurück und blieb mit geballten Fäusten stehen. Der Waldgraf schritt unterdessen auf Marie und Ignatia zu und fasste die Nonne am Kinn.

»Ich frage mich, weshalb ich dich dem Sachsen überlassen soll, wo ich doch genauso gerne Graf auf Herrenroda würde wie er. Du«, sein Finger wies auf seine Beischläferin, »wirst mein Haus verlassen und dir einen anderen Unterschlupf suchen. Dafür kommst du mit mir!« Bei seinen letzten Worten wanderte sein Zeigefinger zu Ignatia.

Diese war im Kloster für ein Leben mit Gott erzogen worden und wich mit abwehrend ausgestreckten Armen vor ihm zurück. Nie hatte sie daran gedacht, wie es wäre, zu heiraten, und sah sich immer noch als Braut Christi an, die kein lebender Mann berühren durfte.

Mit dem Wissen, dass sie eingreifen musste, schob Marie den Waldgrafen ein wenig zurück. »Verzeiht, Herr, aber seid Ihr nicht ein wenig voreilig?«

»Was willst du?«, fragte er scharf.

»Vergesst Ihr nicht ein paar wichtige Dinge? Da ist zum einen die Verletzung meiner Begleiterin. Wenn Ihr sie ins Bett nehmt und gewisse Dinge mit ihr treibt, kann diese aufplatzen, und das wäre ihr Tod. Zum anderen hat Schwester Ignatia ihr Gelübde der Ehelosigkeit und Entsagung abgelegt. Bevor der Papst oder einer der hohen Herren der Kirche sie davon gelöst hat, wäre jeder Verkehr mit einem Mann eine Todsünde für sie, die sie nur mit strengster Klausur und Kasteiungen sühnen kann.«

Der Waldgraf musterte Ignatia und fand, dass Marie nicht übertrieb. Die junge Frau sah ganz so aus, als würde sie lieber ins Wasser gehen, als das Bett mit ihm zu teilen.

Doch noch war Marie nicht fertig. »Lasst ihr Zeit, sich an den Ehestand zu gewöhnen. Bedenkt, wenn sie vor einem Dispens durch den Papst schwanger wird, würde sie als davongelaufene Nonne gelten und in den Augen aller jedes Anrecht verlieren, ihrem Oheim Ernst als neue Herrin seiner Besitzungen nachfolgen zu können.«

»Hört nicht auf dieses Geschwätz!«, rief Mark dazwischen. »Nehmt Euch die Betschwester, so wie es Euch gefällt, und wenn Ihr ihrer müde sein, überlasst sie mir.«

Der Waldgraf wandte sich mit einem zornigen Blick zu ihm um. »Ich werde ihrer nicht müde werden, sondern sie als meine vor Gott und der Welt angetraute Gemahlin behalten. Du bist es dann vielleicht gerade noch wert, den Saum ihres Gewands zu tragen!«

Es war der nächste Schlag, den Mark hinnehmen musste. Während sich sein Gesicht vor Zorn tiefrot färbte, hatte Ignatia ihre Erstarrung überwunden und schüttelte heftig den Kopf.

»Sollte mir einmal Dispens zuteilwerden, um unsere Sippe fortzuführen, werde ich nur einem Edelmann die Hand reichen, der es wert ist, sich Graf auf Herrenroda zu nennen, aber keinem Räuberhauptmann!«

»Da habt Ihr Eure Nachsicht!«, giftete Mark, doch der Waldgraf fing erneut zu lachen an.

»Ich bin ein Edelmann und hoch genug geboren, um die Erbin von Herrenroda heimzuführen.«

Er verbeugte sich geziert vor Ignatia und zog seinen Hut. »Erlaubt mir, mich vorzustellen, Christoph von Herrenstein, Graf Joachims Oheim, wenn auch jünger als er. Sein Vater raubte mir mein Erbteil.«

»Das wäre nicht geschehen, hätte ihm nicht Ernst von Herrenrodas Vater die meisten Burgen und Dörfer entrissen«, rief Mark, um seinen Anführer gegen Ignatias Familie aufzuhetzen.

Christoph von Herrenstein achtete jedoch nicht auf ihn, sondern setzte seinen Hut wieder auf und betrachtete Ignatia mit den Augen eines Siegers.

»Eure Begleiterin hat recht! Es darf kein Schatten auf Euch oder mich fallen. Ihr werdet mir jetzt bei Gott, dem Herrn, und Eurer unsterblichen Seele schwören, dass Ihr mein Weib werden wollt. Danach reisen wir nach Herrenroda und nehmen es in Eurem Namen in Besitz. Sobald dies gesehen ist, werden wir uns um Eure Befreiung aus dem Dienst an Gott bemühen und, so dies geschehen ist, in den heiligen Stand der Ehe treten.«

Ignatia begriff, dass sie dem Waldgrafen nicht mehr entkommen konnte. Während sie gegen ihre Angst ankämpfte, ihm hilflos ausgeliefert zu sein, musterte sie ihn nachdenklich. Er war nur etwa mittelgroß, aber ein durchaus ansehnlicher Mann mit dunklen Locken und schwarzen Augenbrauen, die einen spannenden Gegensatz zu seinen eisblauen Augen bildeten. Die Gesichtszüge waren anziehend. Dazu kleidete er sich nach der neuesten Mode und besaß für einen Räuberhauptmann gute Manieren. Ihre Angst vor ihm schwand ein wenig. Doch wenn sie sich und ihren Körper opfern musste, sollte dies nicht ohne einen entsprechenden Preis geschehen.

»Ich bin zu diesem Schwur bereit«, erklärte sie mit letzter Beherrschung. »Doch auch Ihr müsst mir etwas schwören.«

»Was?«, fragte der Waldgraf gespannt.

»Den Untergang meiner Sippe an ihren Mördern zu rächen. Bringt mir die Häupter Joachims und seines Gehilfen Leutprand, so wie einst Salome das Haupt Johannes' des Täufers gebracht wurde, und ich werde die Eure sein!«

Marie spürte, dass es Ignatia damit ernst war. Einen Augenblick überlegte sie, ob sie den Dingen nicht ihren Lauf lassen und Christoph von Herrenstein bitten sollte, mit Trudi in die Heimat zurückkehren zu dürfen. Doch mehr als die Sorge um Ignatia hielt sie ein gewisses Misstrauen diesem Räuber-Edelmann gegenüber davon ab.

»Verzeiht, Herr!«, rief sie. »Die fromme Schwester wird noch ein, zwei Wochen nicht reisen können, es sei denn, Ihr wollt mit einer Toten auf Herrenroda erscheinen.«

»Ist diese Verletzung wirklich so schwer?«, fragte der Waldgraf Petronilla, die sich im Hintergrund gehalten hatte.

Aus Bosheit wollte diese es abstreiten, dachte dann aber an das Angebot, das Leutprand ihr gemacht hatte. Von ihrem Anführer würde sie niemals so viel bekommen. Sie nickte daher mit betrübter Miene.

»Dieses Weib«, sagte sie und blickte Marie an, »hat die Wunde zwar auf der Haut zusammengenestelt. Im Innern aber muss es von selbst heilen, und das dauert nun einmal seine Zeit. Ich würde sogar eher vier Wochen sagen, die Fräulein Jutta von Herrenroda weder im Sattel noch auf einem Wagen verbringen sollte.«

Marie wunderte sich über diese überraschende Hilfe, war aber zu erleichtert, um misstrauisch zu werden.

5.

Während Marie noch immer hoffte, einen Weg zu finden, um die Nonne, Trudi und sich zu retten, hatte Ignatia sich mit ihrem Schicksal abgefunden. Die Disziplin, die sie sich im Kloster angeeignet hatte, verhinderte, dass sie in Tränen ausbrach, doch ihre traurigen Augen sagten Marie genug.

Eine Änderung zu früher gab es jedoch. Der Waldgraf befahl seinen Männern, eine kleine Hütte für sie zu errichten, und ließ sogar einen von innen verschließbaren Riegel anbringen.

»Ich traue nicht jedem im Lager«, sagte er lächelnd.

Es war klar, dass er Mark damit meinte, doch niemand begriff, weshalb er diesen trotz dessen Aufsässigkeit ungeschoren davonkommen ließ.

Marie fürchtete sich vor Mark. Sein Blick folgte ihr mittlerweile auf Schritt und Tritt, und wenn er an ihr vorbeikam, griff er sich mit einem wohligen Stöhnen zwischen die Schenkel. Es gab jüngere Frauen als sie im Lager und gewiss auch hübschere. Doch wie es aussah, wollte Mark sie zu seiner nächsten Bettmagd machen. Noch wagte er nicht, sie vom Waldgrafen zu fordern, doch sie war sicher, dass er nicht mehr warten würde.

Solange sie in der Hütte blieb, schützte sie der Riegel, doch im Freien musste sie sich vorsehen. Marie gewöhnte sich daher an, nur in Gesellschaft anderer Frauen zum Abtritt zu gehen und darauf zu achten, dass sie nie mit Mark allein blieb. Sie fragte sich, weshalb der Waldgraf einen solchen Mann im Lager duldete, denn Mark brachte etlichen Unfrieden herein. Bei Petronilla war es noch zu verstehen, schließlich war sie die Heilerin der Gesetzlosen und kannte sich, wie Marie zugeben musste, mit Kräutern und ihrer Wirkung recht gut aus.

Bald musste sich Marie wieder über die Frau wundern. Als sie am Abend ihr Essen holte, um es mit den beiden anderen in der Hütte zu verspeisen, grüßte Petronilla freundlich.

»Lasst es euch schmecken!«

»Hab Dank!«, antwortete Marie zögernd und fragte sich, ob Petronilla Gift in ihren Napf geschmuggelt hatte.

Sie hatte den Brei jedoch aus demselben Kessel geschöpft, aus dem es auch die anderen getan hatten. Nachdenklich kehrte sie zu ihrer Hütte zurück und teilte die Näpfe aus. Da sie niemand hören konnte, sprach sie Ignatia leise an.

»Der Schwur, den du Christoph von Herrenstein leisten musstest, kann ebenso gelöst werden wie dein Gelübde als Nonne, denn er kam durch Zwang zustande.«

Während Ignatia nickte, schüttelte es Trudi auf einmal.

»Mark macht mir Angst. Es ist etwas sehr Böses an ihm«, flüsterte sie.

»Ich fürchte mehr seinen Herrn«, sagte Ignatia leise.

»Und trotzdem wollt Ihr ihn heiraten?«

Da Ignatias Identität bekannt war, fiel Marie nun wieder in die höflich Anrede zurück.

»Wollen?« Ein Tränenstrom riss das, was Ignatia sagen wollte, von ihren Lippen hinweg, und es dauerte eine Weile, bis sie sich wieder gefasst hatte.

»Ich hatte Angst, er würde uns alle drei, ohne mit der Wimper zu zucken, töten lassen, wenn ich mich geweigert hätte, diesen Schwur zu leisten.«

Marie streichelte Ignatias Wange, um sie zu trösten, während ihre Gedanken wie ein aufgestörter Schwarm Vögel flatterten. Sie mussten von hier wegkommen, und das so rasch wie möglich. Ohne die Hilfe anderer ging das jedoch nicht, und so beschloss sie, das Gespräch mit Nepomuk zu suchen.

Die Gelegenheit dazu bot sich noch am selben Abend. Aus Angst, Mark oder Petronilla könnten Gift in ihren Brei tun, hatte Marie sich freiwillig gemeldet, beim Kochen zu helfen. Eine der Frauen blickte in ihren Kessel und schüttelte den Kopf. »Das reicht noch nicht. Hole rasch Wasser von der Quelle«, sagte sie zu Marie und drückte ihr einen Eimer in die Hand.

»Ich brauche auch noch Wasser!«, rief eine Zweite und sah Nepomuk an. »Willst du es mir nicht holen?« Es war als Scherz auf Kosten des Kleinwüchsigen gedacht, der sich mit dem großen Eimer schwertun würde. Alle erwarteten, dass er sich weigerte. Stattdessen aber nahm er den Eimer und sah die Frau grinsend an.

»Was kriege ich von dir, wenn ich ihn bringe?«

»Was verlangst du?«

Nepomuk betrachtete sie kurz. Sie war nicht mehr jung, aber durchaus noch ansehnlich, und so leckte er sich unbewusst die Lippen. »Ein warmes Bettchen für die Nacht und vielleicht noch ein bisschen mehr!«

Die anderen lachten, während die Frau ihn spöttisch ansah. »Dich sticht wohl der Hafer! Aber ich will nicht so sein. Wenn du den Eimer so zurückbringst, dass weniger als zwei Fingerbreit bis zum Rand fehlen, kannst du heute Nacht zu mir in mein Bett schlüpfen und alles tun, was du dir wünschst.«

»Das ist ein Wort, Rita!«, antwortete Nepomuk und schloss zu Marie auf, die in der Nähe gewartet hatte.

»Ich bin froh, dass du mitkommst, denn ich traue Mark nicht«, sagte sie zu ihm, als sie weitergingen.

»Das ist auch besser so, der Kerl ist gemein und hinterhältig. Die meisten hier im Lager verstehen nicht, weshalb der Waldgraf ihm einesteils so viel Macht lässt und ihn dann wieder wie den letzten Dreck behandelt.«

»Das begreife ich auch nicht. Aber da ich sowohl Mark wie auch seinen Herrn fürchte, will ich so rasch wie möglich fort von hier.«

»Wenn das ein Versuch sein soll, mich zur Flucht zu überreden, muss ich Nein sagen. Da sich so viele Narren aufmachen, um nach Jungfer Ignatia zu suchen, hat der Waldgraf die Wachen verstärkt. Wir würden ihnen niemals entkommen.«

Das ist eine schlechte Nachricht, dachte Marie. Aufgeben aber wollte sie nicht. »Wenn du nicht mitkommen willst, kannst du mir doch wenigstens den Weg beschreiben«, bat sie Nepomuk.

Dieser wiegte nachdenklich den Kopf. »Wenn ich das tue und man erwischt dich, kannst du dich glücklich preisen, wenn dich der Waldgraf nur Mark als Bettmagd schenkt. Es ist wahrscheinlicher, dass er dich zur Warnung für die anderen aufhängen lässt!«

»Als Warnung? Das heißt, es sind nicht alle freiwillig hier?«

»Der Waldgraf lässt nur die ungehindert gehen, denen er voll und ganz vertraut, so wie Mark, Petronilla, Armin, Frieder und einige andere. Der alte Feuerschlucker hingegen muss, wenn er das Lager verlässt, immer eine seiner Töchter als Geisel zurücklassen. Der Waldgraf will dadurch verhindern, dass er verraten wird! Doch nun sollten wir uns beeilen, das Wasser zu holen, sonst fällt es auf«, mahnte Nepomuk sie.

Marie eilte ein wenig voraus und hatte ihren Eimer bereits gefüllt, als er nachkam. Bevor er seinen Eimer an die Quelle halten konnte, tat sie es und füllte auch diesen bis zum Rand auf.

»Du meinst wirklich, ich soll das bis zum Lager schleppen?«, fragte Nepomuk mit verzogener Miene.

»Wolltest du nicht heute Nacht zu Rita ins Bett?«

Nepomuk lachte freudlos. »Wollen schon, aber ich werde auf dem Rückweg zu viel Wasser verschütten.«

»Bemühe dich, nicht zu viel zu verschütten, dann kann ich deinen Eimer kurz vor dem Lager so weit auffüllen, wie es nötig ist«, erklärte ihm Marie und ging voraus. Um beide Eimer tragen zu können, waren sie zu groß. Nepomuk musste daher den seinen selbst schleppen und tat sich damit weitaus schwerer als sie. Trotzdem hoffte Marie, ihm zu diesem kleinen Sieg verhelfen zu können. Im Gegenzug war er ihr etwas schuldig, und wenn es nur die Auskunft über den Weg war, der in die Freiheit führte.

Mit viel Ächzen und Stöhnen schaffte Nepomuk es, nicht mehr als ein Viertel des Wassers zu verschütten. Da Maries Eimer noch voll war, schüttete sie so viel in sein Gefäß, wie er brauchte, und trat dann an die Kochstelle. Während eine Frau das Wasser aus ihrem Eimer in mehrere Kessel verteilte, kam Nepomuk auf Rita zu.

»Da ist das Wasser, mein Schatz!«, sagte er keuchend.

Die Frau sah ihn spöttisch an, bevor ihr Blick zu seinem Eimer weiterwanderte. Ihre Miene erstarrte, und sie schluckte.

»Das kann doch nicht sein!«, rief sie.

»Was ist los?«, fragte eine andere, blickte in den Eimer und lachte schallend auf. »Da sind weniger als zwei Fingerbreit Luft im Eimer. Rita, du wirst heute Nacht den Strohsack für unseren kleinen Freund spielen müssen. Hoffentlich ist das, was ihm in der Hose hängt, nicht genauso klein wie er selbst. Es soll ja auch dir ein wenig Freude machen.«

»Daran wird es nicht scheitern!«, erklärte Nepomuk selbstbewusst. »Mein Prügelchen ist nicht kleiner als der eines anderen Mannes, vielleicht sogar größer.«

»Aufschneider!«, spottete Rita, packte seinen Eimer und schüttete ihm das Wasser über den Kopf.

»He, was soll das?«, rief Nepomuk entgeistert.

Rita musste lachen. »Wenn du deinen Spaß heute Nacht bekommst, will ich auch meinen haben.«

»Dagegen habe ich nichts!«

Nepomuk zwinkerte ihr fröhlich zu, während Marie im Geiste den Kopf schüttelte. Diese Menschen lebten nach anderen Gesetzen und Gebräuchen, als sie es gewohnt war. Daher gab es hier nur wenige Paare, die länger zusammenblieben. Die Frauen konnten meist frei wählen, mit wem sie ihr Bett teilen wollten, und so fand ein Wechsel in den Beziehungen statt, der anderswo an den Schandpfahl geführt hätte.

Es war kein Leben, wie Marie es zu ertragen bereit war. Als wandernde Hure hatte sie sich zu vielen Männern hingeben müssen, um Freude an solch einem Wechselspiel zu empfinden. Sie wusste jedoch, dass diese Frauen nichts für ihr Leben konnten. Die meisten waren Ausgestoßene oder fahrendes Volk, oder sie waren geflohen, um harten Strafen für oft kleine Vergehen zu entkommen.

»Schade, dass du deine Tochter und die Betschwester Ignatia bei dir hast. Sonst würde ich dich auch gerne in der Nacht besuchen!«

Nepomuks Stimme rief Marie in die Gegenwart zurück, und sie verzog das Gesicht zu einem spöttischen Lächeln. Bevor sie jedoch etwas darauf antworten konnte, erklang ein Peitschenhieb. Nepomuk sprang mit einem Aufschrei zur Seite und hielt sich die getroffene Stelle, während der Waldgraf auf ihn zukam und seine Peitsche einrollte.

»Es heißt, Ihre Erlaucht, Gräfin Jutta von Herrenroda, und zwar für jeden von euch!«, sagte er mit einem Blick in die Runde und kehrte in sein Haus zurück. Seine schwangere Beischläferin wohnte wieder dort, denn während er auf den Vollzug der Ehe mit Ignatia wartete, wollte er nicht auf gewisse Freuden verzichten.

»Tut es sehr weh, Großer?«, fragte Rita mit freundlichem

Spott Nepomuk. Dieser rang sich eine Grimasse ab, die einem Grinsen gleichkommen sollte.

»Heute Nacht nicht mehr, wenn du darauf gehofft hast. Da brauche ich viel Zuneigung.«

»Die wirst du von Rita schon erhalten«, meinte eine andere Frau lachend und schüttelte dann den Kopf. »Manchmal verstehe ich den Herrn nicht. Die meiste Zeit ist er großmütig, doch dann zieht er einem die Peitsche wegen einer Kleinigkeit über.«

»Das ist nun mal die Art der hohen Herren, die in Burgkemenaten geboren wurden. Sie müssen unsereins immer wieder zeigen, dass sie das Sagen haben«, erklärte der alte Feuerschlucker. Er war mit einer seiner Töchter gekommen, die sich nun den Topf füllen ließ, aus dem ihre Sippe essen würde.

Marie konnte ihm ansehen, dass er kein Freund des Waldgrafen war, obwohl er, wenn er mit diesem sprach, so tat, als würde er ihm am liebsten die Füße küssen. Sie schob derlei Betrachtungen beiseite, nahm das Essen für Ignatia, Trudi und sich selbst entgegen und kehrte in ihre Hütte zurück.

6.

Als Marie sich an diesem Abend zu den anderen ans Lagerfeuer setzte, hockte sich zu ihrer Überraschung Petronilla neben sie. »Das Leben ist in einer Bauernkate schon hart, doch hier im Wald ist man kaum mehr als ein Tier«, sagte die Heilerin.

»Dafür ist man frei«, antwortete Marie.

»Frei?« Petronilla lachte. »Wenn Mark von mir verlangt, meine Schenkel und noch anderes für ihn zu öffnen, bleibt mir nichts anderes übrig, als zu gehorchen. Ein Ehemann müsste sich mit dem zufriedengeben, was ihm der Priester erlaubt, wenn er nicht während der Messe als armer Sünder vor der Kirchentür stehen will.«

»Ich glaube nicht, dass du deswegen Angst haben musst. Jeder weiß um deine Kenntnisse über Gifte.«

»Gerade das macht es für mich doppelt gefährlich«, erklärte Petronilla. »Ich bin einmal nur knapp mit dem Leben davongekommen, nachdem der Herr sich nicht wohlgefühlt und sich eingebildet hat, ich hätte ihm wegen eines Streites kurz zuvor etwas in seinen Wein getan.«

»Da du noch lebst, konntest du ihn beruhigen!«

»Ich habe ihm ein Mittel gegen seine Beschwerden angeboten und einen Teil davon vor seinen Augen selbst verzehrt. Er nahm es dann, und es ging ihm bald besser. Doch seitdem misstraut er mir.«

Das konnte stimmen oder auch nicht, fand Marie. Ihr war

die Frau zuwider, aber in ihrer jetzigen Situation konnte sie sich ihre Freunde nicht aussuchen.

»Für mich sieht es so aus, als wärst du seine engste Vertraute«, sagte sie vorsichtig.

»Das kann man auch von Mark behaupten, doch du hast selbst gesehen, wie der Herr ihn behandelt hat. Für ein, zwei Tage ist es dein Glück, doch Mark wird nicht eher aufgeben, bis der Herr ihm erlaubt, dich in seine Hütte zu holen. Er ist ein rauer Liebhaber und fordert vor allem Dienste, die jeder Frau zuwider sind!« Petronilla berührte kurz ihren Mund.

Die Geste sagte Marie genug, denn solche Forderungen hatte sie auch in ihren Jahren als Wanderhure erlebt, sie aber vermieden, wo es nur ging. Der Gedanke, Mark auf diese Weise ausgeliefert zu sein, ließ sie schaudern.

Petronilla bemerkte es und lächelte zufrieden. Wenn sie das Feuer noch ein wenig schürte, brachte sie Marie dorthin, wo sie sie haben wollte. »Es geht nicht nur um dich«, sagte sie und legte ihre Hand auf Maries Arm. »Mark scheut auch nicht vor Kindern zurück. Wahrscheinlich ist er mehr hinter deiner Tochter her als hinter dir. Du bist, verzeih mir, doch schon durch Schwangerschaften und Geburten geweitet, während Trudi noch ein enges Löchlein besitzt.«

Allein der Gedanke trieb Marie die Tränen in die Augen. Eher bringe ich ihn um, schwor sie sich, obwohl sie wusste, dass sie damit Trudi zwar vor Mark retten würde, dies aber weder ihrer Tochter noch ihr selbst die Freiheit wiedergeben würde. Sie hatten im Gegenteil die Rache des Waldgrafen und seiner Bande zu fürchten, und ob diese sie besser behandeln würden als der Verwachsene, bezweifelte sie.

»Du solltest daher nicht mehr lange hierbleiben«, sprach Petronilla leise weiter.

»Wie könnte ich von hier weg? Ich kenne die Pfade nicht, die aus dem Lager herausführen, und diese werden zudem scharf bewacht«, antwortete Marie bitter.

»Ich könnte dir helfen«, bot Petronilla an. »Bis jetzt machte eine Flucht keinen Sinn für mich, denn hier lebe ich besser, als wenn ich mir mein Brot auf der Straße erbetteln müsste. Die Betschwester – verzeih, ich meine natürlich Ihre Erlaucht, Gräfin Jutta – ist jedoch die Erbin von Herrenroda und könnte mich so belohnen, dass ich für den Rest meines Lebens keine Not mehr leiden muss.«

Marie fragte sich, ob sie die Frau falsch eingeschätzt hatte und Petronilla sich nur deshalb als eifrige Anhängerin des Waldgrafen ausgegeben hatte, um so gut wie möglich durchzukommen. Dies war vielleicht kein ehrenhafter Charakterzug, aber verständlich. Dazu passte, dass sie jetzt auf eine hohe Belohnung von Ignatia hoffte.

»Ich glaube schon, dass Ignatia großzügig sein würde«, antwortete sie, um einen Köder auszulegen. Dabei ahnte sie nicht, dass sie schon selbst an Petronillas Angel hing.

»Du solltest mit ihr reden, denn ihr habt nicht lange Zeit«, erwiderte Petronilla drängend. »Der Herr ist keiner, der warten kann. Er wird Gräfin Jutta ins Bett holen, sobald ihm danach ist. Irgendeinen versoffenen Pfaffen, der ihm einen falschen Dispens ausschreibt und ihn mit der Gräfin vermählt, findet er gewiss!«

Marie nickte verkniffen. Da sie Ignatia kannte, wusste sie, dass diese sich an dieses Schreiben klammern und dem Waldgrafen gehorchen würde. Doch wenn dieser am Ziel war, bestand die Gefahr, dass er Trudi und sie seinem Helfer Mark überließ.

»Du wirst deine Belohnung erhalten!«, versprach sie.

Wenn Ignatia nicht bereit oder in der Lage dazu war, würde sie es eben tun. »So arm, dass ich die Handvoll Gulden, die du forderst, nicht bezahlen kann, bin ich nicht, auch wenn mich hier alle für eine Bäuerin halten, die sich als Magd einer Verwandten von Graf Ernst verdingt hat«, setzte sie leise hinzu.

»Wir müssen drei Tage warten, dann ist fast Neumond, und der wird uns helfen«, erklärte ihr Petronilla. In Wahrheit benötigte sie Zeit, um mit ihrer Schwester zu sprechen, welche ihre Botschaft an Leutprand weitergeben musste.

»Noch drei Tage? Also gut.« Es gefiel Marie zwar nicht, so lange warten zu müssen, doch sie hoffte, sich und ihre Schützlinge bis dorthin verteidigen zu können.

»In drei Tagen«, antwortete Petronilla zufrieden und zählte in Gedanken die Gulden, die Leutprand ihr für Jutta von Herrenroda zahlen würde.

7.

Als Marie zurückkehrte, klopfte sie dreimal leise gegen die Tür, um Trudi, die bei Ignatia zurückgeblieben war, anzuzeigen, dass sie zurückgekommen war. Ihre Tochter öffnete rasch, doch im Schein der kleinen Laterne sah Marie, dass Trudi ein Messer in der Hand hielt. Nun steckte diese ihre Waffe weg, wartete, bis die Mutter in der Hütte war, und versperrte die Tür wieder.

»Armin war eben da!«, raunte Trudi ihrer Mutter zu. »Er ist empört, weil der Waldgraf Schwester Ignatia zur Heirat zwingen will.«

»Das bin ich auch«, antwortete Marie, während sie die Näpfe austeilte.

»Er sagt, er will einen Weg suchen, wie wir fliehen können«, fuhr Trudi fort.

Marie kniff die Lippen zusammen. Nach Petronilla war Armin der Zweite, der ihnen helfen wollte. Ihr Gefühl sagte ihr, dass der Spielmann vertrauenswürdiger war als die Heilerin. Daher hielt sie es für besser, sich ihm anzuschließen.

»Wie will er es anstellen?«, fragte sie.

»Das weiß er noch nicht, denn die Wege, die aus diesem versteckten Tal hinausführen, werden gut bewacht.«

Nach Trudis Worten neigte sich die Waagschale wieder Petronilla zu. Diese schien mit der Umgebung vertrauter zu sein als der Spielmann. Aber ganz zur Seite schieben wollte sie ihn nicht. »Wann will er wieder mit uns sprechen?«

Trudi zuckte mit den Achseln. »Es kann ein paar Tage dauern. Der Waldgraf will ihn mit einer Nachricht zu Leuten schicken, die den Wettiner und die Schwarzburger ausspähen sollen, denn er muss wissen, wann und mit wie vielen Männern Johann von Sachsen und die anderen in den Wald eindringen wollen.«

»Das hört sich nicht so an, als würde Armin so schnell zurückkehren!« Marie klang enttäuscht, sagte sich jedoch, dass sie sich dann eben von Petronilla helfen lassen musste.

»Mir wurde auch eine Möglichkeit zur Flucht angeboten, und die soll in drei Tagen stattfinden«, erklärte sie den beiden anderen.

Während Trudi erfreut die Hände ballte, schimmerten in Ignatias Augen Tränen. »Ich habe Angst vor dem, was mich erwartet«, flüsterte sie.

»Wenn alles stimmt, was ich so erfahren habe, seid Ihr die einzige Erbin von Herrenroda und werdet eine der reichsten Frauen Thüringens sein«, erklärte ihr Marie.

Diese Aussicht konnte eine junge Frau, die im Kloster aufgewachsen war, jedoch nicht trösten. Außerhalb des Klosters war sie dem Willen von Männern unterworfen, die sie entweder heiraten wollten wie der Waldgraf, Johann von Wettin und andere, oder töten wie Leutprand und Graf Joachim.

»Warum kann ich nicht nach Hilgertshausen zurückkehren?«, fragte Ignatia und brach in Tränen aus.

Marie war kurz davor, ihr eine kräftige Ohrfeige zu verpassen, begnügte sich aber damit, sie kurz zu schütteln. »Was Ihr nach unserer Flucht macht, ist mir gleichgültig. Heiratet, wenn Ihr wollt, oder kehrt ins Kloster zurück und vermacht Euer Erbe der Kirche. Doch bevor Ihr das tun könnt, müssen wir das Lager und diesen elenden Wald hinter uns gebracht haben. Geht das nicht in Euren Kopf?«

Ignatia nickte eingeschüchtert. »Wir müssen fort, bevor dieser Mann mich zwingt, meinen Schwur zu erfüllen.«

»Petronilla traut ihm zu, dies mittels eines willigen Pfaffen und eines gefälschten Dispenses zu erreichen. Daher ist es mein Rat, die nächsten drei Tage irgendwie zu überstehen und dann mit Petronilla zusammen zu fliehen. Sie will gut dafür belohnt werden, doch diese Belohnung kann auch ich ihr geben.«

»Ich will fort von hier«, flüsterte Trudi.

»Ich auch!« Ignatia fasste nach Maries Hand. »Ihr glaubt also, dass es noch Hoffnung gibt?«

Marie nickte. »Unsere Hoffnung beruht auf Petronillas Geldgier. Sie weiß, dass wir ihr ein Leben ermöglichen können, in dem sie weder Armut noch Not fürchten muss.«

»Sie begibt sich dabei aber in Gefahr, denn wir könnten entdeckt und bestraft werden«, gab Ignatia zu bedenken.

Marie winkte ab. »Um etwas zu erreichen, muss man etwas wagen! Außerdem kennt sie die Wälder besser als jeder andere in diesem Lager. Immerhin ist sie eine Kräuterfrau.«

Dieses Argument überzeugte auch Ignatia, und sie sprach ein leises Gebet zur Jungfrau Maria, auf dass diese ihr und den anderen beistehen möge. Marie hingegen überlegte, was sie auf die Flucht alles mitnehmen sollten. Doch außer ihrer Kleidung und dem bisschen Geld, das sie noch immer versteckt unter ihrem Hemd trug, schien ihr nichts gut genug, um sich damit zu belasten.

8.

In den nächsten drei Tagen verließen Marie, Trudi und Ignatia die Hütte nur gemeinsam, wenn sie zum Abtritt gehen mussten. Auch zum Wasserholen oder zum Essenfassen ging keine von ihnen allein. Waren Trudi und Marie unterwegs, schloss Ignatia sofort die Tür hinter ihnen ab. Marie hätte gerne noch einmal mit Petronilla gesprochen, doch diese war – so hieß es – unterwegs, um Kräuter zu sammeln, und würde sich wohl wie meist über Nacht im Wald aufhalten.

Marie nahm an, dass die Heilerin den besten Fluchtweg ausfindig machen wollte, und sagte dies auch zu Trudi und Ignatia. Obwohl sie die meiste Zeit in ihrer Hütte blieb, beobachtete Marie genau, was im Lager geschah. Der Waldgraf saß häufig unter dem Vordach seiner Hütte und sah seinen Leuten bei der Arbeit zu. Die Beute des letzten Raubzugs musste verarbeitet werden, und die besten Stücke davon hatte er für sich bestimmt.

Vor der Nacht, in der Petronilla mit Marie und ihren Begleiterinnen fliehen wollte, kam Christoph von Herrenstein auf ihre Hütte zu und steckte den Kopf hinein. Hinter ihm tauchte Mark auf, der zwei große Ballen Tuch mit sich schleppte.

»Ihr könnt doch alle mit Nadel und Faden umgehen«, sagte der Waldgraf.

Keine der drei wagte, ihm zu widersprechen. »Ein wenig können wir es«, gab Marie zu.

»Dieses Tuch in Violett ist für Gräfin Jutta. Auch wenn ihre Wunde sie noch ein wenig quält, kann sie die Hände rühren. Sie soll sich ein Kleid nähen, das ihrem Stand angemessen ist. Ihr zwei«, sein Finger deutete auf Marie und Trudi, »helft ihr dabei und näht zudem ein Wams für mich aus diesem blauen Tuch. Denkt daran, es muss einem zukünftigen Grafen Herrenroda angemessen sein!«

»Ja, Herr!«, sagte Marie, da jede andere Antwort Misstrauen hätte erregen können.

»Wie sollen wir es Euch anmessen?«, wollte Trudi wissen.

Christoph von Herrenstein wies auf ein Wams, das sich bei dem Tuchballen befand. »Nach diesem!«

Er wollte sich wieder abwenden, da hielt ihn Marks Ruf zurück. »Ihr seid noch nicht fertig, Herr!«

»Was?«, fragte sein Anführer ungehalten.

»Die Frau sollte doch noch ein Wams nähen! Ihr habt mir dieses Tuch dafür gegeben!« Mark deutete mit dem Kinn auf einen kleinen Ballen hellgrünen Stoffs, den er zuunterst auf den Armen trug.

»Verzeih, fast hätte ich das vergessen!« Der Waldgraf lächelte spöttisch, als er sich wieder Marie zuwandte. »Mein getreuer Mark wünscht sich ebenfalls ein Wams von deiner Hand. Er bleibt gleich hier, damit du es ihm anmessen kannst. Er wird es bei eurer Hochzeit tragen.«

»Ich bin verheiratet!«, antwortete Marie zischend.

»Mark macht das nichts aus. Seine Ehen halten eh nicht lange.« Nach diesen Worten ging der Waldgraf lachend weiter, während Mark sich in die Hütte drängte.

»Wenn der Herr der Betschwester zwischen die Beine steigt, werde ich es bei dir tun«, sagte er mit einem anzüglichen Grinsen.

Marie hätte ihn ins Gesicht schlagen können. Nur das Wissen, dass sie am nächsten Tag nicht mehr im Lager sein würde, gab ihr die Kraft, ruhig zu bleiben.

»Ich soll dir ein Wams anmessen. Hast du eine Elle dabei?«

»Eine Elle?«, fragte Mark verständnislos.

»Ich muss die Länge messen, den Bauchumfang, die Breite der Schultern, wie lang die Ärmel werden müssen. Dazu brauche ich eine Elle«, erklärte Marie ihm wie einem unverständigen Kind.

»Aber vom Herrn hast du keine verlangt!«

»Da habe ich auch ein Vorbild, nach dem ich nähen kann. Ach ja, eine Schere benötigen wir auch. Wir können das Tuch schlecht mit den Zähnen zerbeißen.« Obwohl Marie wusste, dass es nicht ungefährlich war, Mark zu reizen, konnte sie nicht anders, als ihn zu verspotten.

Er starrte sie an und begriff allmählich, dass sie die geforderten Dinge tatsächlich benötigte. Sein Stolz ließ es jedoch nicht zu, ihren Handlanger zu spielen.

»Dann sieh zu, dass du diese Sachen im Lager auftreibst!«, schnauzte er sie an und ging. Nach ein paar Schritten blieb er stehen und drehte sich um. »Ich komme am Nachmittag, um mir das Wams anmessen lassen.«

»Komm lieber morgen!«, antwortete ihm Marie. »Heute muss ich Gräfin Jutta helfen und dann an dem Wams für den Herrn arbeiten. Er wäre gewiss nicht erfreut zu hören, ich hätte die Arbeit daran deinetwegen vernachlässigt.«

Mark stieß einen leisen Fluch aus und schüttelte den Kopf. »Bei dir muss man das Mundwerk wohl zusätzlich erschlagen! Weshalb konnte Gott bei der Schöpfung Eva nicht die Stimme versagen?«

»Weil wir Frauen euch Männern erklären müssen, wann ihr stört! Wir müssen jetzt arbeiten. Trudi, kommst du mit? Wir wollen sehen, ob es in diesem Lager überhaupt eine Schere gibt.«

Ignatia wusste Marie vor Mark sicher, ihre Tochter jedoch nicht. Mittlerweile hatte sie den Waldgrafen gut genug kennengelernt, um zu befürchten, dass er seinen Handlanger nicht bestrafen würde, wenn dieser ihrer Tochter Gewalt antat.

Als Marie die Hütte verließ, kniff Mark ihr und Trudi heftig in den Hintern. Sie konnte gerade noch die Hand zurückhalten, obwohl sie ihm am liebsten eine Ohrfeige gegeben hätte. Trudi eilte ihr rasch nach und fauchte.

»Wenn der Kerl das noch einmal macht, kriegt er was zu hören!«

»Lass es! Er würde nur noch unverschämter.«

Noch während Marie es sagte, sah sie, wie Petronilla das Lager betrat. Über dem Rücken trug sie den Beutel mit ihren gesammelten Kräutern. Kurz entschlossen trat Marie auf sie zu und sprach sie an: »Verzeih, aber ich würde gerne wissen, ob es im Lager eine Schere gibt. Der Herr hat mich aufgefordert, ein Wams für ihn zu nähen.«

»Ich besitze eine Schere und kann sie dir leihen«, antwortete Petronilla und winkte ihnen, ihr zu folgen.

Kaum waren sie in ihrer Hütte angelangt, schloss Petronilla die Tür hinter ihnen zu. »Es ist alles vorbereitet. Wir können heute Nacht fliehen.«

»Dem Himmel sei Dank!« Bis zuletzt hatten Marie immer wieder Zweifel überfallen, doch nun atmete sie auf.

»Wie soll es vonstattengehen?«, fragte Trudi, da ihre Hütte mitten im Lager stand und die Wachen die Umgebung im Auge behalten würden.

»Ich werde vorgeben, in der Nacht nach besonderen Kräutern zu suchen, die man nur kurz vor Neumond pflücken darf. Gegen Mitternacht kehre ich zurück, klopfe leise an eure Tür und nehme euch mit.«

»Aber was ist mit den Wachen?«, fragte Marie.

»Der Wächter dreht um diese Zeit immer seine Runde. Die passe ich ab, und wir verlassen hinter seinem Rücken das Lager. Wo sich die anderen Wachen befinden, bringe ich vorher in Erfahrung. Die meisten können wir umgehen.«

»Und die anderen?«

Petronilla maß Marie mit einem spöttischen Blick. »Mir fällt schon etwas ein, wie ich euch an ihnen vorbeischmuggle.«

Mit dieser Auskunft musste Marie sich begnügen. Sie nahm die Schere entgegen, die Petronilla ihr reichte, und kehrte mit Trudi in ihre Hütte zurück. Dort fand Ignatia kaum die Zeit, sie einzulassen, denn die Nonne kehrte schnell zu dem dunklen Samt zurück, den der Waldgraf ihr geschenkt hatte, und drückte ihn wie verliebt an sich. Bei diesem Anblick stieg ein bitteres Gefühl in Marie auf. Dieses Tuch war nicht ehrlich erworben, sondern geraubt worden, und sicher hatten Menschen dafür sterben müssen.

»Ich will es mitnehmen und später fertignähen«, erklärte Ignatia. »Wenn ich tatsächlich die letzte Herrenroda und damit die Erbin des gesamten Besitzes meiner Sippe bin, kann ich nicht in diesem zerrissenen und zerschlissenen Nonnenkleid dort erscheinen.«

Marie schüttelte energisch den Kopf. »Der Tuchballen würde uns bei unserer Flucht belasten.«

»Ihr könnt vielleicht in Lumpen herumlaufen, aber ich bin eine Herrenroda und werde es nicht«, fuhr Ignatia auf.

Bislang hatte Marie auf sie wegen ihrer Verletzung Rücksicht genommen, doch jetzt ging es um ihre Freiheit und die ihrer Tochter.

»Ihr könnt Euch auf Herrenroda einkleiden, wie Ihr wollt, aber der Ballen bleibt hier!«

Ignatia seufzte, gab aber nach. Nach all dem Schrecken, den sie erlebt hatte, erschien ihr der Samt, in den sie sich hüllen wollte, wie ein Zeichen einer besseren Zeit, und nun sollte sie darauf verzichten.

Marie half Ignatia, das Kleid zurechtzuschneiden, und übernahm sogar einen Teil der Näharbeiten. Trudi nahm sich unterdessen das alte Wams des Waldgrafen zum Vorbild und begann mit der Arbeit an dem neuen. Beide wussten, dass sie an diesem Tag nicht mehr fertig wurden und das angefangene Wams zurücklassen würden. Es war jedoch besser, wenn die anderen sahen, wie sie ihre Hände rührten, so als hätten sie sich in ihr Schicksal ergeben.

9.

Am Abend kehrte Armin mit einer Nachricht für den Waldgrafen zurück und sollte nach dessen Aufforderung nach dem Essen einige Lieder spielen. Christoph von Waldstein setzte sich unter das Vordach seiner Hütte, während sich die anderen um kleine Lagerfeuer sammelten. Marie hatte eigentlich in ihrer Behausung bleiben wollen, doch Ignatia drang darauf, nach draußen zu gehen und Armin zuzuhören.

»Seit es ihr wieder besser geht, wird sie ganz schön störrisch«, schimpfte Marie leise vor sich hin, als sie im Abstand von mehreren Schritten hinter ihr herging.

»Sie ist fast wieder so unleidlich, wie wir sie kennengelernt haben. Damals waren wir einfach nur unter ihrer Würde.«

Auch Trudi passte Ignatias neuerliches Verhalten wenig, denn diese behandelte sie mittlerweile so, als wäre sie deren Zofe. So freute sie sich ebenso wie ihre Mutter auf den Tag, an dem sie Ignatia Lebewohl sagen konnten.

Während die Nonne sich in Armins Nähe setzte, hielten Marie und Trudi sich im Hintergrund. Mit einem Mal spürte Marie eine Berührung an der Schulter, und als sie sich umdrehte, erkannte sie Nepomuk. Dieser kauerte so geduckt am Boden, dass sie und Trudi ihn ganz verdeckten.

»Ich konnte vorhin mit Armin sprechen«, sagte er so leise, dass Marie Mühe hatte, ihn zu verstehen. »Er will Euch zur Flucht verhelfen, und mir ebenfalls! Falls Ihr ein Plätzchen auf Kibitzstein hättet, auf dem ich ohne die Sorgen des Alltags leben kann, wäre es mir recht.«

Das Angebot kam überraschend. Marie blickte zu Armin hin, der eben ein Liebeslied mit solcher Inbrunst schluchzte, dass den Frauen die Tränen in die Augen stiegen. Auch Ignatia wirkte wie verzaubert, während Armin für niemand anderen Augen hatte als für die Nonne. Es war, als habe sich ein Band zwischen zwei Menschen gesponnen, die überhaupt nicht zusammenpassten. Daher gaben sich der entflohene Leibeigene und die junge Gräfin Gefühlen hin, die verderblich sein konnten.

Marie begriff, dass neue Schwierigkeiten auf sie zukamen. Wenn sie Ignatia das Angebot offenbarte, das Nepomuk ihr eben gemacht hatte, würde diese darauf beharren, mit dem Spielmann zu fliehen. Damit aber würden sie noch länger in diesem Lager bleiben und den Launen des Waldgrafen und seines Knechtes Mark ausgeliefert sein.

Nicht mit mir!, schoss es ihr durch den Kopf. Sie würde den Mund halten und dafür sorgen, dass sie noch in dieser Nacht zusammen mit Petronilla flohen. Maries Blick suchte die Heilerin. Diese saß etwas abseits auf einem primitiven Stuhl und wirkte sehr zufrieden. Hatte sie nicht in den Wald gehen und vorgeblich nach Kräutern schauen wollen?, fragte sie sich.

Es war, als hätte Petronilla diesen Gedanken aufgefangen, denn sie stand prompt auf, nahm ihren Beutel und winkte den anderen zu.

»Morgen gibt es besondere Kräuter, die man nicht alle Tage findet und die zu etlichem zu gebrauchen sind!«, rief sie dabei.

Marie begriff, dass sie auf verschiedene Zauber anspielte. Der Miene nach, die der Waldgraf zeigte, musste sie ihm auch etwas versprochen haben. Doch jetzt hob er die Hand und unterbrach Armins Lied.

»Hast du wirklich alles getan, was ich dir befohlen habe?«, fragte er streng.

Armin verbeugte sich in seine Richtung und nickte. »Sehr wohl, Herr, das habe ich.«

»Dann ist es gut.« Nach diesen Worten erhob sich der Waldgraf, trat neben Ignatia und legte ihr besitzergreifend die Hand auf die Schulter. »Ich habe Botschaft an den Bischof von Hildesheim gesandt. Er war ein Freund meines Vaters und wird mir den gewünschten Dispens beschaffen. Auch soll er einen Pfaffen schicken, der uns zusammengibt. Es wird nicht mehr lange dauern, dann seid Ihr mein Weib und ich der neue Graf auf Herrenroda!«

Nach diesen Worten hallte ein schriller Misston durch die Nacht, da Armin erregt an einer Saite zupfte. Marie hätte ihm mehr Selbstbeherrschung gewünscht. So aber zeigte er offen, dass er auf seinen Herrn eifersüchtig war, und das konnte sein Untergang sein. Es war daher wirklich besser, sich nicht auf ihn, sondern auf Petronilla zu verlassen.

»Es ist schon spät. Ihr solltet Euch hinlegen«, forderte sie Ignatia auf.

»Lass mich in Ruhe! Ich will Armin noch ein wenig zuhören!«, erwiderte diese in hochmütigem Tonfall.

Marie ärgerte sich noch mehr über die Nonne, die sie wie eine Magd behandelte und auch so ansprach. Doch sie durfte nichts sagen, damit niemand auf sie aufmerksam wurde.

Mit aufkeimendem Zorn dachte sie daran, dass Trudi und sie bereits auf Kibitzstein hätten sein können, wenn sie Ignatia ihrem Schicksal überlassen hätten. Ein zweites Mal würde sie sich nicht mehr von diesem verzogenen Nönnchen aufhalten lassen. Wenn Ignatia nicht willens war, mit ihr zusammen zu fliehen, würden eben Trudi und sie allein mit Petronilla gehen. Genug Geld, um diese zu belohnen, hatte sie allemal.

»Was ist jetzt?«, hörte sie Nepomuks Stimme ganz nahe an ihrem Ohr.

In ihrem Ärger über Ignatia hatte sie den kleinen Gaukler und sein Angebot ganz vergessen. Ihr Blick streifte noch einmal Armin, der nun erneut ein Liebeslied spielte und dabei allen Einblick in sein Herz gab. Ein Blick auf das Gesicht des Waldgrafen verriet Marie, dass dieser verärgert war. So, wie Armin sich verhielt, würde er ihr niemals zur Freiheit verhelfen können. Da sie jedoch Nepomuk nicht vor den Kopf stoßen wollte, verschwieg sie ihm ihre Bedenken.

»Ich hätte nichts dagegen, so bald wie möglich von hier fortzukommen. Wenn Armin es ermöglichen könnte …« Sie brach ab, da sie von Nepomuk ein ärgerliches Schnauben hörte.

»Dieser Narr himmelt die Betschwester auch noch offen vor allen Leuten an. Wenn er das nicht unterlässt, bringt er uns alle in Teufels Küche!«

Marie nickte heftig. »Wer sein Herz zu sehr auf der Zunge trägt, darf sich nicht wundern, wenn sich böse Buben dies zunutze machen.«

Gleichzeitig ärgerte sie sich immer mehr über Ignatia. Im Kloster aufgewachsen, war sie von den Gefühlen der Liebe unbeleckt geblieben, doch nun schwelgte sie geradezu in der Anbetung des jungen Spielmanns und brachte diesen dazu, ein Liebeslied nach dem anderen für sie zu singen.

Morgen ist es vorbei, dachte sie und tippte Trudi an. »Wir sollten zu Bett gehen.«

»Vorher muss ich noch zum Abtritt«, antwortete ihre Tochter.

»Ich komme mit«, bot Nepomuk an.

Auch Marie entschloss sich mitzugehen, denn Mark war nirgends zu sehen, und sie befürchtete, er könne Trudi auflauern. Allein aber war der klein gewachsene Gaukler nicht in der Lage, mit dem brutalen Kerl fertigzuwerden.

Als sie sich der stinkenden Grube näherten, entdeckte Marie Mark neben einer der Fackeln, die den Abtritt beleuchteten. Er konnte keinen Geruchs- und Geschmackssinn mehr haben, denn ihr wurde bereits aus größerer Entfernung übel.

Ohne den Kerl aus den Augen zu lassen, stieg sie auf das Brett über der Grube und raffte ihre Röcke. Trudi tat es ihr gleich, während Nepomuk sich mit dem Rücken zu ihnen hinstellte und Wasser ließ.

»Lässt du diesen kleinen Bock heute über dich drüber, nachdem er letztens Rita besprungen hat?«, fragte Mark bissig.

Ihm war anzumerken, wie es ihn ärgerte, dass sie zu dritt gekommen waren. Er wollte um die Grube herumgehen, um auf Maries und Trudis entblößte Hinterteile schauen zu können. Bis dorthin reichte jedoch der Lichtschein der Fackel nicht, und bis er diese geholt hatte, waren Mutter und Tochter fertig und kehrten gemeinsam mit Nepomuk zum Lager zurück.

Auf dem Weg dorthin überlegte Marie, ob sie dem kleinen Gaukler von ihrer geplanten Flucht berichten sollte. Sie hielt es jedoch für besser, wenn er nichts wusste. Die Macht des Waldgrafen reichte über sein Kerngebiet hinaus bis in die umgebenden Herrschaften, und sie wollte nicht durch einen Fehler kurz vor der Rettung noch abgefangen werden. Für so zäh, einer strengen Befragung oder gar der Folter widerstehen zu können, hielt sie Nepomuk nicht.

10.

Mitternacht war nach Maries Gefühl bereits vorüber, als jemand vorsichtig an ihrer Tür kratzte. Sie zog ihren Dolch und öffnete. Es war Petronilla. Sie trug ihr Bündel auf dem Rücken und hielt eine Blendlaterne in der Hand.

»Kommt jetzt«, sagte sie. »Wir müssen uns beeilen!«

Marie, Trudi und Ignatia waren zum Aufbruch bereit. Während die Kibitzsteinerin und ihre Tochter sofort Petronilla folgten, blieb die Nonne stehen. In ihrer Vorfreude auf die Flucht hatte sie nicht an Armin gedacht, doch jetzt zeigte sie zu seiner Hütte. »Ich will Armin holen, damit er mit uns zusammen fliehen kann.«

»Dafür haben wir keine Zeit!«, zischte Petronilla sie an. »Wenn wir nicht rechtzeitig an den Wachen vorbeikommen, entdecken sie uns, und dann liegst du noch heute Nacht unter dem Waldgrafen und lernst das kennen, was er unter Beischlaf versteht.«

Da Ignatia immer noch zögerte, packte Marie sie am Arm und zog sie einfach mit. »Armin kann das Lager verlassen, wie und wann er will, doch wir können es nicht«, raunte sie ihr ins Ohr.

»Aber ich werde ihn nie wieder treffen«, antwortete Ignatia zu laut und zu störrisch.

»Halt den Mund!«, zischte Petronilla sie aufgebracht an. »Wenn jemand auf uns aufmerksam wird, wirst du bedauern, überhaupt geboren worden zu sein.«

Diese Warnung verfing. Nach einem letzten Blick auf die Hütte, die Armin mit Nepomuk und anderen Männern teilte, folgte Ignatia ihnen und betete dabei leise. Marie vernahm jedoch, dass sie die himmlischen Mächte nicht um Beistand für ihre Flucht anflehte, sondern darum, Armin wiedersehen zu dürfen.

Marie fragte sich, was Ignatia an dem Spielmann finden mochte. Es dauerte einen Augenblick, bis sie auf die Lösung kam. Es ging der jungen Nonne nicht um sinnliche Lust. Da es ihr Angst machte, von einem Mann begehrt zu werden, der ihren Körper forderte, um über sie sich Graf auf Herrenroda nennen zu können, schmeichelte ihr Armins Anbetung, die keinen Gegendienst zu fordern schien.

Vielleicht hatte sie im Kloster auch heimlich Geschichten gelesen, in denen kühne Ritter edlen Damen ihre Minnedienste angeboten und sich damit zufriedengegeben hatten, einmal deren Hand zu berühren. Es war nicht unbedingt die Literatur, die in einem Kloster gepflegt wurde, doch Marie hatte oft genug Mönche, Kleriker und Nonnen erlebt, die Gott auf den Lippen und Begierden im Herzen getragen hatten.

In ihre Gedanken versunken, stieß sie gegen Trudi und begriff, dass sie nicht träumen durfte, wenn sie entkommen wollte. Sie tätschelte ihre Tochter, um ihr zu zeigen, dass alles in Ordnung war, und schlich hinter Petronilla her.

Nach einer Weile blieb die Kräuterfrau stehen und leuchtete mit ihrer Laterne in eine Abzweigung hinein, die von dichtem Buschwerk flankiert wurde.

»Ihr versteckt euch da drinnen und rührt euch nicht vom Fleck, verstanden? Ich gehe unterdessen zum Wächter weiter und spreche mit ihm. Er muss bald der Wache im Lager Meldung machen. Sobald er hier vorbeigekommen ist, hole ich euch ab.«

Marie nickte und lief mit Trudi und Ignatia zusammen in

den schmalen Pfad hinein. Der Lichtschein von Petronillas Laterne reichte nur ein paar Schritte. Sie wagten es jedoch nicht, zu nahe am Hauptweg zu bleiben, und tasteten sich daher einige Klafter weiter. Schließlich blieb Marie stehen und lauschte. Zuerst vernahm sie nur die nächtlichen Geräusche des Waldes wie den Ruf eines Uhus und das stete Rauschen des Windes in den Zweigen.

Plötzlich aber erklangen laute Stimmen so nahe, als würde nur zwei, drei Schritte von ihnen entfernt gesprochen. Marie wagte kaum zu atmen und stellte fest, dass es Ignatia und Trudi nicht anders erging.

Es waren Petronilla und der Wächter. Die Heilerin fragte, ob alles in Ordnung sei, und der Mann bejahte dies.

»Bis jetzt ist noch kein Mensch näher als eine Meile an unser Lager herangekommen«, erklärte er zufrieden. »Johann von Wettin hat zwar mittlerweile mit der Suche nach Gräfin Jutta begonnen, treibt sich aber noch in der Nähe der Waldburg herum, und die Schwarzburger Grafen haben sich bis jetzt nicht sehen lassen.«

»Wollen wir hoffen, dass es so bleibt. Es wäre ärgerlich, wenn die Kerle bis zu unserem Lager vorstoßen würden«, antwortete Petronilla.

»Da besteht keine Gefahr. Den Zugang von der Waldburg her können fünf Mann gegen ein ganzes Heer verteidigen. Auf unserer Seite reichen zwanzig, und wir können einiges mehr auf die Beine stellen.«

»Was ist, wenn der Sachse wirklich mit Heeresmacht und Kanonen gegen uns zieht?«, fragte Petronilla.

»Das würde höchstens der Herrensteiner tun, wenn er die Möglichkeit dazu hätte. Johann von Wettin hat bis jetzt keinen Schaden durch uns erlitten und wäre dumm, wenn er uns bekämpfen würde. Außerdem müsste er dafür durch Graf Joachims Land ziehen, und der wird ihm die Erlaubnis gewiss nicht geben.«

»Vielleicht doch«, antwortete Petronilla. »Joachim von Herrenstein will uns loswerden, und da kann es durchaus sein, dass er sich mit dem Sachsen zusammentut. Es geht immerhin um das Erbe von Herrenroda. Vielleicht werden sie es sich teilen, um andere wie die Schwarzburger davon fernzuhalten.«

»Was du schon wieder denkst!«, sagte der Mann, doch Marie spürte, dass die Worte der Heilerin ihn aufgeschreckt hatten.

Dies mochte ein weiterer Grund sein, weshalb Petronilla den Waldgrafen verlassen wollte. Wenn es zu einem Großangriff auf dessen Lager kam, würden die Feinde wenig Federlesens mit seinen Anhängern machen. Bei dem Gedanken erinnerte Marie sich an Nepomuk und bedauerte jetzt doch, den kleinen Gaukler nicht mitgenommen zu haben. Sie tröstete sich damit, dass Nepomuk in Bälde mit Armin zusammen fliehen wollte.

Petronilla und der Wächter beendeten ihr Gespräch und gingen den Geräuschen nach in unterschiedliche Richtungen weiter. Wenig später fiel wieder ein Lichtschein in den Seitengang, und sie sahen Petronilla als winkenden Schattenriss an dessen Anfang stehen.

»Seid leise!«, raunte die Heilerin ihnen zu, als sie zu ihr aufgeschlossen hatten. »Rudi ist noch nicht weit weg, und vor uns sind zwei weitere Wächter, die es zu überlisten gilt.«

»Auf diese Weise kommen wir bis zum Morgen nie aus dem Wald heraus«, maulte Ignatia. Ihre Verletzung hatte sie gezwungen, lange zu liegen, und sie war auch früher nicht gewohnt gewesen, größere Strecken zu Fuß zurückzulegen.

»Meine Schwester und einige Freunde erwarten uns bei einer großen Eiche nahe am Waldrand und helfen uns weiter. Wenn der Waldgraf am Morgen erwacht, sind wir in Sicherheit«, versprach Petronilla und ging voran.

Marie, Trudi und Ignatia folgten ihr stumm. Schon bald

aber zeigte es sich, dass die Kräfte der Nonne nicht ausreichten, um die Strecke bewältigen zu können. Daher fasste Marie sie unter und half ihr.

»So ist es gut!«, lobte Petronilla und lotste sie in den nächsten Seitengang. »Der Wächter muss gleich zu Rudi und diesem Bericht erstatten. Daher warten wir hier.«

Marie war es recht, denn sie wusste nicht, ob sie Ignatia allein hätte halten können. Diese war inzwischen so erschöpft, dass sie trotz der Gefahr, in der sie schwebten, vor sich hin jammerte. Schließlich presste Petronilla ihre Hand auf Ignatias Mund und herrschte sie leise, aber äußerst scharf an, still zu sein.

Geräusche verrieten ihnen, dass der Wächter sich entfernte, um seinen Kameraden Bescheid zu geben, es hätte sich bislang nichts ereignet. Dieses Verfahren mochte gut sein, denn das Ausbleiben eines Wächters alarmierte die anderen, weil etwas Ungewöhnliches vorgefallen sein musste. Andererseits aber erleichterte es ihnen die Flucht aus dem Wald.

Kaum verklangen die Schritte des Wächters, führte Petronilla sie weiter. War der Zugang zum Tal auf der Seite zur Waldburg hin eine elende Kletterei, führte er an dieser Stelle an der Wand einer engen, tief vom Wasser eingeschnittenen Schlucht entlang. Die Heilerin folgte jedoch nicht dem schmalen Weg, sondern forderte Marie und die anderen auf, ins Wasser zu steigen.

»Weiter vorne ist noch ein Wächter, aber der hat seine Meldung bereits abgegeben und wird seinen Platz vor dem Morgen nicht mehr verlassen. Wir müssen daher im Bach weitergehen. Seid vorsichtig, denn die Steine sind schlüpfrig. Ihr solltet daher eure Holzschuhe ausziehen und in den Händen tragen – oder noch besser, lasst sie hier zurück, denn ihr werdet eure Hände brauchen, um euch an den Felsen und der Uferböschung festzuhalten.«

Marie stellte ihre Holzschuhe ohne Bedauern auf einen

Felsen. Im Wasser waren sie eher ein Hindernis, und die paar Schritte in die Freiheit konnte sie barfuß laufen. Trudi folgte ihrem Beispiel, während Ignatia zögerte. Ohne Schuhe würde anderen trotz der Lappen vielleicht auffallen, dass sie am linken Fuß sechs Zehen hatte.

Schließlich packte Petronilla sie bei der Schulter und schüttelte sie. »Gib die Dinger her!«

Da Ignatia nur zögernd gehorchte, nahm ihr die Heilerin die Holzschuhe ab und warf sie hinter einen Felsen.

»Hab dich nicht so!«, schalt sie Ignatia. »Es sind nur ein paar hundert Schritte im Wasser und danach noch eine gute Viertelmeile bis zur Eiche. Dort warten Pferde auf euch!«

Wie es aussah, hatte Petronilla ihre Flucht gut geplant, dachte Marie. Sie war viel zu erleichtert, diesen Albtraum endlich hinter sich lassen zu können, um sich zu fragen, wie eine davongelaufene Leibeigene zu Helfern mit Pferden kam.

Petronilla löschte ihre Laterne und ließ sie am Bachufer stehen. »Kommt jetzt«, befahl sie und machte sich auf den Weg.

Die Strecke durch den Bach war hart. Sie mussten leise sein, damit der Wächter, der nur wenige Klafter über ihnen auf einem Felsblock hockte, sie nicht hörte. Sehen konnte er sie in dem dunklen Bachbett nicht. Bei einem helleren Mond wäre dessen Durchquerung jedoch unmöglich gewesen. Auch dafür hatte Petronilla den richtigen Zeitpunkt ausgesucht, dachte Marie, während sie Ignatia stützte. Zu ihrer Erleichterung war diese jetzt still, denn der Gefahr, im letzten Augenblick abgefangen und zum Waldgrafen zurückgeschleppt zu werden, wollte die Nonne sich nicht aussetzen.

11.

Der Morgen dämmerte bereits herauf, als sie die Schlucht endlich hinter sich gebracht hatten und aus dem Wasser steigen konnten. Ignatia weinte, denn sie hatte ebenso wie Marie und Trudi die Lumpen verloren, die die Füße in den Holzschuhen geschützt hatten, und sich an den scharfen Steinen wund gestoßen.

Petronilla holte ein paar Lappen aus ihrem Beutel. »Wickle die hier um die Füße, dann wird es gehen!«

Ignatia gehorchte, brauchte aber Maries Hilfe, um die Lappen festzubinden, und war danach kaum zu bewegen, wieder aufzustehen.

»Auch gut!«, antwortete Petronilla. »Dann gehe ich eben allein weiter.«

Es war nur eine Drohung, doch sie verfing. Ignatia kämpfte sich mühsam auf die Beine und schleppte sich von Marie gestützt weiter.

Der Weg war um einiges weiter als die angekündigte Viertelmeile. Zuletzt musste Marie Ignatia fast tragen, da diese kaum noch einen Fuß vor den anderen zu setzen vermochte. Trudi half ihr, doch dem Mädchen war die Erschöpfung ebenfalls anzumerken.

Endlich sahen sie die riesige Eiche vor sich, die mitten auf einer kleinen Lichtung am Waldrand stand. Petronilla wandte sich mit einer triumphierenden Geste zu den dreien um. »Gleich sind wir am Ziel!«

In ihrer Erschöpfung achtete Marie nur auf Petronillas Schwester, die ihnen mit raschen Schritten entgegeneilte, und übersah die hinter der Eiche wartenden Männer.

»Es ist also gelungen! Ich war bereits in Sorge, weil ihr so lange ausgeblieben seid«, rief Innozentia.

»Die fromme Schwester ist durch eine Verletzung geschwächt und konnte nur langsam gehen«, erklärte ihr Marie.

Noch während sie es sagte, kamen sechs Männer auf sie zu. Zuerst glaubte Marie, es wären die Helfer, die Petronilla ihnen versprochen hatte, doch dann traf es sie wie ein Schlag. Der Anführer der Kerle war Leutprand, der den Angriff auf die Waldburg und das Massaker an der Herrenroda-Sippe geleitet hatte.

Erschrocken packte sie Trudis Hand, um mit ihr zu fliehen, doch da trat ihr Petronilla in die Kniekehle, und sie stürzte. Bevor sie wieder auf die Beine kam, waren die Kerle heran und stießen sie erneut zu Boden. Raue Hände packten ihre Arme und drehten sie nach hinten, dann spürte sie, wie ihr eine feste Schnur um die Handgelenke gewickelt und zugeknotet wurde. Auch ihre Füße wurden gefesselt, und so lag sie zuletzt mit dem Gesicht nach unten auf dem Boden. Trudi erging es nicht besser, während Ignatia verschont blieb.

Mit einem Triumphgefühl ohnegleichen betrachtete Leutprand seine Gefangenen. Ihm war etwas gelungen, was in diesen Tagen viele der hohen Herren erstrebten. Er hatte Gräfin Jutta von Herrenroda gefunden! Sie sah in ihrem alten Ordenskleid und mit ihrem von der Erschöpfung gezeichneten Gesicht schrecklich aus, doch das würde sich bei guter Pflege bald geben. Die beiden anderen Gefangenen hatte er auf der Stelle erschlagen lassen wollen, aber bei ihrem Anblick waren ihm Zweifel gekommen. Anders als der Waldgraf, der Marie für eine Bäuerin gehalten hatte, wusste er, dass es sich um eine Edeldame handelte. Es erschien ihm daher klüger, mehr über sie zu erfahren. Vielleicht konnte sie ihm lebend noch eine Weile nützlich sein.

»Legt die beiden über die Gäule!«, befahl er seinen Männern.

Paul sah ihn zwar erstaunt an, gehorchte aber wie die anderen. Auf einmal grinste er sogar. Solange Mutter und Tochter lebten, konnten er und seine Kameraden einiges mit ihnen anfangen.

Unterdessen trat Leutprand auf Ignatia zu. »Seid mir willkommen, edle Dame!«

»Der Teufel soll dich holen, du Mordbrenner, und dich in seinen heißesten Kessel stecken!«, schrie Ignatia ihn wenig damenhaft an.

Leutprand begriff, dass es wohl einiges an Überredung kosten würde, die junge Frau zu zähmen, und winkte Peter zu sich.

»Binde ihr die Hände auf den Rücken und setz sie vor dich auf dein Pferd. Wage es aber nicht, sie an Stellen zu berühren, die mir missfallen!«

»Aber wie soll ich sie dann festhalten?«, fragte der Waffenknecht.

Leutprand lag eine scharfe Antwort auf der Zunge, doch er beherrschte sich. Schließlich brauchte er die sechs Männer, um sein Ziel zu erreichen. Wenn er einen von ihnen zu streng behandelte, bestand die Gefahr, dass dieser ihn an Graf Joachim oder einen der anderen Herren verriet, die auf der Suche nach Gräfin Jutta waren.

»Ich nehme sie auf mein eigenes Pferd. Reiche sie mir hoch, sobald ich im Sattel bin!«, forderte er Peter auf.

Kaum war dies geschehen, wiederholte Ignatia ihre gesamte Palette an Verwünschungen, doch sie klangen schwächlicher als zuvor.

»Ihr solltet Eure Zunge bezähmen, mein Fräulein, wenn

Ihr nicht wollt, dass Eure Kehrseite Schaden nimmt«, warnte Leutprand sie lachend.

»Niemals! Ich werde dich verfluchen, bis du ins Grab fährst«, rief Ignatia erbittert.

»Noch bevor drei Tage vergangen sind, werdet Ihr anderen Sinnes sein! Ihr seid in meiner Hand, mein Fräulein, und es liegt an mir zu entscheiden, wie Euer weiteres Schicksal verlaufen wird.«

Verwundert drehte Ignatia sich um, damit sie ihn anschauen konnte. »Wie meint Ihr das?«

Die Tatsache, dass sie ihn auf einmal höflich anredete wie auch die aufkeimende Hoffnung auf ihrem Gesicht bewiesen Leutprand, dass er den richtigen Weg eingeschlagen hatte.

»Ich könnte Euch töten, so wie Graf Joachim es von mir verlangt, Euch aber auch am Leben lassen. Doch dies hat seinen Preis!«

»Welchen?«, fragte Ignatia angespannt.

»Euch! Ihr werdet mich heiraten und mit mir zusammen als Graf und Gräfin auf Burg Herrenroda leben.«

»Niemals!«, stieß Ignatia schaudernd hervor. »Ihr seid ein Mörder, der nicht einmal vor Frauen und Kindern zurückgeschreckt ist. Mein Bruder starb durch Eure Hand! Wie könnte ich Euch da meine zum Bund für das Leben reichen?«

»Was ich tat, geschah auf Graf Joachims Befehl, ob es mir gefiel oder nicht«, antwortete Leutprand. »Nun stehe ich am Scheideweg. Für mich heißt es, weiter ihm zu folgen oder meinen eigenen Weg einzuschlagen.«

»Ihr seid ein elender Mörder!«, brach es schluchzend aus Ignatia hervor.

Leutprand ahnte jedoch längst, dass ihr Wille nicht stark genug war, um ihm auf Dauer widerstehen zu können.

»Vorwärts, Männer!«, rief er und wollte anreiten.

Da verstellte ihm Petronilla den Weg. »Was ist mit meiner Belohnung, Herr?«

»Er soll dir für deine Gemeinheit und Hinterlist den Kopf abschlagen«, stieß Marie aus.

Leutprand sah jedoch nachsichtig auf die Heilerin herab und reichte ihr mehrere Gulden. »Das ist der Anfang! Den Rest erhältst du, wenn ich mit Gräfin Jutta auf Herrenroda residiere!« Nach diesem Versprechen lenkte er das Pferd an ihr vorbei und ließ es antraben.

Das harte Stoßen bereitete Ignatia so starke Schmerzen, das sie aufschrie. »Nicht, Herr! Bitte, es tut doch weh!«

»Was?«, fragte er.

»Meine Seite, an der mich das Schwert getroffen hat.«

Die Zeit brannte Leutprand unter den Nägeln, denn Petronilla war mit ihren Begleiterinnen weitaus später erschienen als erwartet. Er musste sich beeilen, wenn er nicht entdeckt werden wollte. Gleichzeitig aber durfte er nicht riskieren, dass Jutta von Herrenroda durch einen schnellen Ritt zu Schaden kam.

Er zog sie enger an sich, um ihr Halt zu geben, und schlug bei der nächsten Wegkreuzung einen anderen Pfad ein als jenen, den er ursprünglich geplant hatte. Paul und Peter wunderten sich, weshalb ihr Anführer einen Umweg reiten wollte, sagten sich aber, dass er wissen musste, was er vorhatte. Zusammen mit den vier anderen Waffenknechten waren sie Leutprands engste Vertraute und bereit, eher ihm als Graf Joachim zu folgen. Mehrere von ihnen waren Freunde von Kunz gewesen, der auf der Waldburg durch Maries Hand gestorben war. Daher trafen Marie hasserfüllte Blicke, und die Kerle stellten sich bereits vor, wie sie das Weib für den Tod ihres Kameraden mit großen Schmerzen bezahlen lassen würden.

Leutprand hingegen schwankte noch, ob er die Frau und deren Tochter seinen Männern überlassen sollte. Gewiss hatte sie Verwandte, die sie vermissten und möglicherweise ein gutes Lösegeld für sie zahlten. Andererseits waren sie und ihre Tochter Augenzeuginnen des Massakers auf der Waldburg geworden und konnten ihn jederzeit als den Mann benennen, der es durchgeführt hatte. Also mussten sie sterben, ehe sie reden konnten.

Er schob die Entscheidung auf, bis er Gräfin Jutta in Sicherheit gebracht hatte. Mit ihr am Tag in Richtung Herrenroda zu reiten wäre Wahnsinn gewesen. Er musste sie erst einmal gut verbergen und dann seine nächsten Schritte mit Bedacht vorbereiten.

12.

Leutprands Ziel war die Jagdhütte, in der das verhängnisvolle Treffen zwischen Graf Joachim und Ludwig von Waldburg stattgefunden hatte. Da sie weit genug von Burg Herrenstein entfernt lag, suchte der Graf sie nur selten auf, und so stellte sie ein ausgezeichnetes Versteck für seine Gefangenen dar.

Mit diesem Gedanken schwang Leutprand sich vor der Jagdhütte aus dem Sattel und hob Ignatia vom Pferd. Einen Augenblick hielt er sie eng an sich gepresst, so dass beide den Atem des anderen auf den Wangen spürten.

»Du wirst mein Weib werden – oder das des Sensenmanns. Eine andere Wahl hast du nicht«, raunte er ihr ins Ohr und erntete dafür erneut Verwünschungen. Ohne sich darum zu kümmern, schleifte er sie zur Tür der Jagdhütte, sperrte diese auf und trat ein. Paul und Peter folgten ihm mit Marie und Trudi.

»Was tun wir mit den beiden, Herr? Wollen wir sie gleich durchziehen?«, fragte Peter.

Leutprand hob abwehrend die Hand. »Vorerst lassen wir sie in Frieden, denn ich will zuerst mehr über sie erfahren. Es muss einen Grund geben, weshalb Graf Ernst sie auf die Waldburg eingeladen hat.«

Dieser Grund ist längst von den Geschehnissen überholt worden, dachte Marie. Graf Ernst war tot und mit ihm sein Bastardsohn, den er mit Trudi hatte verloben wollen. Dort, wo er jetzt war, brauchte er ihr Geld nicht mehr. Dies zu sagen, hätte ihr und Trudis Ende bedeutet – und ganz sicher erst, nachdem jeder dieser Schufte ihnen Gewalt angetan hätte. Mit dem Dolch, den sie unter ihren Kleidern trug, konnte sie vielleicht Trudi diese Qualen ersparen, doch für sie selbst würde es zu spät sein. Marie schwieg daher, als Leutprand sie fragte, wer sie sei und woher sie käme.

»Du wirst schon noch reden!«, drohte er und wies Paul an, die Falltür zu öffnen. Dieser gehorchte, und es kam eine Grube zum Vorschein, die etwa anderthalb Klafter tief, ebenso lang und halb so breit war.

Leutprand führte Ignatia an den Rand des Kellers und zwang sie hinunterzuschauen. Da Peter eine Laterne entzündet hatte und hineinleuchtete, konnte sie unten eingetrocknete Blutreste und Tierhaare sehen.

»In dieser Grube ist es schön kühl. Wir bewahren meist erlegtes Wild darin auf, doch jetzt wird er Euer neues Quartier sein!«

»Nein, nicht!«, schrie Ignatia entsetzt.

»Oh doch, meine Liebe! Ihr bleibt so lange darin, bis Ihr bei Gott und allen Heiligen schwört, mein Weib zu werden und mir in allem zu gehorchen.«

Leutprand lächelte, doch sein Blick war hart. Er riskierte viel, wenn er Jutta von Herrenroda seinem Herrn vorenthielt, und er war nicht bereit, sich von irgendjemandem aufhalten zu lassen.

Während Ignatia voller Schrecken in die Grube starrte, wandte Leutprand sich seinen Männern zu. »Schafft die beiden anderen hinunter. Sie sollen das Bett für meine Braut bilden!«

»Ich werde Euch niemals heiraten«, stöhnte Ignatia, doch es klang nicht besonders überzeugend.

Marie wurde an Armen und Beinen gepackt und mittels einer Leiter in die Grube getragen. Die beiden Männer, die es taten, zwickten sie grinsend in die Brüste und die Scham. Zu ihrer Erleichterung ließen sie jedoch den Oberschenkel in Ruhe, so dass ihnen der Dolch entging.

Die Kerle legten sie zunächst auf den Bauch, so dass sie mit dem Gesicht auf einer stinkenden Schicht aus vertrocknetem Blut und angefaulten Haaren zu liegen kam. Mühsam wälzte sie sich herum und sah zu, wie Trudi neben sie gelegt wurde. Ihre Tochter wirkte im Licht der Laterne blass, doch ihre funkelnden Augen zeigten, dass auch sie sich nicht aufgegeben hatte.

Kaum befanden sich die beiden unten, ließen die Männer sich Ignatia reichen und legten diese quer über Marie und Trudi. Leutprand sah ihnen von oben zu und lachte.

»Ist das Quartier nach Euren Wünschen, meine Liebe?«

»Ihr seid ein Scheusal!«, wimmerte Ignatia, während Marie dem Mann in Gedanken die Pest und alle anderen tödlichen Krankheiten an den Hals wünschte.

Die beiden Männer stiegen nach oben, holten die Leiter ein und schlossen die Falltür. Das Letzte, was Marie hörte, war die Frage eines Mannes, ob die Frauen denn nicht ersticken würden. Leutprands Antwort darauf vernahm sie nicht mehr.

Es war kalt und dunkel, doch schreckte Marie dies weniger als die Tatsache, dass sie durch Ignatias Gewicht belastet keine Möglichkeit sah, an ihren Dolch zu gelangen.

»Könnt Ihr Euch ein wenig zur Seite rollen?«, fragte sie die Nonne.

Anstatt dies zumindest zu versuchen, fing diese an zu zetern. »Ihr seid an allem schuld! Warum musstet Ihr dieser Verräterin Petronilla vertrauen? Wir hätten warten und mit Armin und diesem hässlichen Zwerg fliehen sollen. Jetzt habe ich die Wahl zwischen dem Tod durch eigene Hand, was mich zur ewigen Verdammnis verurteilen würde, oder dem Mörder meines Bruders die Hand zum Bunde zu reichen und mich ihm als Eheweib hinzugeben. Ihr seid eine Dienerin des Satans, die mich verderben will. Der Teufel soll Euch holen!«

»Was er wohl kaum tun wird, da ich Euren Worten zufolge bereits seine Dienerin bin«, antwortete Marie bissig.

»Ich wäre lieber die Gemahlin des Waldgrafen geworden, als das Weib des Mörders meines Bruders sein zu müssen. Ich wünschte, er würde Euch dafür umbringen!«, schrie Ignatia unbeherrscht.

Mit umbringen allein wird Leutprand es nicht bewenden lassen, durchfuhr es Marie. Wenn sie sich und Trudi retten wollte, mussten sie fliehen. Das aber ging nicht, solange Ignatia mit ihrem vollen Gewicht auf ihnen lag.

»Rollt Euch von mir herab, zum Teufel!«, fuhr sie die Nonne zornig an.

Diese antwortete mit einem Wust an Beschimpfungen, die verrieten, dass in ihrem Kloster nicht nur gebetet wurde und fromme Lieder gesungen.

Schließlich wurde es Marie zu viel. »Haltet endlich den Mund!«, brüllte sie sie an und warf sich mehrfach hin und her.

Ignatia verstummte, aber mehr aus Erschöpfung als wegen Maries Anweisung.

»Ihr müsst von uns herunter! So liegt Ihr zu schwer auf uns«, erklärte ihr Marie jetzt mit gedämpfter Stimme. Zu ihrer Erleichterung kam Ignatia endlich ihrer Aufforderung nach und schob sich mühsam zur Seite.

»Gott sei Dank, endlich kann ich wieder durchatmen. Sie lag mit ihrem Hintern auf meinem Brustkorb«, sagte Trudi.

»Wie geht es dir? Kannst du zu meinen Füßen kriechen?«

»Ich glaube, es geht«, antwortete Trudi und zog sich mit den Fersen auf die entsprechende Grubenwand zu.

Marie stemmte sich mit den Beinen in die Gegenrichtung. Die Grube war nicht gerade groß, und es war mühsam, sich trotz der Fesseln darin zu bewegen. Trudi blieb schließlich erschöpft mit dem Kopf an ihrem Oberschenkel liegen.

»Du musst dich ganz herumdrehen, so dass wir beide Kopf an Fuß liegen«, wies Marie ihre Tochter an.

Mit Ächzen und Stöhnen gelang das Trudi. Sie musste sich dabei etliche Beschimpfungen von Ignatia anhören, weil sie mit ihren Füßen gegen deren Beine stieß.

»Was soll ich jetzt tun, Mama?«, fragte Trudi, ohne sich um die Nonne zu scheren.

»Du musst den Kopf unter meinen Rock stecken und so weit nach oben kriechen, bis du meinen Oberschenkel erreichst. Am linken ist die Scheide meines Dolches befestigt. Du musst ihn mit den Zähnen herausziehen und darfst ihn um Himmels willen nicht fallen lassen. Bei dem Dreck, der hier liegt, würde dir übel, wenn du ihn dann noch einmal mit den Zähnen fassen müsstest!«

»Mir ist jetzt schon übel«, stöhnte Trudi, machte sich aber ans Werk.

Marie spürte, wie Trudi sich krümmte, um unter ihren Rock zu gelangen. Als sie es endlich geschafft hatte, stieß Trudi einen leisen Ruf aus und schob sich dann mühsam nach oben. Marie spreizte die Knie, um es dem Mädchen leichter zu machen. Kurz darauf hatte diese ihren Oberschenkel erreicht und versuchte, den Dolch mit den Zähnen zu packen. Es war nicht leicht, und sie biss ihrer Mutter dabei zweimal in den Schenkel. Schließlich hielt sie den Dolchgriff zwischen den Zähnen und zog die Waffe langsam aus der Scheide.

Sich wieder aus dem Rock herauszuwinden fiel Trudi fast noch schwerer, als hineinzukommen. Endlich war auch das geschafft, und sie wollte die Mutter fragen, was sie jetzt tun sollte. Im letzten Augenblick erinnerte sie sich daran, dass sie ja den Dolchgriff mit den Zähnen festhielt und auf keinen Fall loslassen durfte.

Das wusste auch Marie und forderte sie daher schnell auf, den Dolch festzuhalten. »Du musst jetzt an meinem Rücken hochkriechen und die Dolchklinge gegen meine Handfesseln halten, damit ich mich befreien kann«, befahl sie Trudi und schob sich wieder auf ihre Tochter zu.

Wenig später lagen sie so nebeneinander, wie Marie es sich wünschte. Sie tastete mit ihren Fingern nach dem Dolch und drehte ihn so, dass die Klinge genau auf die Schnur zeigte, mit der ihre Handgelenke gefesselt waren. Jetzt galt es, die Schnüre durchzutrennen, ohne sich zu schneiden.

Zweimal verletzte sie sich leicht, aber dann waren ihre Hände frei. Rasch durchtrennte sie auch den Strick um ihre Fußknöchel und befreite danach Trudi und Ignatia. Als sie sich jedoch mit dem Rücken gegen die Grubenwand stellte und Trudi nach oben hob, damit diese die Falltür untersuchen konnte, stieß das Mädchen einen Ruf der Enttäuschung aus.

»Das Ding sitzt fest! Entweder wurde es von außen verriegelt, oder die Kerle haben einen schweren Gegenstand darauf gestellt.«

»Wir hätten auf Armin warten müssen, anstatt uns von dieser Hexe Petronilla wie Schafe zum Scheren führen zu lassen«, wimmerte Ignatia, und Marie begriff, dass sie sich in den nächsten Stunden noch einiges würde anhören müssen.

13.

Kurz vor der Abenddämmerung jenes Tages, an dem Marie mit Petronilla aus dem Lager des Waldgrafen fliehen wollte, näherte sich ein Reisezug Burg Kibitzstein. Er bestand aus einem bequemen Reisewagen, in dem sich eine Dame im klösterlichen Habit befand sowie eine einfache Nonne, die diese zu bedienen hatte. Ein weiterer Wagen enthielt etliche große Truhen mit dem Besitz der Dame, und den Zug begleiteten zwölf Waffenknechte mit dem Wappen ihrer Familie auf der Brust und acht Reiter, die das schwarze Kreuz der deutschen Ordensritter auf ihren Umhängen trugen. Reisemarschall des Zuges war Guntram von Ebrach, der Vertraute des neuen Würzburger Fürstbischofs Gottfried Schenk zu Limpurg.

Eben streckte die hochgeborene Nonne ihre Hand aus dem Wagen und wies auf Kibitzstein. »Ist das die Burg?«, fragte sie.

Guntram von Ebrach nickte. »Das ist sie! Sie können uns die Tore um diese Zeit nicht verschließen, denn es ist noch eine Stunde Weges nach Hilgertshausen, und wir kämen dort erst bei völliger Dunkelheit an.«

»Dann wollen wir hoffen, dass es so geschieht, wie Ihr es Euch vorgestellt habt, Vetter. Diesem aufrührerischen Gesindel, das sich gegen Seine Exzellenz, den Fürstbischof, stellt, müssen Grenzen aufgezeigt werden.«

»Das habe ich vor«, erklärte Ebrach angespannt und blickte auf die Burg.

Sie hatten das Dorf fast erreicht und bogen nun von der Straße auf den Weg ab, der zur Burg führte. Etwas abseits von den anderen Höfen lag ein größerer Bauernhof, von dem aus eine ältere Frau den Zug musterte. Es war Hiltrud, die angesichts dieser Schar ein unangenehmes Kribbeln im Nacken spürte.

Unterdessen sprach die Nonne weiter. »Ihr sagtet, Vetter, diese Kibitzsteiner hätten auch Hilgertshausener Besitz an sich gebracht?«

»Mutter Margarete hat ihnen mehrere Weinberge verpfändet«, berichtete Guntram von Ebrach.

»Mit dem Geld hat die Frau ihren Neffen versorgt. So etwas darf nicht vorkommen! Daher bin ich froh, dass Seine Exzellenz, der Fürstbischof, mich schon jetzt mit allen Vollmachten ausgestattet hat. Die alte Äbtissin würde sonst noch den gesamten Klosterbesitz verschleudern.«

»Ihr solltet Mutter Margarete mit Respekt begegnen, Base! Sie ist in dieser Gegend sehr beliebt, und die im Umland wohnenden Herren und ihre Damen würden es Euch übel vermerken, solltet Ihr sie kränken.«

Die Warnung war berechtigt, dachte Ebrach. Wenn seine Verwandte in Hilgertshausen zu selbstherrlich auftrat, würde sie sich hier wenig Freunde schaffen.

Klara von Monheim kniff verärgert die Lippen zusammen. Schon seit Jahren wartete sie darauf, den ihr zustehenden Platz im Kloster Hilgertshausen einnehmen zu können, doch die Äbtissin Margarete schien das ewige Leben gepachtet zu haben. Nun kam sie zwar hin, musste aber auf die Launen der alten Frau Rücksicht nehmen.

»Ihr sagtet ebenfalls, Mutter Margarete hätte in letzter Zeit keine neuen Nonnen aufgenommen, obwohl acht Stellen für Damen des hohen und zwölf des niederen Adels bereitstehen?«

»Dies ist der Fall«, bekannte Ebrach.

Der Anschein eines Lächelns huschte über das Gesicht seiner Verwandten. »Die Vollmachten, die Seine Exzellenz, der Fürstbischof, mir übertragen hat, ermöglichen es mir, die Zahl der Nonnen wieder aufzufüllen. Ich werde Damen in diese Stellen berufen, die meines Sinnes sind.«

»Tut das!«, antwortete Guntram von Ebrach, dann ließ er sich ein wenig zurückfallen. Damit wollte er verhindern, dass er von den Kibitzsteinern auf Anhieb erkannt wurde. Sein Auftritt vor der Burgherrin war gewiss noch nicht vergessen, und so war zu befürchten, dass man ihnen den Zutritt zur Burg verwehrte.

Guntram von Ebrach wusste nicht, dass er bereits erkannt worden war. Michels Tochter Hildegard war zur Ziegenbäuerin gekommen, weil sie bei ihr die Zuneigung fand, die ihr die herbe Anni nicht geben konnte. Nun starrte sie hinter dem Reisezug her und zupfte Hiltrud heftig am Ärmel. »Das ist dieser böse Mann aus Würzburg, der Mama damals befehlen wollte, dem neuen Fürstbischof zu gehorchen«, sagte sie.

»Der führt gewiss nichts Gutes im Schilde! Hoffentlich lässt Anni die Leute nicht in die Burg«, antwortete die Ziegenbäuerin besorgt.

Da ritt bereits einer der Reiter zum Tor und hob die Rechte zum Gruß. »Die wohlehrwürdige Dame Klara von Monheim, die zur Nachfolgerin der wohlehrwürdigen Äbtissin Margarete bestimmt wurde, bittet um gastliche Aufnahme, da sie ihr Kloster Hilgertshausen nicht mehr vor der Nacht erreichen kann.«

Anni war auf die Mauer gestiegen und sah sich einem Problem gegenüber, das es rasch zu lösen galt. Einer so hohen Dame die Gastfreundschaft zu verweigern war unmöglich. Andererseits wollte sie nicht so viele fremde Bewaffnete in der Burg haben.

»Eure Herrin ist uns willkommen, ihre Begleiter aber

würden wir bitten, im Dorf um Unterkunft anzufragen«, sagte sie daher.

Guntram von Ebrach begann zu schwitzen. Diese Kibitzsteiner waren misstrauischer als Dachse. Während er selbst keinen Rat wusste, handelten seine Männer. Die Vorreiter blieben beim Tor, wichen aber etwas zur Seite, so dass Klara von Monheims Reisewagen durch ihre Reihe fahren konnte. Kaum wurde das Tor geöffnet, um diesen einzulassen, gaben sie ihren Pferden die Sporen und fegten auf den Burghof. Angesichts der gezogenen Schwerter wichen die wenigen Knechte beim Tor zurück, und Ebrachs restliche Reiter ergossen sich in die Burg. Guntram von Ebrach folgte ihnen als Letzter und hielt sein Pferd in der Mitte des Burghofs an.

»Im Namen Seiner hochehrwürdigsten Exzellenz, Fürstbischof Gottfried Schenk zu Limpurg, Herzog von Franken, übernehme ich die Verwaltung dieser Burg.«

»Dazu habt Ihr kein Recht! Kibitzstein ist eine reichsfreie Herrschaft!«, schrie Anni außer sich vor Zorn.

Guntram von Ebrach blickte sie mit überheblicher Miene an. »Ritter Michel weilt in der Ferne, und Frau Marie ist tot! Daher hat Seine hochehrwürdigste Exzellenz beschlossen, Kibitzstein vorerst unter seinen Schutz zu nehmen. Ihr werdet mir und meinen Männern in allem gehorchen.«

Von Unruhe gepackt, waren Hiltrud und Hildegard dem Reisezug zur Burg gefolgt und hörten Ebrachs Ansprache mit. »Ich habe mir doch gedacht, dass er ein Schurkenstück plant. Woher will der Kerl wissen, dass deine Mutter tot sein soll? Das ist genauso erstunken und erlogen wie alles andere«, schimpfte die Ziegenbäuerin und sah Hildegard auffordernd an. »Diesem Schurken soll sein Überfall nicht das Geringste bringen. Du wirst mir helfen müssen. Komm mit!«

Hinter dem Rücken der Eroberer schlüpften die beiden durch das Tor und betraten den Palas durch eine Seitenpforte. Noch während Guntram von Ebrach Anni und dem restlichen Gesinde auf Kibitzstein weitere Anweisungen erteilte, erreichten Hiltrud und Hildegard Michels Gemächer. Dort öffnete Hiltrud einen Wandschrank und holte die Truhe heraus, in der Marie und Michel ihre Urkunden aufbewahrten.

»Das hier darf der Kerl nicht in die Hand bekommen. Zum Glück hat deine Mutter mir gezeigt, wo man die Kiste verstecken kann«, sagte sie zu Hildegard, während sie die Truhe in ein Erkerzimmer trug, das so aussah, als würde dort alles abgestellt, was nicht mehr gebraucht wurde. Hiltrud sah sich kurz um, entdeckte zwei Brecheisen und reichte eines davon Hildegard.

»Wir müssen diese zwei Bodenplatten hochheben, aber so, dass sie nicht beschädigt werden«, erklärte sie und schob ihr Brecheisen in einen Spalt. Mit Hildegards Hilfe gelang es ihr, eine Platte anzuheben.

»Halte sie fest«, forderte Hiltrud das Mädchen auf und stellte dann die Kiste mit den Urkunden in einen unter den Platten befindlichen Hohlraum.

Ein Blick durch das kleine Fenster verriet ihr, dass Ebrach und dessen Gefolge sich noch immer auf dem Burghof aufhielten. Nun stieg auch Klara von Monheim aus ihrem Wagen und wechselte ein paar Worte mit Ebrach.

»Wir haben noch etwas Zeit«, sagte sie zu Hildegard. »Daher sollten wir die Geldtruhe deiner Eltern ebenfalls in Sicherheit bringen. Sie ist schwer, aber gemeinsam müssten wir es schaffen.«

Hildegard, die für ihr Alter recht kräftig war, nickte entschlossen und folgte ihr erneut in die Kammer ihres Vaters. Die Geldtruhe befand sich in einem weiteren Wandschrank und war, als sie sie heraushoben, so schwer, dass das Mädchen daran zweifelte, sie die dreißig Schritt zu dem Erker tragen zu können. Die Wut über den hinterlistigen Helfer des Fürstbischofs verdoppelte jedoch ihre Kräfte, und sie schleppte die Truhe zusammen mit Hiltrud dorthin. Wenig später lag auch diese wertvolle Last unter den Bodenplatten verborgen. Hiltrud beseitigte alle Spuren, die darauf hindeuten konnten, dass sich jemand hier zu schaffen gemacht hatte, und verbarg die Brecheisen unter ihrem Kleid.

»Die sollten diese Herrschaften nicht finden, sonst glauben sie noch, hier wäre etwas versteckt worden«, sagte sie grinsend zu Hildegard. »Daher nehme ich sie mit nach Hause, werde die Burg aber durch die Gartenpforte verlassen. Du gehst jetzt in deine Kammer und tust so, als wäre nichts geschehen.«

»Aber wenn der Mann recht hat und Mama wirklich tot ist?«, flüsterte Hildegard, während ihr die Tränen in die Augen stiegen.

»Ich kenne deine Mutter! Die ist nicht so leicht umzubringen, und krank war sie auch nicht. Also gib nichts auf dieses Geschwätz«, beruhigte Hiltrud sie und hoffte dabei, dass sie sich nicht irrte.

Sie umarmte das Mädchen noch einmal, dann stieg sie die hintere Treppe hinab und erreichte ungesehen die Gartenpforte. Wenig später hatte sie die Burg verlassen und kehrte auf den Ziegenhof zurück.

14.

Für Anni war die Eroberung der Burg durch die Würzburger ein schwerer Schlag, der noch verstärkt wurde durch die Nachricht, dass ihre Herrin tot sein sollte. Während sie gegen ihre Tränen ankämpfte, hoffte sie, dass dies nicht stimmte, und wenn doch, so sollte Michel rasch genug zurückkehren, um Guntram von Ebrach seine Grenzen aufzuzeigen.

Dieser war sehr zufrieden damit, wie leicht es ihm und seinen Männern gelungen war, Kibitzstein einzunehmen. Nun konnte er hier schalten und walten, wie es ihm gefiel. Als Erstes würde er all die Urkunden an sich nehmen, mit denen der frühere Fürstbischof den Kibitzsteinern Rechte übereignet hatte und von denen es nur in Würzburg Kopien gab. Dasselbe würde er mit jener Urkunde tun, die den Kibitzsteinern Rechte auf Hilgertshausener Weinberge zusprachen. Es war die Belohnung für Klara von Monheim, die es ihm ermöglicht hatte, sich in den Besitz von Kibitzstein zu setzen.

Für die Ordensritter, die sich durch ihre Mithilfe die Gunst des Fürstbischofs hatten sichern wollen, reichte ein ausführliches Mahl. Er befahl Anni, auftragen zu lassen, und trat in die Halle der Burg ein. Hier ließ es sich gut leben, dachte er beim Anblick der schönen Wandbehänge, der Stühle mit ihren geschnitzten Lehnen und Füßen und der großen Tafel, die für seine gesamte Begleitung Platz bot. Ohne zu zögern, setzte Ebrach sich auf den Stuhl des Hausherrn, während Klara von Monheim sich ihm gegenüber auf dem Platz der Burgherrin niederließ.

Anni sah ihnen und den anderen Eindringlingen voller Zorn zu, war aber nicht in der Lage, sie daran zu hindern, sich hier wie die Herren aufzuführen. In ihren Gedanken hallte immer noch die Nachricht nach, dass Marie tot sein sollte. Lass das nicht geschehen sein, oh Herr!, betete sie stumm und verließ die Halle, um in der Küche ihre Anweisungen zu geben.

In der Folge verschwand etliches an Schinken und Dauerwürsten in einem geheimen Kellerraum, und im Weinkeller wurden die Fässer mit dem besseren Wein hinter einer rasch hochgezogenen Mauer versteckt. Auf Annis Befehl hin taten ihre treuen Helfer alles, um so viel wie möglich vor Ebrachs Leuten zu verbergen. Sie selbst eilte in die Räume des Burgherrn weiter, um die Urkunden in Sicherheit zu bringen. Bevor sie jedoch die Tür erreichte, erschien einer von Ebrachs Bewaffneten und stellte sich mit gezogenem Schwert davor auf.

Anni wollte trotzdem in den Raum, doch da stieß der Mann sie zurück. »Die Kammern des Burgherrn und seiner Frau dürfen nur mit Erlaubnis des Herrn von Ebrach betreten werden.«

In dem Augenblick ärgerte Anni sich, weil sie sich zu lange in der Küche aufgehalten hatte. Bei Gott, ich habe versagt, schoss es ihr durch den Kopf. Da sah sie, dass Hildegard den Kopf aus ihrer Kammer heraussteckte und ihr zuwinkte. Mit müden Schritten ging sie zu ihr hin und wurde in die Kammer gezogen.

»Tante Hiltrud und ich haben die Urkundentruhe und die Geldkiste versteckt«, raunte das Mädchen ihr zu.

»Die Geldtruhe auch? Aber die war doch fürchterlich schwer«, stieß Anni hervor.

»Wir haben es trotzdem geschafft. Diese bösen Leute sollen nichts bekommen!« Trotz der Sorge um ihre Mutter lächelte Hildegard.

»Wir müssten Nachricht an Ritter Michel senden. Aber ich weiß nicht, wie uns das gelingen soll«, stöhnte Anni.

»Uns wird schon etwas einfallen«, tröstete Hildegard sie und hob den Kopf. »Wir müssen nur einen Brief schreiben und ihn Tante Hiltrud geben. Die weiß schon, was zu tun ist.«

Der Gedanke an die Findigkeit der Ziegenbäuerin erleichterte Anni, und sie strich Hildegard dankbar über das Haar. »Es ist ganz wichtig, dass wir schweigen. Wir wissen weder, wo deine Eltern ihre Urkunden aufbewahren, noch, wo sie ihr Geld verborgen haben. Hast du verstanden?«

Hildegard nickte und lauschte dann nach draußen. »Da kommt jemand die Treppe hoch!«

»Dann gehe ich besser.« Anni schlüpfte zur Tür hinaus und wollte zur hinteren Treppe, da hielt Ebrachs Ruf sie auf.

»Was ist das für eine Kammer, aus der du gerade gekommen bist?«

Anni drehte sich langsam um. »Es ist die Kammer von Fräulein Hildegard, der jüngsten Tochter des Herrn.«

Anstatt es damit zu belassen, schritt Guntram von Ebrach auf Hildegards Tür zu und riss sie auf.

Das Mädchen wich mit einem gellenden Schrei bis an die gegenüberliegende Wand zurück. Wütend schlug Ebrach die Tür wieder zu, rief sich dann aber zur Ordnung. Wenn das Gerücht aufkam, er würde Michel von Kibitzsteins Tochter schlecht behandeln, schadete dies seinem Ansehen sowohl bei den Nachbarn wie auch beim Fürstbischof.

»Sag ihr, dass ihr niemand etwas antun wird«, herrschte er Anni an, die daraufhin rasch in Hildegards Kammer verschwand und von dieser grinsend empfangen wurde.

»War ich nicht gut?«, fragte das Mädchen.

»Allerdings«, antwortete Anni und bat Hildegard zu schweigen, da sie dem Gespräch Ebrachs mit dem Wächter vor Michels Tür lauschen wollte.

»Hat jemand die Kammer betreten?«, fragte Guntram von Ebrach eben.

Der Kriegsknecht schüttelte den Kopf. »Nein, Herr, niemand! Die Frau, mit der Ihr eben gesprochen habt, wollte es tun, aber ich habe sie weggeschickt.«

»Das war gut.« Ebrach betrat Michels Kammer und sah sich um. Auch hier ließ es sich gut leben. Wände und Decke waren mit Holz vertäfelt, und neben dem breiten Bett standen zwei große Truhen. Alles war aufgeräumt und verriet, dass der Burgherr derzeit in der Ferne weilte. Allerdings war er nicht gekommen, um die Einrichtung zu bewundern, sondern wegen der Urkunden der Kibitzsteiner. Guntram von Ebrach durchsuchte das ganze Zimmer, schaute unter das Bett und durchwühlte zuletzt auch die Truhen. Als er nichts fand, wurde er ärgerlich und warf alles, was in den Truhen lag, auf den Boden, um nachzusehen, ob eine von ihnen einen doppelten Boden besaß. Dies war jedoch nicht der Fall. Auch die in die Wand eingelassenen Schränke waren leer.

Das darf nicht sein!, fuhr es ihm durch den Kopf, und er rief nach Anni. Diese schlurfte ins Zimmer und sah ihn mit schräg gelegtem Kopf an.

»Was wollt Ihr von mir?«

Für diese unehrerbietige Anrede hätte Ebrach ihr am liebsten ein paar Ohrfeigen verpasst. Er beherrschte sich jedoch und fuhr sie hochmütig an. »Wo sind die Urkunden der Kibitzsteiner?«

»Die Urkunden? Das weiß ich nicht! Die hatte immer der Herr in Verwahrung.« Anni machte dabei ein schafsdämliches Gesicht und vermied es, zu dem Wandschrank zu schauen, aus dem Hiltrud sie geholt hatte.

»Aber wer weiß es dann?«, fragte Ebrach weiter.

»Die Herrin! Die weiß es auch«, antwortete Anni mit heimlichem Vergnügen.

»Der hiesige Pfarrer? Was ist mit dem?«

»Auf der Burg gibt es keinen eigenen Kaplan. Die Messe liest immer der Pfarrer aus Dohlenheim.« Anni freute sich, Ebrach so an der Nase herumzuführen.

Dieser war inzwischen zu der Überzeugung gelangt, dass sie ihm nicht helfen konnte, und schickte sie weg. Er betrat Maries Kammer und durchsuchte diese ebenso gründlich wie die von Michel, ohne jedoch mehr zu finden als ein paar einzelne Münzen und ein kleines Schmuckstück, das in einer hölzernen Schatulle lag.

Ebrachs Wut stieg, und er rief mehrere seiner Männer zu sich. Obwohl diese die Wände und die Böden in Maries und Michels Kammern und anderen Räumen abklopften, entdeckten sie nichts. Die Urkunden und das Geld, das die Kibitzsteiner so reichlich haben sollten, blieben verschwunden.

Sechster Teil

Hohn des Schicksals

1.

Vor Maries Erscheinen hatte Nepomuk die Situation im Lager des Waldgrafen so hingenommen, wie sie war. Nun aber musste er immer wieder an sein früheres Leben jenseits dieses Waldes denken, an Städte und Burgen, in denen er seine Kunststücke vorgeführt und Handel getrieben hatte. Obwohl es nicht immer ungefährlich gewesen war, so hatten diese Reisen ihm doch das Gefühl gegeben, mehr zu sein als nur ein klein gewachsener Krüppel, den Mark jederzeit verprügeln und beleidigen konnte.

In dieser Nacht war es besonders schlimm. Er hatte Marie am Abend mitgeteilt, dass er mit Armin zusammen fliehen würde. Da der Spielmann niemand war, der sich auf eigene Faust in der weiten Welt würde behaupten können, hatte er sich überlegt, ihn unter seine Fittiche zu nehmen und ihn in das Gewerbe eines wandernden Sängers und Gauklers einzuführen. Andererseits war er zu alt geworden, um ständig unterwegs zu sein. Er wünschte sich einen Platz am Ofen, Freunde, die ihn mochten, einen Napf mit gutem Essen und einen Weinbecher, der immer voll vor ihm stand. Marie war reich genug, um ihm das zu ermöglichen. Vielleicht, so sagte Nepomuk sich, konnte sie auch Armin auf Kibitzstein behalten. Er war ein braver Bursche und würde, wenn man ihn gut behandelte, einen brauchbaren Knecht abgeben.

Da er nicht schlafen konnte, beschloss Nepomuk, aufzustehen und frische Luft zu schnappen. In der Hütte roch es nicht gut, denn er musste sie nicht nur mit Armin, sondern auch noch mit einem halben Dutzend anderer Männer teilen, und die waren nicht gerade Freunde von kaltem Wasser auf ihrer Haut.

Im Freien atmete er erst einmal tief durch. Gleich darauf sah er, wie der Wächter seine Runde machte. Nepomuks Blick wanderte zu Maries Hütte. War dies die Gelegenheit, um mit der Burgherrin auf Kibitzstein zu reden? Er eilte mit seinen kurzen Beinen hin, so rasch er konnte. Erst als er vor der Tür stand, fiel ihm ein, dass der Waldgraf einen Riegel hatte anbringen lassen. Wenn er nun klopfte, würden andere es hören und misstrauisch werden.

Nepomuk wollte schon gehen, drückte aber noch kurz gegen die Tür und spürte zu seinem Erstaunen, wie sie nach innen schwang. So unvorsichtig, bei unversperrter Tür zu schlafen, konnte Marie doch nicht sein, dachte er und tastete sich ins Innere vor. Seine Hand traf auf das erste Bett und fand es leer. Verwirrt rieb er sich über die Augen und suchte weiter. Auch das zweite Lager war leer und das dritte ebenfalls.

Wo waren Marie, Trudi und die Erbin von Herrenroda?, fragte er sich. Ihm fiel ein, dass Marie am Abend mehrmals zu Petronilla hingeblickt hatte. Wollte sie etwa mit deren Hilfe fliehen? Einen Augenblick lang war er enttäuscht, weil sie ihm nichts davon gesagt hatte. Dann aber verscheuchte er dieses Gefühl und verließ die Hütte wieder.

Was nun?, fragte er sich.

Er konnte sich wieder hinlegen und so tun, als hätte er nichts gesehen. Marie musste selbst wissen, was sie wollte. Aber dass sie ausgerechnet mit Petronilla geflohen sein sollte, ging ihm nicht aus dem Kopf. Andererseits traute er es der Heilerin zu, sich diesen Dienst mit mehr als einer Handvoll glänzender Gulden bezahlen zu lassen.

»Bei Armin und mir wäre sie die Flucht billiger gekommen«, brummte er in seinen schütteren Bart.

Dann aber schüttelte er den Kopf. An Maries Stelle hätte er auch die erste Gelegenheit genützt, um von hier fortzukommen. Mit dem Wissen, dass der Waldgraf sie jederzeit Mark überlassen konnte, und in Sorge um ihre Tochter hatte sie nicht anders handeln können.

Nepomuk überkam die Sehnsucht, ebenfalls noch in dieser Nacht zu verschwinden. Einige der Leute wie Rita, Armin und Frieder waren in Ordnung. Andere hingegen hatten sich Mark zum Vorbild genommen, ihn verspottet und ihm den einen oder anderen üblen Streich gespielt. Die würde er nicht vermissen.

So leise, wie er es vermochte, kehrte er in seine Hütte zurück und tastete nach dem wenigen, das er noch seinen Besitz nannte. Mit einem Mal hielt er inne. Er durfte Armin nicht zurücklassen! Sie hatten einander versprochen, gemeinsam zu fliehen und Marie, deren Tochter und Gräfin Jutta mitzunehmen.

Nepomuk suchte die Tür, um sich zu orientieren und nicht aus Versehen den Falschen zu wecken. Schließlich fand er Armin und rüttelte ihn vorsichtig. Der junge Mann brummte ungehalten und schlief weiter. Erst als Nepomuk heftiger an ihm zerrte, wurde er wach.

»Was ist …«, fragte er schlaftrunken, doch da drückte ihm Nepomuk die Hand auf den Mund.

»Sei still«, flüsterte er dem Spielmann zu. »Wir müssen jetzt und auf der Stelle fort. Komm!«

Nepomuk ließ Armin los und schob sich zur Tür. Im Licht des niedrig brennenden Wachfeuers sah er, dass Armin ihm folgte. Als einzigen Gegenstand hatte er seine Laute bei sich.

»Was ist geschehen?«, fragte er leise.

»Marie, Trudi und Gräfin Jutta sind weg! Ich nehme an, dass sie mit Petronilla geflohen sind«, berichtete Nepomuk.

Armin schüttelte den Kopf. »Unmöglich! Petronilla hasst Frau Marie wie die Pest.«

»Und doch muss es so sein! Die drei sind nicht mehr in ihrer Hütte, und ich habe gestern mehrfach gesehen, wie Petronilla mit Marie gesprochen hat. Sie ist eine hinterlistige Person, und ich traue ihr keine drei Schritte weit. Daher sollten wir ebenfalls fliehen und Marie folgen. Wenn der Waldgraf morgen entdeckt, dass sie und ihre Begleiterinnen verschwunden sind, wird er die Wachen verstärken.«

»Dann wird es tatsächlich weitaus schwerer sein, von hier zu entkommen«, gab Armin zu.

»Außerdem sollten wir Marie aus einem weiteren Grund folgen. Wenn wir in der Welt durchkommen wollen, brauchen wir erst einmal ein wenig Geld. Marie ist großherzig genug, uns zu helfen.«

»Ich traue Petronilla nicht! Sie hat Gräfin Jutta gewiss nicht aus Freundschaft zur Flucht verholfen.« Armins Gedanken galten mehr Ignatia als Marie. Obwohl auch er gekränkt war, weil die Frauen nicht auf ihn gewartet hatten, fühlte er sich für die Nonne verantwortlich.

»Wir müssen ihnen folgen! Aber wie kommen wir an den Wachen vorbei? Sie werden das Losungswort von uns fordern«, fragte er Nepomuk verzagt.

»Die Losung heißt ›Herrenstein in den Staub‹«, berichtete Nepomuk grinsend. »Ich kam heute Nachmittag zufällig an der Hütte des Waldgrafen vorbei und habe ein wenig gelauscht.«

»Sehr gut!«, lobte Armin den Kleingewachsenen. »Wenn wir auf die Wächter treffen, nennen wir ihnen die Losung und sagen, der Herr hätte uns losgeschickt, um Botschaft nach Herrenroda zu bringen, damit der dortige Kastellan erfährt, dass Gräfin Jutta noch am Leben ist.«

»So machen wir es«, antwortete Nepomuk und eilte hinter Armin her, der in seiner Erregung wenig Rücksicht auf seine kurzen Beine nahm.

2.

Obwohl sie später aufgebrochen waren und Nepomuk nicht gerade als schneller Läufer glänzte, kamen er und Armin rascher voran als Marie, Trudi und Ignatia. Sie mussten sich auch nicht an den Wachen vorbeischleichen, sondern traten auf diese zu, nannten die Losung und wurden durchgelassen. Auf diese Weise blieb ihnen der Weg durch das steinige Bachbett erspart.

Als der Morgen anbrach, entdeckten sie ein Stück vor sich Maries Gruppe. Nepomuk atmete tief durch und sah Armin grinsend an.

»Wir haben sie gleich eingeholt!« Im nächsten Augenblick verwünschte er sich wegen dieser Worte, denn Armin rannte los, um die Frauen zu erreichen. Ihm blieb nichts anderes übrig, als missmutig grummelnd hinterherzustapfen.

Mit einem Mal blieb Armin stehen und verbarg sich hinter einem Busch. Keuchend eilte Nepomuk zu ihm hin.

»Was ist los?«, fragte er.

»Sei still! Es geht um unser Leben«, flüsterte Armin so leise, dass er ihn kaum verstand, und zerrte ihn hinter den Busch.

Verwundert blickte Nepomuk nach vorne – und erstarrte. Marie und ihre Begleiterinnen hatten eben die große Eiche erreicht, wurden dort aber von bewaffneten Männern in Empfang genommen.

»Wer sind die?«, fragte er Armin, als die Kerle begannen, Marie und Trudi zu fesseln.

»Der Anführer ist Leutprand, der laut Gräfin Jutta den Meuchelmord an ihren Verwandten begangen hat«, antwortete der Lautenspieler dicht am Ohr des Gauklers.

»Das ist nicht gut.« Nepomuk überlegte verzweifelt, was sie tun konnten. Nach vorne stürmen und versuchen, Marie zu befreien, war unmöglich. Sie waren lediglich zu zweit und jeweils nur mit einem Messer bewaffnet. »Was meinst du, was sie mit den Frauen vorhaben?«, fragte er weiter.

»Dieser Schurke wird Gräfin Jutta gewiss zu seinem Herrn bringen und dieser sie umbringen!«, stieß Armin verzweifelt hervor.

»Es sieht aus, als wäre Marie vom Regen in die Traufe geraten.« Nepomuk seufzte entsagungsvoll, denn für den Fall, den Armin ihm genannt hatte, sah er keine Chance mehr, Marie und die anderen zu retten. Das Einzige, was sie noch zu tun vermochten, war, Johann von Wettin zu suchen und diesem von dem traurigen Schicksal der drei Frauen zu berichten. Gewiss hatte der Sachse die Möglichkeit, Joachim von Herrenstein und dessen Helfer Leutprand zur Rechenschaft zu ziehen. Allerdings würde das Marie und Trudi nicht mehr lebendig machen.

Nepomuk und Armin konnten nur hilflos zuschauen, wie Marie, Trudi und Ignatia gefangen genommen und auf Pferde verfrachtet wurden. Leutprand reichte Petronilla ein paar Münzen, wechselte noch ein paar Worte mit ihr und ritt an der Spitze seiner Männer los.

»Der Teufel soll sie alle holen – und Petronilla als Erste!«, stieß Nepomuk zornig hervor und kniff die Augen zusammen. »Da wir Marie nicht mehr helfen können, sollten wir an uns denken. Petronilla hat nur die andere Frau bei sich. Wir sollten sie einholen und ihr das Geld abnehmen, das sie von diesem Schurken erhalten hat!«

Erschrocken wehrte Armin mit beiden Armen ab. »Mit dieser Hexe lege ich mich nicht an!«

»Wir sind im Augenblick zwei verdammt arme Hunde. Wir haben nicht einen Pfennig im Beutel, und weit und breit gibt es keine Stadt, in der ich mit meinen Gauklerkünsten und du mit deiner Laute ein wenig Geld verdienen könnten. Wenn wir nicht hungern wollen, müssen wir …«, begann Nepomuk, wurde aber von Armin unterbrochen.

»Das ist seltsam! Leutprand und seine Leute reiten nicht in Richtung Herrenstein, sondern bleiben im Wald!«

Nepomuk packte seinen Begleiter am Arm. »Gibt es etwas in der Richtung, in die sie reiten? Sie könnten ja ihre Gefangenen zuerst dorthin bringen.«

»Da liegt gar nichts, nur Wald! Ein Stück dahinter beginnt der Machtbereich des Waldgrafen, doch den wollen sie gewiss nicht aufsuchen.«

»Aber was dann? Du kennst doch die Gegend. Gibt es da überhaupt nichts?«, bohrte Nepomuk weiter.

»Etwa eine Meile entfernt steht eine Jagdhütte. Graf Joachim benützt sie jedoch nur selten, weil sie zu nahe am Reich des Waldgrafen liegt. Doch wenn Leutprand dorthin reiten will, hätte er diese Straße dort nehmen können.« Armin begriff nicht, was Nepomuk umtrieb, doch dessen Gedanken rasten.

»Liegen an dieser Straße Dörfer?«, wollte er wissen.

»Ja, drei Stück.«

»Könnte es sein, dass Leutprand einen Umweg reitet, um nicht von den Bewohnern dieser Dörfer gesehen zu werden?« Nepomuk zupfte erregt an seinem Bart und nickte, als wolle er seine Meinung selbst bestätigen. »Leutprand muss dorthin unterwegs sein! Eine andere Lösung gibt es nicht. Komm, wir machen uns ebenfalls auf den Weg zu dieser Jagdhütte, und zwar auf geradem Weg. Oder macht es dir etwas aus, wenn wir gesehen werden?«

»Ich weiß nicht«, sagte Armin zögernd, doch da marschierte der Kleine bereits auf seinen kurzen Beinen los. Da er nicht allein gelassen werden wollte, eilte Armin hinter ihm her.

»Was ist, wenn uns diese Schurken entdecken und umbringen?«, fragte er.

»Das sollten wir vermeiden! Da es sich um eine Jagdhütte handelt, liegt sie gewiss im Wald und ist von Bäumen umgeben. Die werden uns Deckung bieten!« Nepomuk war entschlossen, die Jagdhütte aufzusuchen, und ließ sich nicht davon abbringen, obwohl Armin noch ein Dutzend Einwände machte.

Schließlich wurde es dem kleinen Gaukler zu viel. »Du kannst gehen, wohin du willst! Ich jedenfalls werde versuchen, ob ich Marie, ihre Tochter und diese Nonne retten kann.«

»Diese Nonne ist Gräfin Jutta von Herrenroda«, wies Armin ihn zurecht.

Bei dem Gedanken an Ignatia beruhigte sich der Spielmann. Seine angebetete Dame durfte niemals glauben, ihm fehle es an Mut, sie zu befreien. Wenn sie wirklich beide sterben mussten, sollte sich sein Blut mit dem ihren mischen und sie für ewig verbinden.

Auf dem weiteren Weg sang er Ignatias Loblied in einer Weise, dass Nepomuk sich mehrfach an den Kopf fasste. Dem kleinen Gaukler war es jedoch gleichgültig, aus welchen Gründen Armin mit ihm kam. Allein konnte er gegen Leutprand und dessen Schurken nicht viel ausrichten, doch zu zweit sah die Sache schon besser aus.

3.

Da Leutprand und seine Begleiter einen größeren Umweg einschlugen und wegen Ignatias Verletzung nicht schnell reiten konnten, kamen Nepomuk und Armin kurz nach dem Trupp bei der Jagdhütte an. Die beiden Frauen und das Mädchen waren bereits ins Innere geschafft worden, doch alle Pferde standen bis auf eines noch gesattelt da. Einer der Reiter stellte gerade den Sattel dieses Tieres unter dem Vordach der Hütte ab.

Im nächsten Augenblick kam Leutprand aus dem Gebäude und trat auf den Mann zu. »Peter, du bleibst als Wache zurück, rührst aber die Weiber nicht an! Verstanden?«

Der Mann nickte. »Ich lass sie schon in Ruhe, Herr Leutprand. Hab keine Lust, so zu enden wie der arme Kunz.«

»Dann ist es gut! Es kann sein, dass ich ein, zwei Tage ausbleibe. Ich will herausfinden, auf welchem Weg wir meine Braut nach Herrenroda bringen können, ohne dass jemand die Möglichkeit hat, uns Knüppel zwischen die Beine zu werfen.«

»Braut?«, rief Armin empört und hatte Glück, dass gleichzeitig eines der Pferde wieherte.

»Halt den Mund!«, fauchte Nepomuk ihn leise an.

Armin drohte mit der geballten Faust in Richtung Leutprand. »Dieser Schurke will Gräfin Jutta zwingen, seine Gemahlin zu werden. Eher sterbe ich, als das zuzulassen!«

Mit einem spöttischen Grinsen sah Nepomuk ihn an. »Es

gibt derzeit sehr viele Männer, die Schwester Ignatia liebend gerne ins Ehebett schleifen würden. Selbst ich hätte nichts dagegen, wenn sie mir aus Dankbarkeit für ihre Befreiung die Hand zum Bunde reichen würde.«

»Gräfin Jutta ist zu schade für so einen jämmerlichen Zwerg wie dich«, fuhr Armin ihn an.

»Du solltest dir ebenfalls nicht zu viel erhoffen. Als Erbin der Grafschaft Herrenroda steht sie himmelhoch über dir.«

Das stimmte, und doch konnte Armin das Lächeln nicht vergessen, das Ignatia ihm zuerst in ihrem Versteck und dann im Lager des Waldgrafen geschenkt hatte. Wenn sie mir nur einmal erlauben würde, ihre Hand zu berühren, wäre ich glücklich, dachte er, während Leutprand mit fünf seiner Männer aufbrach und den Mann, den sie Peter genannt hatten, allein bei den Gefangenen zurückließ.

Nepomuks Gedanken galten weniger einer möglichen Belohnung für eine gelungene Befreiung, sondern der Frage, wie diese überhaupt gelingen konnte. »Es ist gut, dass nur ein Mann zurückgeblieben ist. Mit dem müssten wir zu zweit fertigwerden. Aber dafür brauchen wir einen Plan. Höre mir also gut zu!«

Während Nepomuk seinem Begleiter erklärte, wie sie den Wachtposten überlisten und die Frauen aus ihrem Gefängnis herausholen konnten, überlegte er, wie viel Zeit ihnen bis Leutprands Rückkehr blieb. Der Ritter hatte von ein bis zwei Tagen gesprochen, also brannte ihnen die Zeit nicht gerade unter den Nägeln. Allerdings hatte er Hunger, und in der Jagdhütte gab es gewiss Proviant.

»Wir sollten nicht zögern«, sagte er daher zu Armin und versetzte ihm einen Klaps. »Hast du alles begriffen?«

Der junge Mann nickte. »Das habe ich! Wir werden Gräfin Jutta befreien.«

»Und Marie und Trudi dazu!« Nepomuk fragte sich grinsend, was seine alte Freundin wohl sagen würde, wenn er und Armin kamen, um ihre Fesseln zu lösen. Der Einzige, der sie daran hindern konnte, war der zurückgelassene Wächter, und um den wollte er sich als Erstes kümmern.

»Ich bin so weit! Lass mich nicht im Stich«, sagte er zu Armin, huschte ein paar Schritte zur Seite und ging dann offen auf die Jagdhütte zu.

Peter hatte eben beschlossen, dass er einen Becher Bier, ein großes Stück Brot und eine geräucherte Leberwurst vertragen konnte. Als er sich damit auf die Bank vor der Hütte setzte, entdeckte er den kleinen Gaukler. Zuerst kniff er die Augen zusammen, da er nicht glauben wollte, was er sah. Doch als er sie wieder öffnete, war Nepomuk um keinen Deut größer geworden. Dem Waffenknecht wurde mulmig. Konnte das ein Gnom sein?, fragte er sich. Dann hatte dieser gewiss übernatürliche Kräfte.

»Gegen Teufelswerk hilft ein Gebet«, murmelte er und begann das Vaterunser zu sprechen.

Nepomuk blieb vor ihm stehen und zupfte ihn am Ärmel. »He, Großer! Ich sehe, du hast zu trinken und zu essen. Würde es dir etwas ausmachen, diese Gaben mit mir zu teilen?«

Während er es sagte, trat er näher auf die Jagdhütte zu und zwang Peter damit, aufzustehen und dem Wald den Rücken zu kehren. Seine Hoffnung, Armin würde dies ausnützen und rasch herankommen, erfüllte sich jedoch nicht, denn der junge Mann blieb stocksteif am Waldrand stehen. Wenn der Waffenknecht einmal in diese Richtung blickte, war das Überraschungsmoment verloren.

Armin hatte sich fest vorgenommen, Nepomuk rasch zu folgen. Stattdessen aber stand er nun wie gelähmt da. Die Vorstellung, einen anderen Menschen niederschlagen oder gar töten zu müssen, brannte wie Feuer in seinen Gedanken.

»Du darfst Nepomuk nicht im Stich lassen«, stöhnte er verzweifelt und setzte sich langsam in Bewegung.

»Warum soll ich dir etwas abgeben?«, fragte unterdessen Peter Nepomuk und wusste nicht, ob er jetzt wütend werden oder das Ganze als Spaß ansehen sollte.

»Weil Mildtätigkeit dir einen Platz im Himmelreich sichern wird«, erwiderte der kleine Gaukler freundlich und wedelte mit der rechten Hand, um Armin anzuzeigen, dass er endlich herankommen sollte.

Peter hatte in Leutprands Diensten mehr Menschen umgebracht, als seine Hände Finger zählten, und nicht nur Mina, sondern auch etlichen anderen Frauen Gewalt angetan. Doch diese Taten belasteten sein Gemüt kaum. Auch glaubte er nicht, dass es ihn dem Himmelreich näher brachte, wenn er dem Wicht etwas abgab.

»Verschwinde, sonst mache ich dich noch kleiner, als du schon bist!«, fuhr er Nepomuk an und griff zum Schwert.

Der Gaukler begriff, dass er es ernst meinte, und haderte mit Armin, der nur zögerlich näher kam.

»Jetzt werde nicht gleich grimmig!«, rief Nepomuk und wich bis zur Tür der Jagdhütte zurück.

Peter folgte ihm und zog sein Schwert halb aus der Scheide.

»Ich zähle bis drei, dann bist du in deinem Loch verschwunden, du Gnom! Eins, zwei …«

Das Drei unterblieb, denn in dem Augenblick hörte Peter hinter sich ein Geräusch. Er schnellte herum und sah Armin nur zwei Schritte hinter sich mit einem Knüppel in der Hand. Mit einem wütenden Schrei riss er sein Schwert ganz aus der Scheide und holte zum Schlag aus.

Im gleichen Augenblick sprang Nepomuk ihn an und traf ihn mit der rechten Faust von hinten zwischen die Beine. Peter knickte zusammen, richtete sich aber sofort wieder auf und versetzte dem Kleinen einen heftigen Stoß. Doch da war Armin heran und riss ihn zu Boden. Etliche Augenblicke wälzten sich alle drei über- und aufeinander, und keiner bekam die Oberhand.

Schließlich lag Nepomuk halb unter dem Waffenknecht begraben, während dieser mit beiden Händen Armin bei der Kehle fasste und zudrückte. Irgendetwas Hartes drückte gegen Nepomuks Kopf. Als der Gaukler mühsam den Kopf drehte, war es der Griff von Peters Dolch. Verzweifelt griff er danach, zog ihn aus der Scheide und stach auf gut Glück zu.

Peter keuchte auf und löste den Griff von Armins Hals, um nach Nepomuk zu greifen. Da stieß dieser ihm die Klinge ein zweites Mal in den Leib, und der Mann erstarrte. Nepomuk wollte sich unter ihm herauswinden, doch der Waffenknecht lag zu schwer auf ihm.

»Kannst du den Kerl beiseiteziehen, damit ich freikomme?«, sagte er zu Armin.

Dieser begriff jetzt erst, dass es vorbei war, und schüttelte sich. »Bei Gott, haben wir ihn umgebracht?«

»Wenn, dann habe ich ihn umgebracht«, antwortete Nepomuk bissig. »Als Held bist du ja nicht gerade geboren worden. Der Kerl hätte uns beide erschlagen, wenn ich nicht rasch gehandelt hätte. Ich habe dir doch gesagt, du sollst dich schnell und leise anschleichen und dem Kerl mit dem Knüppel eins über die Rübe geben, solange ich noch mit ihm rede. Aber du bist beim Anschleichen fast eingeschlafen und hast gleichzeitig Lärm für vier Männer gemacht!«

Der Kleine war sauer und fuhr Armin erneut an, den Toten endlich beiseitezuziehen.

Mit hängendem Kopf griff Armin zu. »Aber wir haben doch Gräfin Jutta befreit?«, sagte er und sah Nepomuk mit treuen Hundeaugen an.

»Das ist nicht gerade dein Verdienst«, brummte der Zwerg und öffnete die Tür.

Der erste Anblick war eine Enttäuschung, denn bis auf ein paar Stühle, einen Tisch, eine Truhe und zwei Betten in der Ecke war die Hütte leer. Sollte alles umsonst gewesen sein?, fragte der Kleine sich und sah sich genauer um. Armin tauchte neben ihm auf und begann angesichts der leeren Hütte zu klagen.

»Wir haben uns täuschen lassen. Leutprand hat Gräfin Jutta woanders hingebracht oder unterwegs ermordet!«

»Jetzt mach dir nicht in die Hose«, schnaubte Nepomuk und betrachtete eine Stelle am Boden, die sich durch ihre rechteckige Einfassung von den normalen Dielenbrettern abhob.

»Komm, hilf mir mal«, forderte er Armin auf und kniete neben dem Rechteck nieder. Es war eine Falltür, die mit einem Riegel verschlossen worden war. Nepomuk zog den Riegel zurück und öffnete die Tür einen Spalt. Da hörte er unten etwas rascheln.

»Ist das eine kleine Ratte mit Schwanz oder drei große ohne einen solchen?«, fragte er mit einer gewissen Anspannung.

»Einen solchen dummen Scherz kann nur einer machen! Wie kommst du hierher, Nepomuk?«, fragte Marie.

»Armin und ich sind euch gefolgt und haben gesehen, wie Leutprand euch gefangen genommen hat. Da Armin meinte, er würde euch hierherbringen, sind wir hinter den Kerlen hergelaufen und haben den Wächter niedergekämpft. Dabei habe ich ihn in die Hölle befördert, weil Armin es nicht geschafft hat. Jetzt sind wir dabei, euch drei zu befreien. Ihr seid doch noch drei, oder wurdet ihr unterwegs getrennt?«

»Keine Sorge, wir sind alle noch da! Irgendwo oben muss eine Leiter sein. Lasst sie herab, aber bitte vorsichtig, damit ihr uns nicht trefft.«

»Wir geben schon acht!« Nepomuk sah sich grinsend um, doch da kam Armin bereits mit der Leiter heran.

»Vorsicht, sie kommt!«, rief der Kleine und half seinem Gefährten, sie in die Grube zu stellen.

Als Erstes stieg Trudi herauf. Als Nepomuk sie sah, rümpfte er die Nase. »Habt ihr euch im Schlamm gewälzt?«

»Unten ist es ziemlich dreckig, und wir mussten uns ganz schön drehen und wenden, um die Fesseln loszuwerden«, antwortete Marie, die die Frage auf sich bezog.

Sie half jetzt Ignatia die Leiter hoch und folgte ihr. Als sie oben stand, warf sie die Falltür mit einer leisen Verwünschung zu. »Der Teufel soll Leutprand holen!«

Ignatia eilte unterdessen zu Armin und fasste nach dessen Händen. »Du weißt gar nicht, wie froh ich bin, dass du uns gefolgt bist!«

»He, das war mein Vorschlag!«, rief Nepomuk, der sich von ihr nicht angemessen gewürdigt fühlte.

Ignatia beachtete ihn jedoch nicht, sondern sah Armin mit leuchtenden Augen an und lobte dessen Mut.

»Weiber!«, brummte Nepomuk und wandte sich Marie zu. »Hoffentlich erkennt Ihr mein Verdienst an dieser Sache an. Ohne mich hätte Armin nämlich nichts zustande gebracht.«

»Du solltest nicht neidisch sein. Das hast du doch gar nicht nötig«, sagte Marie mit zuckenden Mundwinkeln.

Doch sie verstand den Gaukler. Wegen seiner kleinen Gestalt traute ihm niemand etwas zu. Dabei steckte mehr in ihm als in vielen der großen Männer. Nun erschien es ihr jedoch wichtiger, von hier fortzukommen, als Nepomuks und Armins Verdienste abzuwägen.

»Gibt es hier irgendwo Wasser, damit wir uns wenigstens die Hände und das Gesicht waschen können? Die Kleider müssen wir leider anbehalten, bis wir eine bessere Gelegenheit finden, sie zu waschen«, meinte sie zu dem Gaukler.

»Draußen ist ein Brunnentrog«, antwortete Nepomuk und nahm die Hütte genauer unter die Lupe. In der Truhe entdeckte er Hosen und Westen sowie einige lange Mäntel. Obwohl es Männerkleidung war, schienen sie ihm für Marie,

Trudi und die Nonne besser geeignet als ihre jetzigen Kleider, die vor Schmutz starrten. In einer weiteren Grube fand er ein kleines Fass Wein, etwas Brot und mehrere geräucherte Würste und Schinken. Da er Hunger hatte, schnitt er sich ein Stück Wurst ab, steckte es sich in den Mund und kaute genussvoll darauf herum.

»Armin, wo bist du?«, rief er gebieterisch.

»Hier! Was ist?«

»Wir sollten nicht zu lange bleiben, sonst kommt Leutprand früher zurück, als wir es brauchen können.«

»Er hat doch gesagt, er werde erst in ein oder zwei Tagen wiederkommen«, wandte Ignatia ein.

»Bis dorthin will ich einen hübschen Vorsprung haben«, erklärte Nepomuk mit ernster Stimme. »Wir müssen ein wenig Mundvorrat mitnehmen. Ihr Frauen werdet uns tragen helfen.«

»Gräfin Jutta kann doch kein Bündel schleppen wie ein Kätnerweib!«, rief Armin entsetzt.

»Du kannst ihren Packen ja zusätzlich zu dem deinen tragen«, gab Nepomuk ungerührt zurück und suchte ihr Marschgepäck zusammen.

Ignatia eilte unterdessen zum Brunnentrog, an dem Marie und Trudi sich bereits wuschen. »Mein Gott, seid ihr beide schmutzig!«, rief sie, als sie die beiden im Sonnenlicht sah.

»Fasst Euch an die eigene Nase, denn so, wie Ihr jetzt ausseht, können wir Euch auf Burg Herrenroda nicht vorzeigen. Man würde Euch für eine Landstreicherin halten.«

»Nicht, wenn sie das hier sehen«, sagte Ignatia und schob den schmutzigen, aber trotzdem hübschen linken Fuß vor und deutete auf dessen sechs Zehen.

4.

Obwohl Armin protestierte, bestanden Marie und Nepomuk darauf, dass Ignatia einen Teil der Sachen trug, die sie aus der Jagdhütte mitnahmen. Auch wenn die Last wegen ihrer Verletzung gering gehalten war, folgte die Nonne ihnen mit einem Gesicht, als sei sie wie Sisyphus auf ewig dazu verurteilt, schwere Felsen zu schleppen. Anders als Marie und Trudi, die Männerkleidung angezogen hatten, trug sie weiterhin ihre Kutte, auch wenn diese vor Dreck strotzte und übel roch. Sie wollte jedoch Gott nicht dadurch erzürnen, dass sie in Hosen umherlief.

Ein Problem wussten Marie und Nepomuk nicht zu lösen und wandten sich daher an Armin. »Weißt du, wie wir unbemerkt nach Herrenroda gelangen?«, fragte Marie.

Armin wiegte unschlüssig den Kopf. »Das ist nicht so einfach. Selbst auf der Straße würden wir mehrere Tage brauchen. Außerdem kämen wir an Herrenstein vorbei …«

»Was wir gewiss nicht wollen«, unterbrach ihn Marie, die hören wollte, wie sie nach Herrenroda gelangten, und nicht, auf welchen Wegen es nicht ging.

»Wir müssten durch den Wald und damit ein ganzes Stück am Reich des Waldgrafen vorbei, anschließend über die Höhen in ein Nebental steigen und dort erneut durch den Wald marschieren. Dabei wären wir mindestens sechs oder sieben Tage unterwegs«, erklärte Armin. Allerdings wurde ihm klar, dass er diese Zeit sehr gerne mit Gräfin Jutta verbringen würde.

»Am Gebiet des Waldgrafen vorbei? Das gefällt mir nicht«, wandte Marie ein. »Doch wenn es die einzige Möglichkeit ist, von hier wegzukommen, müssen wir es wagen.«

»Wenn wir stramm marschieren«, begann Armin mit einem spöttischen Blick auf Nepomuks kurze Beine, »können wir das gefährliche Gebiet bis zum Abend des morgigen Tages hinter uns gebracht haben.«

Marie schüttelte den Kopf. »Wir waren schon die letzte Nacht unterwegs und sind alle herzhaft müde. Wir können keine zweite Nacht durchhalten, geschweige denn einen weiteren Tag.«

Auch Armin spürte die anstrengende Flucht durch die Nacht und den langen Marsch und nickte widerwillig. »Wir werden unterwegs Rast machen müssen. Die Frage ist nur, wo wir einen Unterschlupf finden.«

»Zu nahe an der Jagdhütte sollte es nicht sein«, mahnte Nepomuk, obwohl auch er völlig erschöpft war.

Armin überlegte kurz und lächelte dann erleichtert. »Ich kenne ein gutes Versteck. Es handelt sich um einen engen Taleinschnitt mit einer kleinen Höhle direkt am Bach. Wir werden zwar ein bisschen klettern müssen. Dafür aber kommt dort nie einer vorbei.«

»Dann machen wir es so«, erklärte Nepomuk und gab ihm einen Klaps auf den Hintern. »Geh voran, du kennst den Weg.«

Während sie die Jagdhütte hinter sich ließen, drängte Trudi sich an Marie. »Ich bin so froh, dass wir diesen bösen Leuten entkommen sind!«

»Endgültig entkommen sind wir ihnen erst, wenn wir Herrenroda erreicht haben und Schwester Ignatia dort als neue Herrin erkannt worden ist. Bis dahin dürfen wir in unserer Aufmerksamkeit nicht nachlassen«, antwortete Marie und sah sich prüfend um.

Es war nichts Ungewöhnliches zu erkennen, und auch auf

ihrem weiteren Weg trafen sie auf keine Menschenseele. Allerdings merkten sie bald, dass Armins Hoffnung, das Versteck noch am gleichen Tag zu erreichen, trügerisch war. Ignatia taumelte vor Erschöpfung und konnte schon bald ihren Packen nicht mehr tragen. Um ihr zu helfen, übernahm Marie ihn, merkte aber bald, dass auch sie nicht mehr lange durchhalten würde. Trudi sah ebenfalls blass aus und weinte vor Schwäche.

»Es hat keinen Sinn weiterzugehen«, erklärte Marie nach einer Weile. »Schwester Ignatia kann nicht mehr, und mir wird es auch zu viel.«

Nepomuk, der sich auf dem letzten Wegstück immer wieder hatte zusammenreißen müssen, um nicht hinter den anderen zurückzubleiben, nickte dankbar. »Wir sollten uns im nächsten Unterholz verkriechen und ausruhen.«

»Wenn wir das tun, müssen wir bis morgen früh dort bleiben, denn wir haben keine Laterne für einen Marsch durch die Nacht«, wandte Armin ein.

»Wir hätten sie unterwegs halt doch nicht wegwerfen sollen«, sagte Ignatia mit klagender Stimme.

»Selbst wenn wir die noch hätten, sollten wir sie nicht benützen. Ihr Schein könnte gesehen werden«, erklärte Marie.

»Wie recht du hast«, meinte Nepomuk und wies auf ein ausgedehntes Stück Unterholz. »Das ist so dicht, dass kaum ein Hase durchkommt. Für uns wäre es ein ausgezeichnetes Versteck.«

»Das von herrlichen Dornen bewacht wird!«, antwortete Marie mit einem Hauch von Spott, der ihr aber rasch verging, als sie in das Unterholz eindrangen.

Mit der einen Hand musste sie ihren und Ignatias Beutel festhalten und mit der anderen die Dornenranken niederdrücken, damit sie ihr nicht Arme und Beine zerkratzten. Es kostete sie trotzdem einige blutige Risse, bis sie eine Stelle erreichten, die für eine Rast geeignet schien. Auch Trudi,

Nepomuk und Armin trugen die Spuren der Dornen, während Ignatia durch die selbstlose Hilfe des Lautenspielers glimpflich davongekommen war.

»Wer uns hier hinein folgt, muss verrückt sein«, stöhnte Nepomuk.

»Wir müssen leider auch wieder hinaus. Doch jetzt will ich schlafen. Ich bin fürchterlich müde!«

Marie breitete einen der Mäntel aus, den sie aus der Jagdhütte mitgenommen hatte, und legte sich darauf. Er war groß genug, um auch Trudi Platz zu bieten. Einen anderen Mantel zog sie als Decke über sich und ihre Tochter. Sie sah noch, wie Armin Ignatia eine Schlafstelle zurechtmachte, dann schlief sie ein und erlebte das, was an diesem Tag geschehen war, wieder und wieder in einem Albtraum.

Trudi brauchte kaum länger als ihre Mutter, um wegzudämmern, und Ignatias regelmäßige Atemzüge zeigten an, dass auch sie bereits in Morpheus' Armen lag. Nepomuk betrachtete die drei und sah dann Armin mit müden Blicken an.

»Was meinst du? Sollte nicht besser einer von uns Wache halten?«

»Schlaf ruhig, Kleiner! Für dich war der Weg wegen deiner kurzen Beine härter als für mich. Ich wecke dich dann, damit du mich ablösen kannst!«

»Sehr gut«, antwortete Nepomuk mit einem erleichterten Seufzer und hüllte sich ebenfalls in einen Mantel.

Kaum war der Gaukler eingeschlafen, spürte Armin, wie ihn die Müdigkeit packte. Er versuchte, sich zu beherrschen, doch ehe er sichs versah, fielen auch ihm die Augen zu.

Marie erwachte irgendwann in der Nacht und wusste zunächst nicht, wo sie sich befand. Im Traum war sie eben gefesselt in eine Schlammgrube geworfen worden, in der sie zu versinken drohte, und begriff nur langsam, dass sie sowohl dem Waldgrafen wie auch Leutprand entkommen war.

Es war zu dunkel, um etwas erkennen zu können. Sie spürte jedoch Trudi, die sich eng an sie geschmiegt hatte, und als sie den Arm ausstreckte, traf ihre Hand auf Ignatia. Wo sich die beiden Männer befanden, konnte sie nur ahnen. Sie wusste nicht, wie spät es war, schätzte aber, dass Mitternacht bereits hinter ihnen lag. Ihr Magen knurrte, und sie überlegte, ob sie nach ihrem Proviantsack tasten und etwas essen sollte.

Da hörte sie seitlich von sich ein Rascheln. Unwillkürlich langte sie hin und berührte einen Igel, der alles daransetzte, die Hülle ihres Proviantbeutels durchzubeißen.

»Lass das!«, fauchte sie und schob den Igel mit einem Zipfel des Mantels zur Seite. Das Tier dachte jedoch nicht daran, aufzugeben, sondern versuchte es erneut. Zuletzt packte Marie den Igel mit einem Tuch und warf ihn ins Gebüsch. Danach lauschte sie, ob er zurückkam, doch wie es aussah, hatte er genug, denn sie hörte ihn schnaubend abziehen.

Danach dauerte es eine Weile, bis sie wieder einschlief, und als sie aufwachte, waren Trudi und Nepomuk bereits dabei, jedem seinen Teil des Frühstücks zuzuteilen.

»Wo kann man sich hier waschen und die Zähne abreiben?«, fragte sie schlaftrunken.

Nepomuk lachte leise auf. »Hier gibt es weder Wasser noch Seife. An das Erste kommen wir heute Abend, auf das Zweite werdet Ihr verzichten müssen, bis wir Herrenroda erreicht haben.«

»Und was trinken wir?«

»Wein aus dem Fässchen, das Armin mitgeschleppt hat. Ihr könnt ruhig einen zweiten Becher trinken. Es ist genug drin und Armin gewiss froh, wenn er heute leichter zu tragen hat. Immerhin müssen wir den üblen Klettersteig bewältigen, von dem er gesprochen hat«, antwortete der Gaukler.

»Die Damen, Fräulein Trudi und ich werden es schaffen. Deine Beine sind aber arg kurz dafür«, spottete Armin. Er ärgerte sich, weil er bei der Befreiung von Marie und ihren Begleiterinnen beinahe versagt und nur durch Nepomuks beherztes Eingreifen nicht auch noch das Leben verloren hatte. Dafür war er ihm zwar dankbar, wollte aber nicht, dass Ignatia den Kleinen als Helden ansah.

Marie wurden Armins Sticheleien gegen den Gaukler langsam zu viel. Noch mehr ärgerte sie sich, als sie an einen Windbruch kamen und Armin zwar Ignatia half, diesen zu überwinden, Trudi, Nepomuk und sie jedoch zusehen mussten, wie sie allein zurechtkamen.

»Hier sind auch noch andere, die sich schwertun, samt ihren Packen über die Stämme zu kommen«, schalt sie ihn und reichte ihm, als er erschrocken zu ihr eilte, ihren Packen, um unbelastet über den Baumstamm klettern zu können. In der Folge wurde er aufmerksamer und erinnerte wieder an den freundlichen Burschen, als den sie ihn kennengelernt hatte.

5.

Der Klettersteig hielt, was Armin ihnen angedroht hatte. Marie, Trudi und Ignatia mussten die Hände zu Hilfe nehmen, um den steilen Anstieg zu bewältigen, während Nepomuk sich noch schwerer tat und immer weiter hinter ihnen zurückblieb. Aus Rücksicht auf ihn blieb Marie schließlich stehen.

»Ich muss verschnaufen«, sagte sie und sah dann Trudi an. »Soll ich mir nicht besser einen Teil dessen aufladen, was du trägst?«

Das Mädchen schüttelte den Kopf. »Es geht schon, Mama! Mein Beutel ist um einiges leichter als der deine. Du hast genug zu schleppen.«

Das stimmte zwar, dennoch nahm Marie, als Nepomuk herankam, dem Gaukler einen der beiden Beutel ab, die er sich aufgebürdet hatte. »Würd's schon allein schaffen«, brummte der Gaukler, war aber erleichtert, nur noch einen Beutel tragen zu müssen. Er kam nun schneller voran, so dass sie im Laufe des Nachmittags die Stelle erreichten, die Armin ein gutes Versteck genannt hatte.

Marie sah sich um und war zufrieden. Der schmale, schnell fließende Bach führte frisches Wasser, die Höhle dahinter war trocken und wurde durch den dichten Wald vor fremden Blicken geschützt. Da der Weg hierher sehr mühsam war, hielt sie es für unwahrscheinlich, dass jemand diese Stelle aufsuchen würde.

»Hier können wir es aushalten«, meinte sie zu Nepomuk und ging zum Bach, um sich die Hände zu waschen und dann zu trinken. Danach drehte sie sich zu Trudi um. »Bevor wir etwas anderes tun, sollten wir unsere Kleider waschen und baden.«

»Das sollten wir«, meinte ihre Tochter.

Da außer ihr, Trudi und Ignatia nur Nepomuk und Armin anwesend waren, ging Marie ein paar Schritte am Bachufer entlang, bis sie eine passende Stelle fand, und zog sich aus. Trudi folgte ihrem Beispiel, während Ignatia zögerte und zu den beiden Männern hinsah.

Nepomuk versetzte Armin einen leichten Rippenstoß. »Gib auf deine Augen acht, sonst fallen sie dir noch raus.«

Da Marie sich eben des ebenfalls schmutzig gewordenen Hemdes entledigte, drehte Armin ihr den Rücken zu, während der kleine Gaukler noch rasch einen Blick riskierte und sich dann neben den Lautenspieler setzte.

Als Ignatia feststellte, dass die Männer in eine andere Richtung schauten, streifte sie ihre Kutte ab. Das Hemd darunter hing in Fetzen, und so zog sie es auch aus. Ein Blick zu Nepomuk und Armin verriet ihr, dass die beiden noch immer mit dem Rücken zu ihnen saßen. Im nächsten Augenblick aber wünschte sie sich, Armin würde sich wenigstens einmal zu ihr umdrehen, um sie so zu sehen, wie Gott sie geschaffen hatte. Verwundert über diesen frivolen Gedanken, stieg sie zu Marie und Trudi ins Bachbett und begann sich zu waschen. Obwohl sie sich sehr bemühte, blieb der hartnäckigste Schmutz haften.

»Wie soll ich da je sauber werden?«, jammerte sie.

»Macht es wie ich und reibt Euch damit ab«, forderte Marie sie auf und zeigte eine Handvoll ganz feinen Sandes, den sie aus dem Bach gegraben hatte. Als sie damit über ihre Arme und Beine fuhr, kratzte es zwar, doch die Schmutzschicht löste sich auf. Sie verzichtete dennoch darauf, ihr

Gesicht, den Busen und die Scham mit dem Sand zu bearbeiten.

Während sie sich säuberte, musterte sie Ignatia von der Seite. Auch wenn das Essen im Lager des Waldgrafen einseitig und ohne großen Geschmack gewesen war, so sah Ignatia nicht mehr so dürr und eingefallen aus wie an dem Tag, an dem sie ins Lager des Waldgrafen gebracht worden war. Mit ihrer schlanken Gestalt, dem hübschen Gesicht mit einem weich gezeichneten Mund und großen blauen Augen bot sie einen angenehmen Anblick.

Armin stellte dies ebenfalls fest, denn er konnte sich nicht beherrschen und linste immer wieder zu den Frauen hinüber. Während Marie ihm kurzerhand die Kehrseite zeigte, merkte Ignatia es zunächst nicht und gab ihm daher die Gelegenheit, sie von Kopf bis Fuß zu betrachten.

Plötzlich hob sie den Kopf, sah den jungen Mann herüberschauen und bedeckte erschrocken Brust und Scham mit den Händen. Dann aber bemerkte sie seinen bewundernden Blick, und ihre Weiblichkeit, die im Kloster verkümmert war, begann zu erwachen. Sie musste daran denken, wie viel sie Armin verdankte. Schließlich hatte er ihnen, als die Not am größten gewesen war, Nahrung und Medizin gebracht und sie nun auch davor bewahrt, sich dem Mörder ihres Bruders hingeben zu müssen. Daher nahm sie lächelnd die Hände von den verdeckten Stellen.

Ihre Dankbarkeit und das Gefühl im Innern, doch nicht zu dem entsagungsvollen Leben einer Nonne geboren zu sein, verließen Ignatia auch nicht, nachdem sie sich gewaschen und in einen der Mäntel gehüllt hatte. Hosen und Wams anzuziehen, wie Marie und Trudi es taten, bis ihre eigenen Sachen trocken waren, wollte sie nicht.

Nepomuk entzündete ein kleines Feuer, um die Mücken fernzuhalten, und ließ sich danach einen Becher Wein und ein Stück Leberwurst schmecken. Kurz darauf griffen auch die anderen zu und stillten ihren Hunger. Während Marie und ihre Tochter sich zu dem kleinen Gaukler gesellten, hielt Ignatia sich ein wenig abseits. Sie nickte jedoch, als Armin zu ihr kam und sie fragte, ob er neben ihr Platz nehmen dürfe.

»Aber gerne doch«, antwortete sie lächelnd.

Armins Gestalt straffte sich bei diesen Worten, und er ergriff ihre Hand. »Ich bin überglücklich, dass ich Euch retten durfte!«, sagte er leise, damit Nepomuk es nicht hören sollte. Der Zwerg hätte ihm an den Kopf geworfen, dass er bei der Rettung ein noch größeres Hindernis gewesen wäre als der Wächter.

»Ich freue mich auch, dass du mich gerettet hast. Wie gerne würde ich dir dafür danken!«, antwortete Ignatia und senkte verschämt den Blick.

»Es ist Dank genug, dass ich Euch in Sicherheit weiß«, erklärte Armin und ergriff nun auch ihre zweite Hand. »Vielleicht einen Kuss als Lohn?«, setzte er zaghaft hinzu.

Ohne sich zu besinnen, berührte Ignatia seine Lippen mit den ihren und legte die Arme um ihn. Auch Armin umarmte sie jetzt und hielt sie fest.

»Ihr seid wunderschön«, flüsterte er, »schöner als eine Rose im Wald, leuchtend und lieblich zugleich, und wie ein Traum, der kommt und sofort wieder verweht.«

»Weshalb soll ich verwehen?«, fragte Ignatia verwundert.

»Damit seid nicht Ihr gemeint, sondern …« Armin brach ab, doch seine Miene sagte ihr genug.

Entschlossen, dem Gefühl der Dankbarkeit Taten folgen zu lassen, nahm Ignatia seine rechte Hand, zog sie unter ihren Mantel und legte sie sich auf die nackte Brust.

»Ist dir dies Lohn genug, Spielmann, oder sollen wir in den Wald hineinwandern, um ganz allein zu sein?« Ignatia besaß zwar noch keine Erfahrung mit Männern, hatte aber von einigen Mitschwestern das eine oder andere erfahren und war nun neugierig auf das, was Männer und Frauen sich gegenseitig schenken konnten.

»Ihr wollt mich erhören?« Armin konnte es nicht glauben.

In seiner Heimat war er von dem letzten Pfarrer streng kontrolliert worden und hatte es aus Angst vor diesem nicht gewagt, sich einem Mädchen zu nähern. Auch nachdem er sich dem Waldgrafen angeschlossen hatte, war er bei den Frauen nur ganz selten zum Zug gekommen, nun aber bot sich ihm die Möglichkeit, sich als richtiger Mann zu beweisen. Er führte Ignatia tiefer in den Wald hinein zu einer Stelle, an der ihm das Unterholz ein wenig Platz bot.

Dort blieb er stehen und wandte sich der jungen Frau zu. »Darf ich um Euren Mantel bitten? Ihr wollt doch gewiss nicht auf Dornen liegen!«

Ohne zu zögern, legte Ignatia den Mantel hin und zeigte sich ihm in völliger Nacktheit. Ihre Haut war weiß wie Schnee, und die kleinen, rosa schimmernden Brustwarzen stachen dadurch besonders hervor.

Armin spürte, wie ihm das Blut in die Lenden schoss, und er musste sich zur Ruhe zwingen. Vor ihm stand keines der Weiber aus dem Lager des Waldgrafen, die bereits unter mehr Männern gelegen hatten, als andere Frauen in ihrem Leben kennenlernten, sondern eine im Kloster aufgewachsene Jungfrau aus hoher Familie. Er liebkoste sie mit den Händen, küsste ihren Mund und ihre keck aufgerichteten Brustwarzen und zog sich erst danach langsam aus. Zu seinem Bedauern war er nicht so groß ausgestattet wie Mark und ein paar andere Männer aus dem Lager, dennoch reichte der Anblick des leicht nach oben gebogenen Gliedes aus, um Ignatia zu erschrecken.

»Bei allen Heiligen, so ein Riesending passt doch in keine Frau hinein!«, stieß sie hervor.

Ihre Worte ließen Armins Selbstbewusstsein wachsen. »Habt keine Sorge«, flüsterte er ihr erregt ins Ohr. »Ich werde ganz vorsichtig sein und Euch keine Schmerzen bereiten. Wenn Ihr Euch jetzt bitte auf den Rücken legen würdet.«

Ignatia zögerte, sagte sich aber, dass eine vorenthaltene Belohnung einer schweren Kränkung gleichkam, und die wollte sie Armin wirklich nicht zufügen. Sie würde den Schmerz ertragen und ihm damit zeigen, wie sehr sie ihn schätzte.

Trotz seiner Ungeduld wartete Armin, bis Ignatia richtig lag und ihre Beine spreizte. Dann ließ er sich langsam auf sie nieder, stützte sich mit einem Arm ab und richtete mit der anderen sein Glied auf sein Ziel. Als er in Ignatia eindrang, spannte es ein wenig, doch einen direkten Schmerz spürte sie nicht. Stattdessen erfüllte ein ganz anderes Gefühl ihren Leib, so süß, dass sie lange Augenblicke hoffte, es würde niemals enden. Schließlich sank Armin nach ein paar heftigeren Bewegungen keuchend auf sie und sah sie ängstlich an.

»Es war hoffentlich nicht zu schmerzhaft für Euch?«

»Das war es nicht«, antwortete sie mit einem sinnlichen Lächeln. »Glaubst du, wir könnten es noch einmal machen?«

»Heute nicht mehr, aber wenn wir morgen noch hierbleiben, gewiss.«

»Dann bleiben wir morgen noch hier!« Für den Augenblick hatte Ignatia vergessen, dass sie eigentlich so rasch wie möglich nach Herrenroda und damit in Sicherheit hatte kommen wollen. Diese neue Erfahrung und die Reaktion ihres Körpers darauf waren zu erregend, um an etwas anderes denken zu können.

Als Ignatia und Armin sich in den Wald zurückzogen, kümmerte Marie sich nicht darum, Nepomuk hingegen sah ihnen kopfschüttelnd nach.

»Hoffentlich machen die beiden keinen Unsinn«, sagte er und meinte damit, dass sie sich nicht zu weit entfernten und in Gefahr gerieten, von jemandem gesehen zu werden. Nach einer Weile folgte er ihnen und hörte schon bald erregtes Keuchen und Stöhnen. Er blieb stehen und bog ein paar

Zweige beiseite. Da sah er die beiden nackt übereinander liegen und das tun, was Männer und Frauen seit Adam und Eva immer gerne miteinander gemacht hatten.

Nepomuk beobachtete kurze Zeit das Treiben, wandte sich dann ab und kehrte grummelnd zu Marie und Trudi zurück. Zuerst setzte er sich ein wenig von ihnen entfernt hin, sah aber dann auf und schüttelte den Kopf.

»Die Welt ist ungerecht!«, schimpfte er. »Es ist nur mein Verdienst, dass ihr befreit werden konntet, und nun erhält Armin von der Nonnengräfin die Belohnung, die eigentlich mir zustehen würde.«

Marie sah, wie sehr es ihn traf, dass der Spielmann wegen seiner schlanken Gestalt und seines hübschen Gesichts bei Ignatia etwas galt. Ihm hingegen hatte die Nonne deutlich gezeigt, dass sie ihn nur für einen missgestalteten Zwerg hielt. Obwohl Marie sich geschworen hatte, sich freiwillig keinem anderen Mann als dem ihren hinzugeben, dachte sie für einen Moment daran, um Nepomuk für seine Hilfe zu danken. Doch Trudis Anwesenheit ließ sie den Gedanken rasch von sich schieben. Lächelnd sah sie Nepomuk an.

»Du solltest dich nicht beschweren, mein Freund. Immerhin habe ich es dir vor ein paar Tagen ermöglicht, Rita unter die Röcke zu kriechen.«

»Ich habe bei ihr schon etwas mehr getan, als ihr nur unter den Rock zu kriechen«, gab der Zwerg in besserer Laune zurück. »Wisst Ihr, Frau Marie, wenn ich einmal genug Geld habe, werde ich mir eine Leibeigene kaufen, die dann nur für mich da ist!«

»Dafür wünsche ich dir Glück«, antwortete Marie und schüttelte in Gedanken den Kopf über die junge, hochgeborene Nonne, die immer so tat, als wäre sie über alles erhaben, und sich nun einem Burschen hingab, der nicht in ihre Welt passte.

6.

Am nächsten Morgen drängte Marie darauf, weiterzuziehen, doch Armin schüttelte den Kopf.

»Wir sollten noch einen Tag hierbleiben. Gräfin Jutta braucht Zeit, um sich zu erholen.«

Unterwegs und auf der Burg war es kaum mehr möglich, mit Armin allein zu sein, sagte Ignatia sich und hob abwehrend die Rechte. »Ich fühle mich noch zu schwach, um bereits heute weitergehen zu können.«

»Dieses Versteck ist nicht sicher«, antwortete Marie. »Es liegt zu nahe am Gebiet des Waldgrafen, und die Jagdhütte, in die Leutprand uns eingesperrt hat, ist auch nicht fern. Sowohl hier wie dort wird man uns vermissen und nach uns suchen.«

Armin schüttelte den Kopf. »Hier findet man uns gewiss nicht! Es ist daher besser, wenn wir nicht nur einen, sondern mehrere Tage hierbleiben. Dann geben die anderen ihre Suche auf, und wir können ungehindert nach Herrenroda wandern.«

»Da ist was dran! Wir haben genug zu essen dabei und müssen uns wirklich nicht beeilen.« Nepomuk steckte der harte Marsch in den Knochen, und ihm graute davor, in den nächsten Tagen einen noch viel weiteren Weg zurücklegen zu müssen.

»Ich halte es für viel zu gefährlich, hierzubleiben!«, widersprach Marie. »Wir müssen damit rechnen, dass Leutprand uns folgen wird, und dem will ich kein zweites Mal in die Hände fallen.«

»Ich auch nicht!«, rief Ignatia schaudernd.

Marie hoffte bereits, sie nun doch überzeugt zu haben, damit diese auf Armin einwirkte.

Doch schon winkte dieser mit einem spöttischen Lachen ab. »Hier findet uns keiner! Es ist sogar von Vorteil, wenn wir an dieser Stelle bleiben. So laufen wir nicht Gefahr, unterwegs entdeckt zu werden.«

»Das sage ich auch«, wechselte Ignatia erneut ihre Meinung, und da auch Nepomuk sich auf Armins Seite schlug, war die Entscheidung gefallen.

Marie gefiel es ganz und gar nicht, und sie überlegte kurz, ob sie mit Trudi allein weiterziehen sollte. Da sie jedoch die Gegend nicht kannte, erschien ihr dies zu riskant. Wenn sie Pech hatten, trafen sie auf jemanden, der sie an Leutprand oder dessen nicht minder schurkischen Herrn verriet.

»Also gut«, lenkte sie ein. »Dann bleiben wir eben noch einen oder zwei Tage hier. Wir dürfen aber nachts kein Feuer anzünden. Das könnte entdeckt werden.«

»Wir brauchen es aber wegen der Mücken«, gab Nepomuk zu bedenken.

»Dann sorgt dafür, dass der Schein nicht weit dringt!«

»Wie soll das gehen?«, fragte Armin.

»Baut ein Schutzdach über die Feuerstelle, hoch genug, damit es nicht zu brennen beginnt!«

Marie erklärte den beiden Männern, wie sie es sich vorstellte. Noch während sie überlegte, ob sie nicht besser selbst mit Hand anzulegen sollte, zogen Nepomuk und Armin bereits ihre Messer und schnitten Zweige ab.

»Ist es auch hoch genug?«, fragte sie besorgt, als die beiden damit begannen, den Sichtschutz zu errichten.

»Da wir nur ein kleines Feuer machen dürfen, reicht das völlig aus«, erklärte Nepomuk, der wenig Lust hatte, noch einmal Zweige abzuschneiden.

»Dann sorgt dafür, dass das Feuer nicht hoch brennt«,

mahnte Marie die beiden und nahm ihr Nähzeug zur Hand, um Risse in ihrem und in Trudis Kleid zu flicken.

Gegen Abend war alles fertig. Da das Feuer nur mit kleiner Flamme brannte, schwand Maries Besorgnis, und sie machte das Nachtlager für sich und Trudi zurecht. Trotz des Rasttags fühlten sich beide immer noch sehr erschöpft und schliefen bald ein. Auch Nepomuk legte sich hin. Als er leise zu schnarchen begann, wandte Armin sich Ignatia zu.

»Was meint Ihr? Können wir uns wieder …?«

Er brach ab, als er die junge Frau nicken sah.

Diese wies auf ihre Begleiter. »Wir sollten ein Stück in den Wald hineingehen. Ich will nicht, dass einer von ihnen aufwacht und uns bei diesem unzüchtigen Tun ertappt!«

»Bis wir wiederkommen, könnte das Feuer niedergebrannt sein und die Mücken unsere Freude mit ihren Stichen wecken.« Kurz entschlossen nahm Armin mehrere der Holzstücke, die Nepomuk und er über Tag im Wald gesammelt hatten, und legte sie in die Glut. Dann brannte er einen Ast an, der ihnen als Fackel dienen sollte, und führte Ignatia zu der Stelle, an der sie sich bereits am Tag zuvor geliebt hatten.

Da Ignatia nun wusste, wie es ging, wurde sie weitaus leidenschaftlicher als am Vortag und brachte Armin dazu, sich noch ein zweites Mal aufzuraffen, um sie ganz zufriedenzustellen. Danach lagen sie Haut an Haut und sahen zu den Sternen empor, die durch die Lücken im Blätterdach des Waldes zu erkennen waren.

»Ihr seid die Verkörperung der Venus«, sagte Armin nach einer Weile.

Auch wenn Venus eine heidnische Göttin war, so gefiel Ignatia der Vergleich. Gleichzeitig kehrte ihr Stolz zurück, und sie fragte sich, ob es nicht unter der Würde einer Gräfin Herrenroda war, sich mit einem einfachen Spielmann und – schlimmer noch – mit einem davongelaufenen Leibeigenen zu paaren. Wenn sie von ihm schwanger wurde, würde das Kind ein Bastard mit schlechtem Blut sein, und das ging auf keinen Fall.

»Wir sollten morgen weiterziehen«, sagte sie, während Armin sich gerade vorstellte, so lange hier in diesem Versteck zu bleiben, wie ihre Vorräte ausreichten.

»Warum? Es ist doch schön hier?«

Ignatia wollte etwas darauf antworten, da entdeckte sie in der Richtung ihres Verstecks einen hellen Feuerschein und stand verwundert auf. »Was ist das?«

»Was?« Jetzt sah Armin es auch und erinnerte sich im selben Augenblick an Maries Warnung, das Feuer dürfe nicht zu hoch brennen.

Erschrocken sprang er auf, packte die fast herabgebrannte Fackel und rannte los, ohne auf Ignatia zu achten, die sich ihren Rückweg in der Dunkelheit ertasten musste.

Armin erreichte das Lager und sah, dass das Schutzdach, das den Feuerschein hätte zurückhalten sollen, hellauf brannte. Bevor er mit Ignatia in den Wald gegangen war, hatte er zu viel Holz nachgelegt und damit das Verhängnis heraufbeschworen. Er überlegte schon, die anderen zu wecken, um die Stelle noch in der Nacht zu verlassen, zögerte dann aber. Wer kann das Feuer schon gesehen haben, dachte er. Die Stelle war so abgelegen, dass kaum einmal jemand vorbeikam. Außerdem hatte er Angst, von Marie und Nepomuk gescholten zu werden. Daher ließ er die anderen schlafen und schob stattdessen einige der brennenden Scheite mit einem Stock beiseite. Als der Feuerschein rasch geringer wurde, atmete er auf und sagte sich erleichtert, dass alles gut gegangen war.

Wenig später tauchte Ignatia auf, deren Hände und Unterschenkel nun dornenverkratzt waren. Sie warf ihm einen bitterbösen Blick zu und wickelte sich in ihren Mantel, um zu schlafen.

»Seid Ihr mir böse?«, fragte Armin.

Er erhielt keine Antwort. Verzweifelt setzte er sich neben das Feuer, das nun langsam niederbrannte. In seinen kühnsten Träumen war er durch die Rettung Jutta von Herrenrodas bereits in den Adelsstand erhoben und von ihr als Gemahl auserkoren worden. Nun aber begriff er, dass die Wirklichkeit wenig mit seinen Träumen gemein hatte. Mit diesem Gedanken dämmerte er schließlich weg.

Armin erwachte, als ihn jemand heftig an der Schulter rüttelte. Verschlafen öffnete er die Augen und sah Marie mit zornrotem Gesicht vor sich stehen.

»Was soll das hier?«, rief sie schneidend und wies auf die verkohlten Reste des Schutzdachs.

»Das würde ich auch gerne wissen?« Nepomuk packte Armin beim Kinn und drehte dessen Gesicht so, dass er ihm in die Augen sehen musste.

»Wann ist das passiert, und vor allem wie?«

»Ich weiß es nicht, ich …« Armin brach in Tränen aus.

Mit einem Fluch ließ Nepomuk ihn los und wandte sich Marie zu. »Wir hätten auf Euch hören und gestern weiterziehen sollen.«

»Wir müssen es auf jeden Fall sofort tun. So, wie das Gestell aussieht, muss das Feuer meilenweit zu sehen gewesen sein. Bei Gott, warum sind wir nicht aufgewacht, um das zu verhindern?«

Marie packte erregt ihr Bündel und befahl ihrer Tochter, es ebenfalls zu tun. Ohne weiter auf Armin zu achten, wollte sie das Versteck verlassen. Da sah sie, wie sich jenseits des Baches ein paar Büsche bewegten. Keine drei Herzschläge später tauchte der Waldgraf mit Mark und mehreren Begleitern auf und verlegte ihnen den Weg.

»Einen schönen guten Morgen, Gräfin Jutta«, grüßte Christoph von Herrenstein zufrieden.

Ignatia seufzte und warf Armin einen zornigen Blick zu.

Trotzdem fand sie es leichter, wieder in die Hände des Waldgrafen zu fallen als in die des Mörders ihres Bruders.

Marie hingegen begriff, dass es für sie und Trudi nun um alles ging und sie ihren ganzen Verstand brauchte und jede List, die sie kannte, um aus dieser Situation herauszukommen.

7.

Im fernen Österreich war für Michel die Langeweile ein größerer Feind als die Scharen von Władisław, dem König von Ungarn und Polen. In den Wochen, die er bereits auf dieser Burg weilte, hatten sie noch keinen einzigen Ungarn gesehen und auch nicht gehört, dass diese irgendwo angegriffen hätten.

»Es sieht so aus, als hätte sich König Ladislaus in die Hosen gemacht, als er gehört hat, Ritter aus dem Reich würden König Friedrich zu Hilfe kommen«, erklärte Maximilian von Albach an diesem Morgen zufrieden.

Michel nickte. Mittlerweile kam er mit Albach besser zurecht als früher, und dessen Neffe Georg von Gressingen war direkt anhänglich geworden. Dies war auch gut so, denn Streit und Hader hätten ihre Wachsamkeit gemindert, und das wollte er um keinen Preis.

Eben kam Veit von Puschendorf von seiner Runde zurück und setzte sich zu ihnen. »Es wird ein herrlicher Tag«, berichtete er. »Die Sonne scheint, und nur im Osten liegt noch etwas Nebel.«

»Solange dort nur Nebel ist und kein Heer der Ungarn, soll es mir recht sein!« Maximilian von Albach lachte und befahl einem Diener, ihm Wein nachzuschenken.

»Man kann über dieses Österreich sagen, was man will, aber sie haben einen fast ebenso guten Wein wie wir«, meinte er zu Michel.

»Ich würde jetzt gerne durch unsere Weinberge gehen und ihren Duft riechen«, sagte Michel sehnsüchtig und dachte an Marie. Im letzten Jahr hatten sie eine Decke mitgenommen und sich an einer abgelegenen Stelle geliebt. Sie fehlte ihm sehr, und er vermisste auch seine Kinder.

Bei Gott, was bist du für ein Krieger?, fragte er sich. Lockt dich wirklich das behagliche Heim mehr als aller Ruhm? Er spottete über sich selbst und hoffte doch, im nächsten Jahr zu Hause bleiben zu können. Vielleicht schloss Friedrich III. Frieden mit dem Ungarnkönig, und sie konnten früher heimkehren.

Michel stellte sich gerade vor, wie Marie ihn bei der Begrüßung umarmen würde. Da stürzte Jörg von Mindelheim herein.

»Kibitzstein, das müsst Ihr Euch ansehen!«, rief er.

»Was?« Michel stand auf und folgte ihm nach draußen.

Ritter Jörg führte ihn auf die Ostmauer und wies auf das flache Land, das sich am Fuße des Hügels ausbreitete. Über Teilen lag noch immer ein Nebelhauch, doch glaubte Michel Gestalten auszumachen, die sich auf die Burg zubewegten.

»Das müssen die Ungarn sein!«, rief Ritter Jörg. »Die Kerle haben die Nacht ausgenützt, um heranzurücken, und hatten auch noch Glück mit dem Nebel.«

»Und wegen dieses Nebels können wir nicht abschätzen, wie viele es sind«, erwiderte Michel grimmig. »Lasst Alarm schlagen! Alle Männer sollen auf die Mauer kommen. Die Kanonen müssen sofort geladen werden. Schnell, sonst sind die Ungarn heran, bevor wir kampfbereit sind.« Michel warf noch einen Blick auf den Feind und winkte Hannes zu sich. »Sieh zu, dass die Männer sich auf den Mauern sammeln, und sorge dafür, dass genügend Pulver zu den Kanonen gebracht wird!«

Nun erschien auch Erlwin von Taun neben Michel und blickte auf die Ungarn hinab, die bereits den Fuß des Hügels erreicht hatten und auszuschwärmen begannen. »Sieht nicht so aus, als wollten sie uns genug Zeit lassen, um uns auf ihren Besuch einrichten zu können. He, du da! Stell das Pulverfass in den Turm! Die Ungarn lieben es, Brandpfeile abzuschießen. Wenn einer von denen das Pulverfass trifft, kannst du heute Abend mit den Engeln singen, und wir haben hier eine Bresche, die wir mit hundertzwanzig Mann niemals gegen ein solches Heer halten können.«

Michel war froh um den alten Ritter, der die Kampfweise der Ungarn kannte. Nun aber galt es auch für ihn, sich für den Kampf bereitzumachen. Er verließ die Mauer und eilte in seine Kammer, um die Rüstung anzuziehen. Der junge Lambert leistete ihm Knappendienste, so dass er bald fertig war und die gepanzerten Handschuhe anziehen konnte.

Als er den Flur betrat, sah er hinter einer offenen Tür Albach stehen, dem eben dessen Neffe in die Rüstung half.

»Was meint Ihr, Kibitzstein? Halten wir stand?«, fragte Albach, als er Michel entdeckte.

»Wollen wir es hoffen. Es sind sehr viele Ungarn, und sie sind bereits nahe herangekommen.«

»Ich habe wirklich nichts gesehen«, verteidigte sich Veit von Puschendorf, der als Letzter die Wachen inspiziert hatte.

»Das glaube ich Euch gerne! Der Nebel lag wie ein Leintuch über dem Land, und das haben die Ungarn ausgenutzt. Für uns heißt es jetzt, standhalten oder in Gefangenschaft geraten.«

»Das Gefangenwerden sollten wir vermeiden! Ich wüsste nicht, wer mich und meinen Neffen freikaufen würde.«

Bei Albach klang ein wenig Neid auf Michel mit, dessen Frau das Geld dazu hatte. Auch Veit von Puschendorf konnte damit rechnen, dass die Stadt Nürnberg für seine Freiheit bezahlte, während er selbst auf die Gnade des neuen Fürstbischofs angewiesen war. Aber er hatte sich Gottfried Schenk zu Limpurg noch nicht so verpflichtet, dass dieser unbesehen in seine Truhe greifen würde.

Michel dachte daran, wie enttäuscht Marie sein würde, wenn sie die schönen ersparten Gulden auf diese Weise hergeben müsste, anstatt ein neues Stück Land zu kaufen oder es Graf Ernst von Herrenroda als vorausbezahlte Mitgift für Trudi zu überlassen. Andererseits würde Graf Ernst, wenn kein Geld mehr zu erhoffen war, gewiss nicht weiter auf der Verlobung eines seiner Söhne mit Trudi bestehen. Michel schüttelte diesen Gedanken rasch wieder ab. Nun galt es, sich gegen die Scharen des Königs von Ungarn und Polen zu verteidigen.

Als er wieder auf den Burghof trat, hörte er die erste Kanone krachen. Erlwin von Tauns Stimme hallte grollend über die Burg.

»Ihr müsst rascher laden, zum Teufel noch mal! Der Dreigeschwänzte wird euch holen, wenn ihr nicht schneller seid! Diese zehnmal verfluchten Hunde sind fast schon an der Mauer. Wollt ihr wohl endlich feuern? Sonst werden die Ungarn euch Feuer unterm Arsch machen! Kreuz Teufel noch mal, bist du zu blöd, eine Kugel zu halten?«

Einem der Männer war die Kugel, die er eben in das Mündungsloch schieben wollte, zu Boden gefallen. Doch während der Söldner noch wie erstarrt dastand, packte einer seiner Kameraden die Kugel, hob sie hoch, stopfte sie in die Kanone und schob sofort den Pfropfen hinterher.

»Richten und feuern!«, brüllte Erlwin von Taun.

Nun schossen auch die nächsten Kanonen. Als Michel auf die Mauer stieg, sah er, wie die Geschosse blutige Schneisen in die angreifenden Ungarn schlugen. Es waren jedoch zu viele Feinde, und die ersten kamen nun nahe genug an die Burg heran, um ihre Bogen abschießen zu können.

»Vorsicht, Pfeile!«, rief Michel und drückte sich gegen die Mauer. Wie prasselnder Hagel stürzten die Pfeile auf den

Burghof nieder. Zum Glück waren es keine Brandpfeile, denn die Männer an einer Kanone hatten ihr Pulverfass danebengestellt, und genau in dieses Fass schlug ein Pfeil ein. Sie warfen sich zur Seite und warteten entsetzt auf die Explosion. Erlwin von Taun stürzte hin, zog den Pfeil aus dem Fass und schleuderte ihn in den Hof. Danach beschimpfte er die Männer auf eine Weise, die selbst den rauesten Fuhrmann vor Neid hätte erblassen lassen.

Michel hatte nicht die Zeit, länger darauf zu achten, sondern winkte die Armbrustschützen zu sich. »Schießt auf die Ungarn, die uns am nächsten sind. Wenn sie fallen, behindern sie die anderen«, befahl er und nahm eine lange Stange mit zwei eisernen Zinken an der Spitze an sich, um damit Sturmleitern umzustoßen, sobald welche angelegt wurden.

Eigentlich war ein Angriff ohne Unterstützung durch Kanonen ein Unding, doch die Ungarn hatten den Nebel ausnützen können und vertrauten auf ihre Überzahl. Am Fuß des Hügels entdeckte Michel ihren Anführer in einem mit Leopardenfell verzierten Waffenrock. Fürst Ernö hielt den Säbel in der Hand und trieb seine Mannen mit anfeuernden Rufen vorwärts.

Für einige Augenblicke trafen sich ihre Blicke. Die Miene des Ungarn war siegessicher. Ihm war es gelungen, die Verteidiger dank des Nebels zu überlisten. Wenn jetzt noch genügend Sturmleitern den Hang hochgebracht und an die Mauer gelehnt wurden, war die Burg nicht mehr zu halten.

Zornig wandte Michel sich um. »Die Armbrustschützen sollen sich die Kämpfer zum Ziel nehmen, die Leitern tragen! Ohne diese können die Kerle unten an der Mauer stehen, bis sie schwarz werden.«

Ein paar Männer lachten. Dabei hagelte es weiterhin Pfeile, und der eine oder andere Aufschrei verriet, dass immer wieder Männer getroffen wurden. Ohne sich um die Pfeile zu kümmern, die ihm um die Ohren flogen, sauste Erlwin von Taun wie ein Irrwisch von Kanone zu Kanone, schimpfte, wenn ihm die Bedienung zu langsam war, und lobte andere. Zum Glück hatten er und Michel die Burgbesatzung täglich Kampfbereitschaft üben lassen. Die Kanonen feuerten weitaus schneller, als es die Ungarn erwartet hatten, und die Richtschützen nahmen die Feinde ins Visier, die die Belagerungsleitern heranschleppten.

Für Michel und die anderen Ritter blieb in dieser Phase nicht mehr, als zu warten, bis der erste Feind auf die Mauer stieg. Um nicht ganz nutzlos herumzustehen, nahm Michel seinen Schild und schützte damit den Büchsenmeister einer Kanone gegen Pfeile. Jörg von Mindelheim und Veit von Puschendorf folgten seinem Beispiel, während Albach mit seinem Schild das noch immer bei der Kanone stehende Pulverfass abschirmte.

Je mehr Ungarn herankamen, umso mehr Pfeile schossen sie ab. Um nicht zu viele Männer zu verlieren, befahl Michel allen, die nicht an den Kanonen oder als Armbrustschützen gebraucht wurden, sich in Deckung zu begeben.

»Keine Sorge! Wir rufen euch schon, wenn die Kerle kommen«, setzte er mit einem verzerrten Grinsen hinzu.

»Das war das Beste, was Ihr tun konntet!«, lobte ihn Erlwin von Taun, der nun eine Kanone bediente, deren Büchsenmeister ausgefallen war.

Michel riskierte einen Blick über die Mauer und sah, dass sich unten bereits mehrere hundert Männer stauten. Sie warteten auf die Sturmleitern, doch es fiel den Ungarn bei dem gezielten Beschuss schwer, diese an die Mauern zu bringen.

Endlich schafften sie eine Leiter heran und stellten sie auf. Mehrere Krieger stiegen brüllend hoch. Oben wartete Michel mit seinem Zweizack, bis der Kopf des Ersten an der Zinnenkante auftauchte, dann setzte er seine Stange an und stemmte sich mit aller Kraft dagegen. Als ihm zwei seiner Männer zu Hilfe eilten, gelang es ihnen, die Leiter von der

Mauer wegzuschieben und zum Kippen zu bringen, und diese schlug mitten in die dicht gedrängten Ungarn hinein.

»Jetzt bräuchten wir heißes Pech«, rief Maximilian von Albach bedauernd.

»Die Ungarn kamen zu schnell, als dass wir es hätten erhitzen können«, antwortete Michel und setzte seinen Zweizack an der nächsten Sturmleiter an.

Auch diese kippte um und stürzte auf mehrere Ungarn. Zwei davon standen gar nicht mehr auf, andere krochen jammernd davon. Ein Nürnberger Armbrustschütze schoss einem davon einen Pfeil in den Rücken. Sofort war Michel bei ihm.

»Schieß gefälligst auf gesunde Feinde. Verletzte sind für uns keine Gefahr mehr!«

Der Armbrustschütze spannte seine Waffe, legte einen Bolzen ein und zielte. Als er diesmal schoss, kippte einer der Männer um, der mit anderen eine Leiter heranschleppte.

»Seid Ihr damit zufrieden, Herr?«, fragte der Nürnberger.

»Lauter solche Treffer, und wir werden die Burg halten!«, antwortete Michel und sah, wie ein Stück weiter die nächste Sturmleiter angelegt wurde. Er wollte hineilen, doch da brachten bereits Albach und Gressingen die Leiter zu Fall.

Bei den Ungarn wurde es langsam laut. Sie waren im Schutz des Nebels bis kurz vor die Burg vorgedrungen und hatten einen leichten Sieg erwartet. Doch solange nicht genügend Sturmleitern gleichzeitig angelegt werden konnten, half ihnen ihre zahlenmäßige Übermacht wenig. So nahe an der Burg wurde auch der Schusswinkel für ihre Bogenschützen zu steil, um noch gezielt schießen zu können. Gelegentlich trafen sie einen Armbrustschützen, der sich beim Schuss zu weit nach vorne gebeugt hatte. Im Gegenzug aber zielten Erlwin von Tauns Büchsenmeister auf die Sturmleitern und töteten nicht nur die Männer, die diese schleppten, sondern zerstörten auch eine Leiter nach der anderen.

Ans Aufgeben dachte Fürst Ernö jedoch nicht. Auf seinen Befehl hin wurden die Leitern nicht mehr von einigen Männern hochgetragen, sondern nach oben durchgereicht. Dies ging weitaus schneller, und plötzlich stand mehr als ein halbes Dutzend davon an der Mauer, und die Ungarn kletterten eilig hinauf.

»Alle Kriegsknechte auf die Mauern!«, schrie Michel.

Da sich etliche Ungarn unter die angelegte Leiter hängten, war es nicht mehr möglich, diese umzustoßen. Jetzt mussten die Schwerter und Spieße entscheiden.

An einer Stelle quollen mehr als ein Dutzend Feinde über die Mauer und griffen die Armbrustschützen an. Michel eilte zu Hilfe und drängte die Angreifer mit wuchtigen Schwerthieben zurück. Ein baumlanger Ungar tauchte vor ihm auf und versetzte ihm einen kraftvollen Hieb gegen den Panzer. Michel stürzte und sah schon die Klingen der Feinde auf sich zukommen. Da sprang Hannes dazwischen und fing die Schwerthiebe mit seinem Schild ab. Atemlos durch den heftigen Stoß, aber auch voller Wut kam Michel wieder auf die Beine und stürzte sich auf die Feinde.

Während er sein Schwert schwang, sah er, wie die Nürnberger Kriegsknechte ungeachtet der Pfeile, die auf sie abgeschossen wurden, vorrückten und die Ungarn in ihre Spieße rennen ließen.

»Vorwärts! Werft sie zurück!«, rief Michel seinen Kibitzsteinern zu und bemerkte erleichtert, dass der Ansturm der Feinde geringer wurde. Von der anderen Seite kamen Jörg von Mindelheims Schwaben, während Albachs Leute den Nürnbergern halfen.

Hatte es für eine kurze Zeit so ausgesehen, als würden Fürst Ernös Truppen die Burg einnehmen, so gelang es den Verteidigern nun, sie wieder zurückzutreiben. Die ersten der angelegten Leitern wurden umgestoßen, eine weitere schob Michel so weit zur Seite, dass sie umkippte.

Zuletzt hielt sich nur noch eine Handvoll Ungarn in der Burg auf. Die Ersten ließen ihre Schwerter sinken und hoben die Arme. Einer ihrer Bogenschützen, die es bis auf die Mauer geschafft hatten, legte jedoch einen Pfeil auf die Sehne, spannte und schoss aus kürzester Entfernung auf Michel. Dieser spürte einen harten Schlag am Oberschenkel, kümmerte sich aber nicht darum, sondern verwundete den Bogenschützen mit seinem Schwert. Dieser wich aufstöhnend zwischen die Zinnen zurück, verlor den Halt und stürzte kopfüber nach unten.

»Glaube nicht, dass der noch mal aufsteht«, meinte Erlwin von Taun grinsend und sah dann Michel erschrocken an.

»Euer Bein! Ihr blutet ja!«

Jetzt erst blickte Michel an sich hinunter und starrte auf den Pfeilschaft, der aus der Beinschiene am rechten Oberschenkel herausschaute. Der Pfeil hatte die Panzerung durchlagen und war tief in den Muskel eingedrungen.

»Musste das sein?«, brummte Michel, war aber nicht bereit, sich wegen dieser Wunde aus dem Kampf zurückzuziehen. Er half mit, die letzten Ungarn, die sich nicht ergeben wollten, niederzukämpfen, und lobte dann Erlwin von Tauns Kanoniere.

»Ohne die hätten wir es nicht geschafft, und ohne euch auch nicht«, rief er danach allen Kriegsknechten in der Burg zu.

»Ihr solltet Euer Bein verarzten lassen, Herr!«, drängte Hannes.

»Haben wir überhaupt einen Wundarzt?«, fragte Michel.

Erlwin von Taun zeigte eine betrübte Miene. »Wir hatten einen, doch der hat zu viel gesoffen und einem Mann, der ein Furunkel am Hintern hatte, den halben Arsch aufgeschnitten. Ich habe ihn zum Teufel gejagt, bevor ihm die aufgebrachten Söldner den Schädel einschlagen konnten.«

»Und wer soll jetzt meinen Herrn verarzten?«, fragte Hannes ebenso verzweifelt wie verärgert.

»Einer der Männer wird gewiss Erfahrungen im Versorgen von Wunden haben«, warf Albach ein.

»Unser Götz konnte es, aber der ist als einer der Ersten gefallen!« Veit von Puschendorf war anzusehen, wie leid es ihm tat, dies sagen zu müssen.

»Dann wirst du es nach meinen Anweisungen tun«, erklärte Michel Hannes. »Ein wenig habe ich Marie und Hiltrud abgeschaut. Doch vorher will ich wissen, was die Ungarn machen. Bereiten sie einen zweiten Angriff vor?«

Jörg von Mindelheim blickte ins Tal hinab und schüttelte den Kopf. »Die haben offenbar genug und ziehen sich zurück. Wenn unsere Kanonen nicht so schnell schussfertig gewesen wären, hätten sie uns überrannt.«

»Der Teufel soll sie holen!« Michel fühlte nun einen stechenden Schmerz im Oberschenkel und musste sich auf Hannes stützen, um von der Mauer steigen zu können. Der Weg in seine Kammer wurde zur Qual. Noch schlimmer wurde es, als Hannes begann, ihm die Rüstung abzunehmen. Die Schiene am rechten Oberschenkel war durch den Pfeil wie mit dem Bein vernietet. Zuletzt brach Hannes den Schaft ab, um die Panzerung zu entfernen.

Michel sah erleichtert, dass die Blutung nicht zu stark war. Der Pfeil hatte also keine wichtige Ader durchtrennt. Er griff danach und stöhnte.

»Habt Ihr starke Schmerzen, Herr? Hiltrud hat mir ein paar ihrer Kräuterarzneien mitgegeben. In der kleinen Flasche mit dem roten Stöpsel ist Mohnsaft. Der soll helfen.«

»Dummes Zeug! Das bisschen Schmerz halte ich schon aus«, knurrte Michel.

Hannes trennte das Hosenbein auf und wusch das Blut um die Wunde ab. Angesichts des Pfeilschafts, der gerade noch fingerbreit aus dem Oberschenkel ragte, kamen ihm Zweifel. »Ich weiß nicht, ob ich das schaffe, Herr!«

»Tu es«, befahl ihm Michel und biss die Zähne zusammen,

als sein Vertrauter am Pfeilschaft zu ziehen begann. Dieser war jedoch durch das Blut schlüpfrig geworden, und so rutschte er mehrmals ab.

»Wir werden eine Zange brauchen, Herr«, meinte er zögerlich.

Michel nickte mit schmerzverzogener Miene. »Tu, was getan werden muss!«

»Ich wollte, Frau Marie oder die Ziegenbäuerin wären hier. Die wüssten sich zu helfen!«, rief Hannes.

Er schwitzte vor Angst. Zwar hatte er schon Pferde und Kühe mit Salben behandelt, wenn sie sich wundgescheuert hatten. Diese Verletzung aber war weit jenseits dessen, was zu behandeln er sich zutraute. Jemand anderen, der es hätte machen können, gab es hier jedoch nicht.

Als Hannes die Zange ansetzte, um den Pfeil herauszuziehen, löste sich der Schaft, und die Pfeilspitze blieb in der Wunde stecken.

»Herr, das ist …«, begann er, wurde aber von Michel unterbrochen.

»Das ist ein Kriegspfeil! Da muss man damit rechnen, dass Schaft und Spitze nur leicht befestigt sind, damit die Spitze im Fleisch bleibt, wenn man den Schaft herauszieht. Wäre der verdammte Knochen nicht im Weg, hätte ich dir gesagt, stoß den Pfeil ganz durch das Bein. Aber das ging leider nicht! Daher wirst du den Schenkel aufschneiden müssen, um an die Spitze zu kommen!«

Als Hannes das hörte, streckte er beide Hände von sich. »Das kann ich nicht, Herr!«

Er versuchte es trotzdem, doch war sein Schnitt nicht tief genug, um die Pfeilspitze zu erreichen. Als er aufgab, war Michel so weit, dass er stöhnend nach Hiltruds Mohnsaft verlangte und froh war, als der Schmerz in seinem Oberschenkel ein wenig gedämpft wurde.

8.

Am nächsten Tag waren die Ungarn abgezogen. Michel war darüber froh, denn bei einem zweiten Angriff hätte er nicht mehr mitkämpfen können. Wegen seiner Verletzung musste er das Kommando nun Maximilian von Albach überlassen. Erlwin von Taun wäre ihm lieber gewesen, ebenso der Schwabe Jörg von Mindelheim oder der Nürnberger Veit von Puschendorf. Als reichsfreier Ritter hatte Albach jedoch den höheren Anspruch darauf, auch wenn dieser Besitz gerade mal die Burg und ein kleines Dorf umfasste und der überwiegende Rest ein Würzburger Lehen darstellte.

Zwar hatte Hannes Michels Wunde gesäubert und sie nach dessen Anweisung verbunden. Trotzdem wussten beide, dass es so nicht weitergehen konnte. Michel humpelte zu Albach und deutete auf seinen Oberschenkel.

»Die Pfeilspitze steckt noch im Fleisch. Ich werde daher nach Graz reiten, damit sich ein Wundarzt darum kümmern kann.«

»Tut das!«, riet ihm Maximilian von Albach zufrieden, da er sich damit endgültig als Hauptmann der Burgbesatzung betrachtete. Wenn der Kibitzsteiner hiergeblieben wäre, hätten die anderen sich immer zuerst an diesen gewandt.

»Ich nehme zwei meiner Männer mit. Hannes bleibt als Unteroffizier bei den anderen«, fuhr Michel fort. Zwar hätte er es lieber gesehen, wenn Hannes mit ihm geritten wäre, doch dieser war der Einzige, der genug Autorität bei den

Aufgeboten aus Fuchsheim, Steinsfeld und Hilgertshausen besaß, um sich durchsetzen zu können.

»Ich wünsche Euch Glück!«, erklärte Albach und hoffte gleichzeitig, dass Michel in diesem Jahr nicht mehr auf dieser Burg erscheinen würde.

»Ich Euch auch! Hoffentlich hat Fürst Ernö gestern genug Prügel bezogen, um nicht wiederzukommen!« Michel lachte trotz des bohrenden Schmerzes im Oberschenkel und wies dann Hannes an, alles für seine Abreise vorzubereiten.

»Wollt Ihr wirklich reiten, Herr?«, fragte der brave Mann besorgt. »Wäre es nicht besser für Euer Bein, wenn Ihr Euch mit einem Wagen nach Graz bringen lassen würdet?«

»Um dabei zu Tode geschüttelt zu werden?«, rief Michel.

»Wie wäre es mit einer Pferdesänfte? Damit fällt Euch das Reisen gewiss leichter als im Sattel.«

Michel hob abwehrend die Hand. »Dafür müsste ich mehr Leute mitnehmen als zwei, und wir wissen nicht, ob die Ungarn noch einmal angreifen werden.«

»Frau Marie wäre es gewiss nicht recht, wenn Ihr reitet«, erwiderte Hannes in dem Versuch, ihn doch noch davon abzuhalten.

Sein Herr hatte sich jedoch entschieden und wollte noch am selben Tag aufbrechen. Daher blieb Hannes nichts anderes übrig, als drei Pferde satteln zu lassen und Michels Begleitern einzuschärfen, dass sie sich gut um ihn kümmern sollten.

Michel verabschiedete sich von den anderen Rittern und trat schließlich auf den Hof, um auf sein Pferd zu steigen. Dies gelang noch halbwegs. Doch als er anritt und der Wallach in einen leichten Trab fiel, war ihm, als würde sich bei jedem Schritt des Tieres ein weiterer Pfeil in seinen Oberschenkel bohren.

Er biss die Zähne zusammen und trank bei einer Rast einen Schluck von Hiltruds Mohnsaft. Trotzdem brauchte er am Abend die Hilfe seiner Knechte, um aus dem Sattel zu kommen. Der Schmerz war inzwischen so groß, dass er den Wirt bat, einen Wundarzt zu rufen.

»Einen solchen ham wir nit«, antwortete der gute Mann. »I könnt höchstens die Wehmutter rufen.«

»Dann tu das!«, stöhnte Michel, der es vor Schmerzen kaum mehr aushielt.

Er hätte später nicht zu sagen vermocht, wie lange es dauerte, bis die Dorfhebamme erschien. Sie forderte ihn auf, das Bein auszustrecken, und fingerte an der Wunde herum, bis er sich vor Schmerzen aufbäumte.

»Die Pfeilspitzn sitzt z tiaf, als dass ich s aussiziang kannt. Des kann a da Bader nit«, erklärte sie im stark gefärbten Dialekt.

Sie reichte Michel mehrere Kräuter, die ihm gegen die Schmerzen helfen sollten, und zog nach Erhalt einer kleinen Münze wieder ab.

Michel überlegte, ob er nicht einen Rasttag einlegen sollte. Doch wenn er das tat, kam er noch später nach Graz und in die Hände eines erfahrenen Wundarztes. Daher befahl er seinen Männern, ihn am nächsten Morgen aufs Pferd zu heben, ganz gleich, wie es ihm ging.

»Ihr seht nicht gut aus, Herr, wenn ich mir das zu sagen erlauben darf«, erklärte Lampert, der jüngere der beiden Knechte.

»Du darfst!«, stöhnte Michel und forderte ihn auf, einen Teil der Kräuter, die er von der Hebamme erhalten hatte, von einer Wirtsmagd aufkochen zu lassen und ihm den Absud zu bringen.

Die Medizin half nur bedingt. In der Nacht bekam Michel Fieber und versank in wirre Träume, an die er sich am Morgen nicht mehr erinnern konnte. Lambert schlug vor, doch einen Tag zu warten, doch Michel wollte weiterreiten.

»Ich muss nach Graz zu einem Wundarzt!«, erklärte er

schroff und kämpfte sich auf die Beine. In der Wirtsstube zwang er sich, etwas Bier zu trinken, und kaute danach auf einem kleinen Stück salzigen Schinkens herum. Hunger hatte er keinen.

Er brauchte Lamperts Hilfe, um in den Sattel zu kommen. Doch kaum saß er auf dem Pferd, hatte er das Gefühl, als würde das Tier in einem fort von einer Seite zur anderen schaukeln.

»Kommt, Leute! Mit etwas Glück erreichen wir heute Abend Graz«, rief er.

Lambert erinnerte sich an den Herweg und schüttelte den Kopf. Um das zu schaffen, hätten sie einen großen Teil der Strecke im Galopp zurücklegen müssen. Dabei war sein Herr nicht einmal in der Lage, länger als eine Viertelstunde im leichten Trab zu reiten.

Sie brauchten schließlich drei weitere Tage, bis sie Graz endlich erreichten. Dort schickte Lambert seinen Kameraden sofort los, um einen Wundarzt zu holen, während er Michel in die Herberge brachte. Da er sich ausgetrocknet fühlte, trank Michel mehrere Becher Wein und war danach so betrunken, dass er die Treppe hochgeschafft werden musste. Als er im Bett lag, schlief er trotz der pochenden Schmerzen im Oberschenkel rasch ein und wurde erst wieder wach, als sich jemand an seiner Wunde zu schaffen machte.

Der Wundarzt zupfte daran herum und machte ein paar Schnitte mit seinem Messer. Schließlich schüttelte er den Kopf. »Ich bedaure, Herr Ritter, aber Euer Schenkel ist so stark angeschwollen, dass ich es nicht wage, tiefer zu schneiden. Ihr werdet auf Gott vertrauen müssen, damit die Pfeilspitze keine gefährliche Entzündung in Eurem Schenkel hervorruft und gut einwächst.«

»Bei Gott! Du musst dieses Ding doch herausholen können«, rief Michel ungehalten.

»Da ich nicht weiß, wo die Pfeilspitze sitzt, müsste ich

Euch den ganzen Oberschenkel aufschneiden, und das überlebt Ihr nicht«, antwortete der Wundarzt.

»Gibt es hier denn keinen, der es kann?« Michel wollte nicht glauben, dass ihm niemand helfen konnte.

Der Wundarzt schüttelte den Kopf. »Hier hilft Gottes Gnade mehr als das Messer, mein Herr. Betet zu den himmlischen Mächten und spendet für die heilige Kirche, auf dass Mönche und Nonnen Euren Namen im Gebet nennen. Das ist das Einzige, was ich Euch raten kann.«

Michel sank stöhnend zurück und überließ es Lampert, den Wundarzt zu bezahlen. Danach fasste er den jungen Knecht mit festem Griff und zog ihn zu sich her.

»Höre mir gut zu!«, begann er. »Ich will nicht in der Fremde bleiben. Daher werdet ihr mich nach Hause bringen, und wenn ihr mich zuletzt auf meinem Pferd festbinden müsst. Hast du verstanden?«

»Die Herrin wird das gar nicht gerne sehen. Sie würde wollen, dass Ihr hierbleibt und Euch behandeln lasst!«, wandte der Bursche ein.

»Hier behandelt man mich doch zu Tode!«, fuhr Michel auf, um etwas ruhiger fortzufahren. »Wenn ich schon sterben muss, so will ich es im Kreis meiner Lieben tun, und ich will auch nicht in der Fremde begraben werden. Verstehst du? Ihr bringt mich nach Hause! Und wenn es lebend nicht geht, dann eben tot!«

Lambert nickte bedrückt. »Wenn Ihr es so wollt, Herr, dann wird es geschehen.«

»Ich will es!«, erklärte Michel und bat Gott in Gedanken, ihn wenigstens so lange am Leben zu lassen, bis er Marie und die Kinder wiedergesehen hatte.

9.

Leutprands Traum, durch eine erzwungene Heirat mit Jutta von Herrenroda ein mächtiger Mann zu werden, zerplatzte jäh, als er zur Jagdhütte zurückkehrte und seinen Wächter tot neben der Tür liegen sah.

Während er wie erstarrt auf seinem Pferd saß, stieg Paul aus dem Sattel und trat zu seinem Freund. »Das war wieder dieses verfluchte Weib!«, schrie er voller Wut.

Jetzt rührte auch Leutprand sich wieder und schwang sich aus dem Sattel. »Nein. Das war nicht die Frau. Siehst du den Fußabdruck? Das war einer vom Waldgesindel!«

»Dann hat der verdammte Waldgraf Gräfin Jutta zurückgeholt«, rief Paul rot vor Wut.

»Ich nehme es an.« Ohne Hoffnung, die Gefangenen zu finden, betrat Leutprand die Jagdhütte und sah als Erstes die offene Falltür. Als er in die Grube schaute, waren dort nur noch die zerschnittenen Seile zu sehen, mit denen sie Marie, Trudi und Ignatia gefesselt hatten.

Für einige Augenblicke wusste Leutprand nicht, was er tun sollte. Sein Verstand riet ihm, diese Gegend so rasch wie möglich zu verlassen und irgendwo anders in fremde Dienste zu treten. Dies aber ließ sein Stolz nicht zu. Noch nie in seinem Leben war er geflohen, sondern hatte immer danach getrachtet, sich gegen seine Feinde durchzusetzen.

»Die Hexe muss uns verraten haben«, murmelte er.

»Ihr meint Petronilla?«, fragte Paul.

Leutprand nickte mit verkniffener Miene. »Nur sie kann es gewesen sein.«

»Vielleicht ist jemand den Frauen gefolgt!« Paul war damit nahe an der Wahrheit, doch sein Anführer schüttelte den Kopf.

»Petronilla ist ein verschlagenes Weib, das genau weiß, was es tut.«

»Herr, ich widerspreche Euch nur ungern, aber hätte sie sich dann nicht sofort aus dem Staub gemacht?«, fragte einer seiner Begleiter. »Ich habe sie gestern zusammen mit ihrer Schwester bei Agnes' Hütte gesehen.«

Dieses Argument wog schwer, und so kamen Leutprand Zweifel. »Vielleicht hat jemand die Flucht der Frauen bemerkt und es dem verdammten Waldgrafen gesteckt«, meinte er nachdenklich. »Doch wie dem auch immer sei: Gräfin Jutta darf nicht in Christoph von Herrensteins Händen bleiben. Mit ihrem Erbe im Rücken würde er gegen Graf Joachim und mich vorgehen und nicht eher ruhen, bis wir tot zu seinen Füßen liegen.«

Fast mehr noch als den Waldgrafen fürchtete er die Tatsache, dass Jutta von Herrenroda und deren Begleiterinnen ihn als jenen Mann benennen konnten, der mit seinen Männern die Waldburg überfallen und die Sippe derer von Herrenroda bis auf den letzten Mann ausgelöscht hatte. Wenn dies bekannt wurde, mussten Graf Joachim und er damit rechnen, von allen Nachbarn bekämpft zu werden. Da er allein nichts ausrichten konnte, wandte er sich mit einer entschlossenen Miene an seine Begleiter.

»Wir reiten ins Dorf und holen Petronilla! Sie muss uns den Weg zum geheimen Lager des Waldgrafen zeigen.«

Auf den Gesichtern seiner Männer machte sich Entsetzen breit. »Herr, wir sind mit Euch nur zu sechst! Wie könnt Ihr da hoffen, ungeschoren in das Reich dieses Schurken vordringen und Gräfin Jutta befreien zu können?«, rief Paul und sah aus, als würde er sich am liebsten davonmachen.

Leutprand lachte bitter auf. »Mit euch paar Narren wäre es wirklich vergebene Mühe, es zu versuchen. Ich muss mich mit Graf Joachim verbünden. Wenn er alle Männer zusammenruft, die er hat, wird es uns gelingen.«

»Dann würde aber Graf Joachim die Erbgräfin heiraten«, wandte Paul ein.

»Was ist mir näher, mein Wams oder mein Hemd?«, antwortete Leutprand schneidend.

Außerdem, sagte er sich, konnte er dafür sorgen, dass Graf Joachim den unvermeidbaren Kampf mit den Leuten des Waldgrafen nicht überleben würde. Doch das war nichts, was seine Begleiter wissen durften. Er stieg wieder in den Sattel, forderte seine Männer auf, ihm zu folgen, und ritt los. Sein Ziel war das Dorf, in dem Petronilla und ihre Schwester vorerst Unterschlupf gefunden hatten.

Lange Jahre hatte Leutprand die Männer des Waldgrafen ohne Erfolg gejagt. Wenn Petronilla sie jedoch führte, würde er ihn endlich in die Hand bekommen. Er brauchte nur genügend Männer, um mit diesem Gesindel fertigzuwerden, und die musste ihm Graf Joachim verschaffen. Wenn dieser und sein Oheim Christoph starben, war Gräfin Jutta auch deren Erbin. Mit diesem Gedanken erreichte er das Dorf und hielt sein Pferd vor Agnes' Hütte an.

Die Frau kam gerade mit einem Joch auf den Schultern, an dem zwei schwere Wassereimer hingen, vom Bach hoch und musterte ihn misstrauisch.

»Ist Petronilla noch hier?«, fragte Leutprand sie.

Die Frau nickte. »Sie will erst morgen weiterziehen.«

»Das wird sie seinlassen!«

»Warum? Was soll das?« Petronilla trat aus der Hütte und funkelte Leutprand zornig an.

Dieser zog sein Schwert und setzte es ihr auf die Brust. »Weil du mich zum Lager des Waldgrafen führen wirst!«

Petronilla schüttelte den Kopf. »Das tue ich gewiss nicht.«

»O doch, das wirst du! Weigerst du dich, erschlage ich zuerst Agnes, dann deine Schwester, und wenn dich das nicht zur Besinnung bringt, mache ich mit deiner rechten und dann der linken Hand weiter. Die Beine lasse ich dir vorerst noch, denn die brauchst du zum Laufen!«

Entsetzt begriff Petronilla, dass es Leutprand mit diesen Drohungen ernst war. Sie wich einen Schritt zurück, doch er folgte ihr zu Pferd, und die Spitze seines Schwerts berührte jetzt ihre Kehle. »Aber Herr, ich habe Euch doch Jungfer Jutta zugeführt! Weshalb seid Ihr auf einmal so zornig?«

»Die Leute des Waldgrafen haben Gräfin Jutta zurückgeholt und dabei den armen Peter umgebracht.« Leutprand schloss mit einem Fluch und verstärkte den Druck seines Schwerts.

»Du wirst mich und meine Schar zum Lager des Waldgrafen führen! Hast du mich verstanden? Wenn dieser Schurke niedergekämpft und Gräfin Jutta wieder in meiner Hand ist, kannst du mit deiner Belohnung dorthin ziehen, wo es dir gefällt. Aber keinen Augenblick eher.«

Da sein Schwert sie immer noch bedrohte, überlegte Petronilla, was sie tun sollte. Mit Christoph von Herrenstein verband sie wenig, und er würde, wenn er die Stelle seines Neffen einnahm, kein angenehmerer Herr sein als dieser. Einige seiner Anhänger waren jedoch ihre Freunde, und es würde sie schmerzen, sie verraten zu müssen. Andererseits ging es um ihr eigenes Leben, das ihrer Schwester und das von Agnes. Dies zählte mehr für sie.

»Tut Eure Waffe weg, Herr Ritter. Ich werde Euch führen. Dafür werdet Ihr im Lager einige Personen verschonen, die ich Euch nenne!«

»Du solltest keine Bedingungen stellen«, fuhr Leutprand sie an, begriff aber dann selbst, dass es besser war, die Frau bei Laune zu halten. Er traute ihr zu, ihn sonst in eine Falle zu locken.

»Wenn diese Leute sich ergeben, schenke ich ihnen das Leben«, versprach er daher.

»Mit nur fünf Reisigen werdet Ihr nur wenig erreichen«, meinte Petronilla nach einem Blick auf seine Begleiter.

»Lass das nur meine Sorge sein. Wenn wir aufbrechen, sind wir genug, um dem Waldgrafen und seinem Gesindel den Garaus zu machen – bis eben auf die paar, die dir am Herzen liegen!« Leutprand befahl Paul, die Frau hinter sich auf das Pferd zu nehmen.

»Aber warum soll ich von hier weg?«, fragte Petronilla.

»Damit ich nicht erfahren muss, dass du verschwunden bist, wenn ich dich brauche«, antwortete Leutprand grinsend. »Ach ja, sage deiner Schwester und Agnes, dass sie das, was sie eben gehört haben, für sich behalten sollen. Dringt etwas zum Waldgrafen und ich erfahre das, wird es den beiden und dir ebenfalls leidtun!«

»Wir sagen schon nichts«, versicherte Agnes eifrig, und auch Innozentia versicherte, dass sie schweigen würde.

»Dann ist es gut!« Leutprand bleckte kurz die Zähne wie ein gereizter Wolf, dann zog er sein Pferd herum und ritt in Richtung Herrenstein.

Bevor Petronilla sichs versah, zerrte Paul sie auf seinen Wallach und wies sie an, sich an ihm festzuhalten. »Oder willst du wie ein Mann mit gespreizten Beinen auf dem Gaul sitzen? Dabei rutscht dir aber der Rocksaum so hoch, dass man bis zu deinen Oberschenkeln blicken kann«, setzte er spöttisch hinzu.

Petronilla beließ es dabei, mit beiden Beinen nach links auf dem Pferd zu sitzen, und schlang die Arme um den Waffenknecht. Dieser trabte an und sagte sich, dass Petronilla zwar nicht mehr die Jüngste war, aber immer noch besser als keine Frau. Seit Minas Vergewaltigung hatte er auf dem Trockenen gesessen, und es wurde an der Zeit, dies zu ändern.

10.

Graf Joachim hatte seinen Vertrauten bereits vermisst und eilte ans Fenster, als dieser gemeldet wurde. Dem Gesicht nach, das Leutprand zog, war es ihm nicht gelungen, Jutta von Herrenroda zu finden. Das Einzige, was Graf Joachim tröstete, war, dass auch Johann von Wettin und Friedrich von Schwarzburg bislang keinen Erfolg aufzuweisen hatten.

»Ich muss sie als Erster in die Hand bekommen«, flüsterte Joachim von Herrenstein.

Immerhin ging es jetzt nicht mehr nur um den Besitz von Herrenroda, sondern auch um sein Leben und seine Ehre. Wenn herauskam, dass er hinter dem Meuchelmord an Graf Ernst und dessen Sippe steckte, und nicht sein möglicher Oheim, der Waldgraf, würden seine Nachbarn wie Wölfe über ihn herfallen. Dabei würde jeder danach trachten, sich ein möglichst großes Stück aus seinem Besitz zu sichern.

Mit diesem Gedanken verließ er seine Kammer und traf Leutprand in der Halle. Ein Diener reichte diesem eben einen Becher Wein. Auch Graf Joachim ließ sich einen Becher einschenken und musterte dann Leutprand über dessen Rand hinweg.

»Du siehst grimmig aus!«, fand er.

Leutprand stieß einen kurzen Laut aus, der ein Lachen darstellen sollte. »Sagt besser, ich sehe zum Kampf bereit aus, denn zum Kampf wird es kommen!«

»Gegen Johann von Wettin als Vertreter des Landgrafen und Kurfürsten und die Schwarzburger?« Bei dieser Vorstellung wurde Graf Joachim blass.

»Wir werden die Schwerter weder gegen den Sachsen noch gegen einen unserer Nachbarn ziehen. Unser Feind ist der Waldgraf und damit Euer Oheim Christoph!«, antwortete Leutprand.

Graf Joachim stellte seinen Becher hart auf den Tisch. »Also ist er es doch!«

»Petronilla, die Heilerin, die vor Euch geflohen ist, weil sie Eure Schwester nicht retten konnte, beschwört es. Ich konnte sie für unsere Sache gewinnen. Sie wird uns zum geheimen Lager des Waldgrafen führen.«

»Diese Hexe muss sterben! Sie ist an Herlindes Tod schuld!«, rief Graf Joachim unbeherrscht.

»Bringt sie um, und Ihr erhaltet nichts außer der Nachricht, dass Euer heißgeliebter Oheim sich zu Johann von Wettin begeben und diesem Jutta von Herrenroda als seine Braut vorgestellt hat.«

Spott schwang in Leutprands Worten, doch sein Herr nahm es nicht wahr. Stattdessen starrte Graf Joachim den Wandbehang an, auf dem das Wappen Herrensteins gestickt war, und stellte sich vor, wie sein Onkel Christoph es abnehmen und durch ein neues Wappen ersetzen würde, das zu gleichen Teilen aus den Wappen Herrensteins und Herrenrodas bestand.

»Dieser Hund wurde geboren, um uns Schaden zuzufügen!«, fluchte er und sah Leutprand durchdringend an. »Wir werden diesen Kerl am höchsten Baum seines Waldes aufhängen.«

»Erst müssen wir ihn haben, und dafür brauchen wir Petronilla. Wenn Ihr sie bedroht, wird sie uns in eine Falle locken. Ist Euch die Vergeltung für den Tod Eurer Schwester wirklich mehr wert als Euer eigenes Schicksal?«, fragte Leutprand.

Graf Joachim starrte zu Boden und versuchte die Gedanken, die ihn durchtobten, zu ordnen. Bei aller Liebe zu seiner Schwester musste er in dieser Sache zurückstecken, denn nun ging es um seinen Hals.

Mit versteinerter Miene drehte er sich zu Leutprand um. »Petronilla soll leben! Wenn dies hier vorbei ist, gibst du ihr eine Belohnung und sagst ihr, sie soll von hier verschwinden. Treffe ich sie drei Tage später noch auf meinem Land an, lasse ich sie in einen Sack stecken und im nächsten Teich ersäufen.«

»Ich werde es ihr ausrichten.« Leutprand lächelte zufrieden, denn wie es aussah, wollte Graf Joachim die Heilerin meiden. Das war gut für ihn, denn so konnte die Frau nicht verraten, dass Jutta von Herrenroda bereits seine Gefangene gewesen war und er sie zur Heirat hatte zwingen wollen. Auf Paul und seine Reiter konnte er sich verlassen, denn die hielten den Mund. Doch nun galt es, den Angriff auf den Waldgrafen vorzubereiten.

»Wir werden alle Söldner brauchen, die bei dem Anschlag auf Graf Ernst dabei waren, und jeden weiteren Eurer Knechte, der eine Waffe tragen kann. Petronilla hat zwar versprochen, uns heimlich zu führen, doch wenn uns auch nur einer von Christophs Gesindel entdeckt, sind wir auf unsere Schwerter angewiesen.«

Graf Joachim nickte und sagte nachdenklich: »Es gibt mehr als einen Zugang zu den Wäldern, in denen sich dieser Schurke aufhält.«

»Laut Petronilla führen drei Wege ins Lager. Zwei davon sind beschwerlich und können von je fünf Mann gegen ein ganzes Heer verteidigt werden. Genauso leicht können sie aber auch gesperrt werden. Der dritte Weg führt über eine Anhöhe, und wenn wir diese gewonnen haben, sitzt Euer Oheim Christoph wie ein Gimpel in der Falle!«

Leutprand hatte Petronilla unterwegs ausgehorcht, um

möglichst viel über den Waldgrafen und sein Lager zu erfahren, ihr aber versprechen müssen, sie vor Graf Joachims Zorn zu beschützen. Nun befand sie sich mit Paul im nächstgelegenen Dorf und wartete darauf, gerufen zu werden.

Joachim von Herrenstein nickte zufrieden. »Das Lager ist also leichter zu erreichen, als ich dachte.«

»Die Leute des Waldgrafen haben uns bisher getäuscht, indem sie so taten, als läge ihr Lager an einer anderen Stelle. Da wir wegen der schwelenden Fehde gegen Ernst von Herrenroda keine weiteren Waffenknechte verlieren durften, konnten wir nicht mit diesem Gesindel aufräumen.« Leutprand verstummte kurz und sah seinen Herrn fragend an. »Allerdings werdet Ihr die Krieger anführen müssen. Wenn einige von ihnen Euren Oheim Christoph erkennen, könnte es sein, dass sie mir nicht mehr gehorchen. Er war, als er noch auf Herrenstein lebte, sehr beliebt!«

Dies war auch Graf Joachim klar, und so nickte er nach kurzem Zögern. »Ich werde das Kommando übernehmen! Was meinst du? Wie viele Krieger benötigen wir?«

»Jeden Mann, der ein Schwert oder einen Spieß halten kann. Euer Oheim führt um die fünfzig kampfkräftige Leute an, und die auf ihnen vertrautem Land niederzuringen fällt uns auch mit mehrfacher Übermacht nicht leicht. Außerdem gilt es, Gräfin Jutta zu befreien. Für diese Aufgabe stelle ich mich mit meinen besten Männern zur Verfügung.« Leutprand wartete gespannt auf die Reaktion seines Herrn. Wenn Graf Joachim zustimmte, setzte dieser sich an der Spitze der Angreifer der größten Gefahr aus, getötet zu werden. Außerdem konnte er, wenn es ihm gelang, Jutta von Herrenroda in die Hand zu bekommen, mit dieser fliehen.

Graf Joachim war zu sehr mit seinen eigenen Überlegungen beschäftigt, um aus dem Mienenspiel seines Vertrauten die richtigen Schlüsse zu ziehen. »Ich werde jeden Mann holen, den ich aufbringen kann, und dann wird dieser Bastard endlich zur Hölle fahren. Mein Vater hätte ihn schon nach dem Tod seines Vaters erschlagen sollen«, erklärte er und verließ den Raum.

Leutprand sah ihm nach und legte sich in Gedanken zurecht, wie er Graf Joachim überlisten und sich selbst zum neuen Herrn der Burgen beider Geschlechter machen konnte.

11.

Der Weg zurück ins Lager war demütigend. Mark hatte Marie und Trudi die Hände auf den Rücken gebunden und zeigte deutlich, dass er die beiden als seinen Beuteanteil ansah. Ignatia war nicht gefesselt worden, musste aber in der Nähe des Waldgrafen bleiben. Dieser sah sie immer wieder zufrieden an.

»Heute Nacht werdet Ihr das Bett mit mir teilen, damit Ihr wisst, wer Euer Herr ist«, erklärte er, kurz bevor sie das Lager erreichten.

Nach den Erfahrungen, die sie mit Armin gemacht hatte, sah Ignatia der Vereinigung mit einem Mann nicht mehr mit Schrecken entgegen. Es schmerzte sie jedoch, dass sie gegen ihren Willen genommen werden sollte. Hätte Christoph von Herrenstein sie nur ein wenig umworben, wäre sie bereit gewesen, sich ihm vielleicht sogar freiwillig hinzugeben. Immerhin war er der Todfeind seines Neffen Joachim, und dieser hatte den Mord an ihrer Sippe befohlen.

Um sich zu trösten, stellte Ignatia sich vor, wie der Waldgraf seinen Neffen Joachim besiegen und sie an seiner Seite als Herrin in Herrenstein einziehen würde. Dafür aber musste sie für Christoph mehr werden als nur ein Pfand, das ihm die Herrschaft über alle Besitzungen Herrenrodas einbrachte.

»Wollt Ihr mir nicht erzählen, weshalb Ihr Euren Verwandten so sehr hasst?«, fragte sie ihn, als das Schweigen sie zu sehr bedrückte.

»Ich hasse ihn, weil sein Vater mich um mein mir zustehendes Erbe geprellt hat!«, antwortete Christoph von Herrenstein kühl.

»Es würde mich freuen, wenn Ihr ihn erschlagen und damit den Tod meiner Verwandten rächen könntet«, fuhr Ignatia fort.

»Wenn ich dies tue, dann gewiss nicht Euretwegen«, erwiderte Christoph von Herrenstein.

Ein Ausdruck der Enttäuschung zuckte über Ignatias Gesicht. Immerhin war sie von edelstem Blut und derzeit die wahre Herrin aller Lande, die ihr Vetter Ernst und die anderen Zweige derer von Herrenroda besessen hatten. Sie war es daher wert, ehrerbietig behandelt zu werden. Aber wie es aussah, würde dieser Mann sie in ihre Kemenate sperren und nur zu ihr kommen, wenn er sich ihrer bedienen wollte. Hatte sie ihre Pflicht erfüllt, ihm ein paar Söhne zu gebären, würde er sie wahrscheinlich wieder in ein Kloster sperren und so leben, wie es ihm gefiel.

Ignatia fauchte bei diesem Gedanken empört und blickte sich zu Marie und Trudi um. Das Grinsen auf Marks Gesicht verriet ihr, dass die beiden in weitaus größerer Gefahr schwebten als sie.

»Ich will nicht, dass meinen Begleiterinnen etwas geschieht«, sagte sie zu Christoph von Herrenstein.

Dieser lachte leise auf. »Das hättet Ihr Euch vielleicht vor Eurer Flucht erbitten können. Jetzt ist es zu spät! Ich habe Mark die beiden versprochen, und der Schwur eines Edelmanns ist bindend.«

Es lag ein gewisser Tadel in seinen Worten. Schließlich hatte sie geschworen, ihn zu heiraten, und war trotzdem geflohen.

Ignatias Blick suchte nun Armin. Diesem hatte der Waldgraf die Arme auf den Rücken binden lassen, und um seinen Hals hing ein Seil, an dem Mark immer wieder kräftig zog. Obwohl sie zuletzt gefunden hatte, dass eine Vereinigung mit ihm nicht mit ihrem Stand zu vereinbaren war, tat er ihr leid. Das galt auch für Nepomuk. Um auf dem Marsch nicht durch den kurzbeinigen Gaukler behindert zu werden, hatten sie diesem die Arme und die Beine zusammengebunden und eine Stange hindurchgesteckt. Jetzt trugen ihn zwei Männer wie ein erlegtes Stück Wild zum Lager.

Trotz ihrer eigenen Situation bedauerte auch Marie den kleinen Gaukler. Ihr Mitleid für Armin und Ignatia hielt sich jedoch in Grenzen. Um ihrer Lust frönen zu können, hatten die beiden darauf gedrungen, länger als beabsichtigt in dem Versteck zu bleiben. Zudem waren sie schuld daran, dass das Schutzdach über dem Feuer in Brand geraten war und mit seinen lodernden Flammen die Männer des Waldgrafen angelockt hatte.

Mark passte das trotzige Schweigen seiner Gefangenen nicht, und so versetzte er Marie einige Hiebe mit dem Seilende. »Heute Nacht gehörst du mir und wirst tun, was ich will«, erklärte er selbstgefällig.

»Du wirst nicht viel davon haben, weil ich dich nämlich umbringen werde«, fauchte Marie ihn an. Ihr Blick verriet Mark, dass sie es ernst meinte.

»Ich kann dich gefesselt nehmen! Vielleicht gefällt mir das sogar besser«, höhnte er.

Marie blies verächtlich die Luft aus der Nase. »Dann bringe ich dich eben später um.«

Ein Messer zwischen die Rippen zu bekommen war nicht gerade nach Marks Sinn.

Als Marie spürte, dass er unsicher wurde, setzte sie ihren nächsten Stich. »Es könnte sein, dass dein Herr Geld braucht, um seine Pläne in die Tat umzusetzen. Ich könnte ihm einige tausend Gulden für meine Freiheit geben! Dafür aber müssen meine Tochter und ich unversehrt bleiben.«

»Wie will eine Bäuerin wie du so viel Geld haben?«, spottete Mark, während sein Herr aufmerksam wurde.

Ignatia fand, dass sie jetzt etwas für Marie und Trudi tun konnte, und lachte kurz auf. »Frau Marie ist keine Bäuerin, sondern die Ehefrau des in Franken höchst angesehenen Reichsritters Michel Adler auf Kibitzstein. Wenn du ihr und ihrer Tochter etwas antust, braucht Graf Joachim von Herrenstein sich keine Sorgen wegen möglicher Verbündeter zu machen.«

»Stimmt das?«, fragte der Waldgraf scharf.

»Ich wurde als Kind in das Kloster Hilgertshausen gegeben, das an Kibitzstein grenzt. Herr Michel ist der Hauptmann des Reichsaufgebots aus unserem Gau«, fuhr Ignatia fort.

Der Hinweis auf Maries Ehemann und dessen Verbündeten, die deren Schändung oder gar Tod nicht so einfach hinnehmen würden, kam auch ihr selbst zugute. Jetzt wusste Christoph von Herrenstein, dass sie nicht gänzlich hilflos war, sondern ebenfalls Unterstützung erhoffen konnte.

»Wie viel würde Euer Ehemann für Eure Freilassung und die Eurer Tochter bezahlen?«, wandte der Waldgraf sich an Marie.

»Zweitausend Gulden, vielleicht dreitausend, im Höchstfall fünftausend«, antwortete diese.

Trudi sah sie überrascht an. »Willst du diesem bösen Mann wirklich so viel Geld geben, Mama?«

»Deine Freiheit und die meine ist mehr wert als das«, antwortete ihr Marie.

Christoph von Herrenstein musterte sie finster. »Ihr seid selbst schuld daran, dass Ihr bisher so schlecht behandelt worden seid. Immerhin habt Ihr Euch als Bäuerin ausgegeben! Mehr als an Eurem Geld wäre mir jedoch gelegen, wenn Euer Gemahl an meiner Seite gegen meinen Neffen Joachim zieht.«

Mark schrie wütend auf. »Ihr habt mir die Frau und das Mädchen versprochen!«

»Es gibt genug Weiber auf der Welt für dich! Wenn ich in Herrenstein eingezogen bin, kannst du dir meinetwegen einen ganzen Harem halten. Ich lasse mich aber nicht durch deine Dummheit in eine Fehde mit einem fränkischen Ritter hineinziehen, wenn ich diesen als Verbündeten gewinnen kann.«

In Christoph von Herrensteins Stimme lag die Warnung, es gut sein zu lassen. Wenig später zog er mit dem Gefühl, dass das Schicksal ihn mit Ignatia sowie dem Weib und der Tochter des fränkischen Reichsritters reich beschert hatte, in sein Lager ein.

Während Marie, Trudi und Ignatia in ihre alte Hütte gesperrt wurden, fesselte man Armin und Nepomuk jeweils an einen Baum.

Da ihm seine Wachen mitteilten, dass sich an diesem Tag nicht das Geringste ereignet hätte, begab sich der Waldgraf in seine Hütte. Einen Augenblick dachte er daran, dass er in dieser Nacht eigentlich Gräfin Jutta hatte beschlafen wollen. Das, sagte er sich, konnte er auch am nächsten Tag tun, wenn sie sich von dem anstrengenden Marsch erholt hatte.

Marie, Trudi und Ignatia waren froh, vorerst in Ruhe gelassen zu werden. Während Letztere sich in ihr Schicksal zu fügen schien, überlegte Marie fieberhaft, was sie tun sollte. Wenn sie auf die Bedingungen des Waldgrafen einging, würde Kibitzstein in den Kampf der beiden Herrensteiner hineingezogen werden. Dies würde sie in ihrem Streit mit dem Würzburger Fürstbischof so schwächen, dass sie und Michel sich diesem bedingungslos unterwerfen mussten, und dazu war sie nach all dem, was sie hier erlebt hatte, weniger bereit denn je. Daher schmiedeten Trudi und sie Pläne, wie sie aus dem Lager fliehen und nach Kibitzstein zurückkehren konnten. Das bisschen Geld, das Marie unter ihrem Kleid versteckt hatte, besaßen sie immer noch. Auch hatten die Männer des Waldgrafen den Dolch übersehen, der in seiner Scheide an ihrem Oberschenkel steckte.

»Hab keine Sorge!«, flüsterte sie Trudi zu, als Ignatia eingeschlafen war. »Ob morgen, übermorgen oder in ein paar Tagen: Wir werden diesem Lager entkommen und heimkehren!«

»Das tun wir gewiss, Mama«, antwortete Trudi und schmiegte sich an sie.

12.

Graf Joachim ließ jeden Mann rufen, der eine Waffe halten konnte. Als Leutprand sie zählte, waren es um die Hälfte mehr als bei dem Hinterhalt auf der Waldburg. Viele der Kerle waren damals dabei gewesen und fragten sich, wem Graf Joachims Schlag diesmal galt. Ihr Herr trat in schimmernder Rüstung auf den Hof und ließ sich aufs Pferd helfen. Sein Knappe brachte seinen Wappenschild und hängte ihn an den Sattel, bevor auch er sich aufs Pferd schwang.

»Ist alles bereit, Ritter Leutprand?«, fragte Joachim von Herrenstein mit lauter Stimme.

»Das ist es, Herr«, versicherte Leutprand ihm und stieg in den Sattel.

Paul führte die Stute, auf der Petronilla saß, und auch die anderen vier Männer seiner Kernschar hielten sich in ihrer Nähe. Damit Graf Joachim die Heilerin nicht auf Anhieb erkannte, hatte Leutprand sie in einen weiten Umhang gehüllt.

Nun lenkte Leutprand sein Pferd zum Grafen hin. »Wir sind bereit zum Abmarsch!«

Joachim von Herrenstein nickte unbewusst. »Gut so! Setz dich an die Spitze und töte dieses Weib in dem Augenblick, in dem es uns zu täuschen versucht!«

»Keine Sorge, Herr! Sie wird gehorchen.«

Leutprand hob kurz die Hand und übernahm die Spitze des Zuges. Hinter ihm ritten seine Vertrauten mit Petronilla, und zwanzig Berittene folgten ihnen. Erst nach diesen reihte

Graf Joachim sich in die Schar ein. Jetzt, kurz vor der Stunde seines größten Triumphs, wollte er nicht unachtsam sein.

Als Leutprand nicht den Weg zur Handelsstraße einschlug, sondern sich den steilen Hängen des Bergwalds zuwandte, sahen die meisten Männer einander fragend an. »Weißt du, was das soll?«, fragte einer der neben ihm reitenden Kameraden. »Hinter diesen Hügeln liegt doch das Reich des Waldgrafen. Graf Joachim wird diesen doch nicht etwa angreifen wollen?«

»Vielleicht reiten wir den Hügel auch nur entlang, um dahinter schwarzburgisches Gebiet zu erreichen«, mutmaßte einer.

»Unsinn!«, rief ein anderer. »Dorthin würden wir leichter auf jenem Weg dort reiten!« Er wies in eine Richtung, die fast im rechten Winkel zu ihnen stand.

»Also doch der Waldgraf!«, stöhnte der Söldner, der das Gespräch angestoßen hatte. »Hätte ich das gewusst, wäre ich niemals in Graf Joachims Dienste getreten! Wir haben es doch schon ein halbes Dutzend Mal versucht, diesen Kerl auszuräuchern, und es ist uns nie gelungen. Mehr als zehn Kameraden sind dabei draufgegangen! Diesmal werden es wohl noch mehr sein.«

»Der Teufel soll den Waldgrafen holen!«, schimpfte sein Nebenmann, während einer, der bei der Waldburg dabei gewesen war, einen ängstlichen Blick auf Leutprand warf.

»Das ist die Strafe dafür, dass wir weder Weib noch Kind geschont haben. Möge sich der Herr im Himmel meiner armen Seele erbarmen!«

Leutprand bemerkte den Unmut der Männer, war aber sicher, dass sie genug Mut aufbrachten, um ihm in Christoph von Herrensteins Lager zu folgen. Immerhin waren sie Petronillas Worten zufolge dessen Männern um mehr als das Dreifache überlegen. Um mit so vielen Waffenknechten das Lager zu erreichen, hatte er darauf verzichtet, die beiden anderen Wege, die aus dem Tal des Waldgrafen herausführten, zu sperren. Daher war es wichtig, Christoph von Herrenstein zu überraschen, damit dieser nicht mit seiner wertvollen Geisel fliehen konnte. Außerdem musste er verhindern, dass Gräfin Jutta bei dieser Aktion zu Schaden kam.

Bei dem Gedanken drehte Leutprand sich zu Graf Joachim um. Diesem würde es sogar lieb sein, wenn die junge Gräfin auf diese Weise starb. Die Schuld konnte er auf den Waldgrafen schieben und den Nachbarn gegenüber behaupten, er habe alles getan, um Jutta von Herrenroda zu retten.

»Sie muss am Leben bleiben und in meine Hand geraten«, murmelte Leutprand.

Er hatte schon einmal versucht, sie seinem Herrn vorzuenthalten, und irgendwann würde dieser es erfahren. Danach würde sein Leben keinen schimmligen Pfennig mehr wert sein. Einen Augenblick dachte er an Juttas Begleiterin und deren Tochter. Es schien ihm nun doch zu gefährlich, die beiden wegen Lösegeld gefangen zu halten. Immerhin hatten sie ihn zwei gute Männer gekostet, und er wollte keinen weiteren mehr verlieren. Er verdrängte diesen Gedanken rasch, denn nun galt es erst einmal, ungesehen in das Reich des Waldgrafen einzudringen, und dafür brauchte er Petronillas Hilfe.

13.

Das Abrücken einer so großen Schar blieb nicht verborgen. Nur ein paar Reitstunden von Herrenstein entfernt hatte Johann von Wettin eine kleine, im Besitz des Landgrafen befindliche Burg zum Ausgangsort für seine Suche nach Jutta von Herrenroda gemacht. Zu dem Zweck hatte er eine Schar von knapp vierzig Mann dort hingeführt. Für einen Angriff auf das Kerngebiet des Waldgrafen war dies zu wenig, reichte aber aus, um den Wald in dessen Umgebung zu durchsuchen. Johann von Wettin hoffte, einen der Anhänger des Waldgrafen fangen und ihn als Parlamentär zu seinem Anführer senden zu können. Handelte es sich dabei wirklich um Christoph von Herrenstein, wie Gerüchte besagten, so hoffte er, diesen mit der Überlassung der Burgen zufriedenstellen zu können, die ihm sein Vater einst als Erbe zugesprochen und dann an Herrenroda verloren hatte.

Johann von Wettin wollte gerade aufbrechen, um ein weiteres Stück Wald zu durchsuchen. Da sah er einen seiner Männer im vollen Galopp aus Richtung Herrenstein heranpreschen. Er zügelte verwundert sein Pferd und wartete, bis der Bote heran war.

»Was gibt es?«, fragte er.

»Durchlauchtigster Herr, ich habe auf Euren Befehl hin Herrenstein unter Beobachtung gehalten. Heute konnte ich feststellen, dass Graf Joachim mit einem Heer in Richtung des Waldgrafenwaldes aufgebrochen ist.«

»Mit einem ganzen Heer?«, fragte Johann von Sachsen erschrocken.

Auch wenn er wegen seiner Verwandtschaft mit Kurfürst Friedrich das Anrecht besaß, mit fürstlicher Hoheit angesprochen zu werden, war seine Macht beschränkt. Ohne die Unterstützung des Kurfürsten hätte er nicht einmal diese Burg als Stützpunkt benützen können. Nun zu hören, dass Joachim von Herrenstein mit überlegener Heeresmacht aufbrach, versetzte seinen Hoffnungen einen herben Stoß.

»Wie viele sind es?«, fragte er.

»Mindestens die vierfache Zahl der unseren«, berichtete sein Späher. »Seltsam ist jedoch, dass sie nicht zu den Stellen unterwegs sind, von denen bislang versucht worden ist, in das Reich des Waldgrafen einzudringen. Stattdessen halten sie auf einen Höhenzug seitlich davon zu.«

Johann von Wettin wandte sich seinem Sekretär zu, der sein Pferd hinter ihm angehalten hatte. »Gib mir die Karte!«, befahl er.

Der Mann holte ein Stück Papier heraus und faltete es auf. »Das könnte hier sein, Euer Durchlaucht«, sagte er, als er seinem Herrn die Karte hinhielt.

Der Späher wies jedoch auf einen Höhenzug, der weiter links eingetragen war. »Graf Joachim und seine Männer sind in diese Richtung geritten.«

Verwirrt starrte Johann von Wettin die Karte an, blickte dann in die angegebene Richtung und schüttelte den Kopf. »Auf dieser Karte stimmt überhaupt nichts! Dieser Höhenzug ist weitaus länger als hier angegeben.«

»Es handelt sich um eine abgelegene Gegend, und ich glaube nicht, dass je ein Geograph sie durchstreift hat«, wandte sein Sekretär ein. »Wer auch immer diese Karte angefertigt hat, muss es dem Hörensagen nach getan haben und nicht nach Augenschein und Messlatte.«

»Es scheint mir auch so«, erwiderte Johann von Wettin

grimmig. »Wenn ich es recht bedenke, liegt unsere Burg fast eine Meile weiter ostwärts als hier eingezeichnet. Dieser Karte nach befände sie sich auf Herrensteiner Land.«

»Dabei gehört sie unzweifelhaft zur Landgrafschaft Thüringen«, erklärte sein Sekretär.

»Dieses Gebiet muss vermessen werden!«, rief Johann von Wettin. »Nur wenn man weiß, wie es aussieht, kann man auch verhindern, dass sich solches Gesindel wie das des Waldgrafen hier einnisten kann.«

Sein Sekretär nickte eifrig. »Seiner durchlauchtigsten Hoheit, Kurfürst Friedrich, liegt sehr viel daran, seine Besitzungen hier zu vergrößern! Von dieser Gegend aus könnte er die Schwarzburger Grafen überwachen und verhindern, dass sie sich noch weiter ausbreiten.«

Für Johann von Wettin bedeutete dies, dass er nicht versagen durfte. Sonst musste er damit rechnen, von seinem kurfürstlichen Verwandten als schlichter Amtmann in ein entlegenes Gebiet abgeschoben zu werden.

»Wir reiten los!«, rief er laut, um Zuversicht zu verbreiten.

»Haltet Ihr das für klug, Herr?«, fragte sein Sekretär. »Graf Joachims Schar ist der unseren um ein Mehrfaches überlegen. Er könnte uns von seinen Leuten in Stücke hauen lassen.«

»Und hätte dafür eine Fehde mit meinem kurfürstlichen Vetter am Hals. Das wird er nicht wagen!«

So sicher, wie er sich gab, war Herr Johann keineswegs. Wenn er jedoch wie ein Feigling handelte, würde es ihm sein ganzes Leben lang nachhängen. Er lachte daher scheinbar fröhlich und trieb seinen Hengst mit einem Zungenschnalzen an.

Seine Männer folgten ihm, während der Sekretär zunächst zögerte. Dann aber gab er seinem Wallach die Sporen und schloss rasch zu seinem Herrn auf. »Glaubt Ihr wirklich, wir könnten die junge Dame noch lebend auffinden, Euer Durchlaucht?«, fragte er zweifelnd.

Johann von Wettin nickte fröhlich. »Christoph von Herrenstein wäre ein Narr, ihr etwas anzutun. Nachdem sein Bruder ihn um sein Erbe gebracht hat, braucht er Verbündete, wenn er je wieder seinen alten Rang einnehmen will. Wenn er mir Jungfer Jutta unversehrt ausliefert, bin ich bereit, ihm dazu zu verhelfen. Außerdem weiß er sehr genau, dass ihn alle Ritter und Grafen in diesem Teil Thüringens bis zum Tod jagen würden, wenn der letzten Herrenroda etwas zustößt.«

Das Vertrauen des Sekretärs in die Ritter und Grafen in Thüringen war nicht so groß wie das seines Herrn, trotzdem musterte er die Landschaft und überlegte, wie er die Karte verbessern konnte. In einem hatte Johann von Wettin nämlich recht: Es war an der Zeit, den Wald der Gesetzlosen endlich dem Gesetz zu unterwerfen.

Siebter Teil

Entscheidung

I.

Im Lager des Waldgrafen herrschte eine gemischte Stimmung. Diejenigen, die Christoph von Herrenstein von früher kannten oder ihm gar in die Wälder gefolgt waren, sahen in ihm einen Erlöser, der sie in die Heimat zurückführen würde. Für andere stellte er die Hoffnung dar, in Zukunft ein geordnetes Leben führen zu können, in dem auch sie etwas galten. Jene aber, die Gefallen am freien Räuberleben gefunden hatten und dieses nicht missen wollten, überlegten, wie es ohne den Waldgrafen für sie weitergehen sollte. Der Rest machte sich keine Gedanken, sondern war es gewohnt, einem Anführer zu gehorchen, wohin der Weg auch führen mochte.

In Christoph von Herrensteins Gedanken führte sein Weg zunächst nach Herrenroda. War Jutta erst einmal als neue Gräfin anerkannt, würde er alle Kräfte sammeln und gegen seinen Neffen auf Herrenstein ziehen. Die Tatsache, dass Graf Joachim den Hinterhalt für Graf Ernst und dessen Verwandte geplant und Leutprand diesen ausgeführt hatte, stellte eine gute Begründung für diese Fehde dar.

Um es Jutta von Herrenroda unmöglich zu machen, sich einer Heirat mit ihm zu entziehen, befahl er ihr am zweiten Abend im Lager, mit ihm zu kommen.

Ignatia warf Marie einen ängstlichen Blick zu, wusste aber selbst, dass diese ihr nicht helfen konnte. Daher folgte sie dem Waldgrafen mit hängendem Kopf. Als sie seine Hütte betraten, stand ein Mahl auf dem Tisch, wie sie es seit dem Massaker an ihren Verwandten nicht mehr bekommen hatte. Dazu gab es Wein und weißes Brot.

»Setzt Euch und lasst es Euch schmecken«, forderte Christoph von Herrenstein sie auf.

Die Angst, von ihm aufs Bett geschleift und vergewaltigt zu werden, schwand beim ersten Bissen des knusprig gebratenen Fasans und kehrte auch nach mehreren Bechern Wein nicht wieder. Ignatia sagte wenig, musterte aber ihren Gastgeber und fand, dass sie es schlechter hätte treffen können. Christoph war zwar ein Herrensteiner, aber mit Graf Joachim verfeindet, und würde ihr zu ihrer Rache verhelfen. Ihr gemeinsamer Sohn würde der nächste Graf sowohl auf Herrenroda wie auf Herrenstein werden.

»Ich hoffe, Ihr verzeiht mir die Schlichtheit Eures Aufenthalts in meinem Lager«, sagte Christoph von Herrenstein nach einer Weile.

»Das Mahl ist auf jeden Fall vorzüglich«, erwiderte Ignatia, die sich mittlerweile Mut angetrunken hatte.

»Das freut mich.« Christoph von Herrenstein war zu der Überzeugung gelangt, dass er Jutta von Herrenroda am besten in seinem Sinne lenken konnte, wenn er ihr mit einer Freundlichkeit begegnete, die ihr das Leben mit ihm als erstrebenswert erscheinen ließ. Er schenkte ihr nach und winkte Frieder und Rita, Ignatia den nächsten Gang vorzulegen. Es gab einen Braten von jungen Wildenten, deren Fleisch so zart war, dass es auf der Zunge zerging. Zudem war das Gericht gut gewürzt und machte Durst.

Ignatia trank den nächsten Becher leer und verspürte eine angenehme Leichtigkeit im Kopf. Nun fragte sie sich, weshalb sie so viel Angst davor gehabt hatte, mit diesem Mann das Bett zu teilen. Immerhin war es bereits mit Armin angenehm gewesen, auch wenn es sich für ein Fräulein ihres Standes nicht ziemte, sich auf dem Waldboden zu paaren. Ein

Räuberlager war zwar auch nicht erstrebenswert, doch immerhin war ihr der Waldgraf vom Rang her ebenbürtig.

Nachdem sich beide gesättigt hatten, befahl Christoph von Herrenstein Rita und Frieder, die Reste abzutragen, goss noch einmal Wein nach und musterte Ignatia zufrieden.

»Ihr werdet verstehen, dass ich mich nicht mehr allein auf Euer Wort verlassen kann, nachdem Ihr einmal geflohen seid. Entkleidet Euch! Heute Nacht werdet Ihr die Meine sein!«

»O Herr, wollt Ihr wirklich …« Der Verstand wies Ignatia an, sich schamhaft zu geben, damit der Waldgraf sie nicht für ein wohlfeiles Frauenzimmer hielt. Dabei fand sie die Vorstellung, von ihm geliebt zu werden, zunehmend angenehm.

»Zieht Euch aus!«

Nach dieser Aufforderung fand Ignatia, dass sie sich genug gesträubt hatte, und legte ihr Kleid ab. Dabei kehrte sie dem Waldgrafen aus einer gewissen Scheu heraus den Rücken zu. Ihr Hemd folgte und flatterte wie Laub zu Boden.

»Dreht Euch um!«, befahl Christoph von Herrenstein. »Wolltet Ihr so genommen werden, wie Ihr jetzt zu mir steht, wären wir nicht besser als Tiere.«

Zögernd gehorchte Ignatia, presste sich aber den Arm auf die Narbe an ihrer Seite, um sie zu verbergen.

Christoph von Herrenstein schob sie auf sein Bett zu und kleidete sich ebenfalls aus.

Ignatias Blicke saugten sich dabei an seiner Körpermitte fest. Als sie sah, was dort zum Vorschein kam, stieß sie einen leisen Schrei aus.

»Herr, damit werdet Ihr mich töten!«

»Meine Liebe, wo ein Kind den Weg herausfindet, passt auch ein Zumpf wie der meine hinein«, antwortete Christoph von Herrenstein, um sie zu beruhigen.

Er hielt ihren Ausspruch für die Angst einer Jungfrau vor dem ersten Mal und nahm ihn nicht ernst. Schnell stieg er auf das Bett, schob ihre Beine auseinander und glitt dazwischen. Diesmal spannte es stark, als er in Ignatia eindrang, doch der befürchtete Schmerz blieb aus. Die junge Frau begriff jedoch, dass sie sich nicht als in der körperlichen Liebe erfahren zu erkennen geben durfte, und jammerte leise.

»Beim zweiten Mal wird es Euch besser gefallen«, erklärte Christoph von Herrenstein und machte ungerührt weiter.

Ignatia musste die Zähne zusammenbeißen, um nicht vor Lust zu schreien. Von einem Edelmann wie Graf Christoph geliebt zu werden ist doch etwas anderes, als sich einem Spielmann hinzugeben, dachte sie, ohne zu ahnen, dass viel von dem, was sie gerade empfand, dem reichlich genossenen Wein geschuldet war.

2.

Marie hatte in ihrem Leben zu viel erlebt, um Mitleid mit Ignatia zu empfinden. Vielleicht wäre es anders gewesen, wenn diese sich nicht im letzten Versteck mit Armin eingelassen hätte. Um ihr Zusammensein länger zu genießen, hatten sich beide geweigert weiterzuziehen und damit ihre Gefangennahme durch den Waldgrafen verschuldet.

Aus diesem Grund richtete Marie ihre Gedanken auf ihre Situation und die ihrer Tochter. »Wir sollten uns nicht auf die Gnade des Waldgrafen verlassen, sondern müssen uns selbst behelfen«, sagte sie zu Trudi.

»Weitaus mehr Angst als vor dem Waldgrafen habe ich vor Mark.«

Marie nickte nachdenklich. »Ich auch, denn ich glaube nicht, dass er dem Waldgrafen gehorchen wird. Dieser hat ihm bis jetzt viel nachgesehen, und er wird denken, dass dies auch weiterhin so sein wird.«

»Was machen wir, wenn er uns etwas antun will?«, fragte Trudi bang.

»Zuerst bringe ich Mark um und dann den Waldgrafen«, stieß Marie aus, schüttelte dann aber den Kopf. »Wir müssen zusehen, dass wir von hier verschwinden, bevor es dazu kommt.«

»Aber was ist mit Nepomuk und Armin? Wir können sie doch nicht einfach zurücklassen«, wandte Trudi ein.

Marie stand vor einem Dilemma. Um einen Weg aus dem

Lager zu finden und sich bei der Flucht nicht im Wald zu verirren, brauchten sie einen Führer. Sie zweifelte jedoch, dass Armin ohne Ignatia fliehen würde, und ob diese es noch einmal wagen würde, mit ihnen zu gehen, war ungewiss. Außerdem war da noch Nepomuk. Mit seinen kurzen Beinen kam er nicht rasch genug voran und würde zu einem Hemmschuh werden. Er war jedoch ein Freund, den sie ungern im Stich lassen würde.

»Im Augenblick sind wir hier eingesperrt und können nicht hinaus. Der Waldgraf will jedoch nach Herrenroda, um dort über Ignatia die Macht zu ergreifen. Unterwegs müssen wir eine Möglichkeit finden, unsere Freiheit zu erringen.«

»Aber wir wissen nicht, wann er nach Herrenroda gehen will. Bis dorthin kann viel geschehen«, antwortete Trudi schaudernd.

Marie war klar, dass ihre Tochter für ihr Alter bereits zu viele Schrecken gesehen hatte, und strich ihr mit einer zärtlichen Geste über die Stirn. »Wir werden die erste Gelegenheit zur Flucht nutzen, mein Kind. Sollten wir Nepomuk mitnehmen können, ist es gut. Wenn nicht, wenden wir uns an einen der Nachbarn des Herrensteiners und bitten ihn, Verhandlungen mit dem Waldgrafen zu führen. Ich bin bereit, ein paar hundert Gulden als Lösegeld für diesen alten Gauner zu bezahlen, und notfalls auch für Armin.«

»Wenn es für die beiden dann nicht schon zu spät ist!«

Marie zog ihre Tochter an sich und lächelte. »Du darfst nicht immer nur an das Schlimmste denken. Irgendwann muss uns das Glück doch hold sein. Jetzt aber sollten wir schlafen! Sind wir erst einmal auf der Flucht, werden wir so schnell nicht mehr dazu kommen.«

»Ja, Mama!« Trudi kuschelte sich noch enger an sie und schlief zu Maries Erleichterung bald ein. Sie selbst quälten üble Gedanken, denn sie traute weder Christoph von Herrenstein noch dessen rechter Hand Mark.

»Am besten wäre es, wenn wir noch von hier fliehen könnten«, murmelte Marie und fürchtete, Trudi mit ihrem Selbstgespräch geweckt zu haben. Ihre Tochter schlief jedoch weiter. Wenn wir von hier entkommen, könnten wir uns heimlich durch das Herrensteiner Land schleichen, setzte Marie ihren Gedankengang fort. Sie hatte gelernt, sich im Wald zu ernähren. Daher musste sie unterwegs keine Nahrungsmittel stehlen und damit in Gefahr geraten, entdeckt zu werden. All ihre Pläne hatten jedoch den Nachteil, dass Trudi und sie hier eingesperrt waren und nicht einmal zum Abtritt gehen durften. Stattdessen hatte man ihnen einen irdenen Topf hingestellt, der bis jetzt noch nicht ausgeleert worden war.

Bei dem Gedanken an den Topf bemerkte Marie, wie stark dieser stank, und rümpfte die Nase. Dabei kam ihr eine Idee. Vielleicht bot dieser Topf ihr eine Gelegenheit, die sie nutzen konnte. Sie stand vorsichtig auf und tastete sich zur Tür. Draußen war alles still.

»Hört mich jemand?«, rief sie mit verhaltener Stimme, um die Schläfer in den anderen Hütten nicht zu wecken.

»Was ist los, Mama?«, hörte sie Trudi verschlafen fragen.

»Sei still, Kleines!«, antwortete Marie und klopfte nun von innen gegen die Tür. »Hört mich denn keiner?« Jetzt wurde sie doch ein wenig lauter.

»Was ist los?«, klang es brummig zurück.

»Ich muss dringend zum Abtritt«, erklärte Marie erleichtert, weil jemand auf ihren Ruf geantwortet hatte.

»Ihr habt doch den Topf. Mach da rein!«

»Würde ich ja gerne, aber der ist voll. Man hat vergessen, ihn zu leeren.« Jetzt kommt es darauf an, dachte Marie. Entweder schnappte der Mann den Köder, oder sie musste sich etwas anderes einfallen lassen.

Sie atmete auf, als Schritte näher kamen, und griff zu ihrem Dolch. Auf einmal aber wurde ihre Hand schweißnass. Es war etwas anderes, einen Mann zu töten, um das eigene

Leben zu retten, so wie sie es auf der Waldburg getan hatte, als jemanden niederzustechen, der ihr zufällig die Tür öffnete. Ohne dass es ihr richtig bewusst wurde, wanderte der Dolch wieder in die Scheide an ihrem Oberschenkel, und sie trat einen Schritt zurück.

Die Tür wurde geöffnet, der Strahl einer Laterne drang herein und blendete Marie. Daher war sie froh, die Waffe weggesteckt zu haben, denn so hätte sie diese nicht benutzen können.

»Nimm den Topf! Oder glaubst du etwa, ich trage ihn fort?«, fuhr der Mann sie an.

Marie bückte sich und wollte das Gefäß ergreifen, da klopfte er ihr feixend auf den Hintern. »Unser Herr hat sich die Nonne ins Bett geholt. Wenn du den Topf ausgeleert hast, werden wir beide uns auch ein wenig miteinander vergnügen.«

Verärgert kniff Marie die Lippen zusammen und spürte, wie ihre Hemmung schwand, den Dolch zu verwenden. Wer sie gegen ihren Willen zum Verkehr zwingen wollte, musste damit rechnen, dass ihm fünf Zoll Stahl zwischen die Rippen fuhren.

Ohne etwas zu sagen, nahm sie den stinkenden Topf und trug ihn hinaus. Der Kerl folgte ihr mit der Laterne und leuchtete ihr. An der Latrine leerte sie den Topf aus und wollte wieder zum Lager zurück. Da legte ihr der Mann den rechten Arm um die Taille.

»Jetzt werden wir ein kleines Stößerchen machen!«

»Aber doch nicht hier bei der stinkenden Grube! Außerdem hat der Waldgraf mich unter seinen Schutz gestellt«, protestierte Marie.

Der Mann schnupperte und nickte. »Hast recht. Hier stinkt es erbärmlich. Was den Waldgrafen angeht, so sagt Mark, dass er ein Auge zudrücken wird. Also komm mit!«

Ohne Marie loszulassen, steuerte er auf eine kleine Buschgruppe zu, die sich abseits des Lagers um mehrere hohe Bäume herum erstreckte.

Maries Anspannung steigerte sich, als der Kerl seine Laterne auf den Boden stellte und an seinem Gürtel nestelte.

»Komm, zieh dich aus!«, forderte er sie auf.

Sie hob ihren Rock, griff zum Dolch – und stieß im nächsten Augenblick einen Schmerzensschrei aus. Der Mann hatte ihr mit voller Wucht auf den Arm geschlagen und den Dolch aus der Hand geprellt.

»Dachte mir doch, dass du so was versuchst! Mein Freund Mark hat mich gewarnt. Du wärst eine ganz Gefährliche, hat er gesagt. Jetzt werde ich dir meinen Prügel reinschieben und dich dann zu Marks Haus schleifen, damit er auch etwas von dir hat. Bei deiner Tochter machen wir es anders. Da kommt zuerst Mark zum Zug und danach ich!«

»Ihr seid Schweine, alle beide!«, zischte Marie, während sie verzweifelt überlegte, wie sie sich aus dieser Situation herauswinden könnte. Auf den Waldgrafen brauchte sie in dieser Situation nicht zu hoffen. Der Wächter hatte eben deutlich erklärt, dass Mark und er nichts auf dessen Befehle gaben. Unterdessen packte der Mann sie und zwang sie zu Boden. Als er ihren Rock hochschlug, entdeckte er ihre bisher sorgsam verborgene Börse, hob sie kurz hoch und grinste. »Ich werde sogar noch dafür belohnt, dass ich dich rammle!«

Noch während er es sagte, zwang er ihre Beine auseinander und schob sich dazwischen. Sie tastete nach etwas, das sie als Waffe benutzen konnte, und bekam den Griff ihres am Boden liegenden Dolches zwischen die Finger.

»Da hast du deinen Lohn!«, fauchte sie und stieß zu.

Der Kerl stieß ein ersticktes Keuchen aus und sank über ihr zusammen. Voller Ekel wand Marie sich unter ihm hervor und spie ihn an. »Das ist für dich und all die anderen Schufte, die glauben, jede Frau auf den Rücken legen zu können, ob sie nun will oder nicht!«

Sie wischte ihren Dolch sauber und verstaute ihn ebenso wieder unter ihrem Rock wie ihre Börse. Dann zerrte sie den Toten tiefer ins Gebüsch, nahm seine Laterne an sich und eilte ins Lager zurück. Als sie ihre Hütte erreichte und den Riegel zurückzog, der die Tür verschloss, stürzte Trudi auf sie zu.

»Wo bist du gewesen?«, fragte sie für Maries Gefühl zu laut.

»Sei still und komm mit!« Marie nahm ein paar Dinge an sich, die sie auf ihrer Flucht dringend benötigten, wie die alten, mit Heu gepolsterten Holzschuhe, die Rita ihnen als Ersatz für die auf der Flucht verlorenen hingestellt hatte, und sah sich dann um. Den Wächter brauchte sie nicht mehr zu fürchten, denn der lag tot im Gestrüpp, und sonst war niemand zu sehen. Kurz erwog sie, mit Trudi allein zu fliehen. Die Freundschaft zu Nepomuk brachte sie jedoch dazu, zu den Bäumen zu schleichen, an die der kleine Gaukler und Armin gefesselt waren.

So unbequem, wie sie gefesselt waren, konnten die beiden nicht schlafen, sondern dämmerten nur ein wenig. Nepomuk merkte daher sofort, als sich jemand an seinen Fesseln zu schaffen machte.

»Du musst entweder Rita sein, was ich aber nicht glaube, oder aber Ihr seid es, Frau Marie«, meinte er mit einem leisen Lachen.

»Spar dir deinen Atem für die Flucht. Und du« – das galt Armin – »wirst uns hier hinausführen, sonst müsste ich bedauern, auch dich losgeschnitten zu haben.«

»Was ist mit Jungfer Ignatia?«, fragte Armin besorgt.

»Wenn, dann heißt es Schwester Ignatia! Und Jungfrau ist sie auch nicht mehr«, gab Marie giftig zurück. »Sie befindet sich in der Hütte eures Anführers. Sie dort herauszuholen halte ich nicht für ratsam!«

»Ich muss Frau Marie zustimmen. Das Schicksal der Nonne liegt nicht mehr in unserer Hand. Wir haben genug mit dem unseren zu tun.« Nepomuk versetzte, nachdem Marie ihn und Armin losgeschnitten hatte, dem anderen einen aufmunternden Stoß.

»Komm jetzt! Bevor die Wache wechselt, müssen wir weg sein.«

Armin blickte noch einmal zur Hütte des Waldgrafen, die vom niederbrennenden Wachfeuer gespensterhaft beleuchtet wurde, und schüttelte sich. Doch auch er begriff, dass der Versuch, dort einzudringen und Ignatia herauszuholen, aussichtslos war. Daher folgte er den dreien seufzend in den Wald.

»Dachte mir schon, dass Ihr uns losschneiden werdet, als ich gesehen habe, wie Ihr mit der Wache zu den Latrinen gegangen und allein zurückgekommen seid«, erklärte Nepomuk, während Armin sich immer wieder umdrehte.

Schließlich packte Marie den Spielmann am Arm.

»Nimm dich zusammen! Du warst schon einmal unser Verhängnis. Ein zweites Mal sollte es nicht mehr geben.«

»Das rate ich dir auch«, meinte Nepomuk grinsend. »Die Gastfreundschaft des Waldgrafen war letztens nicht so, dass ich mich danach zurücksehne.«

»Mit deinen kurzen Beinen wirst du nicht weit kommen«, antwortete Armin bissig.

»Daher solltest du uns auf einem Weg von hier fortführen, auf dem man uns nicht so leicht findet«, riet ihm Marie.

Armin atmete tief durch und nickte. »Es gibt noch einen dritten Weg, doch der führt direkt auf Burg Herrenstein zu. Der Waldgraf hat uns verboten, ihn ohne seinen ausdrücklichen Befehl zu benützen, um Graf Joachims Leute nicht darauf aufmerksam zu machen. Bislang vermuten die unser Lager in einem der Nebentäler und nicht dort, wo es liegt.«

»Dann führe uns zu diesem Weg!« Um zu entkommen, wäre Marie auch durch die Hölle marschiert. An Herrenstein vorbeizukommen erschien ihr jedoch leichter als an Fürst Luzifer.

3.

Obwohl es diesmal nicht über einen schmalen Steig oder durch ein enges Bachbett ging, war auch dieser Weg beschwerlich. Da man ihn nicht gut überwachen konnte, hatte der Waldgraf Dornen und Gestrüpp pflanzen lassen, durch die nur ein einziger Pfad führte, und dort stand immer jemand Wache. Marie und ihren Begleitern blieb daher nichts anderes übrig, als möglichst weit von diesem Wächter entfernt durchs Unterholz zu kriechen und gottergeben die Risse hinzunehmen, die ihnen die Dornen beibrachten.

»Wir müssen leise sein«, mahnte Armin, als Nepomuk wieder einmal fluchte, weil ihm eine Dornenranke das Gesicht zerkratzt hatte.

»Viel leiser geht nicht mehr«, antwortete der Gaukler mürrisch und robbte weiter.

Marie versuchte, Trudi vor den Dornen zu schützen, so gut es ging. Sie war auch so geschickter als die beiden Männer und konnte daher die meisten Ranken beiseiteschieben. Auf einmal aber horchte sie auf.

»Außer uns ist noch jemand im Wald«, flüsterte sie und blieb liegen.

Auch die anderen verharrten. »Wer kann das sein?«, fragte Armin und hörte dann die scharfe Frage des Wächters.

»Halt, wer treibt sich da herum?«

»Bist du aber heute schreckhaft, Frieder! Ich bin es doch nur«, erklang Petronillas Stimme.

»Warum kommst du auf diesem Weg? Du weißt doch, dass der Herr es verboten hat.« Frieder klang eher erstaunt als misstrauisch.

Da Petronilla ihm die Sicht versperrte, konnte er nicht erkennen, dass zwei dunkel gekleidete Gestalten auf ihn zuschlichen. Bevor er auch nur einen Ruf ausstoßen konnte, wurde er gepackt und niedergerissen. Eine Klinge blitzte auf, und dann war es vorbei.

»Gut gemacht«, lobte Paul, der den tödlichen Stich geführt hatte, die Heilerin.

Marie stellten sich die Nackenhaare auf. Wo dieser Schuft war, war Leutprand nicht weit. Da hörte sie auch schon dessen Stimme.

»Ist dies die einzige Wache vor dem Lager?«

»Auf diesem Weg gibt es nur die eine, Herr. Der nächste Wachtposten befindet sich beim Lager!«

Und den habe ich erstochen, durchfuhr es Marie. Wenn Leutprand mit seinen Männern das Lager des Waldgrafen erreichte, würde er es schlafend vorfinden. Der Gedanke brachte sie fast dazu, umzudrehen. Sie begriff jedoch rasch, dass Leutprand das Lager erreicht haben musste, ehe sie aus dem Dornengestrüpp herausgekommen war.

Jetzt sah Marie auch, dass der Schurke nicht mit nur ein paar Mann gekommen war, denn es schälten sich immer mehr Bewaffnete aus der Dunkelheit und marschierten hinter ihm und Petronilla auf das Lager zu. Einen Augenblick zögerte sie noch, schüttelte dann aber den Kopf. »Los, wir müssen weiter!«, raunte sie den anderen zu. »Zum Glück machen diese Kerle genug Lärm, so dass uns keiner hören kann.«

»Denen will ich ganz bestimmt nicht begegnen«, erklärte Nepomuk und stapfte los.

Auch Armin machte ein paar Schritte, blieb aber dann wie gegen eine Wand geprallt stehen. »Sie werden alle umbringen, so wie sie es auf der Waldburg getan haben!«

»Wir können es nicht ändern!«, fuhr Nepomuk ihn an. »Deinen Worten zufolge haben wir das Dornengestrüpp zum größten Teil durchquert. Jetzt umzukehren hieße, sich erneut den Dornen auszusetzen.«

»Fast durchquert! Ja, das haben wir! So muss es gehen ...« Bevor seine Begleiter reagieren konnten, stürmte Armin ungeachtet der Dornenranken vorwärts. Ein paarmal stolperte er und stürzte, rappelte sich aber wieder auf und rannte weiter. Nach etwa hundert Schritten erreichte er das Ende des Gestrüpps und eilte an dessen Grenze entlang, bis er den Zugang zu dem geheimen Pfad erreichte. Dort rannte er hinter Graf Joachims Männern her, die diese Stelle mittlerweile passiert hatten.

»Was für ein Narr!«, stieß Nepomuk aufgebracht hervor. »Er kann doch nichts mehr bewirken. Die anderen sind vor ihm am Lager, und dann geht es dem Waldgrafen an den Kragen. Hoffentlich lassen sie die Weiber leben. Um Rita beispielsweise wäre es wirklich schade.«

Marie sah in die Richtung, in der Armin verschwunden war, und zog die Schultern hoch, weil es ihr grauste. Sie verstand den Spielmann. Er hatte viele Leute im Lager Freunde genannt, und da war es kein Wunder, dass er sie retten wollte. Sogar sie hätte es versucht, wenn sie eine Möglichkeit dazu gesehen hätte. Mit einem tiefen Seufzer wandte sie sich um. »Wir müssen weiter. Gott ist auf unserer Seite, denn das waren gewiss mehr als einhundert Waffenknechte. Damit werden wir auf unserem Weg durch Herrensteiner Gebiet wenigstens nicht auf Graf Joachims Männer treffen!«

»So kann man das auch sehen«, antwortete Nepomuk mit einem bitteren Auflachen und ging weiter. »Wenigstens hat Armin uns erklärt, wie wir gehen müssen. Mag der heilige Nepomuk, mein Namenspatron, ihm beistehen, und auch der Jungfer, die keine mehr ist. Selbst wenn sie einige Unarten aufweist, so ist sie doch kein schlechter Mensch.«

»Das ist sie gewiss nicht«, stimmte Marie ihm zu. »Es tut mir leid, dass sie nun doch in Leutprands Hände fällt. Wenigstens will dieser sie nicht umbringen, sondern nur heiraten.«

»Ich glaube eher, dass Graf Joachim hinter dem Ganzen steckt«, wandte Nepomuk ein. »Es ist zwar dunkel, und man sieht nicht viel, doch glaube ich, ihn im Schein einer Fackel erkannt zu haben.«

»Er könnte Ignatia umbringen!« Marie blieb zweifelnd stehen. Doch selbst wenn sie Nepomuk bat, mit Trudi weiterzugehen und diese nach Kibitzstein zu bringen, würde sie zu spät kommen.

»Wir können sie nur Gottes Schutz und Hilfe anvertrauen«, fügte sie bedrückt hinzu und schritt weiter.

Eine gewisse Zeit kamen sie gut voran, da nahm Marie erneut Leute vor sich wahr. Sie fasste nach Trudi und Nepomuk und hielt sie auf. »Vorsicht! Hört ihr das auch?«

»In diesem Wald gibt sich heute die ganze Welt ein Stelldichein«, knurrte Nepomuk und versteckte sich hinter einem dicken Baum.

Marie und Trudi taten es ihm nach, äugten dabei aber neugierig nach vorne, wo im Schein mehrerer Fackeln ein weiterer Reitertrupp auftauchte.

»Wer können die sein?«, fragte Trudi verwundert.

»Vielleicht Graf Joachims Nachhut?«, flüsterte Nepomuk.

Marie schüttelte den Kopf. »Die Reiter tragen das Wappen des Kurfürsten von Sachsen.«

»Dann müssten es Johann von Wettins Leute sein. Von dem heißt es doch, dass er die Wälder dieser Gegend nach Jungfer Ignatia durchsuchen lässt. Er will sie nämlich auch heiraten«, erklärte Nepomuk grinsend.

»Ich habe selten eine junge Frau erlebt, bei der so viele Männer begierig waren, sie ins Ehebett zu schleifen«, antwortete Marie kopfschüttelnd.

Nepomuk grinste noch breiter. »Schleifen muss man Jungfer Ignatia nicht, Frau Marie. Der gefällt durchaus, was darin gemacht wird. Sonst hätte sie sich nicht mit Armin eingelassen. Auch als sie am Abend in die Hütte des Waldgrafen geführt wurde, sah sie nicht so aus, als würde ihr das Schlimmste bevorstehen, was einer Frau geschehen kann.«

Marie achtete nicht auf sein Geschwätz, sondern blickte angestrengt nach vorne. »Wenn das der Sachse ist, kann er unsere Rettung sein.«

»Wenn ich Euch auf eines aufmerksam machen darf, Frau Marie: Johann von Wettin führt weniger als ein Viertel der Männer mit sich als Graf Joachim, und der wird gewiss nicht sein Schwert in die Scheide stecken und die Hände in den Schoß legen. Selbst für einen Angriff auf das Lager des Waldgrafen ist Herr Johann nicht stark genug.«

Marie wusste, dass der Gaukler recht hatte. Ihr Herz drängte sie jedoch, etwas für Ignatia zu tun. Wenn Leutprand oder gar dessen Herr sie gefangen nahm und zwang, ihn zu heiraten, würde sie einem Mörder ihrer Verwandten zu Willen sein müssen.

»Ich unternehme etwas. Du kannst weitergehen. Kümmere dich um Trudi! Ich gebe euch mein Geld mit«, erklärte Marie, doch ihre Tochter widersprach vehement.

»Ich bleibe bei dir, Mama!«

Nepomuk zögerte einen Augenblick, nickte dann aber. »Ich will ja nicht, dass es heißt, der Lautenklimperer Armin wäre mutiger gewesen als ich. Obwohl ich sagen muss, dass Vorsicht in gewissen Dingen nicht schlecht ist.«

»Seit Trudi und ich zur Waldburg gekommen sind, hat uns all unsere Vorsicht wenig genützt.« Marie ging entschlossen auf die Reiter zu und begann zu rufen: »Verzeiht, meine Herren, aber wärt ihr so gut, mir, meiner Tochter und meinem Narren Hilfe und Schutz angedeihen zu lassen?«

»Wieso nennt Ihr mich Euren Narren?«, fragte Nepomuk verwundert.

»Weil es besser für dich ist, wenn man dich für einen solchen hält als für einen Gefolgsmann des Waldgrafen«, antwortete Marie, während mehrere Reiter in ihre Richtung kamen.

»Hier sind wir«, rief sie.

»Wer seid ihr?«, fragte einer der Reiter und richtete sein Schwert auf sie.

»Erlaubt, dass ich mich vorstelle. Ich bin Marie, Gemahlin des Reichsritters Michel Adler zu Kibitzstein, dies ist meine Tochter Trudi und der da mein Narr Nepomuk. Graf Ernst von Herrenroda hatte uns auf die Waldburg eingeladen. Wir entkamen dem Gemetzel, das dort stattfand, nur um Haaresbreite.«

»Du willst auf der Waldburg gewesen sein?«, fragte der Mann misstrauisch. Maries Kleidung wie auch die Holzschuhe, die sie an den Füßen hatte, deuteten nicht gerade auf eine Dame von Stand hin.

»So ist es, Herr Ritter, und ich wäre Euch dankbar, wenn Ihr mich so ansprechen würdet, wie es mir zukommt.«

Der Mann hob seine Reitpeitsche und funkelte sie zornig an. »Ich werde dich lehren, was dein Stand ist!«

Bevor er zuschlagen konnte, hob einer seiner Begleiter den Arm. »Lass das!« Dann wandte er sich Marie zu. »Ihr wollt diesem Morden entkommen sein?«

Marie nickte energisch. »Das sind wir, meine Tochter, die Nonne Ignatia und Nepomuk!« Da sie ihn ihren Narren genannt hatte, musste Marie so tun, als wäre der Gaukler mit ihr auf der Waldburg gewesen.

Der Reiter, der sie angesprochen hatte, kümmerte sich jedoch nicht um den Zwerg. »Mein Name ist Johannes Fridericus Augustus von Wettin, und ich bin ein Vetter Seiner Hoheit, des Kurfürsten von Sachsen und Landgrafen von Thüringen. Ihr habt die Nonne Ignatia erwähnt! Sie ist als Jutta von Herrenroda die einzige Erbin der Besitztümer ihrer Verwandten. Lebt sie noch?«

»Als ich sie das letzte Mal sah, lebte sie noch«, antwortete Marie. »Sie ist eine Gefangene des Waldgrafen Christoph von Herrenstein, der sie zur Heirat zwingen will. Um ihrer sicher zu sein, trennte er uns. Deshalb konnten nur wir entkommen.«

»Und wie gelang das?«, fragte Johann voller Neugier.

»Indem ich unseren Wächter mit meinem Dolch niederstach! Es gelang mir, die Waffe vor den Männern des Waldgrafen zu verbergen«, erklärte Marie. »Aus der Waldburg entkam ich, indem ich dem Mann, der mich und meine Tochter töten wollte, die Kehle durchgeschnitten habe.«

»Ihr seid entweder eine große Aufschneiderin oder sehr mutig«, fand Johann von Wettin und wies einen seiner Männer an, die Fackel höher zu heben, um Marie besser sehen zu können. Diese erwiderte seinen Blick mit einer Festigkeit, die sich fast zu einem Duell der Blicke auswuchs. Schließlich schüttelte Fürst Johann den Kopf und lachte.

»Ich glaube Euch, Frau Marie. Euer Mut ist nicht vorgetäuscht. Was glaubt Ihr, können wir Gräfin Jutta befreien, wenn Ihr uns zum Lager führt?«

»Der jungen Dame wäre es zu wünschen«, erklärte Marie. »Nur muss ich Eure Hoheit darauf aufmerksam machen, dass Graf Joachim von Herrenstein vor weniger als einer halben Stunde mit einer großen Schar hier durchgezogen ist und das Lager seines Verwandten Christoph angreifen wird. Schwester Ignatia schwebt daher in höchster Gefahr. Graf Joachim war nämlich derjenige, der die Mordnacht auf der Waldburg angeordnet hat, und sein Vasall Leutprand hat es durchgeführt.«

»Also doch Graf Joachim! Ich dachte es mir bereits.« Johann von Wettin ballte die Faust und drohte damit in die Richtung, in der er das Versteck des Waldgrafen vermutete.

Um Maries Lippen spielte der Anflug eines Lächelns. »Wenn Ihr tatsächlich dorthin reiten wollt, werdet Ihr weder auf die Mannen Graf Joachims noch auf die des Waldgrafen treffen, aber auch Schwester Ignatia nicht befreien können.«

»Dann beschreibt uns den richtigen Weg«, erwiderte der Sachse fordernd.

»Gerne, aber nicht zu Fuß. Ich bin diese Dinger nicht gewohnt und meine Tochter ebenfalls nicht«, erklärte Marie mit einem Blick auf ihre Holzschuhe.

»Ich habe mir die Füße wundgescheuert«, warf Trudi ein, zog den Rechten aus dem Holzschuh und wies auf das Blut daran.

»Die junge Dame ist wahrlich nicht mit Holzschuhen zur Welt gekommen«, rief Fürst Johanns Sekretär, während sein Herr zweien seiner Reiter befahl, Marie und Trudi hinter sich aufsitzen zu lassen.

»Und was ist mit mir?«, fragte Nepomuk. »Ich besitze keine Siebenmeilenstiefel, und die bräuchte ich, um mit einem Reitertrupp mithalten zu können.«

»Ihr habt einen witzigen Narren! Verkauft Ihr ihn mir?«, fragte Johann von Sachsen lachend, wurde dann aber rasch wieder ernst. »Einer von euch nimmt den Zwerg zu sich aufs Pferd! Und nun vorwärts, wenn wir Gräfin Jutta retten wollen!«

»Mit einer gewissen Geduld, Euer Hoheit«, sagte Marie. »Vor uns liegt ein ausgedehntes Dornenfeld. Auf der Flucht mussten wir hindurchkriechen, deshalb haben unsere Beine, Arme und Kleider gelitten.«

»Und mein Gesicht!«, rief Nepomuk dazwischen.

»Wenn Ihr nicht wollt, dass sich Eure Pferde die Beine zerkratzen, sollten wir dem Pfad folgen, den der Waldgraf hat anlegen lassen, um einen Weg aus seinem Lager in dieser Richtung zu schaffen. Er beginnt rechts von uns«, fuhr Marie fort und ließ sich von einem der Männer aufs Pferd heben. Sie hatte die Herrensteiner zwar nur als Schatten im Dunkeln gesehen, glaubte aber, den Zugang zu dem Weg finden zu können.

4.

Mehr als vier Dutzend Pferdehufe und fast zweihundert Männerschuhe hatten deutliche Spuren auf dem Waldboden hinterlassen, und daher fiel es Johann von Wettins Männern leicht, Graf Joachims Schar im Schein mehrerer Blendlaternen zu folgen. Obwohl es Marie drängte, rasch zu reiten, behielt ihr Verstand die Herrschaft über ihre Gefühle. Der Sachse hatte zu wenig Waffenknechte bei sich, um die Schar des Herrensteiners angreifen zu können. Um zu siegen, brauchte er die Unterstützung des Waldgrafen. Daher betete Marie, dass dieser früh genug auf die Feinde aufmerksam wurde, um ihnen Widerstand leisten zu können. Warnen konnten sie ihn jedoch nicht, da Graf Joachim genug Männer bei sich hatte, um sowohl das Lager anzugreifen wie sich auch gegen Herrn Johanns kleinen Trupp zu wenden.

In ihren Überlegungen hatte Marie Armin vergessen. Der Spielmann war zunächst kopflos hinter den Herrensteinern hergerannt und sah im ersten Licht des beginnenden Tages bereits deren Fußknechte vor sich. Plötzlich hielt er inne und schüttelte den Kopf. Es brachte nichts, wenn er den Feinden folgte und irgendwann einen Warnruf ausstieß. Bis seine Freunde Widerstand leisten konnten, waren Graf Joachims Männer bereits über ihnen. Er musste vor diesen im Lager sein.

Daher wich er von dem Pfad ab, den Petronilla den Feinden wies, und drang in das Gestrüpp ein. Er achtete nicht auf die Dornen, die seine Hosenbeine zerfetzten und blutige Spuren auf Schienbeinen und Oberschenkeln hinterließen. Ein paarmal musste er Ranken sogar mit dem Dolch durchtrennen, um weiterzukommen. Dann aber erreichte er wieder einen der vom Waldgrafen angelegten Pfade und rannte so schnell los, wie er es vermochte.

Zu seinem Glück kam er besser voran als Graf Joachims Männer und taumelte schließlich auf das Lager zu. Das Blut rauschte ihm in den Ohren, und sein Herz hämmerte wie der Hammer einer der großen Wassermühlen, doch er hatte den Feind überholt. Er wollte Alarm rufen, brachte aber nur ein Krächzen hervor und klopfte daher an die Hütte seines Anführers.

Augenblicke später öffnete dieser die Tür, sah Armin vor sich und funkelte ihn zornig an. »Was soll das?«

Dann erinnerte er sich, dass der andere ja als Gefangener an einen Baum gebunden worden war, und zog sein Schwert.

Armin wedelte abwehrend mit beiden Händen und deutete dann nach hinten. »Graf Joachim kommt mit mehr als zweihundert Mann!«, würgte er mühsam hervor.

»Was sagst du?« Der Waldgraf packte ihn bei der Brust und schüttelte ihn.

Als er erkannte, dass Armin nicht in der Lage war, ein weiteres verständliches Wort herauszubringen, kehrte er in seine Hütte zurück, goss einen Becher voll Wein und reichte ihm den jungen Mann.

Armin trank durstig und sah dann seinen Anführer verzweifelt an. »Die Herrensteiner kommen! Petronilla weist ihnen den Weg!«

»Das ist unmöglich! Sie stand immer treu zu mir«, fuhr Christoph von Herrenstein zornig auf.

»Es ist die Wahrheit! Ich schwöre es! Frau Marie hatte uns befreit, und wir wollten fliehen. Da haben wir die Herrensteiner entdeckt. Graf Joachim muss jeden Knecht auf seinen

Besitzungen unter Waffen geholt haben. Sie sind uns um ein Vielfaches überlegen!«

Armins Bericht ließ den Waldgrafen für einen Augenblick verzweifeln. Seit fast einem Jahrzehnt stand er in einem erbitterten Kampf mit seinem Verwandten und hatte sich bislang nur deshalb halten können, weil er den Wald besser kannte als dieser. Das alte, mit Dornengestrüpp gesicherte Räuberversteck war ideal gewesen. Würde es sich jetzt als Falle erweisen?

»Was ist mit Frieder? Er sollte doch in dieser Richtung die Wache halten«, fragte er, als er sich wieder im Griff hatte.

»Petronilla hat ihn abgelenkt, so dass Leutprands Knechte ihn erschlagen konnten«, antwortete Armin und fasste den anderen am Arm. »Wir müssen rasch handeln! Sie sind gleich da!«

Der Waldgraf nickte kurz, drehte sich um und rief in die Hütte hinein. »Kleidet Euch an und kommt heraus! Dann haltet Euch an Rita.«

»Sehr wohl, Herr«, antwortete Ignatia entsetzt.

Es schmerzte Armin zu erkennen, dass die Frau, die er mit jeder Faser seines Herzens liebte, in dieser Nacht seinem Anführer die Schenkel hatte öffnen müssen. Dennoch wollte er alles tun, um sie zu retten. Bevor er jedoch einen klaren Gedanken fassen konnte, schob ihn sein Anführer zur Tür hinaus.

»Wecke Mark und die anderen, aber so, dass ich keinen Laut höre! Alle sollen sich bewaffnen, auch die Weiber. Wir ziehen uns in das Labyrinth zurück. Dort nützt Joachim seine zahlenmäßige Überlegenheit wenig.«

Mit diesen Worten kehrte der Waldgraf in seine Hütte zurück, um seine Waffen an sich zu nehmen. Mittlerweile hatte Ignatia sich angezogen und starrte ihn ängstlich an.

»Bitte lasst mich nicht in die Hände der Mörder meiner Sippe fallen!«

»Habt keine Sorge!«, antwortete der Waldgraf mit einem beschwichtigenden Lächeln. »Jetzt, da wir wissen, mit wem wir es zu tun haben, können wir die Feinde in das Labyrinth locken und dort bekämpfen!« Noch während er es sagte, begriff er, dass das nicht so einfach sein würde, wie er angenommen hatte. Wenn Petronilla tatsächlich den Feinden als Führerin diente, konnte sie diese vor den gestellten Fallen warnen und ihnen die Wege weisen, auf denen sie ihn und seine Leute von allen Seiten angreifen konnten. Für einen Augenblick überlegte er, ob es nicht besser war, gleich zu fliehen. Die beiden anderen Wege aus dem Tal heraus waren jedoch sehr beschwerlich, und da Petronilla sie ebenso gut kannte wie er, konnte sie ihm und seinen Leuten die Verfolger umgehend auf den Hals hetzen. In der Hinsicht stellte dieses Tal eine Falle dar, aus der es kaum ein Entrinnen gab.

Christoph von Herrenstein ließ sich jedoch nichts von seiner Beklommenheit anmerken, sondern beendete seine Vorbereitungen und trat zu seinen Leuten. Mark kam auf ihn zu, einen Helm auf dem Kopf und ein Kurzschwert und eine Stachelkeule in den Händen. »Was faselt Armin von einem Angriff, und wieso ist er frei?«, fragte er beißend.

»Petronilla hat uns an meinen Neffen verraten«, erklärte Christoph vom Herrenstein mit zorniger Miene.

»Petronilla? Unmöglich!«, stieß Mark hervor.

»Und wo kommen dann die Kerle dort her?« Der Waldgraf wies mit der rechten Hand an den Rand der Lichtung, an dem eben die ersten Reiter auftauchten.

»Das ist …« Mark blieb für einen Augenblick die Sprache weg. Als er wieder reden konnte, flackerten seine Augen vor Angst. »Was machen wir jetzt? Die bringen uns alle um!«

»Wir teilen uns in Gruppen von fünf bis acht Mann auf und ziehen uns in das Labyrinth zurück. Die Frauen kommen mit! Da es auch um ihr Leben geht, werden sie uns im Kampf unterstützen.«

Der Waldgraf ließ Mark stehen und winkte mehrere Bogenschützen zu sich. »Ihr deckt unseren Rückzug! Und noch etwas: Tötet Petronilla! Ohne sie ist der Feind im Labyrinth hilflos.«

Die Männer nickten und verteilten sich so im Lager, dass sie nicht weit zum Labyrinth laufen mussten. Die Übrigen rannten grüppchenweise los. Die Frauen sind vernünftiger als die Männer, dachte Christoph von Herrenstein, denn sie nahmen nur das mit, was sich als Waffe verwenden ließ, während einige Männer, darunter auch Mark, sich Beutel über den Rücken warfen, in denen sich jene Beutestücke befanden, auf die sie nicht verzichten wollten. Er selbst nahm nach kurzem Überlegen die Münzen an sich, die sich in dem knappen Jahrzehnt seines Räuberlebens angesammelt hatten, bot dann Ignatia den Arm und führte sie ins Labyrinth. Nun war er froh, Wege in dem von Dornen übersäten Unterholz angelegt zu haben. Die Männer, die mit ihm kamen, waren ihm treu ergeben, und ebenso wie auf sie konnte er sich auf Rita und die beiden anderen Frauen verlassen, die ihm folgten.

5.

Dort ist das Hauptlager des Waldgrafen«, erklärte Petronilla Leutprand und wies auf die Hütten. »Er besitzt noch zwei kleinere Lager, hält sich aber meistens hier auf und …« Da sah sie im beginnenden Tageslicht, dass bei den meisten Hütten die Türen offen standen, und verstummte.

Leutprand sah es ebenfalls und ballte die Faust. »Wenn die Kerle ausgeflogen sind, wirst du was erleben!«

»Herr, ich habe …«, begann Petronilla.

Da schwirrte ein Pfeil heran und traf sie in die Brust. Während sie sich mit einem Schmerzensschrei zusammenkrümmte, gab Leutprand seinem Hengst die Sporen und entging dadurch dem für ihn bestimmten Pfeil.

»Vorwärts, Männer! Macht sie nieder!«, schrie er und galoppierte auf die Bogenschützen los. Diese schossen noch ein, zwei Pfeile ab, wandten sich dann um und rannten auf das Gebüsch zu. Drei von ihnen schafften es, doch zwei weitere hatten zu lange gezögert. Leutprand kam wie ein Sturmwind über sie und schlug sie mit raschen Schwerthieben nieder.

Wuterfüllt spuckte er die Leichen an und winkte seine Männer zu sich. »Teilt euch in Zehnergruppen auf und verfolgt dieses Gesindel. Tötet die Männer! Die Frauen lasst am Leben und tut ihnen auch sonst nichts an. Fräulein Jutta von Herrenroda ist unter ihnen, und sie ist ihr Gewicht in Gold wert.«

Trotz ihrer Schmerzen zupfte Petronilla Paul am Ärmel. »Sag deinem Herrn, er soll diese beiden Pfade dort eine Zehntelmeile tiefer im Wald absperren, dann sitzt der Waldgraf in der Falle!«

Leutprand deutete auf Paul und einen weiteren seiner Gefolgsleute. »Das macht ihr! Jeder nimmt ein Dutzend Waffenknechte mit. Lasst niemand entkommen!«

»Ja, Herr, aber …«, begann Paul, wurde aber von Petronilla unterbrochen.

»Ihr folgt diesen Wegen etwa tausend Schritte weit bis zu den Enden des Labyrinths. Achtet nicht auf die Abzweigungen, die davon wegführen. In denen werden sich die Männer des Waldgrafen verstecken.«

»Nicht lange, dann liegen sie hier im Lager aufgereiht wie Hirsche, die bei der Jagd erlegt wurden«, warf Leutprand mit einem leisen Lachen ein und funkelte Paul an. »Weshalb bist du noch nicht unterwegs? Oder willst du, dass der Waldgraf mit Gräfin Jutta entkommt?«

»Gewiss nicht, Herr Leutprand«, antwortete Paul und setzte sich in Bewegung.

Leutprand sah ihm einen Augenblick nach, dann drang er an der Spitze einer Schar in einen der Seitenpfade ein. Schon bald sah er mehrere Männer vor sich. Pfeile flogen ihm entgegen, doch er lenkte sie mit seinem Schild ab und stürmte weiter.

Die Bogenschützen versuchten noch, eine Abzweigung im Dornenlabyrinth zu erreichen, doch sein Hengst war zu schnell für sie. Leutprands Schwert blitzte mehrfach auf, danach hatte der Waldgraf drei Anhänger weniger.

Kaum war Leutprand im Gebüsch verschwunden, befahl Graf Joachim seinen Männern, in das Labyrinth einzudringen, hielt aber dreißig erfahrene Krieger zurück, die seine Leibwache bilden sollten. Er selbst lenkte seinen Hengst neben Petronilla und sah spöttisch auf sie hinab.

Bislang hatte diese sich auf den Beinen gehalten, spürte jedoch ihre Verletzung immer stärker und musste sich setzen. Flehend blickte sie zu Graf Joachim auf.

»Bitte lasst mich verbinden!« Bei den Worten versuchte sie, den Pfeil aus ihrer Brust zu ziehen. Ihre Finger rutschten jedoch von dem durch das Blut schlüpfrig gewordenen Schaft ab.

»Ich brauche jeden Mann, um das Gesindel des Waldgrafen zu jagen«, erklärte Graf Joachim.

»Aber diese da doch nicht!« Petronilla wies stöhnend auf seine Leibwache.

»Die Männer müssen mich schützen«, gab Joachim ungerührt zurück.

»Lasst es wenigstens einen von ihnen tun oder macht es selbst. Gott wird es Euch lohnen!« Die Stimme der Frau war kaum mehr zu verstehen.

Ein paar von Joachims Männern sahen ihn fragend an, doch er stieg vom Pferd, ohne ihnen einen Befehl zu erteilen, und kniete neben Petronilla nieder. »Jetzt läuft das Blut aus dir heraus, so wie es damals aus meiner Schwester herausgelaufen ist. Sie starb, obwohl du erklärt hast, sie retten zu können.«

»Es war Gottes Wille, dass sie starb! Sonst hätte ich sie retten können«, wimmerte die Verletzte.

»Nun wirst du genauso sterben wie sie!« Graf Joachim stand wieder auf und sah sich um. Aus dem Wald herausdringende Geräusche zeigten ihm, dass dort erbittert gekämpft wurde. Befürchtungen, seine Männer könnten unterliegen, hegte er keine. Dafür war ihre Überlegenheit viel zu groß, und die Männer seines Oheims wurden zudem durch die Weiber behindert, die mit ihnen zusammen geflohen waren.

Plötzlich spürte er eine kalte Hand an seinem Knie. Er beugte den Kopf und sah, dass Petronilla sich mühsam aufgerichtet hatte und in seine Richtung spie. Der blutige Speichel befleckte seinen Rock, und er versetzte ihr einen Schlag.

»Der Teufel soll Euch holen!«, stieß sie mit überraschend kräftiger Stimme hervor. »Ihr seid seiner wahrhaft würdig! Ihr habt die Sippe von Herrenroda niedermachen lassen und weder Weib noch Kind geschont. Dafür wird Euch die Strafe ebenso ereilen wie dafür, dass Ihr mich hier elend verrecken lasst.«

»Du bist wie eine Schlange, der man die Zähne gezogen hat und die doch noch beißen will. Deine Worte treffen mich nicht!«, spottete Graf Joachim und trat einige Schritte beiseite, um auf das zu lauschen, was der Wind ihm aus dem Dornbuschlabyrinth zutrug.

6.

Um ihre Feinde nicht vorzeitig auf die beiden Fluchtpfade aufmerksam zu machen, hatten sich der Waldgraf und sein Gefolge in andere Teile des Labyrinths zurückgezogen. Als sie erkannten, dass Petronilla sie erneut verraten hatte, war es zu spät. Paul und die anderen Männer waren zu Pferd schneller als sie und blockierten die Ausgänge. Von der anderen Seite kamen Leutprand und dessen Krieger und durchsuchten jede Abzweigung nach ihnen.

Christoph von Herrenstein musste sich zähneknirschend eingestehen, dass sein Neffe ihn überlistet hatte. Er saß wie ein Dachs in der Falle und war nicht einmal mehr in der Lage, seine aufgeteilten Leute um sich zu versammeln. Schließlich begriff er jedoch, dass Graf Joachim den Vorteil seiner numerischen Überlegenheit selbst beschränkte, indem er ein knappes Drittel seiner Leute als Leibwache bei sich behielt. Da auch die Männer, die die Fluchtwege blockierten, nicht in den Kampf eingreifen konnten, schöpfte er wieder Hoffnung und winkte den Männern, die bei ihm waren, ihm in andere Pfade zu folgen.

»Aber Herr, dort sind Feinde«, wandte einer ein.

»Das sind höchstens ein Dutzend, und auf der anderen Seite befindet sich Mark mit seinen Männern«, antwortete Christoph von Herrenstein und wurde schneller. »Seid leise!«, setzte er hinzu und zog sein Schwert.

Ignatia musste dem Waldgrafen und seinen Begleitern notgedrungen folgen. So sehr wie jetzt hatte sie sich selbst während ihrer Flucht mit Marie nicht gefürchtet, und sie wünschte sich, die Burgherrin auf Kibitzstein wäre bei ihr. Rita, die sie beschützen sollte, war zwar ein stämmiges Weib, aber ihr fehlten Maries Verstand und die Erfahrung, sich gegen Feinde durchzusetzen.

»Die Weiber sollen zurückbleiben!«, befahl der Waldgraf.

Ignatia hörte die Worte, hatte aber Angst, ohne die Krieger verloren zu sein, und musste von Rita festgehalten werden.

Diese versuchte, die Nonne zu beruhigen. »Keine Sorge! Unser Herr wird mit diesem Gesindel schon fertig.«

Das bezweifelte Ignatia jedoch, und sie wünschte sich einen Engel, der sie von hier wegtragen und in ihre angenehm eingerichtete Kammer im Kloster Hilgertshausen tragen würde. Da kein Engel kam, konnte sie nicht mehr tun, als bei den Frauen zu bleiben und zu beten.

Christoph von Herrenstein entdeckte unterdessen die ersten Waffenknechte seines Neffen. Die Männer wirkten angespannt, aber auch siegesgewiss. Ihre Bewaffnung war weitaus besser als die seiner Leute und ihre Zahl seinen eigenen Anhängern immer noch um mehr als das Doppelte überlegen. Mit einer Handbewegung bedeutete er seinen Begleitern zu warten und stieß kurz den Ruf eines Eichelhähers aus. Ein anderer Eichelhäher antwortete zweimal. Es war Mark, und er begriff die Botschaft.

Plötzlich hörten die Herrensteiner Waffenknechte hinter sich Stimmen. Sie fuhren herum, sahen aber niemanden. Augenblicke später waren der Waldgraf und seine Männer heran. Einem der Herrensteiner gelang es noch, sich umzudrehen, doch auch er kam nicht mehr zum Schlag.

Nachdem die feindliche Gruppe niedergemacht war, ließ Christoph von Herrenstein die Frauen holen und verbeugte sich vor Ignatia. »Ich vermelde Euch unseren ersten Sieg, meine Liebe! Wenn es uns gelingt, die Tölpel meines Neffen noch ein paarmal zu überraschen, wird sich die Waagschale des Glücks wieder auf unsere Seite neigen.«

»Gebe es Gott!«, antwortete Ignatia.

Sie hatte Leutprands lauten Ruf gehört und begriff, dass anscheinend auch Graf Joachim sie in seine Gewalt bringen und zur Ehe zwingen wollte. Doch wenn sie schon einen Herrensteiner heiraten musste, so war ihr der Waldgraf tausendmal lieber als sein entsetzlicher Neffe. Daher betete sie inbrünstig, dass Christoph von Herrenstein über Graf Joachim siegen möge.

Noch aber wurde gekämpft. Schwerter und Äxte schufen auf Befehl des Waldgrafen eine Bresche im Dornengestrüpp bis zum nächsten Seitengang. Dort wartete Mark mit einem knappen Dutzend Männern, Frauen und Kindern auf sie. Beim Anblick des blutigen Schwerts in der Hand seines Herrn atmete Mark auf.

»Ihr habt es ihnen gezeigt!«

»Eine Handvoll Herrensteiner ist tot. Aber es sind noch mehr als genug hier. Wir müssen zusehen, dass wir die Trupps einzeln abfangen«, antwortete Christoph von Herrenstein und ging auf Stimmen zu, die er in der Nähe hörte.

Es handelte sich um fünf von Graf Joachims Männern, die eben ums Eck bogen und sich plötzlich einer überlegenen Schar von Feinden gegenübersahen. »Zu Hilfe! Hier ist ein ganzes Rudel!«, rief einer, während er und seine Kameraden sich Schild an Schild aufstellten.

Mit Pfeilen war hier wenig zu machen. Daher trat Christoph von Herrenstein auf einen Mann zu, den er von früher kannte. »Du weißt, wer ich bin?«, fragte er ihn.

»Ja, Ihr seid Herr Christoph, Graf Joachims Oheim.«

»Findest du es gerecht, dass mein Neffe mich zuerst um mein Erbe gebracht hat und mich nun auch noch um den einzigen Besitz bringen will, der mir geblieben ist?«

Die Stimme des Waldgrafen klang sanft und schlug die fünf Herrensteiner unwillkürlich in ihren Bann.

»Nun Herr, es ist ...«, begann der Mann, der Christoph erkannt hatte.

Da schnitt ihm einer seiner Kameraden das Wort ab. »Lass dich nicht von seinen Worten einlullen! Graf Joachim wird gewusst haben, warum er seinen Verwandten aus Herrenstein vertrieben hat.«

Für Augenblicke wandte sich die Aufmerksamkeit der vier anderen Herrensteiner ihm zu. Es reichte für den Waldgrafen, Mark und ihre Begleiter, um an sie heranzukommen und sie niederzumachen.

An anderen Stellen des Labyrinths wurde Christophs Gefolgschaft von Herrensteiner Kriegern gejagt und in die Enge getrieben. Immer wieder hallten Schreie durch den Wald und zeigten an, dass hier Männer starben. Irgendwann schrie einer, dass sie Frauen gefangen genommen hätten.

»Eine Gräfin ist da aber gewiss nicht dabei. Es sei denn, sie hat sich in eine alte Vettel verwandelt«, setzte er mit einer gewissen Enttäuschung hinzu.

»Bringt sie zum Lager!«, klang Leutprands Stimme auf.

»Und wo ist das?«, fragte der Mann, der ebenso wie viele andere Herrensteiner Waffenknechte im Labyrinth die Orientierung verloren hatte.

Das konnte auch Leutprand ihm nicht sagen. Diesem wurde langsam klar, dass diese Aktion anders verlief, als er es sich vorgestellt hatte. Es begann schon damit, dass es ihnen nicht gelungen war, die Leute des Waldgrafen zu überraschen. Das ist Petronillas Schuld, dachte er. Wir hätten noch in der Nacht und nicht erst am Morgen bei deren Lager eintreffen müssen. So aber hatte einer dieser Schurken sie entdeckt und die anderen warnen können. Statt einen leichten Sieg davonzutragen, steckten sie jetzt in einem erbitterten Kampf, in dem der Feind den Vorteil besaß, sich hier auszukennen.

»Wir brauchen Petronilla!«, sagte er zu seinen Begleitern. »Ohne sie irren wir wie blinde Hasen herum.«

»Aber wie kommen wir zu ihr? Ein Pfad sieht wie der andere aus. Wenn wir in den falschen geraten, suchen wir noch heute Nachmittag nach einem Ausgang.« Der Sprecher sah sich ängstlich um.

Ein Pfeil, der gegen seinen Helm prallte, machte Leutprand klar, dass er hoch zu Ross ein gut sichtbares Ziel bot, das über das Gestrüpp hinausragte, während dieses den Feinden Deckung bot. Wütend stieg er vom Pferd und drang in den Pfad ein, den sie ihrer Meinung nach gekommen waren. Schon nach kurzer Zeit krümmte sich der Weg und führte sie wieder vom Lager des Waldgrafen weg. Gerade als er Befehl geben wollte umzudrehen, hörte er vor sich leise Stimmen und stürmte los.

Es waren vier Männer mit ebenso vielen Frauen und zwei Kindern, die in der Aufregung einen falschen Weg eingeschlagen hatten und nun nicht mehr vor und nicht zurück konnten. Bei Leutprands Anblick ließen die Männer die Waffen fallen und hoben die Hände.

»Wir ergeben uns«, rief einer mit gepresster Stimme.

»So, tut ihr das?«, fragte Leutprand höhnisch und schwang sein Schwert.

Die Frauen kreischten und pressten die Kinder an sich, als er und seine Gefolgsleute die vier Männer töteten. Danach musterte Leutprand sie mit kalten Blicken.

»Die Gräfin ist nicht dabei, und ich will mich während des Kampfes nicht mit Gefangenen belasten. Macht sie nieder!«

Zunächst begriffen seine Männer nicht, dann schüttelte Gottfried, ein Unteranführer, der nicht bei dem Massaker auf der Waldburg dabei gewesen war, empört den Kopf. »Weiber und Kinder erschlage ich nicht!«

Die anderen Waffenknechte hatten jenes Blutbad mitgemacht, zögerten aber auch. »Herr, sollten wir nicht …«, begann einer, verstummte aber unter Leutprands zornigem Blick.

»Gehorcht!«, fuhr er seine Männer an.

Zwei von ihnen sahen einander an und hoben ihre Waffen.

Eine der kauernden Frauen streckte verzweifelt die Arme nach Leutprand aus. »Übt Gnade, hoher Herr!«

Zu Leutprands Ärger schlugen die beiden Waffenknechte nicht sofort zu, sondern sahen ihn noch einmal fragend an.

»Bringt sie endlich um!«, schrie er.

Nun erst zuckten die Klingen durch die Luft, und innerhalb weniger Herzschläge waren die vier Frauen tot. Die Kinder zu erschlagen brachten selbst diese hartgesottenen Kerle nicht fertig.

Wütend schwang Leutprand sein Schwert und trennte die Köpfe der beiden Kleinen mit einem einzigen Hieb ab. »Elende Feiglinge«, beschimpfte er seine Begleiter und machte kehrt, um sein Glück bei der nächsten Abzweigung im Labyrinth zu versuchen.

7.

Im Schutz seiner Garde verfolgte Graf Joachim das Kampfgeschehen und begriff, dass nicht alles so lief, wie Petronilla es versprochen hatte. Daher bedachte er ihren Leichnam mit einem zornigen Blick.

»Wenn das vorbei ist, werfen wir sie auf den ersten Misthaufen, auf den wir treffen«, rief er unbeherrscht.

Seine Männer zogen die Köpfe ein. Jene, die von seinen Besitzungen stammten, grausten sich vor den Taten, die sie auf seinen Befehl hin hatten vollbringen müssen. Die anderen, die Leutprand in seinem Namen angeworben hatte, waren zwar aus einem härteren Holz geschnitzt, dennoch verfolgte der Massenmord, den sie auf der Waldburg begangen hatten, sie bis in ihre Träume.

»Wie lange wird es dauern, Euer Erlaucht, bis Herr Leutprand Graf Christophs Leute besiegt hat?«, fragte einer der Männer.

Joachim funkelte ihn zornig an, weil er seinen Onkel als Grafen bezeichnet hatte. Auch wenn diesem der Rang von seiner Abstammung her zukam, wollte er nicht dulden, dass er damit angesprochen wurde.

»Weiß der Teufel, wann Leutprand mit diesem Gesindel fertigwird«, antwortete er schroff und lauschte in den Wald hinein. Bei dem Gedanken an die schmalen Pfade durch das Dornengestrüpp, die jede numerische Überlegenheit zunichtemachten, ballte er die Fäuste. Hatte Petronilla seinen

Oheim gar nicht verraten, sondern ihm in dessen Auftrag eine Falle stellen sollen?, fragte er sich besorgt. Auf keinen Fall würde er einen der Männer, die ihn umgaben, in das Labyrinth schicken.

»Soll Leutprand doch zusehen, wie er zurechtkommt«, sagte er leise. Immerhin hatte der Mann den Plan für diese Aktion erstellt.

Graf Joachim gestand sich ein, dass er nicht allzu traurig sein würde, wenn sein Gefolgsmann diesen Kampf nicht überlebte. Leutprand wurde immer schwerer zu zügeln und vor allem zu gierig.

Ein gellender Schrei riss ihn aus seinen Gedanken. Einer seiner Männer schlug das Kreuz. »War das jetzt einer von denen oder einer der Unsrigen?«

Allmählich hielt Graf Joachim die Anspannung nicht mehr aus und lenkte seinen Hengst mehrere Schritte auf den Rand der Lichtung zu. »Leutprand, hörst du mich?«, rief er mit lauter Stimme.

»Ich höre dich, du elender Hund!«, klang es zurück. Es war jedoch nicht Leutprand, sondern Joachims Oheim.

»Wie fühlst du dich, in die Ecke gedrängt und von Feinden umzingelt?«, fragte Joachim höhnisch, um seinen Verwandten zu reizen. Wenn der Waldgraf antwortete, konnten Leutprand und dessen Männer ihn finden und für immer zum Schweigen bringen.

»Ich fühle mich auf jeden Fall besser als dein Mordbube Leutprand und die Kerle, die du bei dir hast. Dies hier ist mein Reich, und ich bestimme, wie hier gekämpft wird!«, antwortete Christoph von Herrenstein mit einem wilden Lachen.

Er fühlte sich jedoch bei weitem nicht so siegessicher, wie er tat. Zwar hatte er mittlerweile gut die Hälfte seiner überlebenden Männer um sich versammelt, doch waren es immer noch zu wenige, um die Leibschar seines Neffen angreifen zu können. Zudem saßen ihnen Leutprands Waffenknechte im Nacken. Selbst wenn es ihnen gelang, diese niederzukämpfen, waren ihre Fluchtwege blockiert. Ein Ausbruch aus dieser Falle konnte nur durch das Dornengestrüpp geschehen, und das war eine langwierige Angelegenheit, die es den Feinden ermöglichen würde, sie dort abzufangen, wo sie ins Freie kamen.

»Deine Mutter hätte dich bei der Geburt ersäufen sollen!«, fluchte er leise und lauschte angespannt nach Feinden, die sich in seiner Nähe herumtrieben. Auf das Lager zu vernahm er leise Stimmen und winkte seinen Männern, ihm leise zu folgen.

Es waren drei Herrensteiner Kriegsknechte, die den Anschluss an ihre Kameraden verloren hatten. Jetzt sahen sie sich auf einmal dem Waldgrafen und dessen Schar gegenüber.

»Hier sind sie!«, schrie einer, um Leutprand einen Hinweis zu geben, und stürmte Graf Christoph mit hoch erhobenem Schwert entgegen. Sein Mut half ihm wenig, denn schon nach kurzer Zeit war der Kampf zu Ende, und er lag wie seine beiden Kameraden reglos am Boden.

»Wie viele müssen wir denn noch umbringen?«, fragte Armin, der sich zu Ignatia durchgeschlagen hatte, um sie zu beschützen.

»So viele, wie nötig sind. Hier im Labyrinth sind wir ihnen überlegen«, antwortete der Waldgraf, um seinen Männern Mut zu machen.

»Wir haben schon verdammt viele Leute verloren«, warf Mark ein.

»Außerdem sind etliche von uns verletzt!« Der Mann, der es sagte, blutete aus einer Wunde am Oberarm, doch bisher war keine Zeit gewesen, sie zu verbinden.

»Wir haben mindestens dreimal so viele von denen erschlagen wie die von uns. Außerdem haben auch sie Verwundete!« Graf Christophs Stimme klang scharf. Seine Männer mussten kämpfen, solange es ging. Nur dann konnten sie hoffen, vielleicht doch noch davonzukommen. Wenn es ihm gelang, mit Gräfin Jutta zusammen Herrenroda zu erreichen, hatte er gewonnen.

»Kommt, Männer! Mir wird langsam langweilig«, sagte er zu seinen Begleitern und schritt ihnen voraus.

Wenig später erreichten sie die Stelle, an der Leutprand und seine Waffenknechte kurz zuvor Männer, Frauen und Kinder niedergemacht hatten.

Der Waldgraf wies auf die Toten. »Vergesst diesen Anblick nie, wenn ihr auf Herrensteiner Waffenknechte trefft. Ich werde, sobald ich mit Gräfin Jutta vermählt bin, das Wappen derer von Herrenroda annehmen!«

»Das würdet Ihr für mich tun?«, fragte Ignatia ungeachtet der Gefahr, in der sie alle schwebten.

Graf Christoph nickte mit versteinerter Miene. Die meisten seiner Männer hassten Graf Joachim und Herrenstein, weil sie oder Verwandte dort Unrecht erfahren hatten. Nicht wenige von ihnen hatten gemurrt, als der Waldgraf sich wieder auf seinen alten Namen berufen hatte. Nun aber würden sie ihm bis in die Hölle folgen. Mit diesem Gedanken schritt er weiter und stieß immer wieder Schmährufe gegen seinen Neffen aus. Er hoffte, bald auf Leutprand zu treffen. Wenn dieser fiel, lag die gesamte Verantwortung auf Graf Joachims Schulter, und dass dieser ihr gewachsen war, bezweifelte er.

Zunächst war Leutprand nicht weniger begierig gewesen, dem Waldgrafen gegenüberzustehen. Doch während er dessen Stimme folgte, kamen ihm Zweifel. War es wirklich in seinem Sinn, seinen Herrn vor diesem Feind zu bewahren? Immerhin war dies eine Sache zwischen Neffe und Oheim, und daher sollten die beiden es unter sich ausmachen. Er blieb stehen und lauschte. Nicht weit von ihm stapften ein paar Männer durch das Dornengestrüpp auf ihn zu. Er hob sein Schwert, um sie abzufangen, erkannte aber im Halbdunkel des Waldes gerade noch früh genug, dass es sich um eigene Männer handelte. Diese waren froh, ihn und ihre Kameraden zu sehen, und hackten sich durch das letzte von Dornen versperrte Stück.

»Dieses Gestrüpp hat der Teufel angepflanzt«, meinte ihr Anführer und sah dabei auf seine Beine, die trotz der festen Hosen einiges abbekommen hatten. Auch die Hände bluteten, und er wischte sie an den Ärmeln ab.

»Das war nicht der Teufel«, antwortete Leutprand mit einem schiefen Grinsen, »sondern Graf Christoph, der Oheim unseres Herrn! Zwischen den beiden herrscht Todfeindschaft, seit Graf Joachim ihm das Erbe vorenthalten hat.«

Auch wenn es sich um Graf Joachims Leute handelte, so war das Samenkorn gesät. Einige Männer erinnerten sich an den jungen Christoph, der so schäbig davongejagt worden war, und ihr Eifer, seine Leute zu jagen, schmolz wie Schnee in der Sonne. Gottfried, der sich vorhin geweigert hatte, Frauen und Kinder umzubringen, stützte sich nachdenklich auf sein Schwert.

»Dieser Kampf ist eigentlich nicht unsere Sache, sondern sollte zwischen den beiden Grafen ausgefochten werden.«

»Ich weiß nicht«, meinte Leutprand scheinbar zögernd, obwohl dieser Vorschlag genau in seine Pläne passte. »Immerhin stehen wir in Graf Joachims Diensten. Wenn er uns befiehlt zu kämpfen, sollten wir es tun.«

»Ihr habt ja auch die Weiber und Kinder auf der Waldburg für ihn niedergemacht!« Gottfried war zwar nicht dabei gewesen, hatte aber davon gehört und machte aus seiner Verachtung für diese Tat keinen Hehl.

Einige derer, die Leutprand geholfen hatten, die Sippe auf Herrenroda auszurotten, zogen die Köpfe ein.

»Richtig war es nicht«, meinte einer.

»Wir hatten den Befehl dazu. Hätten wir nicht Graf Ernst getötet, hätte er wenig später Herrenstein mit überwältigender Übermacht angegriffen«, erklärte Leutprand.

»Ernst von Herrenroda war ein Feind, doch Graf Christoph ist Graf Joachims Oheim und wurde von diesem betrogen!« Die meisten Männer verloren die Lust weiterzukämpfen. Nur zwei von ihnen gesellten sich zu Leutprand und klopften auf ihre Schilde.

»Ihr habt recht, Herr. Wir sind Graf Joachims Waffenknechte und haben gegen seine Feinde zu kämpfen!«

»Auch wenn es gegen Ehre und Gewissen geht?«, fragte Gottfried scharf.

»Sagt doch Ihr etwas, Herr!«, forderte einer Leutprand auf.

Dieser stellte sich mit gespreizten Beinen hin und wies mit dem Schwert in die Richtung, in der er das Lager vermutete. »Dort befindet sich unser Herr mit seinen Wachen.«

»… und tut nichts, während wir uns hier der Dornen und der Feinde erwehren müssen«, stieß ein Waffenknecht hervor.

»Da Paul mit etlichen Männern losgeschickt wurde, um Graf Christoph den Fluchtweg zu verlegen, und eine noch größere Schar Graf Joachim bewachen muss, schlagen wir uns mit einer Schar Feinden herum, deren Zahl kaum kleiner ist als die unsere und dic sich hier so wohlfühlen wie Ratten in ihrem Bau. Ist das gerecht?, frage ich euch.« Gottfried sah die anderen durchdringend an.

»Da ist etwas Wahres dran«, meinte nicht nur einer.

Leutprand hielt sich zurück. Die Entwicklung lief genau in die Richtung, die er haben wollte. Wenn es ihm gelang, Neffe und Oheim gegeneinander auszuspielen, würde er am Ende der lachende Dritte sein.

8.

Nun, da die einzelnen Gruppen vorsichtiger geworden waren, verstummten die Kampfgeräusche, und es war eine geraume Zeit nichts mehr zu hören. Graf Joachim wurde immer unruhiger und stellte sich schließlich im Sattel auf, ob er nicht doch etwas im Wald sehen konnte. Da kamen zwei eigene Männer heraus, froh, den Dornen und dem Feind entkommen zu sein.

»Wo sind die anderen?«, fragte Graf Joachim erschrocken.

»Die stecken noch in diesem verdammten Gestrüpp und spielen mit Graf Christophs Leuten Fangen«, antwortete einer der Männer.

»Es gibt keinen Grafen Christoph!«, stieß Joachim zornig hervor.

»Er ist es aber! Ich habe ihn vorhin kurz gesehen. Sind zwar zehn Jahre vergangen, doch er war nicht zu verkennen.«

»Und wenn er es ist, was kümmert es mich? Macht endlich diesem Gesindel ein Ende!« Graf Joachim wies mit einer gebieterischen Geste auf das Labyrinth, doch die beiden Waffenknechte wehrten ab.

»Da hinein gehen wir nicht mehr. Als wir eingedrungen sind, waren wir zu sechst. Jetzt sind wir noch zwei. Dabei hatten wir es nur mit drei Kerlen zu tun. Die sind zwar ebenfalls tot, aber davon werden unsere Kameraden auch nicht mehr lebendig.«

Graf Joachim hätte den widerspenstigen Kerl am liebsten mit seinem Schwert niedergeschlagen. Ein Blick in die aufgebrachten Gesichter der anderen Männer ließ ihn zögern. Er galt zwar als ihr Herr, doch ihr eigentlicher Anführer war Leutprand. Nur er konnte diese aufmüpfigen Lumpen im Zaum halten.

»Ihr hättet mehr Waffenknechte in das Labyrinth schicken müssen, dann wäre es für uns nicht so blutig ausgegangen. Die Männer Eures Oheims kämpfen gut«, fuhr der Waffenknecht fort.

Kritik an seinen Handlungen war das Letzte, was Graf Joachim von seinen eigenen Männern dulden wollte. Bevor er jedoch handeln konnte, kamen fünf weitere Waffenknechte aus dem Gebüsch heraus. Sie trieben vier Frauen vor sich her, von denen zwei aus klaffenden Wunden bluteten.

»Wenn eine von denen Gräfin Jutta ist, können wir nichts dafür«, meinte einer. »Aber sie sind mit Messern und Beilen auf uns losgegangen. Es kostete einen unserer Kameraden das Leben, weil wir sie lebend erwischen mussten.«

Graf Joachim wurde klar, dass seine Autorität immer mehr schwand, und er starrte die vier Frauen verärgert an. Zwei davon waren zu alt, um Jutta von Herrenroda sein können, die beiden anderen konnten mit ihren derben Händen und breiten Hüften nur davongelaufene Bauernmägde sein.

»Erschlagt sie!«, befahl er und sah im nächsten Moment den Mienen seiner Männer an, dass dies ein Fehler gewesen war. Die meisten hatten zwar beim Morden in der Waldburg mitgemacht, waren aber noch nicht so verroht, dass sie am sinnlosen Morden Freude finden würden.

»Herr, wir …«, begann einer der Unteranführer.

Da klang im Wald Leutprands Stimme auf. »Es ist sinnlos, weiter nach Graf Christoph von Herrenstein zu suchen. Wir laufen nur ins Leere. Schlagt einen Weg zu seinem Lager. Hier im Labyrinth zu bleiben bringt uns nichts!«

Graf Joachim schüttelte verwundert den Kopf. »Was soll das, Ritter Leutprand?«, rief er. »Es war dein Befehl, diese Schurken zu jagen, bis du Gräfin Jutta gefunden hast!«

»Ich würde es ja gerne tun«, antwortete Leutprand mit heimlichem Vergnügen. »Die Männer sind es jedoch leid, unnötige Verluste zu erleiden, und sagen, es sei eine Angelegenheit zwischen Euch und Eurem Oheim. Sie wollen, dass Ihr ihn zum Kampf fordert und Euer Recht mit blanker Klinge verteidigt. So Gott auf Eurer Seite ist, werdet Ihr siegen.«

»Was soll das unsinnige Gerede?«, fragte Graf Joachim empört.

Da ruckte der Anführer seiner Leibgarde unruhig im Sattel hin und her. »So unsinnig ist das nicht, Euer Erlaucht! Ihr steht gegen Euren Oheim. Gott wird dem den Sieg geben, dem er gebührt.«

»Ich zahle euch den Sold, damit ihr für mich kämpft, und nicht, damit ihr mir Befehle erteilt«, fuhr Graf Joachim ihn an.

»Seid Ihr etwa ein Feigling?«, rief einer der Männer aus dem Schutz seiner Kameraden heraus.

In dem Augenblick begriff Joachim, dass ihm keine andere Wahl blieb, als das Schwert mit seinem Verwandten zu kreuzen.

»Oheim, hörst du mich?«, brüllte er wütend in den Wald hinein.

»Ich bin näher, als du denkst, Neffe«, hallte es spöttisch zurück.

Christoph von Herrenstein lächelte zufrieden. Wie es aussah, hatten die Männer, die sein Neffe in das Labyrinth geschickt hatte, genug, und seine Leibgarde zeigte wenig Lust, sich im Dornengebüsch verheizen zu lassen. Da es jedoch auch eine Falle sein konnte, blieb er misstrauisch.

»Was willst du?«, fragte er daher.

»Ich will es selbst zu Ende bringen«, antwortete sein Neffe. »Komm heraus aus deinem Gebüsch, und wir tragen es miteinander aus!«

»Soll ich das etwa glauben? Oder ist es nicht eher so, dass deine Waffenknechte mich in dem Augenblick erschlagen, in dem sie mich sehen?«, fragte Christoph angespannt.

Zu seinem Ärger sah Joachim den Männern an, dass sie ihm eine solche Hinterlist zutrauten. Wenn er seine Waffenknechte daran hindern wollte, abtrünnig zu werden, musste er sich seinem Oheim stellen.

»Ich schwöre es bei meiner Ehre! Und damit du mir glaubst, werden meine Kriegsknechte bis an den Rand der Lichtung zurückweichen. Lass deine Leute auf deiner Seite zurück. Wir beide treffen uns auf dem freien Platz vor der Hütte, die anscheinend deinen Palast darstellen soll.«

Graf Joachim versuchte zu spotten, war aber so zornig, dass seine Stimme klirrte.

Auf seine Anweisung hin zogen sich seine Männer bis zum Rand des Waldes zurück. Die Reiter stiegen von ihren Pferden, um anzuzeigen, dass sie keinen Hinterhalt im Sinn hatten, und der Rest lehnte sich auf seine Spieße und Schwerter. Graf Joachim selbst wartete inmitten des Lagers auf seinen Onkel. Doch zunächst hackten sich Leutprand und dessen Begleiter einen Pfad durch das Gestrüpp und kamen als Erste heraus. Ohne sich nach möglichen Feinden umzusehen, gesellten sie sich zu ihren Kameraden und warteten darauf, was nun geschehen würde.

Es dauerte eine Weile, bis am gegenüberliegenden Ende der Lichtung ein Mann erschien und vorsichtig zu ihnen herüberspähte. Es war Armin, den Graf Christoph vorausgeschickt hatte. Nur wenige Schritte hinter ihm folgte Mark, dem sein Anführer wegen seiner bisher gezeigten Treue mehr vertraute als dem Spielmann. Beide sahen, wie sich Graf Joachims Männer einschließlich ihres Anführers Leutprand bis zum anderen Ende der Lichtung zurückzogen. Der Graf selbst ritt um die Hütte seines Onkels herum und fuchtelte herausfordernd mit seinem Schwert.

»Er scheint es tatsächlich ernst zu meinen«, rief Mark verblüfft.

»Er hockt auf seinem Pferd, und unser Herr muss zu Fuß kämpfen. Das ist nicht gerecht!«, wandte Armin ein.

Mark zuckte höhnisch mit den Achseln. »Was ist schon gerecht? Herr Christoph muss diese Herausforderung annehmen, wenn er will, dass wir mit heiler Haut davonkommen.«

Der Verwachsene hasste den Herrensteiner Grafen mit jeder Faser seines Herzens und richtete nun diesen Hass auch gegen seinen Anführer, der in die Welt zurückkehren wollte, in die er hineingeboren worden war. Dort würde er selbst nicht mehr als der Hofnarr des Grafen Christoph sein und nicht so, wie hier im Wald, dessen Vertrauter.

Mit diesem Gedanken kehrte er zum Waldgrafen zurück und wies in die Richtung, in der Graf Joachim auf diesen wartete. »Euer Neffe ist zum Kampf bereit, erlauchtigster Herr«, meldete er.

In seiner Anspannung überhörte Christoph von Herrenstein den seltsamen Unterton in Marks Stimme, sondern wandte sich Ignatia zu. »Habt keine Angst, Gräfin! Joachim war mir im Kampf noch nie gewachsen.«

Er schwang sein Schwert ein paarmal durch die Luft und verließ das Labyrinth.

Graf Joachim stieß einen Jubelruf aus, als er seinen Onkel ohne Rüstung und nur mit Schwert und Dolch bewaffnet auf sich zukommen sah, und gab seinem Schlachtross die Sporen.

9.

Marie und ihre Begleiter waren der Schar Joachim von Herrensteins in respektvollem Abstand gefolgt. Als Johann von Sachsen jedoch Kampfgeräusche hörte, ritten er und seine Männer schneller.

»Wenn es uns gelingt, Graf Joachims Schar im Rücken zu fassen, könnten wir siegen!«, rief er Marie zu.

»Das Lager ist mit seinen Hütten für einen Reiterkampf ungeeignet«, wandte Nepomuk ein. »Drei, vier Reiter können sich dort bewegen, doch mehr behindern sich gegenseitig. Wir sollten daher abwarten, wie sich der Kampf entwickelt, und zu gegebener Zeit eingreifen.«

Wie Marie glaubte auch er an einen schnellen Sieg von Graf Joachim und hielt es für besser, den Feind erst dann zu attackieren, wenn dieser die Auseinandersetzung bereits gewonnen glaubte.

Johann von Wettin nickte mit verkniffener Miene. Da Graf Joachim mit seinen Männern seiner eigenen Schar fast vierfach überlegen war, hielt er ein wildes Anrennen ebenfalls für aussichtslos.

»Seid alle ruhig, damit uns die Feinde nicht bemerken. Wir greifen an, sobald ich es für richtig erachte.«

Diese Entscheidung ließ ihm genug Möglichkeiten bis hin zum Rückzug, falls der Feind sich als zu stark erweisen sollte, dachte er und ritt langsam weiter.

Zu Maries Verwunderung hörten die Kampfgeräusche

nicht auf. Gelegentlich klang Fluchen zu ihnen her, und sie verstanden einige der Worte, die Leutprand seinen Kriegsknechten zurief.

»Wie es aussieht, konnten sich der Waldgraf und seine Leute in das Dornenlabyrinth zurückziehen. Dort hilft den Herrensteinern auch ihre große Übermacht wenig«, flüsterte Nepomuk Marie zu.

Diese winkte ihm zu schweigen und lauschte nach vorne. »Graf Joachim hat Männer vorgeschickt, um den Hauptpfad abzusperren. Wenn der Waldgraf sich nicht durch diese durchschlagen kann, sitzt er in der Falle!«

»Dem fällt schon was ein«, erwiderte Nepomuk mit wegwerfender Geste.

»Ihr drei werdet jetzt absteigen, damit die Reiter, die euch mitgenommen haben, beim Kampf nicht behindert werden. Verbergt euch, bis ihr wisst, ob wir gesiegt haben!«

Noch während Johann von Wettin dies sagte, packte der Reiter, hinter dem Nepomuk saß, diesen beim Kragen und stellte ihn auf die Erde. Marie und Trudi rutschten selbst von den Pferdrücken und wollten die anderen Reiter vorbeilassen. Da spitzte Marie erneut die Ohren.

»Was wird denn das?«, rief sie verwirrt. »Der Schurke Leutprand fordert, dass sein Herr die Sache mit dem Waldgrafen auskämpfen soll!«

Johann von Wettin zügelte sein Pferd und lauschte ebenfalls. »Bei meinem Namenspatron Sankt Johannes, dem Evangelisten, es stimmt! Nun, ein Zwist im Hause Herrenstein ist mir hochwillkommen.« Er lachte auf und ritt weiter.

Die Neugier zwang Marie, ihm zu folgen. Nepomuk stapfte auf kurzen Beinen hinter ihr her und wurde schon bald von Trudi überholt.

»Frau Marie!«, rief der Kleine. »Biegt dort vorne nach links ab, sonst kommt Ihr direkt auf diese Schurken zu, die sich dort versammeln.«

Marie folgte dem Ratschlag und kam an der stinkenden Latrinengrube vorbei. Angeekelt hielt sie sich einen Ärmel vor Mund und Nase und eilte rasch weiter.

»Bei Gott, stinkt das!«, keuchte Johann von Wettin, der etwas zu tief eingeatmet hatte und nun seinen rebellierenden Magen beruhigen musste. Auch er war froh, als die Grube hinter ihnen lag und der Wind nicht in ihre Richtung blies.

Wenig später erreichte Marie den Rand des Lagers und blieb in der Deckung eines Busches stehen. »Steigt vom Pferd, sonst sieht man Euch«, herrschte sie Johann von Wettin an.

Dieser gehorchte unwillkürlich und reichte die Zügel seines Hengstes seinem Reitknecht. Dann trat er neben Marie und spähte nach vorne.

Graf Joachims Gefolgsleute standen einen Steinwurf von ihnen entfernt am Rand der Lichtung und schauten auf ihren Anführer, der eben sein Pferd antrieb. Auf der gegenüberliegenden Seite entdeckten sie etwa zwanzig Männer des Waldgrafen, dazu Armin und ein halbes Dutzend Frauen. Marie atmete auf, als sie Ignatia entdeckte, und zupfte Johann von Sachsen am Ärmel.

»Dort ist Gräfin Jutta.«

»Sie trägt ein neues Kleid. Das muss sie vom Waldgrafen erhalten haben«, flüsterte Trudi.

»Mit ihrer Nonnentracht war kein Staat mehr zu machen. Die bestand mehr aus Löchern denn aus Tuch«, erklärte Marie und richtete dann ihr Augenmerk auf den ungleichen Zweikampf, der sich vor ihnen entspann.

Gegen einen voll gerüsteten Ritter stand ein ungewappneter Mann zu Fuß meist auf verlorenem Posten. Dies wusste auch Christoph von Herrenstein und verfluchte in Gedanken seinen Neffen, der sich jeden Vorteil nahm, den er erhaschen konnte. In seiner Lage gab es jedoch keine andere Möglichkeit, als diesen Kampf zu wagen. Er schritt weiter, maß die Entfernung, die Joachims Hengst noch zurücklegen musste, und eilte dann auf Marks Hütte zu.

Graf Joachim lenkte sein Pferd hinter ihn und schwang sein Schwert. Der wuchtige Hieb traf jedoch nur eine Ecke der Hütte, denn der Waldgraf war rechtzeitig ausgewichen. Dieser hätte jetzt das Pferd niederstechen können, zögerte aber. Stattdessen eilte er um die Hütte herum und versetzte dem Tier einen kräftigen Schlag mit der Hand auf die Kruppe. Der Hengst drehte sich zur Seite, und da Graf Joachim noch immer versuchte, sein Schwert aus der Hütte zu ziehen, wurde er beinahe aus dem Sattel gezerrt.

Christoph von Herrenstein lachte auf. »Was bringen dir nun Ross und Rüstung, du elender Schurke? Du bist so ehrlos, dass es Gott erbarmen möge!«

»Schlagt ihn nieder, solange sein Schwert noch festsitzt, anstatt zu schwatzen«, forderte Mark seinen Anführer auf.

Der Waldgraf aber wusste, dass er genau das nicht tun durfte. Er musste den Kampf mit seinem Neffen ohne ein Zeichen von Hinterlist ausfechten, weil dessen Krieger ihn sonst niemals als neuen Herrn akzeptieren würden.

Unterdessen hatte Graf Joachim seine Klinge endlich herausgerissen und zog seinen Hengst herum, um erneut auf den Waldgrafen loszugehen. Dieser wich ihm tänzelnd aus und bedachte ihn mit Spottnamen, die selbst einige von Joachims Waffenknechten zum Schmunzeln brachten.

»Mutig ist er ja!«, lobte Johann von Wettin ihn mit widerwilliger Anerkennung. »Ich wünsche ihm den Sieg, doch auf Gräfin Jutta wird er verzichten müssen. Herrenstein und Herrenroda sind zusammen zu groß, als dass mein Vetter Friedrich ihn als den alleinigen Herrn dort dulden würde!«

Marie hörte ihm nur mit halbem Ohr zu, denn sie beobachtete weiter den Zweikampf, der von Graf Joachims Seite aus immer verbissener geführt wurde. Es gelang diesem, den Waldgrafen zurückzudrängen, so dass er nicht mehr zwischen den Hütten entkommen konnte. Sein Schwert blitzte auf, um den Kampf zu entscheiden. Da schob Christoph blitzschnell sein Schwert in die Scheide, war mit zwei Schritten beim Kopf des Hengstes und packte diesen mit beiden Händen. Zwar stieß sein Neffe mit dem Schwert nach ihm und brachte ihm eine leichte Wunde bei, aber der Waldgraf achtete nicht darauf, sondern drehte den Kopf des Pferdes so, dass es stürzte.

Graf Joachim kam nicht rechtzeitig aus dem Sattel, sondern lag für Augenblicke hilflos vor seinem Verwandten.

»Tötet ihn!«, gellte erneut Marks Stimme auf.

Der Waldgraf ergriff die Zügel des Hengstes, half ihm auf die Beine und schickte ihn mit ein paar Klapsen weg. Ehe er sich seinem Gegner zuwenden konnte, sprang Graf Joachim auf, packte sein Schwert und wollte ihn von hinten niederschlagen.

»Vorsicht!«, schrie Ignatia auf.

Sofort schnellte der Waldgraf herum und zog in der Bewegung sein Schwert. Die Klinge seines Neffen ging ins Leere, während nur die Rüstung diesen davor bewahrte, in die Hölle zu fahren. Er war jedoch angeschlagen, und als sie die Schwerter erneut kreuzten, konnten alle sehen, dass nun Graf Christoph der Überlegene war.

Ignatia jubelte auf, als Joachim erneut verwundet wurde und in die Knie brach. Mühsam kam er wieder auf die Beine und wich in Richtung seiner Männer zurück. Sein Oheim folgte ihm und hob sein Schwert zum entscheidenden Schlag.

Zunächst hatte Leutprand den Kampf ohne Besorgnis verfolgt und geglaubt, es wäre nur eine Frage der Zeit, bis sein schwer gerüsteter Herr mit dem Waldgrafen fertigwerden würde. Nun aber hatte sich das Blatt gewendet, und Joachims Niederlage und Tod standen kurz bevor.

Leutprand hörte Ignatia jubeln und begriff mit erschreckender Klarheit, dass Graf Joachims Niederlage auch sein

Ende bedeutete. Die Nonne würde niemals zulassen, dass er als Mörder ihrer Sippe am Leben blieb.

Ohne nachzudenken, entriss er einem neben ihm stehenden Waffenknecht den Spieß und schleuderte ihn gegen den Waldgrafen. Ignatia stieß zwar noch einen Warnschrei aus, doch es war zu spät. Die Waffe traf Christoph von Herrenstein in den Leib, und er sank in die Knie.

Sofort nahm Graf Joachim seinen Vorteil wahr und schlug mit aller Kraft zu.

»Du bist ein ehrloser Hund!«, stöhnte der Waldgraf noch, dann kippte er nach vorne und blieb reglos liegen.

»Ich habe gewonnen! Ich bin der Sieger!«, rief Graf Joachim wie berauscht, während von der anderen Seite Ignatias Entsetzensschrei erklang. »Heilige Maria, Mutter Gottes, wie konntest du nur zulassen, dass Herr Christoph erschlagen worden ist? Nun werde ich zur Beute des Mörders meiner Sippe!«

Armin vernahm ihre Worte und fühlte, wie es ihn heiß und kalt überlief. Dieses Schicksal war das Schlimmste, was seiner Angebeteten passieren konnte, und es gab niemanden, der sie davon erretten konnte. Wirklich niemanden?, fragte er sich und stürmte los. Es war seine Schuld gewesen, dass sie noch einmal in die Hände des Waldgrafen gefallen war. Hätte er damals im Wald achtgegeben, könnte sie jetzt auf Herrenroda und damit in Sicherheit sein, schoss es ihm durch den Kopf.

Leutprand sah, wie der junge Bursche ein Schwert packte und auf seinen Herrn zustürmte, wartete jedoch grinsend ab, was geschah. Zwar versuchten mehrere Waffenknechte, ihren Herrn zu warnen, doch als dieser sich umdrehte, sah er sich einem Feind gegenüber, der wie von einem Rausch erfasst auf ihn einschlug.

Wäre Graf Joachim nicht verletzt gewesen, hätte er Armin leicht abwehren können. Aber seine Arme waren schwer, und er hatte dem wilden Toben des jungen Lautenspielers nichts mehr entgegenzusetzen. Bevor auch nur ein Einziger seiner Männer eingreifen konnte, lag er am Boden. Noch immer hackte Armin wie von Sinnen auf ihn ein und überhörte die Warnrufe, die Marie und Ignatia gleichzeitig ausstießen.

Wenig später war Armin von Pfeilen durchbohrt, und die Herrensteiner schauten mit bereitgehaltenen Waffen in die Richtung, aus der Maries Warnschrei erklungen war. Johann von Wettin begriff, dass alles auf Messers Schneide stand, schwang sich wieder in den Sattel und lenkte seinen Hengst auf die Lichtung. Seine Reiter folgten ihm wie eine Mauer aus Stahl.

»Ich klage dich, Leutprand, des Mordes an unschuldigen Frauen und Kindern in der Waldburg an und verhänge im Namen meines durchlauchtigsten Vetters Friedrich II., Kurfürst von Sachsen und Landgraf von Thüringen, die Acht über dich. Welch ehrloser Schurke du bist, hast du eben gezeigt, indem du ohne jedes Recht in den Zweikampf zwischen den beiden Herrensteiner Grafen Christoph und Joachim eingegriffen und Ersteren um den Sieg gebracht hast!«

Die Beschuldigungen schlugen wie Hagelgeschosse auf Leutprand und die Herrensteiner Waffenknechte ein. Gottfried und der größte Teil der Männer rückten von Leutprand ab. Als diejenigen, die noch bei ihm geblieben waren, erkannten, dass ihre Zahl jetzt um etliches geringer war als Herrn Johanns Krieger, verschwanden auch sie. Zuletzt stand Leutprand allein und begriff, dass es für ihn nun um alles ging.

»Ich fordere dich zum Zweikampf, Sachse, oder bist du zu feige, dich mir zu stellen?«

Johann von Wettin hätte nun seinen Männern befehlen können, gegen Leutprand vorzugehen. Doch er schwang sich aus dem Sattel und zog sein Schwert.

»Ich bin zum Kampf bereit, und anders als Graf Joachim

bin ich ehrenhaft genug, mir keinen Vorteil durch mein Pferd zu verschaffen!«

»Hoffentlich weiß Herr Johann, was er tut«, murmelte Marie, während auf der anderen Seite Ignatia erneut niederkniete und ein Stoßgebet zum Himmel sandte, den so überraschend erschienenen Ritter über Leutprand siegen zu lassen. Gleichzeitig weinte sie bittere Tränen um Armin. Auch wenn sie ihn nicht so geliebt hatte wie er sie, hatte er ebenso wie Graf Christoph sein Leben für sie hingegeben.

Leutprand griff mit der Wut eines wilden Tieres an, das sich in die Enge getrieben fühlt. Auch wenn Johann von Wettin gut mit dem Schwert umgehen konnte, wurde er nach und nach zurückgedrängt. Ein entscheidender Treffer gelang Leutprand jedoch nicht.

Zuerst hatte Leutprand den Sachsen ins Dornengebüsch locken, ihn dort zu Fall bringen und dann erschlagen wollen. Da sah er die Latrinengrube vor sich und änderte seinen Plan. Mit schnellen Schwertstreichen trieb er seinen Gegner darauf zu. Als dieser mit dem Rücken zur Grube stand, schwang Leutprand mit einem diabolischen Grinsen das Schwert, um Herrn Johann in die Grube zu stoßen.

Marie erkannte seine Absicht und schrie: »Vorsicht, hinter Euch!«

Bisher hatte Johann von Sachsen den Gestank der Grube im Kampfeseifer nicht bemerkt. Nun aber machte er einen raschen Schritt zur Seite und entging dadurch Leutprands wildem Hieb. Vom eigenen Schwung getragen, taumelte dieser nach vorne, sah die Grube auf sich zukommen und kreischte vor Entsetzen auf. Zwar versuchte er noch auszuweichen, rutschte aber ab und klatschte in die stinkende Brühe.

Johann von Wettin sah mit Grauen zu, wie Leutprand sich noch einige Augenblicke an der Oberfläche hielt und flehend die Hand nach ihm ausstreckte. Dann versank der Schurke, und es war vorbei.

Marie schüttelte es. »Einen solchen Tod hätte selbst ich ihm nicht gewünscht.«

Trudi drängte sich an sie. »Ist es endlich vorbei?«

»Ich hoffe es.« Marie blickte zu den Herrensteiner Waffenknechten hinüber. Wäre Paul bei diesen gewesen, hätte dieser sie wahrscheinlich zum Kampf aufgestachelt. Gottfried aber, der nach Joachims und Leutprands Tod der neue Anführer war, trat einen Schritt vor.

»Wer seid Ihr und was wollt Ihr?«, fragte er Herrn Johann.

»Fordert die Männer auf, die Waffen niederzulegen«, riet Marie, die ebenfalls auf die Lichtung getreten war.

Als Johann von Wettin dies mit lauter Stimme forderte, wandte Gottfried sich fragend nach seinen Kampfgenossen um. »Ergeben tun wir uns nicht«, erklärten mehrere von ihnen entschlossen.

»Ihr habt es gehört«, rief Gottfried. »Wir sind immer noch mehr als ihr, und wir haben Kameraden in der Nähe!«

»Das müssen die Leute sein, die die Fluchtwege abgesperrt haben«, schloss Marie aus seinen Worten.

Sie musterte die Herrensteiner, die nun so nahe waren, dass sie ihre Gesichter erkennen konnte. Ein großer Teil von ihnen war bei dem Gemetzel in der Waldburg dabei gewesen, und es drängte sie, sie dafür hängen zu sehen. Doch auch sie begriff, dass in dieser Situation Kampf die schlechteste aller Lösungen gewesen wäre.

»Bietet ihnen freien Abzug an!«, sagte sie mit bitter klingender Stimme. »Es ist besser, sie verlassen diese Lande im Frieden, als dass erneut Blut fließt.«

Johann von Wettin nickte. »Das ist ein guter Vorschlag.«

Er wandte sich wieder den Herrensteinern zu. »Ich schlage euch einen Waffenstillstand vor. Ihr überlasst uns Gräfin Jutta und könnt dafür ungehindert abziehen.«

»Das wäre uns schon recht, aber Graf Joachim schuldet uns noch den Sold für diesen Monat, und einige von uns stammen von seinen Besitzungen und würden gerne in der Heimat bleiben«, antwortete Gottfried, der selbst auch zu den echten Herrensteiner Gefolgsleuten zählte.

Johann von Wettin drehte sich zu seinem Sekretär um. »Sorg dafür, dass diese Männer ihren ausstehenden Sold erhalten. Wer mag, kann in meine Dienste treten.«

»Es sind Frauen- und Kindermörder dabei«, rief Marie entsetzt.

»Manchmal frisst auch der Teufel Fliegen«, antwortete der Sachse. »Ich jedenfalls habe diese Kerle lieber unter meinem Kommando, als sie hier im Wald als Räuber zu sehen, und das würden sie, wenn wir ihnen Lohn und Brot nehmen. Kümmere dich darum!«

Der Befehl galt erneut seinem Sekretär, der mit einem schicksalsergebenen Seufzer auf die Herrensteiner zuritt, neben deren neuem Anführer Gottfried aus dem Sattel stieg und diesem das Angebot seines Herrn überbrachte.

Johann von Wettin sah Marie auffordernd an. »Hättet Ihr die Güte, mich Gräfin Jutta vorzustellen?«

»Sehr gerne, Euer Erlaucht!« Marie knickste und wünschte sich auf einmal ein besseres Kleid als das, was sie trug, denn abgesehen davon, dass es einer Magd gehört hatte, sah man ihm die Strapazen der letzten Zeit deutlich an. Dann aber lachte sie über sich selbst. Ihre Tochter und sie waren mit dem Leben davongekommen, und da jammerte sie, weil sie in einem zerrissenen Kleid herumlaufen musste. Ein neues Gewand war leicht zu erlangen, ein verlorenes Leben konnte man nicht ersetzen.

Sie ging auf die Gruppe um Ignatia zu und sah aus dem Augenwinkel, wie Mark sein Kurzschwert hob, um die Nonne von hinten niederzuschlagen. Noch bevor sie einen Schrei ausstoßen konnte, schoss einer der überlebenden Bogenschützen des Waldgrafen aus kurzer Entfernung einen Pfeil auf den Verwachsenen ab. Dieser bäumte sich noch einmal auf. Die Waffe entfiel seiner kraftlos gewordenen Hand, und er stürzte wie ein gefällter Baum zu Boden.

»Dass ich das einmal erleben durfte, hätte ich nicht gedacht«, meinte der Bogenschütze und kniete nieder. »Ihr habt die Herrensteiner in Eure Dienste genommen, edler Herr. Könntet Ihr das nicht auch bei uns tun? Die meisten von uns sind ehrliche Leute, und die es nicht sind, die machen wir schon dazu!«

Johann von Wettin lächelte ihm freundlich zu. »Allein um dieses Schusses willen wirst du nicht der Geringste unter meinen Gefolgsleuten sein. Auch deine Kameraden sind mir willkommen!«

Schüchterne Jubelrufe klangen auf. Hatte es lange so ausgesehen, als würde ihr Leben hier enden, sahen die Überlebenden der Waldgrafenbande endlich wieder eine Zukunft für sich.

Ignatia hingegen bedachte Joachim von Herrensteins Leichnam mit einem erleichterten Blick und dankte Gott, dass es ihr erspart geblieben war, das Weib des Mörders ihrer Sippe zu werden.

Aus diesen Gedanken heraus musterte sie Johann von Wettin genauer. Er war knapp einen Kopf größer als sie, hatte breite Schultern und eine gute Haltung. Sein Gesicht wirkte angespannt, war aber nicht unsympathisch. Auf jeden Fall war er ein Herr von Adel, der wusste, was er seinem Stand schuldig war.

Marie blieb zwei Schritte vor Ignatia stehen und wies mit der rechten Hand auf ihren Begleiter. »Meine Liebe, darf ich Euch Herrn Johann von Wettin vorstellen, der aufgebrochen ist, um Euch aus den Händen Eurer Feinde zu befreien?«

Während Herr Johann sich formvollendet vor Ignatia verbeugte, sank diese in den tiefsten Knicks, den sie vermochte.

»Gräfin Jutta von Herrenroda, bislang noch als fromme

Schwester Ignatia bekannt«, stellte Marie sie dem Sachsen vor, um die Form zu wahren.

»Ihr seht mich äußerst entzückt, Erlaucht, weil es mir gelungen ist, Euch unversehrt aufzufinden!« Die Stimme des jungen Herrn klang angenehm, fand Ignatia und sah ihm scheu in die Augen.

»Euer Entzücken kann nicht größer sein als das meine, da ich nun den Händen meiner Feinde entrissen bin.«

Marie empfand es als eine etwas eigenartige Begrüßung, war aber froh, weil es Ignatia gut zu gehen schien.

»Was macht Eure Wunde?«, fragte sie.

»Dank Eurer Heilkunst ist sie bereits trocken und vernarbt«, antwortete Ignatia lächelnd.

»Ich würde sie mir später trotzdem gerne noch einmal ansehen.«

Ignatia nickte huldvoll. »Sobald wir die Gelegenheit finden, unter uns zu sein, kann es geschehen.«

»Der Haushofmeister wird dafür sorgen, dass Ihr auf der Burg meines Vetters, des Kurfürsten, so behaglich wie möglich untergebracht werdet«, versprach Johann von Wettin und ließ seine Blicke zu Ignatias linkem Holzschuh wandern. Auch wenn er Marie vertraute, so wollte er doch einen Beweis sehen, dass ihm die richtige Jutta von Herrenroda gegenüberstand.

»Es heißt, Ihr besitzt ein untrügliches Merkmal, das niemand über Eure Herkunft täuschen kann«, setzte er leise hinzu.

Ignatia begriff, worauf er hinauswollte, zögerte jedoch aus Scham, ihm ihre Unvollkommenheit zu zeigen. Dann aber rief sie sich ins Gedächtnis, dass er ihr Retter war. Außerdem brauchte sie seine Unterstützung, wenn sie sich als Gräfin der Herrenrodaer Besitzungen durchsetzen wollte. Daher entfernte sie die Stoffstreifen um ihren Fuß. Dieser war nicht ganz sauber, doch dies kümmerte Johann von Sachsen nicht.

Er kniete vor ihr nieder und sah die sechs Zehen. Mit einem zufriedenen Lächeln wickelte er die Binden eigenhändig wieder um ihren Fuß und streifte ihr den Holzschuh über.

»Ich bin überglücklich, Eurer Erlaucht behilflich sein zu können«, sagte er, als er aufstand, und reichte ihr den Arm.

Ignatia legte ihre Hand darauf und ließ sich von ihm zu seinem Pferd führen. Dort hob er sie mit eigener Hand auf dessen Rücken, stieg dann selbst in den Sattel und bat sie, sich an ihm festzuhalten.

»Bedauerlicherweise führen wir kein Ross mit Damensattel mit uns, und ich will Euch auch nicht zumuten, so lange zu warten, bis eines geholt werden kann«, setzte er mit einem um Entschuldigung bittenden Lächeln hinzu.

»Ich würde den Wald gerne so schnell wie möglich verlassen«, antwortete Ignatia und klammerte sich an ihm fest.

»Verzeiht, Herr, doch müssen wir uns auch um Paul und die anderen kümmern, die die beiden Wege absperren«, wandte Gottfried ein.

»Tut, was ihr für notwendig erachtet!« Johann von Wettin nickte ihm lächelnd zu und stieg in den Sattel, ohne sich an Maries leisem Fauchen zu stören.

Paul war einer der schlimmsten Schurken unter Leutprands Männern gewesen. Doch auch Marie war es lieber, bald unter ein festes Dach zu kommen und endlich ein Bad nehmen zu können. Außerdem brauchten Trudi und sie genau wie Ignatia neue Kleider. Sie trat daher zum Sekretär des Sachsen und sprach ihn an. »Ich wäre Euch sehr verbunden, wenn Ihr mich und meine Tochter ebenfalls von hier wegbringen könntet.«

Der Mann sah sie mit bedauernder Miene an. »Verzeiht, doch ich muss mich um die Herrensteiner Waffenknechte und die Waldgrafenbande kümmern. Ich werde jedoch dafür sorgen, dass Ihr und Eure Tochter mit zwei anderen Reitern Seiner Durchlaucht folgen könnt.«

»Ich danke Euch«, sagte Marie.

Da tauchte Nepomuk mit einem schiefen Grinsen neben ihr auf. »Wenn es dem Herr recht ist, würde ich gerne auch mitkommen. Mich hält hier im Wald nichts mehr, und ich hätte nichts dagegen, wieder einmal in einem richtigen Bett schlafen zu können und nicht auf einem Hirschfell, das über ein wenig Reisig geworfen worden ist.«

»Der Mann weiß, was er will«, sagte Johann von Sachsen lachend.

»Ich darf also mit?«, fragte Nepomuk mit einem noch breiteren Grinsen und erntete ein Nicken des hohen Herrn.

Unterdessen trat einer der Begleiter Johann von Wettins auf Marie zu und verneigte sich, während ein zweiter Trudi in den Sattel hob. Als auch sie auf dem Pferderücken saß und der Reiter vor ihr seinem Herrn folgte, der den Weg zurückritt, den sie gekommen waren, wurde ihr erst so richtig bewusst, dass all der Schrecken und das Elend, das sie erlebt hatte, endgültig vorbei waren.

10.

Zuerst hatte Johann von Wettin Ignatia, Marie, Trudi und Nepomuk auf die Burg seines kurfürstlichen Vetters bringen wollen. Doch als sie aus dem Wald herausritten und er zur Linken Herrenstein auf dem Höhenzug liegen sah, lenkte er seinen Hengst dorthin.

»Warum wollt Ihr dorthin? Das sind doch Feinde«, rief Ignatia entsetzt.

»Habt keine Sorge! Euch wird nichts geschehen«, antwortete Johann. Er hielt auf die Burg zu. Das Tor war verschlossen, doch auf dem Turm waren mehrere alte Männer und ein paar Frauen zu sehen.

»Öffnet!«, befahl der Sachse.

Nicht nur Marie war gespannt, ob die Bewohner der Burg gehorchen würden. Sie schienen nicht einig zu sein, denn es klangen laute Stimmen auf, die das Für und Wider eines solchen Schrittes besprachen.

»... der Herr ist fort ...«, hörte Marie.

»Es sind Damen dabei, die ...«, antwortete ein anderer daraufhin.

»Das ist Herr Johann von Wettin. Ich kenne ihn! Ihn abzuweisen wäre eine Schande für unseren Herrn und würde zudem Kurfürst Friedrich von Sachsen beleidigen.«

Der letzte Sprecher schien sich durchzusetzen, denn die Fußgängerpforte des Tores wurde geöffnet.

»Sollen die Damen etwa zu Fuß gehen und wir die Pferde

hier im Freien stehen lassen?«, fragte Johann von Wettin streng.

Als Antwort wurden beide Torflügel geöffnet. Die kleine Schar ritt in die Burg ein und hielt vor dem Palas an. Dort schwang Johann sich aus dem Sattel und hob Ignatia vom Pferd. Kaum stand sie auf dem Boden, wandte er sich an die Burgleute, die ihnen neugierig gefolgt waren.

»Ich habe euch die Mitteilung zu machen, dass Graf Joachim im Kampf mit den Männern des Waldgrafen, der sich als sein Oheim Christoph von Herrenstein entpuppte, den Tod gefunden hat. Auch Graf Christoph überlebte den Kampf nicht. Daher übernehme ich die Burg und das gesamte Besitztum Herrenstein im Namen der nächsten Erbin Gräfin Jutta von Herrenroda, auf dass die beiden Herrschaften wieder vereint sind, so wie sie es vor einhundert Jahren waren.«

Wären mehr als nur ein paar alte Männer in der Burg zurückgelassen worden, hätte Johann von Wettin diesen Streich nicht wagen dürfen. So aber sahen sich die Leute verwirrt an, und einer stellte die Frage, die sie alle bewegte.

»Was sagt Herr Leutprand dazu? Er ist ein Vetter von Graf Joachim, wenn auch illegitim, und wird Herrenstein gewiss für sich fordern.«

»Leutprand ist ebenfalls tot!«, erklärte Marie mit lauter Stimme.

»So ist es«, bestätigte Johann von Wettin ihre Worte.

»Und was ist mit den Kriegsknechten unseres Herrn?«, fragte der Mann weiter.

»Die hat Gräfin Jutta in ihre Dienste übernommen! Und nun huldigt ihr, auf dass sie euch eine gute Herrin sei.«

Johann von Wettin sprach mit der Autorität eines hochadeligen Geschlechts, der sich die einfachen Menschen in der Burg nicht entziehen konnten. Der erste Mann kniete nieder, dann mehrere Frauen, und zuletzt taten es alle, sogar der Türmer auf dem Tor.

»Geht nun wieder an eure Arbeit!«, erklärte Johann nach einer Weile, während Marie eine Frau heranwinkte, deren am Gürtel hängender Schlüsselbund sie als Beschließerin der Burg auswies.

»Gräfin Jutta und wir wünschen als Erstes ein Bad, dazu ein Mahl und anschließend saubere und standesgemäße Kleider!«

Die Beschließerin kniff die Augen zusammen. »Seit dem Tod der Schwester unseres Herrn hat keine Dame mehr auf Herrenstein gelebt. Der jungen Dame«, sie wies auf Trudi, »mögen die Kleider der Komtess passen. Für Ihre Erlaucht und Euch müssen wir jedoch sehen, ob in den Truhen noch Kleider der Mutter unseres Grafen zu finden sind.«

»Dann tut das!«, sagte Marie und hoffte im Stillen, dass diese Kleider nicht mottenzerfressen sein würden. Auch sie wurde jetzt vom Pferd gehoben und folgte mit Ignatia und Trudi zusammen einer Magd, die sie in die Badestube brachte. Dort konnten sie sich mit etwas warmem Wasser, das aus der Küche gebracht wurde, den gröbsten Schmutz von den Händen und dem Gesicht abwaschen. Unterdessen wurden große Kessel über die Flammen gehängt, um genug Wasser für den großen Bottich zu erwärmen, in dem die drei baden sollten.

Die Wartezeit verkürzten Marie, Trudi und Ignatia sich mit einem Becher Wein, etwas kaltem Braten und Brot. Als sie schließlich ihre alten Kleider ablegten und sich abwuschen, um nicht allzu dreckig in den Bottich zu steigen, musste Marie lachen und konnte nicht mehr aufhören.

»Was ist mit dir, Mama?«, fragte Trudi besorgt.

Marie brauchte eine Weile, bis sie sich wieder beruhigt hatte, und wischte sich die Tränen aus den Augen.

»Verzeiht!«, bat sie die Gräfin, die noch eine Nonne war, und ihre Tochter. »Ich fühle mich so seltsam. Gestern lebte ich noch in Todesangst, und nun ist das größte Problem, ob man passende Gewänder für uns findet.«

»Ich kann es auch noch nicht begreifen«, bekannte Ignatia und stieg in den Bottich.

Marie folgte ihr und half Trudi, deren Beine noch etwas zu kurz waren, ebenfalls hinein. Kaum saßen sie im Wasser, brachten zwei Mägde wohlriechende Kräuter und Öle herbei und schütteten sie in den Bottich. Anschließend legten sie Bretter über die Wanne und trugen frischen Wein sowie gebratene Hühnchen und Pasteten auf, damit Marie, Trudi und Ignatia während des Bades weiteressen konnten.

»Wenn die Damen noch etwas benötigen, sollen sie ruhig nach uns rufen. Wir bleiben in der Nähe«, sagte eine der Mägde und verließ mit ihren Gefährtinnen die Badestube.

Die drei genossen das warme Wasser sowie die ausgezeichneten Speisen. Nach einer Weile stupste Ignatia Marie an.

»Findet Ihr nicht auch, dass Markgraf Johann ein imponierender Herr ist? Es war bewundernswert, wie er Leutprand besiegt und die Waffenknechte Graf Joachims zum Aufgeben brachte!«

Marie verkniff sich zu sagen, dass Johann von Wettin nur ihren Ratschlägen gefolgt war, sondern nickte. »Das ist er gewiss.«

Sie musterte Ignatia und fand, dass diese auf sich allein gestellt nicht in der Lage sein würde, sich sowohl auf Herrenstein wie auch auf Herrenroda durchzusetzen. Dafür brauchte sie einen Mann wie Markgraf Johann an ihrer Seite.

»Er ist ein imponierender Herr und zudem ein Verwandter des Kurfürsten von Sachsen. Auch glaube ich, dass Ihr ihm nicht gleichgültig seid«, erklärte sie und sah, wie sich Ignatias Miene noch mehr aufhellte.

Der Sachse hatte anscheinend einen großen Eindruck auf die Nonne gemacht. Marie ahnte zwar, dass Johann durch Ignatia in erster Linie Herr der beiden Grafschaften werden wollte und dafür auch eine Frau in Kauf genommen hätte, die hässlicher gewesen wäre als die junge Nonne. Trotzdem würde er sie gut behandeln. Immerhin musste der Erbe der Ländereien aus Ignatias Schoß kommen.

Als sie Letzteres aussprach, zuckte Ignatia zusammen. »Was ist, wenn ich bereits schwanger bin? Immerhin hat der Waldgraf mich zum Beischlaf gezwungen und …« Sie brach ab, weil sie an Armin und dessen Schicksal dachte.

Marie musterte sie nachdenklich. »Das wollen wir nicht hoffen. Vor wie vielen Tagen hattet Ihr Euren letzten Mondfluss?«

Als Ignatia ihr die Zahl nannte, atmete Marie auf. »Wie es aussieht, habt Ihr Glück. Nur zwei oder drei Tage später hätte es geschehen können. Ihr solltet jedoch besser verschweigen, dass Graf Christoph Euch geschändet hat, und Herrn Johann als sittsame Jungfer in das Brautbett folgen.«

»Ihr glaubt, er würde mich heiraten?«, fragte Ignatia aufgeregt.

Als Nonne hatte sie nie an eine Heirat gedacht, aber durch die Ausrottung ihrer restlichen Familie war es ihr als heilige Pflicht auferlegt worden, dem Stammbaum ein neues Reis anzuheften. Und so unangenehm ist es wahrscheinlich nicht, verheiratet zu sein, dachte sie.

»Aber ich habe mein Gelübde abgelegt und bin Nonne. Ohne Dispens des Heiligen Vaters zu heiraten wäre eine Todsünde«, wandte sie ein.

»Der Kurfürst von Sachsen ist bedeutend genug, um für seinen Verwandten diesen Dispens erwirken zu können«, antwortete Marie lächelnd.

Gleichzeitig fragte sie sich, was sie selbst tun sollte. Zwar drängte ihr Herz sie, so schnell wie möglich nach Kibitzstein zurückzukehren, um dort zu sein, wenn Michel aus Österreich zurückkehrte. Wie recht hatte er gehabt, ihr von dem Bündnis mit Ernst von Herrenroda abzuraten! Ihr kamen die Tränen, als sie an all die Toten dachte, die dessen Fehde mit seinem Vetter Joachim von Herrenstein gekostet hatte.

Dann aber rief sie sich zur Ordnung. Wenn sie jetzt aufbrach, würde es mit leeren Händen geschehen. Dabei brauchte sie dringend Hilfe gegen den Würzburger Fürstbischof. Einen Augenblick lang musterte sie Ignatia, sagte sich dann aber, dass diese nicht die richtige Ansprechpartnerin war. So etwas musste sie mit Johann von Wettin besprechen. Vorher aber wollte sie dieses Bad genießen und sich erst einmal ausschlafen. Danach war immer noch Zeit für ein Gespräch.

11.

Etliche Meilen von Herrenstein entfernt schaute die Ziegenbäuerin Hiltrud missmutig zu, wie Guntram von Ebrach auf ihren Hof zustapfte. Der Mann hatte sich heimtückisch in den Besitz von Kibitzstein gesetzt und trat nun auf, als hätte der König es ihm zu Lehen gegeben. Als Erstes hatte er die Abgaben für die Bauern und Handwerker der Herrschaft drastisch erhöht, und wer nicht zahlen wollte oder konnte, bekam es mit seinen Waffenknechten zu tun. Er hatte ein Dutzend von ihnen auf der Burg behalten, und um mit diesen fertigzuwerden, hätte es eines beherzten Anführers bedurft. Da Michel jedoch dem Ruf des Königs gefolgt und Marie nach Thüringen gereist war, gab es hier niemanden mehr, der sich gegen die Männer des Fürstbischofs hätte behaupten können. Wenn Marie überhaupt noch lebte, dachte sie bang. Zwar hoffte Hiltrud das Gegenteil, doch die Angst steckte tief in ihr. Entsprechend angespannt wartete sie, bis Guntram von Ebrach vor ihr stand und sie ansprach. »Du bist die Bäuerin auf diesem Hof?«

Hiltrud nickte. »Das bin ich.«

»Warum hast du deine Abgaben bislang noch nicht auf die Burg gebracht?«

»Weil mein Hof durch Ritter Michels Gunst von allen Abgaben befreit ist«, erklärte Hiltrud und verschränkte die Arme vor der Brust.

»Kannst du das beweisen?«

»Das wissen hier alle«, antwortete Hiltrud herb. »Außerdem ist es geschriebenes Recht.«

»In der Burg habe ich keine solche Urkunde gefunden.« Guntram von Ebrach klang ebenso boshaft wie missmutig, denn er suchte noch immer nach all den wertvollen Schriftstücken, die irgendwo in der Burg versteckt sein mussten.

Hiltrud wollte schon sagen, dass sie eine Ausfertigung der Urkunde besaß, sah aber das Funkeln in seinen Augen und befürchtete, dass er sie ihr abnehmen würde, wenn sie ihm die Gelegenheit dazu bot.

»Wenn Herr Michel zurückkommt, wird er es bestätigen«, antwortete sie daher.

»Falls er zurückkommt!«

Guntram von Ebrach lächelte zufrieden. Ungarn war weit, und die Bewohner des Landes waren wilde Krieger, die dem Reich schon zu Zeiten von König Heinrich dem Vogler und Kaiser Otto großen Schaden zugefügt hatten. Da mochte es durchaus sein, dass Michel Adler auf Kibitzstein die Heimat nie wiedersehen würde. Sein Weib war in Thüringen umgebracht worden und der Sohn zu jung, um sein Erbe in den nächsten Jahren fordern zu können. Bis dorthin würde er auf Kibitzstein schalten und walten, wie es ihm beliebte. Vor allem aber hatte Guntram von Ebrach sich vorgenommen, Falko Adler nach dessen Volljährigkeit nur die alte Herrschaft Kibitzstein zu überlassen. Das, was dessen Vater und Mutter hinzugekauft hatten, würde zu einem Teil an das Fürstbistum zurückfallen und zum anderen seine eigenen Taschen füllen. Er beendete den Ausflug in eine für ihn angenehme Zukunft und wandte sich wieder der Ziegenbäuerin zu.

»Da niemand beweisen kann, dass du keine Abgaben bezahlen musst, wirst du sie morgen zur Burg bringen. Versäumst du die Mittagsstunde, ergeht es dir übel!« Nach diesen Worten machte Guntram von Ebrach kehrt.

Hiltrud blickte ihm aufgebracht nach. »Warte nur, wenn Michel zurückkommt! Dann wirst du anders reden«, zischte sie und drehte sich zu ihrem Sohn Dietmar um. »Du wirst morgen eine Kuh und zwei Schweine zur Burg bringen, und Mechthild wird vier junge Gänse hochtreiben.«

»Das ist ungerecht!«, rief Dietmar. »Herr Michel und Frau Marie haben uns den Besitz ohne jede Bedingung überlassen. Dieser aufgeblasene Domherr hat kein Recht, uns etwas abzuverlangen.«

»Das Recht vielleicht nicht, aber die Macht«, antwortete seine Mutter. »Und der müssen wir uns im Augenblick beugen.«

»Du hättest ihm unsere Urkunde zeigen sollen«, maulte ihr Sohn.

»Damit er sie uns abnimmt? Hildegard hat Ebrach und dessen Stellvertreter in der Burg belauscht. Der Mann will die Urkunden von Kibitzstein finden und jene, die dem Fürstbistum Bedingungen auflegen, vernichten. So einem liefere ich unsere Urkunde nicht aus. Was die Rinder und Schweine betrifft, die wir ihm jetzt überlassen müssen, so werden Marie und Michel uns diese schon zurückgeben.«

»Und wenn Ebrach und dessen Schweinehunde sie gefressen haben?«, fragte Dietmar bissig.

»Werden sie dafür sorgen, dass dieser sie uns auf Heller und Pfennig bezahlt!« Hiltrud versetzte ihrem Sohn einen leichten Klaps und wies ihn an, jeweils die schlechtesten Tiere zu nehmen.

»Mehr sind diese Leute nicht wert!«, setzte sie hinzu und betete, dass die Nachricht von Maries Tod falsch war und Michel bald aus Ungarn zurückkehren würde.

12.

Michel befand sich immer noch auf dem Weg in die Heimat, doch sein Zustand war besorgniserregend. Lambert und dessen Kamerad taten alles, um ihm den Ritt zu erleichtern, dennoch hatten sie Angst, ihn nur noch als Toten nach Hause zu bringen. Mittlerweile eiterte Michels Bein. Der pochende Schmerz in der Wunde war so groß, dass Michel sich ein Stück Holz zwischen die Zähne steckte, um während des Rittes darauf beißen zu können. Trotzdem stöhnte er immer wieder, und manchmal wurde es so schlimm, dass er aufschrie. Er hatte es daher aufgegeben, in Herbergen zu übernachten, sondern schlug sein Nachtlager meist im Wald auf.

Da ihre Vorräte abnahmen, schickte Lambert den zweiten Knecht in die Dörfer, um Proviant zu besorgen. Wichtig war vor allem Wein, da dieser die Schmerzen linderte und Michel die Kraft verlieh, weiterzureiten. Essen konnte er nicht mehr viel, und manchmal fühlte er sich so elend, dass er am Morgen am liebsten liegen geblieben wäre, um zu sterben.

Der Wille, Marie und die Kinder wiederzusehen, trieb ihn jedoch vorwärts. Zum Glück für seine Begleiter war er meist bei klarem Verstand und konnte ihnen die Städte nennen, auf die sie zuhalten mussten. Als sie nach qualvollen Tagen die Donau erreichten, führte diese Hochwasser, und sie mussten drei Tage warten, bis sie übersetzen konnten. Lampert holte in dieser Zeit einen Wundarzt, doch als dieser Michels Wunde betrachtete, schüttelte er ebenso den Kopf wie der Arzt aus Graz.

»Wäre die Wunde am Unterschenkel, könnte ich das Bein beim Knie amputieren. So aber ist sie zu weit oben. Dein Herr würde es nicht überleben. Er hat Glück, dass ihn der Wundbrand noch nicht erfasst hat. Wenn der kommt, ist er in drei Tagen tot.«

»Aber es muss doch möglich sein, ihm zu helfen«, flehte der Knecht.

Der Wundarzt überlegte kurz. »Für einen halben Gulden kann ich dir eine Salbe geben, die du auf die Wunde schmieren musst.«

»Bringt sie!«, rief Michel und befahl Lambert, seinem Beutel die geforderte Summe zu entnehmen.

Der Wundarzt ergriff hastig das Geld und verschwand wieder. Eine Stunde später brachte ein Bursche einen kleinen, nicht gerade sauberen Topf mit einem stechend riechenden Inhalt zu ihnen. Lambert roch kurz daran und sah dann Michel zweifelnd an. »Ich weiß nicht, Herr, aber für mich ist das Dreck, den ich nicht auf Euer Bein streichen will.«

»Es muss doch etwas helfen«, stöhnte Michel.

Nachdem er jedoch an der Salbe gerochen hatte, schüttelte auch er den Kopf. »Die Ziegenbäuerin würde dem Arzt den Topf an den Kopf werfen. Das hier kann nicht gut sein! So viel habe ich von ihr gelernt.«

»Bisher konnte ich Euer Bein mit den Salben und Kräutern der Ziegenbäuerin behandeln. Aber die meisten davon sind bereits ausgegangen«, klagte Lambert und sah Michel fragend an. »Wie lange wird es noch dauern, bis wir zu Hause sind?«

Michel versuchte sich zu erinnern, wie viele Tage sie auf dem Herweg gebraucht hatten, doch sein Kopf war wie leer gefegt. »Ich weiß es nicht«, flüsterte er und spürte, wie ihm die Tränen kamen.

»Ich werde dieses Gelumpe in den Fluss werfen«, erklärte Lambert, nahm das Töpfchen und ging los.

Michel sah ihm mit schmerzverzerrter Miene nach. Er hatte sich von dem Arzt Linderung erhofft, aber nur eine Salbe erhalten, die vielleicht ein Pferd aushalten konnte, aber kein Mensch. Er musste an Hannes denken, der in Österreich zurückgeblieben war und nun das kleine Kibitzsteiner Aufgebot anführte. Dieser wusste Pferde zu behandeln und hätte diese Salbe keinem Tier aufgetragen.

Als Lambert das Ufer erreichte, entdeckte er an einer flachen Stelle eine junge Frau, die mit geschürztem Rock durch das Wasser watete. Im ersten Augenblick glaubte er, eine Nixe vor sich zu sehen, und schlug erschrocken das Kreuz. Doch als er noch einmal hinsah, atmete er auf, denn statt eines Fischschwanzes besaß sie zwei ganz normale Beine. Sie war auch nicht so hübsch, wie er sich Nixen vorstellte, und eine solche hätte es wohl auch kaum nötig gehabt, im flachen Wasser nach Muscheln zu suchen.

Die junge Frau bemerkte, dass sie nicht mehr allein war, und blickte auf. »Wer bist du denn?«, fragte sie.

»Ich bin der Lambert, Ritter Michels Knecht«, antwortete der Bursche.

»Dachtest wohl, du könntest dir bei mir was abschauen. Aber da bleibt dir der Schnabel sauber!«

»Nein, es ist nicht so, wie du denkst. Ich wollte den Salbentopf in die Donau werfen. So ein abscheuliches Zeug muss versenkt werden, bevor jemand daran krepiert.«

Die junge Frau lachte. »Hat dir wohl der Wundarzt gegeben, was? Ist auch nur ein besserer Bader, der sich zu fein zum Rasieren geworden ist. Die Salben, die er anmischt, würde ich mir niemals auf die Glieder schmieren.«

»Dabei bräuchte ich dringend Arznei für meinen Herrn. Er wurde im Kampf verwundet, und sein Bein sieht schlimm aus.«

»Ihr seid Fremde?«, fragte die Frau.

Lambert nickte. »Wir stammen aus der Würzburger Gegend.«

»Wo liegt denn das? Es hört sich auf jeden Fall sehr fern an. Weißt du, ich sammle Kräuter, darf diese aber nur an den Apotheker der Stadt verkaufen, und der gibt mir gerade ein paar Pfennige dafür. Die Salben, die er daraus macht, überlässt er den Kranken jedoch für teures Geld. Als ich einmal einem Kranken meine Kräuter heimlich verkauft habe, kam dies auf, und ich wurde zur Strafe gestäubt. Aber wenn ihr weiterzieht und mich nicht verratet, könnte ich mir die Wunde deines Herrn ansehen und dir die Kräuter geben, mit denen du sie behandeln musst.«

Es klang etwas zögernd, so als wisse die Frau nicht, ob sie Lambert vertrauen sollte oder nicht. Für den jungen Burschen zählte jedoch nur eins: Er brauchte Arznei, und da er die des Wundarztes nicht verwenden wollte, blieb nur die Kräuterfrau übrig.

Diese stieg aus dem Wasser, löste ihren geschürzten Rock, so dass er wieder bis zu ihren Knöcheln fiel, und streckte die Hand nach dem Topf aus. »Gib ihn mir! Ich will sehen, was dieser Tropf zusammengebraut hat.«

Als Lambert ihr das Gefäß reichte, öffnete sie es und schnupperte kurz daran. Danach warf sie es mit einer Geste des Abscheus in den Strom. »Sei froh, dass du deinen Herrn damit verschont hast. Er wäre sonst sehr schnell unter die Erde gekommen.«

Da fiel ihr noch etwas ein. »Wenn ihr in der Stadt euer Quartier aufgeschlagen habt, musst du deinen Herrn hierherbringen. Wenn man sehen würde, dass ich zu ihm gehe, würde der Wundarzt mich mit Gewissheit anzeigen, und ihm glaubt der Richter mehr als mir.«

»Wir haben unser Lager keine hundert Schritte entfernt unter den Bäumen aufgeschlagen«, erklärte Lambert eilfertig.

»Dann ist es gut.« Die Kräuterfrau folgte ihm zu Michel und schlug dessen aufgeschlitztes Hosenbein zurück. Angesichts der Wunde, die noch nicht verbunden worden war, damit der Eiter herauslaufen konnte, rümpfte sie die Nase.

»Das gefällt mir gar nicht! Der Schenkel müsste richtig aufgeschnitten werden, um den Eiterherd ausbrennen zu können. Doch das vermag ich nicht. Ich kann Euch nur mit einigen Kräutern helfen.«

»Ich will auch nicht, dass mein Bein aufgeschnitten wird, solange ich noch unterwegs bin«, antwortete Michel. »Mir wäre bereits geholfen, wenn du mir ein paar Kräuter gegen die Entzündung geben könntest und eines, das gegen die Schmerzen hilft.«

»Ich kann Euch getrocknete Huflattichblätter und Jesuwundenkraut bringen, vielleicht auch ein wenig Leinöl – und Eurem Knecht sagen, wie er es verwenden muss«, schlug die Frau vor.

»Dann tu das!«, antwortete Michel. »Ich habe dem Wundarzt Geld für schlechte Medizin gegeben, also kann ich dir dasselbe für gute Kräuter geben.«

»Einen ganzen halben Gulden?«, fragte Lambert erstaunt.

Michel sah ihn mit einem traurigen Blick an. »Mein Bein ist mir weitaus mehr wert als all das Geld, das meine Gemahlin und ich besitzen.«

»Das glaube ich gerne«, sagte die Frau. »Doch auch meine Kräuter können den Tod nicht von Euch fernhalten, wenn er sich zu Euch gesellen will. Wenn Ihr nicht rasch jemanden findet, der Euer Bein zu behandeln weiß, werdet Ihr dem Sensenmann nicht entgehen.«

Michel nickte, doch seine Gedanken weilten bei Marie und den Kindern, und er kannte kein anderes Ziel, als sie noch einmal zu sehen.

Achter Teil

Daheim

1.

Marie las das Schreiben durch, das Markgraf Johanns Sekretär in dessen Auftrag ausgefertigt hatte, und nickte zufrieden. Obwohl es allgemein gehalten war, besagte es doch, dass sie dem Kurfürsten von Sachsen und Landgrafen von Thüringen einen großen Dienst erwiesen habe und sich der Dankbarkeit Seiner Durchlaucht, Kurfürst Friedrichs II., im höchsten Maße erfreuen dürfe. Zwar stand nicht dabei, dass Sachsen ihr und Michel mit Heeresmacht beistehen würde, doch es reichte Maries Ansicht nach aus, um den Fürstbischof von Würzburg zur Vorsicht zu mahnen.

»Ich danke Euch und selbstverständlich auch Markgraf Johann für diese Urkunde«, sagte sie zu dem Sekretär und blickte zum Fenster hinaus. Sie war schon zu lange von Kibitzstein fort, und man würde sich ihretwegen bereits große Sorgen machen.

»Wenn es genehm ist, möchte ich nun in die Heimat aufbrechen.«

Der Sekretär nickte eifrig. »Es wurde bereits alles für Eure Reise vorbereitet. Seine Durchlaucht, Markgraf Johann, würde sich jedoch freuen, wenn Ihr zu seiner Vermählung mit Gräfin Jutta erneut den Weg hierher finden würdet.«

»So es mir irgend möglich ist, werde ich kommen«, versprach Marie, obwohl ihr die Lust am Reisen vorläufig vergangen war.

»Ihr erhaltet einen Reisemarschall und vier Trabanten als Geleit. Es wurde darauf geachtet, dass es sich nicht um Männer handelt, die in Herrensteiner Diensten standen«, fuhr der Sekretär fort.

»Das beruhigt mich! Solchen Leuten würde ich meine Tochter und mich ungern anvertrauen.« Da nach Maries Ansicht alles gesagt war, steckte sie das Schreiben in den Ärmel ihres Kleides und erhob sich. »Habt Dank für alles!«

»Auch ich habe zu danken, denn durch Euer Abenteuer steige ich vom Sekretär eines nachrangigen Wettiners zum Kanzler seiner neuen Herrschaft auf.« Der Mann verneigte sich lächelnd und richtete sich erst auf, als Marie seine Schreibstube verlassen hatte.

Marie war nicht weniger zufrieden als der Sekretär. Auch wenn sie kein richtiges Bündnis zustande gebracht hatte, wie sie es von Graf Ernst von Herrenroda erhofft hatte, so hielt sie nun doch ein Pergament in Händen, das Gottfried Schenk zu Limpurg zum Nachdenken bringen würde. Mehr konnte sie hier nicht erreichen, und so beschloss sie, am nächsten Morgen in die Heimat aufzubrechen.

Sie lenkte ihre Schritte zu den Gemächern, die die Gräfin Herrenroda bewohnte, und trat ein. Ignatia saß am Tisch und spielte mit Trudi Schach, war aber wohl nicht recht bei der Sache, denn sie stand kurz davor, ihre Dame zu verlieren. Da sie noch nicht in den weltlichen Stand zurückversetzt war, trug sie erneut die strenge Nonnentracht, diesmal allerdings aus Samt und Seide. Seit ihrer Rettung hatte sie sich deutlich von ihrer Verwundung und den Strapazen erholt. Ihr Gesicht war wieder voller, die Augen glänzten, und die Risse, die ihr die Dornen während ihrer Flucht beigebracht hatten, waren verheilt.

Als sie Marie eintreten sah, legte sie ihren König um. »Ich gebe auf, Trudi! Du spielst heute zu gut für mich.«

»Bedrückt Euch etwas?« Das Mädchen hatte erkannt, dass

Ignatia anderen Gedanken nachhing als dem Spiel, und es freute sich daher nicht so wie sonst über seinen Sieg.

Ignatia atmete tief durch und befahl einer Dienerin, Wein für die Herrin auf Kibitzstein zu bringen.

»Werte Freundin, vielleicht könnt Ihr mir raten?«, fragte sie Marie, als der Wein gebracht worden war.

»Gerne, wenn es in meiner Macht steht«, antwortete Marie.

»Seine Durchlaucht, Kurfürst Friedrich von Sachsen, hat mir ein Schreiben übersenden lassen, in dem er mir seine herzlichsten Glückwünsche zu meiner Rettung ausspricht. Gleichzeitig aber machte er mir einen überraschenden Vorschlag, bei dem ich nicht weiß, ob ich ihn annehmen soll oder nicht.«

Ignatia seufzte und reichte Marie ein mit mehreren Siegeln versehenes Pergament.

Schon bei den ersten Zeilen sah Marie überrascht auf. »Kurfürst Friedrich schlägt Euch einen Landtausch vor! Er benötigt die Burgen und Ländereien von Herrenstein und Herrenroda, um der weiteren Ausbreitung der Schwarzburger Grafen in dieser Gegend einen Riegel vorzuschieben.«

»Ich weiß nicht, ob ich darauf eingehen soll«, antwortete Ignatia zweifelnd. »Zwar habe ich mit Markgraf Johann darüber gesprochen, wollte aber auch Eure Meinung hören.«

Marie begriff, dass Ignatia bereit war, dem Willen ihres Verlobten zu folgen, es aber von ihr noch einmal bestätigt haben wollte. »Der Kurfürst will Euch dafür die Burg Saalstein und die beiden in der Nähe liegenden Städte Tresskau und Mittstadt samt deren Umland abtreten. Wenn ich diese Aufstellung hier richtig verstehe, bringt Euch dies zwar von der Größe des Landes kaum Gewinn, aber da dort die fünffache Zahl an Menschen lebt, werdet Ihr und Euer Gemahl weitaus mehr Bedeutung und Einfluss gewinnen als mit Eurem jetzigen Besitz.«

Da der Kurfürst sich so großzügig zeigte, musste ihm die strategische Lage von Herrenstein und Herrenroda wichtig sein, dachte Marie. Zudem bildeten Saalstein, Tresskau und Mittstadt ein zusammenhängendes Gebiet und nicht den Flickenteppich, aus dem Ignatias Erbe bestand.

»An Eurer Stelle würde ich dieses Angebot annehmen«, erklärte sie und sah Ignatia aufatmen.

»Betrachtet es von mehreren Seiten«, fuhr sie fort. »Zum einen erhaltet Ihr dort weitaus höhere Einnahmen, als Ihr aus Herrenroda und Herrenstein ziehen könntet, und zum anderen ist diese Gegend hier mit schlimmen Erlebnissen verbunden, die Euch immer wieder quälen würden.«

»Da habt Ihr recht«, stimmte ihr Ignatia zu. »Hier auf Herrenstein denke ich die ganze Zeit daran, dass es dem Mörder meiner Familie gehörte, und auf Herrenroda würde ich meine Verwandten vermissen, auch wenn erst deren Tod mich zur Herrin der Grafschaft gemacht hat.«

»Daher ist es besser, wenn Ihr dieses Land Kurfürst Friedrich überlasst und zur Gräfin von Saalstein werdet.«

»Nicht Gräfin«, wandte Ignatia ein. »Seine Durchlaucht, Kurfürst Friedrich, will Seine Majestät, König Friedrich, bitten, dieses Land in den Rang eines Fürstentums zu erheben. Stellt Euch vor, ich würde dann eine Fürstin von Sachsen-Saalstein-Tresskau sein!« Ignatias Augen leuchteten auf, und Marie begriff, dass diese Rangerhöhung für sie ein weitaus höherer Anreiz war, auf ihre Erblande zu verzichten, als all die schlimmen Ereignisse, die sich hier seit dem Blutbad auf der Waldburg abgespielt hatten.

»Nehmt meine aufrichtigen Glückwünsche entgegen«, sagte sie, während Trudi verwundert aufschaute.

»Weshalb soll das Land Sachsen-Saalstein-Tresskau heißen, wenn doch Fürstentum Saalstein auch genügen würde?«

Ignatia lachte hellauf. »Der Name Sachsen wurde gewählt, um unsere Zugehörigkeit zur durchlauchtigsten Dynastie

Wettin zu bekunden. Saalstein wird diese Gegend nach der alten Reichsburg genannt, und Tresskau ist die Stadt, in der Markgraf Johann mit mir zusammen residieren will.«

»Das ist wohl überlegt«, sagte Marie, da sie ahnte, dass Ignatia so etwas hören wollte. »Doch erlaubt mir nun, Euch unsere Abreise anzukündigen. Wir sind schon zu lange von zu Hause fort und dürfen nicht länger mit der Heimkehr säumen.«

»Das verstehe ich«, antwortete Ignatia sichtlich enttäuscht.

In den letzten Wochen hatte sie sich an Maries Nähe gewöhnt, und es würde wohl lange dauern, bis sie jemanden fand, der ihr diese Freundin ersetzen konnte. Andererseits erinnerten Marie und Trudi sie an Dinge, die sie lieber vergessen wollte. Daher bezähmte sie ihren Unmut, stand auf und umarmte Marie. »Reist mit dem Segen des Himmels und grüßt die wohlehrwürdige Äbtissin Margarete von mir.«

»Das tue ich gerne«, antwortete Marie und betrachtete Ignatias Gesicht.

Die frühere Nonne schien die Schrecken, die sie hatte erleben müssen, bereits überwunden zu haben und freute sich auf ihre neue Rolle als Fürstin eines kleinen Ländchens, dem sie den hochtrabenden Namen Sachsen-Saalstein-Tresskau geben wollte.

Maries Blick schweifte weiter zu Trudi. Auch ihre Tochter sah nicht so aus, als würde sie die Erinnerung an das, was geschehen war, übermäßig quälen. Trudi wirkte in dem langen Kleid aus grün gemustertem Brokat, das extra für sie angefertigt worden war, gereifter als bei ihrer Abreise. Ihre Risse und Schrunden waren mit den gleichen Salben behandelt worden wie Ignatias Verletzungen, und ihre Haut zeigte kaum noch Spuren der Dornenrisse. Am stolzesten war sie jedoch auf ihre Schuhe aus feinem Leder, die ihre Füße sanft umschmeichelten.

Nun schmiegte Trudi sich an sie. »Ich freue mich auf zu Hause, auf Hildegard, auf Tante Hiltrud und auf alle, die dort sind!«

»Das tue ich auch«, antwortete Marie und schloss die Augen, um Kibitzstein in Gedanken vor sich zu sehen.

2.

Der nächste Tag stellte eine besondere Herausforderung an Maries Geduld dar. Am liebsten wäre sie sofort nach dem Frühstück aufgebrochen, doch es war unabdingbar, dass sie sich von Johann von Wettin verabschiedete und sich bei diesem bedankte. Der zukünftige Fürst kam jedoch den ganzen Vormittag nicht aus seinen Gemächern heraus. Erst nachdem Marie mit Trudi und Ignatia zusammen zu Mittag gegessen hatte, wurde sie zu ihm gerufen.

Johann von Wettin wirkte nachdenklich. Während ein Diener einen Stuhl für Marie bereitstellte, las er noch einmal das Schreiben durch, das neben ihm auf einem kleinen Schreibpult gelegen hatte. Danach wandte er sich an Marie.

»Verzeiht, dass ich Euch warten ließ, doch erhielt ich eine wichtige Nachricht, die kluge Schritte meinerseits verlangt.«

»Ich hoffe, Euer Durchlaucht haben sich nicht durch mich gedrängt gefühlt«, antwortete Marie, obwohl sie längst auf ihrer Stute hatte sitzen wollen.

Man hatte ihr Reitpferd und auch Trudis Stute auf der Waldburg gefunden und zu ihr gebracht. Marie war froh darüber, gab es ihr doch ein Gefühl, der Heimat nahe zu sein. Nun aber fragte sie sich, was Johann von Wettin so beschäftigen mochte, dass er nicht einmal die wenigen Minuten aufgebracht hatte, sie zu verabschieden.

»Mein Vetter Friedrich hat das Herzogtum Sachsen-Wittenberg, die Mark Meißen und die Landgrafschaft Thüringen bisher gemeinsam mit seinem jüngeren Bruder Wilhelm regiert. Nun kommt mir zu Ohren, dass Herzog Wilhelm auf eine Landestrennung drängt, um vom Kurfürsten unabhängig herrschen zu können. Friedrich wird also gezwungen sein, auf einen Teil seines Reiches zu verzichten. Sachsen-Wittenberg und die damit verbundene Kurfürstenwürde wird er in jedem Fall behalten. Wie es heißt, wünscht Herzog Wilhelm sich die Mark Meißen mit ihren Silbergruben, doch fürchte ich, dass Friedrich ihm die Landgrafschaft Thüringen überlassen wird. Daher werde ich mich bereits morgen auf den Weg nach Meißen machen, um auch Herzog Wilhelms Siegel unter den Tauschvertrag zu erhalten. Hoffentlich ist ihm an der Eindämmung der Schwarzburger Grafen ebenso viel gelegen wie seinem Bruder, sonst müssen Gräfin Jutta und ich uns mit den Grafschaften Herrenstein und Herrenroda begnügen.«

Johann von Wettin atmete tief durch, als müsse er erst einmal alles verdauen, und sprach dann weiter. »Ich wünsche Euch eine glückliche Reise! Vergesst unsere Einladung zu meiner Vermählung mit Gräfin Jutta nicht.«

Danach neigte er kurz den Kopf und widmete sich wieder den Papieren, die vor ihm lagen. Als er zur Feder griff, lag um seine Lippen ein energischer Zug. Marie traute ihm daher zu, sein Ziel auch bei nun veränderten Vorbedingungen zu erreichen. Sie hingegen wollte endgültig nach Hause. Daher stand sie auf, knickste und verließ den Raum.

Von Ignatia hatte sie sich bereits verabschiedet. Daher wies sie einen Diener an, dafür zu sorgen, dass ihre Pferde und ihre Eskorte bereitgestellt wurden, und zog sich für die Reise um. Trudi trug bereits ihr Reitkleid und schien ebenfalls froh zu sein, von hier fortzukommen.

»Es wäre schön, wenn Papa bereits zu Hause wäre, wenn wir dort ankommen«, meinte das Mädchen sehnsuchtsvoll.

»Es wird leider noch etwas dauern, denn vor dem Herbst

wird der König die Aufgebote nicht entlassen.« Marie seufzte, denn nach diesen schrecklichen Erlebnissen sehnte sie sich mehr denn je nach Michel. Sie warf noch einen letzten Blick auf das Gepäck, das sie mitnehmen wollte. Viel war es nicht, und so würde ein Saumpferd reichen. Einen Augenblick lang dachte sie an die Magd, die sie und Trudi nach Thüringen begleitet und die ihr Grab bei der Waldburg gefunden hatte. Sie spürte, wie ihr die Tränen in die Augen stiegen.

Zwei Diener brachten das Gepäck in den Hof und schnallten es auf das Saumpferd. Als Marie und Trudi ihnen folgten, saß der ihnen zur Verfügung gestellte Reisemarschall bereits auf seinem Reittier. Auch Nepomuk war reisefertig und hockte in einer Art Korb, der hinter einem der Reiter aufs Pferd geschnallt worden war. Sie und Trudi wurden in die Sättel gehoben, und dann ging es los.

Während des Heimritts dachte Marie mehrfach daran, mit welchen Hoffnungen sie nach Thüringen aufgebrochen war. Sie hatte Trudi bereits als Mitglied einer großen Familie gesehen und sich mit Graf Ernst von Herrenroda einen starken Verbündeten erhofft. Stattdessen musste sie Gott danken, dass sie und ihre Tochter mit dem Leben davongekommen waren.

Unterwegs hätten sie in Burgen und Klöstern übernachten können. Doch Marie wollte sich nicht der Neugier möglicher Gastgeber ausliefern und bestand darauf, in gewöhnlichen Herbergen abzusteigen. Ihre Begleiter waren sichtlich enttäuscht, nahmen es aber mürrisch hin. Da Johann von Wettin Marie großzügig mit Reisegeld ausgestattet hatte, konnte sie die Männer mit dem guten Wein versöhnen, den sie ihnen vorsetzen ließ. Auf diese Weise blieb ein Ort nach dem anderen hinter ihr zurück, und schließlich lag Kibitzstein vor ihnen.

»Gleich sind wir zu Hause«, sagte Marie lächelnd zu ihrer Tochter.

Trudi kniff die Augen zusammen und blickte nach oben zur Burg. »Siehst du die Fahne, die über dem Turm weht? Das ist doch die von Würzburg und nicht die unsere!«

Marie schüttelte verwirrt den Kopf. Auch wenn Trudis Augen besser waren als die ihren, erkannte sie die Farben ebenfalls und spürte heißen Zorn in sich aufsteigen. »Das geht nicht mit rechten Dingen zu, Kind! Der Würzburger Lappen hat dort oben nichts verloren.«

»Was nun? Sollen wir einfach hinreiten?«, fragte Trudi.

»Ich traue den Würzburgern nicht über den Weg. Wir tun so, als wären wir auf dem Weg nach Hilgertshausen und reiten an Kibitzstein vorbei. Wenn der Abend anbricht, suche ich Hiltrud auf. Sie wird mir erklären können, was geschehen ist.«

Marie erteilte dem Reisemarschall die entsprechenden Befehle, entschloss sich dann aber, Nepomuk und die Männer ihrer Eskorte nicht in Hilgertshausen, sondern in Volkach unterzubringen, da man im Kloster gewiss neugierig war und wissen wollte, was in Thüringen vorgefallen war. Sie selbst nahm in Volkach nur ein einfaches Mahl zu sich und wollte sich sofort wieder auf den Weg machen. Da befahl Trudi den Stallknechten, ihre Stute ebenfalls zu satteln.

»Du bleibst hier!«, erklärte Marie, doch ihre Tochter schüttelte wild den Kopf.

»Ich habe das gleiche Recht zu erfahren, was auf Kibitzstein geschehen ist. Sollte der neue Fürstbischof unsere Abwesenheit ausgenützt und unsere Burg in seinen Besitz gebracht haben, wird Papa ihm zeigen, dass wir Kibitzsteiner unser Recht zu verteidigen wissen!«

Marie drängte es zu sehr, mit der Ziegenbäuerin zu sprechen, als dass sie wegen eines Streits mit ihrer Tochter Zeit verlieren wollte.

»Also gut, du kannst mitkommen!«, sagte sie. »Aber du gehorchst mir aufs Wort, hast du mich verstanden?«

»Ja, Mama!« Trudi war froh, dass sie mitreiten durfte, und stellte während des Ritts verschiedene Vermutungen an, was mit Kibitzstein geschehen sein konnte.

Da das Geplapper des Mädchens sie in ihren eigenen Gedanken störte, verbot Marie ihr schließlich den Mund. Doch auch sie selbst vermochte nicht zu sagen, weshalb auf dem Bergfried von Kibitzstein das Banner Würzburgs wehte.

3.

Die Nacht war bereits angebrochen, als Marie und Trudi Hiltruds Hof erreichten. Dort war alles still, doch als man im Haus den Hufschlag von Pferden wahrnahm, wurde einer der Fensterläden geöffnet, und die Ziegenbäuerin schaute heraus.

»Wenn Ihr zur Burg wollt, habt Ihr eben den falschen Weg eingeschlagen. Ihr müsst dort vorne hoch!«

»Bevor ich das tue, will ich zuerst mit dir sprechen«, antwortete Marie.

Als Hiltrud die Stimme vernahm, wischte sie sich erregt über das Gesicht. »Marie? Bist du es wirklich? Ich bin so glücklich, dich zu sehen! Dieser elende Domherr hat behauptet, du wärst in Thüringen umgekommen.«

»Viel hat nicht daran gefehlt«, gab Marie zu. »Aber sag, was ist hier geschehen? Ich bin ganz erschrocken, als ich die Würzburger Fahne auf dem Turm sah!«

»Das ist eine lange Geschichte«, antwortete Hiltrud. »Um sie zu hören, kommt ihr besser herein. Dietmar wird sich um eure Pferde kümmern, und ich werde euch ein Butterbrot mit Wurst als Abendessen vorsetzen. Ihr habt gewiss Hunger.«

Bis zu dieser Minute hätte Marie es verneint, bemerkte nun aber, dass ihr bereits bei der Erwähnung von Brot und Wurst das Wasser im Mund zusammenlief.

»Eine Kleinigkeit könnte ich durchaus noch vertragen«,

sagte sie, »denn ich habe in Volkach kaum etwas zu mir genommen.«

»Ich habe auch Hunger«, erklärte Trudi.

»Dem kann abgeholfen werden«, meinte Hiltrud und schickte ihren Sohn hinaus, die Pferde zu versorgen. Sie selbst schnitt mehrere Scheiben Brot ab, während ihre Tochter Mechthild in den Vorratskeller lief, um dort geräucherte Blut- und Leberwürste zu holen.

Unterdessen traten Marie und Trudi in die Küche und setzten sich an den Tisch. Ein Becher Hagebuttenwein belebte ihre Lebensgeister, und während sie Brot und Wurst aßen, berichtete Hiltrud ihnen, wie sich Guntram von Ebrach durch Täuschung in den Besitz von Kibitzstein gesetzt hatte.

»Jetzt führt er sich auf, als wäre er der Burgherr persönlich«, fuhr sie fort. »Gerade noch, dass er Hildegard die Kammer gelassen hat, die ihr als Tochter des Burgherrn zusteht. Er hat zwölf Reisige bei sich, und da Michel seine besten Männer mitgenommen hat, ist niemand da, der sich gegen ihn behaupten könnte.«

»Er verlangt hohe Abgaben! Selbst wir mussten ihm eine Kuh und ein paar Schweine überlassen«, berichtete Hiltruds Tochter Mechthild.

»Aber ihr habt doch die Urkunde, mit der euch Abgabenfreiheit zugesichert wurde!«, rief Marie empört.

»Die habe ich dem Kerl lieber nicht gezeigt, denn der hätte sie mir glatt weggenommen.« Hiltrud bleckte kurz die Zähne, zwinkerte Marie dann aber verschwörerisch zu. »Es ist Hildegard und mir gelungen, sowohl deine und Michels Urkunden wie auch euer Geld im Turm zu verstecken. Guntram von Ebrach sucht immer wieder nach ihnen, denn er will einen Teil der Urkunden, die euch Rechte im Würzburger Land zuschreiben, beseitigen, so dass ihr euer Anrecht darauf nicht mehr beweisen könnt. Anni hat dies erlauscht und mir mitgeteilt.«

»Was ist mit Hildegard und Anni? Können sie die Burg verlassen?«, fragte Marie, die ihre Tochter und ihre Wirtschafterin ungern als mögliche Geisel in Ebrachs Hand lassen wollte.

»Das wird schwierig sein«, antwortete Hiltrud, um dann zu erklären, dass der Fürstbischof eine Nachfolgerin für die Äbtissin Margarete von Hilgertshausen eingesetzt hatte.

»Klara von Monheim ist eine sehr von sich eingenommene Dame und hat Guntram von Ebrach bei der Einnahme von Kibitzstein geholfen«, setzte sie zornig hinzu.

Marie verzog ebenfalls das Gesicht. »Das verspricht nichts Gutes für die weitere Nachbarschaft mit dem Kloster.« Sie ärgerte sich darüber, denn mit der alten Äbtissin war sie sehr gut ausgekommen. Dagegen trat Klara von Monheim von Anfang an als Feindin auf.

»So ist es«, sagte Hiltrud. »Anni konnte ihr den Zutritt nicht verwehren, ohne Unfrieden zwischen uns und Hilgertshausen zu stiften. Dies hat Guntram von Ebrach ausgenützt, um Kibitzstein zu besetzen.«

»Ich mache Anni keinen Vorwurf, dann ich hätte wahrscheinlich ebenso gehandelt.« Marie überlegte, was sie tun konnte, fand ihre Möglichkeiten aber sehr eingeschränkt. Von den Nachbarn würde sich keiner den Zorn des Fürstbischofs zuziehen wollen, und das Gold, das sie benötigte, um Söldner anwerben zu können, befand sich versteckt in der Burg.

»Wenn ich nur wüsste, wie wir daran kommen!«, entfuhr es ihr.

»An was?«, fragte Trudi.

»An unser Geld! Wir können schlecht in die Burg hineingehen, das Versteck öffnen und mit der schweren Geldtruhe wieder gehen.«

»Wenn Tante Hiltrud und Hildegard das geschafft haben, müsste es uns doch auch gelingen«, erwiderte ihre Tochter.

Marie schüttelte den Kopf. »Die beiden konnten es tun, weil keiner sie gesehen hat. Wir hingegen müssten unter den Augen Ebrachs und seiner Männer über den Burghof und durch den Zwinger gehen. Wenn uns einer von ihnen erkennt, sind wir das Gold und unsere Freiheit los.«

»Unsere sächsischen Begleiter könnten uns doch helfen«, fuhr Trudi fort.

»Sie sind nur zu fünft und nicht mit uns gekommen, um für uns zu kämpfen«, dämpfte Marie die Hoffnungen ihrer Tochter. »Ihr Auftrag war, uns hierherzubringen. Ich weiß nicht, ob sie uns weiter eskortieren würden, wenn wir sie zum Beispiel bitten, uns nach Ansbach zu begleiten.«

»Warum Ansbach? Du meinst, Markgraf Albrecht würde den Fürstbischof zwingen, uns Kibitzstein zurückzugeben? Aber dafür müsstet du und Michel ihm den Lehenseid leisten«, wandte Hiltrud ein.

»Deshalb würde ich auch ungern nach Ansbach gehen.«

Während sie sich wieder dem in den letzten Minuten verschmähten Wurstbrot widmete, suchte sie in Gedanken verzweifelt nach einem Ausweg. Doch sosehr sie ihr Gehirn auch zermarterte, ihr fiel keiner ein.

4.

Marie überlegte bis tief in die Nacht, wie sie am besten zu ihrem Recht kommen konnte. Auf ihre Nachbarn brauchte sie nicht zu hoffen, denn die würden vor dem Fürstbischof kuschen. Kurz dachte sie daran, trotz allem nach Würzburg zu reiten und Gottfried Schenk zu Limpurg zur Rede zu stellen, verwarf dies aber sogleich wieder. Wenn dieser Trudi und sie gefangen nehmen ließ, konnte er von Michel bei dessen Rückkehr fordern, was er wollte. Wie sie es auch betrachtete, sie musste Kibitzstein auf andere Weise wiedergewinnen.

Am nächsten Morgen schickte Marie Dietmar noch vor Tagesanbruch los, um die Pferde nach Dettelbach zu bringen und dort unterzustellen.

Die Ziegenbäuerin war damit nicht einverstanden. »Was ist, wenn man dich und Trudi entdeckt und ihr fliehen müsst?«

»Ich werde mich als Magd und Trudi sich als Bauernmädchen verkleiden, damit keiner uns erkennt. Ich würde das Mädchen zwar lieber in Sicherheit wissen, sehe aber keine Möglichkeit, sie von hier wegzubringen.«

»Diese Sachsen könnten das doch für dich übernehmen«, schlug Hiltrud vor.

»Sie stehen nicht in meinen Diensten, sondern in denen des Johann von Wettin. Es könnte sein, dass sie Trudi zu ihrem Herrn und dessen Braut bringen …«

»Schwester Ignatia!«, warf Trudi ein.

»Auf jeden Fall wüsste ich nicht, wo ich meine Tochter später suchen soll.« Marie hatte kurz erwogen, Trudi zu Markgraf Albrecht nach Ansbach zu schicken, doch wollte sie sich diesem nicht verpflichten. Sein Hunger nach dem Land seiner kleinen Nachbarn war nicht geringer als der des Würzburger Fürstbischofs Gottfried Schenk zu Limpurg.

Mit einem Mal dachte sie, dass Michel wohl doch richtig handelte, indem er versuchte, sich die Gunst des Königs durch treue Dienste zu erwerben. Jemand anderes als der Mann, der auf dem Thron des großen Karl saß, würde diese landhungrigen Herren nicht zähmen können. Sie hoffte daher, dass ihr Mann sich tapfer zeigte und Friedrich III. von seinen Fähigkeiten überzeugte. Da sie Michel jedoch frühestens im Herbst zurückerwartete, musste sie bis zu dessen Erscheinen ihren eigenen Weg nehmen.

»Wir bleiben vorerst bei dir und ziehen die Kleidung von Bauersfrauen an«, erklärte sie und dachte daran, dass sie auch in Thüringen versucht hatte, ihren Stand zu verbergen. Damals wie heute war es wichtig, dass keiner wusste, wer sie war.

Als sie das zu Hiltrud und Trudi sagte, blickte ihre Tochter sie verwundert an. »Aber die Bauern und ihre Knechte und Mägde kennen uns doch, und ebenso die Handwerker in den Dörfern!«

»Wir dürfen uns eben nur selten sehen lassen«, antwortete Marie.

Da hob Hiltrud abwehrend die Rechte. »Das halte ich nicht für klug. Wenn die Leute merken, dass jemand bei mir ist und sich vor ihnen versteckt, werden sie neugierig, und das könnte Guntram von Ebrach mitbekommen.«

»Wenn Trudi und ich offen herumlaufen, erkennt er uns«, wandte Marie ein.

»Nicht, wenn ihr richtig gekleidet seid. Ihr müsstet in einfachen Kleidern und Holzschuhen herumlaufen und dazu noch Kopftücher tragen.«

»Das haben wir beides schon getan«, erklärte Trudi.

»Dann ist es gut.« Hiltrud lächelte ihrem Patenkind zu und holte anschließend mehrere Kleider, die sie Marie und Trudi anprobieren ließ. Da sie etwas größer war als ihre Freundin, benötigten sie Schere, Nadel und Faden, um das Kleid anzupassen. Trudi hatte es leichter, denn sie schlüpfte in ein altes Kleid von Hiltruds ältester Tochter Mariele, die seit kurzem mit einem Schweinfurter Kaufmann verheiratet war.

Als beide wie eine Frau und ein Mädchen aus dem Bauernstand aussahen, atmete Hiltrud auf. »So könnte es gehen! Einige im Dorf werden euch trotzdem erkennen. Ich hoffe nur, es ist niemand so schlecht, euch für eine Handvoll Pfennige an Guntram von Ebrach zu verraten.«

»Wer das tut, wird es bereuen«, schwor Marie sich und legte den Arm um ihre Freundin. »Hab Dank, Hiltrud! Jetzt muss uns nur noch etwas einfallen, wie wir Guntram von Ebrach überlisten können.«

»Das wird nicht leicht werden«, erwiderte Hiltrud nachdenklich. »Er ist ein misstrauischer Mann und wird Fremde, die in die Burg wollen, nicht ohne eine scharfe Befragung und Augenschein einlassen.«

»Das heißt, Trudi und ich sollten die Burg vorerst meiden.« Marie ärgerte sich darüber, denn sie hatte gehofft, sich einschleichen und ihr Gesinde dazu bringen zu können, die unerwünschten Gäste zu vertreiben. Andererseits würden dabei gute Leute sterben und verletzt werden, und das war nicht in ihrem Sinn.

»Uns muss etwas anderes einfallen«, murmelte sie und fragte Hiltrud, bei welcher Arbeit sie helfen könnte.

»Bei Gott, als wenn ich euch arbeiten lassen würde!«, antwortete ihre Freundin kopfschüttelnd.

Um Maries Lippen spielte ein Lächeln. »Du wirst es tun müssen, schon um Guntram von Ebrach und seine Leute zu täuschen.«

»Das wird ein gefährliches Spiel.«

Hiltrud atmete tief durch, gab aber nach. Ihren Kindern befahl sie, Ohren und Augen offen zu halten, damit sie rechtzeitig vor Ebrach und dessen Männern gewarnt wurden, und fragte sich gleichzeitig, was ihre Freundin plante. Einfach würde die Rückeroberung von Kibitzstein gewiss nicht werden.

5.

Es ließ sich nicht vermeiden, dass die Nachbarn Maries und Trudis Anwesenheit bemerkten. Zwar drang Hiltrud darauf, dass die beiden keine unangenehmen Arbeiten erledigten und auch den Hof nicht verließen. Trotzdem kamen mehrere Frauen neugierig näher, um sich die beiden anzusehen. Bereits bei Trudis Anblick kniffen zwei von ihnen die Augen zusammen, und als sie vor Marie standen, knicksten sie ungelenk. »Ihr seid wieder da, Herrin! Jetzt wird alles gut«, sagte eine der Frauen.

Marie hob mahnend die Rechte. »So einfach ist es nicht! Ich kann nicht hingehen und diesen Würzburger Herrn samt seinen Knechten zum Teufel jagen.«

»Das könnt Ihr freilich nicht«, stimmte ihr die Bäuerin zu. »Dieser Ebrach führt sich auf, als wäre er hier der Herr und Kibitzstein ein Würzburger Lehen. Aber wir sind eine freie Reichsherrschaft, und das wollen wir auch bleiben.«

In Gedanken setzte sie hinzu, dass Michel und Marie eine angenehme Herrschaft waren, die keine zu hohen Abgaben forderten und für alle ein gutes Wort hatten. Guntram von Ebrach hingegen behandelte sie schroff und scheute nicht davor zurück, ihnen auch noch die letzte Ziege aus dem Stall zu holen.

»Auch wenn ich noch nicht weiß, wie wir Ebrach von hier vertreiben können, wird mir schon etwas einfallen. Ihr dürft mich nur nicht verraten«, mahnte Marie.

Die Bäuerinnen sahen sie empört an. »Was denkt Ihr von uns, Herrin!«, sagte ihre Sprecherin. »Wir alle werden froh sein, wenn diese Würzburger wieder dort sind, wo sie hingehören. Dem Matthias haben sie die beste Kuh aus dem Stall geholt, und dem Jonas seine Gretel muss oben in der Burgküche fronen, weil Ebrach und seine zwölf unheiligen Apostel so viel fressen und saufen, dass die Köchin und ihre Helfer es allein nicht schaffen.«

»Wir verraten Euch gewiss nicht!«, versprachen nun auch die anderen Bäuerinnen.

Sie versammelten sich um Marie und fassten nach ihren Kleidern, so als müssten sie sich vergewissern, dass ihre Herrin in Wirklichkeit vor ihnen stand und sie nicht nur einen Geist sahen.

Als sie gingen, sah Hiltrud ihnen mit skeptischen Blicken nach. »Du solltest nicht zu sehr auf ihre Verschwiegenheit vertrauen, Marie. Zwar erwarte ich keinen Verrat, doch irgendwann wird sich eine von ihnen verplappern. Bis dorthin sollten wir Ebrach und seine Männer losgeworden sein.«

»Wenn wir das geschafft haben, ist es auch kein Geheimnis mehr, dass ich zurückgekommen bin«, antwortete Marie lächelnd und legte den rechten Arm um Hiltruds Schulter.

»Ich habe auch schon einen Plan, und dabei spielst du keine kleine Rolle«, fuhr sie leiser fort.

Bevor sie mehr sagen konnte, zupfte Trudi sie am Ärmel. »Ebrach kommt!«

Als Marie sich umdrehte, sah sie den Domherrn aus dem Burgtor herausreiten. Über sein Ziel konnte es keine Zweifel geben, denn er lenkte sein Pferd geradewegs auf den Ziegenhof zu.

»Du solltest im Haus verschwinden«, raunte Hiltrud Marie zu.

»Zu spät«, antwortete Marie. »Wenn ich jetzt gehe, sähe es

so aus, als hätte ich etwas zu verbergen. Das aber würde Verdacht erregen.«

Noch während sie es sagte, bückte sie sich hinter Hiltruds Rücken, griff ein wenig Erde auf und rieb sich damit kurz übers Gesicht. Trudi tat es ihr nach. Vielleicht, sagte sie sich, reichte es aus, um den Domherrn zu täuschen.

Ebrach stoppte sein Pferd vor Hiltrud und sah hochmütig auf diese herab. »Es wurde gesehen, dass Fremde bei dir sind!«

»Ja, Herr, es handelt sich um meine Base und deren Tochter. Sie waren bei einem Freibauern aus der Prichsenstädter Gegend in Stellung, aber nachdem dieser ein zweites Mal geheiratet hat, mussten sie auf Weisung der neuen Ehefrau den Hof verlassen.«

»Sie ist keine Leibeigene?«, fragte Ebrach scharf.

»Wo denkt Ihr hin, Herr! Meine Base ist die Tochter eines freien Mannes und einer freien Frau.« Hiltrud schwitzte bei dem erbarmungslosen Verhör, das noch eine gewisse Zeit weiterging.

Schließlich schien Ebrach zufrieden. »Wenn dieses Weib bei dir bleiben soll, wirst du die Abgaben für sie zahlen. Sonst muss sie Kibitzstein verlassen!«

»Sehr wohl, Herr! Ich werde die Abgaben für sie und ihre Tochter zahlen«, erklärte Hiltrud und hoffte, dass Ebrach weiterreiten würde, ohne sich Marie und Trudi genauer anzusehen. Doch da winkte er Marie zu sich.

Diese trat mit gesenktem Kopf näher und bemühte sich, so steif zu knicksen, wie ältere Bauernweiber es vor hohen Herren taten. »Die Ziegenbäuerin sagt, du wärst eine frei geborene Frau?«

»So ist es, Herr«, antwortete Marie und versuchte, ihre Stimme anders klingen zu lassen als sonst.

»Hier auf Kibitzstein gibt es keine freien Bauern, sondern nur Leibeigene. Wenn du bleiben willst, musst du dich unterwerfen.«

Als Marie das hörte, biss sie die Lippen zusammen, damit ihr kein falsches Wort entfloh. Es gab mehrere Freibauern in den zu Kibitzstein zählenden Dörfern, die keine Abgaben zahlen, dafür aber Michel im Kriegsfall Gefolgschaft schuldig waren. Der größte dieser Höfe war Hiltruds Ziegenhof, und von ihrer Freundin wusste sie bereits, dass Guntram von Ebrach deren Rechte missachtete.

»Nun, wirst du dich mir zu leibeigen geben?«, fragte Ebrach.

»Herr, ich …« Marie stockte und schluckte erneut die Worte, die aus ihrem Mund herauswollten.

Was bildet dieser Kerl sich ein?, dachte sie erbost. Immerhin war nicht er, sondern ihr Michel der Herr dieser Burg. Ebrach hatte sie zu Unrecht in seine Gewalt gebracht, und in diesem Augenblick schwor sie sich, diesem Zustand so rasch wie möglich ein Ende zu bereiten.

Hiltrud merkte, wie es in ihrer Freundin brodelte. Doch wenn Marie sich zu erkennen gab oder von Ebrach erkannt wurde, so traute sie diesem zu, sie in die Burg bringen und in ihrer Kammer einsperren zu lassen, bis sie ihm alle gewünschten Urkunden und ihr Geld ausgeliefert hatte. Sie überlegte bereits, einzugreifen, da entdeckte sie eine Reiterin auf einem Maultier, die von zwei Nonnen zu Fuß und mehreren bewaffneten Knechten begleitet auf die Burg zukam.

»Ist das nicht Schwester Klara von Monheim, die Mutter Margarete als Äbtissin von Hilgertshausen nachfolgen soll?«, rief sie aus.

Wie erhofft drehte Guntram von Ebrach sich um und bemerkte seine Base. Nach einem letzten, beiläufigen Blick auf Marie ließ er diese und Hiltrud stehen und ritt Klara von Monheim entgegen.

»Das war knapp«, flüsterte Hiltrud erleichtert.

»Was für ein ekelhafter Mensch!«, schimpfte Marie. »Den hat der Teufel in einer Sturmnacht gezeugt!«

»Er ist wirklich schlimm, auch wenn er darauf achtet, dass sich seine Waffenknechte ordentlich benehmen. So hat er ihnen befohlen, die Mägde nicht zu belästigen.«

»Das rettet ihn, wenn ich ihn einmal in der Hand habe, auch nicht mehr«, stieß Marie wütend hervor.

»Willst du ihn etwa umbringen?«, fragte Hiltrud erschrocken.

»Und mir damit ganz Würzburg zum Feind machen?« Marie schüttelte den Kopf. »Nein, das werde ich nicht! Ich sperre ihn in eine Kammer, aus der er nicht entfliehen kann, und lasse ihn erst frei, wenn er jedem unserer Bauern und auch Michel und mir den zugefügten Schaden auf Heller und Pfennig bezahlt hat.«

»Er bleibt dann hoffentlich nicht bis zum Ende seiner Tage dein Gast«, sagte Hiltrud und sah zu, wie Ebrach seine Verwandte begrüßte.

6.

Klara von Monheim hatte ihrem Vetter geholfen, Kibitzstein in seine Gewalt zu bringen, doch auf die Belohnung dafür wartete sie schon seit etlichen Wochen. Daher fiel ihr Gruß kühler aus als sonst, und sie wies mit einer herrischen Geste auf die Weinberge, die die noch amtierende Äbtissin an die Kibitzsteiner verpfändet hatte.

»Habt Ihr die Urkunden endlich gefunden?«, fragte sie, als sie an Ebrachs Seite auf das Burgtor zuritt.

Ihr Vetter zog ein Gesicht, als hätte sie ihn aufgefordert, sich sämtliche Zähne ziehen zu lassen. »Es ist wie verhext!«, bekannte er. »Ich habe die gesamte Burg durchsucht, bisher aber weder die Urkunden der Kibitzsteiner noch ihr Geld entdeckt.«

»Ihr solltet Euch mehr Mühe geben!«, tadelte Klara von Monheim ihn.

Sie erhielt keine Antwort, denn sie ritten gerade durch das Burgtor, und das Klappern der Hufe hallte von dem Tonnengewölbe wider.

Auf dem Burghof angelangt, stieg Ebrach ab und wollte seiner Verwandten von ihrem Maultier helfen. Sie wehrte seinen Griff jedoch mit einer herrischen Geste ab.

»Ich bin eine Braut Christi, und kein anderer Mann darf meinen Leib berühren. Lasst einen Schemel bringen!«

»Tut das!«, herrschte Guntram von Ebrach einen der Stallknechte an, der sich in der Nähe herumtrieb.

Der Mann brachte jenes dreistufige Gestell, mit dem Marie immer in den Sattel stieg, wenn nur ein Knecht mit schmutzigen Händen bereitstand, um ihr zu helfen. Zufrieden, dass sie ohne Mühen absteigen konnte, setzte Klara von Monheim ihren Fuß auf die oberste Stufe und kam glücklich auf ebener Erde an.

»Wir müssen miteinander reden!«, forderte sie ihren Vetter auf.

»Ich stehe zu Eurer Verfügung!« Ebrach begriff, dass sie wieder Forderungen stellen würde, und führte sie in die Halle. Zwei Mägde brachten Wein, Braten und Brot, an denen Klara von Monheim sich labte, ohne darüber nachzudenken, ob gerade Fasttag war.

Während sie aß, herrschte Schweigen. Als die Mägde die Tafel abgetragen hatten und sie nur noch ihren Weinbecher in der Hand hielt, wandte sie sich Guntram von Ebrach zu. »Hat man etwas Neues über Michel Adler und sein Weib gehört?«

Ihr Vetter schüttelte den Kopf. »Nein, von ihm nicht das Geringste! Auch von seinem Weib weiß ich nicht mehr, als dass sie zusammen mit ihrer Tochter bei einer Sippenfehde in Thüringen ums Leben gekommen sein soll.«

Plötzlich erinnerte Guntram von Ebrach sich an die fremde Frau, die er bei der Ziegenbäuerin gesehen hatte. Wenn er es recht bedachte, ähnelte sie der verschollenen Burgherrin. Ich muss dem Verdacht nachgehen, dachte er, schob diesen Gedanken vorerst aber beiseite und berichtete seiner Base, was er über die erbitterte Fehde der Familien auf Herrenstein und Herrenroda wusste.

Weder er noch Klara von Monheim bemerkten, dass Hildegard, Maries Stieftochter, die Treppe hinabgeschlichen war und sich hinter einem Paravent versteckt hatte. Das Mädchen hatte Ebrach und dessen Leute mehrfach belauscht und dadurch einige Bewohner der Kibitzsteiner Dörfer vor dem

Eintreiben der Abgaben warnen können. So war so manch wertvolle Kuh oder Ziege rechtzeitig beiseitegeschafft worden. Dem Besuch seiner Verwandten maß Hildegard noch mehr Bedeutung bei als den Gesprächen mit seinem Stellvertreter, und sie wollte unbedingt erfahren, was da gesagt wurde.

»Mit der Rückkehr der Burgherrin müssen wir also nicht mehr rechnen«, meinte Klara von Monheim zufrieden, als ihr Vetter seinen Bericht beendet hatte.

Dieser dachte erneut an die Frau bei Hiltrud, sagte sich dann aber, dass die Ähnlichkeit ein Zufall sein musste. »Die Berichte aus Thüringen besagen eindeutig, dass Graf Ernst und dessen gesamte Sippe in einen Hinterhalt gelockt wurde und alle – einschließlich der letzten Küchenmagd! – umgekommen sind!«

»Alle wohl nicht. Ein Mönch, der auf dem Weg nach Rom in einem Vorwerk des Klosters Unterkunft suchte, berichtete nämlich, dass eine Person dieses Massaker überlebt hat«, wandte Klara von Monheim ein.

Ebrach riss es förmlich vom Stuhl. Konnte es sich dabei wirklich um Marie Adler handeln?

»Eine Person? Oder mehrere?«

»Der Mönch sprach von einer – und zwar von Schwester Ignatia, einer Nonne aus unserem Kloster. Deshalb berichtete der Mönch auch von ihr. Es heißt, sie solle in den Laienstand versetzt und Erbin all ihrer Verwandten werden.«

Als Ebrach dies hörte, gab er seinen Verdacht bezüglich der fremden Frau auf. Außerdem hatte die ihre Tochter bei sich, während den Worten seiner Verwandten zufolge nur eine einzige Frau die Bluttat überlebt hatte.

Hildegard, die sich hinter dem Paravent versteckte, presste die Hände auf den Mund, um sich nicht durch einen Entsetzensruf zu verraten. Konnten ihre Mutter und ihre Schwester wirklich tot sein?, fragte sie sich. So hatte Ebrach es behauptet, doch sie hatte es nicht glauben wollen. Nun aber hatte Klara von Monheim diese Worte bestätigt, und ihr blieb nur die Hoffnung, dass Gott dies nicht zulassen würde.

Sie spitzte die Ohren, um sich ja nichts von dem Gespräch entgehen zu lassen.

»Ihr habt die Urkunden, die mir wichtig sind, noch immer nicht gefunden?«, fragte Klara von Monheim eben.

Ebrach nickte betroffen. »Es ist zum Haareausreißen! Wen auch immer ich in der Burg frage, weißt nicht, wo Frau Marie sie versteckt hat, und unsere Suche ist bislang vergebens.«

»Vielleicht sucht Ihr nicht mit dem nötigen Nachdruck! Ihr habt mir die Verpfändungsurkunde für die Hilgertshausener Weinberge als Lohn für meine Unterstützung versprochen. Sobald ich sie in der Hand halte, kann ich diese und das im Kloster aufbewahrte Exemplar verbrennen. Doch wie es jetzt aussieht, muss ich damit rechnen, dass Ritter Michel, wenn er vom König zurückkommt, auf die Einhaltung dieses Vertrags pocht.« Klara von Monheim klang höchst verärgert, doch da schüttelte ihr Vetter den Kopf.

»Bevor Ritter Michel die Burg und seine Dörfer zurückerhält, muss er meine Bedingungen erfüllen. Die Urkunden für Eure Weinberge gehören dazu!«

»Er hat sein Aufgebot und das mehrerer anderer Herrschaften bei sich. Gebt nur acht, dass er nicht die Burg erobert«, antwortete Klara von Monheim bissig.

Ihr Vetter lächelte sie überlegen an. »Die Fuchsheimer, die Steinsfelder und Eure Hilgertshausener Knechte werden ihm nicht dabei helfen, und mit seinen paar Kibitzsteinern steht er gegen mich und meine Krieger auf verlorenem Posten! Er muss den Ausgleich mit mir suchen, oder er verliert seinen Besitz.«

»Seid Euch da nicht zu sicher! Was ist, wenn er sich an den König wendet oder an Markgraf Albrecht von Brandenburg-Ansbach? Ehe Ihr es Euch verseht, habt Ihr den Fürstbischof in eine üble Fehde verstrickt!«

Klara von Monsheims Warnung war berechtigt, dies wusste auch ihr Vetter. Daher klammerte er sich an die Hoffnung, dass neben Marie auch Michel Adler nicht zurückkommen würde. Wenn der Burgherr überlebte, bestand tatsächlich die Gefahr, dass er König Friedrich um Hilfe bat oder sich gleich mit dem jungen, ungestümen Markgrafen aus Ansbach verbündete. Noch während Guntram von Ebrach überlegte, wie er das verhindern konnte, sprach seine Base weiter.

»Ich bin mir sicher, dass die Tochter, die auf Kibitzstein zurückgeblieben ist, das Versteck kennt. Ihr könnt das Mädchen jedoch nicht mit Gewalt zwingen, es preiszugeben.«

»Ein paar Hiebe würden ihr nicht schaden!«, stieß Ebrach hervor.

»Sie würden aber Euch schaden, wenn es heißt, Ihr würdet die Tochter des Burgherrn misshandeln. Dies dürfte auch der Fürstbischof nicht gutheißen«, erklärte Klara von Monheim spöttisch.

Guntram von Ebrach hatte bereits überlegt, Hildegard in ihre Kammer einzusperren und ihr so lange das Essen vorzuenthalten, bis sie ihm sagte, wo die vermissten Urkunden zu finden waren. Allerdings musste er damit rechnen, dass diese Nachricht von den Leuten auf der Burg, die ihm alle ablehnend gegenüberstanden, sofort weitergetragen wurde und unliebsames Aufsehen erregte.

»Nein, ich kann Hildegard nicht misshandeln lassen«, gab er grimmig zu.

Das Lächeln seiner Base vertiefte sich. »Dann hört Euch meinen Vorschlag an! Gebt das Mädchen unter den Schutz meines Klosters. Ich bringe es schon zum Reden, verlasst Euch darauf.«

»Und was wird Mutter Margarete dazu sagen? Sie ist eine enge Freundin der Kibitzsteiner«, wandte Ebrach ein.

»Die Äbtissin ist alt und verlässt kaum mehr ihre Kammer. Im Grunde führe ich bereits das Kloster.«

Klara von Monheim war stolz darauf, ihre Vorgängerin so rasch beiseitegeschoben zu haben. Schwer war es ihr nicht gefallen, denn die anderen Nonnen wussten, dass sie die neue Äbtissin sein würde. Daher hatten die meisten sich ihr sofort angeschlossen.

Ebrach dachte kurz nach und nickte. »Das könnte gehen! Aus dem Kloster dringt selten etwas heraus, während hier jede Küchenmagd und jeder Stallknecht sofort weitertragen würde, was geschehen ist.«

»Ich werde das Mädchen gleich mitnehmen!«

Klara von Monheims Worte waren für Hildegard das Signal, schnellstens zu verschwinden. Nach einem letzten Blick auf das Paar, das noch immer im eifrigen Gespräch versunken war, huschte sie die Treppe hoch und überlegte fieberhaft, was sie tun sollte. Die Stallknechte würden ihr sicher ein Pferd satteln, doch wie sie damit an den beiden Kriegsknechten vorbeikommen sollte, die für Ebrach das Tor bewachten, wusste sie nicht.

»Ich muss zu Fuß fliehen«, flüsterte sie.

Doch selbst dafür benötigte sie Hilfe. Wenn sie jetzt die Burg verließ, würden die Wachen wissen, wohin sie ging, und ihre Freiheit würde nur von kurzer Dauer sein.

Da sah sie einen Schatten vor sich und zuckte zusammen. Es war jedoch nur Uta, eine der jungen Mägde auf der Burg. Diese schleppte einen großen Korb mit Wäsche, die draußen auf dem Anger getrocknet und gebleicht worden war.

»Könnt Ihr ein wenig beiseitetreten, damit ich vorbeikomme«, bat sie Hildegard. Diese tat es, folgte dann aber Uta in die Wäschekammer und zupfte sie, kaum dass diese den Korb abgestellt hatte, am Ärmel.

»Du musst mir helfen! Die garstige Nonne will mich nach Hilgertshausen mitnehmen, um mich zu zwingen, das Versteck der Urkunden preiszugeben, obwohl ich es doch gar nicht kenne.«

Das Letzte war eine Lüge, doch Hildegard hoffte, dass Herr Jesus Christus sie ihr verzeihen würde. Sie wollte nicht, dass irgendjemand in der Burg erfuhr, dass sie um das Versteck wusste.

»Das ist übel!«, fand die Magd. »Was wollt Ihr tun?«

»Ich will zu Tante Hiltrud. Sie weiß gewiss Rat! Aber dafür muss ich ungesehen aus der Burg gelangen.«

Uta betrachtete sie kurz und schüttelte den Kopf. »In der Kleidung, die Ihr tragt, gelingt Euch das nicht. Wartet hier. Ich besorge Euch etwas anderes.«

»Danke!« Hildegard lächelte erleichtert und sah der Magd nach, bis diese die Tür hinter sich schloss. Während sie wartete, zuckte sie bei jedem Laut zusammen.

Nach einer Weile kehrte Uta mit einem zweiten Korb auf dem Arm zurück. »Hier, das habe ich in einer Abstellkammer gefunden. Das Zeug kann auch eine Magd tragen, und es wird Euch passen«, sagte sie und holte ein kittelähnliches Kleid aus dem Korb. Es roch stark nach den Kräutern, die Motten und Ähnliches fernhielten, und sah alles andere als präsentabel aus.

Hildegard war jedoch froh um das Gewand und streifte mit Utas Hilfe ihr Kleid ab. Wenig später steckte sie in dem Kittel. Uta zupfte diesen noch ein wenig zurecht und betrachtete sie prüfend.

»So müsste es gehen. Ihr solltet allerdings Eure Schuhe ausziehen, das würden den Wachen auffallen. Entweder geht Ihr barfuß oder sucht Euch unten ein Paar Holzschuhe, die Euch passen.«

»Ich gehe barfuß«, erklärte Hildegard. »Ich habe einmal Holzschuhe angezogen und bin damit über die eigenen Füße gestolpert. Die Wachen würden merken, dass ich diese Dinger nicht gewohnt bin.«

Uta kniete vor ihr nieder und zog ihr die Schuhe aus. »Eure Füße sind weiß und zart. Einen langen Weg könntet Ihr damit nicht zurücklegen, aber bis zum Ziegenhof wird es gehen. Kommt jetzt! Ihr tragt den kleinen Korb und ich den großen. Nehmt es mir bitte nicht übel, wenn ich Euch vor den Wachen mit Du anrede und Euch anranze.«

»Wenn ich der bösen Nonne glücklich entkomme, kannst du auf immer Du zu mir sagen«, antwortete Hildegard.

Uta lachte leise und leerte den großen Korb aus, um ihn mitnehmen zu können. »Wenn die Wachen uns fragen, was wir tun, so sage ich ihnen, dass wir Käse aus dem Dorf holen wollen. Ihr haltet den Mund, damit Ihr Euch nicht verratet.«

»Das tue ich!«, versprach Hildegard, nahm den kleinen Korb, in dem die Magd den Kittel gebracht hatte, und folgte dieser auf den Flur.

Sie verließen den Palas, ohne jemandem aufzufallen, und erreichten wenig später das Tor. Zwei von Ebrachs Männern traten ihnen in den Weg. »Wohin wollt ihr und aus welchem Grund?«, fragte einer der beiden.

»Wir müssen ins Dorf, Käse holen, sonst könnt ihr heute Abend nur trockenes Brot essen«, antwortete Uta keck.

»Trockenes Brot kaum, denn es hängen noch genug Schinken und Würste im Keller«, meinte der Wächter lachend und gab den Weg frei. In dem Augenblick drehte Uta sich zu Hildegard um.

»Komm jetzt, du Trampel! Oder willst du hier anwachsen?«

Unter dem Gelächter der Wachen eilte Hildegard ihr nach und atmete auf, als das Tor hinter ihnen lag. Dann aber sah sie Uta ängstlich an.

»Werden die Wächter nicht aufmerksam, wenn du allein zurückkommst?«

»Die Wächter werden bald abgelöst. Ich glaube nicht, dass sie den anderen sagen werden, dass zwei Mägde Käse holen gegangen sind«, beruhigte Uta das Mädchen.

Um die Wächter zu täuschen, gingen sie zunächst am Ziegenhof vorbei, schlugen dann aber einen Bogen und näherten sich ihm von der anderen Seite. Dabei gaben sie darauf acht, immer in der Deckung der Bäume und der Gebäude zu bleiben.

7.

Marie ging ihren Plan immer wieder von neuem durch. Die ganze Sache krankte daran, dass sie nach Möglichkeit unblutig ablaufen sollte, um keine Fehde mit dem Fürstbischof und dessen Vasallen auszulösen. Je länger sie darüber nachsann, desto stärker wurde ihr bewusst, dass der Plan so einfach wie möglich sein musste, um Komplikationen zu vermeiden.

»Wir werden es so machen, wie ich es mir als Erstes überlegt habe«, sagte sie zu Hiltrud und Trudi und bedauerte, dass sie Nepomuk in Volkach zurückgelassen hatte. Der kleine Gaukler hätte Guntram von Ebrach und dessen Leute ablenken und ihr dadurch wertvolle Hilfe leisten können. Es war jedoch zu spät, um ihn noch zu holen.

Da schoss auf einmal Hiltruds Tochter Mechthild zur Tür herein. »Es kommt jemand!«

Alle zuckten erschrocken zusammen. Doch als Marie zum Fenster eilte und hinausschaute, atmete sie auf. »Das sind nur zwei Mägde. Wie es aussieht, wurden sie geschickt, um etwas zu holen.«

Sie hatte es kaum gesagt, da klopfte es zaghaft gegen die Tür. Auf Hiltruds Wink machte Mechthild auf, während Marie sich in eine dunklere Ecke zurückzog, um nicht sofort erkannt zu werden. Trudi wollte ihrem Beispiel folgen, sah dann die kleinere der beiden Mägde an und stieß einen leisen Ruf aus.

»Hildegard!«

Jetzt erkannte Marie ihre jüngste Tochter ebenfalls und trat auf diese zu.

Hildegard starrte ihre Mutter mit großen Augen an und flog ihr dann förmlich entgegen. »Mama, du lebst! Du bist nicht tot, wie dieser böse Mann und die üble Nonne behaupten.«

Marie streichelte das Mädchen und drückte es an sich. »Nein, ich bin nicht tot! Doch nun berichte mir von Ebrach und von dieser Nonne.«

»Sie will mich ins Kloster mitnehmen und zwingen, ihr das Versteck unserer Urkunden zu verraten. Deshalb bin ich geflohen«, stieß Hildegard hastig hervor.

»Das würde Mutter Margarete niemals zulassen!«

»Mutter Margarete hat nicht mehr viel Macht im Kloster. Sie ist alt, und Klara von Monheim wurde zu ihrer Nachfolgerin bestimmt. Die meisten Nonnen haben sich dieser bereits angeschlossen, denn keine will sich gleich zu Beginn den Zorn der künftigen Äbtissin zuziehen.«

»Der neue Fürstbischof tut alles, um uns zu schaden, doch das wird ihm nicht helfen!« Marie fauchte leise und sah die anderen entschlossen an. »Wir werden heute noch handeln! Es ist gut, dass Uta und Hildegard gekommen sind. Sie können das Mittel in die Burg bringen und dafür sorgen, dass es dem Essen der Würzburger beigemischt wird.«

»Aber wenn ich zurückkehre, wird diese schreckliche Äbtissin mich ins Kloster mitnehmen«, wandte Hildegard ein.

Marie nickte nachdenklich. »Auch wenn es eine gewisse Aufregung in der Burg hervorrufen wird, bleibst du hier. Statt deiner soll Trudi mit Uta gehen und sich in der Burg verstecken.«

»Nimm Mechthild! Die Würzburger kennen sie und werden kaum misstrauisch sein, wenn sie sie sehen«, schlug Hiltrud vor.

Da schüttelte Trudi den Kopf. »Ich werde mitgehen! Für den Streich, den wir vorhaben, brauchen wir Anni. Doch weder Mechthild noch Uta haben das Recht, ihr etwas zu befehlen. Ich aber kann es.«

»Eigentlich wäre es meine Aufgabe.« Marie überlegte, wie sie in die Burg gelangen konnte, ohne erkannt zu werden. Allerdings war sie Ebrach bereits aufgefallen und durfte nicht riskieren, festgesetzt zu werden. Mit einer gewissen Anspannung legte sie Trudi die Hand auf die Schulter.

»Sei bitte vorsichtig!«

Trudi blickte mit blitzenden Augen zu ihr auf. »Das bin ich doch immer!«

»Werde nicht übermütig, sonst muss ich doch Mechthild schicken«, warnte Marie ihre Tochter.

»Ich kann jederzeit in die Burg. Ich muss nur sagen, die Beschließerin hätte mich aufgefordert, etwas zu bringen«, sagte Mechthild, die bei diesem Plan gerne eine wichtige Rolle gespielt hätte.

»Erst einmal sollen Trudi und Uta gehen. Du kannst ihnen später folgen und ihnen helfen!« Marie nickte dem Mädchen zu und wandte sich dann an Hiltrud. »Bist du mit deinen Vorbereitungen fertig?«

»Das war ich schon gestern«, antwortete ihre Freundin lächelnd. »Ich habe Bilsenkraut, Glanzbeere, Eberwurz und Schlafkirsche genommen. Anni darf nicht zu viel davon verwenden, sonst ist die Wirkung zu stark. Wir wollen doch nicht, dass Ebrach oder einer seiner Leute daran krepiert.«

»Das wollen wir wirklich nicht!« Für Augenblicke überlegte Marie, ob sie die Sache nicht doch lieber bleibenlassen sollte. Doch wenn sie zu zaghaft vorging, half dies nur Guntram von Ebrach und dem Würzburger Fürstbischof.

»Wir tun es! Allerdings wirst du das Mittel in der Burgküche selbst abmessen. Sage den Wachen, du müsstest zur Köchin, dann werden sie dich durchlassen.«

»Wenn Tante Hiltrud mir zeigt, wie viel ich davon nehmen darf, kann auch ich es machen«, schlug Trudi vor, doch ihre Mutter schüttelte den Kopf.

»Hiltrud kennt ihre Kräuter und weiß am besten, wie diese anzuwenden sind.«

»Ich komme schon in die Burg«, sagte Hiltrud. »Aber ob ich das Mittel mitnehmen soll, weiß ich nicht. Ebrachs Knechte sind nicht gewohnt, dass ich etwas hineinbringe, und könnten misstrauisch werden. Bei den Mägden aus der Burg achten sie nicht so darauf, was diese bei sich tragen.«

»Dann sollen Uta und Trudi das Mittel mitnehmen. Uta kennen die Schurken, und Trudi kann als ihre Helferin gehen. Ich will, dass es noch heute Abend geschieht!«

Marie war entschlossen, ihren Plan durchzuführen. Zögern brachte nichts, zumal Klara von Monheim Hildegard ins Kloster schleppen wollte und die Gefahr bestand, dass Ebrach sie doch noch erkannte.

Uta ließ sich den Beutel mit der Kräutermischung reichen und legte sie in den Korb. Dann wandte sie sich unsicher an Marie.

»Ich habe den Wachen gesagt, dass ich Käse holen will. Zwar glaube ich nicht, dass sie das an ihre Ablösung weitergeben, aber wenn ich in dem großen Korb nur diesen kleinen Beutel mitbringe, könnten sie aufmerksam werden. Ebrach ist zutiefst misstrauisch.«

»Dann sollst du Käse haben! Kannst du ihn uns leihen, Hiltrud? Wenn du nicht genug davon hast, soll Mechthild welchen von den Nachbarn holen. Er wird ihnen später doppelt und dreifach vergolten.«

»Keine Sorge, wir bekommen genug Käse zusammen! Ich werde einen Laib aushöhlen und den Beutel darin verstecken.« Hiltrud machte sich rasch ans Werk, und da Mechthild von den Nachbarinnen ebenfalls Käse erhielt, konnten Trudi und Uta bald aufbrechen. Während ihres Aufenthalts in Thüringen hatte Trudi gelernt, mit Holzschuhen zu gehen. Sie hielt daher mit Uta Schritt und hatte schon bald das Burgtor erreicht.

Wie erwartet standen dort andere Kriegsknechte als vorhin Wache. Uta verzog das Gesicht, als sie den Mann erkannte, der das Burggesinde bisher am unverschämtesten behandelt hatte. Jetzt vertrat er ihr den Weg und stieß ihr das stumpfe Ende seines Spießes gegen die Brust.

»Halt, was habt ihr und wer ist die da?«

»Ich bin die Tochter des Bauern Götz und wurde hierher bestellt, um in der Küche auszuhelfen«, antwortete Trudi schlagfertig.

»Und was habt ihr hier?«, fragte der Mann weiter.

»Käse! Es gibt sonst keinen mehr fürs Abendessen!« Uta hoffte, die Wachen würden sie jetzt passieren lassen. Doch da zeigte der Kerl auf ihre Körbe. »Aufmachen! Ich will sehen, was darin ist!«

Mit einem leichten Fauchen stellte Uta ihren Korb ab und entfernte das Tuch, mit dem der Käse zugedeckt war, um ihn vor Fliegen und anderen Insekten zu schützen. Auch Trudi wies ihre kleinen Käselaibe vor.

Der Wachtposten leckte sich die Lippen, griff dann mit seinen schmutzigen Hände in die aufeinanderliegenden Käselaibe in Utas Korb und wühlte einen davon hervor. Für einige Augenblicke standen Trudi und Uta wie erstarrt da und atmeten auf, als es nicht der Käse war, in dem Hiltrud den Beutel mit den Kräutern versteckt hatte.

»Hab Hunger!«, meinte der Mann und biss herzhaft in den Käse. Sein Kamerad bediente sich bei den kleineren Laiben in Trudis Korb und grinste spöttisch. Beide wussten, dass ihre Besetzung Kibitzsteins nicht auf Dauer sein würde, und gaben sich daher alle Mühe, die Zeit so angenehm wie möglich zu verbringen.

Rasch schlug Uta das Tuch wieder über den Korb und eilte

weiter. Trudi folgte ihr hastig. »Was für ein Gesindel!«, raunte sie Uta zu.

»So geht es bereits seit mehreren Wochen«, antwortete Uta. »Am liebsten würden diese Schufte uns auch noch ins Heu zerren, aber das zu erlauben wagt Guntram von Ebrach dann doch nicht.«

»Dafür fressen und saufen er und seine Knechte unsere gesamten Vorräte weg!« Trudis Worte waren zwar nicht für eine junge Dame geeignet, drückten aber sehr gut aus, was sie von Ebrach und dessen Leuten hielt.

Kurz darauf erreichten sie die Küche und sahen sich Anni gegenüber. Diese achtete jedoch zunächst nur auf Uta.

»Da bist du faules Stück ja! Was ist das für eine Art, sich vor der Arbeit zu drücken? Du wirst heute noch alles erledigen, was ich dir aufgetragen habe, und wenn es Mitternacht wird!«

Anni war zornig, weil Uta doch geraume Zeit verschwunden gewesen war. Dabei gab es in der Burg zu wenig Hände, denn Ebrach und seine Leute wollten hinten und vorn bedient werden.

»Du wirst ihr helfen!«, fuhr sie an Trudi gewandt fort. »Wagt ja nicht, faul zu sein, sonst werdet ihr die Rute spüren!«

»Liebste Anni, du hast dich, während ich weg war, um keinen Deut geändert«, antwortete Trudi gelassen.

Anni starrte sie an, erkannte sie aber erst nach einigen Augenblicken und schlug dann das Kreuz. »Kann es möglich sein? Trudi, seid Ihr es wirklich?«

»Ich bin es! Aber du solltest besser so tun, als wäre ich nur eine Magd. Wir haben heute noch einiges vorzubereiten. Tante Hiltrud wird bald kommen, um uns zu helfen.«

»Aber was ist mit Frau Marie?«, fragte Anni weiter.

»Mama wartet auf dem Ziegenhof und vertraut darauf, dass wir ihre Befehle richtig befolgen.«

Trudi versetzte der Beschließerin einen leichten Nasenstüber und suchte dann in Utas Korb nach dem zerschnittenen Käse mit der Kräuterfüllung. Als sie ihn gefunden hatte, hielt sie ihn Anni vor die Nase.

»Das hier ist die Waffe, mit der wir Kibitzstein zurückgewinnen werden!«

»Zeit wird es!«, sagte Anni und nahm den Beutel entgegen.

Ihre Wut auf die unerwünschten Gäste war so groß, dass sie ihnen selbst das stärkste Gift unter das Essen gemischt hätte. Trudi wusste jedoch, dass dies nicht im Sinne ihrer Mutter war, und erklärte Anni, was diese vorhatte.

»Es wird uns einige Arbeit verschaffen, aber wenn es hilft, wieder Herr in der eigenen Burg zu sein, werden die Knechte und Mägde sie gerne auf sich nehmen«, antwortete Anni und musterte Trudi nachdenklich. »Bis es so weit ist, müssen wir Euch vor den Augen Ebrachs und seiner Schufte verbergen. Vorhin hat er nach Hildegard gefragt, denn diese elende Nonne will sie ins Kloster schleppen.«

»Klara von Monheim will von ihr das Versteck der verschwundenen Urkunden erfahren und würde sie wahrscheinlich schlagen und hungern lassen. Hier können sie es nicht tun, da es rasch unter die Leute käme. Aus dem Kloster jedoch dringt kaum etwas heraus«, sagte Trudi, legte Anni die Hand auf den Arm und drückte ihn. »Wir werden es schaffen, verlass dich darauf!«

8.

Das Gespräch zwischen Klara von Monheim und ihrem Vetter hatte länger gedauert als geplant. Schließlich trank die Nonne aus und sah Ebrach fragend an.

»Habt Ihr das Mädchen rufen lassen?«

Der Domherr schüttelte den Kopf. »Ich habe nach ihr gefragt, aber bislang keine Auskunft bekommen. Doch das werde ich gleich ändern. He, ich brauche jemanden!«

Das Letzte rief er laut. Mit diesen Worten hatte er in den letzten Wochen stets deutlich gemacht, dass sofort ein Knecht oder eine Magd herbeieilen musste, um seine Befehle zu empfangen. Diesmal dauerte es etwas länger, bis jemand erschien. Es war Sigi, ein junger Knecht, der erst seit diesem Frühjahr auf Kibitzstein weilte und noch nicht so genau wusste, ob er den Eindringlingen die gleiche Abneigung entgegenbringen sollte wie die anderen Knechte und Mägde oder besser daran tat, Ebrachs Vertrauen zu erwerben.

»Ihr wünscht, Herr?«, fragte er.

»Suche Hildegard und bringe sie hierher. Die wohlehrwürdige Äbtissin wird sie mit ins Kloster nehmen!«

Sigi nickte und verließ eifrig den Raum. Nachdem er Hildegard nicht in ihrer Kammer gefunden hatte, fragte er mehrere Frauen und Männer nach ihr, doch niemand hatte sie in den letzten Stunden gesehen. Schließlich schaute er in der Küche nach und fand dort die Beschließerin vor, die gerade mehreren Mägden ihre Anweisungen erteilte.

Bestrebt, Ebrachs Befehl auszuführen, sprach er Anni an. »Herr von Ebrach will, dass Jungfer Hildegard zu ihm gebracht wird. Sie soll die wohlehrwürdige Frau Äbtissin ins Kloster Hilgertshausen begleiten.«

»Wo sich die jüngste Tochter des Burgherrn befindet, kann ich dir nicht sagen. Ich habe sie seit dem Mittagessen nicht mehr gesehen«, antwortete Anni.

»Aber die Äbtissin will sie mitnehmen!«, rief Sigi drängend.

»Ich kann sie mir nicht aus den Rippen schneiden!«, fauchte Anni ihn an.

Da der Mann sich mehr an Ebrachs Kriegsknechte hielt als an die eigenen Leute, sah sie nicht ein, warum sie ihm auch nur einen Schritt entgegenkommen sollte.

»Wir müssen sie suchen!«

Anni sah den Knecht kopfschüttelnd an. »Du bist gut! Uns steht die Arbeit bis zum Hals, und dann sollen wir auch noch nach dem Mädchen suchen? Was meinst du, was Ebrach und seine Leute sagen werden, wenn sie das Abendessen zu spät erhalten oder es gar angebrannt oder verkocht ist?«

Diese Warnung wirkte. Ebrachs Männer waren leicht bereit, einem Knecht einen Knochen oder ein zu zähes Stück Fleisch an den Kopf zu werfen. Daher verließ Sigi die Küche wieder und kehrte zu Klara von Monheim und deren Vetter zurück.

»Hast du das Mädchen gefunden?«, fragte Ebrach.

Der Knecht schüttelte mit säuerlicher Miene den Kopf. »Nein, Herr! Die Beschließerin und die Mägde wollten mir nicht bei der Suche helfen.«

Damit, so sagte Sigi sich, hatte er sich endgültig auf die Seite Ebrachs und der Würzburger geschlagen. Jetzt konnte er nur hoffen, dass der Domherr ihn in seinen Diensten behielt, wenn der Burgherr zurückkehrte.

»Man sollte diese renitenten Weiber stäupen!«, zischte Klara von Monheim.

Ihr Vetter nahm die Sache nicht so tragisch. »Hildegard wird sich irgendwo in der Burg herumtreiben. Sobald sie aufgefunden wird, schicke ich sie zum Kloster.«

Für einen Augenblick überlegte Klara von Monheim, ob sie nicht darauf dringen sollte, dass das Mädchen umgehend gesucht und ihr übergeben wurde. Da sie jedoch bereits länger auf Kibitzstein geblieben war, als sie vorgehabt hatte, ließ sie diesen Gedanken wieder fallen.

»Ich erwarte Hildegard spätestens morgen Vormittag«, sagte sie daher und stand auf, um sich zu verabschieden.

9.

Nach einem Blick auf den Stand der Sonne legte Hiltrud ihr Schultertuch um und schlüpfte in ihre Holzschuhe. »Es wird Zeit! Ich muss rechtzeitig in die Burgküche kommen, wenn mein Mittel beim Abendessen wirken soll«, sagte sie zu Marie.

Diese nickte verkniffen, straffte sich dann aber und legte sich das Schultertuch um, das Hiltrud ihr geliehen hatte. »Ich komme mit.«

»Ist das nicht zu gefährlich?«, fragte ihre Freundin.

»Ich käme mir schäbig vor, wenn ich euch alle in Gefahr weiß, während ich mich hier verkrieche.«

Hiltrud wiegte den Kopf. »Dann wollen wir hoffen, dass uns die Wachen durchlassen und nicht zu Ebrach schleifen. Er würde gewiss glauben, du wolltest deine Urkunden holen, damit sie vor ihm sicher sind.«

»Sollte ich wirklich gefangen werden, vertraue ich darauf, dass Trudi und Uta Anni dazu gebracht haben, das Essen der Würzburger zu vergiften. Sollte dann einer daran sterben, ist es nicht unsere Schuld. Sie hätten Kibitzstein ja nicht besetzen müssen.«

Zwar hoffte Marie, dass es zu keinem Todesfall kam, war aber bereit, das Risiko auf sich zu nehmen.

Um die Wachen zu täuschen, luden Hiltrud und sie sich mehrere Würste und Schinken auf und gingen los. Wie erwartet verstellten Ebrachs Leute ihnen den Weg und forderten sie auf, ihre Körbe herzuzeigen. Angesichts des Inhalts stellten sie jedoch keine Fragen, sondern griffen sich je zwei handspannenlange Würste und begannen genüsslich darauf herumzukauen.

Marie und Hiltrud eilten weiter und erreichten kurz darauf die Burgküche. Dort warteten die Köchin, Trudi, Anni und Uta bereits wie auf Kohlen sitzend auf Hiltrud.

»Endlich!«, rief Anni aus, sah dann ihre Herrin und fiel vor Freude auf die Knie.

»Was soll das?«, tadelte Marie sie sanft und zog sie wieder hoch.

»Ich freue mich so sehr, dass Ihr lebt und wieder hier seid!«, rief Anni unter Tränen.

»Ich freue mich auch, Anni.« Danach wandte Marie sich mit blitzenden Augen an die anderen. »Ihr wisst, was ihr zu tun habt?«

Die Köchin nickte. »Ich soll ihnen die Abendsuppe würzen! Es muss aber schnell geschehen, denn Ebrach wird bald nach dem Essen rufen.«

»Was machen wir mit den beiden Wachen am Tor?«, fragte Trudi. »Wenn die ihr Essen später bekommen, merken sie, dass etwas geschehen ist, und wir müssen sie niederkämpfen.«

»Was uns, selbst wenn uns alle Knechte und Mägde auf der Burg beistehen, nicht leichtfallen dürfte.« Marie überlegte einen Augenblick und sah dann Anni fragend an. »Würde es auffallen, wenn die Wachen ihre Suppe gleich am Tor bekommen?«

»Üblich ist es nicht, aber ein paarmal haben sie sich etwas bringen lassen«, antwortete die Köchin an Annis Stelle.

»Dann machen wir es so. Mechthild, sobald Ebrach und den anderen aufgetischt wird, wirst du den Torwachen je einen Napf Suppe bringen!« Marie tätschelte die Schulter des Mädchens und blickte dann in den Topf, in dem die Abendsuppe für Ebrach und dessen Männer köchelte. Auf einem Bratspieß brutzelten mehrere Stücke Fleisch und zeigten an, dass die Würzburger es nicht allein bei der Suppe belassen wollten.

Unterdessen nahm Hiltrud den Beutel mit ihrem Mittel und maß so viel davon ab, wie sie vertreten zu können glaubte. Zu schwach durfte es nicht sein, da es Ebrach und seine Krieger kampfunfähig machen sollte. Der Gedanke, sonst dreizehn zornige Männer am Hals zu haben, brachte sie dazu, ein wenig mehr in den Topf zu tun, als sie vorgehabt hatte.

»Betet, dass es so wirkt, wie ich es mir vorstelle«, sagte sie zu den anderen.

Marie presste angespannt die Lippen zusammen. Am liebsten hätte sie der Freundin gesagt, sie solle noch mehr von dem Zeug in die Suppe geben. Nach Hiltruds Worten bestand jedoch zwischen dem, was sie erreichen wollten, und dem Tod der Männer nur ein schmaler Grat. Daher hielt sie den Mund und richtete ein Gebet an ihre persönliche Schutzheilige Maria Magdalena, ihnen beizustehen. Als sie damit fertig war, lachte sie nervös, denn ihr war bewusst geworden, dass sie die Macht einer Heiligen anrief, um gegen einen Mann der Kirche vorzugehen.

»Ich habe mir Mühe gegeben, eine besonders gute Suppe zu kochen und sogar dafür mein Rezept mit den gewürzten Fleischklößchen verwendet!«

Die Bemerkung der Köchin beendete Maries Gedankengang, und sie lächelte der Frau dankbar zu. »Das hast du gut gemacht! So wird ihnen die Suppe schmecken, und sie werden mehr Wein dazu trinken. Beides wird dafür sorgen, dass diesen Kerlen bald sehr übel sein wird!« Sie lachte, um ihre Nervosität zu verbergen, und sah zu, wie die Köchin und Hiltrud die Suppe vorsichtig abschmeckten.

»Es muss noch etwas hinein. Man merkt den Untergeschmack von meinem Mittel«, fand Hiltrud.

Die Köchin überlegte kurz. »Wie wäre es mit einem Schuss Wein?«

»Es sollte besser mehr als zu wenig sein, und schneide etwas Rauchfleisch dazu. Das gibt ebenfalls Geschmack«, befahl ihr Marie.

Wenig später war die Suppe fertig. Sie roch so gut, dass Marie bedauerte, nichts davon essen zu können. Um nicht einfach nur dabeizustehen, half sie mit, dreizehn Näpfe damit zu füllen. Sie waren gerade damit fertig, als zwei Knechte erschienen. Einer davon war Sigi, der sich Ebrach anschließen wollte.

»Herr von Ebrach hat befohlen, das Mahl aufzutragen«, erklärte Sigi, war zum Glück aber zu sehr mit seinen eigenen Gedanken beschäftigt, um Marie und Trudi genauer anzuschauen.

Sein Begleiter erkannte die beiden und wollte schon etwas sagen. Da fiel sein Blick auf Sigi, und er klappte den Mund wieder zu. Stattdessen legte er sich den rechten Zeigefinger auf den Mund und wies verstohlen auf den anderen, um anzuzeigen, dass dieser Mann nicht zuverlässig wäre.

Marie und Trudi traten hinter die anderen Frauen zurück, während Anni die beiden Männer anwies, elf Näpfe auf das große Tablett zu stellen und sie in die Halle zu tragen.

»Das Fleisch müsst ihr später holen. Es ist noch nicht ganz durchgebraten«, sagte sie, da sie nicht wollte, dass Ebrachs Männer die Suppe beiseiteschoben und nur den Braten aßen.

»Wir werden es Herrn von Ebrach sagen, dass ihr das Fleisch zu spät auf den Spieß gesteckt habt!«, drohte Sigi, packte die vorderen Griffe des Tabletts und wies seinen Begleiter an, sich zu beeilen. »Du weißt, dass Herr von Ebrach es nicht liebt, auf das Mahl zu warten.«

Als die beiden die Küche verlassen hatten, schüttelte Uta den Kopf. »Der Sigi soll ja aufpassen! Er dient sich den

Würzburgern auf eine Art und Weise an, dass es eine Schande ist.«

»Vielleicht sollten wir ihm auch einen Napf Suppe hinstellen«, schlug Trudi vor und brachte die anderen damit zum Lachen.

Marie wurde wieder ernst. »Wir dürfen die Wachen am Tor nicht vergessen. Mechthild, bring du ihnen die Suppe!«

»Darf ich es nicht tun, Mama?«, fragte Trudi. »Immerhin haben die Kerle unsere Burg besetzt und sind mir damit etwas schuldig.«

»Also gut, aber verrate dich nicht!«, wies Marie ihre Tochter an und sah zu, wie diese mit den letzten beiden Schüsseln die Küche verließ.

10.

Kibitzstein lag weder an einer der Handelsstraßen noch an einem der Wege, die Städte oder größere Dörfer verbanden. Die Wachen am Tor sahen daher nur selten einen Wanderer in der Ferne und niemanden, der einfach nur hier durchreiste. Da sie sich langweilten, stellte bereits das Mädchen, das ihnen die Suppe brachte, eine Abwechslung dar.

»Kommst wohl aus einem der Dörfer, weil ich dich hier noch nie gesehen habe«, meinte einer von ihnen zu Trudi.

Diese nickte eifrig. »Das stimmt, Herr! Ich komme aus Dohlenheim, das ist das Dorf, das am weitesten von Kibitzstein entfernt ist. Frau Anni, die Beschließerin, hat mich hierhergerufen, damit ich euch bedienen soll.«

»Das lasse ich mir gefallen! Hab eh Hunger und hätte bis zur Wachablösung warten müssen, bis ich etwas in den Bauch bekomme«, meinte der zweite Wächter und griff nach einem Napf.

»Das riecht heute aber gut«, setzte er nach einem prüfenden Schnuppern hinzu.

»Lasst es euch schmecken!« Trudi lächelte verschmitzt und beobachtete die beiden, wie sie ihre Löffel aus den am Gürtel hängenden Hüllen herausholten und zu essen begannen.

»Schmeckt gut! Richtig würzig«, lobte einer der Männer.

»Soll ich euch Wein holen?«, wollte Trudi wissen.

Die beiden Wachen sahen einander kurz an und nickten

im Duett. »Das wäre nicht übel. Durst haben wir nämlich schon!«, erklärte einer von ihnen.

Trudi sauste los, und als sie mit zwei vollen Krügen zurückkam, hatten die beiden Kriegsknechte ihre Schüsseln bis auf den Grund geleert. Da die Suppe gut gewürzt war, um den Nachgeschmack von Hiltruds Mittel zu verbergen, war den Männern der Wein willkommen.

»Später gibt es noch Braten!«, verkündete Trudi und trat den Rückzug an.

Sie wusste nicht, wie rasch Hiltruds Mittel wirkte, und wollte nicht als Geisel genommen werden, wenn die Wachen merkten, dass die Suppe nicht nur dazu da war, ihre Mägen zu füllen.

Auf dem Rückweg zur Küche spähte Trudi kurz in die Halle. Ebrach und seine Männer waren beim Essen, und ihre lauten Stimmen verrieten, dass sie dem Wein bereits in reichlichem Maße zugesprochen hatten. Doch gerade die Großzügigkeit, mit der an diesem Tag der Wein aufgetischt wurde, machte den Domherrn misstrauisch.

»Wehe, ihr besauft euch so, dass euch die Burgbewohner entwaffnen und irgendwo einsperren können!«, mahnte er eben seine Männer.

»Aber Herr, wir doch nicht!«, antwortete sein Unteranführer lachend.

»Ein paar Becher vertragen wir schon noch«, stimmte ihm sein Kumpan zu.

»Ich habe euch gewarnt.« Guntram von Ebrach überlegte, ob er befehlen sollte, die noch gut gefüllten Weinkrüge wegzubringen, ertappte sich dann aber dabei, wie er Sigi anwies, ihm nachzuschenken.

»Die Suppe ist wirklich scharf gewürzt! Wie es aussieht, will die Beschließerin uns betrunken machen, um uns überwältigen zu können«, meinte er, nachdem er den Becher fast zur Hälfte geleert hatte.

Die Besonneneren unter seinen Männern schoben ihre Becher zurück und streichelten die Griffe ihrer Schwerter.

»Damit wird sie kein Glück haben«, sagte sein Stellvertreter. »Wir sollten ihr morgen zeigen, was wir davon halten, damit sie es kein zweites Mal versucht.«

Er erntete schallendes Gelächter. Sogar Ebrach verzog für einen kurzen Augenblick die Lippen. Auch wenn er den Anschein von Gewalttätigkeit vermeiden wollte, um die Nachbarn um Kibitzstein nicht gegen sich aufzubringen, so hatte Anni seiner Ansicht nach eine Strafe verdient.

»Du«, sein Zeigefinger stach auf Sigi zu, »wirst der Beschließerin morgen zehn scharfe Hiebe auf den blanken Hintern versetzen! Dann wird sie wohl lernen, wer hier der Herr ist.«

Der Knecht schluckte. Wenn er Anni schlug, würde er hier auf der Burg keine glückliche Stunde mehr erleben. Andererseits traute er Ebrach zu, ihn zu bestrafen, wenn er nicht gehorchte, und da war es besser, wenn er die Hiebe austeilte, als selbst welche zu erhalten.

Um nicht aufzufallen, verschwand Trudi wieder und wartete mit ihrer Mutter und den anderen darauf, dass das Mittel zu wirken begann.

Guntram von Ebrach fand unterdessen, dass er noch einen weiteren Becher Wein vertragen konnte, und schnalzte, als er trank, mit der Zunge. »Vom Wein verstehen die Kibitzsteiner etwas!«

»Vielleicht stammt er von den Klosterhängen, die die wohlehrwürdige Mutter Klara wieder zurückhaben will. Mit Nonnenscheiße gedüngt soll alles besonders gut wachsen. Ruht ja auch der Segen des Heiligen Geistes darauf.«

Diese Bemerkung empörte den Domherrn. »Schmähe ja nicht die heilige Kirche und ihre Diener und Dienerinnen, du Lump! Sonst bekommst du die Schläge, die die Beschließerin erhalten soll.«

Seine Untergebenen zogen erschrocken die Köpfe ein. Unter sich konnten sie den einen oder anderen deftigen Scherz wagen, doch wenn sie es vor Kirchenleuten taten, wurden sie dafür harsch zurechtgewiesen.

Mit einem Mal spürte Ebrach ein seltsames Rumoren im Bauch und überlegte, ob er den Braten überhaupt noch auftragen lassen sollte. Wenn dieser ähnlich scharf gewürzt war wie die Suppe, würden sich die Männer sinnlos besaufen und der Beschließerin die Gelegenheit geben, sie von dem Gesinde in die Keller der Burg bringen und dort einsperren zu lassen.

»Wir sollten besser dieses Weib irgendwo einschließen«, murmelte er, ohne daran zu denken, dass es auf Kibitzstein niemanden gab, der Anni ersetzen konnte. Im nächsten Augenblick war ihm jedoch auch das gleichgültig, denn einer seiner Männer begann zu würgen und erbrach sich auf die Tischplatte.

»Du besoffenes Schwein!«, fuhr Ebrach auf und merkte gleichzeitig, dass auch sein Magen explodierte. Er schaffte es gerade noch, sich so zu drehen, dass er nur den Fußboden beschmutzte. Als er kurz aufschaute, sah er, wie sich alle seiner Männer unter Würgekrämpfen wanden. Gleichzeitig mischte sich ein entsetzlicher Gestank mit dem sauren Geruch nach Erbrochenem. Es dauerte einen Augenblick, bis Ebrach merkte, dass es von ihm selbst stammte, denn er hatte sich in die Hosen gemacht. Während er sich fast die Seele aus dem Leib würgte, bekam er es mit der Angst zu tun.

»Die Beschließerin hat uns vergiftet!« Selbst der Gedanke, dass Fürstbischof Gottfried Schenk zu Limpurg Kibitzstein als Strafe dafür bis auf die Grundmauern schleifen lassen würde, war kein Trost für ihn, denn er glaubte nicht daran, das noch erleben zu können.

11.

In der Küche wurde das Warten für Marie zur Qual. Schließlich hielt sie die Anspannung nicht mehr aus und stand auf. »Ich schaue nach, ob das Mittel schon wirkt.«

»Gib aber acht, dass man dich nicht als Geisel nimmt, um ein Gegenmittel zu erpressen«, warnte Hiltrud sie.

Marie nickte verkniffen und langte zu einem der Beile, mit denen die Köchin das Fleisch in handliche Stücke teilte.

»Gegen ein Schwert hilft dir das auch nichts«, rief Trudi ihr nach. Das Mädchen suchte sich das größte Messer aus, das es in der Küche gab, und folgte der Mutter.

Nun war auch Hiltrud nicht mehr zu halten. Auch sie wählte sich eine Waffe und funkelte Anni, Uta und Mechthild auffordernd an. »Wir sollten die Burgherrin nicht allein gehen lassen.«

»Das meine ich auch!«, rief Anni und packte den schweren Fleischklopfer aus Hartholz, mit dem man selbst einen Ochsen bewusstlos schlagen konnte.

Sie folgten Marie mit zitternden Knien und holten sie am Eingang der Halle ein. Den Anblick, der sich ihnen dort bot, hatte keine von ihnen erwartet. Ebrach und seine Männer wälzten sich im eigenen Schmutz. Einige hatten sich die Hosen halb ausgezogen, andere nicht, und alle stanken derart, dass Marie übel wurde.

»Dein Mittel hat meine Erwartungen erfüllt«, meinte Marie zu Hiltrud.

Diese starrte die Würzburger an und schüttelte sich. »Hoffentlich war es nicht zu stark. Ich würde ungern vor den himmlischen Richter treten und bekennen müssen, dass ich aus Unachtsamkeit den Tod anderer Menschen verschuldet habe.«

»Wenn jemand umkommt, dann ist es seine Schuld!« Marie wies kurz auf Ebrach, wandte sich dann aber wieder der Ziegenbäuerin zu. »Die Wirkung deines Mittels ist arg übel riechend, doch es macht uns wieder zu Herren im eigenen Haus. Holt alle Knechte und die anderen Mägde herbei und bringt dieses Gesindel in einen leeren Keller. Der Schmied soll ihnen Ketten anlegen, damit die Gefangenen nicht die Tür aufsprengen können. Ebrach schafft in die obere Turmkammer. Deren Fenster ist vergittert und die Tür fest genug, um selbst einem Riesen zu widerstehen!«

Unendlich erleichtert, weil dieser Streich geglückt war, erteilte Marie ihre Befehle und trat dann ein wenig beiseite, um ihrem Gesinde nicht im Weg zu stehen.

Da sich die Würzburger alle beschmutzt hatten und widerwärtig stanken, wurden erst einmal einige Eimer Wasser über sie ausgeleert. Danach zogen Maries Leute ihnen die Kleidung aus und schleppten sic in den Keller, wo sie auf den Boden gelegt wurden. Erst als ihre Mägen und Därme Ruhe gaben, streute man Stroh aus, damit sie nicht auf den blanken Steinplatten liegen mussten. Schließlich sorgte der Kibitzsteiner Schmied mit seinem Gesellen dafür, dass die Kriegsknechte festgekettet wurden.

Inzwischen hatte man auch die beiden Torwachen geholt und legte sie zu ihren Kameraden. Guntram von Ebrach hingegen wurde von Sigi und einem weiteren Knecht in die Stube gebracht, die Marie für ihn bestimmt hatte. Der junge Knecht konnte nicht begreifen, was geschehen war. Zum einen war auf einmal die Burgherrin wieder da, von der es geheißen hatte, sie wäre in Thüringen umgekommen, und Ebrach, der bis vorhin noch unumschränkter Herr der Burg gewesen war, wurde auf ein Bett gelegt und die Tür des Raumes verriegelt.

Sigi überlegte, was er tun sollte. Da er sich Ebrach angeschlossen hatte, würde er hier auf der Burg kein Bein mehr auf die Erde bringen. War es da nicht besser, wenn er den Domherrn befreite und diesen nach Würzburg brachte? Ebrach würde ihm damit zu Dank verpflichtet sein und ihn in seine Dienste nehmen müssen.

Anni überwachte Ebrachs Transport in die Kammer, und dabei fiel ihr Sigis verräterisches Mienenspiel auf. Da sie nichts riskieren wollte, befahl sie, auch diesen Knecht in den Keller zu bringen und anzuketten.

»Das darfst du nicht tun!«, rief Sigi erschrocken.

»Ich darf hier viel, aber wenn es dir nicht passt, dann fragen wir die Herrin«, antwortete Anni zornig und wies ihn an, ihr zu Marie zu folgen.

Ein paar Schritte kam der Knecht mit, dann stieß er sie beiseite und rannte mit langen Schritten davon.

»Haltet ihn auf!«, rief Anni, doch da erreichte Sigi den Eingang des Palas, riss ihn auf und eilte auf das Burgtor zu. Da das gesamte Gesinde dabei war, unerwünschte Gäste einzusperren, war das Tor unbewacht, und der Bursche entkam.

Rot vor Zorn forderte Anni den ersten Knecht, der ihr über den Weg lief, auf, das Tor zu schließen. Erst als das geschehen war, kehrte sie zu Marie zurück und berichtete, dass Sigi geflohen war.

»Nimm es dir nicht so zu Herzen«, forderte Marie sie auf. »Soll er ruhig nach Würzburg laufen und dem Fürstbischof berichten, dass wieder unser eigenes Banner über Kibitzstein weht. Solange Guntram von Ebrach als unser Gast hier weilt, wird Herr Gottfried Schenk zu Limpurg es sich zweimal überlegen, ob er etwas gegen uns unternehmen soll.«

»Was ist, wenn wir Ebrach schließlich freigelassen haben?«, wollte Trudi wissen.

»Dies wird nur nach entsprechenden Schwüren und Verträgen geschehen!«

Noch während Marie dies sagte, eilte Anni ans Fenster und blickte besorgt zum Ziegenhof hinüber. »Ihr habt Hildegard vergessen. Was ist, wenn Sigi sie entführt?«

»Das wird ihm schwerlich gelingen, denn Hildegard ist bereits in der Burg und hilft mit, aus der abgelegten Kleidung meines Vaters ein paar Hosen und Hemden für Herrn Guntram von Ebrach auszusuchen. Auch wenn er unser Gefangener ist, soll er nach seinem Stand behandelt werden«, sagte Trudi, die gerade hereingekommen war und Annis Bemerkung vernommen hatte.

Nun umarmte sie ihre Mutter und lachte. »Sobald Vater nach Hause gekommen ist, werden wir dem Würzburger Fürstbischof zeigen, dass er sich mit Kibitzstein besser nicht hätte anlegen sollen.«

12.

Ein Großteil der Würzburger Kriegsknechte wie auch Guntram von Ebrach selbst waren am nächsten Tag noch nicht ansprechbar. Erst als die zweite Nacht vergangen war, konnte Hiltrud Marie berichten, dass alle Männer überleben würden. Den meisten ging es jedoch noch immer schlecht, und sie waren mehr mit ihrem eigenen Elend beschäftigt, als daran zu denken, dass sie nun Gefangene waren.

Da es Marie drängte, mit Ebrach zu reden, trat sie gegen Mittag in den Raum. Zwei Knechte begleiteten sie und hielten Ebrach mit vorgehaltenen Spießen in Schach.

Zunächst erkannte dieser Marie nicht, dann aber starrte er sie fassungslos an. »Ihr sollt doch tot sein!«, brachte er mühsam heraus.

Marie musterte ihn mit einem gewissen Spott. »Ihr solltet Euch besser nicht aufs Hörensagen verlassen. Zwar sind etliche Leute in Thüringen umgekommen, doch meine Tochter, ich und Schwester Ignatia von Hilgertshausen gehörten nicht dazu.«

»Ihr habt mich vergiftet!«, stöhnte Ebrach.

»Ich habe mit List wiedergewonnen, was Ihr mir mit List genommen habt«, antwortete Marie herb. »Beklagt Euch also nicht, denn Ihr habt Euch Euren jetzigen Zustand selbst zuzuschreiben!«

Zunächst begriff Guntram von Ebrach nicht, dass er ein

Gefangener war, doch als es ihm dämmerte, funkelte er Marie wütend an. »Ihr werdet mit diesem Streich nichts gewinnen. Der Fürstbischof wird auf meine Freilassung dringen, und, wenn Ihr Euch weigert, mit bewaffneter Macht hier erscheinen.«

Die Drohung empörte Marie, und sie trat einen Schritt näher. »Blast Euch nicht zu sehr auf, Domherr, sonst platzt Ihr noch. Sollte Gottfried Schenk zu Limpurg mit Kriegsknechten hier erscheinen, so seid Ihr das erste Opfer dieses Konflikts!«

Bei dieser Drohung zuckte Guntram von Ebrach zusammen.

»Was wollt Ihr?«, fragte er, obwohl er an seiner Wut fast erstickte.

»Die Begleichung aller Schäden, die Eure Männer und Ihr hier angerichtet habt, einschließlich der Vergütung für Unterkunft und Verpflegung, sowie eine Entschädigung für Euer rechtswidriges Verhalten«, antwortete Marie kühl.

»Aber das …«, stieß der Domherr hervor, um sofort von Marie unterbrochen zu werden.

»Das steht mir zu! Was die Rechte betrifft, die mein Gemahl und ich auf Würzburger Land erhalten haben, so wird Euer Fürstbischof erkennen müssen, dass auch er sich dem Gesetz zu beugen hat.«

Guntram von Ebrach hätte Marie am liebsten erwürgt, doch die auf ihn gerichteten Spieße hielten ihn davon ab. Daher hörte er sich mit knirschenden Zähnen ihre Forderungen an, und die stellten keine geringe Summe dar. Wenn der Fürstbischof darauf eingehen musste, würde er vor diesem als Versager dastehen und jeden Einfluss auf die Würzburger Politik verlieren.

»Sobald Ihr dazu in der Lage seid, werdet Ihr einen Brief an Gottfried Schenk zu Limpurg schreiben und ihm von Eurem Missgeschick berichten. Ihr könnt hinzusetzen, dass Ihr so lange mein Gast bleiben werdet, bis meine berechtigten Forderungen erfüllt sind! Jetzt aber lasse ich Euch Medizin bringen, die Euren beleidigten Magen und Darm so weit beruhigt, dass Ihr gegen Abend wieder etwas zu Euch nehmen könnt«, fuhr Marie fort.

»Das Mittel und das Essen muss ich wohl auch bezahlen«, rief Ebrach schnaubend.

Marie lachte. »Die Arznei erhaltet Ihr kostenlos! Schließlich seid Ihr mein Gast. Allerdings werde ich Euch Eure Verpflegung und die Eurer Männer berechnen.«

»Elende Krämerstochter!«, stöhnte Ebrach voller Verachtung.

Marie musterte ihn mit einem spöttischen Blick. »Ich bin die Tochter eines Kaufmanns und stolz darauf, Domherr! Was ich bin und was ich erreicht habe, wurde mir nicht in die Wiege gelegt. Ich musste es mir erkämpfen, und da ich das gelernt habe, weiß ich das Meine auch zu behalten.«

In ihren Worten schwang Stolz mit, dass es ihr gelungen war, Guntram von Ebrach zu überlisten. Marie wusste jedoch, dass dies noch kein endgültiger Sieg über den Fürstbischof war und sie vorsichtig sein musste, um nicht am Ende als Verliererin dazustehen.

Nun verließ sie die Kammer, in der Ebrach eingesperrt war, und begab sich in die Halle. Sie fand dort Nepomuk, der eben Trudi, Hildegard und Hiltruds Tochter Mechthild mehrere Kunststücke vorführte. Sie hatte ihn aus Volkach holen lassen, die Sachsen aber zu Fürst Johann von Sachsen-Saalstein-Tresskau zurückgeschickt. Zwar hätte sie ein paar waffengeübte Männer brauchen können, wollte sich aber nicht auf Fremde verlassen.

»Es ist gut, dass du gekommen bist«, sagte sie zu Nepomuk. »Sobald Domherr Ebrach in der Lage ist, einen Brief zu schreiben, werde ich dich als meinen Boten nach Würzburg schicken.«

»Doch nicht zu Fuß und noch weniger auf einem Pferd«, rief Nepomuk entsetzt.

Bevor Marie etwas antworten konnte, stürzte Uta herein. »Herrin, Reiter nähern sich der Burg«, meldete sie erschrocken.

»Viele?«, fragte Marie besorgt, der Fürstbischof könnte bereits ein Heer gegen sie ausgesandt haben.

Uta schüttelte den Kopf. »Ich glaube, es sind nur drei.«

»Das können Parlamentäre sein, die der Fürstbischof zu uns schickt. Ich werde sie besser vor dem Tor empfangen. In die Burg kommen sie mir nicht herein!« Marie verließ die Halle und kurz darauf den Palas. Während sie zum Torturm ging, überlegte sie, wie weit sie mit ihren Forderungen an den Fürstbischof gehen durfte.

13.

Es handelte sich tatsächlich um drei Reiter, doch so abgerissen, wie sie aussahen, mussten sie von weiter her kommen als von Würzburg. Marie kniff die Augen zusammen und beobachtete sie, als sie langsam näher kamen. Einer der Reiter saß zusammengesunken auf seinem Pferd, das von einem seiner Begleiter geführt wurde. Das Tier kam ihr bekannt vor, und sie begann auf einmal zu rennen.

»Michel!«, schrie sie, und dann noch einmal: »Michel!«

Er hob nicht einmal den Kopf, sondern stöhnte nur und musste von seinem zweiten Begleiter festgehalten werden, sonst wäre er aus dem Sattel gerutscht.

»Es ist nicht unsere Schuld, Herrin«, sagte Lambert bedrückt. »Ritter Michel wurde in Ungarn verwundet. Keiner der Ärzte wusste ihm zu helfen, und da wollte er nur noch nach Hause.«

Marie war unterdessen neben ihrem Mann und erkannte, dass sein linkes Hosenbein aufgeschlitzt und ein dicker Verband um den grotesk angeschwollenen Oberschenkel gewickelt war. Angst packte sie, und sie krallte ihre Finger in die Satteldecke. Dann aber gewann ihre kühle Überlegung die Oberhand.

»Bringt ihn rasch in seine Kammer, und du«, ihr Blick glitt zu Trudi, die ihr gefolgt war, »holst sofort Tante Hiltrud! Sie weiß mehr über Wunden als die gelehrten Ärzte zu Würzburg oder die Bader in Dettelbach und Volkach zusammen.«

Das Mädchen nickte und lief mit Tränen in den Augen los, während Lambert und sein Freund Michels Pferd in die Burg führten. Dort halfen ihnen zwei Knechte und mehrere Mägde, ihren Herrn aus dem Sattel zu heben und in den Palas zu bringen.

Als Hiltrud eintrat, lag Michel bereits auf seinem Bett. Marie hatte ihm die Hose vom Leib geschnitten und den Verband entfernt, so dass sein geschwollener, grässlich verfärbter Oberschenkel freilag.

»Das sieht nicht gut aus«, meinte Hiltrud und schnupperte an der Wunde. »Es stinkt, aber zumindest hat er keinen Wundbrand. Ich werde viel heißes Wasser brauchen, ebenso den Absud von Kamille und ein paar andere Heilpflanzen, die ich bei mir habe. Auch brauche ich eine dicke Kerze!«

»Besorgt alles«, wies Marie Anni und Uta an.

Die beiden verschwanden, und für Augenblicke blieben Marie, Hiltrud und Trudi allein zurück.

»Gott kann nicht so grausam sein, mir meinen Mann zu nehmen«, flüsterte Marie mit bleichen Lippen.

»Ich werde tun, was ich kann, aber Wunder kann auch ich nicht bewirken.«

Hiltrud war erst vor kurzem Witwe geworden und wusste, wie stark der Verlust des geliebten Mannes schmerzte. Nach all dem, was Marie mitgemacht hatte, hätte sie ihr dieses Leid gerne erspart. Das Aussehen der Wunde verhieß jedoch nichts Gutes.

»Lambert hat gesagt, es wäre kein Arzt bei ihnen gewesen, der die Verletzung hätte versorgen können. Als sie ein paar Tage später zu einem Arzt gekommen wären, wäre das Bein bereits so angeschwollen gewesen, und so habe dieser es nicht gewagt, nach der Pfeilspitze zu suchen.«

»Uns wird nichts anderes übrig bleiben, als die Wunde aufzuschneiden, damit der Eiter abfließen kann«, erklärte Hiltrud, während Uta mit einer armdicken Kerze hereinkam.

»Ich brauche noch ein scharfes Messer«, wies die Ziegenbäuerin sie an. Als sie dieses bekam, hielt sie es über die Flamme.

»Ich weiß nicht, weshalb, aber wenn man eine Klinge mit Feuer reinigt, ist es für die Wunden besser, als wenn man das Messer kalt benutzt«, erklärte sie.

Marie hatte schon öfter zugesehen, wie ihre Freundin Verletzungen behandelte, und dieselben Erfahrungen gemacht. Obwohl ihr Herz hart schlug und schmerzte, als würde es von einem Pfeil durchbohrt, half sie Hiltrud bei ihren Vorbereitungen und reichte ihr ein Stück sauberes Linnen. Hiltrud tränkte es mit dem Kräuterabguss und begann vorsichtig, die Umgebung der Wunde zu säubern.

Obwohl halb betäubt, spürte Michel die Berührung als dumpfen Schmerz und bäumte sich stöhnend auf. Sofort drückte Marie ihn auf das Bett zurück. »Es ist alles gut, mein Liebster! Du bist zu Hause, und wir werden alles tun, damit du wieder gesund wirst«, flüsterte sie ihm ins Ohr.

»Du könntest schreien, und er würde es nicht verstehen«, meinte Hiltrud, doch zu aller Überraschung beruhigte Michel sich und blieb steif liegen.

Hiltrud griff nun wieder nach dem Messer, nahm kurz Maß und stach in den Wundkanal hinein. Dieser platzte förmlich auf, und ein Schwall stinkender Eiter quoll aus der Wunde. Dieser schwemmte einen kleinen, schwarzen Gegenstand mit sich hinaus.

Mit spitzen Fingern hob Hiltrud ihn auf und zeigte ihn Marie. »Das ist der Übeltäter! Er ist kaum größer als der Daumennagel eines Mannes, und doch bringt er so leicht den Tod.«

Marie wandte sich ab, um die Pfeilspitze nicht sehen zu müssen. Nachdem Hiltrud noch einen Blick auf das Ding geworfen hatte, legte sie es auf ein Stück Leintuch.

»Vielleicht will dein Mann das Ding als Andenken behalten«, sagte sie, um ihrer Freundin Mut zu machen.

Sofort sah Marie sie an. »Du glaubst, Michel wird das überleben?«

»Sagen wir, ich hoffe es! Auch wenn die Wunde schlimm aussieht, ist sie weder brandig, noch scheint sie seinen Leib vergiftet zu haben. Das sind gute Zeichen. Doch lass mich nun weiterarbeiten. Ich brauche den Kräuteraufguss, um die Wunde zu reinigen. Zum Glück müssen wir die Pfeilspitze nicht mehr suchen«, erklärte Hiltrud, lächelte etwas verkniffen und machte sich wieder an die Arbeit.

Es gelang Marie, sich so weit zu beherrschen, dass sie ihrer Freundin helfen konnte. Diese öffnete den Wundkanal noch ein wenig und schwemmte den Rest des Eiters mit Kamillenwasser aus. Danach wickelte sie etwas Leinwand zu einem Pfropfen, tränkte diesen mit einer scharfen Tinktur, die sie aus Weingeist und Kräutern angesetzt hatte, und schob ihn in die Wunde hinein. Michel stöhnte erneut und stieß zuletzt einen Schrei aus, der alle zusammenzucken ließ.

»Wäre die Wunde frisch, könnte ich sie mit einem glühenden Eisen ausbrennen. Aber so muss das hier reichen«, erklärte Hiltrud.

»Möge die Heilige Jungfrau ihm beistehen!« … und die heilige Marie Magdalena mir, setzte Marie in Gedanken hinzu.

»Ich werde die Wunde erst einmal offen lassen, damit der Eiter, der sich noch bildet, ausfließen kann. Mir wäre es lieb, wenn einer deiner Knechte einen Korb so zurechtschneidet, dass wir ihn als Schutz über den Oberschenkel stellen können. Ich will ungern ein Leintuch direkt auf die Wunde legen. Die ist so empfindlich, dass Michel das Gefühl hätte, das Tuch würde sein Bein zerquetschen. Auch könnte es auf der Wunde kleben und den Eiterabfluss hemmen.«

Hiltrud hatte ihre Ratschläge kaum gegeben, als Marie auch schon ihre Befehle erteilte. Wenig später lag Michel mit geschlossenen Augen auf seinem Bett, während der Oberschenkel von einem Weidengeflecht geschützt wurde. Nur das stete Heben und Senken seiner Brust zeigte an, dass er noch lebte.

14.

In den nächsten zwei Tagen herrschte eine unnatürliche Stille auf Kibitzstein. Kein Knecht wagte zu fluchen und keine Magd, laut zu lachen. Selbst die Schritte waren leiser als sonst, und immer wieder sahen die Leute in die Richtung von Michels Kammer. Die Angst, ihr Herr könnte sterben, hielt sie im Bann. Zwar vertrauten alle auf Marie, doch wenn es wirklich zu einer Fehde mit dem Würzburger Fürstbischof kam, brauchten sie Michel als Anführer.

Dies war auch Marie bewusst. Ihre Erfahrungen mit Guntram von Ebrach hatten gezeigt, dass ihr Mann dringend benötigt wurde, sei es bei Verhandlungen oder gar im Kampf. Notfalls musste er sich Markgraf Albrecht von Brandenburg-Ansbach unterordnen. Sich einer Würzburger Lehensherrschaft zu beugen, war sie nach Ebrachs üblem Streich weniger bereit denn je.

Ebrach blieb gefangen. Mittlerweile ging es ihm besser, doch niemand hatte Zeit, sich um ihn zu kümmern. Er erhielt seine Mahlzeiten, und der Eimer, in den er sich erleichtern konnte, wurde regelmäßig geleert, aber das war alles. Während der langen, einsamen Stunden überlegte er, wie er Marie in die Enge treiben und sein Ziel, ihr die Urkunden über die Rechte, die sie im Fürstbistum und im Kloster Hilgertshausen errungen hatte, doch noch abpressen konnte. Doch Stunde um Stunde verging, ohne dass sie kam, um mit ihm zu verhandeln. Der Grund dafür blieb ihm verborgen.

Von Angst erfüllt, wich Marie kaum von Michels Bett. Das Wundfieber hatte ihn mit voller Wucht gepackt, und sie musste dafür sorgen, dass er genug mit Wein vermischtes Wasser zu sich nahm, um nicht auszutrocknen. Zu ihrer Erleichterung hatte Hiltruds Behandlung angeschlagen, denn es kam nur noch wenig Eiter aus der Wunde, und schließlich hörte auch das auf.

Als Hiltrud wieder einmal nach Michel sah, nickte sie zufrieden. »Es beginnt zu heilen. Auch ist der Schenkel bei weitem nicht mehr so angeschwollen. So Gott will, wird Michel in zwei, drei Monaten wieder im Sattel sitzen können.«

»So lange wird uns Gottfried Schenk zu Limpurg nicht Zeit lassen. Ich werde es also ohne Michel durchstehen müssen«, antwortete Marie bedrückt.

»Vielleicht gibt der Fürstbischof nach. Gegen einen Reichsritter vorzugehen, der im Dienst des Königs schwer verwundet worden ist, wäre verheerend für seinen Ruf. Er müsste sogar mit König Friedrichs Feindschaft rechnen«, wandte ihre Freundin ein.

»Wollen wir es hoffen.« Marie war nicht so optimistisch wie Hiltrud und beschloss, nun doch Nepomuk als ihren Boten nach Würzburg zu senden. Der Korb, in dem er die Reise von Thüringen hierher mitgemacht hatte, war noch vorhanden, und so konnte sie ihn mit Lambert zusammen losschicken. Auch beschloss sie, den Kastellan der Burg, die ihrer Ziehtochter Lisa als väterliches Erbe zugesprochen worden war, samt mehreren Knechten zu holen, um bei einem möglichen Angriff nicht mit ihren eigenen Leuten allein dazustehen.

Nachdem sie die entsprechenden Anweisungen erteilt hatte, unterhielt sie sich noch ein wenig mit Hiltrud und umarmte sie kurz, bevor diese ging. Danach setzte sie sich wieder an Michels Bett und dachte an die glücklichen Zeiten, die sie mit ihm verbracht hatte. Als sie ihm etwas vermischten

Wein einflößen wollte, öffnete er plötzlich die Augen und sah sie an.

»Marie, bist du ein Traumbild oder bin ich wirklich zu Hause?«, fragte er mit schwacher Stimme.

Marie kamen vor Erleichterung die Tränen. »Du bist daheim, mein Liebster, und du wirst leben!«

Sie umarmte ihn sanft und streichelte seine eingefallenen Wangen. Eine gewisse Zeitlang gab es auf der Welt nur sie beide, dann blickte Marie auf.

»Ich werde Uta rufen, damit sie in der Küche etwas Suppe für dich holt. Du musst essen, mein Schatz, denn du bist durch deine Verletzung arg mager geworden.«

Ein schmerzliches Lächeln erschien auf Michels Lippen. »Du hast dich nicht verändert und bist immer noch so fürsorglich wie früher. Wie hast du den Sommer überstanden? Wie geht es den Kindern? Haben Falko und Lisa Botschaft gesandt, wie sie es versprochen haben?« Michel lagen Dutzende Fragen auf der Zunge.

»Falko und Lisa haben geschrieben, vielmehr Lisa hat es getan und Falko ein paar Worte hinzugekritzelt. Wie es aussieht, befürchtet Herr Heinrich, dass sich in seiner Nachbarschaft eine Fehde entspinnt, in die er hineingezogen werden könnte«, berichtete Marie.

Bei diesen Worten erinnerte Michel sich an Ernst von Herrenroda und seine Befürchtung, dieser könnte eine neue Fehde gegen seinen Vetter auf Herrenstein anzetteln, und sah Marie fragend an. »Hat Graf Ernst von Herrenroda noch einmal Botschaft geschickt? Er wollte doch, dass Trudi einen seiner Söhne heiratet.«

»Das ist eine längere Geschichte, die ich dir später erzählen werde. Auf jeden Fall ist diese Heirat mittlerweile vom Tisch.«

Das ist sie schon deshalb, weil der Bastard des Grafen, für den Trudi gerade noch gut genug gewesen wäre, ebenso tot ist wie sein Vater, dachte Marie. Michel wollte sie mit dieser Geschichte jedoch erst belasten, wenn er sich von seiner Verletzung erholt hatte.

»Ich bin sehr froh darüber«, antwortete ihr Mann. »Trudi ist mir zu jung zum Heiraten. Zu viele junge Mädchen werden schon als Kinder ins Ehebett gelegt und überleben die erste Geburt nicht. Ich will nicht um meine Tochter trauern müssen.«

»Das will ich auch nicht – und auch nicht um dich«, antwortete Marie und nötigte ihn, etwas zu trinken. Dabei fragte sie sich, was Gottfried Schenk zu Limpurg dazu sagen würde, dass sie seinen Handlanger Ebrach und dessen Knechte überlistet hatte und gefangen hielt.

15.

Zu der Zeit, in der Michel aus seiner Bewusstlosigkeit aufwachte und mit Marie sprach, saß Fürstbischof Gottfried Schenk zu Limpurg auf seiner Festung Marienberg und blickte durch das Fenster auf die am anderen Ufer des Mains liegende Stadt Würzburg hinab. Mehrere seiner Berater waren bei ihm, doch keiner wagte, ihn zu stören.

Nach einer Weile wandte der Fürstbischof sich ihnen zu. »Was gibt es Neues wegen Kibitzstein?«

Seine Getreuen sahen einander an, als wollte jeder, dass ein anderer Auskunft geben sollte. Schließlich ermannte Viktor von Grasheim sich und begann zu sprechen.

»Man hört überhaupt nichts, Euer Exzellenz. Das ist das Eigenartige. Dieser Kibitzsteiner Knecht hat berichtet, Frau Marie wäre noch am Leben und habe die Burg durch List zurückgewonnen. Ich hätte erwartet, dass sie einen Boten schickt und Forderungen stellt. Doch bisher ist niemand gekommen.«

»Ebrach hat also auf die falsche Meldung hin gehandelt, dass Marie Adler auf Kibitzstein tot sein soll.«

Der Fürstbischof klang verärgert. Schließlich hatte er genug damit zu tun, sich gegen jene Lehensmänner zu behaupten, die mehr an sich gerafft hatten, als ihnen eigentlich zustand. Ein offener Streit mit einem freien Reichsritter kam ihm daher äußerst ungelegen.

»Ich hatte vor einem Griff nach Kibitzstein gewarnt«, erklärte Grasheim. »Euer Exzellenz haben sich damals jedoch Ebrachs Meinung angeschlossen.«

Gottfried Schenk zu Limpurg fuhr aufgebracht herum. »Ebrach sollte nur ein Pfand in die Hand bekommen, damit wir die Anrechte, die die Kibitzsteiner besitzen wollen, hätten prüfen können.«

Es zwickte Viktor von Grasheim, ihm zu sagen, dass er damit dem Faustrecht zugestimmt hatte, doch er kleidete seine Antwort in eine diplomatischere Form. »Ich hätte mir ein besonneneres Vorgehen des Herrn von Ebrach gewünscht. Es gibt genug Lehensleute im Fürstbistum, die zu Unrecht Land und Gut an sich gerafft haben. Es wäre vordringlich, diese dazu zu bringen, dem Hochstift das zurückzugeben, was ihm gehört. Eine Fehde mit einer freien Reichsritterschaft wie Kibitzstein jedoch würde selbst wohlmeinende Lehensleute und Nachbarn aufmerksam werden lassen. Diese könnten sich aus Angst vor dem weiteren Vorgehen Eurer Exzellenz zu einem Bündnis zusammenschließen und es Euch unmöglich machen, Euch dort durchzusetzen, wo es nötig ist.«

Der Fürstbischof nickte grimmig. Auch wenn es ihm gegen den Strich ging, würde er in dieser Angelegenheit einlenken müssen. Dabei konnte er nur hoffen, dass die eigenen Lehensleute es ihm nicht als Schwäche auslegten und noch halsstarriger und aufmüpfiger wurden. Viele von ihnen hatten vergessen, dass die Burgen, Städte und Dörfer, auf denen sie saßen oder aus denen sie Abgaben zogen, ihren Familien nicht als Eigenbesitz, sondern nur zur Nutzung verliehen worden waren. Um diese musste er sich als Erste kümmern. Marie Adlerin auf Kibitzstein aber hatte sich als eine harte Nuss erwiesen, die zu knacken ihm im Augenblick unmöglich war. Mit einer resignierenden Geste nahm er ein Schreiben vom Tisch und reichte es an Viktor von Grasheim weiter.

»Dies hier erreichte Uns gestern. Ein Kurier des Kurfürsten von Sachsen überbrachte es Uns.«

»Es stammt von Friedrich II. von Sachsen selbst. Sein Bruder Wilhelm und ein Fürst Johann von Sachsen-Saalstein-Tresskau haben es ebenfalls unterzeichnet. Letzteren kenne ich nicht«, antwortete Grasheim.

»Es handelt sich um eine neu eingerichtete Sekundogenitur der Wettiner in Thüringen. Alle drei Herren verwenden sich für Marie Adlerin und setzen sich dafür ein, dass der Zwist zwischen Würzburg und Kibitzstein auf friedliche Weise und nach vollem Recht gelöst werden soll. Außerdem schreibt Kurfürst Friedrich von Sachsen, dass er die Anrechte, die das Haus Wettin aus alter Zeit noch im Hochstift besäße, Marie Adler auf Kibitzstein übertragen würde.«

Gottfried Schenk zu Limpurg war deutlich anzumerken, wie sehr ihn die sächsische Einflussnahme ärgerte. Auch wenn er nicht annahm, dass Friedrich II. von Sachsen für Kibitzstein militärisch eingreifen würde, hatten der Kurfürst und sein Bruder genug Einfluss im Reich, um ihm schaden zu können.

»Umso wichtiger ist es jetzt, die Angelegenheit rasch zu lösen!« Mit diesen Worten reichte Grasheim das Schreiben zurück.

»Es muss so geschehen, dass Unser Ansehen nicht befleckt wird!«, setzte der Fürstbischof schroff hinzu.

Grasheim begriff, dass diese Forderung nur schwer zu erfüllen sein würde. Dafür hatte Gottfried Schenk zu Limpurg Guntram von Ebrach zu viele Freiheiten gelassen.

»Euer Exzellenz könnten dem Herrn und der Herrin auf Kibitzstein versichern, dass die Besetzung ihrer Burg von Euch weder befohlen noch gutgeheißen wurde«, schlug er vor.

»Ihr wollt also Herrn Guntram alle Schuld zuweisen!«, fuhr einer von Ebrachs Freunden auf.

»Es ist besser, er trägt die Verantwortung, als dass Seine Exzellenz seinetwegen in Verruf gerät!«, erwiderte Grasheim nicht weniger scharf.

Der Fürstbischof hob gebieterisch die Hand. »Ich wünsche keinen Streit.«

»Sehr wohl, Euer Exzellenz!« Grasheim deutete eine Verbeugung an und wollte weitersprechen.

Doch der Fürstbischof kam ihm zuvor. »Herr Guntram wollte im Sinne des Fürstbistums tätig werden, hat dabei aber Grenzen überschritten, die er nicht hätte verletzen dürfen.«

Gottfried Schenk zu Limpurg nahm Ebrach am meisten übel, dass dieser sich von Marie hatte überlisten lassen. Wäre die Burg in dessen Besitz gewesen, hätte er Bedingungen für die Rückgabe stellen können. So aber musste er die Forderungen von Marie Adlerin annehmen, und das schmerzte sein Selbstwertgefühl.

»Ihr«, er wies auf Viktor von Grasheim, »werdet als Unser Unterhändler nach Kibitzstein reisen und in Unserem Namen verhandeln. Wir werden auf nichts eingehen, was Unserem Ansehen abträglich sein könnte!«

Damit war der Spielraum für Grasheim eng gesteckt. Dieser hoffte trotzdem, mit Marie zu einem guten Abschluss zu kommen, denn er kannte sie als vernünftige Frau, die bis jetzt immer gewusst hatte, wie weit sie gehen durfte.

»Ich bin dazu bereit«, erklärte er daher.

Der Fürstbischof nickte zufrieden. »Ihr brecht morgen auf. Heute Abend werden Wir Euch die entsprechenden Instruktionen erteilen. Meine Herren, es ist Zeit zum Gebet!«

Seine Berater wussten, dass dies die Aufforderung für sie war, ihren Herrn allein zu lassen. Gottfried Schenk zu Limpurg starrte vor sich hin, während sie sich vor ihm verneigten und den Raum verließen. Seine Gedanken galten jedoch nicht der Zwiesprache mit Gott, sondern Marie Adler auf

Kibitzstein. Diese Frau trat viel zu dreist auf, doch derzeit waren ihm die Hände gebunden. Sein Blick traf den Brief aus Meißen. Jetzt mochte sie sich unter dem Schirm solch hoher Herren geborgen fühlen. Irgendwann jedoch würde deren Interesse an ihr erlöschen, und dann würde er ihr die Rechnung präsentieren.

16.

Marie atmete auf, als Hiltrud erklärte, dass Michel die Verletzung wohl überleben würde. »Er war jedoch knapp davor, den Kampf mit dem Sensenschwinger zu verlieren«, erklärte ihre Freundin. »Michel kann von Glück sagen, dass Lambert an der Donau eine Kräuterfrau gefunden hat. Ihre Heilmittel waren besser als so manche Salbe, die die Herren Doctores zusammenmischen.«

»Der Heiligen Jungfrau sei Dank!«, rief Marie.

»Und der heiligen Maria Magdalena auch, wolltest du sagen!«

Hiltrud zauste Marie lächelnd die Haare und wandte sich dann Michel zu, der mit mehreren Kissen im Rücken am Kopfende des Bettes lehnte.

»Glaube nur nicht, dass du so rasch auf die Beine kommst. Deine Wunde war entsetzlich, und selbst wenn ich dir erlaube aufzustehen, wirst du dich noch einige Zeit auf einen Stock stützen müssen. Wahrscheinlich wirst du sogar auf Dauer etwas hinken, aber das ist immer noch besser, als den Regenwürmern und Maulwürfen Gesellschaft zu leisten.«

»Das ist es gewiss.« Michel lachte leise und beschloss, seinem Namenspatron, dem Erzengel Michael, eine große Kerze zu stiften. Nun aber interessierte ihn etwas anderes.

»Du hast Nepomuk zum Fürstbischof geschickt. Nicht, dass er es uns übelnimmt, weil wir einen Zwerg als Boten gewählt haben.«

Marie schnaubte leise. »Wen hätte ich sonst schicken sollen? Unsere Knechte sind brave Männer, aber keiner, ausgenommen vielleicht Hannes, der in der Ferne weilt, wäre für diese Aufgabe geeignet. Sie würden sich von ein paar Drohungen jeden Schneid abkaufen lassen.«

»Da hast du recht! Nepomuk lässt sich so leicht nicht ins Bockshorn jagen«, gab Michel zu. »Wie bist du übrigens auf ihn getroffen? Wir haben ihn doch schon ein paar Jahre lang nicht mehr gesehen.«

»Diese Geschichte werde ich dir erzählen, wenn es dir wieder besser geht. Sie hat mit Graf Ernst von Herrenroda zu tun.«

Marie küsste ihn und fragte dann Hiltrud, was sie tun könne, um ihrem Mann das Schmerzenslager zu erleichtern. Da Michel sie kannte, wusste er, dass es keinen Sinn hatte, weiter in sie zu dringen. Im Augenblick war er erst einmal froh, wieder zu Hause und auf dem Weg der Besserung zu sein.

»Wir haben noch genug Zeit, um miteinander zu reden«, sagte er. »Dann werde ich dir auch von unserem Marsch nach Innerösterreich berichten und von den Leuten, die wir dort kennengelernt haben. Hermann von Urbanseck würde dir gewiss gefallen, ebenso Hubert von Straßberg. Was den Nürnberger Ritter Veit von Puschendorf angeht, so würde ich ihn gerne einmal als Gast auf Kibitzstein sehen.«

»Wie bist du mit Maximilian von Albach und dessen Neffen Georg von Gressingen ausgekommen?«, fragte Marie. »Hertha von Steinsfeld mag die beiden nicht besonders. Den Grund aber glaube ich zu kennen. Sie fürchtet, Junker Georg könnte sich um Bona von Fuchsheim bewerben, doch sie will das Mädchen für ihren Sohn gewinnen.«

Michel lachte. »Tadle Frau Hertha nicht! Immerhin haben wir beide, kurz bevor ich aufgebrochen bin, davon gesprochen, dass wir es gerne sehen würden, wenn unser Falko Bona heiraten und deren Erbe dadurch an Kibitzstein fallen würde. Dabei ist Falko noch viel zu jung, um ans Heiraten zu denken.«

»Das bedauere ich«, antwortete Marie. »Ludolf von Fuchsheim sagte nämlich, er wolle Bona vor ihrem siebzehnten Geburtstag verheiraten.«

»Dann wird sicher nicht Falko ihr Bräutigam sein, denn der ist dann noch keine fünfzehn. Auch muss ich sagen, dass mir Bona als Schwiegertochter doch nicht so recht wäre. Sie ist mir zu leichtfertig.«

»Mir auch!«, stimmte Marie ihrem Mann zu. »Wir sollten es lassen, über Heiraten für unsere Kinder nachzusinnen. Das hat wirklich noch ein paar Jahre Zeit.«

Nun mussten beide lachen, während Hiltrud den Kopf schüttelte. Ihre Freundin und ihr Mann waren manchmal wirklich Kindsköpfe. Sie war jedoch froh, dass Michel auf dem Weg der Besserung war und Marie die Schrecken, die sie in Thüringen erlebt hatte, zu überwinden begann. Laut dem, was Trudi ihr erzählt hatte, musste es eine Sache auf Leben und Tod gewesen sein. Hiltruds Blick suchte Trudi, der heute ebenso wie Hildegard erlaubt worden war, zum Vater zu kommen. Während Hildegard mit fröhlich blitzenden Augen berichtete, wie sie mit ihr zusammen die Urkunden und das Geld vor Guntram von Ebrach verborgen hatte, blieb Trudi still, doch in ihren Augen leuchtete die Freude, den Vater wiederzusehen. Auch sie würde das, was sie in Thüringen erlebt hatte, verkraften, dachte Hiltrud und packte die Beutel mit ihren Kräutermischungen wieder zusammen.

»Ich werde jetzt gehen und komme morgen wieder«, sagte sie.

»Ich begleite dich hinaus.« Marie küsste Michel noch einmal und verließ zusammen mit Hiltrud dessen Kammer. Sie hatten den Burghof noch nicht erreicht, als der Türmer Signal gab.

»Jemand nähert sich der Burg! Hoffentlich kein Heer des Fürstbischofs«, rief Marie und lief los, um nachzusehen.

17.

Es waren sechs Reiter, und in einem davon erkannte sie Lambert. Hinter dessen Rücken hockte Nepomuk grinsend in seinem Korb. Marie atmete aber erst auf, als der Anführer der Truppe sich als Viktor von Grasheim entpuppte. Michel und sie kannten den Domherrn, denn er hatte viele ihrer Verträge mit Johann von Brunn als Zeuge unterzeichnet, und sie waren immer mit ihm ausgekommen. Sie sah daher seine Ankunft als Zeichen an, dass dem Fürstbischof an einer Verhandlungslösung gelegen war.

Mit einer energischen Bewegung wandte sie sich an den Torwächter. »Es dürfen nur Nepomuk und Lambert sowie Herr Viktor eintreten. Seine Begleiter müssen draußen bleiben.«

»Sehr wohl!«, antwortete der Mann.

Marie eilte weiter und befahl drei Knechten, den Wächter am Tor zu unterstützen. Sie selbst kehrte zu Michel zurück und berichtete ihm von Grasheims Erscheinen.

»Mit ihm könnten wir zu einer Einigung kommen«, meinte ihr Mann hoffnungsvoll.

»Gebe es Gott! Aber dafür müssen wir eine Stärke zeigen, die wir nicht besitzen. Was meinst du, mein Liebster? Fühlst du dich wohl genug, um für eine gewisse Zeit auf deinem Stuhl in der Halle sitzen zu können?«

»Wie soll ich da hinunterkommen?«

»Zwei Knechte müssen dich tragen. Wir werden eine Decke

um deine Beine legen. Ich hoffe sie drückt nicht zu sehr. Auf jeden Fall solltest du bei den Verhandlungen zugegen sein. Wenn Grasheim dich sieht, wird er sich überlegen, ob nicht ein Frieden mit uns besser ist als eine Fehde, in der du unsere Söldner anführst.«

»Noch haben wir keine Söldner«, wandte Michel ein.

»Aber wir haben das Geld, welche anzuwerben. Du hast Veit von Puschendorf genannt! Grasheim müsste ihn kennen. Wir sagen ihm, dass dieser mit seinen Leuten in unsere Dienste getreten ist.« Marie zwinkerte Michel zu und rief nach den Knechten, die ihn in die Halle bringen sollten.

Die Männer trugen ihn vorsichtig die Treppe hinab und setzten ihn auf seinen Platz. Marie legte ihm eine leichte Decke über die Beine, um zu verbergen, dass er keine Hosen trug und verletzt war. Dann wies sie Uta an, für Wein, Brot und Schinken zu sorgen, und nahm auf ihrem Stuhl Platz.

Es dauerte nicht lange, bis Grasheim von Lambert und Nepomuk hereingeführt wurde. Der Domherr sah Marie und Michel auf ihren Plätzen sitzen und kniff überrascht die Augen zusammen. Nepomuk und Lambert hatten in Würzburg nichts davon erwähnt, dass Maries Ehemann von seinem Kriegszug zurückgekehrt war. Für ihn erwies sich dies jedoch als Vorteil, denn so konnte er verhandeln, ohne dass es später hieß, er wäre vor einer Frau eingeknickt. Auch freute er sich, Michel wohlbehalten wiederzusehen, und neigte den Kopf.

Die beiden erwiderten die Geste.

»Seid uns willkommen!«, grüßte Marie.

Grasheim verzog leicht das Gesicht. »Ich wäre lieber unter glücklicheren Umständen gekommen. Da es jedoch sein muss, will ich versuchen, das Beste aus der Situation zu machen, in der wir alle stecken. Herrn von Ebrach geht es hoffentlich gut?«

»Er ist derzeit in seiner Bewegungsfreiheit eingeschränkt,

wird aber ansonsten behandelt, wie es seinem Stand zukommt.«

Erneut antwortete Marie, da es Michel fast seine gesamte Kraft kostete, aufrecht zu sitzen.

»Wäre es mir möglich, ihn zu sehen und mit ihm zu sprechen?«, fragte Grasheim weiter.

»Hier in der Halle und vor unseren Ohren gerne«, antwortete Marie und erteilte Lambert den Befehl, Guntram von Ebrach zu holen.

»Da gehe ich mit, um den Herrn abzustechen, wenn er zu fliehen gedenkt«, warf Nepomuk grinsend und nahm eines der Schwerter von der Wand. Es war länger als er selbst, und es sah eigenartig aus, als er es zu schwingen versuchte.

»Lass das Schwert lieber hier und nimm diesen Dolch dort. Er ist deiner Größe angemessen«, erklärte Lambert und nahm ihm die Klinge ab.

Nepomuk griff nach dem Dolch und folgte grinsend dem jungen Knecht. Die beiden verließen sich jedoch nicht nur auf sich allein. Als sie nach kurzer Zeit mit Guntram von Ebrach zurückkamen, wurde dieser zusätzlich von zwei kräftigen Stallknechten flankiert.

Kaum sah Ebrach Grasheim in der Halle, ging er mit raschen Schritten auf ihn zu, ohne Michel zu beachten oder gar zu erkennen. »Sagt der Kibitzsteinerin, dass sie mit einem Gefolgsmann Seiner hochwürdigsten Exzellenz Gottfried Schenk zu Limpurg nicht so verfahren darf und sie dafür schwer bestraft wird!«

Viktor von Grasheim schüttelte mit einem bedauernden Lächeln den Kopf. »Ich bin von Seiner Exzellenz beauftragt worden, einen Ausgleich mit dem Herrn und der Herrin auf Kibitzstein herbeizuführen. Seine Exzellenz ist von Euren Handlungen schwer enttäuscht. Ihr habt Kibitzstein gegen seinen Willen in Eure Hand gebracht und damit gegen geltendes Recht und Gesetz verstoßen. Ihr werdet daher Ritter

Michel und Frau Marie um Entschuldigung bitten und ihnen Schadenersatz leisten.«

»Wie käme ich dazu?«, fuhr Ebrach auf und sah mit einem wütenden Blick zu Marie hin. Da erkannte er Michel neben ihr und erstarrte. Er hatte es damit nicht nur mit einem schwachen Weib zu tun, sondern mit dem Herrn auf Kibitzstein selbst, und hinter diesem stand die Macht des Königs. Anders konnte es nicht sein, sonst wäre Gottfried Schenk zu Limpurg nicht bereit einzulenken. Damit war seine Niederlage endgültig, und er musste froh sein, wenn der Fürstbischof ihn weiterhin in seinen Diensten beließ.

Unterdessen sprach Grasheim weiter. »Es ist der Wille des Fürstbischofs! Er wünscht keinerlei Aufsehen.« In Grasheims Stimme schwang eine Warnung mit, die selbst Ebrachs dickes Fell durchdrang.

Danach wandte Grasheim sich an Marie und Michel. »Seiner hochwürdigsten Exzellenz Fürstbischof Gottfried Schenk zu Limpurg ist daran gelegen, diese Angelegenheit in friedlicher Weise zu lösen. Was Eure Anrechte auf Würzburger Einkünfte betrifft, so sollen sie Euch gewährt bleiben, bis ein unabhängiges Schiedsgericht darüber befindet.«

»Unsere Privilegien bestehen zu Recht, und ich lasse niemand Fremden darüber befinden«, antwortete Marie scharf.

Michel hob begütigend die rechte Hand. »Da wir diese Konzessionen nach Recht und Gesetz erhalten haben, können sie jederzeit einer Prüfung unterzogen werden. Die Herren, die das tun, werden zu keinem anderen Schluss kommen, als dass wir im Recht sind.«

»Das werden wir sehen!«, bellte Ebrach.

»Schweigt! Oder wollt Ihr ewig auf Kibitzstein zu Gast bleiben?«, fragte ihn Grasheim scharf. »Der Fürstbischof wünscht einen Ausgleich. Behindert Ihr diesen, muss er Euch seinen Schutz entziehen.«

Diese Warnung war noch deutlicher. Ebrach öffnete den

Mund, schloss ihn aber wieder, als er an die angedrohten Konsequenzen dachte. Entweder gab er nach, oder Gottfried Schenk zu Limpurg würde keinen Finger mehr für ihn rühren. Er nahm daher den Becher Wein, den Lambert ihm hinstellte, und verfolgte mit grimmiger Miene die Verhandlung zwischen Marie und Michel auf der einen und Grasheim auf der anderen Seite. Marie versuchte, ihre Maximalforderungen durchzusetzen, doch Michel war nicht daran gelegen, sich den Würzburger Fürstbischof zum Feind zu machen. Er bremste seine Frau mehrfach und brachte sie schließlich so weit, einem Vertrag zuzustimmen, der Guntram von Ebrachs Übereifer die Schuld an der Besetzung Kibitzsteins gab, und stimmte zuletzt sogar zu, dass dieser die Burg am nächsten Tag in Grasheims Gefolge verlassen könne.

»Ich verbürge mich persönlich dafür, dass Euch der erlittene Schaden ersetzt wird«, erklärte Grasheim feierlich und schrieb die Summe auf, die Marie forderte. Es war weniger, als er befürchtet hatte. In der Hinsicht war er froh, mit Marie und Michel verhandeln zu können. Die anderen Herrschaften in der Gegend, sei es Hertha von Steinsfeld, Ludolf von Fuchsheim oder Moritz von Mertelsbach, hätten die Situation ausgenützt, um möglichst viel Geld vom Fürstbischof zu erpressen. Durch diese Zurückhaltung, so hoffte er, konnte es zu einem endgültigen Ausgleich zwischen Kibitzstein und Würzburg kommen.

18.

Am nächsten Morgen halfen Marie und Lambert Michel auf den Altan. Da er sein verletztes Bein nicht belasten durfte, stützte Marie ihn, als er Grasheim zum Abschied zuwinkte.

»Ich bedauere, dass ich nicht länger bleiben kann«, rief Grasheim zu ihnen hoch. »Ihr könnt gewiss viel über den Kriegszug nach Ungarn erzählen, Ritter Michel, und Ihr, Frau Marie, über Euren Aufenthalt in Thüringen.«

»Und ob!«, antwortete Marie freundlich.

Sie hatten Grasheims Neugier am Vortag nicht stillen können, da dieser sich um Ebrach und dessen Männer hatte kümmern müssen. Ihr war es recht gewesen, denn dadurch hatte Michel Zeit gefunden, in sein Bett zurückzukehren und frische Kraft für den nächsten Morgen zu sammeln.

»Wenn Ihr erlaubt, suche ich Euch auf, wenn diese Angelegenheit zu aller Zufriedenheit erledigt ist«, fuhr Viktor von Grasheim fort.

»Wir würden uns freuen!« Michel legte den Arm fester um Marie, denn es fiel ihm schwer, auf einem Beim zu stehen. »Nun aber kehrt zu Seiner hochwürdigsten Exzellenz, dem Fürstbischof, zurück, und meldet ihm, dass Kibitzstein sich gute Nachbarschaft zu Würzburg wünscht.«

»Dazu gehört aber auch, dass Anrechte, die urkundlich erteilt worden sind, anerkannt werden«, setzte Marie mit einer gewissen Schärfe hinzu.

Ihr war klar, dass Michel dem Fürstbischof bei der einen oder anderen Sache entgegenkommen wollte, doch davon hielt sie wenig. Ein Vertrag war ein Vertrag. Gewöhnte sich der Fürstbischof daran, dass festes Auftreten und Drohungen andere dazu brachten, vor ihm einzuknicken, würde er im Lauf der Zeit immer gieriger werden.

»Auch wenn Herr von Grasheim ein Freund ist, bin ich froh, dass er bereits heute aufbricht«, meinte sie leise zu Michel. »Es passt mir nur nicht, dass Guntram von Ebrach freikommt und ihn begleiten darf. Damit halten wir kein Faustpfand mehr in der Hand.«

»Wir zeigen dem Fürstbischof und allen Nachbarn unseren guten Willen. Treibt Gottfried Schenk zu Limpurg ein falsches Spiel, wird es ihn mehr kosten als uns. Ich habe vor, ein Bündnis mit unseren Nachbarn zu schließen, um gegen Würzburger Übergriffe gefeit zu sein. Außerdem werde ich mich, sobald ich wieder reiten kann, nach Ansbach begeben, um mit Markgraf Albrecht zu sprechen. Ihm kann nicht daran gelegen sein, dass die Macht Würzburgs zunimmt.«

Marie nickte beeindruckt. Auch wenn ihr Mann seine Verletzung noch lange nicht überwunden hatte, dachte er bereits darüber nach, wie sie sich gegen den Würzburger Fürstbischof behaupten konnten. Nun sah sie zu, wie Viktor von Grasheim aufbrach. Ebrach ritt hinter ihm mit einem Gesicht, als würde er die gesamte Welt verfluchen. Es tröstete ihn offensichtlich nicht, dass seine zwölf Waffenknechte Kibitzstein verlassen und mit ihm gehen durften.

»Sie sind stolz zu Ross in Kibitzstein eingeritten und müssen es zu Fuß und ohne Waffen wieder verlassen«, spottete Marie.

»Sollte der Fürstbischof oder Ebrach keine Entschädigung zahlen, so bleiben uns die zwölf Pferde und die Ausrüstung der Krieger. Damit können wir unsere Rüstkammer, die durch die Ausrüstung des Aufgebots, das sich noch immer in

Österreich befindet, arg leer geworden ist, wieder auffüllen und den Anschein einer gewissen Wehrhaftigkeit erwecken«, antwortete Michel und winkte Grasheim ein letztes Mal zu.

»Jetzt aber will ich wieder in mein Bett. Und da mir langweilig ist, wirst du dich neben mich setzen und mir von deiner Reise nach Thüringen erzählen. Sie muss ja sehr abenteuerlich gewesen sein«, sagte er zu Marie.

Diese dachte an die Schrecken, die sie dort erlebt hatte, und nickte. »Das war sie, mein Liebster! Doch ebenso interessiert mich, was du in Österreich und Ungarn erlebt hast. Der Pfeil, der dich verletzt hat, kam sicher nicht aus heiterem Himmel geflogen.«

»Das kam er gewiss nicht«, antwortete Michel grinsend. »Wie es aussieht, haben wir einander wirklich viel zu berichten. Wollen wir hoffen, das wir in Zukunft von solchen Aufregungen verschont werden.«

»Das hoffe ich auch!« Marie atmete tief durch und rief dann nach Lambert und einem weiteren Knecht, damit diese Michel wieder in seine Kammer trugen. Sie selbst blickte sich noch einmal um und sah Trudi, Hildegard und Mechthild auf dem Anger Fangen spielen. Es war ein friedliches Bild, und das machte sie froh. Auch wenn das Leben auf der Burg ein wenig eintönig sein mochte, so war es doch schön, es im Kreis ihrer Lieben zu verbringen.

ENDE

Glossar

Dispens: Entlassung aus dem geistlichen Stand
Domherr: mit Einkünften versehene Stellung weltlicher und geistlicher Herren, die für die Verwaltung des Kirchenbesitzes zuständig sind
Hausmacht: eigener Landbesitz eines Fürsten
Husaren: leicht bewaffnete ungarische Reiter
Innerösterreich: in etwa Steiermark, Kärnten sowie Teile Sloweniens und Istriens
Kasteiung: sich selbst mit Ruten o. Ä. schlagen
Klafter: ca. 1,80 Meter
Klausur: Arrest in der eigenen Klosterzelle
Kroaten: leicht bewaffnete Reiter im Dienste Friedrichs III.
Meile: ca. 7,4 Kilometer
Ödenburg: Sopron
Reußen: Thüringer Adelsgeschlecht
Schwarzburger: Thüringer Adelsgeschlecht
Ulmer Schachteln: einfache Flussschiffe auf der Donau

Personenverzeichnis

Die Adler zu Kibitzstein:

Michel Adler: Reichsritter zu Kibitzstein
Marie: Michel Adlers Ehefrau
Trudi (Hiltrud): Marie und Michels älteste Tochter
Lisa: Marie und Michels Ziehtochter
Hildegard: Maries Stieftochter
Falko: Maries und Michels Sohn

Die Familie der Ziegenbäuerin:

Hiltrud: Maries älteste Freundin
Michi (Michel): Hiltruds ältester Sohn
Mariele: Hiltruds älteste Tochter
Mechthild: Hiltruds zweite Tochter
Dietmar: Hiltruds mittlerer Sohn
Giso: Hiltruds jüngster Sohn

Personen auf Kibitzstein:

Alika: enge Freundin Maries
Anni: Wirtschafterin auf Kibitzstein
Emma: Magd auf Kibitzstein
Hannes: Knecht auf Kibitzstein
Lampert: Knecht auf Kibitzstein
Sigi: Knecht auf Kibitzstein
Theres: ehemalige Marketenderin
Uta: Magd auf Kibitzstein

Nachbarn von Kibitzstein:

Bona: Ludolfs Tochter
Georg von Gressingen: Ritter Maximilians Neffe

Guntram von Ebrach: Würzburger Domherr
Hardwin: Herthas Sohn
Hertha: Herrin auf Steinsfeld
Ingobert: Ritter auf Dieboldsheim
Klara von Monheim: Margaretes designierte Nachfolgerin
Ludolf: Ritter auf Fuchsheim
Margarete: Äbtissin von Hilgertshausen
Maximilian: Ritter auf Albach, Georgs Onkel
Moritz: Ritter auf Mertelsbach
Viktor von Grasheim: Würzburger Domherr

Thüringen:

Agnes: Leibeigene
Armin: Spielmann
Christoph von Herrenstein: Graf Joachims Onkel, der Waldgraf
Eberhard, Erwin und Eckbert: Graf Ernsts legitime Söhne
Ernst von Herrenroda: Graf in Thüringen
Frieder: Anhänger des Waldgrafen
Friedmundus: Ernsts Vetter, Dominikanermönch
Friedrich von Schwarzburg: Graf in Thüringen
Gottfried: Unteranführer des Joachim von Herrenstein
Hugo: Kastellan der Burg Herrenroda
Ignatia (Jutta von Herrenroda): Friedmundus' Schwester, Nonne im Kloster Hilgertshausen
Innozentia: Petronillas Schwester
Joachim von Herrenstein: Graf in Thüringen
Johann von Wettin: Verwandter Kurfürst Friedrichs II. von Sachsen
Karl: Anhänger des Waldgrafen
Kunz: Waffenknecht Graf Joachims
Leutprand: Graf Joachims Leibwächter
Ludwig von Waldburg: Vetter des Ernst von Herrenroda
Mark: rechte Hand das Waldgrafen
Mathilde von Hornberg: Verwandte Graf Ernsts

Nepomuk: zwergenhafter Gaukler
Peter und Paul: Waffenknechte Graf Joachims
Petronilla: Heilerin des Waldgrafen
Rita: Anhängerin des Waldgrafen
Robert: Bastardsohn des Ernst von Herrenroda

Österreich:

Erhard: Knappe des Hermann von Urbanseck
Erlwin von Taun: Burgkastellan in Friedrichs Diensten
Fürst Ernö: Anführer der Ungarn
Hermann von Urbanseck: Ritter in Innerösterreich
Hubert von Straßberg: Ritter in Innerösterreich
Jörg von Mindelheim: schwäbischer Ritter
Meinrad: Ritter im Dienste des Albrecht von Habsburg
Veit von Puschendorf: Nürnberger Ritter

Historische Personen:

Gottfried Schenk zu Limpurg (1404–1455): Fürstbischof von Würzburg

Albrecht »Achilles« (1414–1486): Markgraf von Brandenburg-Ansbach

Friedrich III. (1415–1493): deutscher König

Albrecht VI. von Habsburg (1418–1463): Herzog von Oberösterreich, Friedrichs jüngerer Bruder